ULLSTEIN

30.06.04 von Kai

D1858588

Das Buch

Lauscha, ein kleines Glasbläserdorf im Thüringer Wald, 1890: Als der Glasbläser Joost Steinmann wenige Jahre nach dem Tod seiner Frau ebenfalls stirbt, stehen seine drei jungen Töchter Johanna, Marie und Ruth völlig mittellos da. Auch in ihrem Haus wurden Glaswaren nach jahrhundertealter Tradition hergestellt, nach der die Männer das Glas blasen, während die Frauen fürs Verzieren zuständig sind. Als eines Tages der berühmte amerikanische Geschäftsmann Woolworth auf seiner Einkaufstour durch Europa auf den Lauschaer Christbaumschmuck aufmerksam wird und eine Großbestellung aufgibt, fasst Marie sich ein Herz: Die couragierte und geschäftstüchtige Frau bricht mit allen Regeln und nimmt in der elterlichen Werkstatt den Platz des Vaters ein. Aus ihren Händen entstehen die schönsten Christbaumkugeln, die je in Lauscha produziert wurden, und auch Mister Woolworth scheint fasziniert ...

Die Autorin

Petra Durst-Benning, geboren 1965 in Baden-Württemberg, lebt mit ihrer Familie als freie Autorin in der Nähe von Stuttgart. Sie hat sich nicht nur mit Sachbüchern einen Namen gemacht, sondern vor allem auch mit ihren historischen Romanen. *Die Amerikanerin*, Fortsetzung von *Die Glasbläserin*, ist ebenfalls im Ullstein Verlag erschienen.
Weitere Informationen zur Autorin erhalten Sie unter: www.durst-benning.de.

Von Petra Durst-Benning sind in unserem Hause bereits erschienen:

Die Amerikanerin
Die Liebe des Kartographen
Die Salzbaronin
Die Silberdistel
Die Zuckerbäckerin

petra durst-benning

DIE GLASBLÄSERIN

roman

Ullstein

Besuchen Sie uns im Internet:
www.ullstein-taschenbuch.de

Umwelthinweis:
Dieses Buch wurde auf chlor- und säurefreiem Papier gedruckt.

Ullstein Verlag
Ullstein ist ein Verlag der Ullstein Buchverlage GmbH.
Juni 2004

Umschlaggestaltung: Sabine Wimmer, München
Titelabbildung: Getty Images/FoodPix
Druck und Bindearbeiten: Ebner & Spiegel, Ulm
Printed in Germany
ISBN 3-548-25924-3

ERSTES BUCH

Herbst 1890
AUFBRUCH

»In ein farbiges Glas zu sehen … das Auge wird erfreut,
das Herz ausgedehnt, das Gemüt erheitert;
eine unmittelbare Wärme scheint uns anzuwehen.«

(Johann Wolfgang von Goethe)

1

Schon zweimal war Ruth an diesem Morgen oben gewesen, um Johanna zu wecken. Jedes Mal hatte sie ein Brummen zur Antwort bekommen, das sie zu der Annahme verleitete, ihre Schwester würde tatsächlich aufstehen. Warum falle ich nur jeden Tag erneut darauf rein, fragte sich Ruth ärgerlich, als sie die schmalen Stufen, die Küche und Werkstatt mit der oberen Etage des Hauses verband, zum dritten Mal emporstieg. Der Geruch von ausgelassenem Speck begleitete sie. An der Dachluke stellte sie sich auf Zehenspitzen und warf einen Blick nach unten hinters Haus, wo sie Marie singen hörte. Eine Spinne hatte quer über die Luke ein Netz gespannt. Ohne das feinziselierte Kunstwerk auch nur eines Blickes zu würdigen, wischte Ruth es mit der Hand weg. Marie war nirgendwo zu sehen, genauso wenig wie Vater. Ruth verzog den Mund. Bis einer von den beiden merken würde, dass es in der Küche verbrannt roch, würden die Kartoffelscheiben und Speckstreifen nur noch ein Klumpen Holzkohle sein!

Die Tür zu der Kammer, in der sie und ihre beiden Schwestern schliefen, hatte sie beim letzten Versuch, Johanna zu wecken, offen gelassen. So konnte sie schon vom Treppenabsatz aus erkennen, dass Johanna immer noch nicht auf den Beinen war. Ohne ein Wort trat Ruth ans Bett, packte die Leinendecke an einem Zipfel und zerrte sie unter Johannas Armen hervor.

»Wie kannst du dich bei dieser Hitze so zudecken!« Kopfschüttelnd schaute sie auf ihre Schwester hinab, die endlich wach zu werden schien. Ruth ging zum Fenster und stieß beide Läden auf. Sofort drang die grelle Septembersonne ins Zimmer und tauchte alles in staubiges Licht.

Wie ein rheumatisches Weib schob Johanna ihre Beine aus dem Bett, und mehr als ein gequältes Stöhnen brachte sie dabei nicht heraus.

Ein scharfer Blick noch, und Ruth hastete die Treppe wieder hinunter, um das Frühstück zu retten. Während sie die Kartoffelscheiben und den Speck von der Pfanne löste und noch ein bisschen Öl nachgoss, dankte sie ihrem Herrgott dafür, eine Frühaufsteherin zu sein.

Von Kindesbeinen an hatte Johanna morgens nicht aufstehen wollen. Wie oft waren die Geschwister wegen ihr zu spät in die Dorfschule gekommen! Es war nicht so, dass Johanna einfach nur ungern aufstand – sie litt allmorgendlich und war vor zehn Uhr selten ein ganzer Mensch. »Es ist, als ob ich am Abend davor eine halbe Flasche Schnaps getrunken hätte«, hatte Johanna die Taubheit in ihrem Kopf einmal zu erklären versucht. Dabei hatten weder sie noch Ruth jemals eine halbe Flasche Schnaps getrunken und wussten demnach auch nicht genau, wie man sich danach fühlte. Jeder nahm Rücksicht auf Johannas morgendliche Schläfrigkeit und die Aufgaben im Haus waren unter den drei Schwestern so verteilt, dass Johanna morgens nichts zu schaffen hatte. Manchmal fragte sich Ruth jedoch, ob sie ihr damit überhaupt einen Gefallen taten. Sie seufzte. Wenn Mutter noch lebte … die würde wahrscheinlich nicht so viel Aufhebens machen! Anna Steinmann war in vielen Fragen unnachgiebiger gewesen als ihr Mann. Ruth erschrak, als sie feststellte, dass sie Mühe hatte, sich das Gesicht ihrer Mutter für einen Moment vor Augen zu rufen. Zehn Jahre waren eine lange Zeit.

Das Wasser, das sie für den Morgenkaffee aufgesetzt hatte, begann dicke Blasen zu werfen und riss Ruth aus ihren Erinnerungen. Hastig zog sie den Kessel zur Seite. Sie mochte es nicht, wenn die kalt angesetzten Zichorienwurzeln zu brodeln begannen – zu schnell wurde das Getränk bitter. Besser war es, das Ganze nur leicht sieden zu lassen. Überhaupt war Ruth bei diesem Thema eigen: Der Kaffee, den sich die meisten im Dorf aus getrockneten und gemahlenen Runkelrüben brauten, konnte ihr gestohlen bleiben. Lieber würde sie Wasser trinken als dieses Gesöff! Am liebsten trank sie natürlich echten Bohnenkaffee, den es für ihren Geschmack allerdings viel zu selten gab. An jedem Freitag, wenn Johanna nach Sonneberg ging, um die Glaswaren zu verkaufen, die sie im Laufe der vergangenen Woche hergestellt hatten, brachte sie ein kleines Tütchen echten Bohnenkaffee mit. Obwohl es Joost Steinmann selbst nicht wichtig war, welche Art von Kaffee auf den Tisch kam, solange er dunkel und heiß war, gönnte er seinen Töchtern den kleinen Luxus. Und so war es ihnen schon vor langer Zeit zum Ritual geworden, Johannas Rückkehr aus Sonneberg mit Kaffee, süßem Brot und frisch eingelegtem Hering, den sie ebenfalls aus der Stadt mitbrachte, zu feiern.

Es waren diese kleinen Gewohnheiten, die sich herumsprachen und Joost Steinmann den Ruf einbrachten, eine »Weiberwirtschaft« zu haben. Dabei war es keineswegs so, dass Joosts Töchter Narrenfreiheit besaßen: In den eigenen vier Wänden hatten sie zwar tatsächlich mehr Freiheiten als andere Mädchen in ihrem Alter. Wenn es jedoch darum ging, seine drei Töchter vor vermeintlichem Übel zu bewahren, konnte Joost schlimmer als eine Glucke sein. Zum Singen in den Gesangsverein gehen? Unmöglich – wo doch auf dem Nachhauseweg böse Buben lauern konnten. Allein zu einer Sonnwendfeier? Diese Frage konnten sie sich sparen. Als ein paar Mädchen im Dorf einige Jahre zuvor eine Spinnstube gründeten, hatte er seine Töchter nicht einmal an deren harmlosen Zusammenkünften teilnehmen lassen. »Am Ende brecht ihr euch noch auf dem Nachhauseweg ein Bein!«, hatte er seine Ablehnung begründet und hinzugefügt: »Besser, ihr bleibt zu Hause und übt euch im Lesen und Schreiben.« Als ob Bücher ein Ersatz für fröhliches Geplänkel waren! Ruth schluckte. Ab November würde es wieder soweit sein: Während sich die anderen Mädchen an zwei Abenden in der Woche zum Spinnen trafen, würden sie und ihre Schwestern zu Hause hocken. Wenn nach der Spinnstube auf den Straßen die Schneebälle flogen und die Mädchen lachend und kreischend und von den Burschen verfolgt durch die Straßen rannten, würden Johanna, Marie und sie längst im Bett liegen.

Es war kein Wunder, dass es sich unter den jungen Burschen im Dorf längst herumgesprochen hatte, dass Joost es nicht schätzte, wenn seinen Mädchen der Hof gemacht wurde. Unter seinem missbilligenden Blick wurde es den meisten so unwohl, dass sie kein zweites Mal kamen, um eine der drei zu einem Spaziergang abzuholen.

Ruth ging zum Tisch und kramte in der Schublade nach dem kleinen Spiegel, den sie dort deponiert hatte. Wenn sie ihn weit genug von sich weg hielt, konnte sie – wenn auch nur klein – ihr ganzes Gesicht darin betrachten. Sie war eine Schönheit, das wusste sie. Ihre Schwestern und sie hatten die gleichmäßigen, wohlgeformten Züge ihrer Mutter geerbt, und diese war eine außergewöhnlich schöne Frau gewesen.

Entmutigt ließ Ruth den Spiegel sinken. Und wenn sie noch so zufrieden war mit dem, was sie im Spiegel sah – was nutzte es ihr? Würde jemals ein Mann ihre Lippen küssen? Würde ihr je einer sagen, dass ihre Augen glänzten wie dunkelster Bernstein? Oder dass ihre Haut so rein war wie ein Frühlingsmorgen? Wenn es nach Joost ginge, würde sie als alte Jungfer versauern!

Der einzige Mann, der regelmäßig bei ihnen ein und aus ging, war ihr Nachbar Peter Maienbaum. Seit dessen Eltern vor einigen Jahren kurz hintereinander gestorben waren, betrachtete Joost ihn als eine Art Sohn, keinesfalls jedoch als potentiellen Schürzenjäger. Ha!, von wegen! Ruth war sich ziemlich sicher, dass Peter schon seit längerem ein Auge auf Johanna geworfen hatte. So, wie er sie immer anstarrte! Doch außer ihr schien das niemandem aufzufallen, und Johanna schon gar nicht! Ruth seufzte tief auf. Wenn *sie* ein Mann so anschauen würde – sie würde es gewiss wahrnehmen!

»Johanna läuft wieder einmal durch die Gegend wie ein Hund ohne Schwanz! Aber kaum ist sie wach, kann sie uns für den Rest des Tages gar nicht genug herumkommandieren! Es ist doch immer dasselbe.« Graziös rutschte Marie auf die Eckbank. Sie war so schlank, dass sie dazu den Tisch nicht das kleinste Stück nach vorn schieben musste, bemerkte Ruth neidisch. Dabei waren alle drei Schwestern schlank, keine von ihnen so unförmig wie manches Weib im Dorf, mit hängenden Brüsten und schwammigen Rundungen überall. Jede von ihnen konnte dem lieben Gott für ausgeglichene Proportionen danken, für glatte, gesunde Haut und für kastanienfarbene Haare, die seidig glänzten, ohne dass sie mehr dafür tun mussten, als sie täglich mit hundert Strichen zu bürsten. Doch bei Marie war alles kleiner, feiner, zerbrechlicher – wie bei einer wertvollen Miniatur.

»Immerhin ist sie schon unten. Ich hab schon befürchtet, dass ich nochmals die Treppe hinauf muss«, antwortete Ruth trocken.

Nach dem Tod ihrer Mutter hatten sie es sich angewöhnt, sich im angrenzenden Schuppen, in dem sie auch die Wäsche machten, zu waschen. Auch Joost selbst ging zur Morgentoilette nach draußen, statt sich einfach in der Küche zu waschen. So konnte jeder seinen persönlichen Raum wahren, was den Mädchen so wichtig war wie Joost selbst.

»Wo bleibt eigentlich Vater?«

»Ich weiß nicht. Bei ihm ist's gestern Abend später geworden als sonst. Er ist so laut die Treppe hochgepoltert, dass ich davon aufgewacht bin. Danach konnte ich ewig nicht mehr einschlafen!« Marie zog eine Grimasse. »Er wird doch nicht einen Rausch ausschlafen?«

Ruth zuckte mit den Schultern. »So viel trinkt er nun auch nicht«, sagte sie in einem leicht entschuldigenden Ton. Dabei hatte sie keinen Grund, Joosts Wirtshausbesuche verteidigen zu müssen. Er ging zwar jeden Abend für ein paar Stunden in den Schwarzen Adler, aber im Gegensatz zu anderen Männern aus dem Dorf trank er dabei selten einen über den Durst.

Die Kartoffelscheiben hatten inzwischen eine kräftige braune Kruste bekommen. Ruth pickte sich mit den Fingern eine davon heraus und steckte sie hastig in den Mund. Heiß! Dann schenkte sie Marie und sich einen Becher Kaffee ein. Der würzige Duft passte zu dem sonnigen Morgen. Pflaumenkuchentage nannte sie die sonnenbeglückten Tage, die nicht mehr zum Sommer, aber auch noch nicht zum Herbst gehörten. Das Konzert der Vögel, die es sich den Sommer über in dem großen Birnenbaum vor dem Küchenfenster bequem gemacht hatten, fehlte um diese Jahreszeit. Nur hin und wieder war ein Amselzirpen oder das grelle Pfeifen einer Lerche zu hören. Und bald würden die Herbstnebel auch dieses ersticken. Ruth inhalierte schnell den Kaffeeduft. Sie hasste die kalte Jahreszeit.

»Es dauert nicht mehr lange, dann müssen wir morgens wieder Licht machen«, sagte Marie, als habe sie dieselben Gedanken gehabt.

Dass die eine aussprach, was der anderen durch den Kopf ging, kam bei den Schwestern öfter vor.

Ja, sie hatten sich nach Anna Steinmanns Tod arrangiert – was das Zusammenleben und auch was die Arbeit anging. Natürlich fehlten immer irgendwo ein Paar Hände zum Anpacken. Aber mochten die anderen Glasbläser im Dorf lästern oder gutmütig spotten – die Steinmannsche Weiberwirtschaft gehörte nicht zu den schlechtesten Betrieben. Die Apotheker- und Reagenzgläser, die sie herstellten, waren erster Güte. Dass die Steinmanns die Produkte von Anfang bis Ende fertig machen konnten und keinen Arbeitsgang – weder das Schleifen der Stöpsel noch das Beschriften oder das Verpacken der Gläser – aus dem Haus geben mussten, war dabei von großem Vorteil. Wie die anderen Glasbläser verkauften auch sie ihre gesamten Waren an einen Verleger im nahe gelegenen Sonneberg. Friedhelm Strobel, dessen Verlagshaus beste Kontakte weltweit pflegte, betonte immer wieder, dass er durchaus bereit wäre, mehr Steinmann-Gläser aufzukaufen. Doch mit nur einem Glasbläser im Haus war es ihnen unmöglich, eine höhere Stückzahl herzustellen. Ein patenter Schwiegersohn wäre da eine große Hilfe, bekam Joost von seinen Wirtshauskameraden immer wieder zu hören. Doch er winkte nur ab. »Meine Mädchen müssen nicht heiraten – und des Geldes wegen schon gar nicht!«, war eine seiner beliebten Redensarten, die er mit nicht wenig Stolz in der Stimme zum Besten gab.

Mit einem Seufzer stellte Ruth ihren Becher ab und ging zum Herd. Mühelos hob sie die schwere gusseiserne Pfanne und stellte die Morgenmahlzeit auf dem Tisch ab. »Jetzt reicht's! Ich geh' nachschauen, wo ...« Sie brach ab. Johanna war im Türrahmen erschienen. Noch blasser als sonst am Morgen, die Augen weit aufgerissen, als habe sie im Gang den Teufel getroffen, hielt sie sich eine Hand vor den Mund, schien einen nicht enden wollenden Schrei zu unterdrücken.

»Johanna! Um Gottes willen! Was ist los?«, rief Marie.

Ruth verspürte einen Klumpen in ihrem Hals, der vor einem Augenblick noch nicht da gewesen war. Zwei eiskalte Hände quetschten ihr Herz zusammen, und sie wusste in diesem Moment, dass etwas Furchtbares passiert war. Sie brachte keinen Ton heraus.

»Der Vater …« Auf Johannas Stirn hatte sich eine Falte gebildet, die vom Haaransatz bis zur Nase reichte. »Er liegt oben im Bett. Er rührt sich nimmer.«

2

Wann immer Johanna später an diesen Morgen zurückdachte, fiel ihr das Märchen von Dornröschen, der verwunschenen Prinzessin, ein. Reglos, mit halb geschlossenem Mund, hatte Marie dagesessen. Und Ruth war zwischen Tisch und Eckbank eingeklemmt gewesen, halb sitzend und halb stehend. Auch sie selbst war unfähig gewesen, einen Schritt von dem Türrahmen fort zu machen. Wie versteinert waren sie, als würde ihre Reglosigkeit sie davor bewahren, sich mit der Ungeheuerlichkeit des Augenblicks auseinander zu setzen.

Es war Marie gewesen, die sich als Erste rührte. Sie rannte die Treppe hoch, in die Kammer der Eltern, an Joosts Bett. Ihr Schrei zerschnitt die Stille im Haus und ließ die wenigen Vögel draußen verstummen.

Johannas und Ruths Blicke trafen sich über der Pfanne. Dann hasteten sie nach oben.

Die hölzernen Stufen, in der Mitte von vielen Fußtritten hell gewetzt, verschwammen vor Johannas Augen zu schmalen, gelblichen Streifen. Sie spürte, wie sich etwas Salziges in ihren Mundwinkeln fing und merkte erst da, dass ihr Tränen über die Wangen liefen. Sie konnte sie genauso wenig kontrollieren wie die Gedanken, die ihr zuflatterten, ohne dass sie nach ihnen gerufen hätte.

Der Vater war tot.

Musste man den Arzt aus Sonneberg rufen? Nein, kein Arzt mehr.

Ein Pfarrer. Ja. Sie musste den Pfarrer holen.

Die Werkstatt musste aufgeräumt werden.

Waschen. Tote mussten gewaschen werden. Und aufgebahrt.

Ein Schluchzen kroch aus ihrer Kehle, so heiß und brennend, dass es weh tat. Sie wollte die Gedanken abstellen, die alles so wirklich machten.

Marie hatte Joosts Hände über seiner Brust gefaltet. Gott sei Dank waren seine Augen schon geschlossen gewesen, als Johanna ihn gefunden hatte! Hätte eine von ihnen seine Augen schließen müssen …, sie wollte nicht daran denken.

Joost war noch keine fünfzig Jahre alt gewesen. Und gesund. Außer seinem Kreuz hatte ihm nie etwas zu schaffen gemacht.

»Er sieht so friedlich aus«, flüsterte Marie. Sie strich Joosts Decke glatt. Sein Leib wirkte darunter auf einmal viel kleiner als im Leben.

Auf Zehenspitzen, als wollte sie nicht stören, schlich Ruth zur gegenüberliegenden Bettseite. Sie beugte sich über ihren Vater und schaute in sein Gesicht. Keine Spur eines Todeskampfes.

»Vielleicht schläft er nur tiefer als sonst?« Zaghaft berührte sie seine Stirn. Keine von ihnen war es gewohnt, den Vater anzufassen. Die Haut des Toten war nicht so eisig kalt, wie es immer hieß, stellte sie überrascht fest. Auch nicht feucht oder pergamentartig. Doch die darunter liegenden Knochen fühlten sich unbeweglich an und blockierten Ruths streichelnde Finger.

Die Leichenstarre hatte bereits eingesetzt. Ruth begann zu weinen. Auch Marie weinte und Johanna schluckte heftig.

»Aber warum? Ich versteh das nicht!« Der Kloß in ihrem

Hals drückte gegen die zu engen Wände. »Wie kann Vater im Schlaf sterben, einfach so? Das kann doch gar nicht sein!«, rief sie fast trotzig.

Doch nichts konnte Joosts Tod rückgängig machen. Mitten im Schlaf hatte sein Herz aufgehört zu schlagen. Eine Erklärung dafür gab es nicht. Peter Maienbaum, den Johanna aus dem Nachbarhaus holte, war genauso schockiert wie Joosts Töchter. Nein, Joost sei am Vorabend nicht anders gewesen als sonst. Krank schon gar nicht, sondern heiter. Wie alle anderen hatte er über die Witze vom Stinnes-Maul gelacht.

»Der hat diesen Namen nicht umsonst. Mit seinen Sprüchen kann der ein ganzes Wirtshaus unterhalten«, sagte Peter geistesabwesend.

Johanna winkte ab. Was interessierte sie der Stinnes-Maul.

»Wir müssen den Vater aufbahren.« Ihre betont sachliche Stimme hätte eher zu einem alltäglichen Ritual gepasst.

Erschrocken schauten Ruth und Marie zu ihr hinüber.

»Am besten räumen wir unten in der Werkstatt unsere Arbeitstische zur Seite, und dann holen wir Vater und sein Bett herunter.«

»Aber warum willst du das tun? Wir können Vater doch auch hier … aufbahren«, sagte Ruth, der es schon vor dem Wort grauste. Marie sah von einer zur anderen.

Johanna schüttelte den Kopf. »Nein, das muss ordentlich gemacht werden. Das hätte der Vater gewollt. Wenn die Leute kommen …« Der Rest ging in einem Schluchzen unter. Sie wandte sich ab.

Hilflos schauten Ruth und Marie auf die bebenden Schultern ihrer Schwester. Keine hatte ein Quentchen Trost übrig, zu schwer drückte sie die eigene Last. Dass Johanna, die sonst so gern den Ton angab, genauso hilflos war wie sie, machte die Situation noch bedrohlicher – falls das überhaupt möglich war.

Peter räusperte sich. »Ich gehe jetzt und hol ein paar Männer. Dann beginnen wir mit ...«

Warum findet plötzlich keiner mehr die passenden Worte, schoss es Johanna durch den Kopf, während sie mit beiden Händen über ihre Augen wischte. Nur langsam ebbte ihr Weinen ab.

Peter rüttelte sie sanft am Arm. »Es wäre vielleicht ganz gut, wenn jemand hinuntergeht und Kaffee kocht. Für die Leute und so ...«

Kurze Zeit später kam er mit drei Männern zurück. Mit zerknüllten Hüten in den Händen standen die Nachbarn da, sprachen ihr Mitleid aus und waren froh, etwas zu tun zu haben, was sie der bedrückenden Gesellschaft entkommen ließ. Unter Peters Anleitung machten sie sich an die Umbettung, wobei sie den Toten erst auf den Boden hievten, dann das Bett abbauten und unter verschluckten Flüchen die schmale Treppe hinunter bugsierten. Das Aufbauen in der Mitte der Werkstatt verlief problemlos, auch der Tote ließ sich widerstandslos nach unten bringen. Die vier Männer atmeten erleichtert auf.

Die Frauen der Nachbarn hatten, kaum dass sie von Joosts Ableben hörten, ihre eigene Arbeit ebenfalls zur Seite gelegt. Wenig später erschienen auch sie im Totenhaus. Die eine brachte eine Schüssel mit Kartoffelbrei, die andere einen Topf mit Gemüsesuppe, die nächste Brot, das sie mit Schmalz beschmiert und mit Salz bestreut hatte. Die hölzernen Bodendielen kamen nicht mehr zur Ruhe und knarrten unentwegt, während die Frauen nach Streichhölzern suchten, um Kerzen anzuzünden, den Männern Becher mit Kaffee brachten und einen scheuen Blick auf den Toten warfen.

Die Witwe Grün, die zwei Häuser weiter wohnte, wusch zusammen mit Ruth den Toten und kleidete ihn neu an, während Johanna und Marie das Bett mit frischem Leinen bezogen.

Irgendjemand benachrichtigte den Pfarrer. Die Frauen waren gerade mit dem Herrichten des Toten fertig, als der Gottesmann zur Tür hereinkam, im Schlepptau zwei Ministranten, die Weihrauch schwenkten.

Wie betäubt stellte sich Johanna mit den anderen in einem weiten Kreis um Joosts Bett auf, während der Pfarrer seine Fürbitte hielt. Das kann alles nicht wahr sein, schoss es ihr durch den Kopf.

Den ganzen Tag über kamen Leute vorbei, um ihr Beileid auszudrücken oder eine Zeitlang die Totenwache mit den Mädchen zu teilen. Keiner blieb lange, zu Hause wartete auf jeden die Arbeit. Die Erleichterung, nicht selbst von einem so plötzlichen familiären Unglück betroffen zu sein, stand jedem ins Gesicht geschrieben. Mancher trug sie ganz offen vor sich her, andere versuchten, sie zu verbergen. Johanna konnte den Leuten nicht verübeln, dass sie so fühlten. Als letzten Winter die schlimme Grippe durch Lauscha gegangen war und der Säbel Hannes – fast zehn Jahre jünger als ihr Vater – und noch zwei ältere Leute aus dem Unterdorf daran starben, war auch ihr Gedanke gewesen: *Gott sei Dank keiner von uns!* Wenn sie von ihren Besuchen in Sonneberg zurückkam und an dem Haus vorbeiging, über dessen verwaister Eingangstür der messingfarbene Säbel blitzte, musste sie immer noch jedes Mal an den Hannes denken. Noch nicht einmal zum Heiraten war er gekommen, so jung hatte er sterben müssen.

Trotzdem: Das Schulterklopfen, der gemurmelte Trost, der klamme Druck einer Hand – im Laufe des Nachmittags begannen die Beileidbezeugungen Johanna zu kratzen wie ein Büschel Brennnesseln. Sie glaubte, in den salbungsvollen Blicken mehr zu lesen als reines Mitgefühl. So etwas wie … Erwartung. Erregtheit.

Drei junge Frauen ohne männlichen Schutz.

Warteten die Leute darauf, dass eine von ihnen zusammenbrach? Oder dass ein weiteres Unglück über ihr Haus hereinbrach? Johanna schalt sich für ihre ungnädigen Gedanken. Die Leute meinten es doch nur gut.

3

Es war nach sieben, als der letzte endlich ging. Peter Maienbaum war der Einzige, der ihnen anbot, die Totenwache in der Nacht mit ihnen zu teilen. Johanna zögerte kurz, lehnte dann aber ab. Das war etwas, das sie allein machen mussten.

Keiner der drei Frauen war es nach Essen zumute, und so deckte Ruth die gebrachten Speisen mit Leinentüchern zu und stellte sie weg. Sprichwörtlich todmüde setzten sie sich an den Küchentisch.

Johanna stand noch einmal auf und öffnete die Tür. »Die Luft ist zum Schneiden dick.«

»Das kommt vom Weihrauch.« Maries Augen waren gerötet.

»Nicht nur. Die vielen Leute …« Johanna war zu müde, um zu erklären, dass sie das Gefühl hatte, ihr Zuhause sei durch die vielen Besucher irgendwie besudelt worden. Die fremden Gerüche gehörten nicht hierher. Die unsichtbaren Stapfen, welche die Füße der Besucher auf dem Holzboden hinterlassen hatten, ebenfalls nicht.

»Vielleicht ist's auch … der Vater?« Ruth schaute hinüber in die Werkstatt.

»Ruth!« Marie schrak zusammen. Ängstlich schaute sie Johanna an.

»Das weiß doch jeder, dass Tote zu riechen beginnen, wenn sie …«

»Jetzt langt's!«, unterbrach Johanna sie barsch. Ihnen stand eine ganze Nacht der Totenwache bevor. Ruths dumme

Reden fehlten da gerade noch. Sie ging zum Schrank und holte die restlichen Kerzen heraus. Licht war gut. Licht konnte nicht schaden. »Da drüben liegt kein *Toter*, sondern der Vater.«

Ruth öffnete den Mund, schluckte ihre Bemerkung dann aber herunter. In der Gegenwart eines Toten stritt man schließlich nicht.

Nur zögerlich ließ das Kneifen um Johannas Mund herum nach. Ihre Augen stierten nicht mehr starr nach vorn wie die einer Puppe, sondern wurden wieder beweglicher. Auch ihre Arme, die sie den ganzen Tag über unwillkürlich verkrampft hatte, wurden langsam locker. Sie lehnte sich auf ihrem Stuhl zurück und hatte zum ersten Mal an diesem Tag nicht das Gefühl, etwas tun oder sagen zu müssen.

Einer von ihnen war nicht mehr da.

Je länger sie schwiegen, desto mehr fehlte er ihnen. Sein lautes Poltern, wenn das Abendessen nicht fertig war oder wenn Ruth zu wenig Wurststücke in die Kartoffelsuppe geschnipselt hatte. Seine ausgreifenden Bewegungen, wenn er Brot schnitt oder ein Stück vom geräuchten Schinken absäbelte.

Johanna war die Erste, die das Schweigen brach. »Vater hat immer so vor Kraft gestrotzt ...« Sie presste die Lippen aufeinander.

Ruth nickte. »Nicht so ein halber Hering wie der Bayern-Hans oder der Friedmar Grau. Aber auch kein Fettwanst wie Wilhelm Heimer.«

»Wenn Vater in den Raum kam, hat man gar nicht hingucken müssen. Das hat man irgendwie gespürt.« Marie sprach aus, was Johanna hatte ausdrücken wollen. »Vor dem hatten alle irgendwie Respekt.« Sie schmunzelte. »Erinnert ihr euch noch an die Geschichte mit den zwei Hähnen?«

Johanna lachte traurig. »Die Viecher hat der Vater für mich beim Marzen-Paul gekauft. Er hoffte, ich würde eher wach, wenn zwei Hähne krähen statt nur einer. Und dann hat der Marzen-Paul stockbesoffen angeklopft und gemeint, er hätte dem Vater die falschen Viecher mitgegeben, nämlich seine prämierten Zuchthähne, und er wolle sie zurück.«

»Vater hat sich nur vor ihm aufgebaut und schon ist der Marzen ganz klein geworden.«

»Und genutzt haben die Hähne letztlich auch nicht.«

Sie lachten kurz auf und schwiegen dann wieder.

»Wer wird nun auf uns aufpassen?«, fragte Marie.

Johanna warf ihr einen Blick zu. Nicht diese Frage. Nicht heute nacht. Und morgen auch noch nicht.

»Prinzessin hat er dich als kleines Kind immer genannt, weißt du noch?« Marie war immer seine Kleine geblieben.

»Die Prinzessin und ihr Luftschloss in der Seifenblase. Irgendwann würde er ein Märchen für mich erfinden, hat er gemeint. Aber so weit ist's nicht gekommen.« Maries Augen wurden wieder feucht.

»Dafür hat er dir immer Seifenwasser für deine Seifenblasen zubereitet!«, sagte Ruth. »Diese schrecklichen Seifenblasen.« Sie formte mit ihren Händen eine Kugel in der Luft. »Phhh! Alles zerplatzt und zurück bleibt ein nasser Fleck. Dass du dich dafür so begeistern konntest, habe ich schon als Kind nicht verstehen können.«

»Aber Vater hat's verstanden. Er hat genauso gern wie ich in die Regenbogenfarben geguckt.« Marie schaute auf. »Im Himmel sieht er sicher viele bunte Regenbogen. Das wird ihm gefallen« – sie schluchzte auf –, »und bei der Mutter ist er auch.«

Ihr Weinen steckte die anderen an, und sie hielten ihre Trauer nicht zurück.

Lange Zeit später wischte Ruth sich eine verschwitzte Haarsträhne aus der Stirn und verzog schniefend ihr Gesicht.

»Ich muss gerade an den Frankreich-Auftrag von Friedhelm Strobel denken, für den wir gerade einmal zwei Wochen Zeit hatten. Vor fünf Jahren war das, im Jahr 1885.«

»Du meine Güte!« Johanna schlug die Hände zusammen. Durch den Windhauch begann das Kerzenlicht zu flackern. »Der Auftrag für diese französische Parfümfabrik!« Und auf Maries unsichere Miene hin fuhr sie fort: »Erinnerst du dich nicht mehr? Fünftausend Flakons haben die verlangt. Und auf jedem sollte stehen: *Eau de Paris.*« Sie lächelte.

Marie schnippte mit den Fingern. »Stimmt! Der Vater hat's uns extra noch vorgeschrieben. Nur haben wir seine Klaue nicht richtig lesen können, und ehe er sich versah, waren tausend Fläschchen mit *Roi de Paris* beschriftet.«

»Der König von Paris.« Ruth schüttelte den Kopf. »Jeder andere hätte seine Arbeitsmädchen grün und blau geschlagen, und was tut unser Vater? Fängt an zu lachen und hört nicht mehr auf.« Sie warf einen wehen Blick hinüber in die Werkstatt. Ja, da drüben lag nicht irgendein Toter, sondern ihr lieber, guter Vater.

»Aber ich hatte nichts zu lachen, als ich Strobel das erklären musste«, sagte Johanna säuerlich. »Ich war erst zum dritten Mal allein in Sonneberg zum Verkaufen und mir meiner Sache sowieso noch nicht sicher! Mit meinen sechzehn Jahren bin ich ganz schön ins Stottern gekommen, und ich hätte nie geglaubt, dass er uns die Flakons abnehmen wird.«

»Aber irgendwie hast du's hingekriegt.« Noch heute war Anerkennung in Maries Stimme zu hören. »Ein paar Wochen später hat Strobel dir noch einen zweiten Auftrag übergeben, den wir ausschließlich mit *Roi de Paris* beschriften sollten!«

»Ha! Wahrscheinlich hat er die Dinger zum doppelten Preis an die Franzmänner verkauft und so getan, als ob der Name seine eigene Erfindung gewesen sei!« Ruth zog die Nase hoch. »Wie habe ich mich damals nach so einem französisches Parfüm gesehnt! Sogar geträumt habe ich davon. Einmal bin ich morgens aufgewacht und glaubte wirklich, einen

Duft nach Maiglöckchen und Flieder in der Nase zu haben.« Sie seufzte.

»Wenn es nach Vater gegangen wäre, hättest du sogar ein Fläschchen davon bekommen«, entgegnete Johanna. »Ich habe mich damals bei Strobel in seinem Namen erkundigen müssen, ob es möglich wäre, ein solches Parfüm aufzutreiben. Nicht, dass ich damit einverstanden gewesen wäre! Was braucht ein Mädchen von vierzehn Jahren Parfüm, habe ich mich gefragt. Aber Vater hat dir deine Extrawünsche ja erfüllt, wo es nur ging.«

Ruth sah aus, als ob sie etwas erwidern wollte, doch dann schluckte sie eine Antwort hinunter.

Eine Zeitlang blieb jede mit ihren Gedanken allein. Es gab so viele Geschichten.

Nachdem Ruths Kopf schon zweimal nach vorn auf ihre Brust gekippt war, machte Johanna den Vorschlag, die Totenwache abwechselnd zu übernehmen, so dass Ruth und Marie schlafen gehen könnten. Beide verneinten. Doch bald darauf sackte erst Ruths und dann Maries Kopf auf die Tischplatte. Johanna seufzte. Im Bett hätten die beiden es bequemer gehabt.

Sie stand auf, leise, ohne ihren Stuhl zu rücken. Auch sie war müde. Sie nahm eine der Kerzen und ging hinüber in die Werkstatt. Ihr Blick verharrte an Vaters Bolg, an seiner Werkbank. Die neue Gasleitung, welche erst seit kurzem ihr Haus mit der vor etlichen Jahren gegründeten Gasanstalt verband, glänzte silbern und stach zwischen den anderen, abgegriffenen Werkzeugen wie ein Fremdkörper hervor. Johanna kämpfte gegen den Schmerz in ihrer Brust an. Wie viel Überzeugungskraft hatte es sie gekostet, Joost dazu zu bringen, sich den Anschluss legen zu lassen! Ihr Vater hatte sich nicht gern Veränderungen gestellt. Wenn's nach ihm gegangen wäre, hätte er bis zu seinem Lebensende mit der Öllampe weiter gearbeitet.

Warum jetzt schon? wollte sie schreien, in die Nacht, nach oben in den Himmel. Ihre Lider brannten heiß. Sie atmete tief durch.

Als er dann mit dem »neumodischen Kram« so gut zurechtkam, war Joost stolz gewesen wie eine Sau mit achtzehn Ferkeln! Die heißere Flamme ermöglichte es ihm, noch dünnwandigere Flakons und Gläser zu blasen als zuvor. Von da an war kein Abend vergangen, an dem er nicht versucht hätte, die wenigen Glasbläser an seinem Stammtisch, die noch keinen Anschluss ans Gaswerk hatten, von dessen Vorzügen zu überzeugen.

Ihr Vater. Er würde ihr so fehlen. Schon jetzt fühlte sich ihr Herz an wie eine große, klaffende Wunde.

Als ihre Mutter starb, war sie elf Jahre alt gewesen, Ruth neun und Marie sieben. Ein ganzes Jahr lang hatten sie nachts nur schlafen können, wenn Joost eine Lampe in ihrer Kammer brennen ließ. Jeden Abend – anstelle eines Gebetes sozusagen – hatte er ihnen erzählt, wie schön es droben im Himmel für die Mutter sei. Die Mädchen waren trotzdem jede Nacht abwechselnd aufgestanden, um nach dem Vater zu sehen. Ihre größte Angst war gewesen, dass auch er sie verlassen könnte. Dank seines Feingefühls und seiner Geduld hatte diese Angst allmählich nachgelassen. Nun wollte die Furcht von damals sie wieder mit Haut und Haaren verschlingen, doch Johanna hielt dagegen. Liebevoll schaute sie auf das nur vom Licht ihrer Kerze beleuchtete Gesicht ihres Vaters. Die Jahre, in denen Joost sie stark gemacht hatte, sollten nicht umsonst gewesen sein.

Joost Steinmann, der »Büchsenmacher«. Einmal hatte einer seiner Stammtischbrüder es gewagt, ihn so zu nennen, weil er *nur* drei Töchter und keinen Sohn zustande gebracht hatte. Der Mann war mit einem blauen Auge nach Hause gegangen, aus dem er eine Woche lang nicht hatte sehen können. »Was brauche ich Söhne?«, hatte Joost immer wieder gesagt. »Ich hab doch meine Steinmänner!« So hatte er Ruth, Marie und sie genannt. Johanna schluckte.

Sie schaute ihn an und strich ihm über die Wange. »Ich weiß noch nicht, wie's weitergehen wird«, flüsterte sie leise. »Aber eines versprech ich dir!« Ihre Hand brannte auf seiner kalten Haut, und es fiel ihr nicht leicht, sie dort liegen zu lassen. »Wir werden dir keine Schande machen. Wenn du vom Himmel auf uns hinabguckst, dann sollst du stolz auf uns sein!«

Als der Morgen kam, hatte Johanna alle Tränen geweint. Während sich Ruth und Marie zu dem Toten ans Bett setzten, legte sie sich für ein paar Stunden schlafen. Doch schon am späten Vormittag wachte sie wieder auf. Es gab vor Joosts Beerdigung noch viel zu tun.

4

»Das war's!« Ruth warf den Lumpen, mit dem sie den nassen Hauseingang aufgewischt hatte, zu dem Stapel Geschirr, der sich im Waschtrog türmte. Mit einem Plumps ließ sie sich neben Marie und Johanna auf der Küchenbank nieder.

Es war später Nachmittag. Um diese Zeit saßen sie normalerweise über ihre Tische gebeugt. Doch heute hatte um zwei Uhr die Beerdigung stattgefunden. Trotz strömenden Regens waren so viele Trauergäste zum Friedhof gekommen, dass Johanna befürchtet hatte, die für den Leichenschmaus hergerichteten Brote und Hefekuchen würden nie und nimmer ausreichen. Doch die meisten hatten sich nach der Zeremonie am Grab verabschiedet – die Arbeit wartete. Nur die Nachbarn aus den umliegenden Häusern waren mitgekommen, um über einer Tasse Kaffee oder zwei Joost in Ehren zu halten. Die Haken im Hauseingang hätten unter der Last der regenschweren Mäntel fast nachgegeben. Bald hatte alles nach nassem Filz gerochen, und auf dem Boden bildeten sich breite Wasserlachen. In der Küche hatten Ruth und die Witwe Grün nicht schnell genug frisches Wasser für Kaffee aufsetzen können. Beerdigungen machten durstig, das wusste jeder. Als die Platten mit dem Gebäck und den Schinkenbroten geleert waren und die Luft verbraucht und abgestanden roch, hatte sich einer nach dem anderen verabschiedet. Peter Maienbaum war als Letzter gegangen. Mit der Klinke in der Hand hatte er einen letzten Blick in die verwaiste Werkstatt geworfen – auch er hatte Mühe, Joosts plötzlichen Tod zu akzeptieren.

»Auf einmal ist's so still hier drinnen.« Marie schaute sich um, als könnte sie nicht glauben, dass alles vorbei war.

Johanna nickte. Keiner mehr da, der noch Kaffee nachgeschenkt haben wollte. Oder der sie mitleidsvoll anguckte.

»Das mit der Glasrose vom Schweizer war eine schöne Idee«, sagte Marie unvermittelt.

Die beiden andern nickten.

Der Glasbläser Karl »Der Schweizer« Flein, so genannt wegen seines jahrelangen Aufenthalts in den Schweizer Bergen, hatte statt einer echten Blume eine mundgeblasene ins Grab gelegt. Doch wie die echten Blüten war Johanna auch die kristallene Schönheit fehl am Platze vorgekommen.

»Und Wilhelm Heimers Rede war auch anrührend,« bemerkte Johanna.

»Stimmt«, pflichtete Ruth ihr bei. »Als er sagte, dass er sich mit Vater immer besonders verbunden gefühlt hat, weil sie beide so jung Witwer geworden seien, hatte ich einen richtigen Kloß im Hals.«

»Mich hat gewundert, dass Heimer überhaupt gekommen ist. Wo er die Flamme doch so ungern ausgehen lässt.« Johanna verzog den Mund. Wenn des Nachts ringsum die Lichter verloschen, flimmerten weiter oben auf dem Berg im

Heimerschen Haus noch lange die Gaslampen. Viele im Dorf hielten Wilhelms Heimers Fleiß für übertrieben, andere waren einfach nur neidisch auf seine vielen Aufträge, die er nur ausführen konnte, weil alle seine drei Söhne gute und fleißige Glasbläser waren.

»Dass es ausgerechnet heute hat regnen müssen«, beklagte sich Ruth.

»Ich hätte es schlimmer gefunden, wenn die Sonne geschienen hätte«, erwiderte Marie. »Unter die Erde zu kommen, wenn der Himmel blaugewaschen ist und die Sonne strahlt ... Nein, da ist es doch besser, wenn auch der Himmel weint.«

Dann wusste keine mehr etwas zu sagen. Vaters Tod, die Beerdigung, das Wetter, das sich nach den vielen Wochen Sonnenschein nun gewandelt hatte, die Rede des Pfarrers, der sich fortwährend versprochen hatte, so dass manche angenommen hatten, er hätte zuviel vom Altarwein getrunken – jede Kleinigkeit war beim Leichenschmaus durchgekaut worden. Nun war es genug.

Johanna starrte auf das schmutzige Geschirr. Das Feuer im Ofen war noch an. Sie könnte Wasser heiß machen und die Teller waschen. Bevor eine der beiden anderen auf diesen Gedanken kommen konnte, sprang sie auf. Marie nahm ihr eilfertig die tropfnassen Teile aus der Hand, trocknete sie ab und stapelte sie auf dem Tisch. Als alles sauber war, schleppten Marie und Ruth den Zuber mit Spülwasser nach draußen und kippten ihn aus. Johanna begann, den Glasschrank, in dem das Geschirr aufbewahrt wurde, auszuräumen. »Der gehört schon lange einmal gründlich geputzt«, gab sie auf die fragenden Blicke der beiden anderen zur Antwort. Ruth holte ihr Stopfzeug heraus und Marie das Kleid, das sie vor ein paar Tagen zu nähen begonnen hatte. Doch kaum lagen die Handarbeiten vor ihnen auf dem Tisch, ließen sie die Hände wieder in den Schoß sinken.

Als sie schließlich nach oben gingen, war es draußen noch nicht ganz dunkel. Keine von ihnen wagte, einen Blick in die verwaiste Werkstatt zu werfen.

*

Als Ruth am nächsten Morgen aufwachte, regnete es immer noch. Sie zündete die Gaslampe über dem Küchentisch an und ging wie jeden Morgen zum Vorratsschrank, um die am Vorabend gekochten Kartoffeln herauszunehmen, zu schälen und in Scheiben zu schneiden. Den Porzellanknauf in der Hand, hielt sie inne.

Es waren keine Kartoffeln da.

Kein Morgen wie jeder andere.

Mit brennenden Augen floh sie aus der Küche in den Schuppen. Hin und her ging ihr Arm, sie pumpte so heftig Wasser in die Schüssel, dass der Schwengel zu scheppern begann. Wasser lief über den blau emaillierten Rand der Schüssel, doch Ruth merkte es nicht. Erst als es über ihre Füße schwappte, ließ sie ihren Arm sinken. Ein lautes Heulen füllte die klamme Luft.

Als sie in die Küche kam, saßen Johanna und Marie schon am Tisch. Eine von beiden hatte Brot aus dem Schrank genommen, dazu ein Stück Butter und den Honigtopf. Schweigend kauten sie ihre Brote. Der süße Honig rann unbemerkt ihre Kehlen hinab, denn die Frage, die keine von ihnen auszusprechen wagte, lag ihnen allzu bitter auf der Zunge: »Wie soll es weitergehen?«

Das Regenwetter der nächsten Tage passte gut zu dem Dornröschenschlaf, in den das Haus fiel. Jede der Schwestern verkroch sich in einen Winkel des Hauses und hoffte, es würde bald wieder Zeit sein, ins Bett zu gehen. Hin und wieder schaute Peter vorbei, blieb jedoch nie lange. Im Gegensatz zu den Mädchen wartete auf ihn Arbeit. Und obwohl er sich ein wenig dafür schämte, war er jedes Mal froh, der bedrückenden Stimmung im Steinmann-Haus wieder entfliehen zu können.

Wieder einmal hatten sie eine Mahlzeit schweigend verbracht, als Johanna plötzlich aufschaute und sich räusperte. »Es wird am besten sein, wenn wir nachher erst einmal Vaters Sachen wegräumen.«

Ruth kräuselte die Stirn. »Ich weiß nicht …, sollen wir damit nicht noch warten?«

»Ob wir die Sachen heute wegräumen oder in ein paar Tagen …« Johannas Blick war zögerlich, als würde sie sich gern von ihrem Vorschlag abbringen lassen.

Johanna lag ebenso wenig an der unseligen Aufgabe wie ihr selbst, erkannte Ruth. Ganz gleich, wann sie sich dazu durchringen würden, es würde ihnen immer schwer fallen. Außerdem wusste sie nicht, wie lange sie es noch in der lähmenden Stille des Hauses aushalten würde. Da war es besser, eine unangenehme Aufgabe zu haben als gar keine.

»Du hast recht, es wird Zeit, dass wir ein bisschen Ordnung machen!«

*

Während Ruth und Johanna oben Hemden zusammenlegten, Jacken glatt strichen und Leinentücher darum banden, klopfte es immer wieder an der Tür. Auch eine Woche nach Joosts Tod brachten die Nachbarn noch Essen vorbei. Gerade war ein Töpfchen mit Suppe abgegeben worden. Neugierig hatte die Nachbarin über Maries Schulter gelinst. Wie kamen die drei Waisen zurecht? Drei junge Frauen allein …, wo gab es das schon? Am liebsten wäre das Weib hereingekommen, das hatte Marie wohl gemerkt. Aber nachdem sie sich für das

Essen bedankt hatte, hatte sie einfach hastig die Tür hinter sich zugezogen.

Als Marie die Suppe abstellen wollte, verrutschte der Deckel ein wenig. Säuerlicher Geruch stieg ihr in die Nase. Marie schauerte. Womöglich war die Brühe verdorben? Sie überlegte kurz, ob sie den Topf gleich hinterm Haus ausleeren sollte, beschloss dann aber, ihn erst einmal zur Seite zu stellen. Sollten doch Ruth oder Johanna entscheiden, was damit zu tun war. Um den Topf aus dem Weg zu haben, balancierte sie ihn durch die Küche und stellte ihn in der Werkstatt auf einen der verwaisten Arbeitstische.

Sie wollte schon wieder hinausgehen, als sie doch noch stehen blieb.

Wie still es hier war!

Marie zog einen Schemel näher und setzte sich.

Keine Geister. Und doch lag in der Stille etwas Gespenstisches. Tag für Tag, ein Leben lang hatte das Singen der Bunsenbrennerflamme ihren Alltag begleitet. »Wenn die Flamme singen soll, muss man kräftig ins Feuer blasen«, hatte Vater immer gesagt. Marie spürte, wie ihr Hals eng wurde. Liebevoll strich sie über die alte Öllampe, die verwaist neben dem neuen Gasanschluss lag. Nie mehr würde seine Flamme singen.

Aus dem oberen Stockwerk hörte sie ein Rumpeln. Ordnung schaffen, hatte Ruth es genannt – dabei sprachen sie über Vaters Leben!

Als sie gefragt hatte, was sie in der Zwischenzeit tun konnte, während ihre Schwestern oben aufräumten, war ihr der panische Blick, den die beiden ausgetauscht hatten, nicht entgangen. Was tun? Diese Frage hing seit Vaters Tod ständig so groß und mächtig im Raum, dass Marie fast danach greifen konnte. Nein, sie wusste auch nicht, wie es weitergehen sollte mit ihnen. Aber dass Ruth und Johanna sie in irgendwelche Überlegungen gar nicht erst mit einbezogen, verletzte sie. Nur weil sie die Jüngste war, wurde sie nie richtig ernst genommen. Das war bei Vater so gewesen, und bei Ruth und Johanna war es nicht anders. Aber daran ließ sich wohl nichts ändern! Seufzend stand sie auf und ging wieder in die Küche.

Gegen Mittag kam die Witwe Grün vorbei und brachte ein Blech Apfelkuchen. Der Duft von Zimt und Anis zog durchs Treppenhaus und vertrieb den Geruch nach alter Männerkleidung. Während die schweren Krauteintöpfe der anderen Nachbarn ihnen oftmals im Hals stecken blieben, verzehrten die drei jungen Frauen den Kuchen mit gesundem Appetit.

»Wir müssen uns unbedingt bei der Witwe Grün noch mal für alles bedanken«, stellte Johanna fest, während sie den Kuchen in Stücke schnitt.

»Das stimmt«, pflichtete ihr Ruth bei. »Wie die mir geholfen hat, den Vater zu waschen – das hätte nicht jede gemacht.«

»Dass sie überhaupt ihre Hilfe angeboten hat, sieht ihr gar nicht ähnlich. Wo sie doch sonst immer für sich bleibt …«

»Seltsam ist das schon … Obwohl sie nur zwei Häuser weiter wohnt, bekommt man sie fast nie zu Gesicht!«, wunderte sich Marie.

In Lauscha wusste eigentlich jeder über jeden Bescheid, was nicht nur daran lag, dass es sich um ein kleines Dorf handelte und fast alle demselben Brotverdienst nachgingen. Es war vor allem die dörfliche Enge, die Geheimnisse voreinander fast unmöglich machte: Wie Perlen an einer Schnur reihten sich fast alle Häuser links und rechts entlang der Hauptstraße auf, die in steilen Windungen den Berg hoch führte. Seitenstraßen gab es nur wenige – die steilen Waldhänge hatten über Jahrhunderte hinweg erfolgreich verhindert, dass sich noch mehr Thüringer hier ansiedelten.

»Wann willst du die Witwe Grün sehen, wo sie doch den

ganzen Tag oben beim Heimer arbeitet«, erwiderte Ruth. »Sie hat wahrscheinlich einfach keine Zeit zum Tratschen.«

Johanna schüttelte den Kopf. »Griseldis ist schon immer für sich geblieben, auch, als ihr Mann Josef noch lebte. Ich glaube, er hat es nicht gern gesehen, dass sie mit den Nachbarn sprach. Das war vielleicht ein alter Suffkopf!«

»Was ist eigentlich aus ihrem Sohn geworden? Magnus hieß der, oder?«, fragte Ruth zwischen zwei Kuchenbissen.

»Keine Ahnung. Der ist irgendwann einfach verschwunden. Warum und wieso weiß eigentlich keiner so genau. Aber ich war ja zu diesem Zeitpunkt auch erst dreizehn Jahre alt und ...«, Johanna brach ab, als es an der Tür klopfte.

»Nicht noch mehr Essen«, stöhnte Ruth.

Doch es war Peter, der Johanna bat, mit ihm nach draußen zu kommen. Marie und Ruth schauten sich vielsagend an.

5

»Und? Alles in Ordnung?« Peter zog die Tür hinter ihnen zu.

Johanna zuckte mit den Schultern.

»Tut mir Leid, dass ich mich in den letzten zwei Tagen nur so selten habe blicken lassen, aber bei mir haben sich die Leute die Klinke in die Hand gegeben.«

Peter Maienbaum stellte künstliche Menschenaugen aus Glas her. Seine Kunden kamen teilweise von sehr weit. Wenn jemand nach einem Unfall ein künstliches Auge brauchte, war Eile angesagt. Je länger damit gewartet wurde, desto größer wurde die Gefahr, dass sich die Augenhöhle mit dem Fremdkörper darin entzündete oder zu eitern begann. Wurde das Glasauge jedoch baldmöglichst eingesetzt, war die Chance groß, dass sich die Muskeln daran gewöhnten und sich das Auge im besten Fall sogar bewegen ließ.

»Du brauchst dich doch nicht zu entschuldigen. Du hast dich schließlich mehr um uns gekümmert als jeder andere«, winkte Johanna ab.

»Das ist der nächste Punkt« – verlegen trat Peter von einem Bein aufs andere. »Es ist so …, ich würde ja gern das Werkzeug eures Vaters kaufen und seine ganzen Rohlinge noch dazu …, aber ich kann das Zeug einfach nicht gebrauchen!«

Johanna versuchte ein Lächeln. »Das weiß ich doch auch, dass du Rohlinge aus der Farbglashütte brauchst und nicht unsere farblosen und braunen.« Sie legte ihre Hand auf seine Schulter. »Mach dir keine Sorgen um uns. Unkraut vergeht nicht.« Sie schubste ihn leicht. »He, wer tröstet hier wen?«, versuchte sie es mit Galgenhumor. »Wir verhungern schon nicht – du müsstest mal die vielen Töpfe sehen, die uns die Leute vorbeigebracht haben. Als ob wir zehn Junge wären statt nur drei.«

Sein Blick blieb skeptisch. »Essen ist das eine. Aber ihr braucht doch auch Geld. Und Arbeit. Ich weiß beim besten Willen nicht, wie's bei euch weitergehen soll!«

Johanna seufzte. »Das wissen wir auch noch nicht. Wir sind gerade dabei, Vaters Sachen aufzuräumen. Irgendwo wird sich schon ein Notgroschen finden, der uns erst mal weiterhilft.« Bisher war allerdings noch nichts Derartiges aufgetaucht, und sie konnte sich beim besten Willen nicht vorstellen, wo sie noch fündig werden sollten.

»In eurer Werkstatt stehen doch noch einige Kartons mit fertigen Waren – soll ich die für dich nach Sonneberg bringen?«

»Nein, das mach ich schon selbst«, erwiderte Johanna hastig. »Ehrlich gesagt, ich bin froh, wenn ich für einen Tag raus komme. Außerdem: Friedhelm Strobel würde nicht schlecht gucken, wenn auf einmal du ankämst! Und wenn's morgen Hunde und Katzen regnet – ich geh nach Sonneberg und verkaufe den Rest.« Sie seufzte. »Eigentlich hätte ich ja schon letzten Freitag gehen sollen. Aber so kurz nach Vaters Tod ...«

»Der Strobel soll dir ja nicht dumm kommen, sonst kriegt er's mit mir zu tun! Sag ihm das! Und auch sonst ...« – er hob ihr Kinn an – »wenn es irgendwelche Probleme gibt, dann kommst du zu mir. Versprichst du mir das?« Sein Blick ließ Johanna nicht wegschlüpfen.

Sie wand sich aus seinem Arm. Etwas in ihrem Inneren hielt sie davon ab, dieses an sich harmlose Versprechen zu geben. »Wir werden es schon irgendwie richten«, erwiderte sie stattdessen vage. Sie wollte nicht, dass Peter sich zu sehr für sie verantwortlich fühlte. Sie drückte noch kurz seinen Arm, nickte ihm zu und verschwand dann im Haus. Einen Augenblick lang spielte sie mit dem Gedanken, die Treppe hoch zu schleichen und sich einfach ins Bett zu legen. Das viele Reden und die zuversichtliche Miene, die sie dabei aufsetzen musste, kostete so viel Kraft – warum merkten die anderen das bloß nicht? Doch dann gab sie sich einen Ruck – sie konnte ihre Schwestern schließlich nicht allein lassen.

»Und – was hat Peter gewollt?«, platzte Ruth heraus, noch bevor Johanna die Tür hinter sich zugezogen hatte.

Johanna spürte plötzlich ein seltsames Flattern in ihrem Bauch. So hatte sie an besagtem Montag auch im Türrahmen gestanden. Bevor die Traurigkeit sich erneut wie ein schwarzes Tuch um sie legen konnte, gab sie sich einen Ruck. Sie mussten miteinander reden, daran führte kein Weg vorbei.

»Peter würde uns gern Vaters Werkzeug abkaufen und die Rohlinge noch dazu, aber leider kann er das alles nicht gebrauchen.«

»Vielleicht kauft uns einer der anderen Glasbläser die Rohlinge ab?«, fragte Marie.

Ruth seufzte. »Ich weiß nicht ..., die Sachen so einfach aus dem Haus zu geben, das wird mir schwer fallen. Das macht alles erst so richtig endgültig.«

»Aber das ist es doch auch!«, schrie Marie leise auf. »Ohne Vater ist's aus und vorbei mit unserer Glasbläserei.« Sie presste ihre Hand vor den Mund. »Was um alles in der Welt soll denn jetzt aus uns werden?«

Johanna hatte darauf keine Antwort. Seit Vaters Tod dachte sie über nichts anderes mehr nach als darüber, wie es weitergehen sollte. Die Zuversicht, die sie Peter gegenüber an den Tag gelegt hatte, war so hohl wie die Glasperlen, mit deren Herstellung sich das halbe Dorf den Lebensunterhalt verdiente.

Ohne Glasbläser war ihre Lebensgrundlage zerstört. Ohne Glasbläser gab es nichts zu schleifen, zu bemalen oder einzupacken. All ihre Fertigkeiten waren für die Katz.

»Morgen geh ich nach Sonneberg und verkaufe, was an fertiger Ware noch da ist. Viel werden die wenigen Gläser nicht bringen, aber die paar Groschen verschaffen uns wenigstens eine Atempause. Wir können uns nicht darauf verlassen, dass die Leute uns ewig Essen vorbeibringen.« Johanna schaute Ruth an, die nicht ganz bei der Sache zu sein schien, und beschloss, noch deutlicher zu werden. Schlechte Nachrichten wurden nicht leichter verdaulich, indem man sie stückweise verabreichte. »Ich hab jede Ritze in Vaters Kammer durchgesucht, aber es scheint, als hätte er nichts für schlechte Zeiten zurückgelegt.« Sie hob die Schultern. »Der Anschluss ans Gaswerk hat wohl alle Ersparnisse aufgefressen.« Sie biss sich auf die Lippen. Es fiel ihr selbst schwer, das zu glauben.

»Vielleicht geben die von der Gasanstalt uns das Geld wieder zurück, wenn wir ihnen sagen, dass wir den Anschluss nicht mehr brauchen?«, fragte Marie leise.

Ruth runzelte die Stirn. Typisch Marie! »Das glaubst du doch selbst nicht! Hast du vergessen, dass die Arbeiter drei

Tage graben mussten, bis die Leitung von der Gasanstalt zu unserem Haus gelegt war? *Dafür* war das Geld. Da können wir doch jetzt nicht einfach kommen und es wieder zurück verlangen. Oder?« Ein kleiner Hoffnungsschimmer flackerte dennoch in dem Blick, den sie Johanna zuwarf.

Doch die schüttelte nur den Kopf. »Auf so etwas lassen die sich gewiss nicht ein! Nein, nein, wir müssen mit dem Geld, das ich vom Friedhelm Strobel bekomme, so lange über die Runden kommen, bis ... sich etwas ergibt.«

Der Hoffnungsschimmer in Ruths Blick erlosch. »Ach, wenn uns nur einer helfen würde! Wenn wir einen hätten, der sich an Vaters Bolg setzen würde ...«

»Wer sollte das tun?« Johanna lachte bitter auf. »Die anderen Glasbläser müssen doch auch alle schauen, dass sie mit ihrer Arbeit fertig werden. Und außerdem: Wie sollten wir den Mann bezahlen?«

Marie sah aus, als wollte sie etwas sagen, traute sich aber nicht, aus Angst, erneut einen Rüffel zu bekommen.

»Wir müssen darauf hoffen, dass wir irgendwo als Arbeitsmädchen unterkommen. So wie die Witwe Grün«, sagte Johanna. Der Widerwillen in ihrer Stimme war nicht zu überhören. Arbeitsmädchen waren noch schlechter gestellt als Mägde, das wusste jeder. Da ihr Lohn nur wenige Pfennige pro Arbeitsstunde betrug, mussten sie täglich zehn oder mehr Stunden arbeiten, um irgendwie über die Runden zu kommen.

Skeptisches Schweigen. Die Betriebe im Dorf, die fremde Leute beschäftigten, waren rar gesät. Bisher hatte ihnen keiner Arbeit angeboten.

»Es gibt noch eine andere Möglichkeit, wieder einen Glasbläser ins Haus zu bekommen ...« Ruth grinste. »Vielleicht sollten wir allmählich ans Heiraten denken! Das wäre in unserer Situation doch weiß Gott nicht die dümmste Idee, oder?« Sie setzte sich aufrecht hin, als wollte sie im nächsten

Moment zu Papier und Griffel greifen, um in Frage kommende Kandidaten zu notieren.

Johanna und Marie schauten sie entgeistert an, nicht sicher, ob sie von ihr auf den Arm genommen wurden.

»Und wo willst du so schnell drei Ehemänner herzaubern?«, fragte Marie.

Ruth schien die Ironie in Maries Stimme nicht wahrzunehmen. Sie verzog den Mund und antwortete ernsthaft: »Das ist in der Tat ein Problem. Vater hat ja immer alle vertrieben. Wenn wir uns jetzt nicht beeilen, sind alle Burschen in unserem Alter im Dorf weggeschnappt, und wir versauern als alte Jungfern. Die anderen Mädchen sind alle längst verlobt!« Ihre Stimme bekam einen leicht panischen Unterton.

Johanna glaubte, nicht richtig zu hören. »Was redest du für Unsinn?«

»Das ist kein Unsinn, sondern die Wahrheit«, verteidigte sich Ruth. »Von den Männern, die inzwischen vergeben sind, hätte mir auch der eine oder andere gefallen können. Da waren einige patente Glasbläser dabei. Aber Vater hat uns ja nicht einmal zum Hüttenplatz gehen lassen, wie also hätte sich je einer für uns interessieren können? Wahrscheinlich haben die uns längst alle abgeschrieben!«

Der Hüttenplatz war der Ort, wo sich die Jungen des Dorfes nach getaner Arbeit trafen. Während drinnen die Feuer der Schmelzöfen große Flammen schlugen, saßen draußen die Mädchen auf der hüfthohen Mauer und kicherten. Vor ihnen rempelten sich die Burschen gegenseitig an, klopften Sprüche oder rauchten Zigaretten, die ihnen oftmals das Wasser in die Augen trieben. Interessierte, verliebte oder auch abweisende Blicke wurden getauscht, manchmal kokett, manchmal forsch oder einfach nur plump, je nachdem, wie viel Raffinesse der Einzelne in seine Werbung zu legen vermochte.

Johanna hatte es nie etwas ausgemacht, an diesen Abenden nicht dabei gewesen zu sein, ganz im Gegenteil: Sie empfand schon die Blicke der jungen Männer, die hinter Ruth, Marie und ihr hersahen, wenn sie durchs Dorf gingen, als störend. Und Ruth hatte immer behauptet, sie würde lieber auf einen polnischen oder russischen Prinzen warten, als sich mit einem der ungelenken Jünglinge vom Hüttenplatz abzugeben. Genau daran erinnerte Johanna sie nun.

»Vielleicht waren das die Hirngespinste eines jungen Mädchens, nicht mehr«, wischte Ruth ihre Träume weg. »Ich möchte endlich einmal etwas erleben. Glaubst du, es macht mir Spaß, tagtäglich nur für die Hausarbeit zuständig zu sein? Ich möchte mich auch einmal hübsch machen, so wie andere Weiber das tun. Und dann in die Singstunde gehen oder in den Theaterverein, wo sie dauernd schöne Kostüme tragen dürfen! Oder einfach nur auf eines der Feste. Vielleicht würde ich dabei sogar meinen Prinzen treffen! Wenn wir allerdings weiter wie Einsiedler leben, wird das gewiss nicht geschehen!«

Entgeistert starrte Johanna ihre Schwester an. Sie hatte auf einmal das Gefühl, viel zu wenig darüber zu wissen, was in Ruth vorging.

»Aber wir können doch jetzt nicht losziehen und uns so mir nichts dir nichts einen zum Heiraten suchen!« Maries skeptische Feststellung durchschnitt die Stille, die sich gerade breitmachen wollte. »Mir würde da keiner einfallen!«

Johanna seufzte. Manchmal ging ihr Maries naive Art wirklich gegen den Strich.

»Mir schon, allerdings nicht für mich …«, sagte Ruth lachend. »Welcher Nachbar kommt täglich herüber und will eine von uns *allein* sprechen?«

Marie kicherte.

Johanna verdrehte die Augen. Dass Ruth zwischen ihr und dem Nachbarn mehr vermutete als Freundschaft, war ein alter Hut. Für sie war Peter jedoch wie ein großer Bruder. Mit ihm konnte sie reden, wie ihr der Schnabel gewachsen war. »Peter ist ein guter Freund. Von uns allen!«, erwiderte sie, obwohl sie nicht die geringste Lust auf dieses Gespräch verspürte.

»Vielleicht für *dich*. Ich glaube jedoch, dass er das mit anderen Augen sieht …« Ruth hob die Augenbrauen und schaute geheimnisvoll drein. »Mit Glasaugen!«, platzte sie kichernd heraus.

»Du bist gemein!«, fuhr Marie sie an. »Ich finde Peter sehr nett! Aber andererseits: Wie kann man jemanden heiraten, der Maienbaum heißt?« Auch sie kicherte, wenn auch weniger boshaft als Ruth.

»Ach, ihr seid doch dumme Hühner!« Johanna stand auf und begann, die Kuchenteller in die Spüle zu tragen. »Von mir aus kannst du dir einen zum Heiraten suchen«, sagte sie zu Ruth. »Wenn ich mir allerdings ansehe, wie's bei den meisten im Dorf daheim aussieht, dann erscheint mir das nicht wie das Paradies auf Erden! Da ist das Brot knapp, und ob eine verheiratet ist oder nicht, macht gar keinen Unterschied. Aber bitte …« Sie zuckte die Schultern. »Wenn du schon dabei bist, such dir am besten einen Mann mit Bruder, dann ist Marie auch gleich versorgt. Ich für meine Fälle geh jedenfalls morgen erst einmal nach Sonneberg!«

6

Draußen war es noch dunkel, als Johanna von Ruth wachgerüttelt wurde. Einen Augenblick lang wusste Johanna nicht, ob sie träumte oder nicht, doch dann erinnerte sie sich wieder an die vor ihr liegende Aufgabe. Während Ruth im Nachtkleid die Treppe hinunterging, zog sich Johanna an.

Ihre Sachen hatte sie schon am Vorabend aus dem Schrank geholt und zurechtgelegt. Widerwillig betrachtete sie die Jacke aus dichtgewebten Wollstoff – vorbei war die warme Jahreszeit, wo eine dünne Strickweste gereicht hatte.

In der Waschküche fuhr sie sich mit einem nassen Lappen übers Gesicht, kämmte ihre Haare aus, die sich in der kurzen Zeit schon am rauen Jackenkragen festgehakt hatten, und band sie zu einem Zopf zusammen. Diesen legte sie wie einen Kranz um ihren Kopf und steckte das Ende mit mehreren Nadeln fest. Darüber band sie ein Tuch, dessen Enden sie ebenfalls miteinander verknotete, so dass nirgendwo ein Zipfel abstand. Mit dem Korb auf dem Rücken, dessen Ladung Gläserkartons hoch über ihren Kopf hinausragte, würden andere Frisuren sie nur stören. Einen langen Augenblick starrte sie auf ihr Spiegelbild und sah nur riesengroße Augen. Es erstaunte sie jedes Mal, wie sich ein Gesicht veränderte, wenn man die Haare wegnahm. Auf einmal wirkte auch ihr Mund viel größer. Prüfend öffnete sie die Lippen, doch es war nicht der Spiegel, der ihr Bild verzerrte. Ihre Oberlippe wölbte sich tatsächlich in einem weiten Bogen, und ihre Unterlippe war nicht weniger sinnlich. Fast sah es so aus, als würde sie ihrem Spiegelbild einen Kuss zuwerfen! Johanna runzelte die Stirn. Dem Vater war es nie ganz wohl dabei gewesen, sie allein nach Sonneberg zu schicken. Daher hatte er von Anfang an darauf bestanden, dass sie sich so unauffällig wie möglich dafür herrichtete. Johanna fragte sich nicht zum ersten Mal, ob sie durch ihre Aufmachung womöglich das Gegenteil von dem erreichte, was sie eigentlich wollte. Doch dann streckte sie ihrem Spiegelbild die Zunge heraus und ging ins Haus zurück.

Ruth hatte bereits die Kartons, in denen jeweils vier Gläser abgepackt waren, sorgfältig auf dem hölzernen Gestell festgezurrt, das an Johannas Lieferkorb befestigt wurde. Gemeinsam trugen sie alles vor die Haustür. Kein Nebel, stellte Johanna erleichtert fest, als sie die schmale Straße hinabblickte. Mit eingespielten Handgriffen schulterte sie den Korb und band sich den Tragegurt um den Bauch. Dann hob Ruth das Gestell darauf und verschnürte es an vier Stellen. Sie hielt Johanna am Arm fest. »Wenn du in Sonneberg bist, dann hör dich um. Vielleicht erfährst du von jemandem, der Arbeit für uns hat. Vielleicht weiß ja auch Strobel einen Glasbläser, der uns nehmen würde.«

Johanna nickte. Das hölzerne Gestell drückte sich schon jetzt unangenehm in ihren unteren Rücken. Sie machte sich auf den Weg.

»Und versuch, dem Geizhals einen besseren Preis abzuringen. Wir brauchen jeden Pfennig!«, rief Ruth ihr nach.

Als ob sie das selbst nicht am besten wüsste! Johanna verzog den Mund. Gute Ratschläge geben, das konnte Ruth. Aber selbst traute sie sich das Verkaufen nicht zu. »Dieser Strobel ist mir unheimlich. Den möchte ich nicht öfter treffen«, hatte sie gemeint, als sie letztes Jahr Johanna einmal begleitet hatte. Auch Johanna war der Mann nicht sonderlich sympathisch, aber was ließ sich daran ändern? Sie seufzte und marschierte dann munter geradeaus.

Es war kurz nach halb sieben.

Als sie am Bahnhof vorbei kam, war die Versuchung, hinein zu gehen und sich ein Billet nach Sonneberg zu kaufen, so groß wie eh und je. Seit die Bahnstrecke vor vier Jahren eingeweiht worden war, lieferten immer mehr Botenfrauen die ihnen anvertraute Ware mit dem Zug aus. Doch Joost hatte nichts von dem »stinkenden, schwarzen Ungeheuer« gehalten. »Am Ende bleibt das Ding mitten auf der Strecke stehen, wie damals bei seiner Jungfernfahrt, und dann müsst ihr doch alle wieder auf Schusters Rappen weiter!« Noch heute klangen seine Worte Johanna im Ohr. Inzwischen fragte sie sich jedoch, ob seine Haltung tatsächlich etwas mit seiner Abneigung der neuen Technik gegenüber zu tun gehabt hatte oder nicht viel mehr damit, dass sie sich eine Bahnfahrt schlicht und einfach nicht hatten leisten können. So, wie sie sich auch keine Botenfrau hatten leisten können.

Die Sonne stand um diese Jahreszeit so tief, dass ihr gleißendes Licht fast unter den Baumkronen durchschlüpfte. Wie in der Zeit vor der verregneten Beerdigung war es auch jetzt wieder für September ungewöhnlich warm. Bald spürte Johanna, wie es zwischen dem dicken Jackenstoff und ihren Achseln heiß wurde, ihr Rücken wurde feucht und begann zu jucken. Sie versuchte, das Kopftuch, das sie im Nacken zu eng festgebunden hatte, mit einem Finger zu lockern, um etwas Luft an ihre schwitzende Kopfhaut zu lassen.

Normalerweise ließ sie sich das größte Stück der zwanzig Meilen langen Strecke von einem der Fuhrwerke mitnehmen, heute jedoch winkte sie jeden weiter, der Anstalten machte, anzuhalten. Die leeren Schubfächer in Vaters Schlafzimmer ließen sie selbst mit den paar Pfennigen Fahrgeld, die die Kutscher verlangten, geizen.

Der Weg war an manchen Stellen vom Regen der vergangenen Tage so aufgeweicht, dass Johanna immer wieder in den Wald gehen musste, um nicht bis zu den Knöcheln im Matsch zu versinken. Trotzdem klebten bald dicke Brocken unter ihren Sohlen und machten jeden Schritt zu einer Anstrengung. Einen Augenblick lang spielte sie mit dem Gedanken, ihre Schuhe in der Steinach zu waschen. Doch nach dem vielen Regen gebärdete sich der ansonsten zahme Bach heute wie Wildwasser: Gurgelnd und brausend schoss er über sein Bett hinaus, Gischt spritzte an einigen Stellen fontänenartig hoch, so dass Johanna erschrocken zurückwich. Mit schmutzigen Schuhen setzte sie ihre Rutschpartie fort.

Als sie in Sonneberg ankam, war es schon nach elf, wie sie nach einem Blick auf die Kirchenuhr ärgerlich feststellte. Mehr als viereinhalb Stunden hatte sie gebraucht, so lange wie noch nie! Normalerweise gehörte sie zu den ersten, die frühmorgens bei Friedhelm Strobel auftauchten. Das hatte den Vorteil, dass sie nie lange warten musste, bis er Zeit für sie hatte. Als sie ihre mit Erde verschmierten Schuhe anschaute, sank ihre Laune noch weiter. Strobel würde sich freuen, wenn sie damit sein blankpoliertes Holzparkett betrat!

Wie jeden Freitag, wenn sie in das kleine Städtchen kam, wurde sie auch diesmal von dessen Betriebsamkeit angesteckt. Das Gefühl, etwas zu verpassen, ließ Johannas Schritt unwillkürlich schneller werden. Dabei musste sie immer wieder anderen Fußgängern ausweichen, was mit dem unförmigen Tragekorb auf dem Rücken gar nicht so leicht war.

Sonneberg war um diese Jahreszeit voller Menschen, deutsche Dialekte und fremde Zungen begleiteten Johanna wie ein Schwarm Mücken auf ihrem Weg durch die Stadt. Schilder vor den Gasthöfen zeigten schon von weitem an, dass es kaum ein freies Bett gab, von nah und fern waren Aufkäufer da, um zu begutachten, was die vielfältigen Handwerksbetriebe aus der Gegend in den vergangenen Monaten hergestellt hatten. Vor allem jedoch wollten sie ihre Einkäufe fürs Weihnachtsgeschäft tätigen. In Kaufhäusern und Läden in München, Nürnberg, Hamburg, aber auch in Sankt Petersburg, Kopenhagen oder Brüssel – überall wurde mit Thüringer Handwerkskunst gutes Geld verdient. Dafür mussten die Geschäftsleute nicht etwa von Haus zu Haus ziehen und sich die einzelnen Teile mühselig zusammensuchen, sondern konnten auf ein ausgeklügeltes Vertriebssystem zurückgreifen, das in Sonneberg seit vielen Jahren praktiziert wurde und in dieser Form einzigartig war: das Verlegerwesen. Mindestens zwanzig dieser Zwischenhändler gab es, und ihre

Verlagshäuser, die von außen oft gar nicht als Geschäfte auszumachen waren, verfügten allesamt über ein breitgefächertes Warenangebot. Wer allerdings glaubte, dass sämtliche Waren in den Geschäften vorrätig seien, der irrte: Der Großteil der Bestellungen wurde aufgrund von Musterbüchern gemacht, die die Verleger ihren Kunden vorlegten. In diesen dicken, großformatigen Büchern, um die jeder Verleger ein Geheimnis machte, wurde jeder Artikel als Zeichnung oder Fotografie gezeigt, seine Maße genannt und das Material beschrieben. Preise standen dort nicht geschrieben, diese waren Verhandlungssache. Porzellanpuppen mit beweglichen, gläsernen Augen und echtem Frauenhaar, gekleidet in feinste Seidenstoffe, aufwendig bestickt und herausgeputzt, gehörten zu den begehrtesten Artikeln, die die Geschäftsleute für ihre Kundschaft zu Hause einkauften. Auch Spielzeug aus Blech oder Holz, bunte Glasmurmeln, mundgeblasene Teile aller Art und natürlich Glasperlen in allen Variationen wurden in Sonneberg an den Mann gebracht. Gefiel einem Einkäufer ein Artikel im Musterbuch, wurde ein Preis dafür ausgehandelt, die gewünschte Stückzahl und der Liefertermin festgelegt. Mit dieser Bestellung in der Hand ging der Verleger zu seinem Lieferanten und ließ die Ware anfertigen.

Jetzt, so kurz vor dem Weihnachtsgeschäft, standen die Türen der Verleger nicht mehr still, Einkäufer und Hersteller gaben sich gegenseitig die Klinke in die Hand.

Johanna konnte mit einem Blick erkennen, wer zu den Einkäufern gehörte und wer die Waren herstellte: Die Geschäftsleute waren viel eleganter gekleidet, ihre Anzüge aus feinstem Tuch. Außerdem kamen sie fast nie allein, sondern hatten immer einen Gehilfen zur Seite, der einen ledernen Aktenkoffer oder eine Tasche trug. Es konnte gut sein, dass sich darin Musterteile befanden und es später beim Verleger hieß: »Können Sie mir solch eine Vase liefern?« Oder: »Was würden hundert dieser hölzernen Kerzenleuchter bei Ihnen kosten?«

Ganz anders sah es bei den »Hausgewerbetreibenden« und »Glasfabrikanten« aus. Ihre Gesichter waren nicht frisch wie die der Geschäftsleute, die sich in einem der Gasthöfe ausgeruht an den Tisch gesetzt und ein Morgenmahl serviert bekommen hatten. Ihren Gesichtern sah man an, dass sie die letzte Nacht durchgearbeitet hatten, um diesen oder jenen Auftrag noch rechtzeitig fertig zu bekommen. Wenn ihnen überhaupt die Zeit für eine Mahlzeit gereicht hatte, dann war diese mager ausgefallen – ein paar Kartoffeln vielleicht oder eine Scheibe Brot. Auch sie hatten es eilig – in Sonneberg war Betriebsamkeit an der Tagesordnung –, aber Johanna vermutete, dass es nicht wichtige Geschäfte waren, die die Leute zur Schnelligkeit antrieb, sondern ein Haus voller Kinder und ein Haufen Arbeit, der in jeder Minute Abwesenheit weiterwuchs.

Als Johanna die Tür zu Friedhelm Strobels Ladengeschäft öffnete, schnürte ihr der Gedanke, dass sie heute das letzte Mal hier sein würde, den Hals zu. Auf einmal war sie froh, nicht sofort an der Reihe zu sein, sondern warten zu müssen, bis der Glasbläser an der Theke seinen Handel mit Strobel beendet hatte. Mit bangem Herzen setzte sie sich auf das weinrote Samtsofa, das am anderen Ende des Ladens stand.

Seltsam, nun war sie schon so oft hier gewesen, doch so richtig wahrgenommen hatte sie den Raum bisher nicht. Vom Boden bis zur Decke reichten die Regale, in denen Strobel Musterteile, aber auch fertige Ware aufbewahrte. Keines der Fächer war beschriftet, trotzdem schien Strobel mit schlafwandlerischer Sicherheit zu wissen, was sich in jedem Fach befand. In der obersten Reihe waren statt Schubfächern Körbe angebracht. In einem davon bewahrte Friedhelm Strobel handgerollte, kugelrunde Seifen auf, die von einem alten

Weib und ihren zwei Töchtern in einem der Nachbardörfer hergestellt wurden. Johanna war einmal dabei gewesen, als Strobel eine Lieferung Seifen angenommen hatte, seitdem wusste sie, dass sie der Grund für den kräuterwürzigen Duft waren, der stets die Luft in seinem Laden erfüllte.

»Ich könnte die Dinger auch in eine der Spanschachteln verpacken, aber so ersparen sie mir Mottenkugeln«, hatte Strobel erklärt, als sie ihn einmal auf den Geruch, der ein wenig an Weihrauch erinnerte, angesprochen hatte.

Sie kräuselte die Nase, um ein Niesen zu unterdrücken. »Die Schale ist viel zu tief geraten«, hörte sie Strobel gerade sagen. »Die würde mindestens ein Pfund Konfekt aufnehmen, aber mein Kunde möchte sie mit höchstens sieben, acht Pralinés füllen. Das hab ich doch beim letzten Mal ganz ausdrücklich betont!«

Den gereizten, tadelnden Gesichtsausdruck, den er dem Mann gegenüber aufsetzte, kannte Johanna nur zu gut. Als ob er die Dummheit seines Gegenübers nicht in Worte fassen könne. Sie war schon öfter dabei gewesen, wenn er einen seiner Lieferanten auf diese Weise runtergeputzt hatte. Jedes Mal hatte sie mit demjenigen gelitten.

Während Strobel sprach, zog er eine hölzerne Leiter näher, stieg drei Tritte hinauf und machte eines der Fächer auf. »Ich möchte mal wissen, wozu ich dir das Muster gezeigt habe, wenn du dich doch nicht daran hältst. Schau, der Durchmesser ist gleich, doch der Boden hat viel weniger Volumen!« Er zeigte auf eine hellblaue Glasschale.

Der Mann griff nach dem Teil und musterte es gründlich. Strobel schnaufte ungeduldig. Als er Johannas Blick suchte, schaute sie betont zur Seite. Er bildete sich doch nicht etwa ein, sie würde sich mit ihm gegen den armen Mann verbrüdern! »Das haben Sie aber beim ersten Mal nicht so ausdrücklich gesagt«, erwiderte dieser nun. Seine Miene war angespannt. »Und nun?«

Strobel zuckte die Schultern. »Ist es mein Problem, wenn du nicht richtig zuhörst? Ich muss liefern, was die Kunden verlangen.«

»Aber es muss doch auch Kunden geben, die so tiefe Schalen wie die meine benötigen! Was soll ich denn nun mit den fünfzig Stück machen?« Die Verzweiflung war dem Mann ins Gesicht geschrieben. Johanna wollte sich nicht vorstellen, was ihn zu Hause erwartete, wenn er mit vollem statt leerem Huckelkorb zurückkam!

Strobel klopfte dem Mann auf die Schulter. »Ich kann ja ein Muster hier behalten. Vielleicht wird sich was daraus ergeben«, sagte er, während er den Mann in Richtung Ausgang schob. Seine Worte: »Das nächste Mal kommen wir wieder ins Geschäft«, sollten sich wohl tröstlich anhören.

Kaum war der arme Mann draußen, ließ Strobel die Schale in einer Schublade unter der Theke verschwinden, ohne sie nochmals eines Blickes zu würdigen.

»Johanna!« Er streckte ihr seine Arme entgegen. »Ich habe schon gehört, welch schreckliches Unglück euch widerfahren ist! Mein aufrichtiges Beileid!«

Friedhelm Strobels Handgriff war knochig und stets eine Spur zu fest. Die Haut war um seine Nägel herum blutig gebissen, an manchen Stellen eiterte sie sogar. Nur ungern gab Johanna ihm die Hand, um sie im nächsten Moment wieder zurückzuziehen.

»Ich bin gekommen, um unsere restlichen Gläser zu verkaufen«, sagte sie und zeigte auf den Tragekorb hinter sich. Sie wollte nicht mit dem Verleger über Joosts Tod sprechen.

Doch Strobel schien damit nicht einverstanden zu sein. »Dass ein so fleißiger und geschickter Glasbläser so früh abtreten muss – ein Drama!«

Er kam um die Theke herum, legte eine Hand auf Johannas Arm und führte sie zu dem Tisch, an dem er seinen Kunden die Musterbücher auslegte. Er war aus rötlichem Holz, in dessen polierter Oberfläche sich das Licht des Kronleuchters spiegelte, der in der Mitte des Raumes hing. An je einem Ende standen ausladende Stühle, die mit einem Brokatstoff in Gold- und Brauntönen bezogen waren. Die Sitzgruppe strahlte Eleganz und Wohlstand aus. Johanna hatte dort noch nie Platz nehmen dürfen, doch heute drückte Strobel sie geradezu auf einen der Stühle hinab. Er schaute sie bedeutsam an.

»Die Gläser können wir später noch begutachten«, sagte er beiläufig.

Johanna musste sich zwingen, nicht die Augen zu verdrehen. Sie konnte Strobels Wichtigtuerei heute nur schwer ertragen – mit dem Geld für die Gläser wäre ihr eher geholfen gewesen!

»Sie haben meinen Vater doch fast nicht gekannt – daher kann sein Tod Ihnen kaum nahe gehen«, sagte sie spöttisch.

Sein Blick kroch langsam über Johannas Kopftuch zu ihren Augen, dann weiter ihre Wangen hinab und blieb schließlich an ihren Lippen hängen.

»Habe ich das behauptet?«, fragte er mit hochgezogenen Brauen.

Unwillkürlich rückte Johanna ihren Stuhl ein Stück nach hinten.

Strobel stützte sich auf seine Ellenbogen und faltete die Hände wie zum Gebet.

»Ich habe vor allem darüber nachgedacht, was der Tod eures Vaters für dich und deine Schwestern bedeutet.«

Dieser bedeutungsvolle Blick! Das tiefe Ausatmen! Die erwartungsvolle Miene! Tausend unsichtbare Stacheln stellten sich in Johanna auf. Sie hatte schon eine weitere ironische Bemerkung auf den Lippen, doch dann antwortete sie lediglich: »Es ist keine einfache Zeit für uns drei Mädchen. Mit Vaters Tod hat sich vieles geändert.« Sie hielt die Luft an. Vielleicht kannte er ja doch jemanden, der Arbeit für sie hatte!

»Was wäre das Leben ohne Veränderungen? Wir können sie nicht verhindern, so viel steht fest. Aber manchmal können wir ein wenig an ihnen drehen, wie an einer Schraube.« Strobel nickte vielsagend. »Und deshalb, liebe Johanna Steinmann, möchte ich dir ein Angebot machen!«

7

»Ich möchte dich anstellen. Als meine ... Assistentin.«

Noch immer hallten Strobels Worte in ihr nach. Assistentin – wie hochtrabend das klang. Warum sagte Strobel nicht Gehilfin oder Helferin, ging es ihr durch den Kopf, während sie wie betäubt durch die Sonneberger Gassen lief. Die tausend Gedanken, die ihr seit Strobels Eröffnung durch den Kopf schossen, hielten mit ihrem Tempo mit.

Am Ortsende stoppte sie abrupt. Sollte sie das übliche Tütchen Bohnekaffee kaufen oder nicht? Ach, die paar Pfennige würden sie auch nicht in den Hungertod treiben, entschied sie und bog rechts ab zu dem Krämerladen, dem sie jeden Freitag einen Besuch abstattete. Sie ignorierte die silbernen Tabletts mit den aufgetürmten Gebäckwaren und auch am Bottich mit den gesalzenen Heringen, deren Fleisch so unnachahmlich zart war, ging sie zielstrebig vorbei. Mit fünfzig Gramm Kaffee trat sie kurz darauf aus dem Laden – den Duft der frisch gemahlenen Bohnen nahm sie kostenlos mit.

Kaum war sie aus der Stadt hinaus, begann die Straße sanft anzusteigen. Johanna stapfte wie eine Schlafwandlerin voran. Ihre Gedanken kreisten nur um das zurückliegende Gespräch.

Er schätze ihre hartnäckige Art, hatte Strobel behauptet. Und er glaube, sie würde einiges an Geschäftssinn in sich tragen – was immer das zu bedeuten hatte.

Johanna war erst einmal sprachlos gewesen.

»Ich? Ihnen helfen?«, hätte sie am liebsten gerufen. »Ich kann doch gar nichts!« Stattdessen hatte sie mit ihrer Hand über das glänzende Mahagoniholz der Tischplatte gestrichen. Als sie fragte: »Wie würde meine Arbeit bei Ihnen aussehen?«, hatte ihre blecherne Stimme jedenfalls nichts davon verraten, dass sie sich im Geiste schon den Boden putzen sah. Von wegen!

»Ich würde dich zu meiner rechten Hand machen«, hatte Strobel geantwortet. »Während ich mit den Einkäufern verhandele, würdest du die Listen führen, Bestellungen notieren, diese später an die entsprechenden Lieferanten weiterleiten. Es würde sich vor allem um schriftliche Arbeiten handeln – korrektes Buchführen über jede Transaktion ist bei Geschäften meiner Größenordnung oberstes Gebot«, fügte er selbstherrlich hinzu. »Ich trage mich schon länger mit dem Gedanken, einen Assistenten einzustellen – nun ist vielleicht der Zeitpunkt gekommen, diesen Gedanken in die Tat umzusetzen.«

Sie hatte nur genickt. Hätte Strobel ihr angeboten, den Mond zu polieren, wäre ihr dies nicht abenteuerlicher vorgekommen.

»Natürlich würde ich dich bezahlen«, hatte er auf ihr Schweigen hin bemerkt und hinzugefügt: »Selbstverständlich würden wir eine Art Probezeit vereinbaren, in der dein Lohn niedriger sein wird. Aber wenn du dich erst einmal eingearbeitet hast …« Den Rest des Satzes hatte er wie einen Köder an der Angel vor ihr baumeln lassen. Johanna schnaubte. Als ob das nötig gewesen wäre! Nach seinen ersten Sätzen waren Bilder vor ihrem inneren Auge aufgetaucht, verführerisch und aufregend: Sonneberg und seine vielen Besucher, darunter Kunden aus aller Welt, wichtige Geschäfte, bei denen es um Hunderte von Artikeln ging, die in all den Schubladen auf Käufer warteten – und mitten drin sie, Johanna Steinmann aus Lauscha. Sofort hatte sich ihr schlechtes Gewissen geregt: Wie konnte sie so kurz nach Vaters Tod derart ins Schwärmen geraten?

»Ich weiß nicht, ob ich das alles kann«, hatte sie also geantwortet und die Bilder, in denen sie in einem tintenblauen Kleid mit eleganter Hochsteckfrisur und mit einem Notizbuch in der Hand wichtige Kundschaft bediente, weggewischt. Sie eine Assistentin! Nur mit Mühe war es ihr gelungen, die Aufregung, die wie eine überkochende Suppe in ihr brodelte, zu unterdrücken.

Friedhelm Strobel hatte daraufhin ihre Hand ergriffen. »Wenn *ich* dir das zutraue, genügt das. Oder glaubst du, ich würde dieses Angebot jeder dahergelaufenen Magd machen?«

Johanna war sich nicht sicher gewesen, ob dies als Kompliment oder eher als Beleidigung zu verstehen gewesen war. Jedenfalls hatte sie sich seiner Hand mit den abgekauten Fingernägeln entwunden und war aufgestanden. »Ich muss über Ihr Angebot nachdenken«, hatte sie erwidert und sich dabei ziemlich eisig angehört.

Ach, verflixt! Mit dem rechten Fuß kickte sie einen Haufen Laub auseinander. Warum hatte sie bei dem Mann immer das Gefühl, in Abwehrstellung gehen zu müssen? Lag das daran, dass er nicht von hier war? Irgendjemand hatte ihr einmal erzählt, dass Friedhelm Strobel aus einer feinen Berliner Kaufmanns-Familie stammte. Vielleicht rührte daher sein affektiertes, manchmal auch arrogantes Gehabe, sinnierte Johanna. Dabei war er ihr gegenüber stets die Freundlichkeit in Person, und das, obwohl sie recht forsch, ja manchmal geradezu frech auftrat. Ihr war schon mehr als einmal der Gedanke gekommen, dass sie aus unerklärlichen Gründen bei Strobel ein Stein im Brett haben musste. Dass er ihr heute Arbeit angeboten hatte, bestätigte dies nur aufs Neue.

Johanna grinste vor sich hin. Auch heute hatte sie wieder einen ordentlichen Preis für ihre Gläser herausschlagen können.

Von weitem konnte sie bald darauf die ersten Häuser von Lauscha erkennen. Die umliegenden Berge warfen ihre langen Schatten auf das Dorf, dessen Hütten sich an die steilen Hänge anschmiegten. Die Schieferdächer, die im Sonnenlicht so silbergrau glänzten, sahen im Schatten aus wie düstere, schwarze Hauben.

Bevor sie die letzte Steigung in Angriff nahm, hielt Johanna inne. Ruth und Marie würden Augen machen! Das Lächeln, das sich auf ihrem Gesicht breitmachte, war mehr als ein wenig selbstgefällig, aber hatte sie nicht allen Grund, stolz zu sein? Wie hatte er gesagt? »Glaubst du, ich würde dieses Angebot jeder dahergelaufenen Magd machen?«

»Jeder vielleicht nicht, aber mir schon!«, sagte Johanna zu sich selbst und musste lachen.

Doch schon im nächsten Moment kamen ihr wieder Bedenken. Wenn sie Strobels Angebot annahm, würde das bedeuten, dass sie in Sonneberg wohnen müsste. Sie müsste Ruth und Marie allein lassen und würde nur noch jedes Wochenende heimkommen können: Jeden Tag die zwanzig Meilen zu bewältigen, wäre unmöglich. Und jeden Tag mit dem Zug zu fahren, würde wahrscheinlich den Großteil ihres Lohns auffressen.

Und noch ein Gedanke trieb sie um: Was wäre, wenn sie Strobels Erwartungen nicht gerecht werden würde? Wenn sie sich dumm anstellte?

Seit sie Sonneberg verlassen hatte, schlugen sprichwörtlich zwei Herzen in ihrer Brust. Eine Nacht Bedenkzeit hatte sie sich erbeten. Sie musste schließlich erst mit ihren Schwestern sprechen. Und mit Peter. Nicht, dass sie sich von ihm etwas sagen lassen würde! Aber er hatte so eine Art, die Dinge auf den Punkt zu bringen, die ihren Schwestern fehlte. Ja, sie würde nach dem Abendessen auf einen Sprung ins Nachbarhaus gehen, beschloss sie und nahm den letzten Hügel in Angriff.

*

Auch Friedhelm Strobel war mit seinen Gedanken bei dem zurückliegenden Gespräch. Während er einem Aufkäufer, dessen Unternehmen für eine unpünktliche Zahlungsweise berüchtigt war, betont desinteressiert das Musterbuch vorblätterte, musste er in sich hinein grinsen. Wie nonchalant sie ihm geantwortet hatte! So, als würde sie nichts Außergewöhnliches an seinem Angebot finden. Das Luder verstand seine Sache. Er fuhr sich mit der Zunge über die Lippen und als er an einen trockenen Hautfetzen kam, biss er diesen gierig ab. Ja, Johanna Steinmann war nicht so ein verschrecktes Mäuschen wie die meisten Weiber in ihrem Alter. Das zeigte sich schon an ihrer drahtigen Gestalt, an der nirgendwo loses Fleisch waberte, sondern Muskeln von harter Arbeit zeugten. Und dann dieser aufrechte Oberkörper, der sich nur durch die zwei weiblichen Wölbungen von dem eines stolzen Jünglings unterschied – einfach de Luxe! Dazu ihre großen Augen, die einen von oben herab fixierten, die breiten, hohen Wangenknochen – ihre Schönheit wurde nicht einmal durch das schreckliche Kopftuch entstellt, das sie sich immer umband. Wenn man es wegnähme, die unförmigen Klumpen an ihren Füßen durch elegante Schuhe ersetzte und sich dazu eines dieser schmal geschnittenen Kleider dächte – Johanna Steinmanns Attraktivität würde die mancher Kundinnen bei weitem übertrumpfen! Er, Strobel, hatte dafür ein Auge.

Sie war außerdem nicht dumm. Dass sie sich auf eine fremde Situation einstellen konnte, hatte sie erst vorhin wieder bewiesen. Sicheres Auftreten, Intelligenz, Anpassungsfähigkeit – all diese Attribute waren in seiner Branche von größtem Vorteil.

Aber nicht nur dafür.

Während er seinem Gegenüber Preise für Blumenvasen und gläserne Etageren nannte – in diesem Fall ohne einen Groschen Rabatt, versteht sich –, wuchs seine Erregung immer mehr.

Enttäuscht von Strobels unflexibler Preisgestaltung, nahm der Kunde Abstand von den Vasen und Etageren. Strobel blätterte weiter und bearbeitete dabei seine Unterlippe so heftig, dass es nicht lange dauerte, bis er den metallischen Geschmack von Blut auf der Zunge hatte. Bald würde er den Mann loshaben! Bald. Er konnte es nicht erwarten, allein zu sein und die Tür absperren zu können.

Jeden Freitag hatte er mit Bedauern Johannas aufrechten Rücken aus seinem Laden verschwinden sehen. Mehr als einmal hatte er sich gewünscht, ihr in einer anderen Situation zu begegnen. Hatte sich die Möglichkeiten ausgemalt, die sich dadurch für ihn – für sie beide – ergeben konnten. Nun, nach dem Tod von Joost Steinmann war es soweit.

Er konnte es kaum erwarten, Johanna unter seine Fittiche zu bekommen. Sie würde eine willige Schülerin sein, dessen war er sich sicher. Unter seiner Führung würde sie ihre Begabung entwickeln können, und sie würde das Spiel besser spielen als jede andere!

»Nur ein Narr zündelt im eigenen Haus!«, tönte es von irgendwo her, weit hinten in seinem Kopf. So unerwartet, dass Strobel einen Moment lang Mühe hatte, die Worte jemandem zuzuordnen. Vater! Es war sein Vater gewesen, damals …

Als wäre es erst gestern gewesen, hatte er plötzlich die hochmütige Patriziermiene wieder vor Augen. Schon lange hatte er nicht mehr an ihn gedacht. An ihn und alles, wofür er in seinem – Strobels – Leben stand. Wie weggeblasen war nun seine Euphorie.

Warum gerade jetzt? Warum heute? fragte sich Strobel ärgerlich. Als wolle der Vater aus der Ferne versuchen, ihm erneut sein Leben diktieren zu wollen. Oder war es der heimliche Neid eines Mannes, der ihm nicht das kleinste Vergnügen gönnte? Oder sollte es etwa – eine Warnung sein?

Strobel hielt mitten im Umblättern inne.

Man konnte doch die hiesige Konstellation weiß Gott nicht mit der damaligen vergleichen, als er ...

Auf einmal war die alte Geschichte wieder so präsent, dass Strobel seinen Kunden darüber ganz vergaß. Erst dessen insistierendes Räuspern ließ ihn aufschauen. Erwartungsvoll wies der Aufkäufer auf die Vorseite des Katalogs.

»Wie ich schon sagte, nehme ich drei Dutzend dieser Dessertschalen à 2,30 Mark! Wenn Sie das bitte notieren wollen?«

8

Die Entscheidung, die Johanna so schwer fiel, wurde ihr am Ende abgenommen. Während ihrer Abwesenheit hatte Wilhelm Heimer ihre beiden Schwestern aufgesucht. Eigentlich hatte er mit ihr, der Ältesten, reden wollen, dann aber mit Ruth vorlieb genommen. Er hätte dank seines neuen Verlegers eine große Anzahl zusätzlicher Aufträge bekommen und würde beim Einpacken, Versilbern und Bemalen von Schalen, Gläsern, Vasen und Perlen Hilfe brauchen, hatte er gegenüber Ruth und Marie verlauten lassen.

»Am Tag von Joosts Beerdigung habe ich nichts sagen wollen – da war die Sache noch nicht spruchreif«, hatte er hinzugefügt und ihnen im nächsten Atemzug angeboten, bei ihm zu arbeiten. Gleich am nächsten Tag sollten sie anfangen, »damit wär euer Vater zufrieden gewesen«.

Ruth und Marie wären vor Aufregung fast geplatzt, als sie Johanna von Heimers Angebot erzählten. Plötzlich war es keine Schande mehr, als Arbeitsmädchen unterzukommen, sondern etwas sehr Erstrebenswertes.

Dass sie selbst auch Arbeit angeboten bekommen hatte, erwähnte Johanna daraufhin gar nicht mehr. Wenn es Arbeit im Dorf gab, machte es schließlich keinen Sinn, wegzugehen. Trotzdem spürte sie einen kleinen, bedauernden Stich in der Brust, als sie am nächsten Morgen auf dem Weg zu Heimer eine der Botenfrauen abfing und ihr einen Zettel für Friedhelm Strobel mitgab, auf dem sie ihm ihre Absage mitteilte. Sonneberg adieu. Kein tintenblaues Kostüm und keine Kunden aus nah und fern.

Stattdessen stand sie kurze Zeit später mit umgebundener Gummischürze im Heimerschen Betrieb am Silberbad und lernte von Griseldis, der Witwe Grün, wie man Pokale verspiegelte.

»Schau, du nimmst den Pokal am Stiel und füllst aus diesem Rohr ein paar Tropfen Silbernitratlösung hier ein.« Die Witwe Grün zeigte erst auf die Hängeflasche an der Wand, in der sich die Flüssigkeit befand, und dann auf die Öffnung am Fußende des doppelwandigen Pokals. »Dann gibst du noch ein paar Tröpfchen Reduktionsmittel dazu. Erst danach tauchst du den Pokal in den Bottich mit heißem Wasser. Ohne die Wärme von außen würde sich das Silber innen nicht so schön absetzen, verstehst du?«

Johanna nickte. Sie hatte sich schon gefragt, wofür die Ofenplatte neben ihnen warm gehalten wurde.

»Jetzt muss es schnell gehen! Du musst den Pokal mit der Lösung kräftig schütteln, so dass die ganze Innenseite vollständig benetzt wird.«

Vor Johannas Augen verwandelte sich dabei das durchsichtige Glas in einen silbernen Pokal.

»Du musst aufpassen, dass nichts von der Lösung auf die

Außenseite kommt, sonst würde es nämlich hässliche Flecken geben!« Griseldis hielt ein perfekt versilbertes Teil hoch. »So soll es sein!«

»Wie wertvoll das aussieht! Gar nicht mehr wie ein Glas!« Verwundert schüttelte Johanna den Kopf.

Griseldis lächelte. »Das nennt man nicht umsonst Arme-Leute-Silber! Jetzt pass auf: Wenn sich das Silber am Glas abgesetzt hat, schüttest du die restliche Flüssigkeit hier hinein!« Sie zeigte auf eine Kiste, die mit dicken Baumwolllaken ausgepolstert war.

Johanna runzelte die Stirn. »Warum so umständlich? Wenn man die Silberlösung sowieso nur einmal verwenden kann, könnte man sie doch einfach wegschütten.«

»Von wegen! Man sieht es der trüben Brühe zwar nicht an, aber ein bisschen Silber ist immer noch darin enthalten. Und das setzt sich unten in der Kiste ab. Im Laufe eines Jahres sammelt sich da einiges an, das kannst du mir glauben. So gesehen ist diese Kiste ziemlich wertvoll.« Sie rückte näher zu Johanna her.

»Und nun rate mal, wer den Inhalt versprochen bekommt?«, flüsterte sie.

Johanna zuckte mit den Schultern. »Der alte Heimer, denke ich.«

Statt ihr eine Antwort zu geben, schüttelte die Witwe Grün nur vielsagend den Kopf und grinste.

Statt nachzuhaken, starrte Johanna plötzlich verloren auf die Flasche mit dem Silberbad.

»Dir ist nicht nach Scherzen zumute, nicht wahr, Kindchen?« Die Witwe Grün rüttelte sanft an Johannas Arm.

Johanna schluckte. »Es ist alles so … seltsam. Der Vater ist noch keine zwei Wochen tot und wir stehen hier, in einem fremden Haus, an einer fremden Werkbank … Alles geht so schnell, dass ich das Gefühl habe, unser Leben dreht sich wie ein Karussell.«

Die Ältere seufzte. »Ich weiß, was du meinst. Du glaubst gar nicht, wie gut ich das weiß! Aber sei froh, Kind, dass du überhaupt Arbeit hast. Als Frau allein hat man es nicht leicht, lass dir das gesagt sein.«

Johanna schaute auf. »Ist Heimers Angebot eigentlich auf seinem eigenen Mist gewachsen oder hast du da ein bisschen nachgeholfen?«, flüsterte sie. Aus dem Augenwinkel heraus beobachte sie, wie Heimer Ruth, die beim Einpacken eingeteilt war, über die Schulter schaute. Hoffentlich hatte er nichts zu beanstanden!

»Ich und nachhelfen?« Griseldis lachte auf. »Den kannst du zu nichts überreden oder überzeugen, hier wird nur das gemacht, was er will, das wirst du schon noch merken«, wisperte sie. »Und jetzt lass uns arbeiten, sonst kriegen wir Ärger.«

Zu gern hätte Johanna sich noch länger mit der Frau unterhalten, sich nochmals für ihre Hilfe bedankt. Vielleicht auch ein Gespräch über ihren Sohn Magnus angefangen, der schon so lange von Lauscha weg war. Doch ein Blick in das Gesicht ihrer Nachbarin sagte ihr, dass die Werkstatt dafür nicht der richtige Ort war.

Überhaupt – die Werkstatt. Noch immer konnte sie die Größe des Raumes nicht ganz fassen. Dagegen war ihre Werkstatt daheim fast zwergenhaft! Heimers Haus war das einzige im Dorf mit drei Stockwerken, die Küche befand sich in der ersten Etage und die Schlafräume lagen darüber, unter dem Dach. Seine Arbeitsräume nahmen das gesamte untere Stockwerk des Hauses ein und doch schien der Platz immer noch nicht zu reichen: Jeder Meter war voll gestellt mit Arbeitsmaterial, halbfertigen Glaswaren oder solchen, die schon in Kartons verpackt auf den Abtransport warteten. Die Luft war schlecht und roch nach allen möglichen Chemikalien, nach ungewaschenen Leibern und Vogelkot. Ganze zehn Vogelkäfige zählte Johanna entsetzt. Die Vorliebe der Glasbläser, Waldvögel zu fangen und zu hoffen, dass deren Gesang die Werkstätten erfüllte, hatten weder Joost noch sie und ihre Schwestern geteilt. Ganz im Gegenteil: Ihr taten die winzigen Viecher in den verschmutzten Käfigen nur Leid. Sie wandte ihren Blick von einem Rotkehlchen ab, das sie mit trüben Augen anstarrte.

Was ihr Vater wohl sagen würde, wenn er sie hier sehen könnte, schoss es Johanna durch den Kopf.

Wie Joost hatte auch Wilhelm Heimer sehr früh seine Frau verloren und seine drei Söhne allein großgezogen. Alle drei waren Glasbläser geworden, doch im Gegensatz zu den meisten jungen Männern im Dorf machten sie keinerlei Anstalten, sich mit einer eigenen Werkstatt selbständig zu machen. Stattdessen arbeiteten sie – wie die drei Steinmann-Mädchen auch – im väterlichen Betrieb mit. Trotz dieser Gemeinsamkeiten hatten die beiden Familien nicht viel miteinander zu tun gehabt, was nicht nur daran lag, dass der Heimersche Betrieb am obersten Ende von Lauscha lag, sondern auch mit der Tatsache zu tun hatte, dass in beiden Häusern die Arbeit nie ausging. Joost und Wilhelm waren zwar Stammtischbrüder, doch ansonsten ging jeder seinen Weg und kam dem anderen dabei nicht in die Quere. Der eine hatte drei Töchter, der andere drei Söhne im selben Alter – natürlich war es da nicht ausgeblieben, dass am Stammtisch die eine oder andere anzügliche Bemerkung gefallen war. Doch im Grunde wusste jeder im Dorf, dass die Steinmann-Mädchen gern für sich blieben und nicht zu denen zählten, die den Buben nachschauten.

Johanna seufzte. Es war doch verrückt! Nun arbeiteten sie Rücken an Rücken mit Wilhelms Söhnen.

Sie warf einen verstohlenen Blick auf die linke Seite des Raumes, wo drei Bolge eingerichtet waren. Jeder hatte seinen eigenen Gasanschluss! Und das bei dem Entgeld, das die Gasanstalt verlangte. Aber dem Berg von Rohlingen nach zu urteilen, der auf jedem Arbeitsplatz lag, mussten sich die drei Heimer-Burschen auch ziemlich ins Zeug legen. Als Johanna und ihre Schwestern am Morgen gekommen waren, hatten die drei schon über die Flamme gebeugt dagesessen. Nur Thomas hatte sie kurz begrüßt, die anderen hatten lediglich etwas gebrummt, ohne aufzuschauen. Bisher hatte keiner auch nur eine kurze Pause gemacht.

Thomas war so alt wie sie und damit der Älteste. Sebastian hieß der mittlere, den Namen des Jüngsten hatte Johanna vergessen. Sebastian war als einziger verheiratet, seine Frau hieß Eva und kam aus Steinach. Sie saß zusammen mit Marie an einem Tisch und war mit Malarbeiten beschäftigt. Als Johanna zu den beiden hinüberschaute, hatte sie Mühe, auszumachen, welcher Frauenrücken zu wem gehörte – beide waren gleich zierlich. Die Männer in Evas Familie waren Griffelmacher und bettelarm. Johanna fiel Ruths Gerede vom Heiraten wieder ein. Sie schmunzelte. Für Sebastians Frau musste das Heimersche Haus das Paradies auf Erden sein! Im Gegensatz zu der kräftezehrenden, schmutzigen Griffelmacherei war die Arbeit hier sicher ein Kinderspiel für sie.

»Wenn ihr mit dieser Ladung hier fertig seid, dann macht euch an die leonischen Fäden!«, tönte es plötzlich direkt hinter ihr.

Johanna schrak zusammen.

Wie aus dem Nichts war Heimer erschienen und stand nun neben der Witwe Grün. Er stellte einen Stapel Kartons ab und inspizierte einige der Pokale, die auf dem Nagelbrett zum Trocknen aufgespießt waren. Er füllte zwei Kartons damit und ließ sie neben der Werkbank stehen. Im nächsten Moment war er schon wieder verschwunden.

Johanna runzelte die Stirn. »Was hatte das jetzt zu bedeuten?«

Die Witwe Grün zuckte mit einem nachsichtigen Lächeln mit den Schultern. »An so etwas wirst du dich gewöhnen müssen. Besser, du fragst nicht jedes Mal nach dem Sinn. Also, packen wir den Rest!«

Stolz schaute Johanna auf den Pokal, den sie als Letztes versilbert hatte. Keine Schlieren, keine Blasen. Gut! Die Arbeit fing an, ihr Spaß zu machen.

*

Auch Ruth frohlockte. Wilhelm Heimer war zufrieden mit ihrer Arbeit. Zumindest hatte sie sein Brummen so gedeutet, als er ihr ein Glas aus der Hand genommen und die korrekte Beschriftung seines Etiketts geprüft hatte. Sie war doch nicht dumm! Ob ein Glas fünf oder sieben Zoll Höhe hatte, war nicht gerade schwierig festzustellen.

Und sauber war diese Art der Arbeit noch dazu! Ja, sie hatte Glück gehabt, dass Heimer sie gerade hierzu eingeteilt hatte. Ruth warf ihrer älteren Schwester über die Schulter einen mitleidigen Blick zu. Johannas eierschalenfarbene Gummischürze war schon jetzt von oben bis unten mit der ekeligen Brühe bespritzt. Das Teil sah außerdem so aus, als ob man darunter mächtig schwitzen würde. Der faulige Geruch der Silberlösung hing im ganzen Raum. Ruth wollte sich nicht vorstellen, wie er einem in die Nase drang, wenn man sich – so wie Johanna und die Witwe Grün – direkt damit abgeben musste.

Zusammen mit Sarah – einem weiteren Arbeitsmädchen – war Ruth am Packtisch eingeteilt, der fast die ganze Länge der riesigen Werkstatt einnahm. Mit Verpacken allein hatte ihre Arbeit allerdings wenig zu tun, ging es Ruth durch den Kopf, während sie mit wachsender Unruhe das Durcheinander vor sich anschaute. Unentwegt kam jemand und stellte noch mehr fertige Glaswaren bei ihnen ab: Von den Glasbläsern bekamen sie Schalen und Teller, die unbemalt verpackt werden sollten. Von Johanna und der Witwe Grün kamen versilberte Glaswaren und von Marie und Eva die bemalten Teile. Bald war Ruth sich gar nicht mehr so sicher, ob ihre Arbeit so beneidenswert war, wie sie anfänglich gedacht hatte. Sarah schien sich an dem Durcheinander nicht zu stören. Sie malte mit einer Seelenruhe Buchstaben und Zahlen auf die Etiketten und genauso gemächlich klebte sie diese auf.

Eigentlich hatte Ruth nicht vorgehabt, sich gleich am ersten Tag einzumischen, doch als der Berg Glaswaren immer größer wurde, sagte sie vorsichtig: »Vielleicht sollten wir zuerst einmal alles vorsortieren, bevor wir es beschriften.«

Sarah schaute auf. Ihr Blick kroch über den Tisch zu den Teilen, die vor ihnen lagen. Dann zuckte sie mit den Schultern. Sie schien Ruth ihren Vorschlag nicht übel zu nehmen, äußerte sich jedoch weder dafür noch dagegen.

In Ruths Fingern begann es zu zucken. Die Langsamkeit der anderen ging ihr inzwischen auf die Nerven. »Wenn wir uns nicht beeilen, müssen die nächsten fertigen Stücke auf dem Boden abgestellt werden.« Ohne sich weiter um Sarah zu kümmern, begann sie, die Glaswaren vorzusortieren. Sie hatte keine Lust, doch noch dumm vor Heimer dazustehen.

Sarah malte weiter Preise und Artikelbezeichnungen auf. »Wenn ich mich jedes Mal aufregen würde, nur weil der Tisch voll ist …« Sie machte dicke Backen und blies laut Luft aus.

Eine Stunde später war der Tisch fast leer und Ruths Aufregung ließ nach. Eine weitere Stunde später stapelten sich die Waren jedoch wieder, so dass sie erneut mit Auszeichnen und Einpacken kaum nachkamen. Sarahs Gleichmut hatte etwas für sich, musste Ruth zugeben, selbst im größten Durcheinander behielt das Arbeitsmädchen seine Ruhe. Ruths Blick hingegen bekam etwas Panisches, als sie Marie mit einem Tablett voller Vasen auf sich zukommen sah. »Das ist zu zweit nicht zu schaffen«, murmelte sie vor sich hin. Und die fertig gepackten Kartons mussten ebenfalls weggeräumt werden! Vielleicht sollte sie zuerst …

In dem Moment tauchte eine große, dicke Frau im Türrahmen auf. »Mittagessen ist fertig!«, verkündete sie mit tiefer Stimme, dann polterte sie gleich wieder davon.

Ruth war noch nie so froh gewesen, an den Mittagstisch zu kommen.

»… sei unser Gast und segne, was du uns bescheret hast!« Wilhelm Heimer schaute in die Runde. »Ab heute sind wir drei mehr am Tisch, trotzdem soll keiner hungrig aufstehen, dafür hat schon die Edel gesorgt, nicht wahr?«, rief er zu der Haushälterin hinüber, die daraufhin säuerlich nickte. »Also, dann langt zu und lasst es euch schmecken!«

Die drei Schwestern schauten sich an. Keine konnte Heimers Aufforderung so einfach folgen. Aus einem Trog fressen wie die Schweine hinterm Haus?

Entgeistert starrte Ruth auf die große Schüssel, die die schwerhörige Haushälterin in die Tischmitte gestellt hatte. Vor jedem Platz lag außerdem ein Löffel, Teller gab es keine. Das Essen sah nicht unappetitlich aus, es schien normaler Kartoffelsalat zu sein, obenauf lag außerdem eine Menge kleine Würste, die ausgesprochen würzig rochen. Ruth versuchte, das Rumpeln in ihrem Bauch zu überhören. Die anderen langten kräftig zu. Wann immer jemand eine Wurst anbiss, platzte deren Haut mit einem kleinen Knall auf. Die werden doch wohl die angefressenen Wurststücke nicht wieder zurück in die Schüssel legen? fragte sich Ruth und beobachtete, wie Michel, der jüngste, seine fettigen Hände abschleckte und im nächsten Moment nach einer weiteren Wurst langte. Vielleicht war es sicherer, erst einmal eine Scheibe trockenes Brot zu essen.

»Was ist? Traut ihr euch nicht? Braucht euch nicht zu zieren!«, dröhnte Wilhelms Stimme, und er gab Johanna, die neben ihm saß, einen kleinen Schubs.

Als Ruth sah, wie ihre Schwester den Löffel in die Schüssel

tunkte, ihn dann am Rand abstrich und zum Mund führte, gab auch sie sich einen Ruck. Der Tag war noch lang und essen musste sie schließlich etwas. Sie nahm ihren Löffel, wischte einmal unauffällig darüber, um sicherzugehen, dass er sauber war, und langte beherzt in die Schüssel. Mit einem metallischen Geräusch schlug der Löffel gegen einen anderen. Ruth schaute auf – und in die grünen Augen von Thomas Heimer.

»Ich hoffe doch, mit dir ist gut Kirschen essen …« Er grinste und griff nach ihrer Hand. »Oder muss ich Angst haben, dass du mir die Stiele entgegenspuckst?«

»Ich …« Ruth spürte, wie ihr die Röte ins Gesicht schoss. Auf Thomas' Gewitzel wusste sie keine Antwort. Ihre Hand brannte, als hätte sie ins Feuer gelangt.

»Bei uns kannst du zulangen!« Thomas schaute sie an. »Wir Heimers sind es gewohnt, dass man sich nimmt, worauf man Appetit hat!« Endlich gab er ihre Hand wieder frei. Tausend kleine Ameisen schienen plötzlich darüber zu krabbeln.

Die anderen am Tisch lachten. Auch Ruth versuchte ein Lachen, doch ihre Gesichtsmuskeln waren verspannt. Verstohlen ließ sie ihren Blick um den Tisch wandern. Die anderen waren alle mit Essen und harmlosem Geplänkel beschäftigt, niemand kümmerte sich um sie. Auch Thomas löffelte vor sich hin, doch Ruth glaubte zu spüren, dass sein Blick häufiger auf ihr ruhte. Langsam hob sie ihre Augen. Prompt kreuzte sich ihr Blick mit seinem. Sie hatte Recht gehabt! Auf einmal schien ein Schwarm Vögelchen durch ihre Brust zu flattern, aufgeregt schlugen die Flügel gegen ihr Herz und ließen es heftig pochen.

Ihr Mund war ausgetrocknet wie eine Wüste, und als sie ihre Lippen anfeuchten wollte, blieb ihre Zungenspitze fast an ihren Lippen kleben. Warum kam ihr diese Geste auf einmal fast unanständig vor? Sie gab sich einen Ruck und langte erneut mit dem Löffel in die Schüssel. Im selben Moment fragte sie sich, wie sie die Kartoffelbrocken hinunterbringen sollte.

Thomas beobachtete sie noch immer. »Du lernst schnell, Ruth Steinmann!«, sagte er grinsend.

Thomas Heimer!

Schon heute Morgen war er ihr aufgefallen. Im Gegensatz zu seinen beiden Brüdern, die wie der alte Heimer zur Fettleibigkeit neigten, war Thomas schlank und groß. Er war außerdem der Einzige, der seinen Mund zu einer Begrüßung aufgebracht hatte. Nicht so ein Stoffel wie die meisten, war ihr durch den Kopf geschossen. Er hatte eine feste, glatte Haut, die seine gleichmäßigen Züge und sein männliches Kinn unterstrich. Und dann die Augen! Sie hatte noch nie einen Mann mit dunkelgrünen Augen gesehen.

Mit klammen Fingern brach sie ein Stück Brot in zwei Teile und reichte eines davon an ihn weiter. Wieder entzündete sich ihr Blick an seinem und schlug wie ein Feuerstein Funken.

»Es gibt Dinge, an denen man sehr schnell Gefallen findet!«, sagte sie und fragte sich, ob diese heisere Stimme wirklich ihr gehörte. Aufgeregt sah sie, wie er herzhaft in den Brotkanten biss. Mit neuem Appetit tat sie es ihm gleich.

Wer hätte ahnen können, dass sich ihre neue Arbeit so bald als derart anregend herausstellte!

9

Schwupp – der Pinsel tauchte in den Topf ein, auf dessen verschmiertem Etikett »Ultramarinblau« zu lesen war. Wie harmlos die Farbe wirkte, wenn man den Pinsel wieder herauszog! Noch deutete nichts auf die unendliche Tiefe hin, die das Blau vor dem Hintergrund der versilberten Vasen bekommen würde. Mit leichtem Schwung begann Marie, die Bögen und Linien am oberen Vasenrand so zu ziehen, wie Eva es ihr gezeigt hatte. Die Spitze des Pinsels streichelte die glatte Oberfläche wie eine sanfte Brise. Das hier hatte nichts mit dem Aufmalen von chemischen Bezeichnungen zu tun, mit denen sie die Apothekerfläschchen beschriftet hatten. »Phenylalkohol« und »Glyzerin« und »Basisäther« – die Buchstaben hatten beim Vater immer so aufrecht wie möglich stehen sollen. Deshalb war Marie hier zu Beginn skeptisch gewesen, ob ihr die Rundungen gelingen würden – schließlich hatte sie noch nichts Derartiges auf Glas gemalt. Doch kaum hatte sie die ersten Linien mit dem Pinsel aus feinem Rosshaar gezogen, waren ihre Zweifel verflogen. Sie konnte es!

»Ja, und dann hat der Vater gesagt, dass er das nächste Kind weggeben würde. Und die Mutter, die ja nicht wusste, ob sie zu diesem Zeitpunkt schon schwanger war, hat geweint und …«

Auf Maries Stirn bildete sich eine kleine Falte. Seit sie sich heute Morgen an den Maltisch gesetzt hatte, erzählte Eva in einem fort. So froh Marie anfänglich gewesen war, von Sebastians Frau freundlich begrüßt zu werden, so sehr wünschte sie sich nun, die andere möge wenigstens mal für ein paar Minuten den Mund halten.

»Und dann hat die Mutter gesagt, sie würde ja alles versuchen, um nicht noch ein Balg in die Welt zu setzen, aber …«

Mit welcher Offenheit Eva die vertraulichsten Dinge ausplauderte! Erschrocken schaute Marie sich um, doch niemand schien sich an Evas Geplapper zu stören. Johanna und die Witwe Grün waren dabei, eine Art Faden von einer dicken Rolle abzuspulen und in gleich große Stücke zu schneiden, und die jungen Heimers hörten sowieso nichts, so tief über ihre Flammen gebeugt. Ruth schien weder Eva noch sonst etwas wahrzunehmen, ihr Blick verlor sich irgendwo hinter dem Rücken der Glasbläser. Sie sah … abwesend aus. Die Arbeit würde ihr doch hoffentlich nicht zu viel werden?

»So, das hätten wir!« Mit einem kräftigen Schwung, der aus dem ganzen Handgelenk zu kommen schien, schloss Eva das Linienmuster zu einem Ring. Dass sie dabei an mehreren Stellen über den Ring hinausgeschossen war, schien sie nicht weiter zu stören. Sie strahlte Marie an. »Und jetzt kommen die grünen Ranken und die Blüten in Weiß.« Sie zeigte auf zwei ungeöffnete Farbtöpfe. »Bevor du die Farbe wechselst, muss der Pinsel ganz sauber ausgewaschen sein. Mein Schwiegervater ist zwar ein wahrer Engel, aber wenn es darum geht, dass einer seine Werkzeuge nicht richtig behandelt, kann er fuchsteufelswild werden. Wilhelm!«

Marie folgte mit den Augen dem fast liebevollen Blick, den Eva in Richtung Tür warf. Wilhelm Heimer stand breitbeinig da und blätterte einen Stapel verknitterte Papiere durch. Dabei stieß er einen Fluch nach dem anderen aus. Doch als er aufschaute und Eva sah, entspannte sich sein Gesicht ein wenig.

»Wer immer gleich alles findet, ist nur zu faul zum Suchen, sagt meine Mutter immer!«, rief Eva ihm grinsend zu.

In Maries Augen sah Heimer nicht wie ein Engel, sondern sehr ärgerlich aus. Sie hoffte, dass seine Gereiztheit nichts mit ihnen zu tun hatte. Hastig wandte sie sich wieder ihrer Arbeit zu. Wenn Vater schlechte Laune gehabt hatte, war es am besten gewesen, ihn in Ruhe zu lassen. Nie wäre es ihnen in den Sinn gekommen, ihn zu necken, wie Eva das bei ihrem Schwiegervater tat.

Die Blätterranken waren schnell aufgemalt. Marie fand allerdings an dem moosgrünen Ton weniger Gefallen als zuvor an dem Blau, das wie ein sauber geputzter Himmel auf sie gewirkt hatte. Doch als es daran ging, die weißen Blüten zu malen, war ihr Entzücken erneut geweckt. Es waren zwar nur simple, fünfblättrige Blümchen – ähnlich wie eine Kinderhand sie malen würde –, doch das Weiß war so durchscheinend, dass es dort, wo die Farbe dünner aufgetragen wurde, so aussah, als würde ein Schatten auf die Blüten fallen. Vielleicht konnte sie versuchen – ganz unauffällig natürlich –, die Form ein wenig in die Länge zu ziehen ..., ja, genau so, sah die Blüte nicht schon wesentlich eleganter aus? Ihr fielen die wilden Lilien ein, die im Spätsommer oben am Waldrand geblüht hatten. Deren Blütenblätter waren leicht nach außen gebogen, so, als ob sie bei den vorbeifliegenden Bienen um Aufmerksamkeit buhlen wollten. Bei der nächsten Blüte zog Marie den Pinsel noch etwas weiter nach außen.

»Nun?«, donnerte es auf einmal hinter ihr und im selben Moment spürte sie etwas Weiches, Warmes an ihrem Rücken – Wilhelm Heimer stand so nahe hinter ihr, dass sein dicker Bauch sie berührte. Vor Schreck zuckte sie zusammen und tupfte dabei seitlich der Blüte mit dem Pinsel auf. Hastig schob sie ihre Hand davor, um ihren Patzer zu verbergen.

Wilhelm Heimer strahlte auf Eva hinab, ohne Maries Arbeit eines Blickes zu würdigen. »Hat meine Lieblingsschwiegertochter der Neuen gezeigt, worauf es beim Bemalen ankommt?«

Sprach Heimer nun mit ihr oder mit der anderen? Zur Sicherheit nickte Marie.

»Lieblingsschwiegertochter!« Eva lachte. »Du hast doch nur eine, wie kannst du mich da so nennen?« Sie drehte sich kokett um. »Hast du das gehört, Sebastian? Dein Vater scheint mit deiner Brautwahl noch immer zufrieden zu sein – und wie sieht's mit dir aus?«

Sebastian brummt etwas Unverständliches.

Wilhelm schüttelte den Kopf. »Ihr jungen Burschen seid doch ein mundfaules Volk! Was hab ich eurer Mutter – Gott hab sie selig – nicht alles für süße Worte ins Ohr geflüstert!«

»Woher willst du wissen, dass der Sebastian das nicht auch

tut?«, warf Thomas Heimer über die Schulter ein. »Nachts, wenn du schläfst? So laut, wie's in deren Kammer zugeht ...«

Die anderen lachten, und Eva knuffte ihrem Schwiegervater in die Seite. »Da siehst du, was du angerichtet hast«, sagte sie mit gespieltem Ärger. Ihre Augen funkelten vergnügt.

Marie hielt den Pinsel wie einen Griffel gezückt. Sie wusste nicht, was sie von derlei Geplänkel halten sollte. Ihr war gar nicht wohl dabei. Es wurde doch nicht etwa irgendein Kommentar von ihr erwartet? Sicher war es besser, weiterzuarbeiten? Sie entschied sich für Letzteres, zögerte dann jedoch erneut, als sie bemerkte, dass auf Evas Platz erst drei, auf ihrer Seite jedoch schon sieben bemalte Vasen standen. Ohne dass sie sich hatte anstrengen müssen, war sie viel schneller gewesen als Eva.

Ehe sie sich versah, hatte Heimer eine ihrer Vasen in die Hand genommen. Stirnrunzelnd drehte er sie nach allen Seiten.

»Ich ...« – Marie rutschte auf ihrem Stuhl ganz nach vorn – »ich habe nur die Blüten ein wenig schlanker gemalt«, sagte sie kleinlaut.

Eva langte über Marie hinweg nach einer zweiten Vase. Das Lachen war von ihrem Gesicht gewischt. »Das habe ich dir aber so nicht gezeigt.« Ihre Stimme war plötzlich messerscharf, keine Spur von Kleinmädchencharme lag mehr darin.

Heimer stellte die Vase wieder vor Marie ab.

»Ich kann ihr nochmals zeigen, wie ...« Eva war nun sichtlich aufgeregt, doch Heimers bedeutete ihr mit erhobener Hand, zu schweigen. Er lächelte. »Ist doch alles in Ordnung, Evchen! Jede Bemalerin hat ihren eigenen Stil, das wissen auch die Einkäufer.« Schon im Gehen begriffen, klopfte Heimer den beiden noch einmal auf die Schultern. »Solange ihr nicht anfangt, statt der gewünschten Blüten kleine Marienkäfer zu malen, habe ich gegen ein wenig künstlerische Freiheit nichts einzuwenden.«

Marie atmete erleichtert auf. Unwillkürlich hatte sie die Luft angehalten. Künstlerische Freiheit … In ihren Ohren summte es. Eva hatte recht – Wilhelm Heimer war wirklich ein Engel, wenn auch ein ziemlich fetter. Erleichtert, nicht gleich am ersten Tag einen Rüffel bekommen zu haben, schnappte sie die nächste Vase und begann sie zu bemalen.

Eva tat es ihr gleich. Doch der Blick, den sie Marie dabei zuwarf, war nicht mehr ganz so freundlich wie zuvor.

10

Als die drei Frauen an diesem Abend nach Hause kamen, war es draußen fast schon dunkel. Bei dem Gedanken daran, jetzt noch Feuer machen zu müssen, grauste es Ruth. »Es ist noch Brot da. Und Pastete von … ich weiß nicht, von wem. Die können wir auch kalt essen.« Wenn einer ihrer Schwestern der Sinn nach einer warmen Speise stand, dann musste sie sich schon selbst an den Ofen stellen.

Die beiden anderen nickten nur. »Solange du weigstens für jede einen Teller hinstellst …«, sagte Johanna.

Ruth und Marie kicherten.

»Könnt ihr das glauben? In einem der reichsten Häuser im Dorf?« Kopfschüttelnd holte Ruth drei Teller aus dem Schrank und stellte für jede ein Glas dazu. »Die müssen doch Geld genug haben, daran kann's nicht liegen, oder?«, wunderte sie sich.

Johanna schüttelte den Kopf. »Ich glaube, es ist diese Edel, die nicht viel Federlesens darum macht. Und die Heimers sind's nicht anders gewöhnt.« Sie begann, vom Brotleib dünne Scheiben abzuschneiden – was immer Joosts Aufgabe gewesen war. Sie verbot sich jeden weiteren Gedanken daran.

»Habt ihr deren Fingernägel gesehen? Brrr! Und die Schüssel mit dem Kartoffelsalat war unten herum ganz schön verklebt«, fügte sie zu.

»Igitt! Das hab ich gar nicht gesehen!«, erwiderte Ruth und legte jedem ein Stück Pastete auf den Teller.

»Das wundert mich nicht im Geringsten ...« Johanna hob viel sagend die Brauen. »Wo du doch nur Augen für einen hattest ...«

Ruth verzog den Mund. »Du Wichtigtuerin! Ich weiß gar nicht, was du meinst!«

»Wer hat denn vom Heiraten geredet? Und vom Versorgtwerden?« Johanna legte den Kopf schräg. »Wenn ich mich richtig erinnere, dann warst das doch du, oder?«

»Na und?«, fauchte Ruth. Hatte Johanna wieder einmal alles mitbekommen!

»Der Thomas wäre nicht die schlechteste Partie, das musst du doch zugeben. Es ist sowieso ein Wunder, dass bisher erst einer von den drei Brüdern verheiratet ist.« Sie hielt den Atem an und ärgerte sich, dass ihr Johannas Meinung so wichtig war.

Die biss erst einmal herzhaft von ihrem Brot ab.

»Zugegeben, er ist nicht so ein muffeliger Kerl wie die beiden anderen«, sagte sie kauend. »Und singen kann er ganz ordentlich.« Sie schüttelte den Kopf. »Dass denen bei der vielen Arbeit die Lust am Singen nicht vergangen ist, wundert mich eigentlich.«

»Ich finde es sehr schön, dass zwischendurch ein Liedchen gesungen wird. Und dass alle mitsingen«, sagte Ruth fast ein wenig trotzig. Dann lachte sie.

»Am Anfang bin ich mir ja ein bisschen blöd vorgekommen – wann haben wir schließlich das letzte Mal gesungen? Das muss in der Schule gewesen sein. Und die andern kennen die Texte alle in- und auswendig. Aber das kriegen wir auch noch hin!«

Sie winkte ab. »Aber jetzt sag: Was hältst du von Thomas?«

Johanna verdrehte die Augen. »Was soll ich da sagen? Ich hab doch gar keine Zeit gehabt, ihn mir näher anzuschauen.«

»Und das wirst du zukünftig auch bleiben lassen«, sagte Ruth bestimmt. »Den habe ich mir nämlich ausgeguckt. Diese dunkelgrünen Augen ..., habt ihr je einen Burschen mit so schönen Augen gesehen?«, schwärmte sie.

»Die habe ich gar nicht bemerkt. Aber den Berg Arbeit auf deinem Tisch – den habe ich wohl gesehen!«, antwortete Johanna trocken. »Wenn du meinen Rat hören willst: Schlag dir den Thomas erst einmal aus dem Kopf. Wenn der alte Heimer nämlich unzufrieden mit uns ist ...«, bedeutungsvoll ließ sie ihren Satz ausklingen.

»Ich werde dem Thomas schon nicht gleich um den Hals fallen«, erwiderte Ruth spitz. Sie seufzte. »Bei der vielen Arbeit reicht die Zeit ja nicht einmal, um ein paar Worte zu wechseln. Heute morgen an der Packbank – da bin ich vielleicht ins Schwitzen gekommen! Es hat ja nicht jede so viel Glück und darf Blümchen malen.«

Marie reagierte nicht, als hätte sie Ruth gar nicht gehört. Sie hatte noch nicht einmal von ihrem Brot abgebissen, sondern lediglich mit dem Messer ein Muster in die Pastete gezogen.

Johanna gab ihr einen Schubs in die Seite. »Du glotzt die ganze Zeit, als wäre dir die Jungfrau Maria erschienen! Kannst du mir mal erklären, was mit dir los ist?«, fragte sie. »Sag bloß nicht, dass du dich in den Michel verguckt hast!«

»So ein Blödsinn! Nichts ist mit mir los!« Um ihre Aussage zu bekräftigen, griff Marie nach ihrem Brot und führte es zum Mund. Doch dann hielt sie inne, statt abzubeißen, und ihr Blick verklärte sich erneut.

»Mir geht nur die ganze Zeit etwas durch den Kopf. Wenn man die Ranken nicht horizontal, sondern vertikal setzen würde, dann bekämen die Blumenvasen eine ganz andere …«

Die beiden anderen schauten sich an. Ruth verdrehte die Augen. »Unsere Prinzessin träumt mal wieder.«

»Ist es denn ein Wunder?«, fragte Johanna trocken. »Wenn ich den ganzen Tag so ein Schwätzweib neben mir hätte, würde ich mich auch in irgendwelche Tagträume flüchten. Diese Eva redet einem ja wirklich ein Ohr ab!«

Ruth beugte sich weiter über den Tisch. »Dass der Sebastian eine aus Steinbach genommen hat, wundert mich eigentlich. Und dass der Alte so in sie vernarrt ist, auch.«

»Stimmt!«, pflichtete Johanna ihr bei. »Wo ihm seine Glasbläserei doch über alles geht, sollte man annehmen, dass er eine aus unserem Dorf lieber gesehen hätte. Wie heißt es so schön? *Wer eines Glasmeisters Tochter heiratet, der hat einen goldenen Fuß!*«

Sie kicherten.

»Was nicht ist, kann ja noch werden!«, merkte Ruth kokett an und zwinkerte Johanna dabei zu.

Keine hatte mehr Lust, nach dem Essen noch die Wäsche zu machen, das Morgenmahl herzurichten oder Holz zu holen – lauter Arbeiten, die sie früher nebenher erledigt hatten. Da es ihr erster Tag bei der neuen Arbeit gewesen war, beschlossen die drei, bald ins Bett zu gehen, um für den nächsten Tag ausgeschlafen zu sein. Doch der Schlaf wollte einfach nicht kommen. Zu viel ging jeder von ihnen durch den Kopf.

»Diese Sarah scheint nicht die Schnellste zu sein«, begann Johanna noch einmal. »Wann immer ich zu euch beiden hinübergeschaut habe, warst du die Einzige, die etwas geschafft hat!«

»Das kannst du laut sagen!«, kam es aus dem Dunkeln. Ruth setzte sich aufrecht ins Bett. »Der hätte der Vater ordentlich Beine gemacht, die ist langsamer als eine Schnecke.«

Johanna prustete. »Das ist gut – Sarah hat wirklich Ähnlichkeit mit einer Schnecke.«

»Aber Bier getrunken hat sie wie ein Loch!« Marie schauderte. »Brrr! Dieses ekelige bittere Zeug! Morgen werde ich Wasser zum Trinken verlangen.«

»Ich auch!«, pflichtete Johanna ihr bei. »Dass die Männer trotz des vielen Biers am Mittagstisch noch mit ruhiger Hand die Flamme bedienen können, ist schon verwunderlich genug. Aber dass die Frauen fast genauso viel trinken – das sind schon äußerst komische Sitten! Findest du nicht auch, Ruth?«

»Wen interessiert das schon?«, entgegnete Ruth mürrisch. Viel lieber hätte sie allein für sich im Dunkeln gelegen und über Thomas nachgedacht.

Johanna seufzte. »Du hast Recht! Die Heimerschen Trinkgewohnheiten müssen uns nicht kümmern – ihre Arbeitseinteilung allerdings schon. Und die ist seltsam genug: Wenn dem Alten nicht mitten am Tag eingefallen wäre, dass wir mit dem Versilbern aufhören und dafür Drähte schneiden sollen, dann hätten die Witwe Grün und ich ein ordentliches Stück Arbeit geschafft!«

»Wofür sind die Drähte eigentlich bestimmt?«, meldete sich Marie plötzlich zu Wort. Die beiden anderen hatten geglaubt, sie schliefe schon.

Johanna zuckte im Dunkeln die Schultern.

»Zum Verzieren denke ich, aber so weit sind wir gar nicht gekommen. Als wir mit dem Schneiden fertig waren, haben wir ja beim Einpacken helfen müssen, und dann war's auch schon Abend.« Sie dachte kurz nach. »Irgendwie ist das komisch. Da rennt der Heimer den ganzen Tag durch die Werkstatt, prüft dies und kontrolliert das. Und dabei verbreitet er eine solche Unruhe, dass ich mir manchmal wie in einem Taubenschlag vorgekommen bin!«

Als von Ruth keine Antwort mehr kam, drehte sich auch Johanna zum Schlafen auf die andere Seite.

»Den ersten Arbeitstag haben wir drei Steinmänner jedenfalls gut hingekriegt!«, murmelte sie noch vor sich hin, dann schlief auch sie ein.

11

Als Marie am nächsten Morgen aufwachte, hatte sie im Traum die ganze Nacht über gemalt. Sie konnte es kaum erwarten, an die Arbeit zu kommen. Umso größer war ihre Enttäuschung, als Wilhelm Heimer sie zusammen mit Sarah zum Dekorieren von Parfümflakons einteilte.

Neidisch warf sie einen Blick hinüber zu Ruth, die heute an ihrer Stelle neben Eva saß. Wahrscheinlich wusste die ihr Glück gar nicht zu schätzen! Vor ihr lagen dicke Bündel des leonischen Drahtes, den Johanna und die Witwe Grün am gestrigen Tag zurechtgeschnitten hatten. Unwillig nahm sie ein Bündel davon in die Hand. Bei näherem Betrachten musste sie zugeben, dass der unregelmäßig gekräuselte Draht einen eigenen Charme hatte. Bei jeder Bewegung schimmerte sein warmer Goldton heller oder dunkler, je nachdem, wie viel Licht gerade auf ihn fiel. Auch die Flakons selbst waren recht hübsch: In der Art glichen sie denen, die ihr Vater für den Frankreichauftrag geblasen hatte, nur waren sie allesamt farbig. Violette, blaue und grüne Rohlinge aus der Farbglashütte waren dafür verwendet worden. Marie hatte noch nie ein solches Violett gesehen. Die düstere Wolke über ihrem Kopf hob sich ein wenig. Diese Arbeit würde zwar nie und nimmer so befriedigend sein wie das Malen mit den schönen Farben, aber einen gewissen Reiz schien das Verzieren auch zu haben.

Froheren Mutes schaute sie Sarah zu, die den Draht so lange um den Bauch eines Flakons wickelte, bis schließlich ein gitterförmiges Muster entstand.

»Siehst du – so musst du's machen!« Gleichmütig, als spalte sie einen Scheit Holz, griff Sarah nach dem nächsten Flakon.

Marie war entsetzt. Durch das dicke Umwickeln war der filigrane Glanz der Drähte zunichte gemacht worden! Außerdem hatte das Ganze den Flakons einen großen Teil ihrer Durchsichtigkeit genommen. Von den Farben war fast nichts mehr zu sehen, die Fläschchen hätten genauso gut aus braunem, hässlichem Glas sein können.

Marie hätte heulen können!

*

Als Heimer sie zu Eva an den Maltisch gesetzt hatte, war Ruth heimlich froh gewesen. Was für eine gute Gelegenheit, mehr über Thomas zu erfahren! Außerdem saß sie hier viel näher bei ihm als am Packtisch auf der anderen Seite des Raumes. Bisher hatte jedoch weder das eine noch das andere ihr irgendwie zum Vorteil gereicht: Evas Mundwerk stand zwar in der Tat keine Minute still, da sie sich jedoch für den Mittelpunkt der Heimerschen Familie zu halten schien, um den sich alles andere drehte, handelten die meisten ihrer Geschichten von sich selbst. Über Thomas hatte sie noch kein Wort verloren. Allmählich wurde Ruth unruhig.

»Als ich dann mitbekommen habe, dass es hier eine Haushälterin gibt, na, das war eine Überraschung!« Evas Wangen waren gerötet, so sehr ging sie in ihrer Erzählung auf. »Die Edel ist zwar ein altes Weib – aber was die schafft, muss ich nicht mehr tun! Meine Mutter hat immer zu mir gesagt: ›Kind, nimm dir vom Leben, was du kriegen kannst! Es ist wenig genug.‹« Ihre Augen funkelten.

»Nun, die schlechteste Wahl hab ich sicherlich nicht getroffen«, sagte sie mit unüberhörbarem Stolz. »Schau, dieses Kleid hat Sebastian mir letzte Woche erst geschenkt.« Sie hielt Ruth den Ärmel dicht vors Gesicht. »Bouclé-Seide – das war sicher ziemlich teuer!«

Ruth kniff den Mund zusammen. Eingebildete, dumme Kuh! Trotzdem konnte sie nicht anders, als ihre Fingerkuppen über das seidige Material gleiten zu lassen. »Der Stoff fühlt sich wirklich wunderbar an.«

Eva strahlte. »Meine Mutter hat immer gesagt: ›Kind, wenn du …‹«

Ruth atmete tief durch. Sie wollte nicht mehr hören, was Evas Mutter an Ratschlägen für ihre Tochter bereitgehalten hatte. Sehnsüchtig schaute sie hinüber zu den drei Bolgen. Wie konzentriert Thomas sich seiner Arbeit widmete!

Genau wie gestern waren er und seine beiden Brüder auch heute Morgen schon über ihre Brenner gebeugt gewesen, als die Steinmann-Schwestern hereinkamen. Thomas hatte nur kurz aufgeschaut und genickt.

Enttäuscht sah Ruth an sich hinab. Thomas hatte ihre blaue Bluse nicht eines Blickes gewürdigt! Dabei schmiegte sich der glänzende Stoff besonders eng an ihren Leib, und das gute Stück war ansonsten Feiertagen vorbehalten. Als sie die Bluse aus dem Schrank geholt hatte, hatte sie schon mit einem bissigen Kommentar von Johanna gerechnet. Sie war regelrecht erstaunt gewesen, als nichts Derartiges kam.

Ruth beschloss, einen weiteren Versuch zu unternehmen. »Wie hast du den Sebastian eigentlich kennen gelernt?«, flüsterte sie und hoffte im Stillen, Eva möge nicht wieder den halben Raum in ihr Gespräch miteinbeziehen.

Eva lachte. »Das war eine Geschichte! Ich war mit dem Vater und drei von meinen Geschwistern gerade auf dem Weg heim vom Schieferbruch, als unser Gaul mitten auf dem Weg zusammenbrach. Er war uralt, musst du wissen. Und da lag er nun, der Gaul. Und wir wussten nicht, wie wir die ganzen Schieferplatten nach Hause bringen sollten. Und da ist dann gerade der Sebastian vorbeigekommen. Und …«

Reiner Zufall! Keine neuen Erkenntnisse, die ihr weitergeholfen hätten. Ruth drehte Evas Litanei in ihren Ohren wie eine Gaslampe aus. Und ... und ... und ..., schoss es ihr ungnädig durch den Kopf. Eine begnadete Erzählerin war Eva nicht gerade. Sie tauchte ihren Pinsel so heftig in den Farbtopf, dass ein paar Tropfen überschwappten.

»Pass doch auf, du Tollpatsch!« Wie eine Katze, die sich gestört fühlt, fuhr Eva auf. »Wilhelm mag es nicht, wenn Farbe verschwendet wird.«

Ruth schnaufte, doch dann fiel ihr ein, wie undamenhaft sich das anhören musste. Wenn Thomas nun gerade in diesem Moment seinen Kopf von der Lampe hob und ...

Sie rang sich ein Lächeln ab. »Ich werde das schon noch lernen. Es kann halt nicht jede so geschickt sein wie du.«

Johanna, die gerade mit einem Arm voll neuer Rohlinge an ihr vorbeiging, hob fragend eine Augenbraue. Ruth zog ihr daraufhin eine Fratze. Johanna entging wirklich gar nichts!

Eva hingegen schien die Ironie in Ruths Worten nicht wahrzunehmen. Wieder versöhnt, lächelte sie die junge Frau neben sich gnädig an. »Weißt du was? Ich zeige dir einfach noch einmal, wie du den Pinsel drehen musst!«

*

Wie am Vortag gab es wieder Kartoffelsalat. Dieses Mal hatte Edel eine zweite Schüssel danebengestellt, in der kleingeschnittene Heringe lagen. Kopfstücke, Mittelteile und Schwanzenden formten einen grotesken Berg, dessen saurer Geruch über dem ganzen Tisch hing. Wie am Vortag spülten die anderen auch heute wieder ihr Essen mit viel Bier hinunter.

Selbst der Kartoffelsalat hatte den Fischgeschmack angenommen, stellte Johanna fest, als sie einen Löffel nahm. Vielleicht, wenn sie ganz am Rand der Schüssel, ein bisschen weiter unten … Ehe sie sich versah, hatte sie einen Berg Kartoffeln auf ihrem Löffel.

»Ja, die Edel versteht ihre Arbeit! Da schmeckt's jedem!« Wilhelm Heimer strahlte, als er Johannas vollgetürmten Löffel sah.

Gezwungenermaßen würgte Johanna alles herunter.

»Nun, wie ist es so, aus einer Weiberwirtschaft hierher in unseren Betrieb zu kommen?«, fragte er kauend. »Nicht, dass ich behaupten möchte, Joosts Betrieb sei weniger gut gewesen«, fügte er jovial zu.

»Vieles ist natürlich ungewohnt«, erwiderte Johanna diplomatisch. Und auf Heimers erwartungsvollen Blick hin, fuhr sie fort: »Wir haben ja viel weniger Formen geblasen. Eigentlich nur Arzneifläschchen.« Hastig biss sie in ein Stück Brot.

»Ja, es gibt wohl kaum eine Glasbläserei, die so vielseitig ist wie unsere. Dass ich einmal fünf Arbeitsmädchen haben würde, hätte ich vor ein paar Jahren auch noch nicht gedacht.« Es hätte nicht viel gefehlt, und Heimer hätte sich selbst auf die Schulter geklopft.

Johanna lächelte gequält.

»Du bist halt aus einem ganz besonderen Holz geschnitzt, das wissen wir doch alle!« Eva zwinkerte ihrem Schwiegervater zu, woraufhin dieser lauthals loslachte. Kleine Stückchen Kartoffelsalat hüpften dabei auf seiner Zunge auf und ab.

Angeekelt drehte sich Johanna weg. Wie diese Eva dem Alten Honig ums Maul schmierte! Es war ein kleiner Teufel, der sie in diesem Moment dazu trieb, sich zu räuspern und zu sagen: »Die Vielfalt, die ihr herstellt, ist wirklich einzigartig.«

Wilhelms Gesicht sah aus wie ein runder, glücklicher Ballon.

»Aber beim Fertigmachen könnte das eine oder andere etwas besser geregelt werden.«

Jemand hatte in den Ballon gepickst und die Luft herausgelassen.

Totenstille hing über dem Tisch, die nicht einmal vom Löffelklirren unterbrochen wurde. Johannas Nackenhaare stellten sich auf. Das war nicht gut gewesen, sagte ihr Instinkt einen Augenblick zu spät.

»Wie meinst du das?«, fragte Wilhelm Heimer ruhig.

Vielleicht hätte Johanna in diesem Moment auf Ruth achten sollen, die so unauffällig wie möglich abwinkte. Auch Evas Blick hätte sie warnen sollen: Mit sichtlichem Genuss schaute Sebastians Frau zu, wie jemand bei Heimer in Ungnade fiel.

Doch Johanna registrierte dies in ihrem Eifer nicht. »Heute ist zwar erst mein zweiter Tag hier, aber mir ist aufgefallen, dass wir ziemlich viel Zeit dabei verlieren, die fertigen Teile von der Malbank zum Packen zu bringen. Weil der Tisch zum Versilbern dazwischen steht. Und die Rohlinge müssen jedes Mal von unten aus dem Keller …« Sie verstummte, als sie Heimers immer röter werdendes Gesicht sah.

»Dass eines klar ist, Johanna Steinmann …« – seine Augen waren so zusammengekniffen, dass sie fast in den schwerhängenden Tränensäcken verschwanden – »ich hab euch drei aufgenommen und euch Arbeit gegeben, weil ich das als meine Pflicht eurem Vater gegenüber angesehen habe. Nicht, dass jeder so ehrenhaft denken würde!«

Thomas Heimer löffelte als Einziger weiter, die anderen saßen wie angewurzelt da. Keiner regte sich.

»Aber wenn eine von euch glaubt, ich würde deshalb eine Weiberwirtschaft gutheißen, dann hat sie sich getäuscht!« Heimer schlug mit der Faust auf den Tisch, so dass die Schüsseln einen Hüpfer machten. »Wem es bei mir nicht gefällt, kann gleich gehen!«

»Das hat Johanna doch nicht so gemeint.« Evas Stimme war cremig wie Kaffee mit Sahne. Sie streichelte Heimers

Arm, als wollte sie einen wildgewordenen Stier beruhigen. »Das hat sie nur gesagt, weil sie noch nicht so schnell ist wie ich oder die Witwe Grün. Nicht wahr, Johanna?«, fragte sie mit erhobenem Kinn.

Das Funkeln in Evas Augen war mehr, als Johanna ertragen konnte. Sie schaute zu Ruth hinüber, doch deren verärgerter Blick war auch nicht gerade erfreulich.

»Ich wollte niemanden kritisieren«, brachte sie endlich heraus. »Es dauert halt, bis man sich an etwas Neues gewöhnt hat«, fügte sie noch kleinlauter an, als ihr recht war. Du meine Güte, man würde doch noch seine Meinung sagen dürfen! Wenn der Vater jedes Mal, wenn sie ihm etwas zu sagen gehabt hatte, so in die Luft gegangen wäre, dann hätte sie schon längst das Weite gesucht!

Wilhelm Heimer schien ihre Entschuldigung zu reichen. Mit einem Brummen zog er einen Heringschwanz aus der Schüssel und ließ ihn in seinen Mund gleiten.

*

Auch an diesem Abend blieb der Ofen im Steinmannschen Haus kalt – nach zehn Stunden Arbeit hatte keine mehr Lust, Holz herein zu holen und Feuer zu machen.

Genauso kühl war die Stimmung, die zwischen den Schwestern herrschte. Weder Ruth noch Marie waren bereit, Johanna so schnell zu verzeihen, dass sie durch ihre forsche Art ihre Arbeitstelle aufs Spiel gesetzt hatte. Zum Streiten fehlte ihnen jedoch ebenfalls die Lust, und so flogen lediglich stumme Blicke über den karg gedeckten Abendtisch.

Kurze Zeit später gingen sie zu Bett. Doch statt sich angeregt zu unterhalten wie noch am Abend zuvor, hing an diesem Abend jede still ihren Gedanken nach.

*

Eigentlich hatte Marie vorgehabt, Heimer am nächsten Tag zu bitten, wieder an den Maltisch zu dürfen. Doch nach dem Krach traute sie sich das nicht mehr. Wie sollte sie nur einen weiteren Tag in der Nähe der Farbtöpfe überstehen, ohne selbst malen zu dürfen? Der Gedanke bereitete ihr körperliche Schmerzen, und sie hielt ihren Bauch, als litte sie unter den Monatskrämpfen.

*

Mindestens fünf Mal hatte Thomas am Nachmittag zu ihr herübergeschaut! Sein Blick hatte dabei unziemlich lange auf ihrer Bluse geruht, und Ruth hatte inständig gehofft, währenddessen nicht rot anzulaufen. Mit bemüht lässiger Geste hatte sie dann ihren Zopf über die Schulter geworfen. Begehrlich war sein Blick ihrer Bewegung gefolgt. Jetzt, im Dunkeln, schob sie ihre Zöpfe auf dem Kissen zurecht. Durch das enge Flechten würden sich über Nacht kleine Wellen bilden. Ach, wenn sie ihre Haare bei der Arbeit nur offen tragen könnte! Dann würde das Kastanienbraun erst so richtig zur Geltung kommen.

Hatte Thomas wirklich ein Auge auf sie geworfen? Oder bildete sie sich das nur ein? Nein, das glaubte sie nicht. Womöglich lag er in diesem Moment ebenfalls im Bett und dachte an sie? Ruth frohlockte. Dass Thomas Heimer sich für sie interessierte, war fast zu schön, um wahr zu sein. Sie atmete tief aus. Beglückt stellte sie fest, dass das Schreckgespenst der alten Jungfer, das ihr oft in den Sinn kam, schon ein wenig verblasste. Vielleicht würde doch noch alles gut werden! Thomas war nicht nur attraktiv und konnte gut singen, sondern war außerdem der Sohn eines der reichsten Männer im Dorf. Als Frau Heimer ließ es sich leben, so viel war gewiss! Eva jedenfalls schien es an nichts zu mangeln – ihre Kleider waren wunderschön, und sie hatte Glasperlen an jedem Handgelenk und am Hals noch dazu. Ruth seufzte leise auf. Vielleicht würde Thomas sie bald auch beschenken?

*

Dieser selbstgerechte, hitzköpfige Fettwanst!

Auch Johanna dachte an einen Heimer, allerdings an Wilhelm. Warum hatte sie überhaupt ihren Mund aufgemacht, fragte sie sich zum wiederholten Mal. Ihr Vorwitz vom Mittag war verflogen und an dessen Stelle Ärger über sich selbst getreten. Sie hätte doch wissen müssen, dass nicht jeder Mann so gutmütig war wie ihr Vater. Und dass sie am Tisch – vor allen anderen – mit ihrer Kritik herausgerückt war, erschien im Nachhinein auch alles andere als klug. Nur mit Mühe entspannte sie ihre Backenknochen, die vom Knirschen schon weh taten. Das würde sie Peter gar nicht erzählen dürfen. Der würde sich den Bauch halten vor Lachen. Ja, wer den Schaden hatte, brauchte für den Spott nicht zu sorgen. »Dein vorwitziges Mundwerk wird dir noch mal das Kreuz brechen!«, hatte Peter schon bei mehr als einer Gelegenheit gesagt. Johanna atmete tief durch. Sie hatte sich einfach nichts dabei gedacht. Der Ärger über Eva hatte sie herausplatzen lassen, obwohl weder der Ort noch der Zeitpunkt richtig gewählt gewesen waren. Aber morgen – da würde sie den ganzen Tag den Mund halten, das schwor sie sich.

12

Vier Wochen später zahlte Wilhelm Heimer den ersten Lohn an sie aus: ganze fünfzehn Mark für einen ganzen Monat Arbeit!

Johanna war entsetzt. Weder sie noch die beiden anderen hatten sich getraut, Heimer nach dem Lohn zu fragen, als sie die Arbeit begannen. Unter sich hatten sie natürlich gerätselt, wie viel sie ihnen einbringen würde.

»Es wird schon recht sein, der Heimer wird schon wissen, was man zahlt!«, hatte Ruth ziemlich bissig gesagt, als Johanna das Thema zum ersten Mal angeschnitten hatte. Immerhin war *sie* es gewesen, die mit Heimer gesprochen hatte, während Johanna in Sonneberg gewesen war. Nichtsdestotrotz hatte sie versucht, Sarah in punkto Lohn auszuhorchen, doch die Schnecke war nicht darauf eingegangen.

Johanna war es mit der Witwe Grün ebenso ergangen – scheinbar redete man nicht über das, was man verdiente.

Als die drei nun am Abendtisch saßen und den kleinen Haufen Münzen in der Mitte des Tisches anstarrten, war jede Euphorie der letzten Wochen verflogen. Sie waren so stolz darauf gewesen, nach dem Schicksalsschlag so gut zurechtzukommen!

»Fünfundvierzig Mark – das reicht nicht einmal, um Lebensmittel für einen Monat zu kaufen. Bei meinen Einkäufen in Sonneberg hab ich pro Monat mindestens vierzig Mark gebraucht.« Johanna wies verächtlich auf das Geld. »Außerdem habe ich seit zwei Wochen bei Frau Huber im Krämerladen anschreiben lassen – die Schulden müssen wir auch noch bezahlen.«

Ruth sah aus, als ob sie im nächsten Moment losheulen wollte. »Und jetzt? Wie soll's jetzt weitergehen? Wir brauchen doch auch einmal etwas Neues zum Anziehen. Ein neues Band für das Haar. Oder eine Seife. Oder …« Sie brach ab.

»Und ich wollte mir eigentlich neues Zeichenpapier und ein paar Griffel kaufen! Den ganzen Monat habe ich mich darauf gefreut«, sagte nun auch Marie.

»Diesen ganzen Schnickschnack könnt ihr erst einmal vergessen«, bemerkte Johanna barsch.

»Was soll das heißen?«, fuhr Ruth auf. »Wir haben schließlich genauso für das Geld gearbeitet wie du. Also können wir doch auch entscheiden, für was wir es ausgeben.«

»Hör sich das einer an!« Johanna schüttelte ärgerlich den Kopf. »Haarbänder und Malstifte – ihr müsst doch zugeben, dass es Sachen gibt, die wir viel dringender brauchen! Brennholz für den Winter zum Beispiel.«

Als hätte jemand ihr ein Stichwort gegeben, huschte im selbem Moment eine Maus durch den Raum.

»Wenn die Mäuse schon im Oktober ins Haus kommen, wird's einen harten Winter geben.« Maries Miene war blank.

»Und? Ist das alles, was dir dazu einfällt?«, giftete Ruth. »Wenn du dich auch einmal bemühen und ein paar Fallen aufstellen würdest, hätten wir keine Mäuse im Haus. Aber nein, unsere Prinzessin ist sich dafür ja viel zu fein. Für die Drecksarbeit bin schließlich ich da, nicht wahr?«

»Schluss jetzt!«, schrie Johanna. Am liebsten hätte sie losgeheult, aber wäre damit jemandem geholfen gewesen?

»Es macht keinen Sinn, wenn wir uns streiten wie die Esel.« Sie stand auf und ging zum Schrank. »Zur Feier des Tages mache ich uns eine Kanne Kaffee, und dann denken wir in aller Ruhe darüber nach, wie wir das Geld einteilen.« Galgenhumor war sicherlich am ehesten angebracht. Doch als Johanna den jämmerlichen Rest Kaffeebohnen sah, rutschte ihr Herz tiefer. Das würde auch nur gefärbtes Wasser werden! Nichtsdestotrotz schnappte sie sich die Kaffeemühle und begann, betont schwungvoll zu mahlen.

Ruth beobachte sie dabei. »Das elende Gesöff, das es bei Heimers gibt, kann ich schon bald nicht mehr sehen. Was ist das eigentlich, was diese Edel da aufbraut?« Sie zuckte verständnislos mit den Schultern. »Trocknen die jede Wurzel, die sie finden und machen daraus *Kaffee*?«

Johanna und Marie lachten. Wenn Ruth wollte, konnte sie wirklich komisch sein.

Johanna seufzte. »Da war unser lieber Vater aus anderem Holz geschnitzt! ›Das Leben darf nicht nur aus Arbeit, sondern muss auch aus kleinen Freuden bestehen!‹ hat er einmal zu mir gesagt. Und Recht hatte er!« Sie warf die gemahlenen Kaffeebohnen in einen Topf und überbrühte sie mit kochendem Wasser.

Der würzige Duft hatte die von Johanna erhoffte Wirkung: Ruths Miene wurde ein wenig versöhnlicher. Dennoch schüttelte sie ratlos den Kopf. »Ich verstehe nicht, woher diese übermäßige Sparsamkeit kommt. Die müssen doch Geld im Überfluss haben, bei den Mengen Glas, die sie verkaufen! Glaubt ihr, er bezahlt nur uns so schlecht, oder haben Sarah und die Witwe Grün auch nicht mehr in der Tasche?«

»Ich weiß es nicht.« Johanna biss sich auf die Lippen. »Das müssten wir irgendwie herausfinden.«

»Aber was würde uns das helfen?«, fragte Marie. Während die beiden anderen Kaffee tranken, malte sie komplizierte verschlungene Muster auf einen Block Papier. »Wir können doch nicht zu Heimer gehen und einfach mehr verlangen«, fügte sie in einem Ton hinzu, als ginge sie das alles nicht besonders viel an.

Johanna schluckte eine scharfe Erwiderung herunter. Marie war wieder einmal nicht die geringste Hilfe. Dafür verschwendete sie wertvolles Papier für ihre Kritzeleien. »Das Problem ist«, sagte sie an Ruth gewandt, »dass die Heimers selbst so genügsam leben. Oder hast du jemals erlebt, dass es dort irgendetwas außer der Reihe gab? Frische Heringe zum Beispiel? Oder Kuchen? Oder ein besonderes Stück Fleisch? Oder …«

»Brrr! Erinnere mich nicht an *Fleisch*. Dieses ekelige Gekröse, das heute wieder in der Suppe geschwommen ist! Da war es auch kein Trost, dass jeder einen Teller für die Pampe bekommen hat.« Ruth streckte angewidert die Zunge heraus.

»Aber du hast Recht. Dem alten Heimer würde es nichts ausmachen, jeden Tag nur trocken Brot zu fressen. Und trotzdem gibt es jemanden, dem es an nichts fehlt ...«

Johanna nickte.

Eva.

Manchmal fragte sich Johanna regelrecht, mit welchem Heimer Eva nun verheiratet war. Während Sebastian sich kaum um seine Frau zu kümmern schien, machte der Alte umso mehr Aufhebens wegen ihr. Evchen hier und Evchen da – wenn es goldene Löffel geben würde, hätte er ihr längst einen gekauft!

»Stellt euch vor, sie bekommt am Jahresende sogar die Kiste mit dem Restsilber! Ich hätte gedacht, dass Heimer die unter seinen drei Söhnen aufteilt, aber von wegen! Griseldis sagt, dass der Alte Eva so verwöhnt, läge daran, dass sie seiner verstorbener Frau so ähnlich sieht. Wie aus dem Gesicht muss sie ihr geschnitten sein.«

Die Witwe Grün und Johanna hatten sich in den letzten Wochen ein wenig angefreundet. Doch leider blieb ihnen während der Arbeit für längere Unterhaltungen keine Zeit. Und abends hatten sie entweder Hausarbeiten zu erledigen, oder waren zu müde für einen Besuch. Im besten Falle schaffte Johanna es, auf einen Sprung bei Peter vorbeizuschauen, was in ihren Augen jedoch nicht als Besuch galt.

»Ob das der einzige Grund ist?«, fragte Ruth. »Immerhin ist sie seine Schwiegertochter. Vielleicht glaubt er, dass sie ihm eher einen Enkel schenkt, wenn er sie verwöhnt?«

»Wer weiß, ob die magere Ziege überhaupt Kinder bekommen kann«, sagte Johanna. Kaum hatte sie es ausgesprochen, warf sie einen verlegenen Blick auf Marie, die mindestens ebenso schlank war wie die, um die es ging. Doch ihre jüngere Schwester schien entweder nichts gehört zu haben oder Johanna die Bemerkung nicht krumm zu nehmen.

Ruth grinste. »Vielleicht wird es Zeit, dass noch eine Frau Heimer ins Haus kommt. Eine, die dem *ältesten* Sohn Kinder schenken kann …«

Johannas Miene verdüsterte sich mit einem Schlag. »Jetzt kennst du den Burschen gerade einmal einen Monat und redest schon vom Kinderkriegen! Dass du die ganze Zeit mit Thomas herumschäkerst, finde ich ganz und gar nicht gut.«

Ruth prustete heraus. »Was geht dich das an? Lass mich doch schäkern, mit wem ich will. Außerdem: Als zukünftige Frau Heimer würde ich schon dafür sorgen, dass der Heimer besser bezahlt. Und wenn Thomas erst einmal das Sagen hat …«

»Bis dahin bist du alt und grau«, spottete Johanna. »Wilhelm Heimer mag zwar hin und wieder die Luft ausgehen – aber das liegt nur an seinem fetten Wanst. Dass der irgendwann in absehbarer Zukunft den Betrieb an seinen Ältesten abgibt, glaubst du doch selbst nicht!«

Marie hob den Kopf. »Liebst du den Thomas so sehr, dass du ihn heiraten willst?«

Mit einem Ruck stand Ruth auf. »Mir langt's. Ich habe keine Lust, mit euch über Thomas zu reden. Ich gehe noch ein bisschen raus. Die Luft in der Werkstatt war heute wieder ekelhaft! Es ist ein Wunder, dass wir nicht längst schon blind sind von all den Chemikalien, mit denen wir herumpanschen.« Sie zog ihre Jacke an und knöpfte sie zu.

Auch Johanna hatte Kopfschmerzen. Ob das Pochen auf beiden Seiten ihrer Stirn allerdings vom Gestank der Silberlösung oder von ihren Geldsorgen herrührte, wusste sie nicht. »Jetzt willst du noch spazieren gehen? In der Kälte?«, fragte sie argwöhnisch.

»Na und? Wenn du abends immer zu Peter rennst, sagt doch auch keiner was! Ich kann doch auch einmal ein Viertelstündchen für mich allein sein, oder?«

Bevor Johanna darauf eine Antwort eingefallen wäre, war Ruth davongerauscht.

13

»Ich hab das noch nie erlebt!«, sagte Peter kopfschüttelnd. »Normalerweise hält ein Glasauge etwa drei Monate. Aber bei Herrn Wunsiedel nutzt sich die Oberfläche in einem Tempo ab, dass du fast dabei zusehen kannst. Es ist die fehlende Tränenflüssigkeit. Auch in seinem gesunden Auge …« Peter brach ab, als er Johanna seufzen hörte. Er schaute von seiner Arbeit auf.

Wie sie so auf der Ofenbank saß – mit geschlossenen Augen, den Rücken an die wärmende Wand gedrückt, die Schultern hängend –, sah sie müde aus, die Haut unter ihren Augen war fast durchsichtig. Am liebsten hätte er sie in den Arm genommen und alle Mühsal weggestreichelt.

»Was ist – langweile ich dich mit meinen Geschichten?«, fragte er halb ernst, halb scherzhaft.

Sie öffnete die Augen. »Natürlich nicht. Es tut nur so gut, einmal ganz still dazusitzen. Außerdem …« – sie rückte noch näher an den Ofen heran – »macht mich die Wärme ein wenig schläfrig. Aber nun erzähl weiter, warum hat dieser Herr aus Braunschweig so trockene Augen?«

Peter rüttelte sie sanft am Arm. »Brauchst nicht so zu tun, als ob dich das interessiert. Ich sehe dir doch an, dass du mit den Gedanken woanders bist. Was ist, hat es wieder Ärger mit Heimer gegeben?«

Johanna schnaubte. »Ärger – es kommt darauf an, was man darunter versteht. Wenn du meinst, ob ich mal wieder aufgemuckt habe, dann hat es *keinen* Ärger gegeben.« Sie winkte ab. »Lass uns von etwas anderem reden.«

»Hör mal, ich bin doch dein Freund!« Peter zeigte auf seine Brust. »Statt mit mir zu reden, ziehst du dich zurück wie eine Schnecke, die zu grob angefasst wurde.«

Johanna lachte. »Danke, dass du mich mit einer Schnecke vergleichst!«, sagte sie, doch ihre Miene war nicht mehr ganz so verschlossen wie zuvor.

Peter wartete ab. Johanna konnte man zu nichts drängen.

»Ach, ich weiß auch nicht, was los mit mir ist!«, begann sie schließlich. »Vielleicht liegt es auch daran, dass heute Freitag ist und ich meine Besuche in Sonneberg vermisse.«

»Die Bittstellerei bei Friedhelm Strobel? Da verpasst du weiß Gott nicht viel!«, erwiderte Peter verächtlich. All die Verleger konnten ihm gestohlen bleiben! Die machten den großen Reibach und die Glasbläser trugen das ganze Risiko, so war es doch, oder? Und Strobel gehörte zu der Sorte, die den Kampf um die besten Preise auf dem Rücken der Hersteller austrugen. Ob das einem Glasbläser fast das Genick brach, war ihm egal – Hauptsache, er blieb mit seinen Kunden im Geschäft! Und Kunden hatte er genügend. Man munkelte, dass es weltweit keine größere Stadt gab, in der Friedhelm Strobel nicht mindestens einen Abnehmer von Lauschaer Glaswaren oder Sonneberger Spielzeug sitzen hatte. Es gab nur wenige Verlagshäuser, die mehr Aufträge an Glasbläser und Spielzeugmacher vergaben als Strobel. Und obwohl seine Konditionen äußerst schlecht waren, rannten die Lieferanten ihm die Tür ein.

»Du solltest froh sein, nicht mehr auf diesen Halsabschneider angewiesen zu sein«, sagte Peter, als immer noch nichts von Johanna kam. »Ich kann mich noch gut an Zeiten erinnern, wo dein Vater bei Aufträgen Mühe hatte, das Geld für die Rohlinge vorzustrecken!«

»So ist das nun einmal: Die Glasbläser müssen in Vorleistung treten, doch dafür handeln die Verleger die Verträge aus.

Und darin ist Strobel nun einmal ein Meister seines Fachs«, erwiderte Johanna spröde.

Peter ging zum Kamin, öffnete die Lade und legte einen Scheit Holz nach. »Ist ja auch egal. Trotzdem glaube ich nicht, dass deine Niedergeschlagenheit davon rührt, dass du Strobel vermisst!«

Sie ließ die Hände in den Schoß fallen. »Ehrlich gesagt: Ich weiß auch nicht, was mit mir los ist. Jetzt ist der Vater gerade einmal fünf Wochen tot und mir kommt es schon vor wie eine Ewigkeit. Noch nicht einmal Zeit, um an ihn zu denken, haben wir! Jeden Morgen verlassen wir das Haus im Dunkeln, und wenn wir abends zurückkommen, ist es auch schon wieder dunkel. Und dann ist noch keine Wäsche gewaschen, kein Essen gekocht, alles ist staubig und kalt!« Sie schaute Peter so vorwurfsvoll an, als wäre er schuld an der ganzen Misere.

»Irgendwie ist das nicht mehr unser warmes, nach Bratkartoffeln riechendes Zuhause. Aufstehen, arbeiten gehen, heimkommen, schlafen gehen – wir kommen zu nichts anderem mehr. Und das für die paar Mark, die zum Leben zu wenig und zum Sterben zu viel sind ...« Doch allmählich verpuffte ihr Ärger, und sie lehnte sich wieder müde an den warmen Ofen.

Dass der Heimer ein alter Geizhals war, brauchte sie ihm nicht zu sagen. Peter hatte noch nie erlebt, dass Wilhelm dem Schankmädchen im Schwarzen Adler auch nur einen Kreuzer zusätzlich gegeben hätte. Und an mehr als einem Abend in der Woche hielt er sich an einem Glas Bier fest, als könnte er sich kein zweites leisten. Aber was sollte er Johanna sagen? So schlimm es war: Im Grunde mussten die Steinmann-Mädchen froh sein, überhaupt Arbeit bekommen zu haben, mochte der Lohn auch noch so mager sein. Er spürte, wie sich etwas in ihm zusammenkrampfte. »Wenn es wirklich so wenig Lohn ist, dann pfeif doch auf den Heimer! Komm und hilf mir! Das, was bei mir hereinkommt, macht auch zwei satt.«

Endlich war es raus! Er hielt die Luft an.

Als Johanna nichts antwortete, fügte er hinzu: »Und meine Arbeit in der Glashütte hab ich schließlich auch noch.«

Zwei Mal im Jahr, während der so genannten Hitzen, brannten in der Glashütte am Hüttenplatz die großen Öfen: Von September bis zum Jahresende und dann wieder von März bis in den Sommer hinein musste Peter seine Aufträge in den Abend- und Nachtstunden erledigen, weil er tagsüber in der Hütte beschäftigt war. Auf dem Papier durfte er sich dabei sogar mit dem Titel eines »Glasmeisters« schmücken, doch im täglichen Leben sah es so aus, dass er weder einen eigenen Stand in der Hütte besaß, noch Gesellen beschäftigte, wie das einst bei Glasmeistern der Fall gewesen war. Vor vielen Jahren hatte seine Familie zwar tatsächlich einmal zu den wohlhabendsten im ganzen Dorf gehört, doch durch zu viele Söhne in vorhergehenden Generationen war für Peter und seinen inzwischen verstorbenen Bruder nur noch ein minimaler Hütten-Anteil auf dem Papier übrig geblieben. Peter wusste, dass Johanna sich dessen ebenfalls bewusst war.

Johanna schüttelte den Kopf. »Sei mir nicht böse, aber bei dir mitzuarbeiten, wäre nichts für mich. Ich kann ja nicht einmal zusehen, wie du die roten Adern in solch ein Auge hineinzauberst – und schon graust es mich!« Sie lächelte. »Ich glaube, deinen Beruf kann man nur machen, wenn man ihn so liebt wie du. Meine Anwesenheit würde wahrscheinlich eher stören als hilfreich sein.«

Vielleicht hatte sie damit sogar Recht, gab Peter im Stillen zu. Die Menschen, die seine Hilfe benötigten, waren meist verzweifelt und haderten mit ihrem Schicksal. Viele hatten Schmerzen und kamen nicht damit zurecht, nur noch ein Auge zu besitzen. Es war nicht immer einfach, sie dazu zu bringen, Vertrauen zu ihm zu fassen. Genauso wenig wie das

Augenmachen selbst einfach war. Für ihn bedeutete es mehr als Glasbläserei, für ihn war es eine Kunst. Dennoch: So sehr er seinen Beruf liebte – reich wurde man nicht damit.

»Ich glaube, wir sind es einfach nicht gewohnt, außer Haus zu arbeiten. Als Vater noch da war, konnten wir viele Dinge im Haus einfach neben der Arbeit her erledigen – das geht nun nicht mehr. Die Arbeit selbst wäre nicht das Problem!«, winkte Johanna ab. »Sie ist zwar anstrengend, aber gut zu schaffen. Und es ist wirklich unglaublich, welche Vielfalt die drei jungen Heimer vor der Lampe aufblasen können! Viele der hergestellten Waren finde ich zwar schlichtweg schrecklich« – sie lachte –, »aber es scheint für alles einen Abnehmer zu geben.«

Peter konnte noch immer nicht erkennen, woher ihre tiefe Unzufriedenheit rührte. »Wo liegt dann der Hund begraben? Ist es der Heimer selbst?«

Sie nickte. »Seine Art, sich von hinten anzuschleichen und einem ständig über die Schulter zu schauen, macht mich so ärgerlich! Was glaubt er denn? Dass wir den ganzen Tag faulenzen würden, wenn er uns nicht ständig kontrolliert?« Ihre Augen glitzerten. »Und dann dieses Durcheinander! In einem Bienenvolk geht's mit Sicherheit manierlicher zu. Letzte Woche ging die Farbe aus, heute fehlten beispielsweise Rohlinge. Statt einen der Burschen in die Glashütte zu schicken, um neue zu holen, teilte der Alte seine drei Glasbläser kurzerhand beim Verpacken ein. Kannst du dir das vorstellen?« Sie lachte fassungslos. »Am Ende gab es nichts mehr zu Bemalen, Versilbern oder Verpacken. Aber …« – ihre Brauen hoben sich spöttisch – »Ruth war begeistert! Sie konnte den ganzen Tag Hand in Hand mit Thomas arbeiten.« Johanna runzelte die Stirn. »Dass keiner von den Söhnen das Maul aufmacht, wenn Wilhelm den Überblick verliert – das versteh ich nicht. Das sieht doch jeder, dass es in diesem Haus an Planung und Organisation mangelt!«

»Die beiden Jungen sind zu dumm, und Thomas Heimer kann sich gegen seinen Vater nicht durchsetzen. Was willst du also Großartiges erwarten?«, fragte Peter gleichmütig. »Da musst halt du dir wieder den Mund verbrennen.« Er gab ihr einen kleinen Schubs und grinste.

»Das glaubst auch nur du. Lieber erstick ich an meinen guten Ratschlägen!«

»Und? Was gibt es Neues über Ruth und Thomas zu berichten?«

»Hast du jemals einen Mann mit solchen, schönen grünen Augen gesehen?«, ahmte Johanna Ruths Schwärmen nach. »Dabei glotzt er sie die meiste Zeit an, als könne er nicht bis drei zählen!« Sie verzog ihr Gesicht. »Es fehlt nur noch, dass er die Zunge heraushängen lässt wie ein hechelnder Hund! Wenn du allerdings mich fragst – Thomas sieht mir nicht aus wie ein Mann auf Brautschau, sonst wäre er doch längst verheiratet, oder? Aber Ruth sieht sich schon als zukünftige Frau Heimer! Ehrlich gesagt, weiß ich gar nicht, ob ich eine Heirat zwischen den beiden so wünschenswert fände. Die beiden passen doch gar nicht zusammen.« Mit hochgezogenen Augenbrauen fügte sie hinzu: »Im Augenblick ist sie *spazieren* – für wie dumm hält Ruth mich eigentlich? Natürlich trifft sie sich mit ihm. Ich kann nur hoffen, dass Ruth weiß, was sie macht!«

Peter schwieg. Dass er Thomas Heimer nicht leiden konnte, lag nicht nur an dem Umstand, dass dieser – im Gegensatz zu ihm – einer Frau etwas zu bieten hatte. Es lag vor allem daran, dass er beide Seiten des ältesten Heimer-Sohnes kannte. Im Alltag war Thomas seiner Ansicht nach etwas beschränkt, aber erträglich. Aber wehe, er hatte auf einem Fest oder Tanz zu viel getrunken! Dann wurde er ausfallend wie kein anderer, führte dumm-dreiste Reden und legte sich mit dem Nächstbesten an. Da Johanna und ihre Schwestern sich zu Joosts Lebzeiten kaum am Dorfleben beteiligt hatten, wussten sie so etwas natürlich nicht.

»Ob du es gern siehst oder nicht – wenn die beiden etwas voneinander wollen, dann wirst du's nicht verhindern können! Ruth wird schon selbst wissen, was richtig ist. Ich glaube, je mehr du dich wie eine Glucke aufführst, desto bockiger wird sie«, fügte er noch zu.

Johanna fuhr herum. »Du hast gut reden! Du musst dich ja auch nur um dich selbst kümmern. Wenn ich jedoch nicht ein Auge auf alles habe, läuft der Karren drüben bei uns ganz aus der Spur!«

Bei jedem anderen hätte er so etwas als selbstherrliches Gerede abgetan. Doch Johanna empfand tief drinnen genau so und nicht anders, das wusste Peter. Er sagte: »Es ist nicht gut, dass du dir die ganze Zeit über den Kopf anderer Leute zerbrichst! Lass doch die anderen für sich selbst denken!«

Sie schnaubte. »Wenn's um Fragen des Alltags geht, kann ich von meinen Schwestern nicht viel erwarten.« Ihre Miene verfinsterte sich. »Und ich bin genauso blöd! Vor lauter Arbeit hab ich vergessen, mich um Brennholz für den Winter zu kümmern, als es noch günstig zu haben war. Jetzt weiß ich nicht, woher ich das Geld dafür nehmen soll. Du glaubst doch nicht allen Ernstes, dass Ruth und Marie dazu etwas einfiele!«

»Und ich? Traust du mir auch nichts zu?«

»Dir etwas zutrauen? Du … bist doch nicht verantwortlich für mich und unsere Angelegenheiten.«

Aber das wäre ich gern, schoss es Peter wieder einmal durch den Kopf. »Ich kann dir doch trotzdem helfen, oder? Außerdem – wenn es um Brennholz geht, ist das ein Leichtes! Ich hab meine Holzrechte für dieses Jahr noch nicht ganz genutzt. Bisher habe ich das übrige Holz einfach im Wald gelassen, aber das ließe sich ändern!«

»Meinst du wirklich?«, fragte Johanna skeptisch. »Erlauben die von der Glashütte überhaupt, dass du Holz abgibst?«

Peter winkte ab. »Das ist denen doch egal. Vor Hunderten

von Jahren ist schriftlich niedergelegt worden, wie viel Holz jedem Glasmeister pro Jahr zusteht, und daran hat sich bis heute nichts geändert. Schon immer haben die Glasmeister einen Teil davon für ihr Zuhause abgezwackt.«

Ein Funke Hoffnung blitzte in Johannas Augen auf.

»Ihr müsstet mir natürlich beim Holzholen helfen«, sagte Peter herausfordernd. Johanna war eine, die sich nicht gern helfen ließ. Würde sie allerdings selbst mit Hand anlegen müssen, dann fiele es ihr sicher leichter, sein Angebot anzunehmen. Er wusste nicht, woran es lag – aber er kannte das Weib verflixt besser als sich selbst!

Und tatsächlich: Johanna lächelte ihn an. »Wann gehen wir hoch in den Wald?«

Peter lachte. »Von mir aus gleich morgen!«

14

Es war der Korb voller Gemüse gewesen, der sie auf den Gedanken gebracht hatte. Ein violettschimmernder Rotkohl, dunkelgrüne Gurken, die aussahen, als ob sie bitter schmeckten, ein dickes Bund Möhren, an denen noch die braune Erde hing, und Erbsenschoten, die ausgepult werden wollten, all das war über den Korbrand auf die blank gescheuerte hölzerne Arbeitsplatte von Edeltrauds Küche gequollen. Marie hatte den Korb auf dem Weg zu ihrem Platz am Esstisch nur mit einem Blick gestreift. Doch dann hatte er während des ganzen Essens in ihrer Sicht gestanden, und sie hatte nirgendwo anders mehr hinschauen können. Violett und Grün, Grün und Orange – so gegensätzlich die Farben waren, so gut passten sie gleichzeitig zusammen. Wieder an ihrem Arbeitsplatz, war Maries Blick auf einen Stapel schlichter Glasschalen gefallen, die auf einen Rand aus weißer Emailfarbe warteten. Einfaches Geschirr, das laut Heimer für die Küche eines Dresdner Hotels bestimmt war. Wie würde es aussehen, wenn man einen Korb mit Gemüse – oder mit Obst? – auf den breiten Boden dieser Schalen malte? Bevor sie diesen Gedanken weiterspinnen konnte, war Wilhelm Heimer wieder einmal wie aus dem Nichts mit einem ganzen Karton versilberter Kerzenleuchter erschienen. Also hatten Eva und sie den Rest des Tages damit verbracht, diese mit kleinen Streublümchen zu bemalen. Doch der Gemüsekorb und die nackten Glasschalen waren ihr seitdem nicht mehr aus dem Kopf gegangen.

Marie schaute sich um. Erst jetzt, wo es still um sie herum war, merkte sie, wie sehr sie das ewige Geplapper der anderen gestört hatte. Reden, reden, reden – und das den ganzen Tag über! Marie fand schon das Zuhören anstrengend. Sie seufzte.

Warum konnte nicht jeder einfach vor sich hin arbeiten, stumm, konzentriert auf sich und seine Arbeit?

Für einen Augenblick hatte es so ausgesehen, als ob Johanna daheim bleiben wollte, nachdem Ruth zum Luftschnappen nach draußen gegangen war. Du meine Güte! Fühlte sich ihre älteste Schwester wirklich verpflichtet, ihr ständig Händchen zu halten?

Andächtig holte sie einen frischen Bogen Papier hervor und nahm einen Griffel in die Hand. Zu scharf gespitzt für ihre Zwecke. Sie nahm einen zweiten und fuhr prüfend mit Zeigefinger und Daumen über die Spitze. Der war gut, er würde weiche Konturen zeichnen. Marie begann, einen Kreis zu malen, der ungefähr den Durchmesser des Bodens der Glasschalen hatte. Für einen langen Moment schaute sie diesen Kreis nur an. So viel Platz hatte sie zur Verfügung. Nicht mehr und nicht weniger. Es würde darauf ankommen, den Korb so zu platzieren, dass auf der einen Seite Gemüse – welches? – über den Rand quellen konnte. Gleichzeitig musste auf der anderen Seite in der oberen Hälfte so viel Platz sein, dass die Gurken schräg im Korb stehen konnten. Noch während sie über die Struktur ihres Stilllebens nachdachte, begann der Griffel mit leichten Zügen über das Blatt zu huschen.

Marie spürte, wie sie derselbe warme Schauer überspülte, der jedes Mal über sie kam, kaum dass sie in der Heimerschen Werkstatt die mit Farbe besprenkelten Töpfchen vor sich hatte. Heimer musste ahnen, wie viel ihr das Bemalen bedeutete, denn seit einigen Tagen schickte er sie nur noch an den Maltisch, während er den anderen täglich wechselnde Aufgaben zuteilte.

Sie hielt den Bogen auf Armlänge von sich weg. Gut. Doch um ganz sicher zu gehen, stand sie auf und trat zwei Schritte vom Tisch zurück. Sie lächelte. Auch aus einiger Entfernung konnte man den Korb samt Inhalt sehr gut erkennen. Mit der Zehenspitze zog sie ihren Stuhl wieder zu sich her und setzte sich. Nun galt es, die richtigen Farben zu wählen. Für die einzelnen Gemüsesorten hatte sie die Farben schon im Kopf. Das Violett für das Kraut würde sie aus Tintenblau und Karminrot mischen, das Orange würde sie bekommen, indem sie dem Zitronengelb, das sie pur nicht so sehr schätzte, ebenfalls einen kleinen Spritzer Rot untermengte. Sie konnte es kaum erwarten, das Ineinanderfließen der Farben zu erleben. Aber der Korb! Er war das Problem. Braun war keine Farbe, die auf durchsichtigem oder versilbertem Glas zur Geltung kam. Braun wirkte einfach nur schmutzig. So, als ob etwas ungespült in den Schrank gestellt worden war.

Marie kaute auf ihrer Unterlippe. Ein blauer Korb würde künstlich wirken und ein roter ebenfalls. Vielleicht wäre die weiße Emailfarbe eine Möglichkeit? Sie versuchte, sich das Ganze vor ihrem inneren Auge vorzustellen. Nein, das Geflecht würde in Weiß nicht mehr zur Geltung kommen, der Korb würde wie eine Porzellanschale wirken.

Als die Pendeluhr an der Wand zu schlagen begann, schreckte Marie auf. Schon neun Uhr! Nun konnte es nicht mehr lange dauern, bis Ruth und Johanna zurückkamen. Sie verstaute ihre Skizze samt Griffel in der Schublade des Tisches – für heute brauchte sie beides nicht mehr. Aber der Korb … Genüsslich holte Marie das Bild vor ihrem geistigen Auge wieder hervor. Und dann hatte sie die Lösung: Gold! Sie würde das Gold nehmen, mit dem die Blütenstempel der Streublümchen gemalt wurden. Dünn aufgetragen ließ es so viel Licht durch, dass Schattenspiele wie von allein entstanden. Es wirkte edel, hell und passte zu allen anderen Farben, die sie verwenden wollte.

»Nur – wie bring ich das dem Heimer bei?«, fragte Marie sich laut und hörte sich dabei lachen.

Sie würde den Korb malen. Daran gab es für sie keinen Zweifel. Und wenn sie eine der Glasschalen kaufen musste!

Als sie sich für die Nacht fertig machte, war es halb zehn. Weder Ruth noch Johanna waren zurück. Ein bisschen wunderte sich Marie darüber, dass Ruth in der Kälte so lange spazieren gehen konnte. Wahrscheinlich war sie ebenfalls auf einen Sprung zu Peter gegangen, nachdem sie genügend frische Luft geschnappt hatte. Marie rutschte tief unter ihre Decke und machte es sich für die Nacht bequem. Sie war noch immer wie berauscht von den Farben und Formen ihrer Kreation. Dass eine der beiden anderen auch nur einen halbwegs so beflügelnden Abend gehabt hatte, konnte sich Marie nicht vorstellen.

*

»Du bist so schön! So weich. Und so … weiblich.« Thomas' Flüstern verfing sich in Ruths Haar. Seine Hand strich über ihre Brust.

Kleine, hitzige Wellen schossen durch ihren Bauch. Sie wimmerte leise.

Thomas' Streicheln verlor daraufhin an Druck, seine Finger kreisten nur noch ganz sanft über ihre Kuppen. Seltsamerweise wurden die Wellen dadurch nur umso heftiger.

»Du fühlst dich so gut an. Alles an dir ist wunderschön.« Sein Streicheln wurde wieder fester.

Wie bei einem Gasbrenner, dessen Flamme man mit einem Klick anstellen konnte, war auch in Ruth etwas entflammt. Dass es so schön war, von einem Mann begehrt zu werden, hatte sie sich nicht in ihren Träumen ausgemalt! Sie hatte keinen Namen für die seltsamen Gefühle, die durch ihren Leib strömten, aber sie wusste, dass sie ihrem Leben von nun an eine andere Bedeutung geben würden. Ob es anderen Frauen auch so erging? Sie hielt ihm ihren Mund entgegen.

Sein Kuss war so heftig, dass er ihre Lippen unangenehm gegen ihre Zähne drückte. Ruth drehte sich ein wenig zur Seite, so dass ihre Münder den Kontakt verloren. Der Kuss, den sie sich herbeigesehnt hatte, war sanfter gewesen. Nicht so ruppig. Die Flamme in ihr erlosch.

»Nicht das.« Sanft schob sie seine Hand weg, die an den Knöpfen ihrer Bluse zu nesteln begonnen hatte. Warum konnte er sie nicht einfach nur weiter streicheln und schöne Worte murmeln?

»Aber warum? Dir gefällt das doch auch. Los, komm schon. Ein bisschen was will ich von meinem Mädchen doch haben!« Thomas drängte sich gegen sie und versuchte gleichzeitig, mit seinem rechten Bein zwischen ihre Schenkel zu kommen.

Es entstand ein ungelenkes Gerangel, bei dem Ruth der Rücken schmerzte. Gleichzeitig schnaufte Thomas wieder so heftig, dass es ihr fast ein bisschen unwohl dabei war.

»Thomas!« Sie lächelte gequält und konnte endlich ein Stück von ihm weg rutschen. Um ihn zu beschwichtigen, hielt sie ihm ihren Mund hin und ließ sich von ihm küssen. Gierig saugte er an ihren Lippen und sie verloren sich im Geschmack des anderen.

Doch nur kurze Zeit später spürte sie seine Hand auf dem kalten Fleisch ihres Oberschenkels. Ihr Hitze kühlte sich merklich ab.

Das nicht.

Sie hangelte unter ihrem Rock nach seiner Hand und zog sie weg. Die Decke, die Thomas auf dem Boden des Lagers ausgebreitet hatte, war so eisig wie der darunter liegende Steinboden. Wie kalt es hier war! Auf einmal schauderte es Ruth.

Thomas bemerkte nichts von ihrem Stimmungsumschwung, sondern drängte sich erneut an sie heran. »Sei doch nicht so störrisch«, flüsterte er in ihr Ohr.

Mit einem Ruck schob Ruth ihn weg. »Falls es dir noch nicht aufgefallen ist: Hier ist es eisig kalt! Hoffentlich werde ich nicht krank!«, sagte sie vorwurfsvoll, während sie ihre Bluse zurechtzog und ihren Rock glatt strich.

Thomas schaute sie verständnislos an. »Ich hätte dich schon gewärmt. Aber du willst ja nicht.« Er starrte auf die Wölbung in seiner Hose.

Ruth war den Tränen nahe. »Manchmal glaube ich, dir liegt gar nichts an mir. Bei jedem unserer Treffen schleppst du mich hierher. Dabei hast du mich noch nicht ein einziges Mal gefragt, ob es mir in diesem düsteren Loch überhaupt gefällt!« Sie wusste selbst nicht, warum sie plötzlich so heftig reagierte.

»Was redest du denn für einen Blödsinn?« Thomas war das Unverständnis ins Gesicht geschrieben. »Das hier ist doch ein guter Treffpunkt und weiß Gott kein ›düsteres Loch‹. Außer mir hat nur noch mein Vater einen Schlüssel, und der taucht um diese Zeit hier gewiss nicht auf. Und eisig kalt ist es auch nicht, höchstens ein bisschen frisch.«

»Aber … ich habe irgendwie das Gefühl, als ginge das mit uns alles viel zu schnell!« So, jetzt war es heraus! Was hatte Joost ihnen immer und immer wieder vorgehalten? Eine Frau, die selbst nichts auf ihre Ehre hielt, wurde auch von den Männern nicht geachtet.

»Aber wir lieben uns doch! Wie sollte ein Mann seiner Frau sonst zeigen, dass er sie mag?«

Da würden mir noch ein, zwei andere Möglichkeiten einfallen, schoss es Ruth ein wenig ungnädig durch den Kopf. »Wir könnten doch auch einmal etwas anderes unternehmen! Zum Beispiel nach Sonneberg gehen und die Auslagen in den Schaufenstern der Geschäfte anschauen. Johanna hat gesagt, dort gäbe es …«

»Ich verstehe dich nicht!«, unterbrach Thomas sie kopfschüttelnd. »Warum willst du mitten im Winter durch die Gegend laufen? Alles, was recht ist …«

Wütend faltete er die Decke zusammen, die er vor ein paar Tagen hier deponiert hatte, und versteckte sie wieder im untersten Regal. Er kannte kein Weib, das so anspruchsvoll war wie Ruth: Hier war es zu kalt, dort zu düster. Einmal hatte sie sich sogar darüber beklagt, dass sein Hemd an ihrer Wange kratzen würde! Manchmal glaubte er, dass er es ihr einfach nie recht machen konnte. Und das stellte ihn vor ein Problem, denn er war noch nie so scharf auf ein Weib gewesen wie auf Ruth. Allein die Tatsache, dass er mit einem der begehrtesten Mädchen im Dorf ausging, feuerte sein Begehren weiter an. Dass sie Jungfrau war, kam noch dazu. Wie oft hatten er und seine Kumpels darüber fantasiert, wie es wohl sein würde, einem der Steinmann-Mädchen zu zeigen, wo's lang ging. Ha, von wegen! So, wie sie ihre Unschuld hütete, könnte man glauben, sie hätte Gold zwischen den Beinen! Bei dem Gedanken rührte es sich erneut in seiner Hose.

Das Schweigen zwischen ihnen wurde länger, während jeder darauf wartete, dass der andere etwas Versöhnliches sagte.

»Ich muss jetzt gehen«, stellte Ruth schließlich fest. Der Gedanke daran, dass zu Hause kein wärmendes Feuer im Ofen auf sie warten würde, und sie demnach auch keinen erwärmten Backstein mit ins Bett würde nehmen können, munterte sie auch nicht gerade auf. Sie schlang ihren Schal zwei Mal um den Hals und hatte die Klinke schon in der Hand, als Thomas sie von hinten festhielt.

»Jetzt komm schon, tu doch nicht so eingeschnappt. Was ist, sehen wir uns morgen?« Er grinste sie an.

Sie nahm seine Hand von ihrem Arm. »Morgen ist Samstag. Ich glaube kaum, dass ich da Zeit für dich haben werde.« Und wenn sie den ganzen Tag damit verbringen würde, mit Johanna und Marie den Boden zu wienern – Thomas brauchte sich nicht einbilden, Ruth Steinmann wäre leicht zu haben!

Doch kaum wart sie in der Gasse, überfiel die Sehnsucht nach Thomas sie aufs Neue. Vielleicht war sie doch zu grob gewesen? Am liebsten wäre sie auf der Stelle umgekehrt und hätte sich in seine Arme geworfen. Sie liebte ihn schließlich auch.

Wenn er sie dabei nur nicht jedes Mal so bedrängen würde!

15

Tatsächlich war Ruth den ganzen Samstag mit körperlicher Arbeit beschäftigt. Doch statt den Boden zu wienern, stand Holzmachen auf dem Programm.

Am frühen Vormittag hatte Peter bei ihnen angeklopft und sie abgeholt. Kaum waren die Jacken zugeknöpft, hatte er schon das Arbeitszeug verteilt: ein paar Sägen, eine überdimensional große Zange, die Peter eine »Astschere« nannte, Bindedraht und ein halbes Dutzend Körbe. Zudem hatte er einen Rucksack geschultert. »Brotzeit«, hatte er gesagt, »die werden wir brauchen, wenn uns der Schweiß die Stirn hinabrinnt!« Ruth und die beiden anderen hatten gelacht. Peter und seine Scherze! Die Körbe waren nicht schwer, die Sonne blinzelte zwischen durchsichtigen Wölkchen vom Himmel herab, und so hatten sie sich fast in Ausflugslaune auf den Weg gemacht.

Weder sie noch ihre Schwestern waren bisher jemals beim »Schtöckreintun«, wie die Glasmeister das Holzholen nannten, dabei gewesen. Zum einen hatte Joost Steinmann nicht zu den Glasmeistern der Hütte gehört und somit auch kein Recht auf verbilligtes Holz gehabt, und zum anderen war es im Grunde reine Männerarbeit. Das Holz für den Steinmannschen Haushalt war bisher stets beim Fratzen-Paul gekauft worden. Der hatte seinen Namen nicht von ungefähr: Es gab keinen, der so gruselige Grimassen ziehen konnte wie der Mann, auf dessen Rücken ein Korb mit Brennholz festgewachsen zu sein schien – jedenfalls hatte ihn noch keiner jemals ohne diesen Korb gesehen! Als kleine Kinder hatten sie sich hinter dem Schrank versteckt, wenn der Fratzen-Paul sich mit dem Vater an den Tisch setzte, um das gelieferte Holz abzurechnen.

In diesem Jahr hätte Ruth nichts dagegen einzuwenden gehabt, mit dem unheimlichen Alten allein in einem Raum zu sein. Dass es sich beim Holzholen nicht um einen Ausflug handelte, sondern um harte Knochenarbeit, hatte sie sehr schnell gemerkt. Das Stückchen Wald, in dem Peter Holz schlagen durfte, lag an einem steilen, unzugänglichen Hang, der kniehoch mit jungen Schößlingen überwuchert war. Alles wäre besser gewesen, als dazwischen herumzuklettern und wie eine Bergziege zu versuchen, Halt zu finden! Immer wieder rutschte ein Fuß nach unten ab, während sie sich mit dem

Absatz des anderen Stiefels eine Scharte in den Boden grub. Bevor ihr das gelang, hörte sie von oben erneut ein »Holz kommt«, im nächsten Moment ein Knacken und dann schlug ein paar Fuß neben ihr ein armdicker Ast auf. Und noch einer. Und noch einer. Ruth presste sich so nahe wie möglich an den Hang. Gleich am Morgen hatte ein Stück Holz sie am Arm getroffen, seitdem schmerzte ihr Ellenbogen jedes Mal, wenn sie ihren Arm ausstreckte. Sie hätte nicht aufgepasst und das Kommando überhört, hatte sie sich von Johanna anhören müssen. Ha! Ruth wusste ganz genau, dass überhaupt kein Kommando gekommen war. Wahrscheinlich hatten die beiden dort oben im Wald herumgeturtelt, statt sie zu warnen. Ihre besorgte Miene hätte sich Johanna auch sparen können! Wo sie nicht einmal heruntergekommen war, um sich Ruths Arm anzusehen.

Als kein Holz mehr von oben kam, machte sich Ruth stolpernd daran, alles auf einen Haufen zusammenzutragen.

Das sah Johanna wieder einmal ähnlich, mit Peter zu arbeiten! Wahrscheinlich machte sie sich einen schönen Lenz, während er sich für sie abrackerte.

»Ich werfe jetzt wieder Holz herunter!«, schrie sie Marie zu, die gut zweihundert Meter tiefer stand. »Hast du gehört?«, rief sie, als von unten nicht gleich Antwort kam. Erst, als Marie geantwortet hatte, schleuderte Ruth den ersten Scheit nach unten. Ein scharfer Stich in ihrem Ellenbogen ließ sie leise aufschreien. Sie sah zu, wie Marie nach oben krabbelte, um das Holz zu holen. Verflixt, schon wieder war es nur die Hälfte des Weges geflogen! Als Peter ihr gezeigt hatte, in welchem Bogen sie die Holzstücke zu werfen hatte, damit diese nicht im Unterholz hängen blieben, sondern den Berg hinab zu Marie flogen, hatte das kinderleicht ausgesehen. Die ersten paar Würfe waren ihr auch sofort gut gelungen, und sie konnte zusehen, wie Marie das Holz vor die Füße geflogen war und diese es nur in die

Körbe hatte sammeln müssen. Doch sehr bald hatten ihre Oberarme zu brennen begonnen und ihre Kraft hatte nachgelassen.

Sie schleuderte das nächste Stück nach unten, wobei sie versuchte, ihren Arm nicht mehr ganz durchzustrecken. Diesmal legte es die gewünschte Strecke zurück. Trotzdem hätte Ruth heulen können. Die Plackerei war einfach zu viel! Sie hatten sich schließlich nicht ausgeruht an das Holzholen gemacht. Eine ganze Woche Arbeit lag hinter ihnen, die Abende gefüllt mit Wäsche waschen, Putzen, Kochen und tausend anderen Dingen, die sich früher wie von selbst erledigt zu haben schienen. Wie in den Wochen zuvor war ihnen kaum einmal Zeit geblieben, Luft zu holen. Wann immer sie Thomas treffen wollte, musste sie sich wegstehlen wie eine Diebin. Die Erinnerung an die Missstimmung des letzten Abends ließ sie für einen Moment noch unmutiger dreinschauen. Doch dann fielen ihr seine Schmeicheleien wieder ein. Er, der Sohn des reichsten Glasmachers in ganz Lauscha, fand sie schön. Und begehrenswert. Sie schaute an sich hinab. Waren ihre Brüste wirklich so viel schöner als die von anderen Frauen? Thomas sagte das. Eifersüchtig fragte sie sich, wie viele Brüste er schon zu sehen bekommen hatte. Sie schloss einen Moment lang die Augen und strich mit kalten Fingern über ihre Jacke. Wie es wohl sein würde, wenn er ihre nackte Haut berührte? Vielleicht sollte sie das bei ihrem nächsten Treffen zulassen?

»Holz kommt!«, erscholl es abermals.

Ehe sie sich versah, prasselte ein halbes Dutzend Äste in ihrer Nähe herab.

»Zum Kuckuck noch mal! Ich schaffe das hier unten nicht mehr allein! Wie wäre es, wenn einer von euch zu mir herunter käme?«, schrie Ruth und wischte sich eine Haarsträhne aus der Stirn. Da hatte Johanna ihnen wieder einmal etwas eingebrockt! Es hätte sicher auch einen einfacheren Weg gegeben, um an Brennholz für den Winter zu kommen, dessen war Ruth sich sicher.

Weder Peter noch Johanna reagierten. »Was hast du gesagt?«, rief ihr stattdessen Marie zu.

Missmutig warf Ruth einen Blick nach unten. »Zu dir nichts! Alles in Ordnung!« Wenn es ums Anpacken ging, konnte man von Marie nicht viel verlangen, sie war einfach zu zart. Unwillkürlich musste Ruth an Eva denken. Die war zwar auch ganz schmal, doch ihre Unterarme waren sehnig, ihr ganzer Körper so drahtig wie der eines heranwachsenden Jungen, der auf Bäume kletterte und über Bäche sprang. Als Tochter eines Griffelmachers hatte sie von kleinauf hart ranmüssen, das ewige Feilen, Schneiden und Zuspitzen der Griffel hatte ihre Finger knochig und kräftig werden lassen. Nie und nimmer hätte Ruth mit einer Griffelmacherin tauschen wollen! Doch Eva war für das harte Los ihrer Kindheit mehr als entschädigt worden: Statt auf Dornen war sie im Heimerschen Haushalt nun auf Rosen gebettet. Wie war dem Weib dieses Glanzstück nur gelungen, fragte sich Ruth zum wiederholten Male, während sie sich den schmerzenden Rücken rieb.

*

Kaum waren sie oben im Wald angelangt, hatte Peter Johanna angewiesen, die Äste, die er absägte, zusammenzutragen und die kleineren davon zu handlichen Bündeln zu schnüren. Schon bald war Johanna nicht mehr damit zufrieden, nur darauf zu warten, dass ein Ästchen abfiel. Unauffällig hatte sie ihm über die Schulter geschaut. Dann hatte sie sich ebenfalls eine Säge genommen.

Der Griff lag gut in der Hand, als Johanna sie im rechten Winkel an einen Ast setzte. Doch statt wie bei Peter in einer fließenden Bewegung durch das Holz zu gehen, verhakten sich die kleinen Zähnchen bei ihr darin.

Einen Augenblick lang erwartete sie, dass er sie auslachen würde. Oder verlangen, dass sie sein Werkzeug wieder aus der Hand legte. Doch Peter arbeitete weiter, als ginge ihn das Ganze nichts an. Er zog den Arm länger durch als sie, beobachtete sie. Und außerdem blieb sein Handgelenk dabei völlig still, während ihres gewackelt hatte wie ein Kuhschwanz! Sie versuchte es noch einmal. Dieses Mal gelangen ihr schon fünf Züge mit der Säge, bevor ihr Blatt erneut hängen blieb. Peter schaute zwar zu ihr hinüber, als sie einen leisen Fluch ausstieß, doch er sagte abermals nichts. Sie starrte auf die krumme Linie, die ihre Säge hinterlassen hatte. Sie musste gerader sägen! Also begann sie beim nächsten Ast, das Sägeblatt mit dem Daumen der anderen Hand ein wenig zu führen. Und das war es. »Es klappt! Ich kann sägen!«, verkündete sie freudestrahlend.

Peter nickte ihr zu. »Nimm dir nur Äste vor, die mindestens einen Zoll dick sind, die anderen schneide ich später mit der Astschere durch.« Mehr sagte er nicht.

Zum ersten Mal seit langer Zeit hatte Johanna das Gefühl, richtig durchatmen zu können. Dies lag nicht nur an der würzigen, nach Suppenkraut riechenden Waldluft, sondern vor allem daran, dass niemand ihr sagte, wie sie ihre Arbeit zu verrichten hatte.

Sie setzte die Säge erneut an einen Ast an, hielt mit dem Daumen der anderen Hand dagegen und begann, mit gleichmäßigen Zügen durchzuziehen. Bald hatte sie den Ast von dem gefallenen Baumstamm abgetrennt und konnte ihn zu den anderen auf den Haufen legen. Gleich nahm sie sich den nächsten vor. Das Ratschen der Säge erinnerte sie ein wenig an das Summen der Gasflammen, sein Gleichmaß wirkte beruhigend, doch keineswegs ermüdend auf sie.

Eine Zeitlang arbeitete jeder vor sich hin. War ein kleiner Haufen Äste zusammen, warf Peter sie mit einem geübten Schwung nach unten zu Ruth. Das ganze Holz den Berg hinunterzuschleppen, wäre unmöglich gewesen, doch das Werfen hatte es auch in sich: Nachdem Johanna damit begonnen hatte, die von ihr abgesägten Äste auch selbst zu werfen, dauerte es nicht lange und sie war sprichwörtlich im eigenen Schweiß gebadet. Sägen und werfen, sägen und werfen, bald hatte sie den für sich besten Rhythmus heraus.

Sie ging so in ihrer Arbeit auf, dass sie nicht bemerkte, wie Peter seine Säge weglegte und zu ihr herüberkam. Als sie seine Hand auf ihrer Schulter spürte, fuhr sie erschrocken zusammen. Das Sägeblatt fraß sich schräg in das saftige Innere des Holzes und verkantete sich dort.

»Entschuldigung!« Er lächelte sie schräg an. »Aber ich hab schon drei Mal nach dir gerufen! Willst du einen Rekord aufstellen oder was ist los mit dir?«

Mit einem Ruck zog Johanna die Säge aus dem Ast. Erst jetzt fiel ihr auf, wie sehr ihre Unterarme zitterten. »Ich dachte, wir sind zum Arbeiten hier droben«, sagte sie fast trotzig und wollte weitersägen, doch Peter hielt ihren Arm fest.

»Hast du mal nach unten geschaut? Ruth und Marie kommen gar nicht mehr nach mit Holz einsammeln!« Er zog sie hinüber zu einem Baumstamm, der schon von seinen Ästen befreit war und drückte sie mit sanfter Gewalt darauf nieder.

Im Stillen musste Johanna zugeben, dass es wirklich gut tat, für ein paar Minuten auszuruhen.

Erst jetzt merkte sie, wie ausgetrocknet ihre Kehle war. Als sie sich mit der Zunge über die Lippen fuhr, blieb diese kleben. Im nächsten Moment hielt Peter ihr eine Flasche Apfelsaft hin.

»Kannst du Gedanken lesen?« Sie nahm einen tiefen Schluck. Die Süße des Saftes kitzelte ihren Gaumen. »Du hast wirklich an alles gedacht!«, seufzte sie.

Er zuckte mit den Schultern. »Ein bisschen zu Trinken, Brot und Schinken – was ist das schon? Wenn ich könnte, würde ich doch viel mehr für dich tun!«

Johannas Blick fuhr zu ihm herum. Wie immer, wenn er sich über etwas ärgerte, zog sich die Längsfalte auf seiner Stirn bis zum Nasenbein hinab.

»Ach, Peter, rede dir doch nicht immer ein, dass du uns etwas schuldig bist. Außerdem – was das Essen angeht, sind wir weiß Gott nicht verwöhnt. Du müsstest mal sehen, was wir bei Heimer aufgetischt bekommen!«

Er schwieg.

»Weißt du«, sagte sie nach einer Weile, »das Schlimme ist, dass man aus Wilhelms Betrieb wirklich etwas machen könnte. Es mangelt nur an der Ordnung und …«

»Johanna!«, fuhr Peter auf. Plötzlich war sein Gesicht ganz nahe an ihrem und aufgewühlt wie ein Wildbach nach einem Gewitter. »Vergiss den Heimer und seinen Sauladen! Komm zu mir! Du siehst doch, wie gut wir zusammenarbeiten! Ich –«

Ehe Johanna sich versah, hatte er seine Arme um sie gelegt und drückte sie an sich. »Du und ich«, flüsterte er, »das wär doch was.«

Johannas Wange brannte an dem rauen Filz seiner Jacke. Ihr Nacken war verdreht und tat weh. Es kam ihr vor, als hätte ihr jemand den Boden unter den Füssen weggezogen. Peter war ihr Nachbar. Ihr Freund. Was sollte sie tun?

»Peter …«, sagte sie abwehrend.

Zum Glück ließ er sie im nächsten Moment los.

Betretenes Schweigen setzte sich zu ihnen auf den Baumstumpf.

»Ich …«, begann Johanna. »Tut mir Leid …«, sagte Peter im selben Moment.

Ihr Lachen war verlegen. »Es braucht dir nicht Leid zu tun«, erwiderte Johanna leise. »Ich mag dich doch auch.«

Nur so nicht.

Sie drückte seinen Arm, weil das Gefühl, versagt zu haben, sie überwältigte. Was jetzt? hämmerte es in ihrem Kopf. Was sollte sie nur sagen oder tun, damit er sein Gesicht wahren konnte?

Das Schweigen begann sich in die Länge zu ziehen. Mit einem Ohr lauschte Johanna nach unten. Warum erkundigte sich Ruth nicht, wo das nächste Holz blieb?

»Tja, dann machen wir mal weiter, bevor die Höhenluft mir erneut den Kopf verdreht!« Peter stand auf. Ehe sich ein verlegenes Lächeln breitmachen konnte, atmete er tief durch. »Was ist? Willst du Wurzeln schlagen?« Er grinste schräg und reichte Johanna die Hand. Sie griff danach.

Er zog sie hoch. »Wenn wir mit diesem Baum hier fertig sind, haben wir uns eine Vesper verdient. Ich schätze, den anderen wird es auch so gehen«, sagte Peter, als wäre nichts gewesen.

Über ihre Säge gebeugt, schaute Johanna immer wieder verstohlen zu ihm hinüber. Wie großmütig Peter ihre Abfuhr hinnahm! Auch schien er sich seines Gefühlsausbruchs nicht zu schämen, sondern irgendwie über den Dingen zu stehen. Auf einmal kam sich Johanna dumm vor, weil sie sich wieder einmal den Kopf eines anderen zerbrochen hatte.

Ihre Blicke trafen sich, bevor sie wegschauen konnte. Peter zuckte mit den Schultern. »Das gerade eben …« Ein schelmisches Lächeln zog über sein Gesicht. »Ich kann dir nicht versprechen, dass mir so etwas nicht irgendwann wieder passiert. Wie ich mich kenne, habe ich mein Glück nicht zum letzten Mal versucht.«

Sie schüttelte den Kopf und sagte ebenfalls lächelnd: »Du bist unmöglich!«

Hand in Hand arbeiteten sie weiter, ohne dass ein Misston zwischen ihnen verblieben wäre. Sie waren Freunde, und daran hatte sich nichts geändert.

16

Die nächsten Wochen vergingen in geschäftiger Betriebsamkeit. Wenn die drei Frauen morgens aus dem Haus gingen, war es noch stockfinster. Und wenn sie abends die Heimersche Werkstatt verließen, war es ebenfalls seit Stunden schon wieder dunkel. Einmal bei Tageslicht Wäsche aufhängen oder Staub wischen – bei solchen Wünschen ertappte sich Johanna immer wieder. Doch die Arbeit zu Hause blieb liegen und das mit gutem Grund. In ganz Lauscha gab es so kurz vor Weihnachten nur eines: Glasblasen und Glas fertig machen bis zum Umfallen. Und das war im Heimerschen Betrieb nicht anders.

Geschäftsleute aus dem ganzen Land, die im Herbst zu zögerlich eingekauft hatten, rannten nun auf ihrer Suche nach Artikeln fürs Weihnachtsgeschäft den Sonneberger Verlegern die Türen ein. Nun wurde weniger um Preise, als vielmehr um Lieferzeiten gefeilscht, jeder wollte seine Sachen natürlich so schnell wie möglich geschickt bekommen. Die Verleger ihrerseits gaben zwar den Zeitdruck an die Hersteller von Spielzeug, Holzschnitzereien und Glaswaren weiter – die höheren Gewinne sackten sie jedoch selbst ein.

Auch die Heimersche Werkstatt wurde mit einer Flut von Aufträgen überrollt. Thomas und seine Brüder saßen von morgens bis abends ohne Pause über der Lampe, während die Arbeitsmädchen malten, versilberten, Preisschilder anbrachten und verpackten. Bald konnte man sich in der Werkstatt kaum noch bewegen, weil überall Kartons herumstanden. Zu den zwei regulären Botenfrauen, die Wilhelm Heimer beschäftigte, wurde ein Bauer aus dem Nachbardorf angeheuert, der nun täglich fertige Ware abholte und nach Sonneberg brachte.

Während sie jeweils zwanzig Glasperlen auf eine Schnur reihte und deren Enden dann miteinander verknotete, verbot sich Johanna jeden Gedanken an ihre früheren Freitagsbesuche in Sonneberg zur Weihnachtszeit. Doch das Auffädeln war eine eintönige Arbeit, und als der Haufen mit den glitzernden Perlenketten immer größer wurde, konnte Johanna die Erinnerungen nicht mehr aus ihrem Kopf verbannen.

Die vielen Lichter, mit denen die Gasthöfe beleuchtet wurden! Das Gewusel in den engen Gassen. Ausländische Einkäufer sah man um diese Zeit in Sonneberg nur wenige – es wäre unmöglich gewesen, deren Aufträge so kurz vor Weihnachten noch rechtzeitig ins Ausland zu verschiffen. Dafür waren Dialekte aus ganz Deutschland in den Gassen zu hören. Und dann der Duft! Johanna hatte ihn so lebendig in der Nase, dass ihr die Spucke im Mund zusammenlief. Vor vielen Häusern sah man in diesen Tagen ein Mütterlein stehen, das auf einem Brenner Rotwein aufkochte, den es mit Zimt, Anis, Pfeffer und anderen Aromen würzte. Andere verkauften gebackene Lebkuchen – sehr zum Unmut der Sonneberger Bäcker, die jedoch gegen ihre weihnachtliche, zunftlose Konkurrenz nicht viel auszurichten vermochten. Wiederum andere rösteten Mandeln, deren Duft mit dem der Thüringer Bratwürste konkurrierte. Alle Köstlichkeiten fanden reißenden Absatz, denn kaum ein Aufkäufer hatte gegen eine kleine Stärkung etwas einzuwenden. Ja, geschäftstüchtig waren die Sonneberger! Johanna hatte sich von deren Umtriebigkeit immer gern anstecken lassen und war stets voller neuem Tatendrang zurück nach Lauscha gegangen.

Einen Augenblick lang ließ sie die Hände auf die Arbeitsplatte sinken. Die silberglänzenden Perlen verschwammen vor ihren Augen. Wie hatten sich Ruth und Marie immer gefreut, wenn sie ihnen eine Tüte Mandeln oder einen Lebkuchen aus Sonneberg mitbrachte! Vater hatte nie Einwände gegen die Extra-Ausgaben gehabt, er hatte nicht einmal das Geld nachgezählt, das Johanna ihm nach den Glasverkäufen übergab.

Sie warf einen giftigen Blick auf Wilhelm Heimer, der gerade heftig auf Sebastian einredete. Vertrauen war für ihren neuen Arbeitgeber ein Fremdwort, allabendlich zählte er seine Bestände durch. Als ob sie auch nur eines seiner hässlichen Modelle gewollt hätte – die von Marie entworfenen einmal ausgenommen! »Heimer-Tand ins ganze Land«, murmelte sie verächtlich vor sich hin.

Dieses Jahr würde es weder Lebkuchen noch sonst etwas Außergewöhnliches geben. Stattdessen würden sie auf Vaters leeren Stuhl starren und die Weihnachtslieder würden ohne seine inbrünstige Stimme dünn klingen. Langsam begann Johanna zu verstehen, warum die Weihnachtszeit vor allem denen verhasst war, die einen ihrer Liebsten verloren hatten: Die Lücke, die einer nach seinem Tod hinterließ, erschien im Licht der Weihnachtskerzen nur umso größer.

Doch es war nicht nur die Trauer um Joost, die ihr Herz so schwer machte. Was sie außerdem drückte, waren die ewigen Geldsorgen. Jeden Monat musste sie furchtbar rechnen, damit ihr Verdienst ausreichte. Bisher waren sie zwar noch keinen Abend hungrig ins Bett gegangen, aber viel hätte Ende letzten Monats nicht gefehlt. Schuld war nicht nur Heimers Hungerlohn, sondern auch die Tatsache, dass ihr Leben um einiges teurer geworden war, seit sie von früh bis spät außer Haus arbeiteten. Das fing beim Brot an und hörte beim Suppekochen auf. Früher hatte Ruth jeden Mittwochmorgen eine riesige Schüssel Brotteig geknetet, um gegen Mittag den Leiterwagen zum Backhaus zu ziehen und die sechs Brotlaibe zu backen, die der Familie bis zum nächsten Mittwoch reichen würden. Seit der Vater tot war, kamen die Mädchen zwar mit nur drei Laiben Brot aus, aus Zeitmangel mussten sie diese jedoch kaufen. Und das war viel teurer als das Selberbacken. Zeit, um eine Suppe aus Knochenresten vom Schlachter zu kochen, hatten sie auch keine mehr, dafür stand nun eine Dose mit Liebigs Fleischextrakt im Vorratsschrank.

Johanna starrte auf die verhassten Glasperlen hinab. Wie jemand für solchen Tand gutes Geld ausgeben konnte, war ihr schleierhaft! Geld, Geld, Geld – um nichts anderes kreisten ihre Gedanken. Aber einen Dank dafür, dass sie die Kasse verwaltete und die Ausgaben einteilte, erntete sie weder von Ruth noch von Marie. Dafür jammerte Ruth ständig, sie könne keine Kartoffeln und kein Schmalzbrot mehr sehen, und dass ihr der Sinn nach einer Pfanne angebratener Knochen oder frischem Hering stünde. Ständig musste Johanna erklären, warum Sonderausgaben für einen Malblock, farbige Griffel, eine Haarspange oder einen Kamm nicht in Frage kamen – als ob sie für ihre Geldnot verantwortlich war! Obwohl – Johanna musste zugeben, dass derartige Extrawünsche in den letzten Wochen seltener geworden waren. Vielleicht hatten die beiden endlich verstanden, dass sie solche Dinge nicht einfach aus dem Hut zaubern konnte. Johanna seufzte erneut. Vielleicht würde Heimer ja ein paar Mark drauflegen, weil Weihnachten war? Sie spielte kurz mit den Gedanken, Griseldis darüber auszufragen, verwarf ihn dann jedoch wieder. Sie wollte nicht unverschämt klingen, vor allem, wo Griseldis ihr ständig erzählte, wie froh sie sein musste, als Frau eine Anstellung gefunden zu haben. Als Frau – manchmal fragte sich Johanna, ob eine Frau zu sein womöglich mit einer schweren Krankheit gleichzusetzen war!

Der Impuls, mit einem Wisch die Perlen vom Tisch zu fegen, wurde so stark, dass Johanna vom Tisch aufstand. Verflixt, sie wollte nicht mehr an das Weihnachtsfest denken, das vor ihnen lag.

*

Im Gegensatz zu Johanna brachte Ruth immerhin ein wenig Optimismus auf. Thomas hatte angedeutet, dass er ein Geschenk für sie hatte. Und so verbrachte Ruth die meiste Zeit damit, darüber nachzudenken, was es wohl sein konnte. Zu einer Glasperlenkette würde sie nicht nein sagen, auch wenn Johanna die Ketten als Tand bezeichnete. Auch einer der Parfümflakons, die sie in den letzten Tagen schachtelweise verpackt hatten, könnte ihr gefallen ..., obwohl Ruth nicht wusste, was sie hätte hineinfüllen sollen. Das größte Geschenk würde Thomas ihr natürlich mit einem Heiratsantrag machen, aber ob daraus etwas werden würde ... Ruth war realistisch genug, nicht allzu sehr darauf zu hoffen. Thomas drängte zwar selbst in dieser arbeitsreichen Zeit darauf, sie so oft wie möglich im Lager zu treffen, und dabei war er um Worte, mit denen er seine Liebe beschwor, nicht verlegen. Ständig erzählte er ihr, wie schön er ihren Körper, ihre Haare, ihre Haut – einfach alles – fand. Doch vor den anderen tat er immer noch so, als ob zwischen ihnen nichts wäre. Wenn sie den Versuch machte, am Mittagstisch seine Hand zu ergreifen, zog er sie zurück. Und ausgeführt, in den Schwarzen Adler oder gar nach Sonneberg, hatte er sie auch noch nie. Ruth blieb eisern: Solange Thomas sich nicht öffentlich zu ihrer Liebe bekannte, solange würde sie bei ihren Treffen zu allem nein sagen, was unter ihren Rock ging. Dass er dabei jedes Mal ärgerlich wurde, konnte sie zu einem Teil sogar verstehen. Ihr gefiel es ja auch, seine Hände zu spüren, zu hören, wie sein Atem schneller wurde. Sich auf diese Art die Liebe zu gestehen, war auf alle Fälle besser als die komischen Pausen, die eintraten, wenn sie sich unterhielten. »Palavern können wir doch den ganzen Tag«, winkte er meistens ab, wenn sie ihm etwas erzählen wollte.

Vielleicht war es wirklich an der Zeit, einen Schritt weiter zu gehen? Thomas würde Augen machen, wenn sie sich auf einmal nicht mehr sträubte und wand!

Oder sollte sie sich stattdessen ein Weihnachtsgeschenk für ihn ausdenken? Nur: Wie sollte das gehen, ohne einen Pfennig Geld?

17

Zwei Tage vor Heiligabend winkte Wilhelm Heimer Ruth zu sich her. Unter Evas argwöhnischem Blick folgte sie ihm hoch in den ersten Stock, in die gute Stube der Familie.

Heimer schloss die Tür hinter ihr.

In dem Raum, der fast nie benutzt wurde, roch es staubig, und Ruth musste niesen.

»Du musst mir einen Gefallen tun, ich bezahle dich auch dafür wie für normale Arbeit«, brachte Heimer, vom Treppensteigen noch kurzatmig, schnaufend hervor.

Geschmeichelt winkte Ruth ab. »Ich helfe Ihnen doch gern!« Hatte es eine Bedeutung, dass er gerade sie dafür ausgewählt hatte?

Heimer zeigte auf den Tisch hinter sich. »Die Geschenke hier sind für Evchen. Und für die anderen«, fügte er hinzu. »Nun, da wieder eine Frau im Haus ist, soll das Weihnachtsfest etwas ganz Besonderes werden. Wie damals, als meine eigene Frau, Gott hab sie selig, noch lebte. Aber ich kann doch Evchen nicht ihre eigenen Geschenke einpacken lassen!« Er wies auf einige Bögen weinrotes Papier, auf das goldene Engel gedruckt waren. »Hab mich nicht lumpen lassen! Das war das teuerste Einpackpapier, das ich finden konnte.«

Ruth nickte betont desinteressiert. Heimer sollte nicht denken, ihr fielen nun vor lauter Ehrfurcht die Augen aus dem Kopf! Sie warf einen verstohlenen Blick auf den Tisch. Ein runde Dose stand da, etwas Wollenes, und ein paar kleine Fläschchen, und … Sie schaute Heimer an. »Sogar an Namensschilder und goldenes Schleifenband haben Sie gedacht!« Ganz konnte sie ihre Verblüffung nicht verbergen. Das hätte sie dem alten Geizkragen nicht zugetraut.

Heimer strahlte über sein rundes Gesicht. »Evchen soll's an nichts fehlen!« Er wies Ruth noch an, die fertig eingepackten Geschenke auf die Kommode zu legen, dann polterte er wieder nach unten.

Evchen hier und Evchen da! Ruth verdrehte die Augen. Gleichzeitig konnte sie nicht erwarten zu sehen, was Heimer für seine Schwiegertochter gekauft hatte.

Kaum war sie allein, stürzte sie auf den Tisch zu. Eine Puderdose! Mit roten und goldenen Rosen darauf und – Ruth fingerte so lange mit dem Verschluss, bis die Dose offen war – mit einem Spiegel auf der Innenseite. Ruth betrachtete sich eingehend darin und tat dann so, als ob sie ihr Gesicht puderte. Mit geschlossenen Augen versuchte sie, sich vorzustellen, wie es sich wohl anfühlte, wenn sich der Puder wie ein seidener Mantel auf die Haut legte.

Das wollene Etwas war eine Strickjacke in einem Grün, wie es die Jäger trugen. Ruth grinste. Darin würde Eva aussehen wie eine blasse Milchmagd. Aber hier! Sie seufzte auf. Das war doch feinste Plauener Spitze! Mindestens drei Ellen mussten das sein. Damit würde man nicht nur einen Blusenausschnitt, sondern auch noch ein oder zwei Leibchen verzieren können, schoss es Ruth neidisch durch den Kopf, während sie mit einem Finger die steifen Konturen der handgearbeiteten Kostbarkeit nachfuhr. Auf einmal steckte ein Kloß in ihrem Hals, der zuvor nicht da gewesen war. Alles für Eva. Wie ungerecht. Ruth schob den Karton, auf dem die Spitze aufgerollt war, zur Seite. Als sie nichts anderes mehr fand, an dem Evas Namensschild hing, war sie fast erleichtert. Sie griff nach einem der kleinen Fläschchen. Aha, ein Likör für die taube Edel. Mehr als zwei Gläschen würde das nicht geben. Alter Geizkragen! Achtlos stellte Ruth die

Flasche weg und nahm die nächste in die Hand. Noch ein Likör, dieses Mal hing ein Schild mit Sarahs Namen daran. Die Arbeitsmädchen gingen also nicht leer aus. Sie griff nach der dritten. Tatsächlich, die war für Griseldis bestimmt. Daraufhin suchte Ruth den ganzen Tisch ab, doch weder für Thomas und seine Brüder noch für sie und ihre Schwestern waren Geschenke dabei. Sie versuchte, ihre Enttäuschung nicht groß werden zu lassen. Das konnte nur zwei Dinge bedeuten, grübelte Ruth, während sie die Spitze in das weinrote Papier einwickelte: Entweder hatte Wilhelm Heimer für seine Söhne und für Joosts Töchter etwas ganz Besonderes im Sinn, oder … sie bekamen gar nichts. Aber das würde sicher nicht der Fall sein, tröstete sich Ruth und strich das Papier glatt.

Obwohl es erst zwei Uhr nachmittags war, musste sie Licht machen, so düster war es. Zudem wurde der Raum von den dunklen Möbeln schier erdrückt. Ruth ließ Edels Weihnachtsgeschenk sinken. Wenn sie im Heimerschen Haus erst einmal etwas zu sagen hatte, würde sie sich als Erstes an diesen Raum machen! Eine Tapete mit Streifen würde ihr gefallen. Und neue Vorhänge. Vielleicht würde sie sogar neue Möbel aussuchen dürfen. Als junge Frau Heimer würde sie sich alle Mühe geben, aus diesem Raum ein Schmuckstück zu machen. Welches Haus konnte sich schon damit brüsten, eine gute Stube zu haben!

Vielleicht würde sie aber auch gar nicht hier wohnen, sondern in den leerstehenden Räumen über dem Lager? Erst vor ein paar Tagen hatte Thomas beiläufig erwähnt, dass dieses Haus ebenfalls seinem Vater gehörte. Vielleicht hatte er damit schon etwas andeuten wollen?

Ruth konnte es kaum erwarten, dass die Zeit verging.

*

Die Einzige, die sich über das nahende Weihnachtsfest keine Gedanken machte, war Marie. Dies lag daran, dass für sie im Moment jeder Tag wie Weihnachten war: Seit sie sich ein Herz gefasst und Heimer ihren Entwurf mit der Gemüseschale gezeigt hatte, hatte sie nicht nur diesen umsetzen dürfen, sondern drei weitere noch dazu. Passend zur Jahreszeit hatte sie vorgeschlagen, versilberte Pokale mit Eiskristallen zu bemalen. Die leonischen Fäden, die sie anfänglich so schrecklich fand, inspirierten sie ebenfalls: Wenn man den Golddraht nämlich nicht dick und lagenweise, sondern nur ganz dünn um Gläser wickelte, erzielte man damit einen fast verzauberten Ausdruck. Das Glas, die Farben, das Material zum Verzieren – Heimers Werkstatt war für Marie wie eine große Palette, auf der die Farben eines Regenbogens aufgelegt waren, facettenreich und schier unerschöpflich an Variationen.

Inzwischen musste sie nicht mehr einen »guten« Augenblick abwarten, um Heimer einen ihrer Entwürfe zu zeigen, denn er selbst hatte es sich zur Gewohnheit gemacht, mindestens einmal am Tag bei Marie am Maltisch zu erscheinen. »Na, welches Ei hat meine Künstlerin heute wieder ausgebrütet?«, pflegte er zu sagen. Dieser Spruch war bald ein alter Hut, auf den er dennoch jedes Mal einen Lacher erwartete. Wenn Marie ihm dann kleine Veränderungen vorschlug oder einen ihrer Entwürfe zeigte, äußerte er sich nicht großartig dazu. Darin ähnelte er sehr ihrem Vater, der auch stets nach dem Motto »Nicht geschimpft ist auch gelobt!« vorgegangen war. Viel wichtiger als blumiges Lob oder große Worte war Marie jedoch, dass Wilhelm Heimer sie gewähren ließ.

»Solange du weiterhin deine Stückzahlen schaffst, habe ich nichts dagegen, wenn du hin und wieder einmal etwas Neues versuchst!«, hatte er ihr versichert und ihr dabei auf die Schulter geklopft. Eva hatte eifersüchtig zugesehen und den

Rest des Tages kein Wort mehr mit ihr gesprochen, was Marie als äußerst wohltuend empfand.

Lob bekam Marie dennoch, allerdings von einer für sie unerwarteten Seite: Heimers Verleger hatte Maries Gemüseschale so gut gefallen, dass er sie noch am selben Tag jedem seiner Kunden angeboten hatte. An jenem Abend hatte Heimers Botenfrau eine Bestellung von insgesamt dreihundert solcher Schalen zu Wilhelm zurückgebracht! Dem waren fast die Augen aus dem Kopf gefallen. In der darauf folgenden Woche hatten Thomas und seine Brüder jeweils eine Stunde länger vor der Lampe sitzen müssen, um den zusätzlichen Auftrag auszuführen. Und Marie hatte plötzlich starr vor Staunen erkannt, dass das, was sie zu ihrem eigenen Vergnügen und einem Impuls folgend gemalt hatte, nun Hunderte von Menschen erfreuen würde.

Der Gedanke, dass ihr künstlerisches Talent womöglich zu mehr reichte als zu ihrer eigenen Erbauung, ließ sie von diesem Moment an nicht mehr in Ruhe.

18

Zwei Tage vor Weihnachten glaubte Friedhelm Strobel, es in der Enge seines Ladens nicht mehr auszuhalten. Er fühlte sich innerhalb der Wände mit den raumhohen Regalen wie ein wildes Tier, das – seinem ursprünglichen Lebensraum entrissen – nun sein Leben in Gefangenschaft fristen musste. Was mache ich hier eigentlich, fragte er sich mit einer Heftigkeit, die ihn erschreckte. Was um alles in der Welt habe ich in diesem Provinznest verloren?

Ausgelöst hatte diese Unzufriedenheit der Brief, den der Postbote am selben Vormittag abgeliefert hatte. Hasserfüllt starrte Strobel auf den grauen, unscheinbaren Umschlag, durch dessen Poren der süßliche Duft des parfümierten Briefpapiers strömte. Vielleicht hätten ihn die Zeilen kalt gelassen. Aber der Duft! Oh, wie gut er diesen Duft kannte! Er würde Zeit seines Lebens mit den gleichen, bittersüßen Erinnerungen verbunden sein. Gierig und widerstrebend zugleich atmete er den Geruch alter Zeiten ein. Die Bilder, die sich dabei vor seinen Augen auftaten, waren fortan nicht mehr zu verdrängen. Er hörte sich schluchzen. Warum mussten *sie* sich jetzt bei ihm melden? Nach so vielen Jahren?

Schon begann die alte Unruhe ihn wieder zu umfangen. Rastlos auf und ab laufend, fragte er sich, was die Ankunft dieses Briefes für ihn bedeutete. Für ihn bedeuten *konnte.* Gab es ein Zurück?

Er kaute so lange auf seinen Lippen herum, bis sie wieder einmal bluteten.

Wie hatte er sich bemüht, die Vergangenheit hinter sich zu lassen! Die ersten paar Jahre war ihm dies auch redlich gelungen. Er war so froh gewesen, mit heiler Haut aus der ganzen Sache herausgekommen zu sein, dass ihm der Weggang aus B. mit all seinen Verführungen leicht gefallen war. Natürlich hatte er von Anfang an gewusst, dass der Thüringer Wald einem Mann seines Kalibers keinerlei adäquate Möglichkeiten bieten würde. Doch selbst das hatte er zum damaligen Zeitpunkt gut geheißen. Er hatte mit *allem* brechen wollen, hatte von sich aus keinen Kontakt mehr zu … den alten Bekannten gesucht.

Er kannte den Inhalt des Briefes längst auswendig – dürftige zehn Zeilen, kein Briefkopf, nicht einmal eine vollständige Unterschrift. Nach einer unehrlich gemeinten Frage bezüglich seines Wohlergehens waren sie sofort auf den Punkt gekommen: Sie hätten Pläne, die alles bisher da gewesene übersteigen würden, und suchten dafür Geldgeber. Und ob er – Friedhelm Strobel – nicht daran interessiert sei, die alten, einst so erquicklichen Bindungen wieder aufzufrischen.

Jahrelang hatte sich keiner die Mühe gemacht, herauszufinden, wohin er damals so hastig verschwunden war. Nachdem er B. verlassen hatte, war er einfach nicht mehr von Interesse für sie gewesen. Erst jetzt, wo *sie* etwas von ihm wollten, erinnerten sie sich urplötzlich an ihn. Sein Mund verzog sich höhnisch. Das sah ihnen ähnlich!

Er hatte Mühe, sich einige ihrer Gesichter vor seinem inneren Auge wachzurufen. Seit damals war viel Zeit vergangen, in der ihm der Ehrgeiz gereicht hatte, seiner Familie mit all ihren spießigen Moralvorstellungen zu zeigen, dass mehr in ihm steckte als ... Noch immer graute ihm beim Gedanken an all die Beschimpfungen, denen er damals ausgesetzt war.

Und tatsächlich: In den zehn Jahren, in denen er in Sonneberg als Verleger tätig war, hatte er mehr Geld verdient, als sein Vater in seinem ganzen, langen, honorigen Leben. Aber interessierte das jemanden? Für seine Familie existierte er nicht mehr, keiner hatte sich je nach ihm erkundigt – somit wusste auch niemand, welch brillanter Geschäftsmann in ihm steckte. Was aber hatte sein ganzes Geld ihm gebracht?

Ein Krämer war er geworden.

Unfrei war er geworden.

Er schaute mit irrem Blick auf die Wände, die auf ihn herabzustürzen drohten. Gefangen inmitten von Holzspielzeug, Glaswaren und anderem unnützen Tand. Seine Kunden waren die Wärter dieses Gefängnisses, dem er ihretwegen nicht einmal für ein paar Tage entkommen konnte.

Er war unfrei.

Ein verächtliches Lachen kroch aus seinen blutigen Lippen. Das konnten *sie* natürlich nicht wissen! In *ihren* Kreisen war er als ein Mann bekannt gewesen, der stets bekam, wonach ihm der Sinn stand.

Totgeglaubtes Verlangen rührte sich. Im Geist ging er wieder den verschlungenen, von dichten Buchsbaumhecken eingefassten Weg entlang, auf das große, hölzerne Portal zu.

Drei Mal klopfen, kurze Pause, zwei Mal klopfen, kurze Pause, ein letztes Mal klopfen, und offen war das Tor zur Glückseligkeit. Strobel langte sich an die Kehle, als könne er mit einem Halsgriff das einengende Gefühl abstellen.

Ob alles noch so war wie damals? Die Umbauarbeiten seien schon voll im Gange, hieß es im Brief. Und von weiteren Geldgebern war die Rede. Ob wohl jemand dabei war, den er kannte?

Die Frage brauchte ihn nicht zu kümmern, befahl er sich selbst. Sicher, er hätte die finanziellen Mittel – an denen hatte es noch nie gelegen! Aber er konnte doch nicht einfach sein Verlagshaus im Stich lassen und riskieren, dass seine Kundschaft sich bei der Konkurrenz vergnügte!

Etwas Warmes tropfte ihm auf die Hand. Erstaunt schaute Strobel an sich herab. Blut – er hatte sich so fest auf die Unterlippe gebissen, dass sie jetzt heftig blutete.

Mit raschen Schritten ging er ins Badezimmer und tupfte mit einem Tuch seinen Mund ab. Dann griff er nach einem Kamm. Doch statt seinen strengen Scheitel nachzufahren, hielt er mitten in der Bewegung inne.

Um welche Pläne es sich wohl handelte?

Er für seine Person konnte sich nichts vorstellen, was das Gewesene in den Schatten zu stellen vermochte. Andererseits – zuzutrauen war *ihnen* einiges …

Er schluckte, als er erkannte, dass er in diesem Moment für einen Besuch in B. alles getan hätte.

19

»Ich kann es nicht fassen!« Johannas Stimme überschlug sich fast. »Eine Schüssel Äpfel und dazu einen Schwall salbungsvoller Worte!« Sie schüttelte den Kopf. »Die Arbeit selbst ist euer Geschenk für dieses Jahr!«, äffte sie Wilhelm Heimer nach. »Womöglich hätten *wir* ihm aus lauter Dankbarkeit etwas schenken sollen!«

»Aber wir müssen doch wirklich froh sein, in Lohn und Arbeit zu stehen!«

Johanna schoss Marie einen Blick zu. »Jetzt blas du auch noch in dasselbe Horn wie Griseldis mit ihrer ewigen Dankbarkeit! Ich versteh euch nicht!« Sie ließ ihre Faust auf die Tischplatte fallen. »Es ist doch nicht so, dass Heimer uns etwas schenkt! Von uns kriegt er doch auch etwas: unsere Arbeitskraft und unsere Zeit. Und alles für die paar Mark!«, spuckte sie verächtlich aus. »Allein an Maries Gemüseschüsseln verdient er sich eine goldene Nase. Und da fällt es ihm nicht ein, uns eine Kleinigkeit zu Weihnachten zu schenken?« Wieder überschlug sich ihre Stimme fast.

Es war Heiligabend, sechs Uhr. Die Kirchenglocken läuteten den Abendgottesdienst ein und eigentlich hätten sie längst in ihre Mäntel geschlüpft und auf dem Weg zur Kirche sein sollen. Doch seit sie vor einer Stunde von der Arbeit nach Hause gekommen waren, hatte sich keine mehr vom Tisch weggerührt. Nur eine Kerze brannte, sie hatten bisher weder Feuer noch Lampen angemacht. Fröhliche Weihnachten!

»Eine Schüssel Äpfel. Für uns drei.«

»Wie oft willst du das noch wiederholen?«, fragte Ruth säuerlich. »Er ist unser Arbeitgeber, mehr nicht. Er ist nicht verpflichtet, uns Geschenke zu machen. Weihnachten hin oder her!« Die Schärfe in ihrer Stimme stand in krassem Gegensatz zu dem, was sie sagte.

»Wenn das so ist, warum bist du dann auch so verärgert?«, fragte Marie.

Ruth fuhr hoch. »Ach, ich kann nur Johannas ewiges Geplärre nicht mehr hören!«

»Wahrscheinlich ist sie wütend, weil sich ihr Angebeteter

als derselbe Geizkragen herausstellt wie sein Vater!«, spottete Johanna ungewohnt scharf. »Da hast du dir eine reizende Familie zum Einheiraten ausgesucht!«

»Was seine Familie betrifft, ist Heimer gar nicht geizig – du hättest mal sehen müssen, was der Alte alles für Eva gekauft hat! Wir ... sind ihm halt noch fremd. Aber von Thomas habe ich etwas bekommen, etwas sehr Schönes sogar!« Ruth zog ihrer Schwester eine Grimasse.

»Und wo ist dieses Geschenk? Warum zeigst du es uns nicht?«, erwiderte Johanna herausfordernd.

Marie schaute von einer zur anderen. »Muss dieses Gezeter eigentlich sein? Es ist doch Weihnachten. Wenn Ruth ihr Geschenk nicht zeigen will, dann ...« – hilflos hob sie die Arme – »dann ist das doch in Ordnung! Ich kann gut verstehen, dass man auch einmal etwas für sich behalten möchte.«

Beschämt blickte Johanna auf den Tisch. Marie hatte Recht. Sie seufzte. Das geschah alles nur, weil sie so maßlos enttäuscht war.

»Es tut mir leid«, sagte sie kleinlaut und wollte nach Ruths Hand greifen.

»Lass mich!« Ruckartig zog Ruth ihren Arm weg und im nächsten Moment krochen laute Schluchzer aus ihrer Kehle.

»Was ist denn? Um Himmels willen, Ruth! Ich hab das doch nicht böse gemeint.« Betroffen schaute Johanna auf das Häufchen Elend neben sich. Fröhliche Weihnacht überall, schoss es ihr durch den Kopf. Wenn sich wenigstens Peter blicken lassen würde.

»Ich ..., das hat nichts mit dir oder den Heimers zu tun«, schluchzte Ruth.

Johanna und Marie sahen sich an und glaubten zu wissen, was Ruth empfand. Das erste Weihnachten ohne Joost.

»Auch uns fehlt Vater«, flüsterte Marie. »So sehr, dass es mir manchmal in der Brust weh tut.«

Ruth schaute unter tränenschweren Lidern auf. Im Halbdunkeln ging sie zu ihrer Tasche und nestelte daran herum. Dann kam sie zurück und knallte etwas auf den Tisch.

»Meine Schale!«, rief Marie. »Wie kommt die hierher? Was hat die mit Vater zu tun …«

Und dann fügte sie ungläubig hinzu: »Das ist dein Weihnachtsgeschenk von Thomas?«

Einen Augenblick lang war es totenstill.

Ruth nickte und versteckte ihr Gesicht wieder hinter ihren Händen. »Schön, nicht wahr?«, fragte sie und prustete heraus.

Es dauerte einen Moment, bis den beiden andern dämmerte, dass Ruth nicht mehr weinte, sondern ihr Lachtränen über die Wangen liefen.

Ihr Lachen war ansteckend – hysterisch, unkontrolliert und befreiend. Sie lachten, bis sie das Salz ihrer Tränen auf den Lippen schmecken konnten. Erst als sie völlig atemlos waren, ließ das Gelächter nach.

Ruth drehte die Schale ins Licht der Kerze. »Da flüstert er mir einen Liebesschwur nach dem anderen ins Ohr, und dann ist er so gedankenlos, einfach ein Teil zu nehmen, von dem Hunderte herumstehen! ›Daran hast du doch sicher besondere Freude, wo deine Schwester es doch gemalt hat‹«, ahmte sie ihn nach. »Ich habe gar nicht gewusst, was ich sagen sollte! Nicht, dass ich deine Malerei nicht schön finde, versteh mich richtig«, sagte sie an Marie gewandt.

Marie winkte ab.

»Es ist nur …, irgendwie habe ich mehr erwartet. Etwas für mich ganz allein. Ein Zeichen seiner Liebe sozusagen.« Ruth sah nun aus, als kämpfe sie erneut mit den Tränen. »Er konnte gar nicht verstehen, dass ich nicht gleich in einen Freudentaumel ausgebrochen bin! Als wir uns verabschiedeten, war er deswegen sogar beleidigt.«

»Männer!«, sagte Johanna wegwerfend. Warum merkte

Ruth nicht selbst, dass dieser tumbe Tor nichts für sie war? Dass er nicht das Geringste mit dem Märchenprinzen gemeinsam hatte, von dem sie früher geträumt hatte?

Marie fügte trocken hinzu: »Vor allem Heimer-Männer!«

Und weil sie nicht weinen wollten, begannen sie erneut zu lachen, bis ihnen der Bauch weh tat.

Als sie aus der Kirche zurückkamen, stapfte Johanna zielstrebig zum Ofen und heizte ein. Dann stellte sie alles auf den Tisch, was sie im Speiseschrank finden konnte: Brot, Butter, ein Glas Honig, ein Glas Pflaumenmus von Griseldis. Außerdem die Äpfel, die Wilhelm Heimer ihnen mit großer Geste – gerade so, als wären sie aus Gold – überreicht hatte.

»Jetzt sitzt nicht so trübsinnig da!«, forderte sie Ruth und Marie auf. »Wir werden den Abend schon irgendwie herumkriegen!« Dann begann sie, Mehl in eine Schüssel zu füllen. Sie schlug zwei Eier hinein, gab Milch dazu und rührte alles zu einem flüssigen Brei.

»Wir können die Pfannkuchen mit Honig füllen. Oder mit Pflaumenmus!«, schlug sie so aufmunternd wie möglich vor.

»Kein Weihnachtsbaum. Keine grünen Zweige.« Ruth starrte auf den Hocker, auf dem in jedem Jahr ein kleines Bäumchen gestanden hatte.

»Woher hätten wir einen Baum nehmen sollen? Den haben wir doch immer vom Fratzen-Paul bekommen, als Dreingabe für die Holzlieferung sozusagen.«

»Nicht einmal ein paar Barbarazweige haben wir geschnitten. Und die hätten wir umsonst kriegen können«, sagte Marie.

»Stimmt!« Johanna seufzte. Vor lauter Arbeit hatte keine von ihnen daran gedacht, am Barbaratag ein paar Äpfel- und Kirschzweige für den Heiligen Abend zu schneiden. Sie schaute zu, wie der Pfannkuchen sich am Rand zu kräuseln begann. Als es verbrannt roch, drehte sie den Fladen eilig um.

»Ein Baum! Barbarazweige!« Ruth spuckte die Worte verächtlich aus. »Was würde uns ein Baum nutzen, wenn wir nichts zum Dranhängen haben? Schaut euch doch um: keine Nüsse, keine Lebkuchen, keine Zuckerkringel – wir sind arm, arm, arm!« Und schon heulte sie wieder los.

Diesmal dauerte es nicht lange, bis Marie einstimmte. Hilflos schaute Johanna von den Pfannkuchen zu ihren beiden Schwestern. Am liebsten wäre sie zu Peter hinübergegangen, aber sie konnte die beiden doch unmöglich allein lassen.

Als könnte sie Gedanken lesen, schluchzte Marie: »Warum kommt eigentlich Peter nicht herüber? Er ist doch bisher jedes Weihnachten da gewesen.«

»Ich weiß nicht, wo er steckt. In der Kirche war er auch nicht, aber das muss bei ihm nichts heißen. Ein braver Kirchgänger war er schließlich noch nie«, sagte Johanna. »Vielleicht fühlt er sich nicht mehr wohl bei uns. So als Mann unter lauter Weibern ...«

»Du meinst, weil Vater nicht mehr da ist ...« Marie schüttelte den Kopf. »Peter war doch noch nie einer, der sich nur unter Männern wohl gefühlt hätte. Sonst würde er doch jeden Abend mit den Heimer-Brüdern und den anderen Männern im Dorf in den Schwarzen Adler gehen.«

Im Stillen musste Johanna ihr beipflichten. Sie konnte sich an keine Zeit erinnern, wo Peter nicht für sie da gewesen wäre.

»Er wird schon noch kommen.«

Schwungvoll gab sie die ersten Pfannkuchen auf die Teller. »So, jetzt essen wir, bis uns der Bauch weh tut! Und von Männern will ich heute Abend nichts mehr hören, außer, es handelt sich dabei um das Christkind.«

Ruth schaute unter tränennassen Lidern auf.

»Du hast Recht. Wir drei Steinmänner lassen uns nicht unterkriegen!« Sie zog ein Taschentuch aus ihrer Rocktasche und putzte sich lautstark die Nase.

Das Feuer knisterte.

Aus einem der Nachbarhäuser war Gesang zu hören und eine Flöte.

Joosts Platz war leer, und der Hocker für den Weihnachtsbaum auch.

Kein Nüsseknacken war zu hören, und keine Lebkuchen bröselten auf den Tisch.

»Wenigstens haben wir es warm!«, sagte Johanna und bestrich einen weiteren Pfannkuchen mit Pflaumenmus.

20

Keine der Schwestern war böse, als Heiligabend vorbei war.

Noch in der Heiligen Nacht hatte es zu schneien begonnen, dicke, plustrige Flocken, die schmolzen, kaum dass sie den Boden berührten. Statt die Landschaft in jungfräuliches Weiß zu hüllen, hatte der nasse Schnee die Straßen zunächst in matschige Trampelpfade verwandelt. Nun, nach einer kalten Nacht, war der Boden gefährlich glatt. Für Johanna und ihre Schwestern war das unfreundliche Wetter nur ein weiterer Ausdruck dafür, dass dieses Weihnachtsfest nicht wie andere war.

Stolpernd und sich gegenseitig festhaltend liefen die drei Frauen am ersten Weihnachtstag die steile Straße zu Wilhelm Heimers Haus hoch. Auf dem Glashüttenplatz – um diese Jahreszeit einsam und verlassen – hatten sich große Eisseen gebildet. »Achtung!« Johanna schob Ruth zur Seite, bevor diese um ein Haar auf einer Eisplatte ausgerutscht wäre. Es war eisig kalt.

Marie warf einen sehnsüchtigen Blick zu den verwaisten Kaminen der Glashütte hoch. »Wenn nur schon wieder eine

Hitze gearbeitet würde!«, seufzte sie. »Ich finde es schrecklich, wenn alles so verwaist ist.«

Auch Johanna wünschte sich das Frühjahr herbei. Dann würde der Hüttenplatz voller Holz sein, das die Glasmeister für ihre Öfen benötigten. Die Schürer würden laut nach mehr Brennholz schreien, um die hohen Temperaturen in ihren Öfen halten zu können, die für das Glasschmelzen nötig waren. Tag und Nacht, in mehreren Schichten würden Peter Maienbaum und seine Kollegen während der Hitze in der Glashütte arbeiten. Während die Glasmeister in ihren Gemengekammern – jeder für sich – an der bestmöglichen Zutatenmischung für ihre Glasschmelze tüftelten, würde man draußen zuschauen können, wie die Glaszieher zähflüssige Glasklumpen solange über den ganzen Platz zogen, bis daraus lange, dünne Stäbe wurden. Aus diesen wurden dann die Rohlinge geschnitten, die Peter und die anderen Glasbläser für ihre Arbeit benötigten – ein Kreislauf, der sich seit fast dreihundert Jahren, seit dem Entstehen der Glashütte im Jahr 1597, wiederholte. Der Gedanke, dass jeder von ihnen Teil dieses Kreislaufs war, erschien Johanna plötzlich ungemein tröstlich.

Peter. Am Abend zuvor war er doch noch vorbeigekommen, nachdem er der Witwe Grün geholfen hatte, deren Ofenrohr zu flicken.

»Peters Idee mit den Glastieren war doch nett, nicht wahr?«, nuschelte Johanna durch ihren Schal hindurch.

Um Kindern, die ein Glasauge benötigten, die langwierige Prozedur des Anpassens etwas zu erleichtern, hatte Peter irgendwann einmal damit begonnen, für seine kleinen Patienten Glastierchen zu blasen. Mit einem Vögelchen in der Hand, einem Hund oder Äffchen hielten die armen Würmer wieder für eine Weile still, und Peter konnte mit seiner Arbeit fortfahren. Drei solcher Tiere hatte er für Johanna, Ruth und Marie als Geschenk mitgebracht. Nun standen sie auf der Fensterbank, wo sich das Licht in ihrem bunten Glas fing.

»Stimmt! Ich bin mir aber immer noch nicht sicher, ob ich den Elefanten schöner finde oder den Löwen«, erwiderte Marie. »Wie er den Schwung des Elefantenrüssels hingekriegt hat …«

»Die lockige Mähne meines Löwen ist auch wunderschön! Und dann das hübsche Gelb! Dass die Farbglashütte Rohlinge in dieser Farbe verkauft, wusste ich gar nicht.«

»Ich glaube, er hat einen gelben Rohling mit einem orangefarbenen verschmolzen«, behauptete Marie. »Verschiedene Farben zu verarbeiten, ist scheinbar gar nicht so einfach. Als bei Heimer der Auftrag für die gestreiften Trinkgläser herein kam, haben die Heimers deswegen ganz schön geflucht!«

Johannas Seufzer blieb wie ein kleines, weißes Wölkchen in der Luft stehen. »Solche Glastiere würden sicher gut zu verkaufen sein. Friedhelm Strobel zum Beispiel …«

Ruth lachte auf. »Spar dir jedes weitere Wort«, unterbrach sie ihre Schwester. »Peter ist Augenmacher aus Leidenschaft, da kannst du nichts dran ändern. Dem geht es nicht ums Geldverdienen. Leider,« kicherte sie. »Wenn unser lieber Nachbar ein wenig geschäftstüchtiger wäre, wärst du vielleicht schon längst Frau Maienbaum!« Sie stieß Marie in die Rippen.

»Was du wieder denkst! Wie oft muss ich dir noch sagen, dass Peter und ich nur gute Freunde sind? Frau Maienbaum – das wäre ja, als würde ich meinen Bruder heiraten!« Johanna verzog das Gesicht. »Außerdem, wem geht es denn darum, eine gute Partie zu machen? Mir sicher nicht. Ich meine es nur gut mit Peter. Mit der Produktion von Glastieren würde er sein Geld hundertmal leichter verdienen als mit seinen verletzten Soldaten und verunglückten Kindern.«

Schon als sie die Tür zur Werkstatt öffnete, spürte Johanna, wie sich etwas in ihr sträubte. Am liebsten wäre sie wieder umgekehrt und hätte ... ach, irgendetwas anderes getan! Alles, bloß nicht in der stickigen Werkstatt hässliche Glaswaren zu versilbern oder einzupacken. Sie ließ Marie den Vortritt, die zielstrebig zum Maltisch hinüberging. Kopfschüttelnd beobachte sie, wie ihre Schwester schon im Gehen ihre Jacke auszog, als könne sie es nicht erwarten, endlich wieder an die Arbeit zu kommen.

Ruth ging mit hoch gerecktem Kinn an den Glasbläsern vorbei, ein in den Raum geworfenes »Guten Morgen« war ihr einziger Gruß. Ihre Schwester schien Thomas sein einfallsloses Geschenk noch nicht verziehen zu haben, stellte Johanna zufrieden fest. Sie suchte mit den Augen den Raum nach Griseldis ab, doch die Witwe Grün war nirgendwo zu sehen. Laut Peter war es in ihrem Haus eisig kalt gewesen – wahrscheinlich war auf den kaputten Ofen eine Erkältung gefolgt.

Auch von Wilhelm Heimer fehlte jede Spur. Auf einmal kam sich Johanna seltsam verloren vor. Was mache ich hier eigentlich, schoss es ihr durch den Kopf. Marie hatte inzwischen mit größter Selbstverständlichkeit die vor ihr stehenden Farbtöpfe geöffnet. Ruth war in ein Gespräch mit Eva verwickelt und schien deren neue Haarspange zu bewundern. Sarah kam in dem ihr eigenen Schneckentempo vom Lager herein, den Arm voll mit zusammengefalteten Kartons. Und die drei Heimer-Söhne waren wie immer über ihre Lampen gebeugt, das Zischen ihrer Flammen hatte sie schon beim Eintreten begrüßt. Jeder hatte zu tun, nur sie nicht.

Thomas Heimer drehte sich um. »Der Vater kommt erst später, er ist in Sonneberg«, sagte er und schaute an Johanna vorbei. Als er Ruth bei Eva stehen sah, stand er auf und ging zu ihr hinüber, ohne sich weiter um Johanna zu kümmern oder ihr zu sagen, welche Arbeiten anstanden.

Und nun? Johanna gesellte sich zu Sarah und begann, Kartons zu falten. Die Witwe Grün läge mit hohem Fieber im Bett, wusste Sarah und hüllte sich danach wieder in dumpfes Schweigen. Sie falteten so lange Kartons, bis auf dem Tisch kein Platz mehr war. Nach einem Blick auf das gute Dutzend, das sich auch schon auf dem Boden türmte, sagte Johanna: »Das reicht für's Erste! Es gibt sicher Arbeit, die dringender anliegt.«

Sarah faltete weiter Kartons, als hätte sie nichts gehört.

War das Mädchen so einfältig wie sie tat? Entnervt ging Johanna zum Verspiegelungstisch, wo mindestens drei Dutzend Glaspokale darauf warteten, versilbert zu werden. Na also!

Mit neu entfachter Arbeitslust hielt sie den Hahn der Silberleitung in die Öffnung des ersten Pokals. Erst da merkte sie, dass in der Hängeflasche an der Wand gar keine Silberlösung war – lediglich die Flasche mit dem Reduktionsmittel war voll. Hilflos starrte sie auf die Flaschen mit Salmiakgeist, Weingeist und salpetersaurem Silber. Um die Rezeptur machte Heimer stets ein großes Geheimnis. Griseldis war die einzige, die das Mischverhältnis kannte, in dem die Zutaten zusammen mit Wasser und etwas Traubenzucker als Reduktionsmittel angerührt werden mussten. Zugegeben, die Glaswaren aus der Heimerschen Werkstatt waren besonders gleichmäßig versilbert. Bei anderen, die unreine Zutaten oder ein ungeeignetes Reduktionsmittel verwendeten, fiel das Silber ungleichmäßig aus und hinterließ nackte Flecken auf dem Glas. Doch die Kehrseite von Heimers Geheimniskrämerei wurde nun ersichtlich: Ohne Griseldis' Silberbad geriet der ganze Arbeitsablauf ins Stocken.

»Was stehst du hier wie der Ochs vorm Scheunentor?«

Johanna schoss herum. Heimer. Wie konnte ein so dickleibiger Mensch einfach aus dem Nichts auftauchen?

»Ich …, es ist keine Silberlösung da«, sagte sie etwas lahm.

»Und hier?« Heimer zeigte auf Sarah, von der nur noch der Kopf hinter den aufgestülpten Kartons zu sehen war. »Auf den Gedanken, ihr zu helfen, statt in die leere Silberflasche zu glotzen, bist du nicht gekommen? So, wie es aussieht, gibt es doch genug zu tun!« Kopfschüttelnd stapfte er davon. »Für's Herumstehen wirst du nicht bezahlt, Fräulein Weiberwirtschaft!« Er fuchtelte tadelnd mit dem Zeigefinger in der Luft herum.

Johanna stand wie belämmert da, während die verstohlenen Blicke der anderen auf ihren Schultern brannten. Wie konnte er sie so abkanzeln – und völlig zu Unrecht noch dazu!

»Besser eine Weiberwirtschaft als einen Sauladen«, murmelte sie vor sich hin.

Heimer blieb auf dem Absatz stehen. »Was hast du gesagt?«

Natürlich hätte Johanna in diesem Moment etwas wie »Nichts, nichts, alles in Ordnung«, erwidern können. Natürlich hätte sie eilig zu Sarah an den Packtisch gehen und weitere nicht benötigte Kartons auseinander falten können. Doch sie tat nichts von dem.

21

Peter drehte den Gasanschluss zu. Ohne die singende Flamme wurde es augenblicklich lähmend still im Raum. Während er sich zu Johanna an den Tisch setzte, warf er einen letzten Blick auf das Paar Glasaugen, dem er noch Adern aufmalen musste. Am nächsten Morgen sollte es von einem Kurier abgeholt werden. Sicher wurde es schon sehnlichst von seinem Patienten erwartet. Wahrscheinlich würde er die Nacht durcharbeiten müssen, um es fertig zu kriegen, aber das war ihm gleich – Johanna brauchte ihn. Auch wenn das störrische Weib das nie zugeben würde!

»Jetzt lass dir doch nicht jedes Wort wie Würmer aus der Nase ziehen! Hast du ihm das mit dem Sauladen wirklich ins Gesicht gesagt?«

Johanna nickte mit der ihr eigenen Mischung aus Trotz und Sturheit im Gesicht. »Ich lasse mich nicht als faul beschimpfen. Und es war schließlich seine Schuld, dass ich nichts zu tun hatte. Du meine Güte – das war doch nur die Wahrheit! Du hättest mal sehen sollen, wie der explodiert ist! Für einen Augenblick dachte ich wirklich, er fällt auf der Stelle tot um, so rot angelaufen ist der vor Wut.«

Peter hatte keine Mühe, sich das vorzustellen. »Und dann?«

»Dann hat er angefangen, mich zu beschimpfen. Wie undankbar ich sei und so.« Sie zuckte mit den Schultern. »Undankbar, pah! Er würde mir doch nichts schenken, habe ich entgegnet. Vielmehr würde er von mir etwas nahezu geschenkt bekommen, meine Arbeitszeit nämlich! Und dass ich keinen Grund hätte, ihm dankbar zu sein, weil er nämlich unsere Notlage ausgenutzt hätte, um billig an Arbeitsmädchen zu kommen.«

Peter zog die Augenbrauen hoch. Das war starker Tobak. Dass Heimer sie danach in hohem Bogen gefeuert hatte, wunderte ihn nicht. »Du hörst dich an wie einst dieser Karl Marx. Der hat auch nur davon geredet, dass die Arbeiter ausgebeutet worden seien.«

Johanna schaute ihn von der Seite an, nicht sicher, ob er sie auf den Arm nahm.

»Ich kenne keinen Marx. Aber verdammt noch mal, ich lasse mich doch nicht für dumm verkaufen! Was hättest denn du an meiner Stelle gemacht?«

Peter schaute sie über den Tisch hinweg an. »Ich weiß es nicht, ehrlich gesagt. Vielleicht meinen Mund gehalten.

Vielleicht aber auch nicht. Ich bin jedenfalls froh, dass ich mein eigener Herr bin und erst gar nicht in so eine Lage komme.«

»Aber ein wenig kannst du mich schon verstehen, oder?«, kam es verloren.

Peter musste lachen. »Was willst du von mir hören? Dafür, dass Wilhelm Heimer dich rausgeschmissen hat, kann ich dich schlecht loben, oder?« Johanna brauchte nicht zu wissen, dass er tief drinnen tatsächlich ein bisschen stolz auf sie war. Was würde Johannas Arbeitslosigkeit jetzt wohl für Konsequenzen für sie beide haben? fragte er sich im selben Moment.

Sie stand auf. »Wenn du jetzt auch noch gegen mich bist, kann ich ja gleich wieder rübergehen!«, sagte sie und trat ans Fenster. Sie starrte hinüber zu ihrem Haus.

»Wie zwei Furien sind Ruth und Marie auf mich losgegangen, kaum dass sie von der Arbeit zurück waren! Ich würde unser aller täglich Brot gefährden, hat Ruth gemeint. Und Marie hat mich eine streitbare Xanthippe genannt.« Sie hielt ihren Rücken krampfhaft gerade. »So etwas Gemeines! Wo ich doch nur die Wahrheit gesagt habe!«

»Komm und setz dich wieder!« Peter ging zum Herd und holte einen Topf, den er warm gemacht hatte, während sie sich unterhielten. »Jetzt essen wir erst einmal und dann überlegen wir, wie es weitergehen soll.«

Johanna wollte schon abwinken, als ihr der Geruch von Suppenfleisch in die Nase stieg. Spucke begann sich in ihrem Mund zu sammeln. Vorher, zu Hause, hatte sie keinen Bissen heruntergebracht. Doch als Peter nun einen Teller vor sie hinstellte, merkte sie erst, wie hungrig sie war. Sie begann zu löffeln, noch bevor er sich mit seinem Teller zu ihr gesetzt hatte. Grüne Bohnen, Fleisch, Kartoffeln, alles ziemlich grob geschnitten, schwammen in einer goldgelben Brühe. Er hatte alles so wunderbar im Griff – im Gegensatz zu ihr!

Sie legte den Löffel so abrupt im Teller ab, dass Brühe über den Rand schwappte.

Peter schaute sie mit hochgezogenen Brauen an. »Welche Laus ist dir jetzt wieder über die Leber gelaufen?« Und als sie nicht gleich antwortete, fuhr er fort: »Wenn ich ehrlich bin, finde ich die ganze Angelegenheit gar nicht so schlimm. Dass du dich beim Heimer abrackerst, hat mir von Anfang an nicht gepasst! Eine Frau wie du – und dann dieser alte Holzkopf!« Er schüttelte den Kopf. »Das konnte doch nicht gut gehen.«

»Vielleicht hast du Recht.« Johanna schaute ihn angestrengt an. »Ich glaube, der Streit lag einfach in der Luft. Wie ein Gewitter. Hätte es heute nicht geblitzt, dann spätestens im neuen Jahr.«

Der Gedanke schien ihr zu gefallen, denn ihre Miene heiterte sich sichtbar auf. Sie nahm ihren Löffel wieder auf und aß weiter.

Jetzt! Jetzt war der Moment, wo er sie noch einmal fragen konnte.

»Manche Gewitter reinigen die Luft, sagt man …«, hörte er sich stattdessen sagen. »Wer weiß? Vielleicht findest du einen Weg, dich wieder mit dem Alten zu versöhnen.« Er hielt den Atem an.

Johanna schaute hoch. »Wieder versöhnen?«, fragte sie verständnislos. »Du glaubst doch nicht, dass ich zu dem wieder hinkriechen werde – lieber verhungere ich!« Sie schob den Teller von sich weg.

Nun erst langte er über den Tisch nach ihrer Hand. »Johanna, komm zu mir, in meine Werkstatt!«

Sofort versteifte sich ihr Arm.

»Du und ich – wir arbeiten gut zusammen, das musst selbst du zugeben.« Doch sie reagierte nicht. Er ließ ihre Hand wieder los.

»Ach Peter!« Johanna schaute ihn mit einem verzweifeltkomischen Blick an. »Das ist zwar gut gemeint, aber du brauchst mich doch gar nicht wirklich. Du hast dein Leben doch längst für dich allein eingerichtet.«

Peter folgte ihrer Handbewegung und sah dabei sein Zuhause mit ihren Augen: den schmalen Raum, der nur vorn und hinten Fenster hatte. Die spartanische Werkbank mit den Glasaugen, die einen aus ihrer Steckvorrichtung heraus anstarrten. Die Kochnische mit dem Tisch, an dem er auch seine Patienten empfing. Ganz hinten sein Bett, darauf achtlos die alte Flickendecke seiner Mutter. Verdammt, warum hatte er ihr nicht mehr zu bieten! »Gut eingerichtet nennst du das? Das ist doch lediglich die heruntergekommene Behausung eines Junggesellen. Die Hand einer Frau könnte hier Wunder bewirken.« Und deren Liebe …

»Ich soll dir also bei der Verschönerung deines Heims helfen«, erwiderte sie sarkastisch. »Glaubst du, zu mehr bin ich nicht zu gebrauchen?« Sie lachte bitter. »Anscheinend war unser Vater der einzige Mann, der uns drei Mädchen nicht für dumm hielt!«

»Blödsinn!« Peter spürte, wie sich Unmut in ihm breit machte. Warum machte sie es ihm immer und immer wieder so schwer?

»Vielleicht habe ich mich falsch ausgedrückt. Du weißt ganz genau, welche großen Stücke ich auf dich halte. Aber darum geht es jetzt doch gar nicht. Was ich sagen will – ich und du …« Er schaute sie an und brach ab.

Es war zwecklos. Johanna sah aus wie jemand, der seine Entscheidung längst getroffen hatte. Er wusste nicht, was ihr im Kopf herumgeisterte, aber *er* war es garantiert nicht!

»Vergiss einfach, dass ich etwas gesagt habe!«, wischte er sein Angebot mit einer wegwerfenden Handbewegung vom Tisch.

»Du hast Recht, meine Werkstatt kann ich auch allein umbauen. Und die Produktion von Glastieren, die ich im neuen

Jahr zusätzlich beginnen möchte, werde ich am Anfang auch ohne Hilfe bewältigen können.« Er sah, wie Johanna aufhorchte. Für einen Moment pochte die Enttäuschung weniger heftig in seiner Brust. Sie würde noch mehr zu gucken haben, wenn er erst einmal anfing, gutes Geld mit seinen Glastieren zu verdienen!

»Ich komme schon allein zurecht. Und du sicherlich auch!« Es war ihm nicht anzusehen, wie viel Überwindung ihn diese Worte kosteten, von denen er im Stillen nicht so recht überzeugt war. Wie um alles in der Welt sollte eine alleinstehende Frau ohne Arbeit zurechtkommen? Aber Peter war jemand, der wusste, wann er eine Schlacht verloren hatte. Und er wusste außerdem, dass man Johanna zu nichts zwingen konnte: Entweder sie würde irgendwann einmal freiwillig zu ihm kommen – oder gar nicht.

Er versuchte, das dumpfe Pochen in seiner Brust zu ignorieren und ging stattdessen zum Schrank. Mit zwei Gläsern und einer Flasche Kirschwasser setzte er sich wieder zu ihr.

»Aufs neue Jahr können wir zwar noch nicht trinken, aber auf bessere Zeiten allemal!« Er schob Johanna ein großzügig eingeschenktes Glas hin. Ihren verwundernden Blick ignorierend, hob er sein Glas, als würde er einem Kameraden zu trinken.

Zum ersten Mal an diesem Tag lächelte Johanna. Als sie sich in die Augen schauten und sich zuprosteten, war jedes Unbehagen zwischen ihnen verflogen.

22

»Eine bessere Zeit hättest du nicht auswählen können, um zu mir zu kommen!«

Friedhelm Strobel lächelte von der Leiter zu Johanna herab. »Durch die Bestandsaufnahme zum Jahresende lernst du jeden Artikel kennen, ohne dass ich ihn extra aus dem Regal holen muss.«

Johanna nickte. Als sie zwei Tage nach Weihnachten bei dem Sonneberger Verleger angeklopft und ihn gefragt hatte, ob sein Angebot vom Herbst noch gelten würde, hatte sie gehofft, im neuen Jahr bei ihm anfangen zu dürfen. Dass sie gleich am nächsten Tag kommen sollte, hatte sie nicht erwartet. Doch inzwischen erkannte sie, wie sinnvoll es war, beim Jahresabschluss mitzumachen: Sie hatte tatsächlich schon das Gefühl, Strobels Verlagshaus ziemlich gut zu kennen. Aber sie wollte nicht vorwitzig klingen und sagte deshalb: »Hoffentlich vergesse ich nicht wieder, wo alles untergebracht ist.« Dabei war jede Schublade, jedes Fach samt Inhalt, den sie bisher gezählt hatten, vor ihrem geistigen Auge abrufbar, sie wusste, wo die Glasvasen untergebracht waren und wo die Kerzenleuchter.

»Dem kann vorgebeugt werden!« Strobel stieg von der Leiter. »Beim nächsten Regal werde ich die Liste führen und du wirst die Bestandsaufnahme in den Fächern vornehmen. Ich bin mir sicher, dass sich dadurch alles noch viel besser einprägen lässt. Und außerdem lernst du so, auf die Leiter zu steigen.« Er kicherte. »Damit sollen Damen ja ihre Probleme haben!«

Unwirsch drückte Johanna ihm Listen und Bleistift in die Hand und zog die Leiter ein Stück näher ans nächste Regal. »Mir wird nicht so schnell schwindelig, wenn Sie das meinen.« Als sie die Sprossen erklomm, lief ihr ein kleiner Schauer den Rücken hinunter. Er würde doch nicht versuchen, unter ihren Rock zu schauen? Unauffällig warf sie einen Blick hinter sich – Strobel schien in die Liste vertieft zu sein, hatte dabei jedoch ein seltsames Grinsen auf dem Gesicht. Sie versuchte, durchzuatmen. Ehrlich gesagt, war es doch ziemlich hoch hier droben. Mit der Hand hangelte sie nach dem Regal.

»Gut. Kommen wir zu den Porzellandosen.« Strobels Stimme hatte wieder ihren geschäftsmäßigen Ton angenommen, der Johanna zehnmal lieber war als die affektierte Redensweise, die er immer wieder an den Tag legte. Sie zog eine Schublade auf und stellte erstaunt fest, wie schwer das ging. Als sie hineinschaute, erkannte sie den Grund dafür: Das Fach war randvoll mit Porzellandosen gefüllt. »Die sind ja zauberhaft!«, entfuhr es ihr. Sie nahm die erstbeste hoch, eine Dose aus so dünnwandigem Porzellan, dass man fast hindurchsehen konnte. Eine Jagdszene war auf den Deckel gemalt, die Wände waren mit Weinlaub und Efeuranken verziert. Wenn Marie diese Malerei sehen könnte!

»Und? Wie viele?«, kam es ungeduldig von unten.

Johanna stellte die Dose zurück und begann das Fach durchzuzählen. »Drei Mal die Nummer sechs acht neun, fünf Mal die Nummer sechs neun null.« Sie drückte das Fach wieder zu und öffnete das nächste. Noch mehr Dosen, dieses Mal jedoch aus durchbrochenem Porzellan, warteten darauf, in die Liste aufgenommen zu werden. »Zwei Mal die Nummer sechs neun eins. Vier Mal die Nummer sechs neun zwei.«

Nachdem sich Johanna an die Höhe der Leiter gewöhnt hatte, ging die Bestandsaufnahme so zügig vonstatten wie zuvor bei Strobel.

Als sie mit den Dosen fertig waren, drehte sich Johanna so gut es ging zu ihm um. »Gesetzt den Fall, Sie würden noch mehr Porzellandosen in Ihren Bestand aufnehmen – wie würden die Artikelnummern dann weitergehen?« Die Siebener-Nummern waren für Glaskaraffen reserviert, das wusste sie, denn die hatten sie schon am Vormittag durchgezählt.

Der Verleger schaute von seiner Liste auf. »Du denkst mit, das gefällt mir …«, sagte er abwesend. Wieder war da dieses Lächeln auf seinen Lippen, das Johanna nicht einordnen konnte. Sie versuchte sich einzureden, dass es wohlwollend war. Oder spöttelte er über sie? Strobels Antwort riss sie aus ihren Gedanken.

»Wenn weitere Porzellandosen dazukommen, beginnen wir wieder bei achtundsechzig null, setzten dann jedoch eine vierte Ziffer dahinter, angefangen bei null.« Er klatschte in die Hand. »So, und für heute reicht es. Den Rest erledigen wir am Montag. Dann muss noch die Endabrechnung gemacht werden, so dass die Kunden pünktlich zum Jahresanfang wieder kommen können.«

Johanna folgte seinem Blick zur Wanduhr. »Das darf doch nicht wahr sein – schon sechs Uhr! Wie schnell die Zeit vergeht, wenn man zu tun hat!« Vor allem, wenn die Arbeit so interessant war wie diese, frohlockte sie insgeheim. Sie kletterte von der Leiter und band sich ihre Schürze ab.

»Und du bist sicher, dass du nach Hause gehen möchtest? Wie gesagt, deine Kammer steht dir auch am Sonntag zur Verfügung …, vor allem jetzt im Winter«, warf ihr Strobel über die Schulter zu. Wie jeden Tag legte er auch heute die Bestandslisten in einen Panzerschrank, dessen Schlüssel er an einer langen Kette immer bei sich trug.

»Ich muss doch heim zu meinen Schwestern!« Johanna würde doch nicht den Jahreswechsel mutterseelenallein in ihrer Kammer verbringen! Oder bildete er sich ein, dass sie sich mit ihm zusammen setzte? Sie konnte es kaum erwarten, nach Lauscha zu kommen. Ruth und Marie würden doch sicher wissen wollen, wie es ihr in ihrer ersten Woche in Sonneberg ergangen war. Und Peter! Ha, die würden Augen machen, wenn sie erfuhren, wie wacker sie sich geschlagen hatte.

Außerdem: Wenn sie nicht bald die ganzen neuen Eindrücke loswerden konnte, würde sie platzen – so viel war gewiss!

Strobel wollte gerade die dicke Tür des Panzerschrankes zudrücken, als Johanna sich räusperte.

»Ja?« Er drehte sich zu ihr um.

»Mein Lohn«, sagte sie mit viel Überwindung. Wie peinlich das war! Aber sie hatte sich fest vorgenommen, zukünftig das zu fordern, was ihr zustand.

Strobel lachte laut auf. »Du meine Güte! Da hätte ich doch glatt das Wesentlichste vergessen.« Er schüttelte den Kopf. Seine Knie knackten, als er in die Hocke ging, um im Inneren des Geldschrankes zu wühlen.

Steif stand Johanna da und knetete ihre Hände. Nun kam die Stunde der Wahrheit. Sie hatte zwar am ersten Tag mit Strobel ausgehandelt, dass sie ihren Lohn wöchentlich und nicht nur einmal im Monat erhalten würde. Aber ihre Forschheit hatte nicht ausgereicht, um ihn nach der Höhe zu fragen. Und er hatte von sich aus auch nichts gesagt. Nachträglich ärgerte sie sich über ihre Zaghaftigkeit – wenn sie jetzt wieder so einen Reinfall wie bei Wilhelm Heimer erlebte, hätte sie sich das einzig und allein selbst zuzuschreiben.

»Hier!« Friedhelm Strobel war wieder aufgestanden und drückte ihr ein Häufchen Münzen in die Hand. »Das sind zehn Mark für deine erste Woche, das heißt, dein Lohn beträgt für einen Monat vierzig Mark.« Angesichts ihrer Sprachlosigkeit fügte er hinzu: »Nach der Probezeit bekommst du selbstverständlich etwas mehr. Vorausgesetzt, wir kommen dann noch miteinander aus.« Wieder sein gekünsteltes Lächeln.

Johanna schluckte. Zehn Mark die Woche. Vierzig Mark im Monat. Nach der Probezeit mehr. Das würden die daheim ihr nicht glauben! Sie biss sich von innen auf die Lippen, um einen Freudenschrei zu unterdrücken. Strobel sollte sich nicht einbilden, sie, das Mädchen vom Lande, würde nun vor

Dankbarkeit auf die Füße fallen. Obwohl ihr fast danach war …

»Und wie lange soll die Probezeit dauern?«, erkundigte sie sich stattdessen.

Strobel ging hinüber zur Ladentheke und kramte den Kalender für das nächste Jahr hervor. »Wenn wir ein halbes Jahr vereinbaren, dann ist deine Probezeit genau am fünfundzwanzigsten Juni zu Ende!« Er zeigte mit dem Finger auf das Datum.

Johanna nickte und kam sich dumm dabei vor. »Ich wünsche Ihnen einen besinnlichen Jahreswechsel«, sagte sie bemüht freundlich. Sie wollte ihre erste Arbeitswoche unbedingt harmonisch beenden. Die Klinke in der Hand drehte sie sich noch einmal um. Strobel war gerade dabei, die Lichter der Gaslampen zuzudrehen, und sie hatte Mühe, seine Figur in dem dunklen Raum auszumachen. »Danke für die Anstellung!«, platzte sie heraus und war sofort danach verschwunden.

*

Lächelnd schaute Strobel ihr nach.

Johanna Steinmann.

Dass ihm das alte Jahr noch ein solches Geschenk bereiten würde, damit hatte er nicht gerechnet. Ein Geschenk, pah! Eine Fügung des Schicksals.

Statt abzuschließen und in die Wohnung zu gehen, setzte er sich auf das für Kunden bestimmte Sofa. Aus diesem für ihn ungewohnten Blickwinkel ließ er sein Auge mit Besitzerstolz durch den Raum kreisen … Wenn er darüber nachdachte, fand er ihn eigentlich recht imposant: keine Lattenregale wie bei seinen Kollegen, sondern edelstes Mahagoni- und Palisanderholz. Und keine durchgetretenen Dielen, die bei jedem Schritt knarrten. Dafür feinster

Parkettboden, den er extra aus dem süddeutschen Raum hatte kommen lassen. Er musste an den Brief aus B. denken und daran, mit welch ungnädigen Gedanken er sein feines Geschäft daraufhin bedacht hatte. Hatte er es nicht eine Fessel, einen Klotz am Bein genannt? Alles vorbei und vergessen, frohlockte er. Nun, da er im Begriff war, Johanna zu einer geschickten Assistentin auszubilden, war alles nur noch eine Frage der Zeit. Vielleicht würde er – seinen Laden in ihren guten Händen wissend – schon im Frühjahr für eine oder auch zwei Wochen verreisen können? Wenn nicht, so würde er spätestens im Sommer der Einladung aus B. folgen können.

Johanna stellte sich geschickt an. Er hatte nichts anderes erwartet. Einen flinken Kopf, ein paar fleißige Hände hatte sie schon. Alles andere – Eleganz, Souveränität und etwas Weltgewandtheit – würde mit der Zeit folgen, dafür würde er schon sorgen. War Johanna erst einmal durch seine Schule gegangen, würde sie es mit jeder Art von Kundschaft aufnehmen können – gleichgültig, ob arrogant, zögerlich oder einfach nur schwierig. Zugegeben, ihre fehlenden fremdsprachlichen Kenntnisse, würden wohl immer einen Mangel bedeuten, aber auch da war noch nicht aller Tage Abend. Ein paar Brocken Englisch oder Französisch – gerade so viel, dass es für eine Begrüßung reichte – würde sie schon lernen können.

Johanna Steinmann.

Sie war einfach nicht wie die anderen. Er befeuchtete seine Lippen. Vielleicht sollte er sie doch nicht *nur* zu seiner Geschäftsassistentin ausbilden … Gedankenverloren biss er einen kleinen Hautfetzen ab. Johanna Steinmann war wie ein ungeschliffener Edelstein. Gutes Ausgangsmaterial, vielleicht das beste. Aber mehr nicht. Es lag an ihm, was er daraus machte. Er konnte sie formen und schleifen zur Perfektion. Sein Kichern erfüllte die Stille seines Ladens: Er war ein Diamantschleifer und Johanna sein Edelstein. Wahrscheinlich würde jeder annehmen, es ginge ihm um Brillanz. Dabei konnte jeder gewöhnliche Glasschneider mehr oder weniger Brillanz erzielen. Ihm, Friedhelm Strobel, ging es jedoch um etwas ganz anderes: scharfe Kanten und Facetten.

Wenn er wollte, würde ihm Johanna eine süße Ergänzung zu seinen Besuchen in B. sein.

Aber wollte er das überhaupt?

Wie ein Weinkenner, der einen guten Tropfen zur Prüfung auf der Zunge rollt, spielte er mit dem Gedanken – noch nicht sicher, ob er seinem Urteil würde standhalten können.

23

Es war so schön, wieder zu Hause zu sein!

Johanna musste an die Geschichte vom verlorenen Sohn denken, als Ruth immer mehr Speisen auftischte und sogar eine Flasche Wein herbeizauberte. Wann ihre Schwester das alles gekocht hatte, war Johanna schleierhaft.

»Dass ihr wegen mir so viel Aufhebens macht, ist mir gar nicht recht. Ob ihr es glaubt oder nicht – aber in Sonneberg gibt es auch etwas zu essen!«

»Ja, aber nach dem langen Marsch bist du doch sicher ausgehungert und durchgefroren. Und Peter geht's auch so, oder?« Ruth rutschte zu Marie auf die Bank und hielt ihrem Besucher den Brotkorb hin.

»Das größte Stück bin ich gefahren. Ein Griffelmacher hat mich auf seinem Wagen bis nach Steinach mitgenommen. Der verlangt weitaus weniger als die Eisenbahn für ein Billett. Wenn ich will, kann ich jeden Freitag mit ihm fahren, hat er angeboten«, erzählte Johanna.

»Aber dass du auf mich gewartet hast, war eine schöne Überraschung!«, sagte sie zu Peter, der neben ihr saß. »Woher wusstest du überhaupt, wann ich heimkomme?«

Er zuckte mit den Schultern. »Ein Arbeitstag in Sonneberg dauert auch nicht länger als einer in Lauscha, oder?« Dass er schon über eine Stunde am Ortsausgang gestanden hatte, behielt er für sich.

»Jetzt hätte ich es fast vergessen!« Johanna stand nochmals auf und holte ihre Tasche. »Ich habe etwas mitgebracht.«

»Salzheringe!« Ruth klatschte in die Hände. Sie riss Johanna das Glas fast aus der Hand. »Und damit kommst du erst jetzt?« Mit der Gabel hangelte sie sich erst einen, dann gleich einen zweiten Hering auf ihren Teller. »Das ist ja fast wie in alten Zeiten …«

Einen Augenblick lang blieb ihre Bemerkung wie kalter Atem in der Luft stehen. Betretenes Schweigen folgte. Es tat immer noch weh, an Joost Steinmann zu denken.

Peter räusperte sich. »Jetzt erzähl doch endlich – wie ist es dir in Sonneberg ergangen?«

Johanna grinste. Sie schaute von Peter zu ihren Schwestern hinüber. »Gut.« Auf einmal wusste sie nicht, wo sie anfangen sollte.

»Gut!«, quietschte Marie. »Wir wollen alles wissen! Wo wohnst du? Wie ist der Strobel? Wie sieht dein Tagesablauf aus. Und und und …« Sie beugte sich immer weiter über den Tisch zu Johanna hin.

Abwehrend hielt Johanna beide Hände hoch. »Schon gut, schon gut. Also, es ist so: Morgens stehe ich um sieben Uhr auf. Dann …«

»Du stehst um sieben Uhr auf«, unterbrach Ruth sie trocken. »Und wer weckt dich?« Sie zwinkerte Marie zu.

»Niemand! Ob du's glaubst oder nicht: Jetzt, wo ich niemanden mehr habe, auf den ich mich morgens verlassen kann, gelingt mir das Wachwerden irgendwie von allein. Obwohl es mir immer noch höllisch schwer fällt.« Sie zog eine Grimasse.

»Das hört sich ja fast so an, als ob ich schuld gewesen sei an deiner morgendlichen Trunkenheit!«, kam es spitz von Ruth.

»Blödsinn!« Johannas lächelte beschwichtigend.

Marie winkte ab – das waren doch alles alte Hüte. »Und dann? Wie geht's weiter? Und wie sieht deine Kammer aus?«

»Meine Kammer ist klein. Aber sehr hübsch! Es ist ein Bett darin mit einer echten Federdecke. Unter dem Fenster, das zum Hof zeigt, stehen ein Tisch und ein Stuhl. Die Wände sind mit Tapeten beklebt, irgend so ein blauweißes Muster ist darauf. Dann gibt es einen Spiegel und jeden Morgen bringt mir die Haushälterin eine Schüssel warmes Wasser! So kann ich mich im Zimmer waschen.«

»Eine Haushälterin gibt es also auch«, stellte Ruth neidisch fest.

Johanna beschloss, die Lavendelseife, die so unnachahmlich duftete, erst einmal unerwähnt zu lassen. »Diese Sybille Stein ist das Gegenteil von Edeltraud. Mager wie eine Ziege und kaum älter als ich. Eine aus der Nachbarschaft. Sie wohnt auch nicht im Haus, sondern kommt jeden Morgen gegen sechs Uhr. Dann macht sie Feuer in der Küche, erwärmt Wasser und bereitet das Frühstück. Zwischendurch geht sie hinüber ins Lager und öffnet die Fensterläden und zündet die Lampen an, so dass alles schon hell ist, wenn wir hinüberkommen.«

»Und Strobel? Wo schläft der?«

»Dessen Wohnung liegt im ersten Stock, aber ich war noch nie dort. Meine Kammer liegt ja direkt hinter dem Laden, neben der Küche.«

»Das ist auch gut so. Dass du mit einem fremden Mann in einem Haus übernachtest, gefällt mir ganz und gar nicht!« Peters Augen funkelten.

Ruth schmunzelte. »Bist du eifersüchtig? Ehrlich gesagt, mir wäre das auch unheimlich.«

»Die ersten zwei Nächte war mir schon ein wenig seltsam zumute. Ich habe schließlich noch nie allein in einem Zimmer übernachtet! Auf jedes fremde Geräusch habe ich gelauscht«, gestand Johanna. »Aber es ist ja im Grunde nichts dabei! Fast jede Magd und jedes Dienstmädchen muss im Haus ihrer Arbeitgeber übernachten.« Sie zuckte mit den Schultern. Dass sie sich so schnell an ein fremdes Zimmer mit fremden Gerüchen und Geräuschen würde gewöhnen können, hätte sie auch nicht gedacht.

»Und genug Dienstmädchen werden mit dickem Bauch heimgejagt!«

»Peter!« Marie lief rot an. Ruth kicherte.

»Ist doch wahr! Besser, man redet auch einmal über so etwas, als dass man später den Schaden hat! Jahrelang hat Joost wie eine Glucke seine Flügel über euch ausgebreitet, damit euch nur ja nichts passiert. Da ist es kein Wunder, dass ihr weniger vom Leben wisst als jedes andere Weib. Wahrscheinlich würdest du nicht einmal merken, wenn Strobel etwas Unlauteres mit dir im Sinn hat.«

Johanna schüttelte den Kopf.

»Blödsinn. Für wie naiv hältst du uns eigentlich? Wenn Friedhelm Strobel etwas Schlechtes im Schilde führen würde, dann würde ich das merken. Aber er ist so ehrenwert, wie man sich einen Mann nur vorstellen kann!« Dass sie sich in seiner Gegenwart trotzdem immer ein wenig unwohl fühlte, behielt Johanna nun erst recht für sich. »Außerdem habe ich einen Schlüssel und sperre meine Kammer jede Nacht ab. Das hat Strobel mir selbst geraten! Es sei schon einmal vorgekommen, dass böse Buben in sein Lager eingebrochen seien. Und wenn so etwas noch einmal geschehen sollte, dann sollte ich keinesfalls in Gefahr kommen, hat er gemeint.« Prüfend schaute sie von einem zum anderen. Das reichte doch aus als Beweis für Strobels Ehrenhaftigkeit, oder?

»Also«, fuhr sie fort, »beim Frühstück liest Strobel immer Zeitung, ohne sich weiter um mich zu kümmern. Worüber ich nicht böse bin!«

Die anderen lachten.

»Wenn die Uhr halb acht schlägt, faltet er seine Zeitung zusammen. Das ist das Zeichen dafür, dass der Arbeitstag beginnt. Für Kunden war das Geschäft diese Woche zwar geschlossen, aber wir hatten trotzdem den ganzen Tag zu tun.« Sie begann, die Bestandsaufnahme zu schildern. Als sie aufzählte, was sich alles hinter den Fächern und Schubladen verborg, begannen Ruths Augen zu glänzen. »Handgeschnitzte Kämme, Haarspangen aus Horn und Puderdosen … Es hört sich an, als sei Strobels Laden eine riesengroße Schatzkiste! Was würde ich darum geben, mir wenigstens einmal so etwas Schönes ausleihen zu dürfen!«

Sobald sie ein bisschen Geld beiseite gelegt hätte, würde sie Ruth eine Kleinigkeit schenken, nahm sich Johanna vor. Vielleicht würde Strobel ihr einen Sonderpreis nennen?

»Du würdest Augen machen, wenn du die vielen bemalten Glas- und Porzellanwaren sehen könntest!«, wandte sie sich an Marie. »Jetzt erst bekomme ich zu sehen, was die anderen Glasbläser tagein, tagaus herstellen. Teilweise ist es eine wahre Pracht, das kann ich euch sagen!« Sie setzte sich aufrechter hin. »Aber jetzt erzählt ihr doch einmal: Was hat sich bei euch so getan?«

Ruth und Marie schauten sich an.

»Heimer scheint uns das Theater mit dir nicht übel zunehmen. Jedenfalls benimmt er sich wie sonst auch. Und die Arbeit ist sowieso immer dieselbe!« Ruth zuckte mit den Schultern. »Und sonst? Nichts weiter.«

Solange Peter daneben saß, würde Ruth nichts über Thomas erzählen. »Wie geht es Griseldis?«, fragte Johanna.

»Die ist immer noch krank. Eine ganze Woche ohne Arbeit, das Geld wird ihr fehlen!«

»Die Witwe Grün ist es gewohnt, mit wenig auszukommen«, erwiderte Peter. »Auch als ihr Josef noch lebte, war kaum Geld im Haus. Wo er doch alles in den Schwarzen Adler getragen hat.«

»Ein Mann, der säuft, statt seine Familie zu versorgen, würde mir gerade noch fehlen!«, erwiderte Ruth.

Peter öffnete den Mund, doch dann schluckte er hinunter, was ihm auf der Zunge gelegen hatte.

»Wenn du mich fragst, trinkt dein Thomas auch nicht gerade wenig«, sagte Marie spitz.

»Das ist doch etwas ganz anderes! Die Arbeit vor der Lampe macht ihn durstig, sagt er. Wie kannst du ihn mit einem Trunkenbold vergleichen!«, fuhr Ruth wie von der Tarantel gestochen hoch.

»In meinen Augen sind die Heimers allesamt Trunkenbolde«, gab Marie verächtlich zurück. »Keinen einzigen Tropfen Bier hat Vater während der Arbeit getrunken. Und abends sicher nur die Hälfte von dem, was die Heimers wegkippen. Wie die manchmal am helllichten Morgen nach Bier stinken – widerlich!«

»Ich finde es jedenfalls nicht richtig, dass Griseldis keinen Lohn bekommt, nur weil sie krank ist. Sie kann ja schließlich nichts dafür, dass es sie so heftig erwischt hat!«, lenkte Johanna ab, bevor sich der Wortwechsel zwischen den beiden andern zu einem Streit auswachsen konnte.

»Es würde Heimer nicht weh tun, ihr für diese Woche wenigstens einen Teil ihres Lohnes zu zahlen.«

»Du kommst auf Ideen! Was hat er denn von ihr, wenn sie krank ist? Gar nichts! Also braucht er sie auch nicht zu bezahlen«, erwiderte Ruth so heftig, als ginge es um ihr Geld.

»Vielleicht ist sie ja gar nicht wegen ihres kaputten Ofens, sondern durch die Arbeit krank geworden?«, entgegnete Johanna. »Ich habe des Öfteren abends vom Gestank der Silberlösung Kopfschmerzen gehabt.«

»Warte nur ab – bald wird dir der Kopf vor lauter Rechnerei weh tun!«, stichelte Peter.

Marie klatschte in die Hände. »Schluss jetzt, alle miteinander! Das vergangene Jahr war zwar nicht unser bestes, trotzdem werden wir seine letzten Stunden nicht mit Streiten verbringen. Das bringt uns nur Unglück fürs neue Jahr!« Demonstrativ hielt sie Johanna eine Scheibe Brot hin.

Und während sie das Brot mit Butter beschmierte, suchte Johanna krampfhaft nach einem Gesprächsthema, bei dem sie nicht so gegensätzlicher Meinung waren.

24

Die erste Lektion, die Johanna bei Friedhelm Strobel lernte, lautete: »Verkaufen ist eine Kunst!«

Schon am ersten Tag im neuen Jahr ahnte sie, dass dahinter mehr steckte, als nur »Dinge an den Mann zu bringen«. Dass Strobel ein wahrer Meister seiner Profession war, wurde ihr jedoch erst im Laufe der Zeit richtig klar.

Der Verleger kannte jeden Kunden mit Namen, wusste, welche Art von Geschäft er betrieb und wonach er auf der Suche war. Er ging so individuell auf seine Kunden ein, dass er jedes Mal seine Wortwahl und seinen Tonfall seinem Gegenüber anpasste. Es gab Kunden, bei denen er jeden Artikel in so blumigen Worten umschrieb, dass Johanna sich von innen auf die Wange beißen musste, um nicht laut heraus zu lachen. Bei anderen wiederum ging er auf das Aussehen der Gegenstände kaum ein, dafür umso mehr auf deren Verkäuflichkeit und Preise. Kunden, die wussten, was sie wollten, ließ er beim Auswählen der Artikel alle Zeit der Welt, während er zögerliche Besucher regelrecht zur Entscheidung drängte. Am Ende standen auf deren Bestellliste genau die Artikel, die der Verleger für sie ausgesucht hatte, und alle waren glücklich und fühlten sich rundum gut beraten. Johanna kam aus dem Staunen nicht mehr heraus.

Es hätte ihr gereicht, die ersten Wochen Strobel nur unauffällig über die Schulter zu schauen und sich dabei Namen und Gesichter der Leute einzuprägen. Seine Fertigkeiten im Umgang mit der Kundschaft überwältigten sie, und sie fragte sich, wie sie ihm dabei wohl helfen sollte. Wenn die Ladenglocke ging, huschte sie so unauffällig wie möglich nach hinten, ergänzte dort irgendwelche Listen oder staubte Regale ab und kam nur dann nach vorn, wenn Strobel nach ihr rief – was er allerdings meistens tat. Jedes Mal schlug ihr Herz bis zum Hals.

»Was soll das? Hast du einen Grund, dich wie eine Maus zu verstecken?«, bemerkte er am dritten Tag ärgerlich, als sie wieder einmal nur zögerlich hinter der Ladentheke hervorgetreten war. »Du bist meine Assistentin, also verhalte dich wie eine solche!«

Sofort stellten sich Johannas Nackenhaare in einer Mischung aus Trotz, Angst und Unsicherheit auf wie die Stacheln eines Igels.

»Und wie verhält sich eine Assistentin?«, fragte sie ziemlich giftig.

Strobel lächelte – dieses Lächeln, mit dem sie nichts anfangen konnte. »Sie assistiert.«

Johanna wich seinem herablassenden Blick nicht aus, sondern reckte stattdessen ihr Kinn in die Höhe und presste die Lippen zusammen. Eher würde sie tot umfallen, als ihn danach zu fragen, wie dieses »Assistieren« aussehen sollte! Stattdessen eilte sie beim nächsten Klingeln der Ladenglocke nach vorn, um mit einem »Guten Morgen« die Kundschaft – Hamburger Geschäftsleute, wie sie gleich darauf erfuhr – zu begrüßen. Während Strobel Hände schüttelte, stellte sie sich am Vorlegetisch auf und hielt den Herren beim Hinsetzen die Stühle hin. Sie überlegte kurz, ob ein wenig Geplänkel übers Wetter auch zum Assistieren zählte, verzichtete dann jedoch darauf. Sie wollte sich nicht lächerlich machen. Auf Strobels Wink hin holte sie das Musterbuch mit den Glaswaren und legte es dem älteren Herrn in der Annahme vor, dass er der Seniorchef war. Außerdem lächelte sie die ganze Zeit. Das fiel ihr am schwersten, weil sie sich ziemlich dumm dabei vorkam. Doch den Herren schien es zu gefallen, denn als sie bei den Konfektgläsern mit Goldrand angelangt waren, drehte der Ältere sich zu ihr um und wollte dazu ihre Meinung erfahren. Johanna war sich nicht sicher, ob er das aus reiner Höflichkeit oder echtem Interesse tat und ob überhaupt eine Antwort ihrerseits gefragt war. Unsicher schaute sie zu Strobel hinüber, doch statt ihr einen Wink zu geben, schaute er demonstrativ auf seine abgenagten Fingernägel. Hatte sie etwas anderes erwartet? Statt wütende Blicke auf ihren Arbeitgeber abzuschießen, versuchte sie sich auf den Inhalt des vorangegangenen Gesprächs zu konzentrieren. »Für die Gläser mit Goldrand haben wir schon etliche Ordern hereinbekommen, es scheint, als wären diese sehr gefragt. Aber …« – sie zögerte kurz. »Wenn ich einen Vorschlag machen dürfte …?« Der Jüngere hatte zuvor erwähnt, dass bei ihrem vergangenen Weihnachtsgeschäft eine bestimmte Art von Blumenvasen aufgrund ihrer Verspieltheit verschmäht worden war und nun in den Regalen verstaubte. »Ich empfehle diese schlichten Gläsern hier.« Johanna wies mit dem Griffel auf die entsprechende Zeichnung im Katalog. »Sie sind einerseits elegant, andererseits jedoch nicht so … prunkvoll wie die mit Goldrand.« Nur mit Mühe hielt sie ein Zittern von ihrer Stimme fern.

»Fräulein …« Der Jüngere schaute Johanna fragend an.

»Johanna«, hauchte sie.

»Fräulein Hanna hat Recht. Angesichts des neuen Hangs zur Schlichtheit bei unserer *clientèle* sollten wir uns in punkto barocker Goldverzierungen zurückhalten«, schlug der Jüngere vor. »In dieser Saison scheint mir das Einfache *en mode* zu sein.«

Der Ältere nickte.

»Gut. Dann nehmen wir doch drei Dutzend Stilgläser mit Deckel, unverziert, hohe Form, schlankes Standbein«, sagte Strobel und notierte es auf seiner Liste. Dann schlug er die nächste Seite im Musterbuch auf und warf Johanna einen anerkennenden Blick zu.

Sie erwiderte seinen Blick, die Lippen spöttisch gekräuselt, und hoffte, dass niemand hören konnte, wie ganze Felsbrocken vor Erleichterung von ihrem Herzen fielen.

Die nächsten Wochen vergingen wie im Flug. Johanna war bald so in ihrem neuen Rhythmus gefangen, dass sie sich gar nicht mehr vorstellen konnte, einmal nicht in Sonneberg und bei Strobel gearbeitet zu haben. So sehr sie sich auf die Wochenenden in Lauscha freute und jede Minute mit Marie und Ruth genoss, so sehr freute sie sich auch auf den Montag. Bei Strobel war kein Tag wie der andere. Und obwohl sie ständig dazulernte, kam sie sich oftmals immer noch dumm und unwissend vor, was sie jedoch gut zu verbergen wusste. Vielleicht lag es an diesem zur Schau getragenen Selbstbewusstsein, dass Friedhelm Strobel wie selbstverständlich davon auszugehen schien, sie sei jeder Aufgabe gewachsen. Anfänglich hatte Johanna jedes Mal Blut und Wasser geschwitzt, wenn er sie – wie vor den Hamburger Händlern – ins kalte Wasser warf. Doch im Laufe der Wochen nahm ihre Unsicherheit ab. Strobel bestärkte sie in ihrem neuen Selbstvertrauen, allerdings in einer Art, bei der Johanna nicht immer ganz wohl war.

»Kunden sind wie Huren«, sagte er einmal. »Sie sind für jeden bereit. Wenn *du* sie dir nicht vornimmst, dann tut es ein anderer.« Er schaute Johanna dabei scharf an. »Du kannst dir *alles* erlauben bei einem Kunden, wirklich alles – nur eines nicht: ihn ohne Abschluss eines Geschäfts wieder gehen zu lassen.« Diese Worte kamen mit solcher Vehemenz, dass Johanna sich nicht traute, ihn nach den Konsequenzen eines derartigen Verhaltens zu fragen. Was jedoch nicht bedeutete, dass sie grundsätzlich keine Fragen zu stellen wagte. Das Gegenteil war der Fall: Wann immer ihr eine Besonderheit in einem Verkaufsgespräch auffiel, sprach sie Strobel hinterher darauf an.

»Warum haben Sie die geschnitzten Holzlöffel, die Herrn Hallweger so gut gefallen haben, einfach wieder weggelegt? Von denen hätte er ohne viel Zureden doch mindestens zwei Dutzend gekauft«, wollte sie beispielsweise wissen, kaum dass der betreffende Händler aus Konstanz den Laden verlassen hatte. Strobel schien über ihre Frage erfreut zu sein und sagte: »Verkaufen ist ein ständiges Geben und« – hier folgte eine seiner dramatischen Pausen – »Nehmen!« Auf Johannas verständnislose Miene hin holte er aus: »Der Kunde darf nie das Gefühl haben, alles warte nur auf ihn und sein Geld.« Er grinste. »Wenn ich ihm dagegen vermitteln kann, dass meine Ware mehr wert ist als sein Geld, dann ist er wie ein Pfund Schmalz in meinen Händen: weich und anschmiegsam.« Er schaute sie listig an. »Warum soll ich ihm läppische Holzlöffel verkaufen, wenn er genauso gern mehr Geld für die teuren aus Perlmut ausgibt?«

Huren! Schmalz in den Händen! Brrr! So einprägsam seine Vergleiche auch waren – Johanna wünschte sich, Strobel würde nicht stets so hässliche Wortbilder verwenden. Ob es seinen verkäuferischen Fähigkeiten oder seinen deftigen Vergleichen zu verdanken war, wusste sie nicht, aber sie versuchte von da an ihrerseits, einen Kunden schon beim Eintreten einzuschätzen. Handelte es sich um einen

Schnellentschlossenen? Oder um einen von der zögerlichen Sorte? Wollte er billige Ware oder feine Einzelstücke? Würde er sie mit ins Gespräch einbeziehen oder sie hochnäsig ignorieren? Je länger sie dieses Spiel betrieb, desto öfter lag sie mit ihrer Einschätzung richtig.

Obwohl es sich bei ihrer Arbeit nicht um eine harte körperliche Tätigkeit handelte, war Johanna abends so erschöpft, als hätte sie den ganzen Tag Steine geschleppt. Meist schlossen sie den Laden gegen sieben Uhr abends und gingen zum gemeinsamen Abendmahl in die Küche. Dort richtete Sybille Stein das Essen an, bevor sie das Haus verließ. Kalte Speisen, dazu Brot und Wein. Anfänglich hatte Johanna jedes Mal abgelehnt, wenn Friedhelm Strobel ihr die Weinkaraffe hingehalten hatte. Sie war es nicht gewohnt, Wein zu trinken, und hatte Angst davor, betrunken zu werden. Doch als er ihr täglich aufs Neue davon anbot, ließ sie sich schließlich eines Abends ein halbes Glas einschenken.

»Und? Wie schmeckt dir der gute Tropfen?«, wollte Strobel wissen, kaum dass sie an ihrem Glas genippt hatte.

»Sauer.« Johanna entschloss sich zur Ehrlichkeit. Nachdem Strobel weder entsetzt noch verärgert reagierte, fügte sie hinzu: »Und irgendwie holzig.« Sie nahm noch einen Schluck. »Aber sonst schmeckt der Wein ganz gut«, sagte sie schließlich etwas lahm, um ihn nicht völlig zu verärgern.

Der Verleger biss einen Hautfetzen an seinem Daumennagel ab und verzog spöttisch den Mund. »Es gibt Dinge, liebe Johanna, bei denen die Erfüllung in der Wiederholung liegt.« Er reichte ihr die Karaffe mit Wasser über den Tisch.

Dankbar griff Johanna danach. Sie glaubte nicht, dass ihr der Wein besser schmecken würde, je öfter sie ihn trank, behielt dies jedoch für sich.

Ohne sie zu fragen, schenkte Strobel ihr von da an täglich ein halbes Glas Rotwein ein. Und tatsächlich: Ohne dass es

Johanna bewusst war, gewöhnte sie sich allmählich an den Geschmack.

Der Wein war nicht das einzig Neue für Johannas Gaumen: Statt einfacher Kost wie Schmalzbrote und Kartoffelgerichte aller Art kamen bei Strobel fremdartige Pasteten und Käsesorten auf den Tisch, deren Aussehen in Johannas Augen alles andere als appetitlich war. Strobels Erklärungen, es handele sich um getrüffelte Leberpastete oder einen Blauschimmelkäse aus Ziegenmilch, halfen nur zum Teil: Was um alles in der Welt bedeutete »getrüffelt«? Und blauen Schimmel wollte sie schon gar nicht essen. Mehr als einmal fühlte sie sich an Wilhelm Heimers klebrige Suppentöpfe erinnert, in denen jeder mit dem Löffel herumstocherte. Dort wie hier kostete es sie Überwindung, zuzugreifen. Umso überraschter war sie jedes Mal, wenn die fremdartigen Speisen köstlich schmeckten.

»Der Wein passt besonders gut zu der Wildterrine«, bemerkte sie eines Abends. »Sein Holzgeschmack und die Beize des Fleisches schmecken nach Wald! Nach wilden Beeren und Kräutern, irgendwie …«, fügte sie unsicher hinzu.

Strobel lachte. »Der Holzgeschmack, liebe Johanna, kommt von den Eichenfässern, in denen der Wein einige Jahre gelagert wird, bevor er reif zum Trinken ist. Aber ja, du hast Recht, beides zusammen ergibt ein sehr ›waldiges‹ Aroma!«

Johanna mochte weder den Blick, mit dem er sie musterte, noch dass er sie »liebe Johanna« nannte. Aber so war Strobel nun einmal.

Das Abendessen war nie eine lange Angelegenheit. Hatten sie zu Ende gegessen, stellte Johanna die Teller in den Spülstein und die restlichen Speisen in den angrenzenden Vorratsraum. Strobel protestierte jedes Mal, dass dies Aufgabe der Haushälterin am nächsten Morgen sei, aber Johanna brachte es einfach nicht übers Herz, alles stehen zu lassen. Wenn sie dann in ihre Kammer ging, brannte die Müdigkeit schon hinter ihren Augen, und ihre Füße taten nach einem ganzen Tag auf den Beinen weh.

Es dauerte meist nicht lange, bis sie das Licht löschte und einschlief. Sonneberg, seine Menschen und Geschäfte würde sie auch im Frühjahr noch kennen lernen können, tröstete sie sich.

25

Es war letztendlich Strobel, der sie zum Ausgehen brachte. »Was machst du eigentlich immer nach dem Abendessen?«, wollte er eines Tages von ihr wissen.

Johanna schaute von ihrer geräucherten Forelle auf. »Nichts«, erwiderte sie und häufelte frisch geriebenen Meerrettich auf ihre Gabel. Nächsten Freitag würde sie für Ruth und Marie auch Räucherfisch mitbringen, nahm sie sich vor. »Haben Sie noch Arbeit für mich? Das wäre kein Problem, ich …«

Strobel winkte ab. »Nein, meine Frage war eher allgemein gedacht. Du hast doch einen Schlüssel für die hintere Tür. Warum benutzt du ihn nicht hin und wieder? Sonneberg besteht nicht nur aus meinem Haus, musst du wissen«, fügte er ironisch hinzu und machte eine ausladende Handbewegung. »Es ist an der Zeit, dass du ein bisschen mehr von der Welt kennen lernst – sie ist in Sonneberg klein genug, glaube mir! Warum gehst du nicht einmal in eine Konditorei? Oder kaufst dir ein neues Kleid! Oder sonst etwas, was dein Herz erfreut. Ein Teil der Geschäfte hat abends noch offen, wenn wir schließen. Oder reicht dein Lohn dafür nicht aus? Ach, vielleicht ist *das* der Grund!« Er schlug sich theatralisch auf die Stirn.

Johanna schaute stirnrunzelnd zu, wie Strobel aufstand,

zum Küchenbüfett ging und mit einem Geldschein zurück kam. »Hier! Nimm! Nachdem die Hälfte deiner Probezeit inzwischen vorüber ist, steht dir eine kleine Prämie durchaus zu. Aber nur ...« – er zog seine Hand nochmals zurück – »wenn du dir wirklich etwas davon kaufst und nicht alles nach Lauscha zu deinen Schwestern trägst!«

Strobel hatte nicht nur darauf bestanden, dass sie das Geld annahm. Er hatte ihr außerdem für den kommenden Mittwoch Nachmittag frei gegeben. Und so blieb Johanna nichts anderes übrig, als mit klopfendem Herzen loszuziehen.

»Wer gut verkaufen will, muss selbst auch einkaufen können. Nur wer die Sehnsüchte seiner Kunden versteht, kann auf sie eingehen. Betrachte deine freie Zeit daher als eine Art Weiterbildung!« Strobels Worte klangen ihr noch in den Ohren, als sie seinen Laden verließ. Sofort wurde sie von zwei Fußgängern angerempelt, die in ein hitziges Gespräch vertieft waren und kaum auf ihren Weg achteten – jetzt im März waren schon die ersten ausländischen Einkäufer in der Stadt. Unschlüssig, welche Richtung sie einschlagen sollte, blieb Johanna stehen. Sollte sie erst einmal in den Krämerladen gehen, den sie freitags auf dem Nachhauseweg immer aufsuchte? Nein, Strobel wollte, dass sie neue Läden kennen lernte.

Bei dem Gedanken, einfach ein fremdes Geschäft zu betreten, war ihr gar nicht wohl. Was sollte sie sagen? Sie hatte keine Erfahrung im Einkaufen! Alles, was sie und ihre Schwestern zum Leben benötigten, hatten sie stets in Lauschas einzigem Krämerladen gekauft, von den Lebensmitteln bis hin zu den dunklen Leinenstoffen, aus denen sie ihre Kleidung nähten. Frau Huber, der der Laden gehörte, wusste, dass es bei den Steinmannschen Töchtern um's Geld nicht sonderlich bestellt war und zeigte stets entsprechend günstige Waren, teure holte sie erst gar nicht aus dem Regal. Weder Ruth noch ihr wäre es je eingefallen, Frau Huber danach zu fragen, was sie sonst noch in ihren Schränken hatte.

Sie sollte sich ein Kleid kaufen, hatte Strobel gesagt. Johanna verzog das Gesicht. Sie wusste ja noch nicht einmal, was ein Kleid kostete! Natürlich hatte sie stets einen Teil ihres Lohnes zur Seite gelegt. Aber sie hatte keine Lust, für ein Kleid ihre Ersparnisse anzugreifen. Jeden Groschen, den sie zurücklegen konnte, bedeutete für sie ein Gefühl der Sicherheit. Nie mehr wollte sie so mittellos dastehen wie nach Vaters Tod.

Aus Angst, Strobel würde aus dem Fenster schauen und sie immer noch vor dem Laden entdecken, ging sie schließlich los. Am Marktplatz angelangt, schaute Johanna sich suchend um. Auf der anderen Seite erspähte sie in einem Schaufenster weiße Blusen, Röcke und …, hing da nicht genauso ein blaues Kleid, von dem sie schon immer geträumt hatte? Johanna musste an Ruth denken: Die würde an ihrer Stelle nicht so zögerlich sein! Mit glänzenden Augen würde sie auf den Laden zugehen und es kaum erwarten können, all die schönen Dinge genauer unter die Lupe zu nehmen.

Ein paar Stunden später war Johanna nicht nur um ein blaues Samtkleid reicher, das wie angegossen passte, sondern auch um eine neue Erfahrung: Strobel hatte Recht gehabt. Nicht nur das Verkaufen, sondern auch das Einkaufen machte Spaß. Wie freundlich die Verkäuferin gewesen war!

Immer mehr Teile hatte sie aus ihrem Lager geholt und Johanna vorgelegt. Und beim Anprobieren hatte sie ihr nicht nur geholfen, sondern auf die Vor- bzw. Nachteile der einzelnen Stücke hingewiesen. Johanna war sich sicher, mit dem blauen Kleid die richtige Wahl getroffen zu haben. Sie konnte es kaum erwarten, es in ihrer Kammer erneut anzuprobieren. Die Dame in dem Laden für Toilettenartikel war ebenfalls sehr nett gewesen, obwohl sie nur zwei kleine Stückchen Seife für Ruth und Marie gekauft hatte. Nur der ältere Herr in dem Schreibwarenladen war etwas ruppig gewesen, deshalb hatte sie bei ihm auch nichts gekauft. Reumütig dachte sie an ihre innerhalb weniger Stunden zusammengeschrumpften Ersparnisse. Andererseits: So einen Großeinkauf würde sie sicherlich nicht öfter machen.

Mit einem breiten Grinsen auf dem Gesicht machte Johanna sich auf den Nachhauseweg. Wie schade, dass Ruth und Marie nicht mit von der Partie gewesen waren!

»Und? Wie war dein erster Ausflug in die Welt der schönen Dinge?«, wollte Strobel am selben Abend von ihr wissen.

»Ganz nett«, antwortete Johanna unverbindlich. Um ein Haar hätte sie ihr neues Kleid zum Abendessen angezogen. Doch dann hätte sich Strobel womöglich eingebildet, sie hätte sich seinetwegen hergerichtet.

Strobel hüstelte. »Zugegeben – eine gute Vorstellung, meine Liebe! Aber mir altem Hasen kannst du nichts vormachen. Das Glitzern in deinen Augen verrät mir, dass du der Verführung nicht hast wiederstehen können.«

Johanna runzelte die Stirn. Als sie sein Grinsen sah, verzog sich auch ihr Gesicht unwillkürlich zu einem Lachen.

»Also gut, Sie haben mich ertappt. Mein kleiner Ausflug hat mir wirklich Spaß gemacht!«

Strobel sah so zufrieden aus, als hätte er einen guten Geschäftsabschluss hinter sich.

Johanna besann sich für einen Augenblick, dann fragte sie: »Warum war es Ihnen eigentlich so wichtig, dass ich einkaufen gehe?« Als er nicht gleich antwortete, holte sie weiter aus: »Ich meine, Sie sind mein Arbeitgeber. Sie haben doch keinerlei Verpflichtung mir gegenüber, so großzügig mit Ihrem Geld und Ihrer Zeit …«

»Nein, nein, nein!« Strobel winkte entsetzt ab. »Du glaubst

doch nicht im Ernst, dass es mir darum ging, dir eine schöne Zeit zu verschaffen?«

Johanna schluckte. Auf einmal beschlich sie die Angst, sich lächerlich zu machen oder von ihm lächerlich gemacht zu werden.

Friedhelm Strobel beugte sich über den Tisch. »Du bist eine schöne Frau. Und klug noch dazu. Was dir fehlt ist – ich will es ganz ehrlich sagen – ein wenig Finesse. Nicht nur im Umgang mit meinen Kunden, sondern auch im Umgang mit dir selbst.« Er stand auf und ging um ihren Stuhl herum. Dabei musterte er sie von oben bis unten. »Schau dich doch an! Dein Kleid sieht aus, als ob es ungeschickte Hände zusammengeschustert hätten. Der Stoff ist so rau, dass ich mir gar nicht vorstellen möchte, wie er sich auf der Haut anfühlt.« Er schüttelte sich übertrieben angewidert. Mit ausgestrecktem Zeigefinger deutete er auf Johannas Kopf.

»Und da – kein Kamm, keine glänzende Spange, eine Frisur könnte deinen Haaren nicht schaden! Wo sie doch von Natur aus glänzen. Sonneberg ist weiß Gott nicht mit modischen Städten wie Paris oder Milano zu vergleichen, aber in Sack und Asche müssen sich unsere Damen auch nicht gerade kleiden.«

»Vielen Dank für Ihre Worte!«, erwiderte Johanna. »Und ich habe angenommen, Sie hätten mich meiner *Schönheit* wegen eingestellt.« Trotz ihrer ironischen Bemerkung musste sie schlucken. Sie nahm einen Schluck Rotwein und versuchte, ihre Kränkung zu verbergen. Dass Strobel im Grunde genommen nichts anderes als ein Verkaufsgespräch führte – in dem sich Geben und Nehmen abwechselten –, konnte sie in diesem Moment nicht begreifen. Sie nahm nur seinen Tadel wahr, nicht aber seine Komplimente. Keine Finesse und ein zusammengeschustertes Kleid – wenn das Ruth hören würde! Wo die sich doch Gott weiß was auf ihre Nähkünste einbildete.

Strobel griff nach Johannas Hand, kaum dass sie ihr Glas abgestellt hatte. »Ich bedauere, wenn ich dich mit meiner Kritik verletzt haben sollte. Das war nicht meine Absicht.«

Während Johanna darauf lauerte, ihre Hand im nächstbesten Moment zu befreien, sprach Strobel weiter auf sie ein. »In den nächsten Wochen erwarte ich wichtige Kundschaft. Geschäftsleute, die in den größten Metropolen der Welt zu Hause sind. Die Konkurrenz schläft nicht, auch hier in Sonneberg nicht. Wenn andere Verleger mir nicht den Rang ablaufen sollen, muss ich mich anstrengen. Eine elegante, weltgewandte Assistentin kann dabei sehr hilfreich sein.« Er verstummte.

Trotzig starrte Johanna ins Leere. Ungewollt tauchte wieder das Bild vor ihren Augen auf, das entstanden war, als Strobel ihr nach Vaters Tod Arbeit angeboten hatte: sie selbst, elegant in einem blauen Samtkleid, in der einen Hand einen gezückten Stift und in der anderen ein ledernes Notizbuch. Ihre Mundwinkel hoben sich ein wenig. Nun, weit entfernt von diesem Bild war sie dank des Kleides inzwischen nicht mehr …

Strobel beobachtete jede ihrer Regungen wie ein Luchs. »Es liegt an einem selbst, wie man von den anderen betrachtet wird. Ob etwas aus einem Menschen wird. Ob man ihm mit Respekt und Wohlwollen gegenübertritt oder ob man ihn als kleinen Wurm betrachtet. Wenn du in der Welt der großen Geschäfte erfolgreich sein willst, musst du selbst erfolgreich wirken. Das hat jeder selbst in der Hand. Verstehst du, was ich meine?«, fragte er eindringlich.

Johanna nickte. Tatsächlich verstand sie nur einen Teil von dem, was er sagte. Sie, Johanna Steinmann aus Lauscha, und erfolgreich? Aber sie ahnte bereits den größeren Zusammenhang, auch wenn sie nicht in eigene Worte hätte fassen können, worauf Strobel hinauswollte. Seine Kritik hatte etwas in ihr angestachelt, für das sie selbst noch keinen Namen hatte.

Andere nannten es Ehrgeiz.

Von da an unternahm Johanna mindestens einmal wöchentlich einen Rundgang durch Sonneberg. Ihre neue Gewohnheit schrieb sie weniger Strobels Appell zu, als der Tatsache, dass sie selbst Gefallen daran fand, die Läden zu durchstöbern und sich an den Schaufensterauslagen zu erfreuen. Natürlich kaufte sie nicht jedes Mal etwas ein – das hätten weder ihr Geldbeutel noch ihre Sparsamkeit zugelassen. Aber meist kam sie am Wochenende doch mit Kleinigkeiten wie einem Päckchen Kaffee für Ruth oder ein paar Malstiften für Marie nach Hause. Einmal kaufte sie Peter ein dickes Notizbuch, in das er eintragen konnte, wie viele Glastiere er verkauft hatte. Obwohl er so etwas wie »brauche ich nicht« brummte, war das freudige Glänzen in seinen Augen für Johanna nicht zu übersehen gewesen.

Inspiriert durch ihre Erfahrungen beim Einkaufen begann sie, ihre eigene, persönliche Art im Umgang mit Strobels Kunden zu entwickeln. Mit einer zuvor nicht da gewesenen Selbstsicherheit ging sie auf die Besucher zu, beriet oder riet ab, lobte oder kritisierte auch einmal eine Kaufentscheidung. Die Worte flogen ihr dabei zu, ohne dass sie lange nachdenken musste. Immer öfter wanderte der fragende Blick eines Einkäufers von Strobel zu dessen Assistentin, die nicht nur hübsch anzuschauen war, sondern ein gutes Gespür für gängige Produkte an den Tag legte. Und immer öfter fanden sich Johannas Vorschläge auf dem Bestellschein wieder.

Nicht nur bei ihrer Arbeit, sondern auch in ihrem Äußeren schlug sich ihr neues Selbstvertrauen nieder. Als sie sich ein Haarpuder mit Veilchenduft gönnte, schlug ihr die Dame in dem Geschäft vor, ihre Haare nicht einfach nur streng nach hinten zu kämmen, sondern sie zuerst seitlich zu scheiteln. Warum nicht einmal etwas Neues ausprobieren, sagte sich Johanna. Ihr war dabei nicht bewusst, wie viel vorteilhafter diese Frisur aussah, weil sie ihre gleichmäßigen Züge betonte. Auch die mit kleinen Glassteinen besetzte Haarspange wählte Johanna nicht, weil sie den Glanz ihrer Haare erst richtig zur Geltung brachte, sondern einfach deshalb, weil sie ihr gefiel. Ruth und Marie brachte sie gleich dieselbe mit.

Bei einem anderen Rundgang durch die Geschäfte fiel ihr auf, dass die meisten der ausgestellten Kleider keine Krinoline mehr hatten. Die immer noch reichlich verwendeten Stoffbahnen wurden nun durch raffinierte Drapierungen gebändigt. Außerdem waren die neumodischen Kleider hochgeschlossen. Die feinen Stoffe betonten vor allem die Silhouette des Körpers, statt Haut zu zeigen. Johanna versuchte, diesen neuen Stil zu kopieren, indem sie ein seidenes Tuch in den Ausschnitt ihres alten Kleides heftete und den ausladenden Rock an mehreren Stellen mit Nadeln zusammennahm. Durch diese Änderung würde sie das »zusammengeschusterte« Kleid weiterhin tragen können, freute sie sich. Zum ersten Mal in ihrem Leben verwendete Johanna Zeit auf ihr Aussehen. Ihre natürliche Anmut entwickelte sich zu einer schlichten Eleganz, die ihr von da an immer zueigen sein würde. Doch sie war viel zu uneitel, als dass sie ihr Erblühen bemerkt hätte.

Andernorts jedoch wurde Johannas Entpuppung mit Argusaugen beobachtet: Es gab keine neue Frisur, kein neues Accessoire, das von Ruth oder Marie unbemerkt geblieben wäre. Es war am allerwenigsten Neid, der die beiden zu kleinen Sticheleien, manchmal auch zu bissigen Kommentaren verführte. Vor allem war es eine gleichermaßen tief sitzende wie unbewusste Angst, nämlich, nach den Eltern nun auch noch Johanna zu verlieren.

Auch Peter fiel es von Woche zu Woche schwerer, hinter der veränderten, eleganten Fassade die alte, ihm vertraute Johanna zu erkennen. Er hatte das Gefühl, dass sie sich mit jedem Fetzelchen Stoff, das sie neu am Leib trug, weiter von ihm entfernte. Zum ersten Mal in seinem Leben begann seine feste Überzeugung, dass Johanna und er zusammengehörten, zu wanken.

*

Im Gegensatz dazu gratulierte sich Strobel zu jedem Fortschritt bei seiner Assistentin. Auch ihm entging nicht die kleinste Verwandlung. Passend zum nahenden Frühjahr verglich Friedhelm Strobel sie mit einem Schmetterling, der sich zuerst einen Kokon spinnen muss, bevor er sich in seiner ganzen Pracht zeigt. Würde man diesen Prozess stören, gefährdete man gleichzeitig auch die Entfaltung des Schmetterlings. Er brauchte weite Schwingen, um sich über den Rest der Welt zu erheben. Kurz gesagt: Er brauchte Reife.

Und so wartete Strobel ab. Wartete und beobachtete. In der Zwischenzeit begann ein reger Briefwechsel zwischen Sonneberg und B.

26

Der Winter, der wie ein unsensibler Gast viel zu lange verweilt hatte, verabschiedete sich endgültig in der dritten Aprilwoche. Gelbe Schlüsselblumen und zierliche Blausterne tauchten büschelweise zwischen alten Gräsern auf und erzählten verheißungsvoll von der nahenden warmen Jahreszeit. Die Spitzen der Bäume konnten ihr jungfräuliches Grün fast nicht mehr zurückhalten und standen kurz vor dem Bersten. Liebeskranke Kater schlichen durch die Gassen und hielten durch ihr nächtliches Heulen die Sonneberger vom Schlafen ab. Das Frühjahr war nicht mehr aufzuhalten, und die Natur überschlug sich fast in ihren Vorbereitungen. Es lag in der Natur der Dinge, dass sich diese Unruhe auch auf die Menschen übertrug.

Obwohl man tagsüber schon ohne Jacke durchs Dorf laufen konnte, war es abends und nachts noch empfindlich kalt. Und so trafen sich Ruth und Thomas – in Ermangelung eines besseren Treffpunkts – weiterhin im Heimerschen Lager.

Mit der Zunge fuhr Ruth kurz über ihre Zähne, um sicher zu sein, dass sich nicht irgendwo ein Stück Brot ihrer Abendmahlzeit darin verfangen hatte. Dann begann sie, sachte in Thomas' Lippen zu beißen. Woher sie diese Idee hatte, wusste sie nicht, sie folgte nur ihrem Gefühl. Kleine Zupfer an der Oberlippe. Dann ein bisschen Fleisch von der Unterlippe. Die Haut seiner Mundwinkel war trocken, fast spröde. Spontan leckte sie darüber und erntete ein Stöhnen von Thomas. Sein Begehren war überwältigend. Ein wohliges Gefühl machte sich in Ruths Bauch breit. Sie hätte ewig mit diesen Spielereien fortfahren können … im Gegensatz zu Thomas.

Ruckartig zog er ihren Kopf zu sich heran. »Jetzt küssen wir aber richtig«, flüsterte er ihr heiser ins Gesicht.

Sein Mund stülpte sich über sie und sein bierseliger Atem, der zuvor nur wie eine würzige Note zwischen ihnen gehangen hatte, nahm ihr einen Moment lang die Luft. Wie ein glühendes Eisen fuhrwerkte seine Zunge in ihrem Mund herum und begann, gegen ihren Gaumen zu drücken. Ruth versuchte, ihren Kopf ein wenig nach hinten zu nehmen, doch er hielt sie fest. Ihre anfängliche Verzückung ließ nach.

Thomas Hände machten sich an ihrer Bluse zu schaffen. Ruth rutschte so weit es ging nach hinten. Das unverputzte

Mauerwerk hart im Kreuz, drückte sie Thomas mit aller Kraft von sich.

Er schaute verdutzt drein. »Was ist denn nun schon wieder? Komm wieder her!«

Ruths Herz klopfte heftig. »Du weißt doch ganz genau, dass ich das nicht will!«, sagte sie tadelnd und begann, ihre Bluse zuzuknöpfen.

Jedes Mal war es dasselbe: Sie reichte ihm den kleinen Finger, und er wollte sofort die ganze Hand! Doch schon im nächsten Moment verpuffte ihre Wut, und sie fühlte sich nur noch schlecht und elend. Joosts Warnungen klangen ihr wieder einmal in den Ohren: »Wenn ein Mädchen seine Ehre verloren hat, hat sie nichts mehr auf dieser Welt, was ihr allein gehört!«

Mit einem Ruck stand Thomas auf, schob seine Hose zurecht. »Das war das letzte Mal, dass ich mich von dir hab narren lassen!« Seine Stimme bebte. Breitbeinig baute er sich vor ihr auf.

Ruth hatte Mühe, an der prallen Wölbung zwischen seinen Beinen vorbeizuschauen.

»Du streckst mir wochenlang deine Brüste entgegen, doch wenn ich sie berühren will, muss ich betteln wie ein Hund. Du zeigst deine Beine, doch das, was dazwischen liegt, bekomme ich nicht zu sehen. Und anzufassen erst recht nicht. Mir reicht's!« Er donnerte seine Faust gegen die Wand. Die Regale auf der gegenüberliegenden Seite zitterten.

»Wenn die anderen wüssten, dass ich mich von dir an der Nase herumführen lasse« – er schüttelte sich bei der Vorstellung – »ich würde meines Lebens nicht mehr froh werden! Die glauben doch alle, wir treiben es längst miteinander.«

»Was haben die anderen denn mit uns zu tun? Du redest doch hoffentlich nicht mit deinen Kameraden über uns? Das hier geht nur dich und mich etwas an!«, bemerkte Ruth hitzig. Einen Moment lang spielte sie mit dem Gedanken, aufzustehen und zu gehen. Vielleicht wäre es besser, das Gespräch weiterzuführen, wenn Thomas weniger in Rage war. Doch der Moment ging vorüber, und Ruth blieb sitzen.

Als habe sie gar nichts gesagt, fuhr er fort: »Einen Büchsenlecker würden sie mich nennen. Einen kastrierten Ochs. Wenn du vorhast, deine Unschuld bis zum Jüngsten Gericht zu behalten, dann sag's mir jetzt!«

Ruth zuckte zusammen, als habe sie einen Schlag in die Magengegend bekommen. Noch nie hatte Thomas so grob mit ihr gesprochen.

Auf einmal machte er ihr fast ein wenig Angst. Wie ungeduldig er sie belauerte! Wie ein gereiztes Tier, das zu lange um ein Stück Beute hatte kämpfen müssen. Sie wollte sich umständlich aufrappeln, als er plötzlich vor ihr auf die Knie fiel.

»Was soll ich denn noch tun, um dir zu zeigen, dass ich dich liebe! Sag's mir und ich werde es tun!«, flehte er. »Ich weiß doch auch nicht, wie man's einem Weib recht macht – woher auch?« Er zuckte hilflos mit den Schultern. Wie weggeblasen war seine drohende Miene. Auf einmal sah er nur noch hilflos aus. »Wenn du willst, treffen wir uns von heute an woanders. Mir wird schon etwas einfallen«, fügte er kapitulierend hinzu. »Jetzt sag' halt schon: Wie kann ich dir eine Freude machen?«

Erstaunt schaute Ruth auf. Das waren ja ganz neue Töne! Unsicher, was sie ihm antworten sollte, schüttelte sie erst einmal in übertriebener Weise ihren Rock aus, als müsse sie ihn von Staub und Schmutz befreien. Sollte sie die Gunst der Stunde nutzen? Oder sollte sie weiter darauf warten, dass Thomas von sich aus auf die Idee kam, ihr … Wahrscheinlich würde *sie* dann bis zum Jüngsten Gericht warten müssen!

Sie ging auf ihn zu und legte ihm beide Arme auf die Schultern. »Du willst mich zur Frau machen?« Bewusst wählte sie diese Worte.

Thomas nickte. Sein Blick war gierig.

Ruth musste ein wenig in sich hinein grienen. Er wähnte sich offenbar schon an seinem Ziel, ha!

»Ich bin bereit, mich dir hinzugeben. Und dafür brauchst du mir auch nicht extra ›eine Freude‹ zu machen«, sagte sie mit einer Stimme, so geschmeidig und süß wie Zuckerguss.

Sie ließ ihre Hände über seine Oberarme gleiten. Ihre Lippen wanderten seine Wange entlang zu seinem rechten Ohr. »Ich liebe dich, Thomas Heimer! Du sollst mein Mann sein.« Sie presste ihren Unterleib gegen sein pralles Gemächt. Ihre Beine zitterten und sie fragte sich, ob sie damit nicht schon wieder zu weit ging. Keinesfalls wollte sie ihn erneut bis aufs Blut reizen. Sanft und bestimmt zugleich wand sie sich aus seiner Umarmung, bevor mehr daraus werden konnte.

Thomas glaubte seinen Ohren nicht zu trauen. »Ruth! Ruth! Ruth!«, flüsterte er immer wieder. Seine Hände zerwühlten ihre Haare, tief sog er den vanilleartigen Duft ihres Haarpuders ein. »Du weißt gar nicht, wie sehr ich auf diese Worte gewartet habe!« Nicht gerade sensibel, wenn es um ihre Stimmungsveränderungen ging, wollte er sie nach unten auf den Boden ziehen.

»Nicht hier!« Wie ein Peitschenhieb hielt ihn Ruths Stimme zurück. »Du glaubst doch nicht, dass ich meine Unschuld in dieser elend staubigen Kammer verlieren möchte!« Sie trat einen Schritt zurück.

»Ich werde mit dir schlafen.« Nun fixierte *sie ihn* wie eine wertvolle Beute. »Aber es soll an einem schönen, romantischen Ort sein, der diesem Ereignis würdig ist.«

Verdutzt schaute er sie an.

»Und dann habe ich noch eine Bedingung: nämlich, dass du beim Tanz in den Mai unsere Verlobung bekannt gibst! Dass ich meine Unschuld nur meinem zukünftigen Mann schenke, ist dir ja wohl bewusst!« Sie hob abwehrend eine

Hand. »Du brauchst jetzt nichts zu sagen. Du hast noch mehr als eine Woche Bedenkzeit, erst dann will ich deine Antwort.«

27

Als Johanna sich auf den Weg nach Lauscha machte, schien noch eine schwache Sonne. Wie jeden Freitag wartete am Ortsausgang von Sonneberg schon der Griffelmacher auf sie, der sie auf seinem Karren bis nach Steinach mitnahm. Vielleicht hätte der Mann sogar eingewilligt, sie bis Lauscha zu fahren, doch das wollte Johanna gar nicht. Sie genoss die knappe Stunde Fußweg nicht nur wegen der lauen Aprilluft, in der schon ein Hauch verführerische Süße schwebte.

So seltsam es auch klang, aber sie brauchte die Zeit, um sich auf Lauscha vorzubereiten. Deshalb benutzte sie nach wie vor auch nicht die Eisenbahn, obwohl sie es sich längst hätte leisten können. Doch in ihrem Kopf musste sie mehr zurücklegen als lediglich zwanzig Meilen. Immer öfter kam es ihr vor, als würde sie von einer Welt in die nächste reisen. Sonneberg – das bedeutete täglich etwas Neues. Fremde Menschen, interessante Begegnungen, große Geschäfte. Lauscha war – Heimat. Altbekannte Gleichtönigkeit. Johanna liebte beides, und sie konnte es wie jeden Freitag kaum erwarten, endlich wieder bei Marie und Ruth zu sein. Dennoch wanderten ihre Gedanken zum letzten Gespräch mit Strobel zurück.

»Es kann möglich sein, dass du nächstes Wochenende in Sonneberg bleiben musst«, hatte er ihr beim Abschied mitgeteilt. »Ich erwarte wichtige amerikanische Kundschaft. Mister Woolworth – so heißt der Mann – besucht uns erst zum zweiten Mal. Letztes Jahr sagte er, er wolle auf seiner diesjährigen Reise mindestens zwei Tage für Sonneberg einplanen. Dasselbe hat sein Assistent in seinem Schreiben inzwischen bestätigt.«

Johanna hatte genickt. Sie hatte den Brief mit den verwischten, amerikanischen Stempeln gesehen.

»Leider konnte Steven Miles noch nicht voraussagen, wann genau Woolworth und er kommen.«

War es ihr nur so vorgekommen, oder war der Verleger tatsächlich ein wenig nervös gewesen? »Natürlich bleibe ich nächstes Wochenende in Sonneberg«, hatte Johanna geantwortet. »Aber nur, wenn Sie mir verraten, was an diesem Mister Woolworth so besonders ist.«

Und das hatte Strobel getan. »Nun, in erster Linie verspreche ich mir ein sehr gutes Geschäft«, hatte er grinsend zugegeben. »Letztes Jahr hat er Hunderte von Puppen, Glastellern und Kerzenleuchter aus Glas gekauft. Alles Stücke aus dem untersten Preissegment, zugegeben, aber Kleinvieh macht nun einmal auch Mist. Vor allem in den Mengen, wie Woolworth sie ordert! Aber das ist nicht alles. Der Mann selbst ist schon ein Ereignis für sich. In der amerikanischen Sprache gibt es sogar einen Namen für jemanden wie ihn: Er wird als ein ›Self-made-man‹ bezeichnet. Es heißt, seine Eltern seien Kartoffelbauern gewesen, und er selbst habe keinen Beruf gelernt. Das bedeutet, dass er sich aus aller einfachsten Verhältnissen hochgearbeitet hat! Ehrgeiz und vielleicht auch das Streben nach Macht – mehr war da nicht.« Verwundert hatte Strobel den Kopf geschüttelt. »Das muss man sich einmal vorstellen: Mit rein gar nichts anzufangen und am Ende eine ganze Ladenkette zu besitzen – das hört sich an wie ein Märchen, und doch ist es Wahrheit! Und wer weiß, was dieser Mann zukünftig noch alles erschaffen wird?«

So euphorisch hatte Johanna den Verleger noch nicht erlebt. Es kam selten vor, dass Strobel einem anderen Menschen gegenüber Bewunderung äußerte. Die nächste Woche würde sicher wieder einmal sehr interessant werden, frohlockte Johanna im Stillen.

Schon von weitem sah sie Peter stehen. Wie jeden Freitag wartete er auf der letzten Anhöhe vor Lauscha auf sie. Sie winkte ihm zu. Dann hielt sie kurz an und rieb sich ihren wunden Knöchel. Schwarzes Leder schmiegte sich eng wie ein Handschuh um ihren Fuß. So elegant ihre neuen, zierlichen, Stiefeletten auch waren – um weite Wege zu laufen, eigneten sie sich nicht besonders! Halb humpelnd und halb hüpfend ging sie auf Peter zu.

»Und? Wie war deine Woche?«, fragten sie beide gleichzeitig und mussten lachen. Jeden Freitag dasselbe.

»*Chacun à son goût!*«, sagte Johanna.

»Wie bitte?«, fragte Peter stirnrunzelnd.

»Das ist Französisch, mein Herr!« Johanna schmunzelte. »Diese Woche waren zum ersten Mal französische Kunden da«, fügte sie erklärend hinzu. »Die Straßen sind anscheinend wieder durchweg passierbar.«

»Warte ab, wenn es irgendwann einmal noch mehr Eisenbahnen gibt, dann haben wir die ausländischen Gäste das ganze Jahr über im Land«, brummte er.

»Ich bin froh über jede neue Eisenbahnlinie. Wie sonst sollen die ganzen Lauschaer Glaswaren in die Welt transportiert werden?«, erwiderte Johanna. Dann erzählte sie von ihrer Begegnung mit den französischen Kunden.

»So ein Ehepaar wie die Molières hast du noch nicht gesehen! Er ist mindestens achtzig Jahre alt. Es hat eine halbe Ewigkeit gedauert, bis er den Weg von der Ladentür zum Tisch zurückgelegt hatte. Und nun rate einmal, wie alt Madame Molière ist? Ganze fünfundzwanzig Jahre! Blond wie ein Engel und wunderschön.« Erwartungsvoll schaute sie Peter an.

»Dann wird sie ihn wohl nicht wegen seiner blauen Augen geheiratet haben«, stellte er trocken fest.

Johanna lachte. »Dass es ihr allein ums Geld gehen muss, war auch mein erster Gedanke gewesen. Aber du hättest die beiden einmal miteinander sehen müssen! Geturtelt wie die Täubchen haben sie. Strobel und mir war das schon richtig peinlich. Und als die beiden wieder weg waren, sagte Strobel: ›Chacun à son goût!‹, was so viel heißt wie: Jedem, wie es ihm gefällt.«

»Du und Strobel – ihr scheint euch ja gut zu verstehen!« Der eifersüchtige Unterton in Peters Stimme war nicht zu überhören.

»Das ist vielleicht zuviel gesagt.« Johanna bemühte sich um eine ehrliche Antwort. »Irgendwie ... bleibt der Mann mir doch sehr fremd. Nicht, dass ich das unbedingt ändern wollte!«, fügte sie hastig hinzu, als sich Peters Miene erneut verfinsterte.

»Wie kann Strobel dir fremd sein, wo ihr doch den ganzen Tag zusammen seid?«, fragte er argwöhnisch.

Sie schubste ihn leicht. »So gut wie mit dir verstehe ich mich halt mit niemandem! Und jetzt lass uns gehen, bevor die Schuhe mich umbringen. Ich kann es kaum erwarten, mir diese Dinger von den Füßen zu reißen.«

Halbherzig hörte sie zu, während Peter ihr von einem achtjährigen Buben erzählte, dem er in der vergangenen Woche ein Glasauge angepasst hatte.

»... als ich die Eltern des Jungen fragte, warum sie nicht zu einem Glasbläser im Schwarzwald gegangen sind – schließlich wäre das von Freiburg aus viel näher gewesen –, da sagten sie doch tatsächlich, es wäre mein guter Ruf gewesen, der sie hierher nach Lauscha geführt hätte!« Peter klang so verblüfft, als fiele es ihm schwer, das zu glauben.

Johanna schaute ihn von der Seite an. »Warum bist du eigentlich immer so unglaublich bescheiden?«, fragte sie ungnädig. Inzwischen war jeder Schritt eine Qual. ›Nur wer sich erfolgreich gibt, kann auch wirklich erfolgreich werden‹, hallte es wie ein Echo in ihrem Kopf.

»Wieso bescheiden? Natürlich bin ich stolz darauf, wenn es sich herumspricht, dass ich meine Arbeit gut mache. Aber damit muss ich ja nicht prahlen wie gewisse andere Personen das tun. Oder findest du neuerdings Gefallen an Großmäulern? Davon gibt es in der Stadt sicherlich genügend.«

Mit Mühe gelang es Johanna, sich eine giftige Antwort zu verkneifen. Stattdessen sagte sie mit bemüht leichter Stimme: »Und? Wie kommt deine Glastier-Produktion voran?«

Statt ihr Friedensangebot anzunehmen, antwortete Peter patzig: »Das interessiert dich doch gar nicht wirklich. Was sind schon meine paar Dutzend Glasviecher gegen eure großen Geschäfte?«

Demonstrativ schaute Johanna zur Seite. Nach einer Woche anstrengender Arbeit hatte sie es weiß Gott nicht nötig, sich mit Peter über dessen provinzielle Auffassungen zu streiten.

28

»Wo ist Peter?«, wurde Johanna von Ruth überfallen, kaum dass sie die Tür hinter sich geschlossen hatte.

»Der hatte keine Lust zu kommen«, erwiderte Johanna beiläufig.

»Du hast dich doch hoffentlich nicht mit ihm gestritten? Wo du ihn doch nur noch jedes Wochenende siehst und er …« Ruths Blick folgte Johanna, die in die Hocke ging, um sich ihre Stiefel aufzubinden. »Neue Stiefel!« Peter war vergessen. »Was für ein feines Leder. Und dann dieser Absatz!«

»Danke für eure herzlichen Willkommensgrüße!«, antwortete Johanna trocken. Sie entwand ihren Fuß aus Ruths Hand und zog den zweiten Schuh ebenfalls aus. »Die Dinger haben mich fast umgebracht!« Sie griff in ihre Tasche und holte ihre Mitbringsel hervor. Die beiden sollten nicht das Gefühl haben, leer auszugehen.

Während sich Marie auf die Schachtel mit den Kreidefarben stürzte, schaute Ruth skeptisch auf das Päckchen, das Johanna ihr gegeben hatte. »Hen – na«, las sie stockend. »Was soll das sein?«

Johanna klärte sie lächelnd auf.

»Das ist ein Pulver, das braunen Haaren einen wunderschönen rötlichen Schimmer verleiht. Die Dame in der Parfümerie sagte mir, dass es aus Indien kommt. Dort würden es alle Frauen benutzen. Man gibt es in einen Eimer Wasser und spült damit die Haare.«

Nachdem das Entzücken der beiden wieder abgeebt war, begann Ruth, das Abendessen herzurichten. Mit hochgelegten Füßen schaute Johanna ihr dabei zu.

»Ach, es tut gut, wieder daheim zu sein!« Sie seufzte zufrieden. Dann begann sie wie jeden Freitag, von der vergangenen Woche zu erzählen.

»… Strobel hat noch gemeint, er fände es auch sehr bedauerlich, dass Sybille Steins Mann mit gebrochenem Bein zu Hause liegt. Aber es könne einfach nicht angehen, dass sie jede halbe Stunde das Haus verlässt, um nach ihm zu sehen. Wenn wir den Laden punkt zwölf Uhr schließen, dann muss das Mittagessen auf dem Tisch stehen.« Unwillkürlich hatte Johannas Stimme einen tadelnden Tonfall angenommen.

»Das hätte Heimer einmal sagen sollen! Da hättest du wieder Gift und Galle gespuckt!«, bemerkte Ruth vom Ofen her.

»Das sind doch zwei Paar Schuhe!«, fuhr Johanna hoch. »Strobels Tadel war berechtigt. Es geht schließlich nicht an, dass ich mich auch noch um das Mittagessen kümmern muss.«

»Und was wäre daran so schlimm?«, entgegnete Ruth. »Bist du dir für so etwas inzwischen zu fein?«

»Blödsinn! Es ist nur … nicht meine Aufgabe!«

»Und was ist dann deine Aufgabe?« Affektiert trippelte Ruth auf Zehenspitzen um den Herd herum. »Hausarbeit, pfui Teufel!« Und zu Johanna gewandt, fuhr sie fort: »Ich habe auch schon der alten Edel in der Küche helfen müssen. Deshalb ist mir noch lange kein Zacken aus der Krone gefallen.«

Marie schaute auf. »Aber wenn ich mich richtig erinnere, hast du danach einen ganzen Tag lang nicht mit Thomas geredet, weil er dich nicht vor der Küchenarbeit bewahrt hat.«

»Das hatte ganz andere Gründe!«, zischte Ruth mit hocherhobenem Kinn.

Johanna war zu müde, um weiter streiten zu wollen. »Und? Was malst du da Schönes?«, wandte sie sich stattdessen an Marie.

»Das ist ein Entwurf für ein Motivglas«, antwortete Marie. »Wir müssen mit der Mode gehen, hat Heimer diese Woche gemeint. Und die würde verlangen, dass man Gläser wie Porzellan bemalt.«

»Das stimmt!« Johanna war geradezu erleichtert, ihrer Schwester zustimmen zu können. »Wenn Heimer allerdings glaubt, er sei damit seiner Zeit voraus, dann täuscht er sich. Laut Strobel ist Milchglas ein ganz alter Hut. So etwas haben wohl schon die Glasbläser im vorigen Jahrhundert angefertigt – kannst du das glauben? Strobel nennt es daher eine *Renaissance.*«

Maries verdutzter Blick bescheinigte Johanna, dass ihre Schwester mit diesem Begriff nichts anfangen konnte. Hastig, um nur ja nicht wieder einmal als Besserwisserin dazustehen, redete sie weiter: »Jedenfalls sind bemalte Gläser sehr gefragt.

Vor allem Jagdmotive, aber auch andere figürliche Abbildungen. Manchmal frag ich mich allerdings schon, wofür die Leute ihr gutes Geld ausgeben. Und wo in der Welt all die Lauschaer Glaswaren am Ende landen!« Sie lachte.

»Zeig doch mal!«, sagte sie dann und schob Maries Arm zur Seite, um einen freien Blick auf deren Zeichnung zu bekommen. Zwei schnäbelnde Tauben saßen auf einer Stange, darunter befand sich eine geschwungene Bordüre mit der Inschrift »Unzertrennbar«.

»Das ist ja wunderschön!«, sagte Johanna verblüfft. »Wie echte Tauben!«

Ruth stellte die Teekanne ab und setzte sich dann auch an den Tisch.

»Schön ist das Glas schon. Wie mühevoll es jedoch ist, diese feinen Linien später zu zeichnen, darüber macht sich Madame keine Gedanken.« Sie wies auf das Gefieder der Vögel.

Marie zeigte sich von der Kritik unbeeindruckt. »Vielleicht wirst du beim Einpacken oder Versilbern eingeteilt, wenn die Gläser an der Reihe sind.«

»Ha, dir wäre wohl am liebsten, wenn außer dir niemand den Pinsel in die Hand nähme!«

Johanna fühlte sich plötzlich seltsam ausgeschlossen, während sie dem gutmütigen Spott der beiden andern lauschte.

»Thomas hat mich zum Maientanz am nächsten Wochenende eingeladen!«, platzte Ruth plötzlich heraus. Ihre Wangen waren gerötet, und sie glitt neben Johanna auf die Bank.

»Stell dir vor, wir alten Jungfern kommen endlich zum Maientanz! Und das ist noch längst nicht alles. Es gibt da noch etwas …« Sie brach ab, als habe sie es sich anders überlegt. »Ach, ich bin so aufgeregt, dass ich kaum mehr schlafen kann!«

Johanna hob die Augenbrauen. »So aufregend wird's schon nicht werden. Und du?«, fragte sie Marie. »Gehst du auch zu diesem Tanz?« Die beiden Blusen, die sie für Ruth und Marie in der Tasche hatte, würden für den Anlass gerade richtig sein, frohlockte sie im Stillen.

»Natürlich kommt sie mit«, antwortete Ruth an deren Stelle. »Wir gehen alle drei.« Sie schaute zur Tür. »Ich habe eigentlich gedacht, dass Peter noch hereinkommt. Er …« Sie biss sich auf die Lippen. »Ich weiß nicht, ob ich's verraten darf, aber … er hat vor, dich richtig förmlich zum Maientanz einzuladen. Er hat mich sogar schon gefragt, welche Blumen du besonders gern magst.« Sie kicherte. »Ich bin ja so gespannt, welche Art von Bukett Thomas für mich aussucht!«

Marie lächelte und stieß Ruth in die Rippen. »Als ob es dir um die Blumen geht!«

Johanna schaute von einer zur anderen. Da lag doch noch etwas in der Luft! Was sollte diese Geheimniskrämerei?

»Es tut mir Leid, aber was den Maientanz angeht, könnt ihr mit mir nicht rechnen.« Als sie das eingefrorene Lachen ihrer Schwestern sah, erklärte sie hastig, was es mit dem Besuch des amerikanischen Geschäftsmannes Woolworth auf sich hatte.

»Es tut mir wirklich Leid«, wiederholte sie. In Wahrheit hielt sich ihr Bedauern in Grenzen. Natürlich wäre der Maientanz eine schöne Gelegenheit gewesen, ihr neues Kleid auszuführen und Wilhelm Heimer zu zeigen, dass sie sehr gut ohne ihn zurechtkam. Doch nachdem sie sich gerade erst über Peters Art geärgert hatte, wollte sie sich von ihm nicht unbedingt zum Tanzen ausführen lassen. Außerdem war es das erste Mal, dass Strobel etwas außer der Reihe von ihr verlangte. Sie war froh, ihm endlich etwas von seiner Großzügigkeit zurückgeben zu können.

Sie begann, sich Schnittlauchquark auf eine dicke Scheibe Schwarzbrot zu häufen. Nach einer Woche erlesener Köstlichkeiten gelüstete es sie jeden Freitag nach Ruths Hausmannskost. Herzhaft biss sie von ihrem Brot ab und genoss den kühlen, sahnigen Quark auf der Zunge. Erst nach ein paar Bissen fiel ihr auf, dass ihr Kauen das einzige Geräusch am Tisch war. Als sie hochschaute, traf sich ihr Blick mit Ruths.

»Du hast dich ganz schön verändert, Johanna Steinmann!«, sagte diese eisig. »Du brauchst mich gar nicht unter dem Tisch zu stoßen«, fuhr sie Marie an, bevor sie sich wieder an Johanna wandte.

»Zum ersten Mal seit langer Zeit gibt es einen Grund zum Feiern, und was machst du? Willst nichts davon wissen.«

»Aber es handelt sich doch nur um ein ganz gewöhnliches Dorffest!« Betroffen ließ Johanna ihr Quarkbrot sinken. »Zu Vaters Lebzeiten wäre keine von uns auf die Idee gekommen, daran teilzunehmen. Wisst ihr nicht mehr? Es hat uns immer gereicht, am ersten Mai auf dem Weg zur Kirche die Wein- und Bierleichen des vorangegangenen Abends zu bespötteln.« Ihr Lächeln verschwand wieder, als sie Ruths versteinerte Miene sah. Johanna seufzte.

»Wenn dieser Kundenbesuch nicht so außerordentlich wichtig wäre …« Sie brach ab, als sie bemerkte, dass Ruth Tränen in den Augen hatte. »Du meine Güte, was ist denn?«

Statt zu antworten, schüttelte Ruth nur verbissen den Kopf.

»Sie und Thomas wollen sich am Maientanz verloben«, klärte Marie Johanna auf.

Verflixt noch mal, dann wurde es nun also ernst mit den beiden! Sie legte ihre Hand auf Ruths Arm.

»Aber warum hast du das nicht gleich gesagt? Das konnte ich doch nicht wissen. Ich …« Bevor sie weiter sprechen konnte, schleuderte Ruth Johannas Hand von sich.

»Ich will gar nicht, dass du zu meiner Verlobung kommst! Wo es doch nur ein gewöhnliches Dorffest ist. Und wo Strobels Kunden ach so wichtig sind!«, schrie sie Johanna entgegen.

»Und außerdem: Schau dich doch an!« Sie zeigte auf Johannas Kopf. »Deine Frisur. Dein Kleid. Deine neuen Schuhe. Alles neu! Da können wir natürlich nicht mehr mithalten. Wahrscheinlich hast du in Sonneberg schon einen Haufen Freundinnen gefunden, die genauso aufgeputzt herumlaufen. Was kümmert es dich da, ob ich mich verlobe oder nicht!« Mit zittriger Hand schenkte sie sich eine Tasse Kamillentee ein.

Der beruhigende Kräuterduft, der sich im Raum ausbreitete, stand in höhnischem Kontrast zu dem aufgeregten Streit. Für einen Augenblick erinnerte er Johanna an den Weihrauchgeruch in Strobels Laden. Tränen brannten unter ihren Lidern. Das hier war alles furchtbar verkehrt! Statt über die anstehende Verlobung zu reden, und darüber, was sie bedeutete, hatten sie sich wegen nichts und wieder nichts in den Haaren!

»Wie kannst du so dumme Sachen sagen? Du weißt doch ganz genau, dass ihr die beiden wichtigsten Menschen für mich seid. Und dass ich mich immer für euch interessieren werde. Und was irgendwelche ›Freundinnen‹ angeht: Denkst du etwa, ich bin zum reinen Vergnügen in Sonneberg? Ich muss arbeiten! Oder glaubst du, dass Strobel mir das viele Geld einfach so zahlt?«

Prompt wandte sich Ruth trotzig ab.

Ja, das wollte ihre Schwester nicht hören! Genauso wenig wie sie die Geschenke erwähnte, die sie stets mit Entzücken entgegennahm! schoss es Johanna durch den Kopf.

»Dass Thomas dir auf diesem Fest das Heiratsversprechen gibt, hättest du auch schon früher sagen können. So etwas Wichtiges wird doch nicht einfach im Vorbeigehen entschieden, oder? Hättest du mir ein bisschen mehr Zeit gegeben und –«

»Jetzt hört schon auf, ihr beiden Streithennen!«, fuhr Marie dazwischen. »Warum sagst du nicht einfach, dass du kommst?«, wandte sie sich an Johanna. »Sicher wird es ein wunderbarer Abend für uns alle!« Ihr flehender Blick sprach Bände.

Johanna lächelte gequält. »Natürlich komme ich! Ich werde doch um nichts in der Welt Ruths Verlobung verpassen! Mir wird schon irgendetwas einfallen, womit ich Strobel besänftigen kann.« Mehr Euphorie konnte sie im Augenblick nicht aufbringen. Hilflos schlug sie die Hände zusammen.

»Nur – warum muss es ausgerechnet an diesem einen Wochenende sein!«

»Weil ein Tanz in den Mai nun einmal am 30. April stattfindet«, antwortete Ruth trocken.

Unwillkürlich mussten sie lachen. Und dann gelang es ihnen zum Glück, den restlichen Abend ohne weiteren Streit zu verbringen.

In dieser Nacht lag Johanna noch lange wach und lauschte den Atemzügen ihrer Schwestern. Ruths Vorwürfe hallten wie ein ungewolltes Echo in ihr nach. Hatte sie sich wirklich verändert? Sie glaubte es nicht. Jedenfalls fühlte sie sich tief drinnen immer noch wie die alte Johanna, die sie seit jeher kannte. Nur wollten die anderen das nicht glauben.

Johanna warf sich auf die andere Seite und knüllte ihr Kissen unter die Wange. Warum fragte eigentlich keiner, wie es ihr wirklich erging? Wie sie sich fühlte, wenn sie Nacht für Nacht in einem fremden Haus in einer fremden Kammer schlief? Allein, ohne jemanden zum Reden zu haben. Weder Ruth noch Peter interessierte es, dass ihre scheinbare »Verwandlung« vor allem mit Strobels Spott über ihre vormals ländliche Erscheinung zu tun hatte. Und damit, dass sie in der Welt der großen Geschäfte anders auftreten musste als hier, zu Hause. Auch dass sie Wochenende für Wochenende getreulich nach Hause kam, obwohl sie durchaus gern einmal in Sonneberg geblieben wäre, wurde nicht anerkannt. Dafür wurde umso mehr darüber gejammert, dass sie die ganze Woche weg war. Ja, Ruth, Marie und Peter sahen nur, was sie sehen wollten. Allmählich hatte sie die Nase von deren beleidigtem Getue voll.

29

Zusammen mit anderen jungen Burschen aus dem Dorf waren die Heimer-Brüder oben im Wald, wo unter großem Hallo eine riesige Fichte gefällt wurde. Der laue Wind wehte das Lachen und Rufen der Männer bis ins Dorf hinab, wo die Frauen ebenfalls mit Festvorbereitungen beschäftigt waren. Alle paar Axthiebe wurde die Arbeit im Wald unterbrochen und eine Flasche Schnaps machte die Runde. Auch Thomas nahm einen herzhaften Schluck, bevor er die Flasche an seinen Nebenmann weiter gab. Suchend schaute er sich dann in der näheren Umgebung um. Er solle sich etwas einfallen lassen, hatte Ruth gemeint. Pfff! Er zog die Nase hoch. Wie hatte sich Ruth ausgedrückt? »Wenn ich meine Jungfräulichkeit verliere, dann soll dies an einem Ort geschehen, der warm, sauber und trocken ist. Und romantisch!« Obwohl sie ihn dabei schwärmerisch angeschaut hatte, war er für einen Moment unsicher gewesen, ob sie ihn auf den Arm nahm oder nicht. Aber Ruth hatte alles so gemeint. Sein Blick wanderte zu einem kleinen Vorsprung, auf dem eine Bank stand. Der Untergrund war dicht mit Moos bewachsen und weniger mit knorrigen Wurzeln durchsetzt als der Rest des Waldbodens. Dieser Aussichtspunkt – der musste für die gnädige Dame doch *romantisch* genug sein, oder?

Verstohlen griff er an seinen Rücken. Sobald die anderen sich mit dem Maienbaum auf den Rückweg machten, würde er seinen Rucksack mit der Decke darin unter der Bank deponieren. Er hatte sogar an ein paar Kerzen und Streichhölzer gedacht – schließlich wollte er sehen, was er bekam!

Ehe er sich versah, war die Flasche wieder bei ihm angelangt. Der Schnaps brannte scharf in seiner Kehle.

Wenn's nach ihm gegangen wäre, hätten sie es auch im Lager treiben können. Aber bitte – wenn Ruth es romantisch wollte, sollte sie es romantisch haben! Er wusste, dass sich einige seiner Kameraden an seiner Stelle längst gewaltsam genommen hätten, was auch in seinen Augen überfällig war. Doch das war nicht seine Sache. Hieß es nicht, dass ein gut eingerittenes Pferd seinen Reiter williger trug als ein Gaul, der beim ersten Mal Sattelauflegen schlechte Erfahrungen gemacht hatte?

Thomas verzog das Gesicht. Sie war trotzdem ein ganz schönes Luder! Hatte es nicht nur geschafft, ihn letzte Woche im Lager abermals zu vertrösten, sondern ihm auch noch das Heiratsversprechen abzuringen. Er wusste selbst nicht genau, warum er sich von Ruth derart an der Nase herumführen ließ. Andererseits: Irgendwann musste jeder Mann einmal dran glauben. Und es gab schlechtere Weiber zum Heiraten als Ruth Steinmann, Tochter von Joost. Sie war schon etwas Besonderes. Wie der Hauptpreis beim Schützenfest. Der Vergleich gefiel ihm – beides war nicht einfach zu haben, zumindest für den Pokal hatten ihm jedes Jahr ein paar Punkte gefehlt. Nun, dafür würde ihm bald das schönste Mädchen von ganz Lauscha gehören!

Ein Knuff in seine Seite unterbrach seine gedanklichen Ausflüge und im nächsten Moment drückte Sebastian ihm die Axt in die Hand. Er nahm noch kurz einen Schluck Schnaps, dann begann er, mit flachen Hieben die Rinde vom Stamm des Maienbaumes abzuschälen. Ha! Heute Abend würde er noch eine ganz andere Nacktheit entblößen als die eines Baumstammes!

Mit zittrigen Fingern knöpfte Ruth ihre neue Bluse zu. Fertig, endlich!

Das Baden, Einpudern, Haare waschen und Kleidung auswählen hatte heute mehr Zeit in Anspruch genommen als sonst, dafür war sie mit dem Ergebnis rundum zufrieden: Bewundernd drehte sie sich vor dem Spiegel, so dass die winzigen Perlmuttknöpfe das Licht der Lampe auffingen. Gott sei Dank hatten Marie und Johanna ihr ausnahmsweise einmal nicht den Badezuber und den Platz vor dem Spiegel streitig gemacht. Beide wussten, dass dies heute ihr Tag war.

Allerdings wussten die beiden nicht, dass heute noch etwas anderes passieren sollte. Und zwar nach dem Fest, das sie in einem unbeobachteten Moment gemeinsam verlassen wollten. Ruth befeuchtete ihre Lippen. Sie konnte kaum erwarten, zu erfahren, was Thomas vorbereitet hatte. Vielleicht hatte er oben in Neuhaus eine Kammer in einem Gasthof reserviert?

Das Gefühl in ihrem Bauch wurde flauer und ihr Herz klopfte. Sie zwang sich, an das zu denken, was zuerst kommen sollte: Heute würde ihre Liebe endlich öffentlich werden! Auf dem Fest wollte Thomas ihr die Heirat geloben. Sie lächelte zufrieden. Die verblüfften, neidischen und überraschten Blicke der Leute konnte sie jetzt schon vor sich sehen! Der alte Heimer würde auch Augen machen. Und Eva sowieso. Ihre Begeisterung darüber, bald eine Schwägerin zu bekommen, dürfte sich in Grenzen halten – dann war sie schließlich nicht mehr die einzige Bienenkönigin in ihrem Stock!

Ruth zog die Tür auf, um ein wenig mehr Licht in die Badestube zu lassen. Kritisch betrachtete sie sich ein letztes Mal im Spiegel und war zufrieden mit dem, was sie sah. Johanna hatte die Bluse gut ausgewählt: Ihr helles Apfelgrün passte ausgezeichnet zu dem rötlichen Schimmer, den ihr Haar dank des Hennapulvers hatte. Sie warf ihrem Spiegelbild kokett einen Kussmund zu, dann schritt sie mit hoch erhobenem Haupt in Richtung Haus zurück.

Das würde für Lauscha eine Überraschung sein, wenn sich der Tanz in den Mai als Verlobungszeremonie entpuppte!

*

Der Maientanz fand wie jedes Jahr auf dem Hüttenplatz statt. Damit die Hüttenmeister am nächsten Arbeitstag beim Glasziehen durch den Maibaum nicht behindert würden, war dieser nicht auf der Platzmitte, sondern am Rand aufgestellt worden. Der entrindete Stamm der hohen Fichte glänzte in der matten Abendsonne silbrig. Bunte Bänder waren herumgewickelt worden, ihre Enden flatterten sanft im Wind. Alle Tische und Bänke waren bis auf den letzten Platz besetzt, das Bier floss in Strömen und die Steinmann-Mädchen waren die einzigen, die bei Wasser blieben.

Während ihre Schwestern zusammen mit Peter, Griseldis Grün, Sarah und ein paar anderen aus dem Dorf am einen Ende der langen Tafel saßen, fand sich Ruth eingezwängt zwischen Thomas und seinen Brüdern wieder. Am Kopfende der Tafel saß – ganz Familienoberhaupt – Wilhelm Heimer.

Jeder schien sich bestens zu amüsieren.

Fast jeder.

Mürrisch schaute sich Ruth um. An den anderen Tischen wurde schon gegessen. Doch von den Heimers machte keiner Anstalten, sich von den Bratwürsten und dem Kartoffelsalat zu holen. Beides wurde hinter dem Maibaum vom Wirt des Schwarzen Adlers verkauft. Daneben hatte der Bäcker Weber einen Verkaufsstand aufgebaut. Der Duft seiner mit Lauch gefüllten Küchlein erinnerte Ruth daran, dass sie seit gestern kaum einen Bissen heruntergebracht hatte. Es war schließlich Peter, der aufstand und für jede von ihnen Würste und Salat kaufte. Doch als Ruth das Essen vor sich stehen hatte, brachte sie nichts herunter.

»Oh, Bratwürste! Wenn du sie nicht magst, ess ich sie eben.« Ehe sie sich versah, zog Thomas ihren Teller zu sich und biss genussvoll von einer Wurst ab.

»Vielleicht steht Ruth der Sinn eher nach etwas anderem«, griente Michel, der jüngste der Heimer-Brüder, und griff sich an die Hose.

Prompt nahm einer der anderen die Zote auf und konterte mit einer weiteren anzüglichen Bemerkung.

Idiot! Wütend schoss Ruth Michel einen Blick zu. Obwohl in der Heimerschen Werkstatt tagtäglich eine deftige Sprache gesprochen wurde, hatte sie sich nicht daran gewöhnt. Sie konnte auch nicht – wie Eva dies tat – über derartige Scherze lachen. Denn meist gingen die Späße auf Kosten der Frauen und hatten meist mit Brüsten, Hinterteilen oder noch persönlicheren Dingen zu tun.

Sie gab Thomas einen kleinen Stoß in die Seite.

»Wann sagst du's denn endlich?«, fragte sie flüsternd.

Er schaute sie an, als wüsste er nicht, worüber sie sprach, dann jedoch schien er sich zu erinnern.

»Das hat doch noch Zeit«, winkte er ab. »Das Fest hat doch gerade eben erst angefangen.«

Inzwischen hatte die Kapelle zu spielen begonnen. Die einzelnen Instrumente schienen es darauf angelegt zu haben, sich gegenseitig zu übertrumpfen, jedenfalls war es bald so laut, dass man sein eigenes Wort nicht mehr verstehen konnte. Das schien jedoch niemanden zu stören, es wurde einfach noch lauter geschrieen. Wie Thomas sich in diesem Gegröle Gehör verschaffen wollte, war Ruth schleierhaft. Und überhaupt: Bald würde keiner mehr nüchtern genug sein, um die Neuigkeiten aufnehmen zu können! Ständig stand einer auf, um Biernachschub zu holen. Auch die Frauen tranken Bier, wenn auch weniger als die Männer.

Ruth hatte noch keinen Schluck aus dem Krug genommen, den Thomas zu ihr hinübergeschoben hatte. Sie konnte den bitteren Geschmack nach wie vor nicht ausstehen.

Es war schon neun Uhr abends, als Thomas endlich Anstalten machte, die Neuigkeit zu verkünden.

Erschrocken bemerkte Ruth, dass er beim Aufstehen sein Gewicht ausbalancieren musste. So viel hatte er doch noch gar nicht getrunken, oder?

»Ruhe, ihr da. Thomas hat etwas zu sagen!«, kam Michel seinem Bruder unerwartet zu Hilfe.

Thomas zog Ruth am Arm zu sich hoch. »Es ist so …«. Verlegen wischte er sich ein paar Haarsträhnen aus der Stirn.

Stolz reckte Ruth ihr Kinn nach oben. Jetzt, jetzt gleich würden alle es erfahren.

»Nun red schon und dann lass gut sein!«, schrie Sebastian mit hoch erhobenem Bierkrug. »Wir sind schließlich nicht zum Redenschwingen hier!«

Die anderen brummten ihre Zustimmung. Ruths Lächeln wurde säuerlicher.

Irritiert schaute Thomas zu seinen Brüdern. »Es ist so«, wiederholte er. »Ruth und ich, also …«

Nun hatte er die Aufmerksamkeit der meisten am Tisch. Auch ihre Schwestern und die anderen am Tischende schauten zu ihnen herüber, erkannte Ruth. Sie zwinkerte Johanna und Marie zu.

»Sicher kennt ihr alle den Spruch: Schuster, bleib bei deinen Rappen. Deshalb heiraten Glasbläser am besten auch die Töchter von anderen Glasbläsern. Äh, ich meine …« Die Röte schoss ihm ins Gesicht, als er Sebastians und Evas düstere Mienen sah. »Ausnahmen bestätigen natürlich die Regel.«

Außer den beiden Betroffenen stimmten die meisten in sein Gelächter ein und der peinliche Moment ging vorüber.

Ruth lächelte nachsichtig. Dass Thomas so aufgeregt sein würde, hätte sie nicht gedacht!

»Jedenfalls … Ans Heiraten geht's zwar heute noch nicht, aber ans Verloben. Das hier, heute, ist unsere Verlobung.« Kaum fertig, wollte Thomas sich wieder setzen, doch Ruth hielt ihn am Ärmel fest. Lächelnd nickte sie in die Runde, während ihnen von Thomas' Kameraden erste verblüffte Glückwünsche zugerufen wurden. Seine Brüder hielten sich erst einmal mit Äußerungen zurück und starrten in die Richtung ihres Vaters, der sich nun schwerfällig erhob.

Wilhelm Heimer räusperte sich und schon wurde es still in der Runde.

»Mein Sohn – und, äh, liebe Ruth … Obwohl ich es in der Regel nicht sonderlich schätze, vor vollendete Tatsachen gestellt zu werden« – er wedelte übertrieben mit dem Zeigefinger – »bekommt ihr meinen Segen! Deshalb möchte ich dich, Ruth, schon jetzt in unserer Familie willkommen heißen!« Er hob sein Bierglas in ihre Richtung.

»Dass ihr gut zusammen arbeitet, zeigt sich ja jeden Tag in der Werkstatt«, fuhr Wilhelm Heimer fort. »Noch ist es ja nicht so weit, aber ich wünsche euch, dass ihr es nach eurer Heirat in einer anderen ›Werkstatt‹ ebenso gut miteinander könnt. Zu einem Enkel oder zweien würde ich alter Mann jedenfalls nicht nein sagen!«

Gnädig registrierte er die Lacher, die seiner Rede folgten, während Ruth inbrünstig hoffte, dass ihr nicht die Röte ins Gesicht stieg.

»Ihr wollt heiraten? Wann denn?«, kam es wie aus der Pistole geschossen von Eva, kaum, dass sie sich gesetzt hatten. Sie war die Einzige, die ihnen noch nicht gratuliert hatte.

Ruth hielt den Atem an. Sie war so gespannt auf Thomas' Antwort wie alle anderen: Über den Hochzeitstermin war zwischen ihnen noch nicht gesprochen worden – sie hatte schließlich nicht drängeln wollen.

Thomas schaute Ruth an, als habe er sich darüber noch keine Gedanken gemacht. Endlich sagte er: »Das wird man sehen. Heute jedenfalls nicht.« Er lachte über seinen eigenen Scherz, doch als er Ruths ärgerliche Stirnfalte sah, fügte er hastig hinzu: »Lasst uns auf das schönste Mädchen im Dorf trinken. Meine Verlobte und zukünftige Ehefrau Ruth!« Er hielt ihre Hand in die Höhe, als hätte sie gerade beim Armdrücken oder einem anderen Wettbewerb gewonnen.

Ruth strahlte.

Wilhelm Heimer brummelte: »Wenn Joost das noch erleben könnte«, und auch ihre Schwestern und Peter kamen herüber und umarmten sie.

Eva saß mit eisigem Blick daneben, als immer mehr Leute an den Tisch kamen und den Verlobten gratulierten.

Doch bald darauf schien die Neuigkeit schon wieder zu verblassen und damit auch Ruths Hochgefühl. Von Stunde zu Stunde wurden die Männer betrunkener, ihre Späße schamloser. Während Peter abwechselnd mit Johanna und Marie tanzte, kam Thomas nicht einmal auf den Gedanken, sie aufzufordern. Beim Anblick der Tanzfläche redete sich Ruth ein, darüber froh zu sein: Die Holzdielen des Bodens waren so grob behauen, dass man befürchten musste, sich beim Tanzen einen Spreisel in die Fußsohle zu treten. Und die Musik – am liebsten hätte Ruth sich die Ohren zugehalten, um das eintönige Gelärme der Trompeten abzuschalten. Sie hatte sich alles ganz anders vorgestellt! Viel romantischer. Sie in Thomas' Armen, ein duftendes Bukett in der Hand. Er in einer schönen Rede seine Liebe gestehend. Dazu Kerzenlicht und Geigen und Violinen. Andererseits: Wer im Dorf besaß eine Geige? Angesichts ihrer Naivität musste sie lachen.

»Endlich amüsierst du dich! Ich habe schon gedacht, das wird heute nichts mehr!« Thomas Atem war bierschwer, seine Hand, mit der er ihr Kinn hochhielt, unstet.

»Ich bin müde. Ich will nach Hause!«, schrie Ruth ihm ins Ohr. »Nach Hause«, wiederholte sie angesichts seines verständnislosen Gesichtsausdruckes.

Endlich schien er sie verstanden zu haben. Als er sich erhob, schwankte sein Oberkörper so heftig, dass Ruth ihn stützen musste. Sie zog ihn ein wenig zur Seite.

»Ich glaube, es ist besser, wenn wir unser Vorhaben noch einmal verschieben!«, schrie sie ihm ins Ohr. Sie drehte sich zum Gehen um, aber Thomas packte sie hart am Arm.

»Ausgemacht ist ausgemacht. Glaub nicht, dass ich mich noch mal vertrösten lasse«, lallte er. Er stolperte, wodurch auch Ruth ihre Balance verlor. »Du wirst schon sehen, ich habe alles vorbereitet. Es wird ja so rrromantisch!« Kichernd rollte er das R wie einst die italienischen Gastarbeiter, die beim Bau der Eisenbahnlinie mitgeholfen hatten.

»Du tust mir weh.« Ruth krallte sich in seine Hand, um ihren Griff zu öffnen. Er glaubte doch nicht allen Ernstes, sie würde heute noch mit ihm in den Wald gehen! So besoffen wie er war.

»Vielleicht musst du ihr noch ein wenig schön tun!«, rief Sebastian. »Manche Weiber brauchen das.«

»Ich kann's ja mal ausprobieren.« Statt sie loszulassen, legte Thomas seinen Arm nun um Ruths Hüfte und begann, in dem engen Zwischenraum von Tisch und Bank zu tanzen.

Er war wirklich nicht Herr seiner selbst, erkannte Ruth.

»Lass mich jetzt auf der Stelle los«, zischte sie, noch immer bemüht, kein größeres Aufhebens zu machen. Als Thomas erneut stolperte, riss er sie fast mit zu Boden.

Ruth fühlte, wie Panik in ihr aufwallte.

»He, Thomas Heimer«, tönte es plötzlich hinter ihnen.

Es war Peter. Geringschätzig schaute er auf den Gestrauchelten hinab.

»Auch wenn du und Ruth jetzt verlobt seid, gibt dir das

noch lange nicht das Recht, sie schlecht zu behandeln. Wenn sie gehen will, dann lässt du sie gehen. Und zwar jetzt auf der Stelle!« Wenn Blicke hätten töten können, hätte Thomas in dem Moment zumindest heftige Blessuren davongetragen. Widerstandslos ließ er endlich Ruths Arm los.

Einen Moment lang wusste sie nicht, wohin sie schauen sollte. Wie erwartungsvoll die Leute glotzten! Als labten sie sich an dem Schauspiel vor ihren Augen.

Noch nie hatte Ruth sich so gedemütigt gefühlt. Sie wollte doch, dass jeder sah, wie gut Thomas und sie zusammenpassten. Die anderen Frauen sollten neidisch sein auf sie, die zukünftige Frau Heimer.

Danach ging alles sehr schnell: Thomas verpasste Peter einen Fausthieb. Wie er dies in seinem Zustand fertig gebracht hatte, darüber sinnierte Ruth noch lange nach dem Fest nach. Peter zögerte nur kurz, dann schlug er zurück. Die Frauen sprangen kreischend zur Seite. Die Augen der anderen Männer funkelten.

Endlich.

Ob es ein verschüttetes Bier war oder ein kleiner Rempler oder ein schräger Blick – plötzlich gab es genug Anlässe für eine Rauferei und ehe man sich versah, war diese in vollstem Gange.

30

»Und wie war nun die Verlobung deiner Schwester? Oder soll ich besser fragen: Wie war der Tanz in den Mai?«

Johanna hatte ihre Jacke noch nicht abgelegt, als Strobel sie mit diesen Fragen bedrängte. In der Regel interessierte er sich kein bisschen für das, was sie in ihrer freien Zeit in Lauscha tat, und so war sie darauf nicht vorbereitet.

Strobel kicherte. »Lass mich raten!« Er legte in übertriebener Weise einen Zeigefinger an seinen Mund. »Die Musik war grauenvoll, das Fest provinziell und am Ende waren alle fürchterlich betrunken. Es würde mich nicht wundern, wenn die Verlobungszeremonie an der Trunkenheit des zukünftigen Gatten gescheitert wäre!«

Johannas Wangen glühten.

»Wenn Sie es genau wissen wollen: Es war wirklich schrecklich! Ich bereue, überhaupt dabei gewesen zu sein!«, fügte sie so heftig hinzu, als hätte Strobel sie dazu überredet. Sie zwang sich, seinen Was-habe-ich-dir-vorausgesagt-Gesichtsausdruck zu ignorieren. Es war am besten, das Wochenende so schnell wie möglich zu vergessen!

»Ist Mister Woolworth nun da gewesen?«

Strobel nickte. Er sah aus wie ein Kater, der unbemerkt in einem Bottich voller Heringe hatte wüten können.

»Hier ist seine Bestellung. Die muss heute noch bearbeitet werden.«

Arglos griff Johanna nach dem Formular, auf dem für jeden Kunden die gewünschten Artikel, der oder die Hersteller, Preise und Lieferzeiten eingetragen wurden. Doch dann hielt sie plötzlich statt eines Blattes Papier drei in der Hand und ein viertes fiel auf den Boden.

Das konnte doch nicht alles eine einzige Bestellung …

Sie hob das Formular auf und starrte ungläubig darauf. Puppen, Spielzeug, Glaswaren, Schnitzereien – dieser Woolworth schien alles gebrauchen zu können! Sie schluckte, als ihr Blick in einer Spalte hängen blieb.

»*Fünfhundert* Pariser Puppen?«

Strobel grinste angesichts ihrer Verblüffung.

Johanna blätterte weiter, stumm wiederholten ihre Lippen Artikel für Artikel. Als sie wieder aufschaute, spiegelte sich ein ganzes Durcheinander von Gefühlen in ihrer Miene: Sprachlosigkeit angesichts der bestellten Menge. Verblüffung angesichts mancher Artikel. Erschrecken angesichts der Endsumme, deren Stellen vor dem Komma sie drei Mal nachzählte. Noch nie hatte ein einziger Kunde so viel bestellt! Mit den Zetteln in der Hand ging sie hinüber zum Vorlegetisch und setzte sich.

Strobel folgte ihr und setzte sich ebenfalls.

Einen Moment rang Johanna um Fassung. Als sie aufschaute, sagte sie: »Verflixt noch mal, warum bin ich nicht hier gewesen! Dieser Woolworth muss wirklich ein Mann von Welt sein. Wer sonst würde sich zutrauen, solche Mengen verkaufen zu können?« Sie zeigte auf eine x-beliebige Spalte der Bestellung.

»Zweihundert Sonneberger Täuflinge! Heinrich Stier wird vor Freude weinen, wenn wir den Auftrag an ihn weitergeben!«

»Dass er mit dieser Art Säuglingspuppe Erfolg haben würde, habe ich ihm gleich vorausgesagt!«, bemerkte Strobel wegwerfend. »Wo sonst gibt es Puppen, die den selben flaumigen Teint wie Säuglinge haben? Nirgendwo!«, beantwortete er seine Frage gleich selbst.

»Der Besuch muss Stunden gedauert haben. Hatte denn wenigstens Sybille Stein kommen und für Bewirtung sorgen können? Und dieser Assistent? Hatte der auch …« Noch immer lief sie rot an bei dem Gedanken, dass es eigentlich ihre Aufgabe gewesen wäre, für die amerikanischen Kunden Kaffee zu kochen.

Strobel unterbrach sie mit einem seiner seltsamen Lachen. »Liebste Johanna – wollte ich dir jede Einzelheit dieses zugegebenermaßen durchaus bemerkenswerten Kundenbesuches schildern, säßen wir mindestens so lange zusammen wie Woolworth und ich. Aber …« Seine knochige Hand griff nach ihrer.

Johanna wollte ihm gerade die »Liebste« verzeihen, weil sie glaubte, doch noch ein paar Episoden zu hören zu bekommen, als Strobel weitersprach: »Eine Chance, die man in seinem Leben verpasst, kehrt nie wieder!« Er seufzte und schlug theatralisch die Hände zusammen. »Wäre ich nicht der Ansicht gewesen, dass deine Anwesenheit in Sonneberg …«

Einen Augenblick lang wünschte sich Johanna, Strobel hätte ihr einfach befohlen, dazubleiben, statt sie ziehen zu lassen. Doch dann schalt sie sich als kindisch. Ihr blieb nichts anderes übrig, als weiterhin seiner Predigt über verpasste Chancen und falsche Entscheidungen zu lauschen. Aber wenigstens hatte er ihre Hand losgelassen, tröstete sie sich.

»Ach übrigens, Anfang Juni werde ich für zwei Wochen verreisen – falls dir meine Reisepläne nicht ungelegen kommen«, fügte er mit mehr als einem Hauch Ironie hinzu.

»Du wirst mich während meiner Abwesenheit vertreten. Alles weitere werden wir zu gegebener Zeit noch besprechen.«

Johannas erster Reflex war der, zu sagen: »Das kann ich nicht. Dazu kenne ich mich doch viel zu wenig aus. Und überhaupt: Das traue ich mir auch gar nicht zu!« Stattdessen nickte sie nur ergeben. Sie würde sich hüten, ihm so schnell noch einmal etwas abzuschlagen!

Während der Verleger Kunden empfing und bediente, hatte Johanna den ganzen Tag damit zu tun, die Woolworth-Bestellung zu bearbeiten. Alle Hausgewerbetreibenden und Hersteller, deren Artikel von Woolworth bestellt worden waren, mussten benachrichtigt werden. Strobel hatte dafür ein eigenes Formular, in das Johanna eintrug, wie viele Teile in welcher Ausführung zu welchem Preis und zu welchem Termin der jeweilige Hersteller liefern sollte. Dabei musste sie höllisch aufpassen, um keine Namen oder Artikelnummern zu verwechseln. Trotzdem hatte für sie diese Tätigkeit weniger mit Arbeit als mit Vergnügen zu tun. Hinter jedem Formular steckte ein Name, eine Familie, eine Geschichte.

Als sie fertig war, hatte sie hundertdreißig einzelne Aufträge geschrieben. Die würden einer Menge Familien Arbeit für einige Monate bescheren, freute sie sich. Sie konnte es kaum erwarten, die Aufträge an die Botenfrauen weiterzugeben.

Verdiente in Lauscha fast jeder Haushalt sein Geld mit dem Glasblasen, so war es in Sonneberg die Puppenherstellung, die den Menschen das tägliche Brot sicherte. Und ähnlich wie bei den Glasmachern gab es auch hier Spezialisten für jede Art von Fertigkeit: Der eine war nur damit beschäftigt, den Puppen die Glasaugen – die wiederum in Lauscha hergestellt wurden – einzusetzen. Der nächste malte und schattierte die Lippen, wieder ein anderer malte Wimpern und Augenbrauen in die nackten Gesichter. Außerdem gab es Näherinnen, Strickerinnen, Schuh- und Taschenmacher. Obwohl Sonneberger Puppen laut Strobel in aller Welt bekannt waren, hatten es die Puppenhersteller in den letzten Jahren nicht leicht gehabt. Scheinbar drängten sich die Franzosen sehr ins Geschäft: Sie ließen sich lediglich die Porzellanköpfe aus Sonneberg liefern und fertigten den Rest der Puppe kostengünstig selbst an, indem sie weibliche Gefängnisinsassen ohne Lohn arbeiten ließen! Angesichts der ausländischen Konkurrenz war ein so großer Auftrag für die Puppenmacher aus dem Thüringer Wald umso wichtiger.

Auch Glaswaren aus Lauscha befanden sich reichlich auf der Woolworth-Bestellung. Wenn sie nur Peter dazu hätte überreden können, seine Glastiere Friedhelm Strobel anzuvertrauen, schoss es Johanna nicht zum ersten Mal durch den Kopf. Dann hätten die possierlichen Figuren dank Woolworth wahrscheinlich auch bald ihren Weg nach Amerika angetreten. Aber nein, Peter musste unbedingt seinen Dickkopf durchsetzen. »Dein Strobel ist sich doch viel zu fein für einen Anfänger wie mich. Nein, nein, ich gehe zu einem der kleineren Verleger!«, hatte er erwidert und sich von Johannas Argument, Strobel hätte schon mehr als einem unbekannten Handwerker auf die Sprünge geholfen, nicht umstimmen lassen.

Aber halt! Da gab es noch einen Namen, der nicht auf der Liste stand! Johannas Miene hellte sich wieder auf. »Wenigstens kein Heimer-Tand ins fremde Land!«, murmelte sie ein wenig gehässig vor sich hin.

Nachdem auch der heutige Tag ihm gute Aufträge beschert hatte, war Strobel beim Abendessen bester Laune. Auf seine Anweisung hin hatte die Haushälterin Fisch in grüner Kräutersoße zubereitet. Dazu öffnete er sogar eine Flasche Champagner. Laut seinen Schilderungen tranken die Reichen in der ganzen Welt fast ausschließlich dieses Getränk. Es war auch schon vorgekommen, dass er bei einem wichtigen Kundenbesuch Johanna in den Keller geschickt hatte, um eine Flasche davon zu holen. Sie selbst war jedoch bisher noch nie in diesen Genuss gekommen.

Aufgekratzt von ihrem arbeitsreichen Tag und erleichtert darüber, dass der Verleger ihr nicht böse war, nahm sie nun einen tiefen Schluck. Der Champagner schmeckte ein wenig wie Weißwein, nur viel … spritziger. Johanna hatte das Gefühl, als zerplatzten Tausende von Kügelchen auf ihrer Zunge. Sie lachte.

»Dieses Getränk würde Ruth schmecken! Die hatte schon immer einen Sinn für das Besondere!«

Strobel lachte ebenfalls, um im nächsten Moment zu sagen: »Du musst aufhören, liebe Johanna, dich fortwährend mit deinen Schwestern zu vergleichen. Du bist nicht wie sie. Ich bin mir sicher, dass dir das vergangene Wochenende diese Tatsache anschaulich vor Augen geführt hat.« Gekonnt filetierte er seinen Fisch.

Johanna nahm verlegen einen weiteren Schluck, doch das perlende Getränk schmeckte auf einmal sauer. Hatte sich das mit der Schlägerei schon bis zu Strobel herumgesprochen? Oder konnte er hellsehen?

Strobel schob die Mittelgräte seines Fisches an den Tellerrand, dann fuhr er fort, ohne sich um ihr offensichtliches Unbehagen zu kümmern: »Oft lässt man sich aus Pflichtbewusstsein auf Dinge ein, die gar nicht in der eigenen Bestimmung liegen. Was dich angeht, so bin ich der Ansicht, du solltest allmählich damit aufhören, das Kindermädchen für Ruth und Marie zu spielen.«

Johanna schaute auf. Wenn Peter wüsste, dass er und Strobel zumindest in dieser Angelegenheit einer Meinung waren, schoss es ihr durch den Kopf. Sie lächelte ironisch.

»Aber wer sagt mir, dass dies nicht meine Bestimmung ist? Ich bin schließlich die Älteste und damit sehr wohl für meine jüngeren Schwestern verantwortlich.«

»Verantwortung kann man auch auf andere Weise übernehmen«, widersprach Strobel mit hochgezogenen Augenbrauen. Wie immer, wenn er eindringlich in seiner Rede wurde, beugte er sich über den Tisch. Sein Atem roch nach Fisch und der Petersilie, die in der grünen Soße dominierte.

»Du bist nicht dazu bestimmt, anderen zu dienen. Du bist dazu bestimmt, zu führen. Nicht *du* sollst deinen Schwestern nachlaufen, sondern sie dir! Schau dich doch an: Du bist eine starke Frau. Wenn du allerdings jedes Mal springst, nur weil irgendeine Ruth oder Marie nach dir pfeift, machst du dich nur lächerlich.«

Was fiel es Strobel ein, sich derart in ihr Leben einzumischen? Der Ton, mit dem er über ihre Schwestern sprach, gefiel ihr auch nicht. Andererseits, wenn sie ehrlich war: Manchmal kam sie sich wirklich dumm dabei vor, getreulich jedes Wochenende in Lauscha anzutanzen. Laut sagte sie: »Vielleicht finden Sie es lächerlich, dass ich meine Familie liebe. Aber daran kann ich nichts ändern. Ich bin nun einmal ein einfaches Mädchen vom Dorf! Und stark bin ich schon gar nicht. Außerdem würden ihre Kunden das gar nicht mögen. Männern sind doch die Frauen am liebsten, die zu allem Ja und Amen sagen, oder?«

»Das mag für die meisten gelten«, sagte Strobel wegwerfend. »Daneben gibt es jedoch auch echte *Connaisseures*, die Manns genug sind, es auch mit einer starken Frau aufzunehmen! Und zwar nicht nur in beruflicher Hinsicht ...«, fügte er gedehnt hinzu.

Auf einmal erschien Johanna das Gespräch irgendwie anstößig. Zumindest war es sehr persönlich. Sie stocherte verlegen in ihrem Fisch herum, der unberührt auf ihrem Teller wartete. Es gab tausend Dinge, die sie ihn wegen seiner bevorstehenden Reise fragen wollte, doch sie wusste nicht, wie sie das Thema wechseln sollte. »Den meisten Männern ist es aber nicht recht, wenn eine Frau eine eigene Meinung hat. Geschweige denn einen eigenen Willen«, wiederholte sie deshalb trotzig.

Strobel zuckte mit den Schultern.

»Wie gesagt, es gibt solche und solche. Ich schätze es durchaus, wenn eine Frau sich dominant gibt. Meiner Erfahrung nach beschert es einem Mann sogar besonders viel ...« – er zögerte für einen Moment, als suche er nach dem richtigen Wort – »... Lust, sich einer solchen Dame zu ergeben. Sich in ihre Hände zu begeben. Natürlich bedarf es dazu von beiden Seiten eines gewissen Formats, doch ganz so selten, wie du glaubst, ist dieses auch nicht anzutreffen. Das Phänomen wird sogar in der Weltliteratur beschrieben. Vielleicht sollte ich dir einmal etwas davon zu lesen geben.«

Seine Miene hellte sich plötzlich auf.

»Ja, das ist ein wirklich guter Gedanke«, stellte er mit höchster Zufriedenheit fest.

Johanna runzelte die Stirn. Wovon um alles in der Welt sprach Strobel? Sie räusperte sich und wies mit ihrer Gabel auf ihren Fisch.

»Vielleicht könnten Sie mir noch einmal zeigen, wie man die Gräten vom Fleisch löst? Sonst sitze ich noch um Mitternacht mit meiner Scholle da!«

*

Sinnierend schaute Strobel zu, wie Johannas aufrechte Statur im dunklen Gang verschwand.

Wie sie sich gewunden hatte, als das Gespräch persönlicher geworden war! Dass sie noch Jungfrau war, daran hatte er keinen Zweifel. Trotzdem war er sich sicher, dass sie zumindest eine Ahnung von dem hatte, was er ihr sagen wollte.

Er schenkte sich vom Champagner nach, ohne jedoch einen Schluck zu nehmen. Seine Gedanken waren so prickelnd, dass er keiner weiteren Anregung bedurfte.

Johanna, seine Assistentin. Und sein Schlüssel zur Freiheit.

In weniger als drei Wochen würde es soweit sein: Er würde nach B. reisen, während sein Geschäft in ihren Händen florierte. In wohliger Erregung rutschte er auf seinem Stuhl hin und her. Ein schaurig-schönes Kaleidoskop von Visionen begann sich vor seinen Augen zu entfalten. In seiner Gier fiel es ihm zunächst gar nicht auf, dass einige der Bilder ausschließlich Johanna zeigten. Dann aber hörte er sich lachen.

Warum eigentlich nicht?

Warum sollte er nicht das Nützliche mit dem Angenehmen verbinden? War das nicht sogar einmal seine ursprüngliche Intention gewesen? Die er nur deshalb wieder verworfen hatte – zumindest bis heute –, weil die Sache mit B. dazwischen gekommen war? Konnte er sie nicht wenigstens ein klein wenig in sein Spiel einweihen? Das Risiko dabei war groß, musste er sich eingestehen: Im schlimmsten Falle würde sie verschreckt kündigen, und er hätte eine fähige Assistentin verloren.

Dennoch – der Gedanke, eine Frau, deren Sinnlichkeit noch nicht geweckt worden war, in seine Spielart einzuführen, wurde immer verführerischer. Es war etwas, das er bisher nur einmal getan hatte. An das unrühmliche Ende der Geschichte wollte er gerade jetzt nicht denken. Seine bisherigen Gespielinnen hatten in der Regel über mehr Erfahrung verfügt als er selbst. Vielleicht war das auch der Grund dafür, dass er nicht wusste, wie er ihr bis dato geschäftsmäßiges Verhältnis auf eine andere Ebene bringen sollte. Er biss auf seine Unterlippe, bis er den vertrauten metallischen Geschmack schmeckte. Sollte er sie ausführen? Ihr schöne Worte zuflüstern? Sie mit Geschenken überhäufen?

Angewidert lehnte er sich zurück. Das Problem war, dass er an dieser Art von Brautschau noch nie interessiert gewesen war. Es reizte ihn nicht, Johanna mit Schmeicheleien zu bezirzen. Er wollte auch nicht ihre Augen glänzen sehen, wenn er sie mit etwas beschenkte. Johanna als Frau mit weiblichen Gefühlen interessierte ihn nicht. Es war ihr Starrsinn, ihre Widerspenstigkeit, die sie begehrenswert machte. Ihre Unerschrockenheit, die mit einer natürlichen Überheblichkeit gepaart war, wie man sie nur selten bei einer Frau antraf. Natürlich war ihm bewusst, dass ein Teil dieser Überheblichkeit aufgesetzt war. Dass Johanna damit ihre Unsicherheit überspielen wollte. Aber das war legitim. Mehr noch: Das machte die Sache erst richtig interessant.

Seine Augen wanderten den Gang entlang in Richtung von Johannas Kammer.

Abrupt stand er auf, bevor er sich weiter in seinen Fantasien verlieren konnte. Während er zurück in den Laden ging, ärgerte er sich darüber, auch nur einen Gedanken in diese Richtung verschwendet zu haben.

»Nur ein Narr zündelt im eigenen Haus!«

Schon einmal hatte er die Kontrolle über sich verloren, damals, in seinem alten Leben. Und als Folge dessen alles andere ebenfalls. Wollte er das Gleiche nochmals riskieren? Die Antwort fiel ihm nicht schwer – nur dumme Menschen machten denselben Fehler ein zweites Mal.

31

Endlich war das Haus leer. Manchmal konnten ihre Schwestern wirklich anstrengend sein. Vor allem Ruth. Wie sie vorhin herumgeflattert war! Als gälte es, einen wichtigen Termin einzuhalten. Dabei machte es doch gar keinen Unterschied, ob sie ein paar Minuten früher oder später mit Thomas spazieren ging. Was Ruth in ihm sah, war ihr nach wie vor schleierhaft – oder sollte sie besser sagen: nach der Verlobungsfeier erst recht? Was für ein Glück, dass bei der Schlägerei am Ende nichts Schlimmeres passiert war!

Schluss damit! befahl sich Marie. Sie wollte ihren kostbaren Abend nicht damit verbringen, über die Begleiterscheinungen von zu viel Biergenuss nachzudenken. Trotzdem wanderten ihre Gedanken zum Maientanz zurück. Es waren die schwingenden Röcke der tanzenden Frauen, die ihr nicht mehr aus dem Kopf gingen. Wie Glockenblumen im Wind. Mal bis übers Knie, mal fast hoch bis zur Hüfte – je nach der Geschwindigkeit der Umdrehungen – hatten sich die vielen Stoffschichten wellenförmig gehoben. Darin hatte so viel Leichtigkeit und Lebensfreude gelegen! Marie kaute auf ihrem Griffel. Es musste doch möglich sein, diesen Schwung in einer glasgeblasenen Form festzuhalten. Eine Zeitlang ließ sie ihren Griffel über das Blatt Papier wandern, als hätte er einen eigenen Willen. Schon öfter hatte sie erlebt, dass gerade dabei etwas Besonderes entstand. Doch heute nicht. Weder sie noch ihr Griffel wussten, welche Form entstehen sollte. Ein Trinkpokal mit wellenförmigem Rand? Eine Schale in Überfangtechnik, bei der verschiedene Glasschichten übereinander lagen? Eine Dose?

Marie spielte einen Augenblick lang mit dem Gedanken, hinüber zu Peter zu gehen. Wenn er eines seiner Glastierchen schuf, wusste er auch nicht immer im Voraus, welche Form es annehmen würde. Andererseits: Sie ahnte ja noch nicht einmal, wie sie ihre Frage hätte formulieren sollen. Vielleicht: »Wie fange ich einen Schwung ein?« Marie musste lachen. Kopfschüttelnd legte sie ihren Griffel aus der Hand und stand auf.

Im nächsten Moment fand sie sich in Vaters Werkstatt wieder. Zaghaft, als habe sie Angst, im Hellen einen Geist zu entdecken, machte sie Licht. Nichts rührte sich und sie schalt sich für ihre Fantasie, die gerade dann blühte, wenn kein Bedarf daran war. Lächelnd ging sie hinüber zu Joosts Bolg.

Alles lag noch an seinem alten Platz: die Rohlinge, die Werkzeuge und der Gasbrenner. Der einzige Hinweis darauf, dass der Arbeitsplatz seit längerem verwaist war, war das seidene Tuch aus Staub, das sich über alles gelegt hatte. Marie seufzte und wischte mit dem Ärmel ihres Kleides den gröbsten Staub weg. Seit sie arbeiten gingen, kam das Saubermachen einfach zu kurz.

Einem Impuls folgend, holte sie ihr Malzeug und setzte sich damit an Joosts Platz. Gleich fühlte sie sich besser als zuvor an ihrem improvisierten Arbeitsplatz am Küchentisch.

Eine Zeitlang blieb sie nur sitzen und genoss die Stille. Wie sehr sie das Arbeiten in diesem Raum vermisste! Welch ein Unterschied zu der Heimerschen Werkstatt. Der Lärm der drei Flammen, die vielen Personen, Evas Geschwätz, das laute Singen, die ewige Hast – sie schüttelte den Kopf. Und dazu die viele Arbeit. Seit sie bei Heimer arbeiteten, hatten dessen Aufträge nochmals zugenommen. Morgens verteilte Wilhelm die Listen mit den Aufträgen an seine drei Söhne und weitere Listen an die Bemalerinnen und Fertigmacherinnen. Auf ihnen konnte man haargenau nachlesen, was von dem Kunden verlangt wurde. Abends kontrollierte der Alte haargenau nach, ob auch alles erledigt worden war. Wenn nicht, hieß es länger arbeiten. Für Maries eigene Entwürfe blieb keine Zeit.

Vielleicht war das der Grund dafür, dass ihre Fantasie sie nun im Stich ließ? Das Schloss einer alten Tür, durch die keiner mehr ging, begann schließlich auch zu rosten, bis es am Ende völlig fest saß. Es lag an ihr, dies zu verhindern!

Sie schloss die Augen und ließ ihren Gedanken freien Lauf.

Bei Heimer war alles aufs Produzieren ausgerichtet. Egal, was er herstellte – alles war dazu bestimmt, einen Nutzen zu erfüllen, ganz gleich, wie verziert die Becher, Schalen und Pokale auch waren.

Vielleicht war es gerade das! Vielleicht musste sie von dem Gedanken an etwas Nützliches abrücken. Marie riss die Augen wieder auf. Sie hatte plötzlich so viel Spucke im Mund, dass sie schlucken musste. Was war das Gegenteil von etwas Nützlichem? Doch nicht etwas Nutzloses, oder? Nein, sie durfte sich nicht entmutigen lassen, sondern musste weiter nachdenken.

Sie wollte einen Schwung festhalten. Eine Bewegung, die ihr gefallen hatte und die ihr ein Gefühl der Leichtigkeit vermittelt hatte. Vielleicht konnte man so etwas nicht auf einem Teller festhalten. Vielleicht konnte man Gefühle nur festhalten, indem man nichts anderes dazu darstellte. Nur so. Ohne Sinn und ohne Zweck. Einzig und allein dazu, das Auge des Betrachters zu erfreuen, sein Herz zu erfüllen. Der Gedanke an sich war sehr gewagt: Glas künstlerisch zu blasen, zum reinen Selbstzweck, ohne praktischen Nutzen.

Würde man die Glasbläser in Lauscha fragen, ob sie sich als Handwerker oder als Künstler sahen, so würde die überwältigende Mehrheit wohl mit Ersterem antworten. Marie wusste, dass es unten im Dorf einen gab, der sich Künstler nannte. Georg Silber – er bestand darauf, dass man ihn

»Tschortsch« nannte, weil sein Name wohl im Englischen so ausgesprochen wurde – war viel unterwegs. Bei seinen seltenen Besuchen in Lauscha pries er sich mit den internationalen Ausstellungen, auf denen er seine Kunststücke einem erlauchten Publikum anbot. Die Lauschaer lachten über ihn und seine unförmigen Glasfiguren, denen er seltsame Namen wie »Erwachende Venus« oder »Zeus im Morgenrot« gab. Kunst? Wenn überhaupt, dann war Kunst in ihren Augen etwas anderes. Ein Glas mit einer Maiglöckchenranke verziert – das war Kunst. Ein frei geblasener Hirsch, oder andere Nachbildungen von Waldtieren.

Alles andere war Unfug.

Und wenn schon! Solange sie nur zu ihrem eigenen Vergnügen malte und nachdachte, konnte niemand über sie lachen, beschloss Marie. Man musste es ja nicht Kunst nennen.

Bedächtig öffnete sie ihren Malblock. Wieder war sie bereit, ihrem Griffel freien Lauf zu lassen. Dieses Mal spürte sie schon nach den ersten Strichen, wie er nicht von der Hand, die ihn hielt, geleitet wurde, sondern von einer Kraft, die aus ihrem Inneren kam. Ganz fremd war ihr diese Erfahrung nicht, lediglich ungewohnt in ihrer Intensität. Vertrauensvoll gab sie sich ihr hin.

Sie malte und malte. Ohne zu überlegen wechselte ihre Hand die farbigen Stifte. Statt sie wieder in die Schatulle einzuordnen, warf sie sie achtlos neben sich. Bald sah der Bolg wie ein Schlachtfeld voller bunter Speere aus. Marie schattierte und nuancierte. Verwischte und verstärkte Konturen.

Ständig hatte sie dabei die Gasflamme und die Rohlinge im Kopf. Glas war ein schwieriger Werkstoff, vielleicht der schwierigste von allen. Das hatte Joost ihnen schon als Kindern immer wieder gepredigt: Hielt man es nicht lange genug in die Flamme, war es zäh und unbeweglich. Erhitzte man es zu stark, floss es weg wie Honig. Seine Durchsichtigkeit war einzigartig auf dieser Welt – Marie wollte kein anderes Material mit derselben herausragenden Eigenschaft einfallen. Doch gerade diese stellte die Glasbläser jeden Tag aufs Neue auf die Probe, denn das durchsichtige Glas machte den kleinsten Fehler sichtbar. Kein Bläschen, keine klumpige Stelle und keine Unebenheit konnte man in Glas verbergen. Was aus Glas gefertigt wurde, musste perfekt sein. Etwas aus Holz konnte man nachschnitzen, Eisen konnte man nachfeilen oder umschmieden – bei Glas gab es jedoch nur eine Chance. Und in Maries Augen war ein Zeichenentwurf so lange nichts wert, ehe er sich nicht vor der Flamme umsetzen ließ.

Als sie fertig war, zitterten nicht nur ihre Finger. Sie hob ihre Hand vor den Mund, als wolle sie ihre Sprachlosigkeit vor sich selbst verstecken. Dabei war das, was auf dem Blatt Papier vor ihr zu sehen war, mit einfachen Worten zu beschreiben: Sie hatte eine Spirale gemalt. Eine Spirale, die sich in den Farben des Regenbogens nach oben hin verjüngte. An oberster Stelle war eine zierliche Öse angebracht, an der man sie aufhängen konnte. Zum Beispiel in ein Fenster. Oder von einer Decke herab.

Ein Glasbläser würde schon geübt sein müssen, um sie blasen und formen zu können.

Ein Glasbläser würde es auch verstehen müssen, die verschiedenen Farbglasrohlinge sauber miteinander zu verschmelzen.

Aber das alles war Handwerk. Technik.

Es war etwas anderes, etwas, das sich nicht mit Worten beschreiben ließ, was Marie so aufwühlte: Sie konnte die bunten Blitze sehen, die die Spirale in einen Raum werfen würde, wenn sich Sonnenlicht in ihr verfing. Sie konnte die immer wiederkehrende Bewegung, die die Spirale machen würde, wenn man sie antippte, fast spüren. Gefühlvolle Bilder überkamen sie wie ein warmer Sommerregen. Marie lehnte sich zurück und genoss.

Sie sah eine Hausfrau, müde von der ewig gleichen, ewig

mühseligen Arbeit. Ein paar Kinder hingen ihr schwer am Rock, als sie mit dem Ellenbogen eine Tür aufstieß, in den Händen einen schweren Korb Wäsche. Und dann würde sie im Fenster des Zimmers Maries Spirale sehen. Schon beim ersten Anblick würde ihre Miene etwas weniger angestrengt sein. Vielleicht wäre sie damit zufrieden, die Spirale nur anzuschauen. Vielleicht würde sie auch mit dem Finger die kalten, glatten Rundungen nachfahren. Ein Lächeln würde über ihre Lippen gehen. Und wenn sie den Raum wieder verließ, würde ihr Schritt leichtfüßiger sein. Vielleicht würde das Lächeln sie sogar eine Zeitlang begleiten.

Marie öffnete die Augen wieder.

Sie schauderte.

So erfrischend ein warmer Sommerregen auch war: Am Ende fröstelte es einen doch. Fantasien, nichts als Fantasien!

Wilhelm Heimer würde lauthals lachen, wenn sie ihm ihre Spirale zeigte. Vielleicht würde einem seiner Söhne oder Eva sogar ein unzüchtiger Witz dazu einfallen – Marie traute ihnen in dieser Hinsicht alles zu. Keiner, kein Glasbläser in Lauscha würde sich an die Umsetzung ihres Entwurfes wagen. Sie tat gut daran, das Blatt Papier in ihrem Schrankfach zu verstecken. Wehmütig packte Marie ihre verstreuten Stifte wieder ein.

Sie löschte das Licht in der Werkstatt, dann blieb sie für einen Augenblick in der Tür stehen. Sehnsüchtig schaute sie hinüber zu Joosts Gasbrenner. Die Flamme hatte die Macht, ihren Bildern Leben einzuhauchen. Sie, Marie Steinmann, hatte sie nicht.

Ach, wenn sie nur selbst Glas blasen könnte!

32

Nachdem wieder alle Straßen im Land für Reisende offen waren, fielen die Kunden in Scharen in Sonneberg ein. Das Scheppern der Ladenglocke wurde in den nächsten Wochen zu einem so beständigen Geräusch, dass Johanna sich fragte, wie sie in ihrer Anfangszeit deswegen hatte erschrecken können. Immer wieder musste sie die Berge von Formularen, die es nach dem Woolworth-Auftrag zu bearbeiten galt, aus der Hand legen, um Friedhelm Strobel vorn im Laden zu helfen. Sie fand es wunderbar, Teil des ganzen Trubels zu sein, musste jedoch zugeben, noch selten in ihrem Leben so viel und so angestrengt gearbeitet zu haben. Zu dem hohen Arbeitsaufwand kam als weitere Belastung die Unruhe, die Strobel verbreitete. Je näher seine Reise rückte, desto nervöser wurde er. Dass der sonst so weltgewandte Verleger von Spiel- und Glaswaren sich so aufregen konnte, hätte Johanna nie und nimmer für möglich gehalten.

Als er an einem Montag endlich Richtung Bahnhof davonmarschierte, stöhnte Johanna heimlich erleichtert auf. Hätte sie nur noch eine einzige weitere Anweisung von ihm hören müssen, wäre *sie* wahrscheinlich abgereist! Mindestens ein halbes Dutzend Mal hatte er ihr allein eingeschärft, auf die Ladenkasse aufzupassen. Das Gleiche galt für das Musterbuch. Seine Angst, die Konkurrenten würden während seiner Abwesenheit versuchen, ihn auszuspionieren, war fast schon krankhaft zu nennen. Am Ende hatte er Johanna damit so verunsichert, dass sie nicht nur das Geld aus der Kasse sondern auch das Musterbuch jeden Abend mit in ihr Zimmer nahm und unter ihrem Bett versteckte.

In den folgenden Tagen erkannte Johanna jedoch, dass es etwas anderes war, jede kleine und größere Entscheidung selbst treffen zu müssen, statt lediglich die Anweisungen eines anderen auszuführen. Sollte sie Monsieur Blatt aus

Lyon den von ihm geforderten Nachlass gewähren, obwohl er die Spanne überschritt, die Strobel ihr genannt hatte? Welchem Glasbläser sollte sie den Auftrag über 500 verspiegelte Pokale geben, nachdem der Bayern-Hans wegen eines verstauchten Handgelenks ausfiel? Und stand es ihr zu, die Haushälterin Sybille Stein zu rügen, weil diese seit Strobels Abreise ihre Pflichten allzu nachlässig wahrnahm?

Doch alles in allem verlief die erste Woche ohne größere Vorkommnisse, und Johanna war mit sich und ihrer neuen Rolle zufrieden. Dennoch war sie am Freitag so erschöpft wie nie zuvor. Spontan beschloss sie, das erste Mal ein Wochenende in Sonneberg zu bleiben. Sie kritzelte eine kurze Nachricht für ihre Schwestern auf ein Stück Papier und gab dieses einer der Botenfrauen mit, die wie jeden Mittag bei ihr vorbeischaute.

Als sie an jenem Abend gegen acht Uhr ins Bett ging, statt sich auf den langen Heimweg zu machen, war dies zwar eine ungewohnte, jedoch auch angenehme Erfahrung. Sie war so müde! Der Gedanke, am nächsten Morgen nicht zu einer bestimmten Uhrzeit aufstehen zu müssen, war wie ein großes Geschenk.

Als Johanna zu sich kam, war es bereits zwölf Uhr am Samstagmittag. Sie torkelte zu ihrem Waschtisch und starrte ihr Spiegelbild ungläubig an. So lange zu schlafen! Da Frau Stein am Wochenende nicht kam, gab es auch kein warmes Wasser. Sie spritzte sich so lange kaltes Wasser ins Gesicht, bis der Rest ihrer Schläfrigkeit weggewischt war. Nachdem sie ihre Haare hoch gesteckt hatte, wählte sie einen cremefarbenen Spitzenkragen zu ihrem blauen Kleid und zog sich an. Das Gefühl, ohne Hast und Eile in den Tag hineinzuleben, war fremd und verführerisch zugleich.

Sie war gerade auf dem Weg in die Küche, als ein Klopfen an der Tür sie zusammenfahren ließ. Ihr fiel das Geld und das

Musterbuch unter ihrem Bett ein. Diebe! Doch im nächsten Moment übernahm ihr Verstand wieder das Kommando: Diebe klopften schließlich nicht an. Ärgerlich über ihre eigene Ängstlichkeit ging sie zur Tür und riss sie mit einem Ruck auf.

»Ruth!« Der Schreck fuhr ihr durchs Mark. »Was ist passiert? Marie? Ist etwas mit …«

»Alles ist in Ordnung«, beeilte sich Ruth zu sagen. »Wir haben deine Nachricht bekommen. Und ich dachte mir: Wenn du nicht zu uns kommst, dann komme halt ich mal zu dir!«

Johannas Herzschlag erholte sich langsam.

»Du kommst mich doch nicht aus lauter Sehnsucht besuchen«, sagte sie misstrauisch. »Es gibt doch einen Grund dafür, oder?«

Ruth hob die Augenbrauen.

»Und wenn es so ist? Willst du ihn unbedingt hier draußen erfahren?«

*

»Du bekommst ein Kind?«

Johanna konnte nicht glauben, was sie gerade gehört hatte. Sie *wollte* es nicht glauben!

»Aber wie konnte das nur passieren? Du bist doch noch nicht einmal verheiratet!«

Ruth lachte bitter auf. »Glaubst du etwa, die Tatsache, dass eine Frau nicht verheiratet ist, würde sie vor dem Schwangerwerden schützen?« Diese Äußerung sah der »heiligen Johanna« wieder einmal ähnlich!

Unwirsch schüttelte Johanna den Kopf.

»Blödsinn. Aber …« Sie wusste selbst nicht, was sie eigentlich sagen wollte.

»Was sagt denn eigentlich Thomas dazu?«

Ruth richtete sich auf. »Der ist stolz wie ein König. Nein, ehrlich!«, fügte sie angesichts Johannas skeptischer Miene hinzu. »Wenn ich ihn nicht eingeschworen hätte, niemandem etwas zu verraten, würde er schon jetzt überall herumerzählen, dass er Vater wird.«

Die Art und Weise, wie Thomas seine Zeugungsfähigkeit kommentiert hatte, behielt Ruth allerdings wohlweislich für sich. »Ein Mann, ein Schuss«, hatte er gemeint und dabei seine Brust gebläht wie ein Auerhahn. Stattdessen sagte sie: »Nachdem Sebastian und Eva nun schon seit Jahren vergeblich auf Nachwuchs hoffen, ist seine Freude umso verständlicher. Endlich Heimerscher Nachwuchs in Sicht! Er kann es kaum erwarten, seinem Vater die frohe Botschaft mitzuteilen.«

»Der alte Heimer ahnt doch sicher längst etwas! Eure plötzliche Eile so kurz nach der Verlobung – der Alte kann schließlich zwei und zwei zusammenzählen.«

Ruth zuckte mit den Schultern. »Weiß ich nicht. Gesagt hat er jedenfalls nichts.« Sie winkte ab, was ging sie der Alte an?

»Hör zu, der Thomas ist sogar schon beim Pfarrer gewesen. Er war es auch, der den 30. Juni als Hochzeitstermin vorgeschlagen hat. Soll mir recht sein. Je früher, desto besser. Ich habe nämlich keine Lust darauf, mit dickem Bauch in der Kirche zu stehen! Es braucht schließlich niemand zu erfahren, dass wir schon ...«

Johanna stand auf und ging zu dem Kalender, der neben dem Küchenbüfett hing. Hastig blätterte sie ihn durch und sagte erleichtert: »Ein Glück – Strobel ist dann wieder da. Sonst hätte ich noch deine Hochzeit verpasst.«

»Du wirst dich unterstehen!« Ruth trank ihre Tasse Kaffee aus, dann klatschte sie in die Hände. »Und jetzt gehen wir einkaufen. Ich darf mir ein Kleid aussuchen, und es sei völlig egal, was es kostet, hat Thomas gemeint.«

Johannas sah sie schräg an. »Na, dann scheint er ja wirklich froh zu sein.«

Hatte sich Johanna bis dahin für eine anspruchsvolle Kundin gehalten, so wurde sie von Ruth eines Besseren belehrt: Bis diese sich endlich für ein weinrotes Taftkleid entschlossen hatte, vergingen Stunden, in denen kein Kleiderständer ungemustert und kein Kleid hängen blieb.

Es kostete Johanna nicht viel Überzeugungskraft, Ruth danach in eines der zahlreichen Gasthäuser einzuladen. Erschöpft aber zufrieden setzten sie sich an einen Fenstertisch und genossen die wärmenden Sonnenstrahlen, die durch die grobmaschigen Spitzengardinen in den Raum fielen. Als sie Kaffee und das Tagesgericht – Kohlrabigemüse mit Kochwurst und Kartoffeln – bestellten, kamen sie sich wie Damen von Welt vor. Außer ihrem waren noch drei weitere Tische von Frauen besetzt. Zwei davon – es waren Botenfrauen – grüßten Johanna über die Tische hinweg. Anscheinend war es für Frauen nicht ganz unüblich, in einem Gasthof zu essen, stellte Johanna erleichtert fest, während Ruth davon ausging, dass dies für ihre Schwester ein alltägliches Erlebnis sei.

Als ihr Essen kam, machten sie sich hungrig darüber her. Zur Feier des Tages bestellten sie anschließend noch ein Stück von dem Schokoladenkuchen, der verführerisch auf der Theke thronte. Doch als die Kuchenteller vor ihnen standen, blieben sie erst einmal unberührt. Es war Ruth, die aussprach, was beiden durch den Kopf ging.

»Ist es nicht seltsam? Vor einem halben Jahr wussten wir nicht, ob wir in den nächsten Tagen noch genug zu essen haben würden. Und heute sitzen wir Dorfmädchen in einem Sonneberger Gasthof und planen meine Hochzeit!«

»Die Zeiten ändern sich – und manchmal sogar zum Guten!« Johanna stach lustvoll mit ihrer Gabel in den Kuchen. »Und? Wie ist es so mit einem Mann?«, fragte sie kauend.

Ungläubig warf Ruth ihrer Schwester einen Blick zu. Diese Frage kam ausgerechnet von Johanna?!

Johanna zuckte mit den Schultern. »Wenn du lieber nicht darüber sprechen willst …«

Wollte sie das? Ruth war hin- und hergerissen. Der Wunsch, ihre Erfahrungen jemandem mitzuteilen, war groß. Aber ob Johanna die Richtige war?

Ihr Zögern ließ Johanna unsicher werden. »Ich meine ja nur, wegen der Schwangerschaft und so … Hättest du Thomas nicht noch ein wenig hinhalten können?«

»Einen Mann hinhalten – als ob das so einfach wäre! Wenn man sich liebt, kommt irgendwann der Moment, an dem das ziemlich schwer wird. Aber das kannst du dir wohl nicht vorstellen«, entgegnete Ruth in leicht hochnäsigem Tonfall.

»Nein, was solche Dinge angeht, kann ich mir wirklich nichts vorstellen«, bestätigte Johanna. In einer fast komischen Geste warf sie die Hände hoch. »Dafür kann ich Aufträge schreiben und eine Buchhaltung führen.«

Ruth lachte. Johannas Ehrlichkeit war entwaffnend.

»Dieses Wissen hilft dir sicher weiter, wenn es um Herzensdinge geht!«, sagte sie ironisch.

Eine Zeit lang widmeten sie sich schweigend ihrem Kuchen. Während Johanna dabei angestrengt auf ihren Teller schaute, wanderten Ruths Gedanken zurück zu ihrer ersten Nacht mit Thomas.

Nach dem unrühmlichen Ende des Maientanzes waren sie erst am nächsten Abend hoch in den Wald gegangen. Außer einer Decke und ein paar Kerzen hatte Thomas nichts dabei gehabt. Kein Prinzenzauber, der Ruths hohen Erwartungen entsprochen hätte. Wie war sie im ersten Moment enttäuscht gewesen! Dennoch hatte sie sich von ihm auf die Decke ziehen lassen. Thomas hatte seinen Teil des Versprechens – auf dem Maientanz ihre Verlobung zu verkünden – eingehalten, nun durfte sie nicht kneifen. Seine Komplimente waren an jenem Abend seltsam lahm gewesen. Dass er Tag und Nacht an sie denken würde, wie schön er sie fände – alles hatte er heruntergeleiert wie ein mühsam auswendig gelerntes Gedicht. Gleich darauf waren seine Hände zielstrebig unter ihren Rock gewandert. Gierig. Einnehmend.

Ruth schluckte angestrengt ein trockenes Stück Kuchen hinunter.

Danach war alles sehr schnell gegangen. Seine Hände, schwielig von der täglichen Arbeit an der Gasflamme, hatten ihre Beine auseinander gedrückt. Sein Leib hatte den ihren schwer auf den moosigen Waldboden gepresst. Irgendetwas, eine Wurzel, ein Stein oder Tannenzapfen hatte sich schmerzhaft in Ruths Rücken gebohrt. Außerdem war es kalt gewesen. Sie hatte jedoch nicht gewagt, deswegen etwas zu sagen. Das Letzte, was sie in diesem Moment hatte hören wollen, war eine seiner Bemerkungen über ihre Empfindlichkeit.

Und dann?

Krampfhaft hatte sie die Augen geschlossen und versucht, etwas von der Romantik heraufzubeschwören, die sie sich so sehr für diesen Moment gewünscht hatte. Thomas' Stöhnen, sein Atem so nah an ihrem Ohr, seine pumpenden Bewegungen, mit denen er in ihren kühlen Körper eindrang – es hatte wehgetan. Ruth war erleichtert gewesen, als er schließlich von ihr abgelassen hatte.

Unwillkürlich presste sie die Beine zusammen. Ihre ruckartige Bewegung ließ Johanna aufschauen. Ruth lächelte ihr hastig zu und nahm einen Schluck Kaffee.

Wie war sie erschrocken gewesen, als zwischen ihren Beinen alles feucht und besudelt gewesen war!

Thomas hatte angesichts ihrer Bestürzung nur gelacht. »Das ist der Saft des Lebens! An den wirst du dich gewöhnen müssen.« Danach hatte er sie in den Arm genommen und gemeinsam hielten sie nach Sternen Ausschau. Doch der Himmel war an jenem Abend bewölkt. Trotzdem waren diese Minuten für Ruth die schönsten gewesen.

Sie seufzte und schaute zu Johanna hinüber.

»Frau Heimer – daran werde ich mich erst gewöhnen müssen!«

»Was glaubst du, wie es mir dabei geht?«, fragte Johanna.

Sie mussten beide lachen.

»Ist er denn wirklich der Prinz, von dem du als Mädchen immer geträumt hast?«, fragte Johanna leise.

Ruth schwieg. Die Frage war wichtig. Nicht für Johanna, sondern für sie selbst, erkannte sie.

Dass er sie wie in einem Märchenschloss verwöhnte, konnte sie wirklich nicht behaupten. Aber es war kein Geiz, der Thomas so … nüchtern handeln ließ. Es war einfach seine Art. Wenn sie ihm von etwas vorschwärmte, was sie in einer von Johannas Zeitschriften gesehen hatte, erntete sie meist nur einen verständnislosen Blick. »Du und deine Fürze im Kopf«, hieß es dann. Aber war das denn ein Wunder? Thomas war Extravaganzen von zu Hause aus nicht gewohnt.

Endlich antwortete sie: »Nein, mein Prinz ist er nicht. Aber was sollte ich mit dem auch in Lauscha anfangen?« Sie lächelte kokett. »Da ist mir der Sohn des reichsten Glasbläsers doch lieber. Schließlich bin ich ja auch keine Prinzessin, sondern nur ein ganz gewöhnliches Mädchen.«

»Nein, das bist du nicht!«, antwortete Johanna bestimmt. »In ganz Lauscha und auch sonst nirgendwo findet Thomas eine schönere, klügere und fleißigere Frau! Du solltest dein Licht auch nicht für einen Moment unter den Scheffel stellen!«

Um ihre Rührung zu verbergen, stopfte sich Ruth das letzte Stück Kuchen in den Mund. »Manchmal zweifle ich wirklich an mir«, gestand sie auf einmal. »Marie hat ihre Malerei, du arbeitest auswärts und verdienst viel Geld. Und ich …?«

»Du wirst bald Mutter eines blond gelockten Engels, um den wir dich alle fürchterlich beneiden werden!« Johanna grinste ihre Schwester an. »Zuvor jedoch wirst du die schönste Braut, die Lauscha je gesehen hat.«

»Das Kleid ist wirklich wunderbar, nicht wahr?« Mit dem Gedanken an das große Paket unter ihrem Tisch verflog Ruths Melancholie so schnell, wie sie gekommen war. »Eva wird vor Neid platzen!«

Später an Strobels Haustür umarmten sich die beiden Schwestern zum Abschied. Am Wochenende darauf wollte Johanna wieder nach Hause kommen, damit sie weitere Einzelheiten bezüglich der Hochzeit besprechen konnten. Ruth war schon im Gehen begriffen, als sie sich noch einmal umdrehte.

»Wohin ist Strobel eigentlich verreist?« Es war weniger echtes Interesse, das sie fragen ließ, sondern das schlechte Gewissen darüber, dass sie den ganzen Nachmittag nur über sie und Thomas geredet hatten.

»Keine Ahnung«, entgegnete Johanna grimmig. »Aber nach der Art, wie er sich aufgeführt hat, hätte man meinen können, er würde zu einer Weltreise aufbrechen!«

»Seltsam«, fand Ruth. »Redet ihr denn gar nicht miteinander?«

»Schon. Aber ehrlich gesagt ist es mir lieber, wenn ich so wenig wie möglich über ihn weiß. Er kann manchmal ein ziemlich komischer Kauz sein.«

33

Am Montag darauf hatte Johanna so viel um die Ohren, dass ihr keine Zeit blieb, über Ruths Hochzeit nachzudenken.

Sie hatte gerade die Ladentür aufgeschlossen und war dabei, den Schlüssel in einem Fach unter der Theke zu verstauen, als die Tür auch schon aufging und Karl der Schweizer Flein hereintrat. Der Glasbläser musste mitten in der Nacht in Lauscha aufgebrochen sein, um so früh hier einzutreffen!

»Ihr habt junge Schwalben unterm Dach«, sagte er statt einer Begrüßung und wies mit dem Kinn in Richtung Tür.

Johanna schmunzelte. Die Begrüßung war typisch für diesen Mann, der wie kaum ein anderer im Dorf einen Blick für die Schönheit der Pflanzen- und Tierwelt hatte.

»Ich weiß«, antwortete sie. »Wenn's nach Strobel ginge, müsste ich das Nest wegmachen. Er hat Angst, dass die Viecher etwas auf unsere Kunden fallen lassen.« Sie betonte die letzten Worte ironisch und zuckte mit den Schultern. »Dabei heißt es doch, Schwalben am Haus sorgen für Wohlstand und Gesundheit!«

Johanna beugte sich über die Theke. »Nun, Schweizer Flein, was kann ich für dich tun? Hast du Durst? Soll ich dir ein Glas Wasser holen? Für Juni ist es schon ziemlich schwül, nicht wahr?«

Sie hatte den stillen, freundlichen Mann schon immer gemocht, und nicht erst, seit er ihrem Vater mit einer mundgeblasenen Rose aus Glas die letzte Ehre erwiesen hatte. Dass dieser Mister Woolworth auch Artikel von ihm bestellt hatte, freute sie besonders.

Der Schweizer winkte ab. »Alles in Ordnung, ich brauche nichts.«

Johanna wartete, bis er umständlich ein Stück Papier aus seiner Brusttasche gekramt hatte. Es war das Auftragsformular, das sie ihm erst letzte Woche durch eine Botenfrau geschickt hatte. Johanna wurde für einen Moment gleichzeitig heiß und kalt. Hatte sie einen Fehler gemacht?

»Auf eurer Order gibt es etwas, das ich nicht verstehe. Was soll das sein?« Der Schweizer zeigte auf eine Zeile.

Johanna nahm ihm das Formular aus der Hand. »Das haben wir gleich«, sagte sie. Doch kurz darauf verschwand ihr zuversichtliches Lächeln.

»Zwanzig Dutzend Kugeln mit Aufhängung, innen verspiegelt, Durchmesser fünf Zentimeter«, las sie stirnrunzelnd. »Was soll denn das?«

»Zuerst habe ich gedacht, es handele sich um die Glasperlenketten, die ihr ja schon oft von mir gekauft habt«, sagte der Schweizer. »Aber das kann nicht sein: bei dem Durchmesser!«

Johanna fuhr sich mit der Hand über den Mund, als wolle sie ihre eigene Unwissenheit verstecken.

»Fünf Zentimeter Durchmesser – das wären ziemlich große Glasperlen!« Sie versuchte ein Lachen. »Herr Strobel ist leider nicht da … Am besten wird es sein, wenn ich sein Notizbuch hole. Vielleicht hat er sich etwas dazu notiert, was uns weiter hilft!« Sie nickte dem Mann zu und ging nach hinten.

Als sie den Auftrag herausgeschrieben hatte, war ihr nichts daran aufgefallen. Besser gesagt, sie hatte einfach abgeschrieben, was unter der Nummer drei-acht-sechs – unter der wurde Karl der Schweizer Flein in ihrer Buchhaltung geführt – in Strobels Handschrift auf der Bestellung von Woolworth gestanden hatte. Womöglich hatte Strobel sich in der Größe der Kugeln geirrt? Johanna biss sich auf die Lippen. Verflixt, es wäre ihre Aufgabe gewesen, das festzustellen! Nun konnte sie ihn nicht einmal fragen.

Auch aus Strobels Notizbuch wurde sie nicht viel schlauer. Allerdings hatte der Verleger auch bei diesem Artikel eine kleine Anmerkung an den Rand gekritzelt, wie dies generell seine Angewohnheit war. Johanna hatte Mühe, die Buchstaben zu entziffern.

»Neues Produkt / in Musterbuch aufnehmen / Einsatz der Kugeln: Weihnachtsbaumgehänge«, las sie stirnrunzelnd vor.

»Weihnachtsbaumgehänge?«, wiederholte der Schweizer.

»Glaskugeln? An den Weihnachtsbaum?«, sagte Johanna verdutzt, während von draußen das hungrige Fiepen der jungen Schwalben zu ihnen hereindrang.

Der Glasbläser zuckte mit den Achseln. »Warum nicht? Von mir aus können sich eure Kunden selbst an den Baum hängen, wenn es ihnen gefällt«, sagte er mit einem Lachen. »Im Grunde handelt es sich um nichts anderes als um große Glasperlen. Mit einem Unterschied: Statt den Spieß am Ende zu schließen, muss ich einen kleinen Haken daraus blasen. Als Aufhängung sozusagen.« Er lächelte zuversichtlich. »Das kriege ich hin, selbstverständlich. Nun, da ich weiß, wofür die Kugeln bestimmt sind … Tja, dann mache ich mich mal wieder auf den Heimweg und an die Arbeit.« Er zog seine Kappe tiefer in die Stirn.

»Deinem Verleger kannst du allerdings ausrichten, dass er sich beim nächsten Mal bitte etwas genauer ausdrücken soll!« Karl verabschiedete sich mit einem Augenzwinkern.

*

Vier Wochen später wurde aus Ruth Steinmann Frau Heimer.

Das Hochzeitsfest war eine so prächtige Angelegenheit, dass man hätte meinen können, Ruth wäre tatsächlich von einem Prinzen zum Traualtar geführt worden: Fast hundert Gäste – überwiegend Glasbläser mit ihren Familien, aber auch Sonneberger Verleger, mit denen der Heimersche Betrieb zusammenarbeitete – waren eingeladen worden. Ausnahmsweise hatte sich Wilhelm Heimer einmal nicht lumpen lassen und den ganzen Schwarzen Adler gemietet. Er war zwar nicht der größte Gasthof in Lauscha, doch aufgrund seiner Lage auf halber Höhe des Dorfes stets ein beliebter Treffpunkt der Glasbläser.

An Ruths Hochzeit sorgten acht Serviermädchen dafür, dass die Platten mit Kaffee, Hefebrot und Torten unter die Leute kamen. Kaum waren die süßen Speisen verzehrt, wurde das Nachtessen aufgetragen: Kartoffelklöße mit Wildgulasch, dazu Rot- und Weißkraut. Neben Bier, das reichlich floss, wurde roter Wein gereicht, der jedoch nur von den Sonneberger Geschäftsleuten getrunken wurde. Glasbläser waren Biertrinker, das war schon immer so gewesen, und der Bräutigam – unter den anfänglich noch nachsichtigen Augen seiner Braut – war einer der Eifrigsten, der diese Tradition bewies. Seine Kameraden folgten getreulich seinem Beispiel und das Fest wurde von Stunde zu Stunde lauter und fröhlicher.

Es war jedoch nicht nur das gute Essen und Trinken, das den Prunk der Feier ausmachte, sondern die festlich geschmückte Tafel selbst: Marie hatte in tagelanger Arbeit eine Girlande aus Buchsbaumzweigen gebunden und diese über und über mit filigran ausgeschnittenen Goldpapierrosetten verziert. Einen Teil der Girlande hatte sie um die Stühle des Brautpaares gewunden, so dass diese wie ein königlicher Thron wirkten. Ein zweites Stück Girlande rahmte den Tisch mit den Geschenken ein.

Und Geschenke gab es reichlich: Von den Glasbläsern kamen natürlich Glaswaren aller Art, angefangen bei Trinkgläsern, Schalen und Tellern bis hin zu Parfümflakons, Vasen und Deckeldosen. Karl der Schweizer Flein hatte einen Strauß aus Glasrosen geschenkt, die er aus roten und orangefarbenen Rohlingen geblasen hatte. Den Rosen fehlten weder die grünen Blätter noch vereinzelt am Stiel angesetzte Dornen. Alles zusammen machte einen so naturgetreuen Eindruck, dass Edeltraut eilig mit einer Kanne Wasser ankam, um den Strauß hinein zu stellen. Als ein paar der umstehenden Gäste diesen Irrtum bemerkten, war das Gelächter groß.

Thomas' Brüder überreichten unter viel Gelärme und anzüglichen Bemerkungen zwei Federbetten und Kissen, gefüllt mit Gänsedaunen. Von den Sonneberger Verlegern kamen Geschenke wie ein venezianischer Spiegel, ein fünfflammiger Kerzenleuchter aus Porzellan, und sogar ein Silberbesteck für das Zerteilen und Verzehren von Fischgerichten war dabei. Johanna schien es so, als wollten sich die Heimerschen Geschäftspartner gegenseitig mit ihren Geschenken übertrumpfen. Ein paar praktische Gegenstände für den häuslichen Alltag wie Kochgeschirr oder Putzzeug wären dem jungen Paar sicher auch zupass gekommen, ging es ihr ungnädig durch den Kopf.

Ruth selbst nahm alle Geschenke mit einer Grazie an, die einer Königin zur Ehre gereicht hätte. Ihre Freude angesichts der wertvollen und ausgefallenen Gaben war echt. Wie hatte sie doch immer davon geträumt, ein wenig im Luxus zu schwelgen! Doch auch bei den Gästen, die wie die Witwe Grün nur mit einem Stapel Handtücher oder einem einzigen Glasteller ankamen, bedankte sie sich überschwänglich und von Herzen. Den ganzen Tag über hatte Ruth für jeden ein freundliches Wort, schüttelte Hände und nahm unermüdlich Glückwünsche entgegen.

»Wenn Vater sie so sehen könnte«, sagte Johanna leise.

Marie nickte. »Irgendwie habe ich die ganze Zeit das Gefühl, er ist dabei!«, gestand sie. »Ich habe mich sogar schon dabei ertappt, nach oben in den Himmel zu gucken.«

»Du auch?«, platzte Johanna heraus. Sie lächelten verlegen.

Johanna seufzte. »Bei dem Gedanken, dass du von nun an allein wohnen wirst, ist mir allerdings gar nicht wohl!«

»Das sagt ja gerade die Richtige! Wer wohnt denn schon seit mehr als einem halben Jahr mit einem fremden Mann zusammen?«, erwiderte Marie und fügte hinzu: »Um mich brauchst du dir keine Sorgen machen. Das Alleinsein macht mir nichts aus.«

»Ich bin ja auch nur eine Wandbreite entfernt«, mischte sich Peter ein. »Marie muss nur nach mir klopfen, wenn es etwas gibt. Und im Übrigen glaube ich ...« – mit sanfter Gewalt zog er Johanna hoch – »dass du dir für heute genug den Kopf zerbrochen hast. Komm, lass uns nach vorn gehen.«

Das Brautpaar tanzte gerade den Eröffnungstanz und winkte den Umstehenden zu, ebenfalls auf die Tanzfläche zu kommen. Von Ruths Schwangerschaft war noch nichts zu sehen. Das Kleid, das Johanna mit ihr in Sonneberg ausgesucht hatte, betonte vielmehr ihren schlanken, hohen Wuchs. Sie hatte auf eine aufwendige Hochsteckfrisur verzichtet und trug ihre Haare in einem einzigen, schweren Zopf, der über ihren Rücken hinabhing.

»Ruth ist wunderschön«, flüsterte Johanna Peter ins Ohr, während sie sich zu den anderen Paaren auf der Tanzfläche gesellten.

»Und du bist mindestens genauso schön wie sie«, raunte er ihr zu. Sein Atem plusterte dabei die feinen Härchen in ihrem Nacken auf.

Unbeholfen strich Johanna das kitzelige Gefühl weg. »Blödsinn«, lachte sie. Sie war es nicht gewohnt, Komplimente anzunehmen. »An mir ist nun wirklich nichts Besonderes!«

»In meinen Augen schon«, sagte Peter bedeutungsvoll.

Ein wenig ärgerlich schaute Johanna zu ihm hoch. »Hast du es immer noch nicht aufgegeben?«

Er schüttelte den Kopf. »Das werde ich auch nicht. Ich bin nach wie vor davon überzeugt, dass wir zusammengehören.«

»Ach Peter!« Sie gab ihm einen kleinen Stoß in den Rücken. »Und was ist, wenn du vor lauter Warten alt und grau wirst?« Ihre Frage war nur zur Hälfte scherzhaft gemeint. Einerseits fand sie sein beharrliches Werben natürlich ein wenig schmeichelhaft, andererseits wollte sie keine falschen Hoffnungen in ihm wecken. Gleichgültig, wie Peter sie sah – für sie war er wie ein Bruder, mehr nicht.

»Das Risiko gehe ich gern ein«, erwiderte Peter leichtherzig. »Schau doch die beiden an!« Er nickte in Richtung Ruth und Thomas. »Vor einem Jahr hat auch noch keiner damit gerechnet, dass aus ihnen ein Paar wird.«

»Zumindest in einem muss ich dir Recht geben: Keiner weiß, was die Zeit noch alles bringen wird«, sagte Johanna unverbindlich, um das Gespräch in einem versöhnlichen Ton zu beenden.

Nachdem sie vom Tanzen genug hatten, holten sie sich erhitzt zwei Krüge Bier von der Theke. Dann ließen sie sich an einem kleinen Tisch, auf dem die Serviermädchen ihre eigenen Getränke abgestellt hatten, nieder. Von dort aus hatten sie einen guten Überblick, ohne selbst beachtet zu werden.

»Hier bleibe ich bis zum Ende des Festes sitzen«, verkündete Johanna mit roten Wangen. Das Bier rann kühl und erfrischend ihre Kehle hinab. »Noch mehr von Wilhelm Heimers großspurigen Sprüchen kann ich heute nicht ertragen. Wie er mich dabei immer schräg von der Seite anschaut – brrr! Als ob er mir damit dauernd vorhalten will, was für eine gute Partie unsere Ruth gemacht hat.« Sie seufzte. »Dass er den beiden die Wohnung über dem Heimerschen Lager schenkt, ist allerdings recht großzügig, das muss ich zugeben! Ich habe nicht einmal gewusst, dass dieses Haus auch ihm gehört.«

Peter lachte. »Siehst du – Thomas ist halt wirklich eine gute Partie!«

»Und wie ich das sehe!«, spottete Johanna und wies mit dem Kinn in Richtung Tanzfläche, wo sich Thomas und seine Kameraden gerade zum Narren machten, indem sie wie Hühner gackerten und umherhüpften. Mit hochgezogenen Augenbrauen schaute Johanna zu, wie einige der Frauen unter dem Gespött der Zuschauer versuchten, die Trunkenen von der Tanzfläche zu holen. Johanna war erleichtert, dass Ruth sich nicht darunter befand.

»Glaubst du, es wird gut gehen?«, fragte sie Peter mit einem Nicken in Richtung des Brautpaares.

Peter zuckte nur mit den Schultern.

Plötzlich wurde Johanna bewusst, dass das Hochgefühl des heutigen Tages eine Ausnahme war: tanzen, unbeschwertes Geplänkel, kein Strobel, der seltsame Bemerkungen machte, keine Sorgen, wie Marie allein zurechtkommen würde. Schon Morgen würde wieder alles ganz anders sein.

Auf einmal tat Johanna das Herz weh. Sie zog Peter erneut auf die Tanzfläche und hoffte, dass sich der Druck von ihrer Brust wieder lösen würde.

34

Und dann war, ehe man sich versah, der Sommer auch schon wieder vorüber. Auf besonders zugigen Waldgipfeln begannen die ersten Laubbäume bereits ihr Gewand zu verlieren, und die Tannen dahinter wirkten plötzlich düsterer als zuvor. Der Sonne gelang es nur noch mühsam, über die steilen Gebirgshänge zu klimmen, und so lag das Dorf von Tag zu Tag länger im Schatten. Wenn Johanna sich nun freitags auf ihren Heimweg machte, rumpelte die Kutsche des Griffelmachers bereits durch die Dunkelheit.

Obwohl es immer wieder Tage gab, an denen sich Ruth mit ihrem dicker werdenden Bauch nicht wohl fühlte, so erschien sie doch stets pünktlich zur Arbeit. Und das war gut so, denn die Arbeit bei Heimer wurde nicht weniger. Von früh bis spät saßen Thomas und seine zwei Brüder über der Gasflamme und bliesen Glas, während Ruth, Marie und die anderen Frauen die Teile fertig machten.

Marie tat oft der Rücken nach den langen Stunden oben bei Heimer weh. Dennoch verbrachte sie immer häufiger halbe Nächte mit ihrem Zeichenblock am Küchentisch. Die Ruhe, die durch Ruths Auszug eingetreten war, empfand sie als wohltuend und belebend. Endlich konnte sie ihre Zeichnungen und Buntstifte ausbreiten, konnte vor sich hin kritzeln, probieren und durchstreichen, ohne dass ihr ständig jemand über die Schulter schaute und Entzückensschreie ausstieß. Das Interesse ihrer Schwestern war ihr immer ein wenig lästig gewesen. Geschwisterliches Lob war voreingenommen, das wusste jeder. Wenn schon, dann wünschte sich Marie einen »echten Kunstverständigen«, mit dem sie sich über ihre Ideen hätte austauschen können. Doch obwohl ihr solch eine anleitende Hand fehlte, wurden ihre Entwürfe im Laufe der Monate feiner und durchdachter. Immer öfter ertappte sich Marie allerdings dabei, anstelle eines Glastellers oder einer Glasschale runde Kreise und Bälle zu zeichnen, die sie gleich darauf ärgerlich durchstrich.

Angefangen hatte es mit einer Nebensächlichkeit, die schon Monate zurück lag. Eine Bemerkung von Johanna, kurz nach Ruths Hochzeit, war Schuld daran gewesen, dass Marie die Kugelform einfach nicht mehr aus dem Kopf gehen wollte.

»Du kannst dir gar nicht vorstellen, was ich bei Strobel alles zu sehen bekomme!«, hatte Johanna gesagt. »Da glaubt man immer, man kenne jedes Glas, das in Lauscha gefertigt wird, und dann kommt ein Glasbläser daher und verblüfft mit einem neuen Entwurf!«

Artig hatte Marie nachgefragt, *was* ihre Schwester denn da alles zu sehen bekam, obwohl sie sich am liebsten die Ohren zugehalten hätte. Sie hatte nicht hören wollen, was für schöne, außergewöhnliche oder auch nur hässliche Dinge die Glasbläser zu Strobel brachten. Nicht, nachdem wieder einmal einer ihrer Entwürfe von Wilhelm Heimer abgelehnt worden war.

»Deine Sachen sind gut, Mädchen, das muss man dir lassen«, hatte er zu ihr gesagt. »Aber solange wir mit unserer Auftragsarbeit nicht fertig werden, brauchen wir etwas Neues erst gar nicht anzufangen.« Auch sein Schulterklopfen hatte ihre Enttäuschung nicht leichter gemacht. Deshalb hatte Marie anfänglich auch nur mit einem Ohr zugehört, als Johanna von Karl dem Schweizer Flein erzählte, der einen Auftrag für einen Amerikaner zu erfüllen hatte. »Dass sich Leute Glasperlen an den Baum hängen, kennt man ja, aber *Glaskugeln* – kannst du dir das vorstellen?« Johanna hatte gelacht.

Und plötzlich war Marie hellhörig geworden. Ungeduldig hatte sie Johanna zugenickt. Weiter!

Johanna hatte ihr den Gefallen getan und erzählt: »›Wie um alles in der Welt kommt Mister Woolworth auf die Idee, Glaskugeln für Christbäume zu bestellen?‹, wollte ich von Strobel wissen, kaum dass er von seiner Reise zurück war. Und ob es in Amerika Sitte sei, sich so etwas an den Baum zu hängen. Das sei nicht der Fall, hat Strobel gemeint. Mister Woolworth habe ihm erzählt, dass er im vergangenen Jahr von einem Händler in Penn … Pennsylvania« – bei dem Namen hatte Johanna ein wenig gestottert – »eine kleine Menge durchsichtiger Glaskugeln gekauft habe. Und das nur, weil der Mann ihn so bedrängt hatte. Hätten sich die Kugeln nicht verkaufen lassen, hätte er sie dem Händler wieder zurückgeben können. Doch die Dinger gingen scheinbar weg wie warme Semmeln!

Als Geschäftsmann wittert dieser Woolworth nun natürlich ein größeres Geschäft. Und der Schweizer profitiert davon. Ich bin froh, dass Strobel gerade ihm den Auftrag zugeschanzt hat. Seine Familie kann's gebrauchen!«

Marie hatte sich danach die Kugeln genau schildern lassen.

Viel steckte nicht dahinter, hatte sie erkannt. Aber die Idee selbst war faszinierend.

Als Johanna kurz darauf nach Sonneberg zurückgegangen war, hatte sie nichts geahnt, welcher Samen durch ihre Bemerkung in Marie aufgehen würde. Damals, in jener Nacht, hatte sich Marie zum ersten Mal schlaflos in ihrem Bett herumgewälzt und gegen die Bilder in ihrem Kopf angekämpft: glänzende Kugeln, die sich gegen das Grün einer Tanne oder Fichte abhoben. Deren Silberglanz vom Kerzenlicht gespiegelt wurde. Am liebsten wäre sie gleich aufgestanden und hätte solche Kugeln auf ihren Zeichenblock gebannt, bloß um sie aus dem Kopf zu haben. Doch dann hatte sie sich töricht gescholten – Wilhelm Heimer würde solche Kugeln ebenso wenig haben wollen wie ihre anderen Entwürfe.

Trotzdem hatte sie in den darauf folgenden Wochen immer wieder daran denken müssen, dass die Glaskugeln vom Schweizer bald den weiten Weg nach Amerika antreten würden, um dort an Weihnachtsbäumen zu glänzen. Der Gedanke, dass geblasenes Glas aus ihrer Heimat in aller Welt geschätzt wurde, erfüllte sie mit Stolz.

Wieder einmal konnte Marie nicht einschlafen, obwohl sie todmüde war. Weihnachten rückte immer näher und sie wusste nicht, ob sie sich darauf freuen sollte oder ob ihr davor graute. Ruth würde den Heiligen Abend mit den Heimers verbringen, wollte aber kurz bei ihr vorbeischauen.

Und Johanna hatte bei ihrem letzten Besuch gesagt: »Ich habe mir ein paar hübsche Überraschungen ausgedacht!« Marie konnte sich schon vorstellen, was damit gemeint war: Wahrscheinlich würde Johanna mit einem Koffer voller Geschenke nach Hause kommen. Ha, bei ihrem Gehalt war das schließlich keine Zauberei!

Wenn nur auch ihr etwas einfiele, womit sie ihre Schwestern überraschen konnte!

Am Ende gab Marie den Gedanken an Schlaf auf, suchte im Dunkeln nach ihren Socken, zog sie an und ging die Treppe hinunter. Vielleicht würde sich die Bettschwere einstellen, wenn sie noch ein wenig auf war. In der Küche machte sie Licht und setzte sich mit einer Tasse kaltem Tee an den Tisch. Früher am Abend hatte sich Marie nicht die Mühe gemacht, den Ofen anzuheizen, und so war es unangenehm kalt. Sie ging zum Fenster und prüfte, ob zusätzlich von irgendwo Zugluft eindrang. Alles war dicht, und dennoch schien die Kälte durch das Glas nach innen zu drücken. Maries Blick blieb an den Eiskristallen hängen, die das Fenster wie feinste Plauener Spitze überzogen. Bedächtig zog sie die filigranen Formen mit dem Finger nach. Die schönsten Kunstwerke gestaltete immer noch die Natur, schoss es ihr durch den Kopf, und gleich darauf dachte sie: Es müsste mir gelingen, etwas zu schaffen, das genau diese winterliche Schönheit wiedergab!

Nachdem sie sich einen Schal geholt und über die Schultern gelegt hatte, ging sie rastlos hinüber in die alte Werkstatt.

Sollte sie einen Weihnachtsbaum gestalten, so wie sie ihn aus Kinderzeiten kannte? Sie konnte neue Strohsterne dafür anfertigen und diese vielleicht weiß anmalen, so dass sie Eiskristallen ähnelten. Andererseits: Etwas Außergewöhnliches war diese Idee weiß Gott nicht.

Ein Baum mit Glaskugeln, wie der Schweizer sie blies – das wäre dagegen eine echte Überraschung!

In Gedanken vertieft, begann sie, Vaters Bolg mit einem feuchten Tuch abzuwischen.

Sie hatte es sich zur Angewohnheit gemacht, den verwaisten Arbeitsplatz und seine Geräte einmal pro Woche abzustauben, gleichgültig, wie viel Arbeit sie hatte. Hier hatte ihr Vater sein Leben lang gearbeitet, Tag für Tag. Es war ihr wichtig, dieses Andenken zu bewahren, so wie Ruth es für wichtig hielt, Joosts Grabkreuz regelmäßig von Moos zu befreien.

Alles war noch so, wie er es verlassen hatte: links der Anschluss der Gasleitung und die Packung Streichhölzer, auf denen eine orangefarbene Flamme abgebildet war, rechts die Luftzuleitung, die vom Blasebalg unterm Tisch herrührte, dazwischen fein säuberlich nach Farben und Längen geordnet die Glasrohlinge. Sorgfältig nahm Marie Teil für Teil in die Hand und wischte es von Staub frei. Danach legte sie den Lappen aus der Hand und setzte sich hin.

Eine Zeit lang starrte sie ins Halbdunkel. Das Staubwischen war nur eine Ausrede, erkannte sie, nur ein Grund dafür, sich hierher zu setzen. Sie griff nach der Packung Streichhölzer und holte eines heraus. Ihre Hand zitterte ein wenig angesichts der Ungeheuerlichkeit, die sie zu tun gedachte. Einen Moment zögerte sie noch. Ihr Blick fuhr prüfend über den Bolg.

Und dann tat sie, was sie tun musste.

Sie öffnete die Gasleitung. Erst eine, dann zwei Windungen drehte sie die Verschlussschraube gegen den Uhrzeigersinn. Lautlos und unsichtbar begann das Gas auszuströmen. Marie konnte es nicht sehen und kaum riechen.

Joosts Bolg erwachte zu neuem Leben!

Ihr rechter Fuß suchte den Blasebalg und ohne weiteres fand ihr Bein seinen Rhythmus. Auf, ab. Auf, ab. Prüfend hielt Marie ihre Wange an das Rohr. Im sanften Luftzug glaubte sie jedes Härchen zu spüren.

»Du musst kräftig blasen, damit die Flamme singt!«, hörte sie ihren Vater sagen. Ein erstickter Ton entfloh ihrer Kehle. Dann entzündete sie das Streichholz und hielt es in den Gaszug. Sofort wallte eine blaurote Flamme auf.

Marie setzte sich aufrechter hin, atmete einmal durch und versuchte, ihre verkrampften Schultern zu lockern. Kein Grund, aufgeregt zu sein. Sie hatte das Gas unter Kontrolle.

Sie würde die Schraube nur so weit aufdrehen, wie sie es sich zutraute. Sie brauchte keine Angst zu haben.

Als sie sich ruhiger fühlte, holte sie das Rohr mit der Luftzufuhr, welches bisher ins Leere geblasen hatte, in die Nähe der Flamme. Gleich, gleich würde sie bläulich aufflackern und die Hitze aufbauen, die nötig war, um Glas zu schmelzen.

Doch nichts geschah.

Marie stutzte. Zu wenig Gas? Oder zu wenig Luft?

Sie begann, den Blasebalg schneller zu treten. Immer noch nichts. Also doch zu wenig Gas. Sie legte das Rohr mit der Luftzufuhr wieder in die dafür vorgesehene Haltevorrichtung, um ihre Hand freizuhaben. Dann drehte sie die Schraube, welche die Gaszufuhr regulierte, eine Windung weiter. Als sie Luft dazugab, flackerte die Flamme einen Augenblick lang auf, doch Marie sah mit einem Blick, dass die Temperatur noch lange nicht reichte, um einen der Rohlinge zu erwärmen.

Krampfhaft versuchte sie sich in Erinnerung zu rufen, wie weit Thomas und seine Brüder ihre Gasleitungen öffneten. Obwohl sie tagtäglich dabei war, hatte sie noch nie auf solche Details geachtet. Als Frau ging sie das Glasblasen nichts an, Frauen waren nur für das Fertigmachen zuständig.

Marie starrte auf die Gasleitung, als würde sie ihr die Antwort geben können. Die Schraube war nun drei Drehungen geöffnet, aber wie viele weitere Drehungen waren eigentlich noch möglich? Vielleicht musste man zehn Mal drehen oder zwanzig Mal, um eine ordentliche Flamme zu erzielen?

Es nutzte alles nichts, befand Marie. Entweder, sie traute sich ans Gas oder sie konnte ihren Versuch gleich bleiben lassen. Sie schluckte. Dann drehte sie den Gashahn beherzt auf. Viele Windungen, bis ein Zischen zu hören war. Dieses Geräusch kannte sie! Nun würde alles gut werden. Sie gab Luft dazu.

Im nächsten Augenblick schoss eine Stichflamme in die Höhe.

35

Marie konnte nicht glauben, wie einfach es war, Ruth ihre zu kurzen, verrunzelten Wimpern zu erklären. Und ihre fast bis zur Unkenntlichkeit versengten Augenbrauen. Vom Zeigefinger und mittleren Finger der rechten Hand, beide prall und hitzig angeschwollen, ganz zu schweigen. Den versengten Schal hatte sie gleich weggeworfen. Während sie etwas davon faselte, dass sie beim Anzünden der Gaslampe nicht aufgepasst habe, rechnete sie damit, dass Ruth ihr kein Wort glauben würde. Doch die Ältere hatte nur etwas skeptisch dreingeschaut, ansonsten aber nichts weiter über die Hintergründe von Maries Unfall wissen wollen. Marie atmete auf. Dabei hatte sie für einen Augenblick sogar mit dem Gedanken gespielt, einfach die Wahrheit zu sagen. »Ich habe mich verbrannt, weil ich mir eingebildet habe, wie ein Mann Glas blasen zu können.« Doch hieß es nicht, Hochschwangere sollten sich nicht aufregen? Und Ruth hätte sich aufgeregt, so viel war sicher.

»Du – Glas blasen? Bist du des Wahnes? Welcher Teufel hat dich dabei geritten? Das ganze Haus hätte abbrennen können! Du selbst hättest brennen können!«

Ein paar Nächte später saß Marie erneut am Bolg und schmunzelte. Vielleicht war sie wirklich vom Teufel geritten worden. Aber wenn es so war, dann wollte sie ihm nun die Sporen geben!

Zugegeben, nachdem ihr erster Versuch fehlgeschlagen

war, hatte sie es mit der Angst zu tun bekommen. Die Flamme war gefährlich – das wusste in Lauscha jedes Kind. Doch am Ende war ihre Sehnsucht größer als ihre Angst.

Dieses Mal hatte sie ihren Schal abgelegt und ihre Haare in einem Zopf eng um ihren Kopf geflochten. Marie drehte außerdem den Gashahn nicht bis zum Anschlag auf, sondern nur so weit, wie sie es in den letzten Tagen des Öfteren bei Thomas und seinen Brüdern beobachtet hatte. Ganze vier Windungen. Sie wurde mit einer bläulichen Flamme belohnt, die denen der anderen Glasbläser sehr ähnlich sah. Ein Lächeln huschte über ihr Gesicht.

Mit zitternder Hand nahm sie einen der farblosen Rohlinge, aus denen Joost die Apothekergläser geblasen hatte. Er fühlte sich glatt und kalt an. Gleichmäßig drehte sie den Rohling so lange in derselben Position in der Flamme, bis seine Mitte zu glühen begann. Das war der Moment, in dem das Glas flüssig wurde. Sofort legte Marie das Rohr mit der Luftzufuhr aus der Hand und zog den Rohling an beiden Enden auseinander, bis sie zwei Teile in der Hand hatte. Eines davon legte sie weg und betrachtete das andere kritisch. Der lange Ansatz, Spieß genannt, der sich durch das Auseinanderziehen gebildet hatte, sah aus wie bei Thomas und seinen Brüdern. Männersache, pah! Sie wusste genau, was sie als Nächstes zu tun hatte, denn sie hatte den Heimer-Brüdern in den letzten Tagen ständig über die Schulter geschaut. Trotzdem war sie aufgeregt, als sie die nun gekürzte Glasröhre erneut in die Flamme hielt, bis das dicke Ende zugeschmolzen war. Mit dem zweiten Rohling verfuhr sie ebenso. Beide Teile stellte sie danach zum Abkühlen in einen Becher. In der Heimerschen Werkstatt gab es dafür eine spezielle Vorrichtung, doch auf Joosts Bolg nicht.

Erst dann gestattete Marie sich ein tiefes Luftholen.

So weit, so gut.

Kurz darauf bereitete sie auf dieselbe Art ein gutes Dutzend Rohling vor. Nun galt es.

»Du schaffst es, Marie Steinmann«, flüsterte sie sich Mut zu. Sie nahm einen Rohling in die Hand, hielt ihn so in die Flamme, dass dieses Mal das Mittelteil erhitzt wurde. Als es rot glühte, nahm sie den Rohling aus dem Feuer und setzte sein noch offenes Ende an den Mund. Es fühlte sich kühl an, und das, obwohl nur eine Handbreit entfernt immens hohe Temperaturen auf das Glas einwirkten! Sie blies hinein.

Lieber Gott, lass es gelingen, betete sie im selben Moment, als sich vor ihren Augen eine Blase bildete. Eine große, durchsichtige Blase.

Mit gekräuselter Stirn blies Marie weiter.

Noch ein bisschen mehr.

Der Druck hinter ihrer Stirn wurde größer.

Und noch ein bisschen.

Halt. Mehr nicht, sonst zerplatzte die Blase noch.

Auf dem Spieß saß eine perfekte, runde Kugel. Ungläubig starrte Marie sie an. Sie hatte es geschafft. Sie war so schockiert, dass sie für einen Moment das Treten des Blasebalges vergaß.

Prompt erlosch ihre Flamme.

Die nächsten Wochen waren die aufregendsten in Maries bisherigem Leben. Dies hing vor allem damit zusammen, dass niemand außer ihr etwas davon wusste, was nächtens an Joosts Bolg stattfand.

Im Laufe der Abende bekam sie mehr Übung hinter der Flamme, das Zusammenspiel zwischen Gas, Luftzufuhr und ihrem Blasen wurde von Mal zu Mal besser. Nachdem sie zehn fast perfekt runde Kugeln geblasen hatte, begann sie, mit der Form zu experimentieren: Einmal zog sie den entstehenden Hohlkörper eiförmig auseinander, ein anderes Mal blies sie ihn birnenförmig auf, wobei das Glas nie zu dick oder zu dünn oder aus der Proportion geraten durfte. Als sie jedoch versuchte, eine zapfenförmige Form zu blasen, geriet ihr das Teil entschieden zu lang. Sobald sie das unförmige Ding in der Hand hatte, musste sie unwillkürlich lachen. Mit einem Tannenzapfen hatte ihre Form nun wirklich nichts zu tun, sie sah viel eher wie eine lange, dünne Wurst aus! Der Gedanke, einen von Joosts Rohlingen verschwendet zu haben, gefiel ihr ganz und gar nicht.

Marie drehte das Gebilde hin und her. Mit ein wenig Fantasie konnte man es für einen der Eiszapfen halten, die derzeit vom Dachrand herunterhingen – hübsch anzuschauen war es trotzdem nicht. Sie legte das Teil zur Seite.

Von da an blies sie nur noch runde und eiförmige Formen. Die fertigen Teile versteckte sie oben in Joosts ehemaliger Schlafkammer im Kleiderschrank, wo weder Ruth noch Johanna über sie stolpern würden.

Ein geübter Glasbläser wie Thomas Heimer konnte bei einfachen Formen an einem Tag bis zu zehn Dutzend aufblasen, Marie schaffte in einer Nacht höchstens ein Dutzend. Mehr als einmal ging ihr die Flamme aus und musste mühsam wieder zum Leben erweckt werden. Einmal schnitt sie sich und suchte im ganzen Haus nach einem Stück sauberem Lappen, den sie um ihren Handballen wickeln konnte. Ein anderes Mal glaubte sie, Ruth zu hören, woraufhin sie hastig alles zur Seite packte. Doch es war nur der Wind gewesen, der an der Tür gerüttelt hatte.

Marie hatte sich vorgenommen, bis Weihnachten insgesamt vier Dutzend Kugeln zu blasen. Als diese endlich fertig waren, zeigte der Kalender bereits den achtzehnten Dezember. Für das, was sie noch vorhatte, blieb ihr nun nicht mehr viel Zeit.

Mit zittrigen Händen begann sie, mit einem Schneidemesser, das sie in Joosts Schublade gefunden hatte, die langen

Spieße so knapp wie möglich über der Form abzuzwicken. Danach trennte sie mit einer Zange von einem Draht, den sie am letzten Wochenende im Krämerladen gekauft hatte, handlange Stücke ab. Diese wand sie so um die Kugelansätze, dass eine Art Haken entstand. Probeweise hielt sie eine Kugel am ausgestreckten Arm in die Höhe. Nicht schlecht. So würde man sie gut am Baum befestigen können. Marie beeilte sich, alle Kugeln mit einem Haken zu versehen, obwohl sie normalerweise erst bemalt wurden.

Dann war endlich der Moment da, den sie seit Tagen herbei gesehnt hatte.

Die Kugeln mussten bemalt werden.

Ungeduldig riss Marie die Flasche mit der weißen Emailfarbe aus der Schublade. Sie musste alles durchkramen, bis sie auch die Flasche mit der schwarzen Farbe gefunden hatte. Schwarz und weiß – zum Beschriften der Apothekergläser hatten sie nicht mehr Farben gebraucht. Doch für das, was Marie im Sinn hatte, reichten diese beiden. Nachdem sie beide Flaschen kräftig aufgeschüttelt hatte, tauchte sie den Pinsel in Weiß. Mit sicheren Zügen begann sie, eine der runden Kugeln zu bemalen. Sie hielt erst inne, als die Kugel über und über mit Eiskristallen übersät war. Große und kleine, einfache und schnörkelig ziselierte Kristalle, denen gleich, die sich auf den Fenstern breit gemacht hatten.

Mit einem wohligen Zittern griff Marie zum nächsten Teil, einem birnenförmigen. Sie malte die untere Hälfte fast vollständig weiß aus, auf die obere Hälfte tupfte sie nur zarte weiße Punkte. Eine Winterlandschaft schwebte ihr vor Augen. Nachdem sie die letzte Schneeflocke gesetzt hatte, tauchte sie den Pinsel in die schwarze Farbe und malte die Konturen einer Häuserlandschaft auf.

Mit einem zufriedenen Seufzen legte Marie schließlich die fertige Kugel aus der Hand. Alles sah genau so aus, wie sie es sich vorgestellt hatte: Der Kontrast zwischen Hell und Dunkel, der für die Winterzeit charakteristisch war, passte gut zum Charakter ihrer milchig-trüben Kugeln. Mit Bedauern dachte sie daran, wie passend auch eine Silberverspiegelung als Untergrund für ihre Malerei gewesen wäre. Aber sie konnte ja nicht einfach zu Heimer gehen und ihre eigenen Kugeln mit dessen Silberflasche versilbern!

Sie langte nach dem unförmigen Eiszapfen, doch im nächsten Moment stand sie abrupt auf, ging hinaus in den Flur und holte ein kleines Tütchen aus ihrer Manteltasche.

Auch in einer geübten Glasbläserei ging immer wieder einmal ein Teil kaputt. Entweder der Glasbläser passte einen Moment lang nicht auf und das Glas floss ihm wie Honig weg. Oder es fiel vom Maltisch oder zersplitterte beim Verpacken. Was nur leicht beschädigt war, wurde zu einem Minderpreis zum Verleger gebracht, was stärker demoliert war, kam in den Abfalleimer.

Vor ein paar Tagen hatte Marie Wilhelm Heimer gefragt, ob sie etwas Glas aus dem Abfalleimer mit nach Hause nehmen dürfe. Schulterzuckend hatte der Alte es erlaubt, ihr aber genau über die Schulter geschaut, ob nicht doch ein gutes Teil darunter war. »Alter Geizkragen!«, grummelte Marie nun vor sich hin.

Statt die Glasscherben aus der Tüte zu holen, klopfte sie mit einem Hammer, den sie zuvor mit einem alten Lappen umwickelt hatte, darauf. Und zwar so lange, bis nirgendwo mehr eine Ecke hervorragte. Mit einem Lächeln ließ sie dann das glitzernde Puder aus der Tüte in ihre Hand rieseln.

Silberstaub! Schneeglanz! Zauberpulver!

Sorgfältig, als handele es sich um reines Gold, gab sie die winzigen Glaspartikel zurück in die Tüte. Sie tränkte einen breiten Pinsel mit weißer Farbe und ging damit über den ganzen Eiszapfen. Bevor die Farbe trocknen konnte, ließ sie so viel Glasstaub darüber rieseln, bis die Form völlig damit überzogen war. Nun war ihr Eiszapfen perfekt.

Danach wählte sie einige Kugeln aus, auf denen bisher lediglich die schwarzen Umrisse von Sternen zu sehen waren. Deren Innenflächen füllte sie nun rasch mit weißer Farbe aus und bestreute sie dann ebenfalls mit Glasstaub.

Wie auf ein Stichwort hatte es draußen zu schneien begonnen. Dicke, wollige Flocken tänzelten durch die Nacht. Sorgenvoll starrte Marie aus dem Fenster. Hoffentlich würde es nicht tagelang schneien. Am Ende konnte Johanna wegen unpassierbarer Straßen nicht nach Hause kommen! Marie biss sich auf die Lippe. Das wollte sie sich gar nicht vorstellen. Stattdessen schloss sie die Augen und versuchte, sich ihren Weihnachtsbaum in seinem ganzen Glanz auszumalen. Wenn sie sich nur ein paar Kerzen mehr leisten könnte! Doch ihr Geld hatte im Krämerladen nur für ein halbes Dutzend gereicht.

»Ein Baum!«, entfuhr es ihr plötzlich mit einem kleinen Schrei. »Marie Steinmann, wie kann man nur so dumm sein!«

In ihrem Eifer hatte sie an alles gedacht, nur nicht daran, Fratzen-Paul Bescheid zu sagen, dass er eine Tanne für sie schlagen sollte. Gleich am nächsten Morgen würde sie bei dem alten Holzmacher vorbeigehen!

Gott sei Dank waren es bis zum Heiligen Abend noch sechs Tage.

36

Ursprünglich hatte Johanna gedacht, dass es am Heiligen Abend noch einmal hoch hergehen würde in Strobels Laden. Doch die Ladenglocke schwieg so beharrlich, dass Johanna gegen zehn Uhr zur Tür ging, um zu prüfen, ob sie tatsächlich aufgeschlossen hatte. Bis zum Mittag wurden sie von keinem einzigen Kunden beehrt.

Punkt zwölf drehte Strobel den Schlüssel um.

»So, das war's!« Er ging zu der langen Verkaufstheke und holte eine Flasche Champagner hervor. Nachdem er diese mit großer Geste geöffnet und zwei Gläser eingeschenkt hatte, reichte er eines davon Johanna.

»Champagner zum Mittag? Bedeutet das, Sie waren mit dem Weihnachtsgeschäft zufrieden?«, fragte sie spöttisch.

»Da nachher jeder von uns seiner Wege geht, bleibt uns ja nichts anderes übrig, als schon jetzt anzustoßen!« Obwohl ihre Gläser sich nur sanft antippten, hallte der Kristallgesang noch lange nach.

»Und was deine zweite Frage betrifft: Ja, ich bin zufrieden. Sogar mehr als zufrieden.« Strobel prostete Johanna nochmals zu.

Sie nippte ein paar Mal an ihrem Glas und sagte dann: »Wenn es sonst nichts mehr gibt ... Ich wünsche Ihnen eine gute Reise und ...«

Sie wollte ihren Mantel holen – ihre Tasche mit den Geschenken stand schon im Hausflur bereit –, doch der Verleger versperrte ihr den Weg.

»Nicht so eilig, meine Liebe! Du hast ja noch gar nicht dein Weihnachtsgeschenk bekommen.«

»Sicher habe ich das!« Sie lächelte verwirrt. »Oder sind die fünf Mark extra, die in meinem Lohnumschlag waren, etwa kein Geschenk?«

Strobel winkte ab. »Geld! Eine kleine Aufmerksamkeit, die du dir verdient hast, mehr nicht. Ein echtes Geschenk jedoch ist viel mehr wert als Geld. Es kann ein Symbol für etwas sein, es kann Macht haben oder welche verleihen. Es kann Welten eröffnen oder Welten zerstören, je nachdem.«

Kichernd überreichte er ihr ein Paket, in dem sich unverkennbar ein Buch befand. »Ich sehe, du kannst mit meinen Worten nichts anfangen. Aber ich denke, dass sich mein Geschenk selbst erklären wird, wenn du es dir erst einmal anschaust. Es ist übrigens das Buch, das ich dir schon seit Ewigkeiten versprochen habe. Du erinnerst dich – unser Gespräch über dominante Frauen und über Männer, die das lieben.«

Johanna konnte sich an nichts dergleichen erinnern.

»Lass mich noch ein paar Worte dazu sagen …«

So ein Gewese wegen eines Buches, schoss es Johanna ungnädig durch den Kopf.

»Ich denke, ihr Geschenk erklärt sich von selbst?«

Johanna starrte Strobel unwillig an. Der Griffelmacher würde heute früher fahren als sonst. Wenn sie ihn wegen Strobels Wichtigtuerei verpasste …

Er lächelte auf seine seltsame Art. »Du hast Recht, Worte sind in der Tat gar nicht nötig. Mein Buch wird eine Offenbarung für dich sein!«

*

Wohl gelaunt schloss Strobel hinter Johanna den Laden ab. Er hatte noch mehr als zwei Stunden Zeit, bis die von ihm bestellte Kutsche ihn abholen würde. Genug Zeit also, das vergangene Jahr ein wenig Revue passieren zu lassen. Er schenkte sich noch ein Glas Champagner ein und prostete sich selbst zu. Er hatte allen Grund zum Feiern: Seine Geschäfte florierten besser als je zuvor, er konnte nach B. reisen, wann immer es ihm gefiel, während er seinen Laden bei Johanna in den besten Händen wusste.

Der Champagner rann kühl seine Kehle hinab. Ja, seit Johanna bei ihm war, hatte sich sein Leben sehr zum Positiven verändert. Wieder einmal gratulierte er sich zu der weisen Entscheidung, mit ihr nur auf einer rein geschäftsmäßigen Ebene zu verkehren. Nicht, dass er sie heute als Objekt der Begierde weniger reizend fand als früher. Aber es reichte ihm, ein wenig mit ihr zu spielen. Deshalb hatte er ihr auch die Memoiren des Marquis de Sade geschenkt. Er kicherte. Er konnte kaum erwarten, zu erfahren, was Johanna von dieser Art Lektüre hielt. Doch damit erschöpfte sich sein Interesse an ihrer Person auch schon wieder. Und das war gut so, das wusste keiner besser als er selbst!

Wie hieß es in einem Sprichwort so schön? Man sollte sich zu Hause Appetit holen und dann auswärts essen. Oder war es umgekehrt? Wie auch immer, er jedenfalls würde sich seine Gelüste für den Aufenthalt in B. aufsparen. Er konnte kaum erwarten, zu sehen, wie weit die Renovierungsarbeiten des Hauses gediehen waren, die er durch eine beträchtliche Einlage mitfinanzierte. Den Plänen nach zu urteilen, die er vor ein paar Wochen zugeschickt bekommen hatte, schien aus dem in die Jahre gekommenen Gebäude ein echtes Schmuckstück zu werden. Ja, ein entsprechendes Ambiente würde seine Besuche in B. noch reizvoller machen ..., falls das überhaupt möglich war!

*

Die Tanne, die Marie bei Fratzen-Paul bestellt hatte, erfüllte am Heiligen Abend mit ihrem Lichterglanz den ganzen Raum. Marie hatte die achtundvierzig Kugeln gleichmäßig über den Baum verteilt, die Kerzen dazwischen gesteckt und den Rest des Glasstaubes wie Schneeflocken über die Tannenzweige rieseln lassen. Das Ergebnis war überwältigend. Der Duft der warm werdenden Bienenwachskerzen hüllte sie ein und trug seinen Teil dazu bei, dass der Moment wie verzaubert wirkte.

»Das ist einfach unglaublich. So etwas Schönes habe ich in meinem ganzen Leben noch nicht gesehen!« Johanna hatte Tränen in den Augen. Sie ging auf Marie zu und umarmte sie.

»Aber eigentlich müsste ich dir eine Standpauke halten!«, sagte sie gleich darauf. »Wenn ich daran denke, was alles hätte passieren können ...«

Sie drehte sich zu Peter um, der ebenfalls Maries Kunstwerk bestaunte. »Sag du doch auch einmal etwas!«

»Ich bin noch ganz sprachlos. Was Marie geschaffen hat, haut mich einfach um!« Peter lächelte. »Mich ärgert nur eines bei der ganzen Sache: Dass du nicht zu mir gekommen bist. Sich ohne Erfahrung an die Flamme zu setzen! Da hätte wirklich Einiges passieren können, darin gebe ich Johanna Recht.«

»Siehst du – deswegen habe ich meinen Mund gehalten. Weil ich genau wusste, dass du etwas gegen mein Vorhaben einwenden würdest!«, antwortete Marie bitter. »Ich hätte es mir ja denken können, dass du als Mann es nicht gern siehst, wenn sich eine Frau an eure ach so heilige Flamme wagt.«

Peter verzog den Mund. »So heftig kenne ich dich gar nicht. Dein Eifer macht dich jedoch ein wenig blind: *Ich* hätte dich gewiss nicht von der Flamme abgehalten. Warum auch? Es hat zwar vor dir noch keine versucht, aber warum sollen Frauen eigentlich nicht Glas blasen? Und wenn du schon so wild darauf bist, hätte ich dich wenigstens darin einweisen können!«

Zerknirscht musste Marie ihm Recht geben. »Das nächste Mal, wenn ich mir nicht ganz sicher bin, komme ich zu dir«, versprach sie feierlich.

»Das nächste Mal?«, fragte Peter.

»Das nächste Mal?«, wiederholte auch Johanna. »Hast du etwa vor, nochmals Glas zu blasen?«

Marie lachte. »Und ob. Das hier war erst der Anfang!«

*

Zur Feier des Tages hatte sich die Familie in der selten benutzten Wohnstube im oberen Stockwerk des Hauses versammelt. Jeder hatte seine besten Sachen an, was bei den Heimers hieß, dass alle Schwarz trugen, als wären sie auf einer

Trauerfeier. In ihrem weinroten Kleid, dessen Ärmel lachsfarbene Besätze zierten, kam sich Ruth vor wie ein Paradiesvogel unter lauter Krähen. Einen Moment lang war sie unwillig, einzutreten. Niemand schien daran gedacht zu haben, den Raum zuvor zu lüften, es roch alt und staubig. Dieser Geruch löste in ihr ein seltsames Gefühl aus. Es war genau ein Jahr her, als sie diesen Raum zum ersten Mal betreten hatte, als nämlich Wilhelm sie bat, die Weihnachtsgeschenke für Eva und die anderen einzupacken. Wie hatte sie Eva um ihre Puderdose beneidet! Und wie enttäuscht waren sie und ihre Schwestern gewesen, als der Alte ihnen lediglich eine Schale mit Äpfeln geschenkt hatte!

Heuer waren die Geschenke bereits eingepackt, wenn auch lieblos. Sie lagen nebeneinander aufgereiht auf der dunkelbraun gebeizten Anrichte. Ruth sah mit einem Blick, dass auch dieses Mal wieder auf den meisten Schildern der Name von Eva stand. Und wenn schon, dachte sie trotzig. Das größte Geschenk trug sie sowieso stets mit sich. Liebevoll streichelte sie über ihren prallen Bauch.

Thomas rutschte sofort zu den anderen aufs Sofa, um bei deren Würfelspiel mitzumachen, Ruth setzte sich in einen der Sessel. Seine Lehne drückte steif und aufrecht gegen ihren Rücken, der ihr seit einigen Tagen schwer zu schaffen machte. Lange würde sie es so nicht aushalten, aber zum Essen würde die Familie in die Küche gehen, tröstete sie sich. Und danach hoffte sie, auf einen Sprung bei ihren Schwestern vorbeischauen zu können.

Während die anderen lautstark um die Wette würfelten, rieb Ruth ihren schmerzenden Rücken, so gut es ging. Nebenbei schaute sie sich in dem Zimmer um. Einen geschmückten Tannenbaum oder auch nur ein paar grüne Zweige in einer Vase suchte man hier vergeblich – jemand hätte sich schließlich die Mühe machen und das Grün herbeiholen müssen. Ruth musste feststellen, dass die Heimersche Fantasielosigkeit schon auf sie abgefärbt hatte: Dass *sie* jemals den Wunsch gehabt hatte, diesen Raum zu verschönern, konnte sie heute nicht mehr nachvollziehen. Allein die Vorstellung, hier zu wohnen, und die Familie nach einem langen Arbeitstag auch noch abends um sich zu haben, war schrecklich! Die Wohnung über dem Lager war zwar bei weitem nicht so hübsch, wie Ruth es sich wünschte – Thomas hatte keinen Sinn für »nutzlosen Zierrat« –, aber wenigstens waren sie dort für sich.

Sie beobachtete, wie Sebastian unter viel Hallo ein paar Münzen auf den Tisch zählte und Michel sie eilig einsteckte. Danach ging das Spiel aufs Neue los. Selbst der Alte war mit kindlichem Eifer dabei – ob seine Wangen vom Spiel oder von dem Glühwein gerötet waren, dem die Männer eifrig zusprachen, konnte Ruth nicht sagen.

»Na, was für ein Ei brütet meine Henne denn wieder aus?« Thomas kalte Hand in ihren Nacken ließ sie zusammenschrecken. »Wahrscheinlich grübelt sie wieder über seinen Namen nach«, verkündete er der Runde grinsend. »Dabei steht der doch schon längst fest! Er wird Wilhelm heißen, so wie Großvater.« Beifallheischend schaute er dabei seinen Vater an.

»Thomas!« Es war ihr unangenehm, wenn er vor allen seine Hand auf ihren Bauch legte.

»Du redest immer von einem Jungen. Dabei steht doch noch gar nicht fest, dass es einer wird.«

»Was soll es denn sonst werden?«, erwiderte ihr Mann verständnislos, dann wandte er sich wieder den anderen zu. »Eine Zeitlang habe ich ja gedacht, unser Sohn wird ein Christkind, aber nun sieht es doch nicht danach aus.«

Ruth versuchte, ihm unter dem Tisch einen Schubs zu geben, was ihr angesichts ihrer Leibesfülle jedoch misslang. Noch deutlicher konnte er wohl nicht mitteilen, dass das Kind vor ihrer Heirat gezeugt worden war!

»Wann soll es denn kommen?«, fragte Eva aus verkniffenen Lippen.

Ruth lächelte. »So genau weiß ich das auch nicht. Vor Mitte Februar aber ganz sicher nicht.«

»Ha, am Ende kriegen wir gleich zwei!« Thomas lachte über seinen eigenen Scherz, die anderen Männer stimmten mit ein. »Erst letztes Jahr, da soll es drüben in Rudolstadt eine gegeben haben, die Zweilinge geboren hat. Und die beiden …«

»Thomas, nicht genug, dass du dauernd von *einem* Sohn sprichst, jetzt sind es schon zwei!«, unterbrach Ruth ihn halb lachend, halb ernsthaft. »Ich glaube, ich schaue jetzt am besten einmal nach, wie Edel mit dem Essen vorankommt!«

Kaum hatten sie den Weihnachtsbraten verspeist, nahmen die Männer ihr Würfelspiel wieder auf, während Eva sich daran machte, der alten Haushälterin beim Abwasch zu helfen. Ruth holte ihren Mantel. »Ich gehe auf einen Sprung hinüber zu Johanna und Marie.« Sie drückte Thomas einen Kuss auf die Wange.

»Muss das sein?«, fragte er missbilligend.

»Ich bin bald wieder zurück«, versprach sie und huschte aus dem Zimmer, bevor er noch etwas sagen konnte.

Draußen auf dem Gang stand Eva. »Dass eines klar ist«, zischte sie Ruth zu, »wenn du deine Brut erst einmal geboren hast, ist es aus und vorbei damit, dass du dich vor der Arbeit drückst!«

Ruth ersparte sich jede Antwort. Erstens stimmte Evas Anschuldigung sowieso nicht, denn sie hatte noch keinen einzigen Tag in der Werkstatt gefehlt und das, obwohl ihr mehr als einmal danach gewesen wäre. Und zweitens war Eva so neidisch auf Ruths Schwangerschaft, dass sie jede Gelegenheit nutzte, gemein zu ihr zu sein. Das Gute war nur, dass sie nur wenig Gelegenheiten hatte: Hätte Thomas auch nur einmal mitbekommen, wie sie die Mutter seines zukünftigen Sohnes beleidigte – Ruth wusste nicht, was er getan hätte. *Seines zukünftigen Sohnes* – nun machte sie schon denselben Fehler, für den sie Thomas so oft rügte.

Während sie schweren Schrittes durch die weihnachtlich stillen Gassen lief, fragte sie sich sorgenvoll, was wohl geschehen würde, wenn sie statt des erwarteten Sohnes eine Tochter gebar.

37

So karg das letztjährige Weihnachtsfest ausgefallen war – dieses Jahr lagen unter Maries prachtvollem Weihnachtsbaum eine stattliche Anzahl kleiner Päckchen. Die drei hatten mit dem Auspacken der Geschenke auf Ruth gewartet. Doch nachdem sie sich gesetzt und sich jeder nach ihrem Wohlbefinden erkundigt hatte, wollte niemand länger warten. Peters Geschenke waren die ersten, die geöffnet werden sollten.

Einen Moment lang war nur das Rascheln des Papiers zu hören.

»Sicher ist es etwas für das Kind«, sagte Ruth, während sie sich an der Verpackung zu schaffen machte.

Johanna ließ ihr eigenes Päckchen sinken.

»Und wenn es so wäre?« Sie dachte an ihre eigenen Geschenke für Ruth, allesamt Säuglingswäsche. »Würdest du dich denn nicht darüber freuen?«

»Peter!« Ruth stieß einen kleinen Schrei aus, sie schien Johannas Frage gar nicht gehört zu haben.

»Das kann ich nicht annehmen. Bist du etwa über Nacht reich geworden?« Mit offenem Mund hielt sie eine Schatulle in die Höhe: In rosa Seidenstoff eingebettet lagen eine Bürste, ein Kamm und ein Nagelpolierkissen. Johanna sah auf den ersten Blick, dass alle Teile einen echt silbernen Griff hatten, der fein ziseliert war. »So etwas habe ich mir schon immer gewünscht. Woher wusstest du das?«

Peter zuckte nur mit den Schultern. »Ich kenne halt meine Steinmänner. Und ich habe mir gedacht, dass du wahrscheinlich von allen anderen genug für dein Kind bekommen wirst.«

»Vielen, vielen Dank!« Ruth strahlte. »Wenn das Thomas sieht! Der Arme war ganz unglücklich, weil ihm mein Weihnachtsgeschenk solches Kopfzerbrechen gemacht hatte!«

»Und was hast du nun von ihm bekommen?«, wollte Johanna wissen. Nur zu gut war ihr noch Thomas' Einfallslosigkeit vom letzten Weihnachtsfest in Erinnerung.

»Eine Wollstola. In Braun!« Ruth zog eine komische Grimasse. »Nicht gerade die Farbe, die ich mir ausgesucht hätte.« Sie zuckte mit den Schultern.

»Peter!«, ertönte nun der nächste Aufschrei. Mehr brachte Marie nicht heraus. Gebannt blätterte sie durch ein dickes, in schlichtes Leinen gebundenes Buch. Nur ungern klappte sie es zu und hielt es so in die Höhe, dass jeder den Titel lesen konnte: *Handbuch des künstlerischen Entwurfes.*

»Etwas Besseres hättest du für Marie weiß Gott nicht finden können!« Johanna staunte. Peters Geschenke waren nicht nur wertvoll, sondern mit viel Bedacht ausgesucht. Es war sicher nicht leicht gewesen, das Buch für Marie aufzutreiben, sie jedenfalls hatte beim Buchhändler in Sonneberg noch keines dieser Art gesehen.

»Du bist dran!« Peter stieß sie sanft in die Seite.

Johannas Finger zitterten, als sie sich an dem Knoten zu schaffen machte, der die Verpackung ihres Geschenkes zusammenhielt. Plötzlich war sie aufgeregt. Ruths und Maries Geschenke waren sehr persönlich gewesen. Sie konnte sich um nichts in der Welt vorstellen, was Peter für sie ausgesucht hatte. Die Form des Päckchens gab ihr auch keinen Hinweis. Der Gedanke, dass in der viereckigen Schachtel womöglich ein Federhalter oder ein Buch für geschäftliche Notizen liegen könnte, erfüllte sie plötzlich mit unerklärlichem Unbehagen. Endlich löste sich der Knoten, woraufhin das Papier wie von selbst abfiel.

»Ein Weltatlas?« Erstaunt schaute sie auf.

»Ein Atlas?«, wiederholte Ruth. »Was soll das sein?«

Johanna hielt das großformatige Buch in die Höhe.

»Hierin ist ... die ganze Welt abgebildet! Schau: Für jeden Kontinent gibt es Karten. Und für die einzelnen Länder auch noch welche. Und alles ist offenbar von Hand koloriert. Was für ein wunderschönes Buch!« Sie schickte ein etwas verspätetes »Danke!« hinterher.

»Ich habe mir gedacht, dass dir so ein Atlas gefallen könnte. Wo doch Lauscha schon zu klein für dich geworden ist ...«

Johanna hob die Augenbrauen. Entdeckte sie da einen Hauch Spott in seiner Stimme? Prüfend schaute sie ihn an, doch sein Blick wirkte offen und unbefangen.

»Und für den Fall, dass mir auch Sonneberg zu klein wird, soll ich in die große, weite Welt hinausgehen?«, grinste sie.

»Das habe ich nicht gesagt. Aber Reisende soll man ziehen lassen, dann kommen sie von selbst wieder zurück. Das war schon immer meine Meinung.« Seine selbstbewusste Miene konnte nicht den Hauch von Wehmut verdrängen, der in seiner Stimme mitschwang.

Johanna erwiderte sein Lächeln. »Du hast nicht einmal die Landkarte, auf der unser Thüringer Wald zu finden ist, mit einem Lesezeichen markiert!«

Peter drückte das Buch nach unten weg, bis sein Blick den ihren einfangen konnte.

»Hätte ich es dir so leicht machen sollen?«, fragte er mit rauer Stimme. »Wo dein Zuhause ist, musst du schon selbst herausfinden!«

Johanna schluckte. Bitte sag jetzt irgendetwas Unverfängliches, flehte ihr stiller Blick. Sie wollte kein schlechtes Gewissen haben, weil sie ihn schon wieder – immer noch – abwies. Sie wollte feiern. Und glücklich sein. So, wie es dieser Abend verdiente.

Peter tat ihr den Gefallen. Er klatschte in die Hände. »Wurde mir für heute Abend nicht ein kräftiger Punsch versprochen? War das nur leeres Gerede oder wird daraus noch etwas?«

Erleichtert stand Johanna auf und legte einen Holzscheit nach. Sie stellte Wasser auf, gab etwas Rum dazu, eine Stange Zimt und eine ganze Tasse Zucker.

Nachdem sie sich wieder gesetzt hatte, räusperte sie sich. Sie nahm Maries und Peters Hand und wies die anderen an, es ihr gleich zu tun, bis sich alle an den Händen hielten. Die verdutzten Mienen machten sie verlegen. »Dieser Heilige Abend ist für jeden von uns ein … ganz besonderer Tag«, begann sie stockend. Als sie aufschaute, lächelte Ruth ihr aufmunternd zu. »Viel ist in den vergangenen zwölf Monaten geschehen. Wünsche, die wir vor nicht allzu langer Zeit nicht einmal auszusprechen gewagt hätten, sind in Erfüllung gegangen. Andere Wünsche werden uns weiterhin begleiten. Doch alles in allem ist es für uns alle ein gutes Jahr gewesen.« Sie schluckte. »Vielleicht findet ihr es ein wenig albern … Aber ich möchte, dass wir diesen Moment tief in unseren Herzen festhalten und nie vergessen werden.«

38

Peter wollte es sich nicht nehmen lassen, Johanna am ersten Arbeitstag nach Weihnachten wenigstens bis zu der Stelle zu begleiten, wo der Griffelmacher auf sie wartete. Dick in Jacke und Schal eingemummt begrüßte er sie an ihrer Haustür. Es war noch dunkel, als sie Richtung Sonneberg aufbrachen. Gemeinsam gingen sie durch die stillen Straßen. Der Schnee war so fest gefroren, dass unter jedem Schritt kleine, scharfe Eiskanten zerbrachen.

Johanna wickelte ihren Schal noch fester um den Kopf.

»Weißt du, was erst kürzlich einer von Strobels Kunden zu mir gesagt hat? ›Ich habe das Gefühl, ihr Thüringer kennt nur zwei Jahreszeiten: Winter und einen strengen Winter.‹ Ha! Der Mann hat doch wirklich den Nagel auf den Kopf getroffen, und das, obwohl er nur alle paar Monate auf einer Einkaufsreise hier vorbeikommt!« Kleine, weiße Wölkchen begleiteten ihre Worte.

Kurz darauf blieb Johanna stehen und schaute auf ihr Dorf zurück. Schon am frühen Morgen erwärmten die Bunsenbrennerflammen in den Fenstern der Häuser die eisige Nacht. Kleine, flackernde Lichter, heller als jede Fackel oder Lampe, spannungsvoll und kraftgeladen. Wie Glühwürmchen.

»Ob es wohl irgendwo anders auf der Welt noch einmal ein Dorf gibt, das fast ausschließlich von der Glasbläserei lebt?« Ihre Augen glänzten.

»Mir ist nichts bekannt. Ich glaube, in dieser Hinsicht ist Lauscha einzigartig.«

»Der Anblick verzaubert mich jedes Mal aufs Neue«, gestand sie ihm. »Wenn ich mir vorstelle, dass sich um jede Flamme eine Familie versammelt! Dass alle gemeinsam an einem Auftrag arbeiten, ist doch ein wirklich schöner Gedanke, oder?«

Peters Herz machte einen unfreiwilligen Hüpfer. Hörte er nicht einen Hauch Sehnsucht aus ihren Worten heraus? Vielleicht wäre sie am liebsten umgekehrt und war nur zu stolz, dies einzugestehen? Er wagte einen Versuch.

»Bist du dir sicher, dass du auch im neuen Jahr weiter bei Strobel arbeiten willst?« Er spürte ihren verständnislosen Blick mehr als dass er ihn sah.

»Natürlich! Wer außer mir sollte ihn denn sonst während seiner Abwesenheit vertreten? Was ist denn das für eine Frage?«

Nun blieb er stehen.

»Jetzt tu nicht so, als ob sie völlig abwegig wäre. Mir ist verdammt noch mal gar nicht wohl dabei, dass du mit diesem … Sonderling zu tun hast. Dass der nicht normal ist, hat doch spätestens sein Geschenk bewiesen, oder?« Allein der Gedanke daran machte ihn wütend.

Völlig arglos hatte Johanna Strobels Geschenk ausgepackt, neugierig hatten ihr Marie und Ruth dabei über die Schulter gelinst. Und dann der Schock angesichts der schrecklichen Bilder! Strobels Ekel erregendes Buch hatte mit einem Schlag ihre frohe Stimmung zunichte gemacht, den Rest des Heiligen Abends hatten sie in bemühter Zwanglosigkeit verbracht.

Johanna zog ihn am Ärmel weiter. »Reg dich nicht so auf. Dass er ein komischer Kauz ist, weiß ich selbst. Die einzige Erklärung, die ich für dieses Buch habe, ist die, dass er es sich zuvor nicht angeschaut hat. Vielleicht hat er es selbst geschenkt bekommen und es einfach an mich weiter gegeben? So etwas würde ihm ähnlich sehen. Es wäre nicht das erste Mal, dass er mir ein Musterteil, für das er keine Verwendung mehr hat, schenkt.«

Für Peter hörte sich Johannas Erklärung nicht sehr überzeugend an. »Musterteil!«, schnaufte er. »Das ganze Buch handelte doch eindeutig von Perversionen! So etwas kommt einem nicht ›zufällig‹ in die Hände!«

Johanna seufzte. Als wolle sie ihm davonlaufen, schritt sie schneller aus.

Er beeilte sich, mit ihr Schritt zu halten.

»Johanna, komm zu mir! Meine Glastiere bringen inzwischen ganz ordentliches Geld ein, ich bin also nicht mehr der arme Schlucker von einst. Es wäre ein Leichtes für mich, dich und eine Familie zu ernähren. Und für deine Schwestern wäre es doch auch schön, wenn du wieder in Lauscha …«

Sie fuhr so abrupt herum, dass er fast auf sie aufgelaufen wäre.

»Ich soll so mir nichts, dir nichts meine Arbeit aufgeben, nur weil mein Arbeitgeber mir ein zugegebenermaßen seltsames Weihnachtsgeschenk gemacht hat?«

»So ist es nicht und das weißt du auch!«, verteidigte sich Peter. »Ich wünsche mir schon lange, dass du zu mir kommst.«

»Und deshalb ist dir wohl jedes Mittel recht, um mich nach Lauscha zurückzuholen?«, erwiderte Johanna.

»Weißt du, was dein Problem ist? Du willst einfach nicht über den Lauschaer Tellerrand hinausschauen! Wenn du das könntest, würdest du nämlich erkennen, dass man auch dann befreundet sein kann, wenn man sich nicht ständig gegenseitig auf die Füße tritt.« Ohne ihm die Möglichkeit zu einer Erwiderung zu geben, stapfte sie durch den festgetretenen Schnee davon.

*

Wütend stieg Johanna zum Griffelmacher auf den Bock. Wortlos wechselte das Fahrgeld die Hand, dann zockelte der Gaul los. Wie konnte Peter es wagen, sie immer wieder bevormunden zu wollen? So, wie er sich aufführte, hätte man meinen können, sie wären verheiratet!

Doch in der kalten Fahrtluft verflüchtigte sich ihre Wut fast noch schneller, als sie gekommen war. Er machte sich halt Sorgen um sie. Und dagegen war ja nun wirklich nichts einzuwenden, oder? Doch diese waren völlig unnötig, sie wusste schon, wie sie mit Strobel umgehen musste. Ihr war klar, dass er ihr das Buch mit voller Absicht gegeben hatte. Bei seinem Gerede am Heiligen Abend! Vielleicht war dies seine Art von Humor? Wenn das stimmte, dann hatte er die Rechnung jedoch ohne den Wirt gemacht. Sie würde nämlich einen Teufel tun und ihn jemals auf das Buch ansprechen! Von wegen Welten öffnen, ha!

Damit beendete sie ihre Grübeleien über Peter und den Grund für ihren Streit, denn es gab etwa anderes, das ihre ganze Aufmerksamkeit erforderte: Vorsichtig rückte sie die Tasche neben sich zurecht, in der neben einem anderen unförmigen Gegenstand – dick in Wolltücher eingepackt – sechs von Maries Weihnachtskugeln lagen. Diese wollte sie Friedhelm Strobel nach seiner Rückkehr zeigen. Sie war sich ziemlich sicher, dass dem amerikanischen Kunden Mister Woolworth Kugeln dieser Art gefallen könnten. Und vielleicht nicht nur ihm? Vielleicht würden auch andere Kunden Interesse zeigen. Also hatte sie ohne Maries Wissen sechs der schönsten Stücke in ihre Tasche gepackt. Nun dachte sie darüber nach, wie diese am besten zu präsentieren waren. Sollte sie behaupten, die Kugeln von einem Glasbläser zu haben, der ungenannt bleiben wollte? Das hörte sich selbst für ihre Ohren unglaubwürdig an. Mister Woolworth würde es sicher egal sein, ob die Teile von einem Mann oder von einer Frau hergestellt wurden – was kümmerten die Amerikaner Lauschaer Traditionen?

Ihre Hand tastete in der Tasche nach dem anderen Gegenstand. Wenn schon, denn schon, lächelte sie in sich hinein. Sie hatte nämlich beschlossen, zwei Fliegen mit einer Klappe zu schlagen: Außer den Christbaumkugeln wollte sie Strobel zudem den Strauß aus Glasrosen zeigen, den Ruth zur Hochzeit bekommen hatte.

Es hatte sie zwar einige Überredung gekostet, aber schließlich hatte Ruth eingewilligt, ihr für eine Woche die Glasrosen des Schweizers zur Verfügung zu stellen. Natürlich hätte Johanna auch zum Schweizer selbst gehen und ihm vorschlagen können, er möge einen weiteren Strauß blasen, damit sie ihn Friedhelm Strobel zeigen konnte. Doch sie entschied sich für den anderen Weg. Was würde der Schweizer für Augen machen, wenn sie, Johanna, ihm einen Auftrag besorgt hätte!

39

Doch als Strobel schließlich wieder von seiner Reise zurück war, kamen Johanna plötzlich Zweifel. Was, wenn er die Kugeln doch nicht schön fand? Vielleicht war es am besten, erst einmal einen Versuch mit dem Glasrosenstrauß zu machen!

So warteten Maries Kugeln verpackt auf ihren Auftritt, während der Verleger den Glasstrauß drehte und wendete. Dann legte er ihn probeweise in verschiedene Kartons, als wolle er prüfen, ob er sich verschicken ließ. Johanna wusste, dass dies der Schwachpunkt der Glasrosen war: Sie selbst hatte Blut und Wasser geschwitzt, bis sie das empfindliche Teil heil von Lauscha nach Sonneberg gebracht hatte.

Ohne sich in irgendeiner Form zu äußern, fertigte Strobel mit flinker Hand eine Skizze an. Johanna lächelte in sich hinein. Erst als er damit fertig war, schaute er auf. »Von wem sagst du, stammt der Strauß?«

»Von Karl dem Schweizer Flein.«

»Und er weiß nicht, dass du die Blumen hierher gebracht hast?«

Im Geist verdrehte Johanna die Augen. Sie hatte ihm doch schon zuvor gesagt, dass der Schweizer nichts von seinem Glück wusste. Mit gezwungener Ruhe sagte sie: »Es handelt sich hierbei um ein Einzelstück. Doch ich bin mir sicher, dass der Schweizer bereit wäre, für einen entsprechenden Preis auch eine größere Stückzahl herzustellen. Ich kann mir gut vorstellen, dass vor allem die Kunden aus den größeren Städten viel Freude an solch edlem Glasschmuck hätten!«

Erneut stummes Nicken. »Da könntest du schon Recht haben ...« Er blickte sie scharf an. »Es gibt hierbei nur ein Problem ...«

Johanna stutzte. Sein Ton gefiel ihr ganz und gar nicht. Sie kannte ihn zu gut: Immer, wenn sich Strobel daran machte, mit einer armen Glasbläserseele einen unverschämt niedrigen Preis auszuhandeln, hörte er sich genau so an. Umso verblüffter war sie, als er sich abrupt wegdrehte und sagte: »Ich habe es mir anders überlegt. Für solche Rosen habe ich keine Verwendung. Die Verpackung wäre viel zu aufwendig.« Er legte einen Zeigefinger auf seine gespitzten Lippen und runzelte missmutig die Stirn. »Außerdem ... bei genauerer Überlegung finde ich sie sogar kitschig. Geschmacklos. Unelegant. Weg damit. Weg! Weg!« Er winkte sie davon.

Johanna hatte das Gefühl, einen dumpfen Prügel in den Rücken bekommen zu haben. Mit lahmer Hand langte sie nach dem Strauß. Sie hätte viel dafür gegeben, wäre ihr just in diesem Moment eine scharfe Entgegnung eingefallen.

»Wie Sie meinen«, sagte sie mit blecherner Stimme. Stumm wickelte sie den Strauß wieder ein und steckte ihn zurück zu Maries Kugeln in die Tasche. Sie würde einen Teufel tun und ihm diese auch noch zum Fraß vorwerfen, beschloss sie im selben Augenblick.

Vielleicht hatte der Verleger einen schlechten Tag. Vielleicht gefielen ihm die Glasrosen auch wirklich nicht.

Obwohl ... Auch Johanna runzelte die Stirn. Sie hätte

schwören können, dass er innerlich vor Begeisterung geradezu gebebt hatte!

Die nächsten Tage ließen ihr keine Zeit, weiter über Strobels seltsames Verhalten zu rätseln. Denn kurz nach der Jahreswende kam ein dicker Briefumschlag mit amerikanischen Stempeln ins Verlagshaus geflattert. Johanna, die Strobel beim Öffnen über die Schulter schaute, erkannte das dünne, eierschalfarbene Geschäftspapier, dessen Kopf ein grüner Diamant mit einem eingelassenen »W« zierte, sofort wieder: Der Brief stammte von Mister Woolworth.

Strobel grinste. »Er schreibt, die Lauschaer Glaswaren hätten sich wie von selbst verkauft, und dass er ihnen ein vorzügliches Weihnachtsgeschäft zu verdanken hätte. Verflixt –« Stirnrunzelnd las er weiter. »Er will dieses Jahr nicht im Mai, sondern erst im Spätsommer kommen. Deshalb bittet er jetzt um Unterlagen, aufgrund derer er eine schriftliche Bestellung machen kann.« Der Verleger schüttelte den Kopf.

»Das sieht dem Amerikaner ähnlich! Als ob ich solche Unterlagen stapelweise hier liegen hätte! Ahnt er denn nicht, wie viel Arbeit deren Erstellung bereitet?«

Johanna lachte. »Nach allem, was sie mir über den Mann erzählt haben, nehme ich an, dass ihm dies ziemlich egal ist.«

Fluchend setzte sich Strobel daraufhin an den Tisch und kopierte große Teile seiner Vorlegebücher. In perfektem Englisch verfasste er Beschreibungen, kritzelte Empfehlungen und persönliche Anmerkungen an den Rand der Zeichnungen oder hob Artikel besonders hervor, indem er sie rot einrahmte. Johanna unterstützte ihn, indem sie Listen erstellte, in denen die unterschiedlichen Preise bei verschieden großen Bestellstückzahlen aufgeschlüsselt waren. Ganz wohl war es Strobel nicht, diese Unterlagen auf dem Postweg zu verschicken. Zu viele Informationen waren darin enthalten, die keinem seiner Konkurrenten in die Hände fallen durften.

Auf dem hartumkämpften Spielwaren- und Kunsthandwerkermarkt machte jeder Verleger um die Staffelung seiner Preise, um seine Rabatte und Sonderangebote ein großes Geheimnis. Das meiste wurde unter vier Augen, also zwischen Kunden und Verleger direkt verhandelt. Doch was blieb Strobel anderes übrig? Woolworth war ein zu wichtiger Kunde, als dass er dessen Wünsche einfach hätte ignorieren können.

Es folgte ein reger Schriftwechsel zwischen Sonneberg und Hamburg. Dort, in der Stadt mit dem riesigen Hafen, von dem aus Sonneberger Waren in die ganze Welt verschickt wurden, hatte das amerikanische Unternehmen ein Büro, das sämtliche Unterlagen direkt an den Geschäftsmann weiterleitete. Johanna konnte nicht fassen, in welch kurzer Zeit Woolworth ihnen stets auf eines ihrer Schreiben antwortete, bis Strobel sie aufklärte: Nur seine Zeichnungen und Fotografien würden tatsächlich über den Ozean nach Amerika geschickt, was dank der neuen Dampfer mit ihren verbesserten Schiffsschrauben nur noch einen Bruchteil der Zeit dauerte, die noch vor ein paar Jahren nötig gewesen wäre. Sämtliche Zahlenlisten und alles Geschriebene jedoch würden auf einem anderen Weg nach Amerika gelangen, nämlich auf telegrafischem. Ungläubig hatte Johanna zugehört, als Strobel ihr von einem Kabel erzählte, das unter dem Wasser des Atlantiks von Europa bis nach Amerika verlegt worden war und in dem *Impulse* – was immer das auch sein mochte –, übermittelt wurden. So wunderlich sich das Ganze anhörte – es musste funktionieren, denn das Jahr war noch keine vier Wochen alt, da flatterte Strobel ein dicker, brauner Umschlag ins Haus, in dem sich eine Bestellung befand. Keine Viertelstunde später knallte der Champagnerkorken und Johanna war schon am frühen Vormittag etwas taumelig, aber fast ebenso erfreut wie der Verleger. Den ganzen Tag über trug Strobel danach den dicken Packen Papier in seiner Weste mit sich, summte vor sich hin und war freundlich zu Leuten, denen er sonst nicht einmal ein Kopfnicken als Gruß gegönnt hätte.

40

Die nächsten Wochen verliefen sowohl in Lauscha als auch in Sonneberg turbulent.

Ruth gebar eine gesunde Tochter, die sie auf den Namen Wanda taufte, Marie verbrachte halbe Nächte vor der Gasflamme und Johanna kam sich vor wie eine gute Fee.

Dank des Woolworth-Auftrages hatte sie eine Menge Orderzettel für die Glasbläser in Lauscha, die Puppenmacher in Sonneberg und andere Hersteller auszufüllen. Nach mehr als einem Jahr kannte sie jede Familie mit Namen, die meisten sogar persönlich, und wusste, dass bei vielen Lohn und Brot knapp waren. Dass sie dazu beitrug, deren Los ein wenig zu verbessern, erfüllte sie mit einem großen Glücksgefühl. Noch vor wenigen Monaten hätte sie sich darüber geärgert, dass sich wieder einmal ein Name nicht darunter befand: der von Peter Maienbaum. Stur wie ein Esel brachte Peter seine Glastiere nach wie vor zu einem der kleineren Verleger, der bei weitem nicht solche guten Kontakte wie Strobel hatte. Inzwischen nahm sie aber seine Sturheit gelassen hin.

Johanna war jedoch nicht im Geringsten darauf gefasst, dass es etwas geben könnte, was ihre Freude über die große Bestellung mit einem Schlag zunichte machen würde.

Sie hatte noch ein knappes Dutzend Orderzettel auszufüllen, als sie über eine Zeile in Woolworth's Bestellung stolperte: *Glasrosen. Drei Dutzend Sträuße à sieben Einzelrosen. Farbe karmesinrot. VK 3,80 Mark*, war dort in feiner Schreibmaschinenschrift zu lesen, dahinter Strobels handschriftliche Anmerkung: *Nummer 345 sowie EK 0,40 DM.*

Seltsam. Johanna runzelte die Stirn. Sie hatte gar nicht mitbekommen, dass Strobel doch noch des Schweizers Rosen ins Angebot aufgenommen hatte! Warum hatte der Schweizer sie nie darauf angesprochen? Und dann der Preis! Vierzig Pfennig für eine so aufwendige Arbeit? Wem war da welcher Fehler unterlaufen? Mit einem missbilligenden Kopfschütteln schob sie ihren Stuhl zurück, um Strobel aufzusuchen. Doch im nächsten Moment setzte sie sich wieder. »Die Nummer 345 – das ist doch gar nicht der Schweizer!«

Kurze Zeit später wusste sie, wer sich hinter der Nummer 345 verbarg: Es war Tobias Neuner, einer der wenigen Glasbläser, die noch ohne Anschluss ans Gaswerk waren und mit der Gasfunzel arbeiteten. Sein Geld reichte kaum für den Lebensunterhalt seiner Familie, geschweige denn für technische Neuerungen. Das Schicksal meinte es nicht gut mit der Familie: Nicht nur waren Tobias' Eltern bettlägerig und forderten viel Zeit von Sieglind, seiner Frau. Zwei seiner acht Kinder waren außerdem nicht ganz richtig im Kopf und daher nur eine Last. Unter den anderen sechs war lediglich ein Bub. Tobias hatte also viele Mäuler zu stopfen, und es gab kaum einen, der ihm dabei helfen konnte. Soviel Johanna wusste, hatte er noch nie einen Auftrag angenommen, für den farbige Rohlinge nötig waren, und das hatte einen einfachen Grund: Neuner konnte es sich nicht leisten, das Geld für die teuren Rohlinge vorzuschießen. Die meiste Zeit arbeitete Tobias Neuner sowieso nicht direkt für einen Verleger, sondern für Wilhelm Heimer und andere Hersteller, die sich vor Arbeit nicht retten konnten. Da er ein sehr guter Glasbläser war, wurden ihm immer genug Krumen vor die Füße geworfen, so dass die Familie bisher nie hatte Hunger leiden müssen, doch zu mehr reichte es nicht.

Und nun sollte Tobias die aufwendigen Rosen blasen? Für die paar Pfennige? Und überhaupt: Der Glasblumenstrauß war doch des Schweizers Erfindung!

Vor Entrüstung rauschte es in Johannas Ohren, als sie den Verleger aufsuchte und mit ihren Fragen konfrontierte.

Er reagierte äußerst unbeeindruckt.

»Ich habe mich halt anders entschieden und die Rosen doch noch aufgenommen. Drei Dutzend – das ist doch unbedeutender Kleinkram.«

Das war es in Johannas Augen ganz und gar nicht!

»Sie können doch nicht einfach die Erfindung eines Glasbläsers ohne dessen Wissen an jemand anderen weitergeben! Das ist doch Betrug!«

»Du nimmst den Mund ganz schön voll, Johanna Steinmann«, erwiderte Strobel und griff nach dem erstbesten Teil, das in seiner Reichweite stand. »Hier, schau dir diese Vase an. Steht da etwa ein Name drauf? Oder hier« – er hielt einen Trinkpokal hoch – »steht da ein Name drauf?«

Johanna ersparte sich die Mühe zu antworten, was Strobel auch nicht von ihr erwartete.

»Glas ist ein Werkstoff, der *jedem* Bläser zur Verfügung steht. Nirgendwo steht geschrieben, dass ein Entwurf nur von einem hergestellt werden darf. Ha, das wäre ja auch noch schöner! Nein, verehrte Johanna, so laufen die Geschäfte wirklich nicht.«

Johann warf ihm einen bitterbösen Blick zu.

»Sie haben natürlich Recht damit, dass nirgendwo geschrieben steht, wer was zum ersten Mal geblasen hat«, erwiderte sie eisig. »Aber so, wie ich es sehe, gibt es auch ungeschriebene Gesetze. Und die sind so wichtig wie die auf Papier!«

»Ungeschriebene Gesetze?« Davon wollte Strobel nichts hören.

»Schau dir deine Glasbläser doch an: Da gönnt keiner dem andern die Butter auf dem Brot! Jeder bläst das, was von ihm verlangt wird. Keiner kümmert sich darum, ob dieses oder jenes Teil vor ihm schon ein anderer hergestellt hat. Alle haben es darauf abgesehen, einen Blick in die Werkstatt ihrer Konkurrenten werfen zu können – man könnte ja vielleicht etwas abschauen! Und da faselst du von irgendeinem Ehrenkodex!«

Johanna schwieg verbissen. Ganz unrecht hatte er nicht.

»Außerdem: Wenn dir deine Lauschaer so am Herzen liegen, dann müsstest du dich eigentlich darüber freuen, dass ich den Rosenauftrag einem der ärmsten Teufel gegeben habe. Und damit du siehst, dass ich weiß Gott nicht der Unmensch bin, für den du mich hältst, sag ich dir auch noch dieses: Ich strecke Neuner sogar das Geld für die farbigen Rohlinge vor. Na, was sagst du dazu?« Strobel schien sich an ihrer verkniffenen Miene regelrecht zu laben. Er hatte sich nun warm geredet.

»Und noch etwas: Karl der Schweizer Flein geht ja nicht leer aus. Er ist mit seinen Christbaumkugeln doch sowieso fein heraus!«

Natürlich hätte Johanna in dem Moment sagen können, dass sie sehr wohl wusste, was hinter seinem ach so großen Edelmut steckte: Ausbeutertum nämlich und sonst nichts! Kein Glasbläser, der es sich leisten konnte, hätte sich bereit erklärt, für lächerliche vierzig Pfennige eine so aufwendige Arbeit zu leisten. Da musste einer schon so verzweifelt sein wie Tobias Neuner. Und außerdem so gut: Nicht jeder würde die filigranen Rosenblüten hinbekommen, das wusste Johanna. Aber sie sagte nichts mehr. Friedhelm Strobel hatte sich seine Rechtfertigungen fein säuberlich zurechtgelegt, und sie kannte ihn gut genug, um zu wissen, dass er nicht davon abrücken würde.

Von diesem Tag an betrachtete sie Strobels Geschäftsgebahren mit kritischeren Augen.

Im Grunde genommen hatte sie schon bevor sie bei ihm in

Stellung ging, gewusst, dass Strobel ein harter Geschäftsmann und immer bereit war, den Preiskrieg unter den Verlegern auf dem Rücken der Hersteller auszutragen. Vielleicht musste man so sein, um Erfolg zu haben, hatte sie sich immer gesagt. Schließlich fuhren die Glasbläser dabei ja auch nicht gänzlich schlecht, oder? Ohne die weitläufigen Kontakte der Verleger würden die meisten auf ihren Sachen sitzen bleiben! Immer wieder hatte sie diese Argumente auch gegenüber Peter verteidigt. Und obwohl der nicht müde wurde, zu betonen, dass sie für einen Halsabschneider arbeitete, hatte ihre Bewunderung für Strobels Geschäftssinn, seine Englisch- und Französischkenntnisse, seine Weltgewandtheit und seine verkäuferischen Fähigkeiten im Laufe des letzten Jahres sogar noch zugenommen.

Ihr einziger Trost nach dem unrühmlichen Zwischenfall war die Tatsache, dass sie ihm nicht auch noch Maries Kugeln zum Fraß vorgeworfen hatte! Wahrscheinlich hätte er auch deren Idee geklaut und … Allein die Vorstellung war so schrecklich, dass Johanna gar nicht weiter darüber nachdenken wollte. Marie hätte sie umgebracht, so viel stand fest!

ZWEITES BUCH

Frühjahr 1892

»Glas, Glas
Was ist das?
Es ist und ist nicht,
Es ist Licht und kein Licht.
Es ist Luft und nicht Luft,
Es ist duftloser Duft.
Und doch ist es hart,
Ungesehen harte Gegenwart
Dem gefangenen Vogel, der es nicht sieht
Und den es in die Weite zieht.«

(Aus Gerhart Hauptmanns Ährenlese)

1

Mit müden Bewegungen knetete Ruth die zähe Masse auf dem Tisch immer und immer wieder durch. Unlustig formte sie dann vier Brotlaibe, die sie auf ein bemehltes Holzbrett legte und mit einem sauberen Tuch zudeckte. Morgen würde sie das Brot in aller Hergottsfrühe im Backhaus abgeben und darauf hoffen, dass eine der anderen Frauen es für sie mitbackte. Zeit, die Laibe selbst in den großen, steinernen Ofen zu schieben und während des Backens ein Schwätzchen zu halten, hatte sie nicht. Mit der Arbeit im Betrieb, der ganzen Hausarbeit und dem Kind waren ihre Tage mehr als ausgefüllt. Was hätte sie darum gegeben, wenigstens einen Tag pro Woche Hilfe von der alten Edel zu bekommen!

»Du wirst doch wohl mit dem bisschen Arbeit fertig werden! Stell dir mal vor, wie das aussehen würde, wenn ich Vater um Hilfe bäte.« Thomas hatte bei Ruths Ansinnen nur verständnislos mit dem Kopf geschüttelt.

»Aber Eva wird der Honig in den Hintern geblasen!«, fauchte sie jetzt, ohne dass jemand sie hörte.

Vom Tee, den sie zum Abendessen gekocht hatte, war noch ein lauwarmer Rest übrig. Angewidert starrte Ruth auf die hellgrüne Flüssigkeit. Was hätte sie für eine Tasse echten Bohnenkaffee gegeben! Ein paar Bohnen hatte sie noch – Johanna brachte ihr hin und wieder ein Säckchen vorbei –, doch die wollte sie sich für einen Tag aufsparen, an dem sie froheren Mutes war. Für heute war der bittere Tee gerade recht, beschloss sie in einem Anfall von Selbstquälerei.

Sie warf einen Blick ins Kinderbett, dann zog sie sich einen der Stühle her, die Thomas aus der hintersten Ecke von Wilhelms Boden hervor gekramt hatte. Wie viel lieber hätte sie eine Eckbank um den Esstisch gehabt! »Auf den Stühlen sitzen wir genauso gut. Wir sind doch eh die meiste Zeit oben bei Vater«, hatte Thomas auf ihren Vorschlag hin erwidert. Was das Geld ausgeben anging, fiel bei den Heimers der Apfel nicht weit vom Stamm.

Es war kurz vor neun Uhr abends. Bis Thomas aus dem Schwarzen Adler zurückkam, konnten noch Stunden vergehen. Trotzdem lauschte Ruth mit einem Ohr immer in Richtung Tür. Sie hatte keine Lust, den Streit vom Abend nochmals aufzuwärmen, und dass Thomas' schlechte Laune durch ein paar Humpen Bier nicht besser werden würde, stand fest.

Wieder einmal war es nur ein Fingerhut voll gewesen, eine Kleinigkeit, die ihn so aufgebracht hatte. Da Wanda schon seit einigen Wochen mit den Füßen gegen das Fußende ihrer Wiege stieß, hatte Ruth beim Schreinermeister Zurr ein kleines Bettchen für sie bestellt – das Kind sollte schließlich nicht krummbeinig aufwachsen. Heute Abend nun hatte Zurr das Bett geliefert. Ausgerechnet Thomas hatte an der Tür sein müssen, um es entgegenzunehmen. Kaum war der Mann gegangen, war es losgegangen: Verschwendungssucht war noch das Geringste, was er ihr vorgeworfen hatte. Einen Vorwurf nach dem anderen hatte es gehagelt. Und nicht nur das.

Warum hatte sie ihm nur nicht im Voraus gesagt, dass sie das Bett bestellt hatte, ärgerte sich Ruth im Nachhinein. Er schätzte es nicht, übergangen zu werden, wollte über alles informiert sein. Wehe, sie versäumte es, über einen ihrer Schritte Rechenschaft abzulegen, so wie heute! Aber verflixt noch mal – sie war doch nicht seine Gefangene! Hatte man als Ehefrau denn gar keine Rechte?

Am liebsten wäre sie ins Bett gegangen. Ihr taten nicht nur die Arme vom Hin- und Herschleppen der schweren Glaskartons weh, auch in ihrem Kopf hatte sich eine bleierne Müdigkeit breit gemacht. Doch dann hangelte sie nach dem Korb mit ihrem Strickzeug. Für einen Moment zögerte sie, welches der drei angefangenen Teile sie weiterstricken sollte, dann entschied sie sich für ein kleines Jäckchen. Bis sie es fertig hatte, würde es Wanda wahrscheinlich längst wieder zu klein sein.

»Alte Jammerliese!«, schimpfte sie sich selbst. Dann kramte sie in ihrem Nähkorb nach dem farbenfrohsten Wollrest, den sie finden konnte. Vielleicht würde das gelbe Garn für zwei schmale, gelbe Streifen an den Ärmeln reichen?

Das Klappern ihrer Nadeln war unstet. So unstet wie ihre Gedanken, für die während ihres langen und ausgefüllten Arbeitstages keine Zeit war, und die sich nun in ihrem Kopf drängelten. Eine Zeitlang versuchte Ruth krampfhaft, ihren Kopf leer zu halten. Sie schaute sich in der Wohnung um, die ihr Zuhause war. Gleich nach der Hochzeit hatten sie die Räume über dem Heimerschen Lager bezogen. Ihr kam es so vor, als wären seit damals hundert Jahre vergangen.

Nannte man das den Lauf der Dinge? Wenn die Tage dahintrudelten, ineinander flossen, unspektakulär, unauffällig? Arbeiten gehen, nach Hause kommen, das Kind versorgen, kochen, putzen, schlafen. Streiten. Arbeiten gehen.

»Was willst du, Kind?«, hatte Griseldis seufzend gefragt, als Ruth einmal zaghaft ihre Verdrossenheit angedeutet hatte. »So ist nun einmal das Leben. Freu dich an dem, was du hast: einen Ehemann, ein gesundes Kind, und am Hungerstuch nagen musst du weiß Gott auch nicht. Im Vergleich zu anderen geht's dir doch gut! Und glaube mir, ich weiß, wovon ich spreche!«

Nach dieser Predigt hatte sich Ruth eher noch schlechter gefühlt. Die Witwe Grün hatte ja recht: Oberflächlich betrachtet ging es ihr gut.

Das Klappern der Stricknadeln verstummte für einen Augenblick. Ruth runzelte die Stirn. Wie war das noch einmal mit glänzenden Oberflächen? Kaum kratzte man daran, kamen Macken und Schrunden und manchmal sogar tiefe Abgründe zum Vorschein.

Freu dich an dem, was du hast!

Ruth warf einen liebevollen Blick hinüber zur Wiege. Von Geburt an war Wanda ein Sonnenschein gewesen. Das sagte jeder. Sie schrie fast nie, lächelte jeden selig an, der sich eine Minute Zeit für sie nahm, hatte selbst in ihren ersten Wochen jede Nacht durchgeschlafen. Und hübsch war sie! Wie ihre Mutter. Das sagte auch jeder.

Es gab nur ein Problem mit Wanda. Ruth konnte sich nicht gegen den dicken Kloß in ihrem Hals wehren.

Sie war kein Junge.

Die Stricknadeln verschwammen vor ihren Augen. *Sei keine Heulsuse,* flüsterte die Stimme von zuvor, doch Ruth konnte sich gegen die Tränen nicht wehren. Bald wurde ihr Oberkörper von kleinen, heftigen Schluchzern geschüttelt. Bald war es ihr gleichgültig.

Wann sonst konnte sie ihnen freien Lauf gewähren? Tagsüber, in der Werkstatt? Unter den giftigen Blicken von Eva, die auf so etwas nur lauerte? In Thomas' Gegenwart? Er würde es genießen, sicher. Oder sollten ihre Tränen beim Wickeln auf Wandas rosafarbene Püppchenhaut tropfen?

Thomas hatte sich wirklich auf das Kind gefreut. Hatte überall mit dem Prachtkerl geprahlt, der herauskommen würde, wenn sich ein Heimer mit einer Steinmann zusammentat. Hatte Abend für Abend mit seinen Kameraden auf das Wohl des Ungeborenen getrunken.

Und dann war es passiert. Das Kind, das ihr während der

ganzen Schwangerschaft nicht die geringsten Schwierigkeiten bereitet hatte, kam mit dem größtmöglichen Mangel, den sich ein Heimer vorstellen konnte, zur Welt: als Mädchen. Dass es gesund war, vom ersten Tage an eine glatte, schöne Haut hatte und einen so weichen, blonden Haarflaum, dass Ruth ständig darüber streicheln musste, interessierte ihn nicht. Nachdem Thomas einen Blick auf das Kind geworfen hatte, hatte er wortlos ihr Schlafzimmer verlassen. In dieser Nacht war er gar nicht nach Hause gekommen. Wahrscheinlich feierte er mit seinen Kameraden die Geburt, hatte Ruth sich einzureden versucht. Dabei hatte sie tief drinnen Bescheid gewusst. Am nächsten Morgen hatte Eva, die Schlange, unter dem Vorwand, das Kind sehen zu wollen, sie besucht. Kein »Was für ein hübsches Kind!« war über ihre Lippen gekommen, dafür scheinheiliges Mitgefühl mit ihr und Thomas. »Doch kein Statthalter …, wo Thomas sich doch so auf einen Sohn gefreut hat! Und Wilhelm auf einen Enkel. Wenn wenigstens die anderen im Schwarzen Adler nicht so dumm daherreden würden! Von wegen, dass Thomas nun auch ein Büchsenmacher sei wie euer Vater und so … Kein Wunder, dass ein Mann nach *so etwas* seine Enttäuschung mit ein paar Bier zu viel herunterspült! Sebastian sagt, Thomas war so besoffen, dass er nicht mehr allein nach Hause gefunden hätte. Deshalb hat er ihn mit zu uns gebracht. Ha, seinen Kater möchte ich nicht haben! Wilhelm hat ihm für heute sogar frei gegeben. Du kannst dir denken, was *das* zu bedeuten hat.«

Ja, Ruth hatte sich das auch ohne Evas bedeutungsschwangeren Blick gut vorstellen können: Thomas hatte sich voll laufen lassen wie noch nie zuvor. Sie hatte versucht, Evas Gemeinheiten nicht an sich heran zu lassen. Eva war nur neidisch, weil es bei ihr und Sebastian immer noch nicht geklappt hatte, sagte sie sich.

Als Thomas an diesem Tag endlich gegen Abend nach Hause kam, sprach er keine fünf Sätze mit ihr, geschweige denn gab er eine Entschuldigung für sein nächtliches Wegbleiben. Wie hatte sie darauf gelauert, dass er einen Blick in die Wiege werfen oder sich wenigstens nach dem Kind erkundigen würde! Doch nichts dergleichen passierte.

Seine Brüder oder der Alte waren nicht besser, für sie schien Ruths Tochter nicht zu existieren. Da hatte es auch wenig genutzt, dass Ruth den Namen Wanda in der Hoffnung vorschlug, das W würde Wilhelm freuen. Keiner schien sich im Geringsten dafür zu interessieren, wie das Kind genannt wurde.

Und dann ...

Eine Woche nach Wandas Geburt hatte Thomas sie zum ersten Mal geschlagen. Und nicht nur das. Noch heute, Monate danach, lief Ruth ein Schauer über den Rücken, wenn sie an den Abend dachte.

An jenem Tag war ihre linke Brustwarze entzündet gewesen, wodurch das Stillen so schmerzhaft war, dass es ihr Tränen in die Augen trieb. Kein tröstendes Wort war von Thomas gekommen, keine liebevolle Umarmung. Stattdessen hatte er an Wandas Köpfchen vorbei auf ihre entblößten Brüste gestarrt, als würde er sie zum ersten Mal sehen. Als sie gegen sieben Uhr abends völlig erschöpft an Körper und Geist ins Bett gehen wollte, kam er ihr ins Schlafzimmer nach.

»Jetzt stört uns ja kein dicker Wanst mehr!« sagte er und öffnete seine Hose. Im ersten Moment verstand Ruth gar nicht, was er von ihr wollte. Er konnte doch unmöglich im Sinn haben, mit ihr zu schlafen? Ausgerechnet an diesem Tag, wo sie sich so elend fühlte?

Doch Thomas konnte – und er wollte.

Ruth war zu schwach gewesen, sich zu wehren.

Ihre Reglosigkeit hatte ihn aufgebracht. »Hab ich ein Weib

oder eine leblose Puppe?«, hatte er sie angeschrieen, während er in sie hinein stieß.

Mit geschlossenen Augen hatte Ruth die Zähne aufeinander gebissen und gehofft, er würde bald zum Ende kommen, während sie tief drinnen tausend Tränen weinte.

Auf seine Schläge war sie nicht gefasst gewesen. Erst auf die rechte Wange, dann auf die linke. Zack. Zack. Ohne viel Federlesens. Ungläubig hatte sie ihre Augen aufgerissen und einen Moment lang das Gefühl gehabt, er wäre mindestens so erschrocken gewesen wie sie.

»Das hast du dir selbst zuzuschreiben«, hatte er ihr ins Gesicht geschrieen. »Das nächste Mal schaust du deinen Gatten an, wenn er sich sein eheliches Recht nimmt. Dein hochnäsiges Getue kannst du woanders betreiben!«

Von dem Tag an hatte er sie immer wieder geschlagen. Nie so heftig, dass man es ihr angesehen hätte, Gott bewahre! Als einer, der sein Weib schlug, wollte Thomas Heimer nicht gelten.

Unbewusst fuhr Ruth über die wunde Stelle hinter ihrem Ohr, wo seine Faust am Abend die Haut hatte aufplatzen lassen.

Sie hatte ihm das mit dem Kinderbett gar nicht weiter erklären können, schon hatte es eine Ohrfeige gesetzt.

»Wieso musst du dauernd auf solche unmöglichen Ideen kommen?«, hatte er sie angebrüllt. Gerade so, als ob sie ein ungezogenes Schulkind wäre.

Sie konnte immer noch nicht fassen, dass ihr dies passierte. Ihr, der Tochter von Joost, dem die Ehre einer Frau immer so wichtig gewesen war.

Ihre Scham war so groß, dass sie es nicht fertig brachte, Johanna oder Marie davon zu erzählen. Was hätte es auch genutzt? Keiner hatte sie zur Ehe mit Thomas gezwungen. Sie hatte freiwillig und aus ganzem Herzen Ja zu ihm gesagt. Und damit auch zu der Heimer-Familie, die es nicht einmal für nötig gehalten hatte, zu Wandas Taufe zu kommen. Just an jenem Tag hatte jeder »etwas Wichtiges« zu schaffen gehabt! Wären ihre Schwestern nicht gewesen – sie hätte mit Wanda allein vor dem Pfarrer gestanden.

Noch heute sammelte sich Ruths Enttäuschung darüber zu einem Kloß in ihrem Hals. Es hätte nicht viel gefehlt und sie hätte sich damals, in diesen ersten Wochen, tatsächlich einreden lassen, versagt zu haben! Doch wann immer sie einen Blick in die Wiege geworfen oder Wanda an ihre Brust gelegt hatte, war eine heiße Woge über sie geschwappt. Sie liebte dieses Kind. Und wie sie dieses Kind liebte! Es war eine Steinmann wie sie und ihre Schwestern.

Als sie an Johanna und Marie dachte, musste sie lächeln. Die beiden machten an Wanda alles wett, was die Heimersche Seite versäumte: Die Kleine war noch keine Woche alt gewesen, da hatte Marie schon das erste Porträt von ihr angefertigt. Von da an hatte sie jeden Fortschritt in Wandas Wachstum mit ihren geschickten Griffelzügen festgehalten. Ruth wagte es zwar nicht, die Zeichnungen – so schön sie waren – aufzuhängen, doch sie holte sie immer wieder aus der Schublade hervor, um sie anzuschauen. Und Johanna! Es verging kein Wochenende, an dem sie nicht mit irgendeinem hübschen Kleidchen angekommen wäre. Und erst letzte Woche hatte sie einen Beißring aus purem Silber gebracht – dabei hatte die Kleine noch nicht einmal angefangen zu zahnen!

Ruths Gesichtszüge wurden hart. Wenn es nach ihr ging, konnte Johanna das Kind nach Strich und Faden verwöhnen! Schon sehr bald nach Wandas Geburt hatte sie einen Vorsatz gefasst: Sie würde stolz auf ihre Tochter sein, so stolz, wie Joost auf sie und ihre Schwestern gewesen war. Wanda sollte es an nichts fehlen. Sie war ihre kleine Prinzessin.

2

Auf dem Boden, auf Joosts Bolg und auf ihren alten Werkbänken – überall lagen Zeichnungen und Entwürfe herum. Ein paar winterliche Landschaften, Engelsgesichter, eine Miniatur-Krippe – lauter Motive, die gut zu Christbaumschmuck passten. Doch statt sich an der Fülle zu freuen, schaute Marie fast angewidert auf das Durcheinander in der Werkstatt. Das sollten ihre Fortschritte sein? Lächerlich.

Ihr Blick fiel auf das Buch, das Peter ihr zu Weihnachten geschenkt hatte. *Handbuch der bildenden Künste.* Manchmal wünschte sie, nie einen Blick hineingeworfen zu haben! Es war ihre Bibel geworden, ihr Freund. Und ihr Feind. In letzter Zeit vor allem das. War Kunst wirklich auf die darin beschriebene Art zu begreifen? fragte sie sich immer wieder. Konnte man eine Zeichnung zerteilen wie eine Weihnachtsgans, ihre Knochen bloß legen und sich dann an deren Nacktheit erfreuen? War das der eigentliche Sinn der Kunst?

Marie zweifelte daran.

Natürlich war die in dem Buch angeführte Logik der Formen verführerisch: Ein gemalter Kreis war die Vergrößerung eines Punktes. Viele Punkte aneinander gereiht ergaben eine Linie. Vier gleichwertige Linien ergaben ein Quadrat, in dessen Inneres wieder ein Kreis passte, von dessen Mittelpunkt ausgehend man ein Kreuz zeichnen konnte, welches die Seiten des Quadrates teilte …, *alles* war teilbar in Zeichen, Linien und Winkel. Dass man Kunst überhaupt mit einer solchen Exaktheit erfassen konnte, war eine neue Erfahrung für Marie. Nun hatte sie begonnen, ihre Entwürfe auf die im Buch genannten Gesetzmäßigkeiten hin zu überprüfen, doch weit war sie damit nicht gekommen: In Peters Buch war nirgendwo von Kugeln die Rede gewesen. Eine Kugel hatte keinen Anfang und kein Ende. Man konnte sie weder in Vierecke noch in Punkte zerteilen. Man konnte auch nicht sagen: »Da ist oben und da unten«, oder: »Hier ist sie runder als anderswo.« Sie bestand weder aus Ecken noch aus Winkeln. Wie die Seifenblasen, die Joost früher mit ihr geblasen hatte, war auch die Glaskugel eine Welt für sich. Sie genügte sich selbst, und genau dieser Umstand hatte es Marie angetan.

Sie sah in der Kugel die perfekte Form. Das Maß aller Dinge, an dem sich jeder ihrer Entwürfe messen lassen musste: Solange sich ein Motiv nicht auf eine Kugel zeichnen ließ, taugte es nichts für sie. Solange eine Form nicht wenigstens einen Kugelcharakter hatte, galt das Gleiche für sie.

Mit Nachdruck legte sie das Buch zur Seite. Damit würde sie nicht weiterkommen. Sie musste mit jemandem reden, mit jemandem, der Ahnung von Glas hatte. Und von Kugeln.

Das Problem war nur: Diesen jemand gab es nicht.

Dem alten Heimer brauchte sie mit neuen Entwürfen nicht mehr zu kommen – seine Söhne hatten von früh bis spät damit zu tun, die Aufträge der Verleger anzufertigen. Und ob er ihre Begeisterung für Glaskugeln geteilt hätte, bezweifelte Marie ohnehin.

Doch mit wem sonst sollte sie sich austauschen? Ruth und Johanna sahen ihre Zeichnerei lediglich als hübschen Zeitvertreib an. Außerdem waren die beiden so mit sich und ihrem Leben beschäftigt, dass sie gar keine Zeit hatten, Kenntnis von Maries künstlerischer Entwicklung zu nehmen. Und selbst wenn sie ihr bei jeder neuen Kugel über die Schulter geschaut hätten, so wäre Marie damit nicht zufrieden gewesen. Wenn schon, dann wünschte sie sich ein richtig kunstsinniges Publikum!

Daneben gab es nur noch Peter. Er hatte sein Wort von Weihnachten gehalten und gesagt: »Wenn es dir hilft, können wir uns zwei Mal wöchentlich abends zusammensetzen. Als Augenmacher ist mein Wissen zwar auch nur auf einen Bereich der Glasbläserei beschränkt, aber was ich weiß, teile ich gern mit dir. Ein paar praktische Hilfen kann ich dir auf alle Fälle geben. Ich blase schließlich nicht erst seit gestern Glas!«

Erst im Laufe der Zeit hatte Marie gemerkt, wie viel ihr diese Lehrstunden mit Peter gaben: Es waren nicht nur seine praktischen Hinweise, es war vor allem das Gefühl, von ihm ernst genommen zu werden.

Und dennoch: Auch nach einem halben Jahr »Lehrzeit« bei Peter konnte sich Marie nicht des Gefühls erwehren, noch immer ganz am Anfang ihres Könnens zu stehen. Würde je eine gute Glasbläserin aus ihr werden? Wie sollte das überhaupt gehen? Wo sie nicht einmal über genügend Rohlinge verfügte, um damit üben zu können? Johanna war zwar dank ihres guten Verdienstes mehr als großzügig, wenn es darum ging, sie mit Zeichenblöcken und Stiften auszustatten, doch Glasrohlinge konnte sie auch nicht so einfach herbeizaubern. Diese gab es nur in der Glashütte. Zwar hätte Johanna in ihrer neuen Weltgewandtheit wahrscheinlich nichts dabei gefunden, einfach in die Hütte zu gehen und Rohlinge zu kaufen, wenn Marie sie darum bat. Marie jedoch wollte sich den Tratsch gar nicht vorstellen, der dann im Dorf kursieren würde! So blieb ihr nichts anderes übrig, als hin und wieder Peter zu bitten, ihr ein paar Rohlinge mitzubringen.

Einmal hatte Johanna ihr angeboten, Ölfarben zu besorgen.

»Malen nicht alle großen Künstler in Öl?«, hatte sie gefragt, was wohl als eine Art Kompliment gemeint war. Doch Marie hatte dankend abgelehnt – Ölfarbe war nicht ihr Element, sie war viel zu zäh, zu *un-flüssig*. Glas war der Werkstoff, mit dem sie arbeiten wollte. Es war ein strenger Lehrherr, gewiss: Es konnte zerplatzen, zerfließen, in tausend Teile zerspringen. Man konnte sich daran schneiden oder verbrennen. Von allem konnte Marie inzwischen ein Lied singen. Doch je besser sie das Glas kennen lernte, desto besessener wurde sie von ihm.

Marie schaute auf die Wanduhr: gleich acht Uhr – Peters Augenpatient würde nun weg sein. Zeit für ihre Übungsstunde. Sie kramte ihre letzten Entwürfe zusammen, warf sich eine leichte Jacke über und ging aus dem Haus.

Seine Miene war finster, als er ihr öffnete. »Ich muss noch arbeiten«, sagte er statt einer Begrüßung.

Zögernd legte Marie trotzdem ihre Jacke ab. Arbeit? Auf dem Tisch sah sie nirgendwo Arbeit liegen, dafür jedoch ein Glas und eine Flasche Korn.

»Wenn es dir heute nicht passt, gehe ich wieder.« Sie versuchte, die Zeichnungen hinter ihrem Rücken zu verbergen. Doch Peter winkte sie zu sich an den Tisch. »Jetzt bist du ja schon da. Vielleicht tut mir ein bisschen Ablenkung auch ganz gut.«

»Ich möchte etwas Neues versuchen«, erklärte sie ihm. »Es hat wieder mit Weihnachtsbaumschmuck zu tun, ist aber etwas, das ich bisher noch nicht gewagt habe.« Ohne Umschweife breitete sie ihre Zeichnungen vor ihm aus.

»Walnüsse, Haselnüsse, Eicheln. Und Tannenzapfen.« Peter schaute sie an.

»Ich verstehe nicht ganz – das ist doch ein alter Zopf. Fast jeder vergoldet diese und hängt sie an seinen Weihnachtsbaum.«

Marie grinste. »Aber nicht jeder hat Nüsse aus Glas am Baum hängen.«

»Nüsse aus Glas?« Er musterte sie kritisch.

Während sie ihm ihre Idee genauer erklärte, wuchs ihre Erregung immer mehr. Sie konnte alles schon genau vor sich sehen! Konnte die glatten Rundungen der Haselnüsse und Eicheln in ihrer Handinnenfläche spüren. Die erhabenen Tannenzapfen unter ihren Fingerspitzen fühlen. In der Erwartung, dass sich Peter wie sie begeistern würde, schaute sie ihn an.

Doch er zuckte nur mit den Schultern. »Wenn dir die frei geblasene Kugel nicht mehr genügt, gibt es nur eines: Du musst zum Formenmacher Strupp gehen und dir Formen machen lassen.«

War seine schlechte Laune schuld oder fand Peter ihre Idee tatsächlich weit weniger grandios als sie? fragte sich Marie.

»Ich soll zum Formenmacher Strupp? Was sollte ich dem denn sagen? Und woher sollte ich das Geld für die Formen nehmen?«

Marie bemühte sich, ihre Stimme entsetzt klingen zu lassen. Dabei war das, was Peter vorschlug, nicht neu für sie. Wann immer sie in den letzten Wochen über ihren neuen Weihnachtsschmuck nachgedacht hatte, war sie zu demselben Schluss gekommen: Wenn man sie naturgetreu machen wollte, konnten Zapfen oder Nüsse aus Glas nicht frei geblasen werden. Sie mussten in eine Form geblasen werden. Und Formen stellte in Lauscha nur einer her: Emanuel Strupp.

»Dann mach dir doch selbst welche! Deine Skizzen sind so detailliert, dass du nach ihnen eine Tonform modellieren könntest. Und nach diesem Tonmodell kannst du dann die Gipsform erstellen. Ein paar Batzen Ton und Gips könnte ich dir schon besorgen, das wäre kein Problem. Ich nehme an, dass deine Formen nicht so lange halten werden wie die vom Strupp – keiner weiß, was er seiner Masse beimischt –, aber sie werden schon nicht gleich beim ersten Mal vor der Flamme zerspringen. Es wäre einen Versuch wert, oder?«

Maries Lippen kräuselten sich zu einem triumphierenden Lächeln. »Ehrlich gesagt, habe ich auch schon an so etwas gedacht. Aber dass *du* mir das zutraust, gibt mir den letzten Schubs, um mein Glück zu versuchen.« Sie hob die Schultern. »Und mehr ist es nicht. Ein Versuch. Was kann ich dabei schon verlieren?« Impulsiv drückte sie Peters Arm.

»Wenn ich dich nicht hätte … Du bist wirklich ein prima Kerl!«

Peter starrte in sein Glas. »Da bist du aber die Einzige, die das so sieht.«

Marie schwieg betroffen. Sie konnte sich schon vorstellen, auf wen seine Bemerkung gemünzt war: Erst letzte Woche hatte Johanna ihn wieder einmal ziemlich unfreundlich abgekanzelt. Dabei hatte er sie nur gefragt, ob sie am nächsten Wochenende auch nach Hause kommen würde. Nachdem sie zwei Mal hintereinander in Sonneberg geblieben war, war diese Frage in Maries Augen durchaus berechtigt gewesen. Aber Johanna war wie eine Hummel in die Luft gegangen! Hatte ihm vorgeworfen, er würde sie bevormunden wollen.

»Du kennst doch Johanna«, erwiderte Marie lahm.

»Warum ist das Weib so eigensinnig?« Peter hob hilflos die Hände. »Wem will sie noch beweisen, dass sie allein zurechtkommt? Das wissen wir doch alle längst.«

Krampfhaft suchte Marie nach einer passenden Antwort. Doch die Tatsache, dass sich ihr jemand anvertraute, kam selten vor. Sie war nicht gut in solchen Dingen. Und sie selbst war auch keine, die unentwegt zu anderen rannte, um ihre Sorgen loszuwerden. Wenn es ihr schlecht ging, setzte sie sich an ihren Zeichentisch und malte. Und wenn es ihr gut ging, tat sie dasselbe.

»Niemand kann behaupten, dass ich sie zu etwas dränge, weiß Gott nicht! Mir tönen heute noch die Worte eures Vaters in den Ohren: ›Lass dem Mädchen Zeit, Johanna ist längst nicht so erwachsen, wie sie immer tut.‹ Alles schön und gut, aber wie lange soll ich denn noch warten, bis sie endlich erkennt, wohin sie gehört?« Peter ließ seine Schultern sinken.

Vater hatte also Bescheid gewusst über Peters besondere Zuneigung zu Johanna! Und hatte sie scheinbar gut geheißen.

»Aber du kannst sie doch schlecht zwingen, dich zu lieben!« Sie staunte über den fast aggressiven Unterton in ihrer

Stimme. Woher nahm er eigentlich die feste Überzeugung, dass er und Johanna füreinander bestimmt seien?

Peter sank in sich zusammen wie ein Blasebalg, aus dem man die Luft genommen hatte. »Das weiß ich auch«, sagte er leise. »Trotzdem habe ich tief drinnen immer noch die Hoffnung, dass sie eines Tages zu mir kommen wird. Freiwillig. Nur manchmal …« – er lachte verlegen – »fällt mir das Warten halt schwerer als sonst. Verdammt, ich bin doch auch nur ein Mann! Ich habe Sehnsüchte, Bedürfnisse …« Er brach ab. »Aber was erzähle ich das gerade dir!« Sein Ton war bitter. »Du bist auch nicht wie andere Frauen. Du scheinst über diesen Dingen zu schweben.«

»Ich weiß zwar nicht, was du damit sagen willst – aber nach einem Kompliment hört sich das nicht gerade an!«, stellte Marie beleidigt fest. Was war denn heute nur in den gutmütigen Peter gefahren?

»Weißt du, eine Zeitlang habe ich gedacht, du und der jüngste Heimer …« Er schaute sie schräg von der Seite her an.

»Ich und Michael?« Nun war sie wirklich entsetzt. »Wie kommst du auf eine solche Idee?« Es hätte nicht viel gefehlt und sie hätte sich geschüttelt wie eine Katze, die unfreiwillig in den Regen kommt.

Peter zuckte die Schultern. »Na, im Frühjahr ist er doch des Öfteren bei dir ein und aus gegangen. Und da hab ich mir gedacht – du und er … Was ist so abwegig an dem Gedanken, dass du dir auch einen Heimer zum Heiraten aussuchst?«

»Vielen Dank!«, sagte Marie entrüstet. »Vielleicht hat *er* sich ein paar Hoffnungen in dieser Richtung gemacht. Aber dafür kann ich doch nichts! Ich habe es halt nicht übers Herz gebracht, ihn wegzuschicken. Weißt du, er ist gar kein so schlechter Kerl.« Dass sie seine Besuche dazu genutzt hatte, sich von ihm einige Tricks vor der Lampe zeigen zu lassen, ließ sie unerwähnt. Im Nachhinein schämte sie sich ein bisschen wegen der Art, wie sie das angestellt hatte. Vielleicht hatte er sich durch ihre Schmeicheleien doch ein klein wenig ermutigt gefühlt? Es war Zeit, das Thema zu wechseln, beschloss Marie.

»Weil wir gerade bei ›Ein- und Ausgehen‹ sind … Täusche ich mich oder habe ich tatsächlich des Öfteren Rita Strupp bei dir gesehen?«

Peter nickte.

»Ja und?« Dass Männer im entscheidenden Moment immer so wortkarg sein mussten!

»Sie mag mich!« Er verzog das Gesicht. »Sie ist sogar ziemlich aufdringlich, ich glaube, ich müsste mich nicht einmal sehr anstrengen, um …« Er brach ab, als er merkte, dass das Gespräch zu intim zu werden drohte. »Aber was soll ich denn mit Rita?«

Unwillkürlich musste Marie lachen.

»Andere Männer würden nicht so dumm fragen. Sie ist schließlich ein ausgesprochen hübsches Mädchen.«

»Und wenn schon«, erwiderte Peter wegwerfend. »Eine Frau mit Köpfchen ist mir lieber. Aber ich glaube, es hat mit Rita selbst gar nicht so viel zu tun: Für mich wäre *jede* andere nur zweite Wahl – ich kann's nicht ändern. Und damit will ich mich nicht zufrieden geben! Schau: Wenn dir einer von heute auf morgen das Glasblasen verbieten würde, würdest du dann sagen: Macht nichts, fange ich halt das Tischdeckenhäkeln an?«

»Dieser Vergleich ist zwar etwas seltsam, dafür aber sehr anschaulich!« Marie zog eine Grimasse.

»Armer Peter …« Sie knuffte ihn spielerisch in die Seite. »Bei Johannas Arbeitseifer sehe ich ziemlich einsame Zeiten auf dich zukommen.«

Er nickte finster. »Da hast du allerdings recht. Wenn nicht noch ein Wunder geschieht, das Johanna nach Lauscha zurückbringt, dann kann ich auch Mönch werden.«

3

»Ist sie nicht das hübscheste Kind, das ihr je gesehen habt?« Ruth hielt Wanda mit ausgestreckten Armen in die Höhe. Lautes Babykrähen war die Antwort. »Hier! Tante Marie will dich sicher auch einmal halten.«

Ehe Marie wusste, wie ihr geschah, hatte sie das Kind auf dem Arm. Prompt verzog Wanda das Gesicht zu einer unglücklichen Grimasse.

»Sie will nicht zu mir, siehst du das nicht?« Marie hielt das Kind wie einen Fremdkörper von sich.

Wanda nutzte die Gelegenheit, sich einen von Maries Stiften zu angeln. Im nächsten Moment hatte sie das Teil im Mund.

»Wirst du das lassen, das ist doch giftig!« Marie stöhnte, als sie die Flecken apfelgrüner Spucke sah, die kurz darauf auf dem zarten Spitzenkragen von Wandas Kleid erschienen.

»Gib' sie mir!«, sagte Johanna lächelnd. »Deine Tante Marie ist viel zu unruhig für einen so kleinen Wurm wie dich.«

Sobald ihre Hände wieder frei waren, versuchte Marie, Ordnung auf ihrem Arbeitstisch zu schaffen. Sinnlos, befand sie nach einem Blick auf die zahllosen Dinge, die Ruth seit ihrem Eintreffen dort verstreut hatte. Dass ein kleines Kind so viele Sachen benötigte!

Es war später Sonntagnachmittag und Marie hatte eigentlich vorgehabt, sich an ihrem zweiten Tonmodell zu versuchen. Das erste, ein länglicher Tannenzapfen, war für einen ersten Versuch nicht schlecht ausgefallen, nun wollte sie herausfinden, ob es ihr mit mehr Übung noch besser gelingen würde. Doch es sah nicht danach aus, als ob sie heute noch zum Arbeiten kommen würde.

»Woher sie nur diese fast silbrig blonden Haare hat?« Ruth strich ihrer Tochter schwärmerisch über den Kopf, dann schaute sie zu Johanna.

»Von Thomas' Seite gewiss nicht, so viel steht fest. Dieser seidige Glanz kommt natürlich nicht von ungefähr. Jeden Abend bürste ich sie mit dreißig Strichen. Mit einer ganz weichen Bürste, versteht sich. Und gewaschen werden sie nur mit der Lavendelseife, die ich von dir habe.« Sie lächelte. »Wenn Wanda erst einmal größer ist, bekommt sie eine silberne Spange für ihr Haar. So eine, wie ich mir als Kind auch immer gewünscht habe.«

»Erinnerst du dich nicht? Mutter hatte blonde Haare. Nicht ganz so helle wie Wanda, aber sie waren um einiges heller als Vaters und unsere.« Johanna schloss die Augen. »Ich kann sie noch fühlen, ihre seidenen Haare, die sie abends zu einem dicken Zopf geflochten hat.«

»Stimmt!«, rief Ruth aus. »Wir haben uns immer gestritten, wer ihre Haare bürsten und flechten durfte. Einmal, da …«

Marie räusperte sich. »Könntet ihr euer Gespräch nicht in der Küche fortsetzen? Ich würde wirklich gern noch ein bisschen zeichnen und …«

»Jetzt willst du zeichnen? Wo wir doch eh so wenig Zeit zusammen haben?«, entgegnete Ruth.

»Zum Malen hast du doch die ganze Woche Zeit«, fügte nun auch Johanna vorwurfsvoll an.

»Die ganze Woche Zeit!« Marie presste ihre Lippen zusammen. »Dass ich nicht lache!«

Schließlich kam Ruth fast jeden Abend »auf einen Sprung« herüber und blieb dann stundenlang sitzen. Redete mit Wanda. Redete über Wanda. Über deren Schönheit und Klugheit und so weiter. Marie warf ihrer immer noch plärrenden Nichte einen unfreundlichen Blick zu. Mussten Kinder so laut sein?

»Warum kocht ihr nicht eine Kanne Kaffee, und ich komme in einer halben Stunde dazu?«, schlug sie bemüht freundlich vor.

Sie stieß ein Dankgebet aus, als die beiden ihrer Aufforderung folgten und augenblicklich Ruhe in den Raum einkehrte.

*

»Ich weiß wirklich nicht, was mit Marie los ist!«, ereiferte sich Ruth, während sie zusah, wie Johanna die Kaffeebohnen mahlte. »Man könnte fast das Gefühl bekommen, nicht erwünscht zu sein. Mhhh – dieser Duft. Ich könnte sterben für diesen Duft!«

»Ich habe dir doch das letzte Mal ein Säckchen Kaffee mitgebracht. Ist der schon wieder aufgebraucht?«, wollte Johanna wissen.

»Längst – seitdem sind schließlich drei Wochen vergangen. Und mit irgendetwas muss ich mich schließlich verwöhnen, oder? Nicht wahr, Wanda?«

Sie schaukelte das Kind auf ihrem Knie. Betont beiläufig sagte sie: »Ach, übrigens … morgen komm ich mit dir nach Sonneberg!«

»Morgen? Am Montag? Das ist aber sehr ungeschickt«, entgegnete Johanna stirnrunzelnd. »Du weißt doch, dass Strobel morgen zurückkommt. Da muss ich pünktlich im Laden sein. Und so bald weg kann ich auch nicht: Nach seinen Reisen will er stets sofort darüber in Kenntnis gesetzt werden, was in seiner Abwesenheit alles geschah.«

»Ich höre immer nur Strobel hier, Strobel da! Der scheint ja nur noch verreist zu sein. Ist das nicht schon das zweite Mal in diesem Jahr?« Warum fragte Johanna nicht, was sie in Sonneberg wollte? In diesem Haus schien sich niemand mehr ernsthaft für sie zu interessieren!

»Das dritte Mal«, korrigierte Johanna trocken. »Aber ehrlich gesagt: Von mir aus kann er verreisen, so lange und so oft er will!«

»Ha, das kann ich gut verstehen. Wahrscheinlich machst du dir einen schönen Lenz, wenn er nicht da ist!«

»Von wegen. Du hast ja keine Ahnung! An manchen Tagen weiß ich schon am Mittag nicht mehr, wo mir der Kopf steht vor lauter Arbeit. Aber sag doch: Was willst du morgen in Sonneberg?«

Na endlich! Ruth lächelte geheimnisvoll. »Ich habe etwas vor. Eigentlich wollte ich es ja nicht sagen, aber ... ach, was soll's! Ihr seid schließlich meine Schwestern!«

Sie schaute Marie, die sich inzwischen ebenfalls an den Tisch gesetzt hatte, gnädig an. Dann holte sie aus ihrer Tasche, die sie neben ihrem Stuhl abgestellt hatte, eines von Johannas Magazinen hervor. Es hieß »Gartenlaube« und wollte laut Untertitel zur Erbauung der weiblichen Leserschaft beitragen. Während Johanna die Zeitschrift jedes Mal nur durchblätterte, las Ruth Zeile für Zeile, betrachtete jedes Bild eingehend, saugte jedes Fitzelchen Information auf wie ein Schwamm.

Ohne lange blättern zu müssen, schlug sie zielsicher eine Seite auf und deutete mit ihrem Zeigefinger auf ein Bild, auf dem ein in feinste Spitze gewandeter Säugling auf einem Bärenfell lag.

Verständnislos schauten die anderen beiden darauf.

»Der jüngste Spross der russischen Zarenfamilie – ich verstehe nicht: Was hat das mit deinem Besuch in Sonneberg zu tun?«, fragte Johanna.

Ruth verdrehte die Augen. »Manchmal könnt ihr ziemlich begriffsstutzig sein. Das liegt doch auf der Hand: Ich möchte Wanda fotografieren lassen! So wie dieses Zarenkind. Auf einem Bärenfell. Sie ist schließlich mindestens so hübsch wie die Kleine hier auf dem Bild.«

»Eine Fotografie von Wanda?« Johanna stand die Skepsis ins Gesicht geschrieben. »Was sagt denn Thomas zu dieser Idee?«

»Thomas!« Ruth machte eine wegwerfende Handbewegung. »Es ist besser, wenn der nicht alles weiß. Ist das Bild erst einmal da ist, wird es ihm sicher auch gefallen.«

Wahrscheinlich würde sie ihm gar nicht sagen, weswegen sie nach Sonneberg ging, sondern behaupten, sie müsse zum Arzt. Wahrscheinlich würde sie ihm das Bild auch nie zeigen. Denn es war mehr als wahrscheinlich, dass er sie grün und blau schlagen würde, wenn er erführe, für welchen »Furz« sie gutes Geld ausgegeben hatte. Geld, das sie sich Pfennig für Pfennig vom Wirtschaftsgeld zusammengespart hatte. Aber das alles brauchten ihre Schwestern nicht zu wissen.

»So eine Fotografie ist eine bleibende Erinnerung für alle Ewigkeiten«, sagte sie. »Wanda kann sie später einmal aufhängen wie ein Bild.«

»Ist das nicht furchtbar teuer? Soll ich dir nicht besser ein neues Porträt von Wanda malen? Das wäre nämlich umsonst!«, bot Marie an.

»Also, ich weiß nicht – Fotografien von Hochzeitspaaren kennt man ja, aber von einem Kleinkind?« Johanna schüttelte den Kopf. »Ist das nicht ein bisschen übertrieben? Und sag jetzt nicht, die russischen Zaren würden dies ebenso halten!«

»Gönnst du Wanda etwa auch nichts?« Wie von der Tarantel gestochen, fuhr Ruth hoch.

»Wenn das so ist, hätte ich ja gleich bei den Heimers bleiben und mir Evas Eifersüchteleien anhören können.« Ruth spürte, wie ihr Hals eng wurde. Immer öfter hatte sie in letzter Zeit sehr nahe am Wasser gebaut. Um nicht auf der Stelle loszuheulen, fuhr sie erneut auf: »Wenn Vater noch leben würde, der würde sein Enkelkind wenigstens lieben! Der wäre nicht so missgünstig wie ihr!«

»Jetzt mach aber halblang«, erwiderte Johanna. »Du weißt ganz genau, dass wir für deine Tochter alles tun würden. Aber deshalb darf man doch trotzdem seine Zweifel äußern, wenn man welche hat, oder?«

Trotzig schaute Ruth zur Seite. Sie war nicht hier hergekommen, um sich so etwas anzuhören.

»Kann es nicht sein, dass du Wanda einfach ein bisschen zu sehr verwöhnst?«, bemerkte nun auch Marie.

»Und wenn es so wäre?«, erwiderte Ruth. »Wäre das so schlimm?«

Sie erwartete keine Antwort, sondern fuhr bestimmt fort: »Schau sie doch an, die kleine Schönheit! Du kannst Wanda nicht mit anderen Kindern vergleichen. Sie ist etwas ganz Besonderes und hat nur das Beste verdient!«

Als Ruth an diesem Abend nach Hause ging, war es ausgemachte Sache, dass Johanna am nächsten Morgen auf sie warten und sie gemeinsam nach Sonneberg fahren würden.

4

Je mehr sich seine Kutsche Sonneberg näherte, desto verdrießlicher wurde Strobels Stimmung. Zum ersten Mal spürte er nicht den winzigsten Hauch von Vorfreude bei dem Gedanken an Sonneberg und seinen Laden. Nicht einen Funken Begeisterung. Mit starrem Blick sah er die düsteren Tannenwälder an sich vorbeiziehen. Er hatte Mühe, frei durchzuatmen. Alter Schweißgeruch hing wie ein schweres Tuch über dem Innenraum der Kutsche, die er hatte nehmen müssen, nachdem seine letzte Zugverbindung wegen irgendwelcher Gleisarbeiten nicht zustande kam.

Provinz. Nichts als Provinz.

Die Vorstellung, abermals Wochen inmitten dieser Öde verbringen zu müssen, bevor er auch nur an einen nächsten Besuch in B. denken konnte, war mehr, als er im Augenblick ertragen wollte.

Er schloss die Augen und dachte an die Tage zurück, die hinter ihm lagen. Diese Belebung! Jede Faser seines Körpers hatte er gespürt.

Es war ein besonderer Besuch gewesen: Das Ende der Renovierungsarbeiten war gefeiert worden. Wie hatte die Gräfin P. es so treffend genannt: »Zelebrieren wir die Auferstehung eines Tempels der Lust.« Graf Z. hatte die Räumlichkeiten gar mit einem Palast verglichen. Nun ja … Strobel hüstelte. Ein Palais vielleicht? Aber in der Tat: Ihm war nicht zu viel versprochen worden, sein Geld war wirklich gut investiert worden. Es war etwas Einmaliges entstanden.

Allein das Ambiente – ganz in Schwarz-Rot gehalten, viel Samt, noch mehr Seide, und als Kontrast derbes Leder. Dazu Musik, Champagner und vor allem erlesene Gesellschaft. Dies alles war nur wenigen Auserkorenen vorbehalten!

Strobel setzte sich aufrechter hin. Nicht alles konnte man mit Geld kaufen, auch, wenn sich das manch einer einbildete. Nein, diejenigen, welche einen Schlüssel zu diesem Tempel der Lust besaßen, waren Auserwählte: Menschen mit äußerst hohem Bildungsstand. Doktoren, Anwälte, Stadtväter und Söhne aus reichen Handelshäusern – beste Gesellschaft eben, die allesamt eines gemeinsam hatte: eine strenge Erziehung, in der Zucht und Ordnung über alles andere gestellt worden waren. Die Fähigkeit, sich unterordnen zu können, Strafen hinnehmen zu können – oder, im umgekehrten Falle, Härte zu zeigen, Untergebene für ihre Säumnisse zu strafen –, musste von frühester Kindheit anerzogen werden, wollte man sie später als Kunstform zelebrieren!

Strobels Blick war starr auf die gegenüberliegende Sitzbank gerichtet. Aus einem langen Riss im abwetzten Kunstleder quoll braunes Füllmaterial, das modrig roch. Mit seinem Zeigefinger fuhr er die brüchige Kante des Risses entlang. Dort, wo das Kunstleder sich in seine Haut grub, hinterließ es einen scharfen, weißen Kratzer, doch Strobel spürte nichts.

Nun war es erst einmal aus und vorbei mit dem süßen Leben. Mit belebenden Reizen jeglicher Art. Kundengespräche, Listenführung, Verhandlungen mit Glasbläsern und Puppenmachern – das war von nun an wieder sein täglich Brot. Keine ausgiebigen *Diners*, sondern hastig zu sich genommene Mahlzeiten, bei denen ihm wieder einzig Johanna als Tischpartnerin würde genügen müssen. Ein wenig anregender Gedanke. Denn, ehrlich gesagt, was hatte sie ihm zu bieten? Kläglich wenig, und das, obwohl er sich seit Jahr und Tag bemühte, ihren Horizont zu erweitern und sie in die Welt der feinen Genüsse einzuweihen. Sie hörte ihm zwar zu, machte hie und da eine ihrer spöttischen Bemerkungen, die ihn eine Zeit lang hatten glauben lassen, sie würde eine sehr eigene, scharfsinnige Form des Parlierens entwickeln, doch tief drinnen war sie noch immer ein Mädchen vom Land. Statt ihn auf seinen verbalen Exkursionen, seinen durchaus manchmal exzentrischen Gedankengängen zu begleiten, kam sie bei jeder nächstbesten Gelegenheit auf Lauscha zu sprechen. Dabei interessierte ihn nichts weniger als das Nest hinter den sieben Bergen! Wie sagten die Engländer so trefflich? »You can take the girl out of the village, but you can't take the village out of the girl«, was soviel bedeutete wie: Landpomeranze blieb Landpomeranze.

Und was »das andere« betraf: Auch in dieser Hinsicht waren seine Bestrebungen vergebliche Liebesmüh gewesen. Er lachte angesichts seiner so trefflich gewählten Formulierung. Nachdem sie über sein Weihnachtsgeschenk, die sündhaft teure Ausgabe der Memoiren des Grafen de Sade, keinen Ton verloren hatte, hatte er sich nicht weiter in dieser Richtung um sie bemüht. Vielleicht war sie ja doch nur ein simpler Kieselstein, den man nicht zu einem Diamanten schleifen konnte? Der Gedanke erschien ihm immer wahrscheinlicher.

Andererseits: Hatte nicht Graf G. – oder war es der Freiherr von Z. gewesen? – behauptet, dass es seiner Erfahrung nach oftmals die einfachen Burschen und Mädchen aus dem Volk waren, die eine natürliche Begabung zur Hingabe, respektive zur Dominanz aufwiesen? Auf Johanna Steinmann schien das nicht zuzutreffen, sonst hätte sie ihm doch längst ein Zeichen gegeben.

Die Kutsche hielt so ruckartig an, dass Strobel das Gleichgewicht verlor und auf den Boden rutschte. »Kannst du nicht besser aufpassen? Tölpel! *Putain*!«, schalt er den Kutscher.

Mit eisiger Miene schaute er auf seine staubigen Knie, während der Kutscher sein Gepäck auslud. Dann bezahlte er den exakten Fahrpreis, ohne einen zusätzlichen Pfennig als Anerkennung zu geben. Anerkennung für was? fragte er sich, während er seine Tasche die Stufen zur Ladentür hochhievte. Dafür, dass der Rüpel ihn unsanft auf den Boden der Tatsachen zurückgeholt hatte?

Verärgert wollte er die Ladentür öffnen – und prallte mit seinem ganzen Gewicht von ihr ab.

Verschlossen.

Strobel warf einen ungläubigen Blick auf seine Uhr: neun Uhr zehn. An einem Montagmorgen.

Was war hier los?

Umständlich kramte er in seiner Reisetasche nach seinem Schlüssel.

Wo war Johanna?

5

»Aufgepasst, Mesdames, nicht erschrecken! Nun wird es gleich sehr hell werden!« Der Fotograf zwirbelte seine Bartenden, rieb seine Hände gegeneinander und verschwand hinter seinem Kasten unter einem schwarzen Tuch.

»Ist sie nicht brav? Schau doch, wie hübsch sie aussieht!« Ruth platzte fast vor Stolz auf ihre Tochter.

Unruhig sah Johanna sich um, als suche sie nach einem Fluchtweg.

»Ich muss jetzt wirklich gehen!«, sagte sie. Die Standuhr des Fotografen zeigte bereits neun Uhr fünfzehn. Verflixt! Warum hatte sie sich überhaupt von Ruth überreden lassen, noch hierher mitzukommen!

»Er ist sicherlich gleich fertig«, flüsterte Ruth besänftigend.

Monsieur warf ihr einen vorwurfsvollen Blick zu.

»So kann ich nicht arbeiten, Mesdames! Ich brauche Ruhe. Und das *bébé* muss auch ruhig sein. Und ruhig liegen!« Er nickte in Richtung Wanda, die weinerliche Töne von sich gab.

Ruth huschte zu ihrer Tochter, legte diese wieder in die Mitte der Wolldecke – ein Bärenfell hatte der Fotograf beim besten Willen nicht auftreiben können – und war sogleich wieder an Johannas Seite.

»Der tut sich aber wichtig! Ob wohl alle Franzosen so sind?« Sie zog eine Grimasse. »Ich glaube, ohne dich hätte ich mich nicht hierher getraut.«

Aber vorher große Töne spucken, schoss es Johanna durch den Kopf. »Du und deine Ideen – du bringst mich noch in Teufels Küche! Wenn Strobel vor mir zurückkommt und der Laden noch nicht offen ist …«

»Ach, der soll sich nicht so haben. Was macht denn schon eine halbe Stunde aus? Die Kunden werden so früh am Morgen noch nicht Schlange stehen.«

Während Johannas Unruhe von Minute zu Minute wuchs, machte der Fotograf unter viel Brimborium noch ein zweites Bild, diesmal von Mutter und Tochter. Endlich waren sie fertig. Ruth bezahlte den Mann und es wurde vereinbart, dass Johanna die Fotos am kommenden Freitag abholen sollte.

*

Neun Uhr zwanzig.

Zum x-ten Mal schaute Strobel abwechselnd auf seine Taschenuhr und dann aus dem Fenster.

Wo war sie? War sie krank? Er konnte sich einfach nichts anderes vorstellen, was sie von der Arbeit hätte abhalten sollen. Zuverlässigkeit war schließlich eine ihrer höchsten Tugenden. Es musste etwas Ernstes sein, sagte er sich. Wäre sie nur an etwas Harmlosem erkrankt, hätte sie ihm eine Nachricht zukommen lassen. Er legte Stift und Listen aus der Hand und ging in die Küche, wo er auf dem Tisch eine Nachricht von Sybille Stein vorfand: In krakeligen Buchstaben teilte sie ihm mit, dass sie erkrankt sei und nicht kommen könne. Angewidert warf er den Zettel auf den Boden. Tanzte ihm in diesem Haus jeder auf dem Kopf herum? So konnte das nicht weitergehen – er würde sich dringend eine neue Haushälterin suchen müssen!

Wie ein Spion stellte er sich hinter dem Küchenfenster auf. Ohne Kochtopfklappern und andere Küchengeräusche im Hintergrund wuchs seine Anspannung nur noch.

Neun Uhr fünfundzwanzig.

Keine Johanna weit und breit.

Neun Uhr dreißig.

Womöglich war gar nicht *sie* krank, sondern eine ihrer Schwestern. Oder das Balg der einen. Ärgerlich biss Strobel einen Hautfetzen an seinem rechten Daumen ab. Wieso war er darauf nicht gleich gekommen? In Lauscha musste doch nur einer pfeifen und schon kam Johanna gesprungen! Was hatte er sich vergeblich bemüht, ihr klar zu machen, wie unwichtig diese ganzen Dörfler waren. Aber wenn es um ihre Familie ging, war sie starrsinnig wie eine Eselin.

Wenn er genauer darüber nachdachte, war Johanna sowieso der Starrsinn in Person!

Neun Uhr fünfunddreißig.

Zuviel Starrsinn tat niemandem gut. Er versperrte den Blick für das Wesentliche.

Neun Uhr einundvierzig.

Vielleicht war es an der Zeit, ihr eine Lektion zu erteilen. Ja, vielleicht war das genau das Richtige. Der Gedanke erregte ihn. Unruhig rutschte Strobel auf seinem Stuhl nach vorn.

Wo blieb sie, verdammt noch mal?

Es war fünfzehn Minuten vor zehn, als er Johanna Arm in Arm mit Ruth um die Ecke kommen sah.

6

Als die Ladenklinke auf ihr Drücken hin nachgab, rutschte Johannas Herz ein Stück nach unten: Strobel! Ausgerechnet heute musste der Zug früher kommen! Hastig hängte Johanna ihren Mantel an der Garderobe im Hausflur auf. Alles still. Kein Verleger, der sie mit Vorwürfen empfing. Das war gut so, denn sie hatte sich noch keine plausible Erklärung für ihr Zuspätkommen zurechtgelegt, sondern hoffte immer noch auf eine spontane Eingebung. Sie fuhr sich über ihre Frisur, steckte eine Haarsträhne fest, die Wanda herausgezerrt hatte. Dann atmete sie tief durch und wollte gerade in den Laden gehen, als sie von hinten grob am Arm gepackt wurde.

»Wo kommst du her?« Wie aus dem Nichts stand plötzlich Strobel neben ihr.

»Ich …« Erschrocken griff Johanna sich an die Kehle. »Ich habe noch etwas erledigen müssen«, sagte sie lahm.

Strobel machte einen Schritt auf sie zu. »Das habe ich gesehen!« Er nickte in Richtung Fenster. Sein Oberkörper bebte. »Erledigungen – mit deiner Schwester!« Er schleuderte ihren Arm weg. Mit wenigen Schritten war er an der Ladentür und legte den Riegel vor.

Aha, Strobel wollte kein Publikum für seine Standpauke. Johanna rieb sich den Arm.

»Ich kann es nicht fassen! Da komme ich nichtsahnend zurück und muss feststellen, dass du …«

»Es tut mir Leid, wirklich. Wenn ich gewusst hätte, dass ich so lange aufgehalten werde, hätte ich doch nie … Dafür werde ich heute Abend länger arbeiten …«

Bis er sich beruhigt hatte, war es am besten, ihm aus dem Weg zu gehen, beschloss Johanna und machte ein paar Schritte auf die Küche zu.

Doch er kam ihr mit einem Satz nach.

»Da überlasse ich dir mein Geschäft im guten Glauben, es in sicheren Händen zu wissen. Und was machst du? Missbrauchst mein Vertrauen bei der erstbesten Gelegenheit!« In seinen Mundwinkeln hing ein Rest Spucke, der sich mit jedem Atemzug aufblähte wie ein Spinnennetz im Wind.

Was für ein Ekel! Angewidert drehte Johanna sich weg. Zugegeben, sie hatte einen Fehler gemacht, aber beschimpfen lassen musste sie sich deswegen noch lange nicht!

»Ich habe doch schon gesagt, dass es mir Leid tut!«, wiederholte sie. Mit mehr Mut als sie verspürte, stemmte sie ihre Arme in die Seite.

»Jetzt bin ich ein einziges Mal zu spät gekommen! Eine halbe Stunde, wegen der Sie ein solches Aufhebens machen! Das ist ja lächerlich!«

»Aha – lächerlich ist das? Ich werde dir zeigen, wer sich hier gleich lächerlich macht!« Im nächsten Moment hatte

Strobel sie wieder am Arm gepackt. Er drängte sie in die Küche und gegen den Tisch, bis ihr Kreuz nach hinten durchgebogen war.

Alles ging so schnell, dass Johanna keine Möglichkeit hatte, sich zu wehren.

Was ging hier vor? So agierte nicht ein wütender Meister, sondern ein Mann, der etwas ganz anderes im Sinn hatte! dachte sie panisch.

»Du hast es nicht anders gewollt!«, flüsterte er heiser. Seine knochigen Finger gruben sich durch den seidenen Stoff in ihr Fleisch. »Das ist alles allein deine Schuld.«

Johanna wollte schreien, aber kein Ton kam über ihre Lippen. Sie versuchte, seinen Blick einzufangen – vergeblich.

Das hier kann nicht sein. Nicht Strobel. Nicht ich.

Ihr Gehirn war so sehr damit beschäftigt, das Unwirkliche dieser Situation zu erfassen, dass sie zuerst gar nicht wahr nahm, was geschah. Und so dauerte es einen Moment, bis sie das laute Ratschen von Stoff mit Strobels Händen in Verbindung brachte: Während sein Unterleib sie gegen den Tisch drückte, hatte er in den hoch geschlossenen Ausschnitt ihres Kleides gelangt und so lange daran gezerrt, bis der Samt zerriss. Seine Augen glitzerten beim Anblick ihrer nackten Haut.

»Eine Lektion …«

Endlich kam Johanna zur Besinnung. Sie begann zu schreien, versuchte, ihre Hände aus dem eisernen Griff seiner linken Hand zu befreien – vergeblich. Er quetschte ihre Brüste so fest zusammen, dass ihr vor Schmerz einen Moment lang schwarz vor Augen wurde.

»Du willst es nicht anders, los, sag, dass du es so willst. Dass du es so brauchst!«

Vergeblich versuchte sie, seine Arme von sich weg zu schlagen, ihn gegen sein Schienbein zu treten. Doch gegen seine fanatische Kraft kam sie nicht an, und er lachte nur angesichts ihrer Hilflosigkeit.

Wo war Frau Stein? Warum half ihr niemand?

Sie saß wie ein Tier in der Falle: Je mehr sie sich wehrte, desto fester krallte sich Strobel in sie. Er murmelte unverständliches Zeugs. Lachte. Laut. Wahnsinnig. Stieß sein Knie in ihren Unterleib.

Im ersten Moment erkannten ihre Ohren den eigenen Schrei nicht, der von den Küchenregalen zurückgeworfen wurde. Sie konnte sich nicht zusammenkrümmen, weil er dagegen hielt.

Ihre Brüste, ihr Bauch – der Schmerz wurde so stark, dass vor ihren Augen auf einmal alles gleißend gelb wurde.

Kurz bevor sie ohnmächtig wurde, ebbte der Schmerz ab. Tränen liefen ihr übers Gesicht und sie erkannte, wie wohl dosiert der Schmerz war, den er ihr zufügte. Diese Erkenntnis machte ihr erst recht Angst.

Tu' was, wehr dich.

Ich schaff's nicht.

Ihren Rock und Unterrock hatte er schon von ihr gerissen. Ehe sie wusste, was geschah, drängte sich einer seiner Schenkel zwischen ihre Beine. Er nestelte an seiner Hose. Drückte sich gegen sie. Heiß. Feucht. Ekelig.

Nein, nicht das! Nicht das, um alles in der Welt nicht das.

»Ich werd dich lehren, deinen Meister an der Nase herumzuführen.« Seine Hände schüttelten ihren Kopf, kleine Spuckefetzen landeten auf ihrer Wange, auf ihrem Hals und ihrem Mund. Sie presste die Lippen zusammen.

Nicht küssen, bitte, bitte nicht küssen!

Angesichts dessen, was Strobel im Begriff war, ihr anzutun, kam Johanna der Gedanke auf einmal so wahnwitzig vor, dass sie lachen musste. Panisch lachen, mit weit aufgerissenen Augen, deren Pupillen tief schwarz waren. Und weit, weit vor Angst.

Es machte alles nur noch schlimmer.

Irgendwann war es vorbei. Johannas Oberkörper war klebrig von Strobels Schweiß. Er stieß sie mit einem Ruck auf den Boden. Zusammengekrümmt blieb sie liegen, die Augen geschlossen. Ihr Kopf war leer, ihr Körper eine löchrige Hülle, leer, tot. Ihre Kleider waren zerrissen, Fetzen, die nichts mehr verhüllten. Und immer noch wagte sie nicht, zu glauben, dass alles vorbei war. Sein Fußtritt kam daher nicht unerwartet.

»Steh auf und richte dich!«

Die Stimme kam näher. Johanna versuchte, sich noch kleiner zu machen.

»Und wage es nicht, auch nur einen Ton darüber zu verlieren! Denke daran: Was vorgefallen ist, hast du dir alles selbst zuzuschreiben!«

*

Johanna war noch im Haus, hinten in ihrer Kammer, als Strobel wieder zu sich kam.

»Was habe ich gemacht?«, flüsterte er heiser und starrte auf die blutige Vorderseite seines Hemdes, auf seine offene Hose. »Was habe ich nur gemacht?« Sein Herz raste wie wild. Wie konnte er, der *Connaisseur,* derart seine Beherrschung verlieren? Wie konnte er, der doch eigentlich so ein Feingeist war, ausrasten wie ein gereizter Stier?

Eine Strafe.

Johanna.

Sein Hemd, voller Blut.

Sein Laden, geschlossen den ganzen Tag.

Standen etwa Kunden vor der Tür?

Johanna! Sollte er zu ihr gehen?

Sich entschuldigen?

Sein Kopf war so voll, so sinnlos voll.

»*Wie kann man nur so dumm sein, im eigenen Wald zu wildern!*«, hörte er plötzlich von weit her eine verächtliche

Stimme. Altbekannt und so demütigend. Strobel hielt sich beide Hände an die Ohren.

»Ich habe das nicht gewollt.«

War dies seine Stimme? Oder die Stimme von damals? Er biss so lange in den Knöchel seines Zeigefingers, bis die Haut nachgab und das Blut zu laufen begann. Hier und jetzt.

Geld! Er würde Johanna Geld anbieten. Viel Geld! So viel, dass sie schweigen würde und …

»Hat es nicht gereicht, dass du durch deinen Sündenfall den Schöpfer verhöhnst?«

Und vor Strobels Augen erschien die vornehme Patriziermiene seines Vaters, so voller Abscheu gegenüber der eigenen Brut. Daneben die in sich zusammengesunkene Gestalt seiner Cousine Clara. Alter Hass kochte in ihm auf. Clara, die Polenhure! Arme Verwandtschaft, die unter dem Dach seiner Familie Unterschlupf gesucht und bekommen hatte. Als Dank dafür hatte sie ihn ins Unglück geritten – mit sichtlicher Befriedigung! Hätte sie ein Schild mit der Aufschrift »Geschändet« um den Hals hängen gehabt, wäre dieses nicht beeindruckender gewesen als ihre Leidensmiene. Und das, nachdem sie ihn monatelang provoziert, ihn Schritt für Schritt durchs ganze Haus verfolgt hatte mit ihrem herausfordernden Augenaufschlag!

»Wie konntest du deine brutalen Praktiken in dieses ehemals ehrwürdige Haus bringen?«

Er hatte seinen Vater bis dahin noch nie zittern sehen.

Mit einem Ruck warf Strobel den Tisch um. Dann einen Stuhl. Und einen zweiten. Verdammt, sie hatte es nicht anders gewollt! Wie Johanna.

»Ich verdamme dich in alle Ewigkeit.«

Strobels Magen krampfte sich zu einem harten Knäuel zusammen.

Nein, keine Verdammnis mehr. Nicht für ihn.

Dass er jung und unter dem erdrückenden Einfluss seines

Vaters gestanden hatte, war die einzige Entschuldigung, die er heute dafür fand, dass er sich hatte wegjagen lassen wie einen streunenden Hund. Heute würde ihn niemand mehr verjagen können, soviel stand fest!

Draußen im Gang hörte er eine Tür ins Schloss fallen. Als er aus dem Fenster schaute, konnte er nicht umhin, Johannas aufrechten Gang zu bewundern. Sie hatte zwei große Taschen dabei und einen Koffer noch dazu.

Sie geht!

Verlässt mich und mein Geschäft.

Er musste etwas tun, er musste – es war doch alles nicht so schlimm, ein Kavaliersdelikt, wie man so schön sagte. Nicht mehr. Ein Ausfall, unwesentlich …

Er rannte zur Tür, riss sie auf und …

Sie war weg.

»In ganz Berlin wird dir keine einzige Tür mehr offen stehen, dafür sorge ich mit allem, was in meiner Macht steht!«

Von irgendwoher kehrte ein Lächeln auf Strobels Gesicht zurück. Ein süffisantes Lächeln.

Sein Vater hatte nicht Recht behalten! Nicht alle Türen waren ihm verschlossen geblieben, ganz im Gegenteil.

Angewidert schaute er auf das Chaos, das er in der Küche angerichtet hatte. Doch dann lachte er, wegwerfend.

Ein Mangel an Selbstbeherrschung, mehr nicht. Ein kleiner Kontrollverlust, der jedoch, wenn er noch weiter hier herumstand und den Stimmen aus der Vergangenheit lauschte, durchaus das Potential hatte, seinen Ruf ein zweites Mal zu demolieren.

Das würde er nicht zulassen. Nie und nimmer.

Mit fahrigen Bewegungen hob er die Stühle auf. Mit einem Ruck schob er den Tisch wieder in die Mitte des Raumes. Holte einen Lappen und wischte über die klebrige Tischplatte.

Er musste nachdenken.

Eine Lösung finden.
Keine Verdammnis mehr.
Nicht für ihn.
Strobels Laden blieb für den Rest des Tages geschlossen.

Es war fünf Uhr nachmittags, als er schließlich das Haus verließ. Sorgfältig gekleidet, keine Spur mehr von Johannas Blut auf sich, den Rücken gebeugt, als trüge er schwer an einer Last, lief er mit sorgenvoller Miene durch die Straßen. Diese wurde noch sorgenvoller, als er den Goldenen Ochsen betrat, den Gasthof seiner Wahl, wann immer es ihm nach einem auswärtigen Essen gelüstete. Statt sich wie sonst an einen der Fenstertische zu setzen, wählte er diesmal den Tisch, an dem sich Sonneberger Geschäftsleuten immer trafen und bestellte einen Schnaps. Sein ganzes Gebahren – der Zeitpunkt seines Wirtshausbesuches am helllichten Tag, seine Tischwahl, und die Tatsache, dass er als Weintrinker einen Schnaps bestellte – war so untypisch, dass es nicht lange dauerte, bis sich der Erste zu ihm setzte und sich nach seinem Wohlbefinden erkundigte.

Mindestens ein halbes Dutzend Mal erzählte er an diesem Nachmittag und später noch am Abend mit zittriger Stimme und betrübtem Blick von der schweren Enttäuschung, die er am selben Tag hatte erleiden müssen. Und wer auch immer von den Sonneberger Geschäftsleuten ihm gegenübersaß – ein jeder zeigte sich gleichermaßen entsetzt: Von der eigenen Assistentin bestohlen zu werden, das musste furchtbar sein! Man stelle sich vor, dieser Vertrauensbruch!

7

Noch bevor sie ihre Suppe vom Vortag aufwärmte, holte Griseldis Grün erneut den Brief aus seinem Kuvert. Vom vielen Greifen knittrig geworden, ließ sich das billige Papier nur noch ungern auseinander falten. Obwohl sie die paar Zeilen längst auswendig kannte, glitten ihre Augen wie beim ersten Lesen über jedes Wort: Magnus wollte heimkommen. So stand es hier geschrieben. Der Poststempel war verwischt, doch Griseldis war sich ziemlich sicher, das Datum richtig entziffert zu haben: Der Brief war vor zwei Wochen abgeschickt worden. Sie wusste nicht, wie lange man brauchte, um von Rostock nach Lauscha zu reisen, aber sie rechnete nun täglich mit seiner Heimkehr. Sie warf einen Blick aus dem Fenster.

Bevor sie den Brief aus der Hand legte, fuhr sie prüfend über die Tischfläche, deren Holz so rau war wie ihre Haut. Kein Suppenspritzer, nirgendwo. Fast andächtig legte sie den Bogen Papier ab. Als der Postbote vor ihrem Haus gehalten hatte, hatte sie dies für einen Irrtum gehalten. Ein Brief für sie? Das konnte nicht sein, sie hatte noch nie einen Brief bekommen.

Der Bub lebte. Und er wollte zurückkommen. Griseldis wusste nicht, ob sie sich darüber freuen sollte.

Wie an den letzten Abenden fand sie auch heute keine Ruhe. Sie stand auf, holte ihr Flickzeug, legte es wieder aus der Hand.

Es war lange her, seit sie Magnus das letzte Mal gesehen hatte. Kurz bevor Josef gestorben war, hatte er sein Bündel gepackt und war auf und davon. Gerade einmal sechzehn Jahre alt war er gewesen. Griseldis hatte ihn nicht aufgehalten. Kein Flehen, kein Weinen ihrerseits. Er war ihr kein guter Sohn. Wie der Vater, so der Sohn – hieß es nicht so?

In den Jahren nach Josefs Tod hatte Griseldis zum ersten Mal in Ruhe leben können.

Und nun der Brief. Warum hat Magnus sich überhaupt gemeldet? Kein Hinweis darauf in den kärglichen Zeilen. Warum gerade jetzt und die ganzen Jahre zuvor nicht?

Nur mit Mühe konnte sie sich an sein Gesicht erinnern – sechs Jahre waren eine lange Zeit. Das Gesicht, das nie etwas Kindliches gehabt hatte, sondern von Anfang an eine kleinere Ausgabe des väterlichen Gesichts gewesen war: schlicht und mit einem ungnädigen Ausdruck, als hadere er mit seinem Schöpfer darüber, geboren zu sein. Griseldis konnte sich nicht erinnern, dass Magnus ein einziges Mal ihre Partei ergriffen hätte. Wann immer Josef zugeschlagen hatte, schaute er bewegungslos zu. Kein einziges Mal hatte er gerufen: »Vater, hör auf!«, und riskiert, selbst Schläge einzufangen. Er war immer erst dann aus seinem Versteck gekrochen, wenn sein Vater im Wirtshaus verschwunden und sie damit beschäftigt gewesen war, ihre blauen Flecken zu kühlen oder einzusalben. An seinen Blick erinnerte sich Griseldis noch ganz genau: Die Verachtung, die darin lag, hatte ihr so weh getan wie Josefs Schläge. Er weiß es nicht besser, hatte sie sich damals zu trösten versucht, er ist doch noch ein Kind. Doch selbst ein Kind hätte sehen müssen, dass Josefs Gewalttätigkeiten nicht Griseldis' Schuld gewesen war. Schuld war der Schnaps, den Josef Abend für Abend im Alten Krug in sich hineingeschüttet hatte. Wie Säure hatte er immer mehr von Josefs Verstand weggefressen. Das Einzige, wofür sie dem Herrgott in dieser Zeit gedankt hatte, war die Tatsache, dass Josef sich nie gegen seinen Sohn gewandt hatte. Was für ein Trost!

Die Erinnerung an diese unseligen Zeiten ließ Griseldis frösteln. Sie schloss das Fenster, allerdings nicht, ohne zuvor noch einmal in die laue Juninacht geschaut zu haben.

Was wollte Magnus in Lauscha? Warum blieb er nicht, wo er war?

Er hatte noch nie hierher gehört. Im Grunde genommen traf das für ihre gesamte kleine Familie zu. Dabei hätte die Tatsache, dass Josef kein Glasbläser gewesen war, ihnen nicht zum Problem werden müssen. Dem Bäcker Weber oder dem Huber vom Krämerladen nahm schließlich auch niemand übel, dass sie keine Glasbläser waren. In Lauscha wurden auch Leute gebraucht, die für die anderen Dinge des alltäglichen Lebens sorgten. Es war Josefs Art gewesen, die ihn zum Außenseiter gemacht hatte. Keinen einzigen Freund hatte er gehabt. Kein Wunder! Mit seinen neidischen und missmutigen Reden war es ihm gelungen, auch den Gutmütigsten von sich abzuwenden. Und Magnus war nicht viel besser gewesen, keines der Glasbläserkinder hatte mit ihm spielen wollen. Aber wo hätte er es auch her haben sollen, fragte sich Griseldis mit schwerem Herzen.

Für sie stand fest, dass Magnus inzwischen längst dem Vorbild seines Vaters gefolgt und selbst zum Trinker geworden war.

Die Einsamkeit, die für sie Frieden und Ruhe bedeutete und an die sie sich eigentlich längst gewöhnt hatte, umschlang sie plötzlich mit eisiger Kälte. Keiner da, mit dem sie hätte reden können! Keine Nachbarin, die auf einen Sprung bei ihr hereingeschaut hätte! Eine Zeitlang hatte sie gedacht, mit der ältesten Steinmann-Tochter würde eine Art Freundschaft entstehen. Doch nachdem Johanna ihre Anstellung bei Heimer verloren hatte, war auch daraus nichts geworden. Und selbst wenn Johanna in Lauscha geblieben wäre, hätte sie sicherlich nicht oft Zeit für ein altes Weib gehabt! Sie musste sich doch um ihre Schwestern kümmern. Griseldis' Gedanken wanderten zu Ruth. Was war nur los mit ihr, dass sie heute nicht zur Arbeit erschienen war? Ach, im Grunde wusste sie nur zu gut Bescheid, wie Ruths Leben aussah und sie beneidete sie nicht darum! Dass andere Weiber genauso dumm waren wie einst sie und sich einen Trinker zum Mann nahmen, war ein billiger Trost. Ob einer reich war wie die Heimers oder arm wie sie, spielte dabei keine Rolle – Männer, die zuschlugen, waren alle gleich!

Der Gedanke, selbst dem ganzen Elend entronnen zu sein, war auf einmal so tröstlich, dass er Griseldis ein schlechtes Gewissen bereitete. Sie starrte auf ihr Flickzeug. Vielleicht sollte sie der kleinen Wanda ein Kleidchen nähen. Oder eine Weste häkeln. Ruth würde sich darüber bestimmt freuen.

Weniger trübselig als zuvor stand Griseldis auf und ging zur Sitzbank, um nachzuschauen, was darin an Wollresten zu finden war. Kurz darauf war sie so in ihr Vorhaben vertieft, dass sie Magnus' Brief zum ersten Mal seit Tagen vergaß. Nachdem sie von ganz unten je ein kleines Knäuel dunkelblaues und grünes Garn und eine Häkelnadel hervorgekramt hatte, klappte sie die Bank wieder zu. Eher zufällig fiel ihr Blick anschließend aus dem Fenster.

In der Kurve unterhalb ihres Hauses war ein Schatten zu sehen.

Griseldis griff sich an den Hals. Ihr Herz begann schneller zu schlagen.

Magnus?

Nein, es waren zwei Personen. Sie kniff die Augen zusammen, um mehr erkennen zu können.

Ein Mann und eine Frau. Sie bewegten sich sehr seltsam fort.

Warum kamen sie nur so langsam voran?

Es schien, als ob der Mann die Frau kaum halten konnte, als ob ihr alle paar Meter die Beine wegsacken wollten. Oder deutete sie deren schleppenden Gang völlig falsch? Womöglich war sie einfach nur betrunken!

Griseldis' Hände krallten sich in das Wollzeug. Sollte sie

hinaus und den beiden entgegengehen und fragen, ob die beiden Hilfe benötigten?

Noch zögerte sie. Die Frau hatte ein Tuch um den Kopf gewickelt, ihr Gesicht war nicht zu erkennen. Womöglich waren es Ganoven. Tagediebe, die nur im Schutz der Dunkelheit unterwegs waren.

Griseldis machte einen Schritt vom Fenster weg. Nun war es ganz eindeutig: Die Frau brauchte Hilfe, konnte nicht mehr weitergehen. Vielleicht Reisende, die auf der Straße nach Sonneberg überfallen worden waren?

Im nächsten Moment stürzte sie aus dem Haus und auf die beiden zu.

Der Mann sah Magnus ähnlich. Nicht sehr, aber für einen Augenblick ... Abrupt blieb Griseldis stehen. Das war doch ...

»Johanna!« Sie schlug eine Hand vor den Mund. »Magnus!« Griseldis bekreuzigte sich.

Für einen schrecklich langen Moment schien die Zeit still zu stehen. Nur Johannas Wimmern war zu hören.

Fassungslos starrte Griseldis die junge Frau an. Dann bohrten sich ihre Augen in ihren Sohn.

»Magnus – um Himmels willen – was hast du getan?«

8

Völlig erschöpft saß Marie an ihrem Bolg.

Sie schaute zur Tür, die sie hinter sich zugezogen hatte. Musste sie nicht längst wieder hoch, nach Johanna schauen? Nach den Wunden, die ihren ganzen Körper bedeckten und die selbst auf den Körperteilen zu finden waren, die niemanden etwas angingen? Beim Gedanken an Johannas wunde Brüste wallte erneut Panik in Marie auf. So etwas hatte sie noch nie gesehen. Ihr wäre wohler gewesen, wenn man den Doktor gerufen hätte. Aber das würde Johanna nicht zulassen. Sie wollte ja noch nicht einmal, dass Marie Ruth holte! Oder Peter.

»Nicht Peter, er soll nichts erfahren.« Zäh wie Brei war Wort für Wort über Johannas blutig gespaltene Unterlippe gequollen.

»Aber Peter ist doch unser Freund. Er … kann helfen«, hatte Marie erwidert. Allein seine Anwesenheit wäre ihr eine Hilfe gewesen, doch Johanna hatte vehement den Kopf geschüttelt. »Er soll nichts erfahren.«

Marie schluckte. Wie stellte Johanna sich das vor? Griseldis und ihr Sohn – Marie hatte den Burschen gar nicht wieder erkannt – hatten doch Augen im Kopf! Griseldis hatte Marie zur Seite genommen und etwas von einer Vergewaltigung geflüstert, noch bevor Marie erkannte, was Johanna zugestoßen war. Spätestens morgen früh würde das halbe Dorf wissen, was passiert war! Bei dem Gedanken an die Scham krümmte sich alles in Marie zusammen.

Wieder lauschte sie mit einem Ohr nach oben. Alles still. Kein Wimmern, kein Rufen nach ihr.

Griseldis hatte angeboten, die Nacht über da zu bleiben, doch das hatte Marie abgelehnt.

»Wenn ich's nicht allein schaffe, kann ich ja immer noch Ruth holen«, hatte sie gesagt und die Witwe Grün hatte genickt.

Allein hatte sie Johanna ausgezogen und ihr Entsetzen war grenzenlos. Beide hatten sie stumme Tränen vergossen. Marie wusste, dass sie diesen Anblick in ihrem ganzen Leben nie mehr vergessen würde. Sie hatte die Wunden mit einem Kamillensud ausgewaschen und eine heilende Salbe aufgetragen. Dann hatte sie Johanna das weichste Nachtkleid angezogen, das sie finden konnte. Johannas Blick war bei allem so abwesend gewesen, als wäre sie nicht von dieser Welt. Sie hatte nicht geschrieen, als Marie an die geschundenen Körperstellen gekommen war, dabei musste jede Berührung schrecklich weh getan haben. Leblos wie eine Puppe hatte sie alles mit sich geschehen lassen. Und kein Ton darüber, wer ihr das angetan hatte. Wann und wo es geschehen war. Schließlich hatte Marie aufgehört zu fragen.

Eine Zeitlang hatte sie nur neben Johannas Bett gesessen und ihre Hand gehalten. Als Johanna schließlich in einen unruhigen Schlaf gefallen war, war sie nach unten gegangen. Ein paar Minuten für sich, sonst würde sie den Verstand verlieren.

Welcher Kerl war in so unmenschlicher Weise über ihre Schwester hergefallen? Immer wieder schoss ihr die gleiche Frage durch den Kopf.

Hilflos starrte sie auf Joosts Werkzeuge, die sie sich in den letzten Monaten wie selbstverständlich zueigen gemacht hatte. Was hätte Vater an ihrer Stelle getan? Hätte er Peter geholt? Oder hätte er Johannas Wunsch, er möge nichts erfahren, respektiert?

Ihre Scham war sicherlich groß und dass Peter ein Mann war, stellte ein zusätzliches Problem dar. Andererseits: Behauptete nicht gerade Johanna immer, er wäre wie ein Bruder für sie? Würde sie sich vor einem Bruder weniger schämen als vor einem anderen Mann? fragte sich Marie. Sie wusste es nicht.

Aber sie wusste, dass sie mit der Situation allein nicht fertig werden konnte.

*

»Johanna ist … was?!«

Mit einem Ruck wollte Peter zur Tür hinaus stürzen, doch Marie versperrte ihm den Weg.

»Bleib hier, verdammt noch mal! Sie schläft. Außerdem

weiß sie nicht, dass ich hier bin. Sie … wollte eigentlich nicht, dass du etwas davon erfährst.«

»Was redest du da für einen Blödsinn!« Hektisch fuhr er sich durch die Haare. »Ich muss zu ihr, verstehst du das nicht? Sie braucht mich jetzt!«, schrie er auf.

Marie nickte stumm, dennoch gab sie die Tür nicht frei.

Es hätte nicht viel gefehlt und er hätte Marie einfach zur Seite gestoßen. Schreckliche Bilder tauchten vor seinem inneren Auge auf. Seine Johanna – missbraucht? Fremde Hände, gewalttätige Hände auf diesem schönen, stolzen Körper, den er nicht einmal zu umarmen wagte?

Wie ein gefangenes Tier rannte er vom Ofen zur Tür und wieder zurück. Er würde den Kerl umbringen!

»Wann ist das geschehen? Warum bist du nicht gleich zu mir gekommen! Jetzt red doch endlich: War es Strobel, das Schwein?« Grob rüttelte er Marie an den Schultern.

»Ich weiß es nicht. Seit Magnus sie zu uns gebracht hat, hat sie keine zehn Worte gesprochen. Und ich kann verstehen, dass sie nicht darüber reden will. Das wäre ja, als ob sie alles noch einmal erleben müsste.« Marie presste eine Hand auf den Mund.

»Nicht einmal seinen Namen hat sie genannt? Will sie den Frauenschänder etwa schützen? Aber der bekommt sein Fett auch so weg, da sei dir gewiss! Johanna braucht nichts sagen, ich quetsche die Wahrheit auch so aus ihm heraus!«

»Peter! Wenn du so sprichst, machst du mir richtig Angst!«, heulte Marie auf. Sie hielt sich ihren Leib, als wäre er ebenfalls geschunden.

Als er zu ihr hinüberschaute, erkannte er in ihren Augen dieselbe Fassungslosigkeit, die auch ihn plagte. Marie konnte nichts dafür, das dies geschehen war. Es war nicht gerecht, seine Wut an ihr auszulassen.

»Tut mir Leid«, flüsterte er heiser. Er legte einen Arm um ihre Schulter und erschrak, als er ihr Zittern spürte. »Der Gedanke, dass Johanna so etwas zugestoßen ist, bringt mich fast um.« Seine Kehle war wie zugeschnürt, jedes Wort tat ihm weh.

»Mir geht's doch auch nicht anders.« Tränen liefen nun ungehindert über Maries Gesicht.

»Was für eine Bestie tut so etwas?«, schluchzte sie hilflos. Widerstandslos ließ sie sich von Peter zu seiner Küchenbank führen. Mit zwei Gläsern und einer Flasche Schnaps setzte er sich neben sie. Er drückte ihr ein Glas in die Hand. »Trink!«, forderte er sie auf, dann kippte er den Inhalt seines Glases hinunter. Die Flüssigkeit brannte vertraut in seiner Kehle.

Peters Augen waren schmale Schlitze. »Dass dieser Magnus gerade heute so urplötzlich auftaucht, ist doch mehr als verdächtig, oder?«

»Magnus war es nicht«, stellte Marie mit ausdruckloser Stimme fest. »Der hätte sie doch sonst nicht nach Hause gebracht. Du hättest mal sehen sollen, wie entsetzt er war! Ich habe schon gedacht, er heult selbst los!«

Marie schaute Peter mit tränenverschmierten Augen an. »Schon ihr Anblick war so schrecklich ... Einen Moment lang habe ich geglaubt, sie würde sterben. Johanna so schwach, so ...« Ihr Oberkörper bebte.

Peter wusste nicht, wie viel er noch würde ertragen können. Ohnmächtig schlug er mit der Faust auf den Tisch.

»Dass mit Strobel etwas nicht stimmt, habe ich von Anfang an geahnt! Verdammt, warum habe ich überhaupt zugelassen, dass sie bei ihm anfing?« Der Gedanke, dass er Johannas Qualen hätte verhindern können, brachte ihn fast um den Verstand.

»Glaubst du wirklich, er ist es gewesen?«

Peters Gesicht war eine Maske grimmiger Entschlossenheit.

»Wer sonst?«

In dieser Nacht schlief keiner viel, auch Griseldis Grün nicht. Die Sorge um Johanna, das Rätseln darüber, wer ihr das Unaussprechliche angetan hatte, der Umstand, dass ausgerechnet Magnus sie verletzt am Straßenrand aufgefunden hatte – all das ließ sie nicht zur Ruhe kommen. Am nächsten Morgen gegen sechs Uhr machte sie sich mit schweren Gliedern fertig für die Arbeit, erschöpfter als am Abend zuvor. Sie wollte nur kurz zu Magnus hineinschauen, doch dann blieb sie im Türrahmen stehen. Eine heiße Woge Mutterliebe überschwemmte sie.

Ihr Sohn.

Ein guter Junge.

Ein Held sogar.

Er hatte Johanna gerettet. Wenn er sie nicht gefunden, wenn er sich nicht um sie gekümmert hätte – wer wusste schon, was aus ihr geworden wäre?

Selbst im Schlaf waren seine Wangen blass. Viel auf den Rippen hatte er nicht, aber sein schlankes Aussehen stand ihm gut zu Gesicht. Damals, als er gegangen war, war er richtig feist gewesen, seine Augen hatten nahezu unsichtbar zwischen dicken Wangen und einer breiten Nase gelegen. Nun beherrschten sie sein Gesicht, umrahmt von einem dichten Wimpernkranz.

Griseldis schluckte. Die Möglichkeit, dass sich Magnus' Ähnlichkeit mit seinem Vater irgendwann einmal verlieren würde, hatte sie nie in Betracht gezogen. Und nun glaubte sie sogar ein wenig ihre eigenen Gesichtszüge in ihm wieder zu erkennen.

Ihr Sohn.

Einen Augenblick lang hatte sie geglaubt, er wäre derjenige gewesen, der ... Sie seufzte tief auf.

Als kurze Zeit später Peter anklopfte und Magnus sprechen wollte, sackte ihr Herz ruckartig ein Stück nach unten.

Ihr Sohn ein Held – für Griseldis war diese Vorstellung zerbrechlich wie Glas.

Der Besuch dauerte nicht lang. Magnus war sofort wach, kaum dass Griseldis ihn nur sanft antippte.

»Du bist Peter, der Augenmacher, nicht wahr? Habt ihr das Schwein schon gefunden?«, kam es wie aus der Pistole geschossen.

»Hat Johanna noch immer nicht gesagt, wer ihr das angetan hat?«, fragte Griseldis.

Peter schüttelte den Kopf. Wen er in Verdacht hatte, brauchten die beiden nicht zu wissen. Dass Magnus sich sofort an ihn erinnerte, verwunderte ihn – er hätte den Burschen nicht so ohne weiteres wiedererkannt.

Viel konnte Magnus ihm nicht sagen: Er habe Johanna am Ortsausgang von Sonneberg am Straßenrand kauernd angetroffen, die Uhrzeit könne er nur schätzen, es müsse wohl so gegen fünf Uhr gewesen sein. Sie sei einer Ohnmacht nahe gewesen. Und verängstigt, weshalb er beruhigend auf sie eingesprochen habe. Er habe nicht gleich erkannt, was ihr zugestoßen war, sondern vermutet, dass sie überfallen worden sei. Ob er sie zu einem Arzt bringen solle, habe er sie gefragt. Nein, sie wollte nach Hause, nach Lauscha. Also habe er sie so gut es ging gestützt, gezogen, auch einmal ein Stück getragen. Geld für die Bahn habe er nicht gehabt, aber in ihrem Zustand hätte er sie auch schlecht in ein Abteil setzen können – an dieser Stelle brach Magnus mit gesenkten Augen ab.

»Du warst ziemlich lange weg. Warum bist du zurückgekommen?«, fragte Peter, schon im Gehen begriffen.

»Warum ich zurückgekommen bin?«, wiederholte Magnus nachdenklich. »Eigentlich weiß ich das selbst nicht so genau.« Sein Lächeln hatte etwas Entwaffnendes. »Vielleicht ist es an der Zeit, dass ich mir über manche Dinge im Leben klar werde.«

Sowohl Griseldis als auch Magnus Grün willigten ein, Stillschweigen über das, was Johanna zugestoßen war, zu bewahren. »Und das gilt auch nach meiner Rückkehr aus Sonneberg!«, warnte Peter. Er schluckte hart.

»Sollte sich ganz Lauscha das Maul über sie zerreißen, würde das ihre Qualen nur noch größer machen!«

»Aber die Leute werden sich fragen, warum sie ihrer Stellung in Sonneberg von einem Tag auf den anderen den Rücken gekehrt hat«, erwiderte Griseldis sorgenvoll. »Was willst du ihnen sagen?«

Peter hatte dafür keine Antwort.

Wenig später war er auf dem Weg nach Sonneberg, um zu tun, was er tun musste. Obwohl es ihn die größte Beherrschung kostete, wartete er bis zur Mittagszeit, bevor er Strobel aufsuchte. Erst, als er sicher war, dass alle Kunden den Laden verlassen hatten, ging er hinein.

Und als er einige Zeit später wieder herauskam, gab es keinen Knochen im Leib des Verlegers, der nicht grün und blau geprügelt worden wäre.

9

Nachdem Marie nicht zur Arbeit erschienen war, kam Ruth in der Mittagspause vorbei, um zu erfahren, was los war. Ungläubig hörte sie zu, was Marie zu erzählen hatte. Ihre Bestürzung war so groß, dass sie sich kaum fassen konnte. Sie heulte und schrie und Wanda tat es ihrer Mutter nach. Marie hatte große Mühe, beide wieder zu beruhigen.

»Warum hast du mich gestern Abend nicht geholt?«, wollte Ruth unter Schluchzern immer wieder wissen. »Warum hat Griseldis mir heute morgen nicht gleich Bescheid gesagt?« Danach war sie von Johannas Bett nicht mehr weg zu kriegen. Erst gegen Mittag rannte sie mit Wanda auf dem Arm hoch zu Heimers und erzählte der versammelten Mannschaft am Mittagstisch, dass Johanna eine schwere Lungenentzündung aus Sonneberg mitgebracht habe und dass Marie und sie ihre Schwester im Wechsel würden pflegen müssen. Der Alte verzog daraufhin sein Gesicht, faselte etwas von »Keine Arbeit, kein Lohn«, doch da war Ruth schon wieder halb die Treppe hinunter.

Die meiste Zeit starrte Johanna auf die Wand. Marie und Ruth saßen neben ihrem Bett und flüsterten sich nur ab und an ein paar Worte zu. Selbst Wanda schien zu spüren, dass etwas passiert war und verhielt sich still.

Mehrmals versuchte Ruth, Johanna auszufragen, doch jedes Mal schloss diese sofort die Augen.

Sie sprach den ganzen Tag kein Wort. Als Marie ihr am späten Nachmittag einen Teller Suppe hin hielt, schüttelte sie ebenfalls nur den Kopf. Ihr Gesichtsausdruck war fast grimmig, konzentriert starrte sie Löcher in die Wand. Sie wollte nichts essen und nichts trinken. Sie musste nicht niesen oder husten oder gar den Nachttopf benutzen. Sie weinte auch nicht. Keine Regung kam von ihr, nicht einmal das leiseste Wimmern.

Von Stunde zu Stunde tauschten Ruth und Marie sorgenvollere Blicke. Es war, als ob Johanna ihren Körper verlassen hätte.

Weder Ruth und Marie noch Peter rechneten damit, dass Johanna am Abend doch noch anfangen würde, zu reden. Zu dritt saßen sie um ihr Bett herum, als Johanna sich plötzlich ihnen zuwandte.

»Er ist verrückt«, sagte sie mit einer ungläubigen Stimme,

die von einem Kind hätte kommen können. Verwundert schaute sie dabei von einem zum anderen.

Keiner wagte, etwas zu sagen oder auch nur laut zu atmen, um sie nur ja nicht vom Weiterreden abzuhalten.

»Strobel ist verrückt geworden. Einfach so.« Sie lachte hysterisch. »Von heute auf morgen.« Ihre Lider flatterten, als habe sie ein Haar im Auge.

Die anderen schauten sich an.

Schnörkellos, in wenigen Sätzen, und hastig, als wolle sie es so schnell wie möglich hinter sich bringen, erzählte sie, was geschehen war. Sie ging nicht ins Detail, aber sie verschwieg auch nichts Wesentliches.

»Strobel ist verrückt geworden. Anders kann ich mir das nicht erklären«, wiederholte sie. Hektisch zupften ihre Finger an der Bettdecke.

»Und? Warum sagt ihr nichts?«, fragte sie dann fast vorwurfsvoll.

Ruth fiel ihr mit einem Aufheulen um den Hals. »Ach Johanna – es ist alles meine Schuld!«, wimmerte sie. »Wegen mir bist du zu spät gekommen! Nie, nie werde ich mir das verzeihen …«

»Was redest du für einen Unsinn?« Mit Gewalt zerrte Peter sie vom Bett.

Johanna starrte auf ihre Schwester. »Du bist nicht schuld. Niemand außer Strobel hat Schuld, ganz gewiss nicht! Für so etwas gibt es keine Erklärung. Das stimmt doch, oder?« Ihr Blick flatterte hinüber zu Peter. »Was ist? Warum guckst du so böse?«

»Weil ich platzen könnte vor lauter Wut«, entgegnete er heftig.

Sofort zupfte Marie ihn am Ärmel.

»Ich bin nicht wütend auf dich, Gott behüte«, fügte er sanfter hinzu und drückte dabei Johannas Hand. Keinem entging, dass sie dies geschehen ließ.

»Aber ich halte Strobel nicht nur für verrückt, sondern für gemeingefährlich. Er ist ein Verbrecher. Ein Frauenschänder. Und vielleicht noch mehr! Es gibt nichts, was ich ihm nicht zutrauen würde, so viel steht fest. Diese Abgebrühtheit, mit der er mir ins Gesicht geschaut und …«

»Du bist bei ihm gewesen?« Mit einem Ruck saß Johanna im Bett. »Was? Wann? Warum? Du konntest doch gar nicht wissen, dass er es war!«

»Wer sonst?«, entgegnete Peter. »Er hat seine Tat ja nicht einmal abgestritten! Nur gemeint, dass sein Wort gegen deines stünde.«

Johanna presste die Lippen zusammen, die blutleer und dünn wie Papier aussahen.

»Peter«, kam es mahnend von Marie. »Johanna ist müde, siehst du das nicht?«

Ungehalten schaute Peter Marie an. »Ich sag nur eines: Der Mistkerl hat bekommen, was er verdient hat!«

»Was hast du getan? Peter, hast du dich versündigt?«, fragte Johanna mit einem Hauch Hysterie.

»Er hat Strobel dermaßen den Hintern versohlt, dass er eine Woche lang nicht mehr sitzen kann!«, antwortete Ruth an seiner Stelle. Unterdrückte Tränen funkelten in ihren Augen.

»Wenn ich könnte, würde ich dasselbe nochmals mit ihm tun!«

»Und ich würde dir den Prügel reichen!«, fügte Marie ebenso heftig an. Daraufhin huschte ein trauriges Lächeln über Johannas blasses Gesicht.

Die nächsten Wochen vergingen in heilsamer Eintönigkeit: Während Marie und Ruth arbeiten waren, verbrachte Johanna den Tag allein in ihrem Elternhaus. Hin und wieder schaute Magnus vorbei, der Johanna gegenüber einen Beschützerinstinkt entwickelt hatte, den Marie und Ruth rührend fanden, der Johanna jedoch eher lästig war. Manchmal ging sie auch hinüber zu Peter, setzte sich auf dessen Küchenbank und schaute ihm beim Arbeiten zu. Die meiste Zeit jedoch tat sie nichts. Zum ersten Mal in ihrem Leben beherrschte nicht Betriebsamkeit ihren Tagesablauf, sondern Ruhe. Und das war gut so. Denn nicht nur ihre körperlichen Wunden brauchten Zeit zu heilen, sondern auch diejenigen, die man nicht auf den ersten Blick sehen konnte.

»Das hast du dir selbst zuzuschreiben!«, hatte Strobel ihr zusammen mit Spuckefetzen ins Gesicht geschleudert. Doch je länger Johanna darüber nachdachte und je öfter sie im Geist den Morgen der Vergewaltigung wieder erlebte, desto sicherer wurde sie in ihrem Glauben, dass sie *nicht* hätte verhindern können, was geschehen war. In den Tagen vor Strobels Abreise hatte es keinerlei Anzeichen für seinen Stimmungsumschwung gegeben. Ganz im Gegenteil: Er hatte sogar noch betont, wie froh er wäre, dank ihrer Anwesenheit verreisen zu können. Er hatte sie auch nicht seltsamer angeguckt als zuvor. Dass sie an dem Morgen zu spät gekommen war, war auch keine wirkliche Erklärung für seinen brutalen Überfall. Daher konnte es nur einen Grund geben: Strobel war während der Reise endgültig verrückt geworden – beharrlich wiederholte sie immer wieder diesen Satz. Wenn sie ehrlich war – und sie war in diesen Tagen sehr oft sehr ehrlich zu sich –, dann hatte sie tief drinnen von Anfang an gespürt, dass mit dem Verleger etwas nicht stimmte. Und dennoch war sie bei ihm in Stellung gegangen. Wenn überhaupt, dann war *das* ihr Fehler gewesen!

»Wenn man hinter jedem komischen Kauz gleich einen Verbrecher vermuten würde, blieben nicht mehr viele übrig, mit denen man zu tun haben will«, erwiderte Marie, als Johanna mit ihr über ihre Selbstvorwürfe sprach.

So gesehen musste Johanna ihrer Schwester Recht geben. Auch Wilhelm Heimer war auf seine Art sonderlich und

Griseldis' Sohn redeten die Leute wer weiß was nach! Selbst Ruths Ehemann hatte eine Art an sich, die Johanna kratzte wie ein Büschel Brennnesseln. Aber musste sie hinter all diesen Männer deshalb gleich eine Gefahr wittern? Sicher nicht. Und dennoch – von jener Zeit an hatte Johanna stets einen Funken Misstrauen im Blick, wenn sie einem Fremden gegenüber stand, und das sollte sich nie mehr ganz verlieren.

Zu all den quälenden Fragen über das Warum des Ganzen gesellte sich noch die Angst vor möglichen Folgen. Als jedoch wenige Tage später ihre Monatsblutung einsetzte, fiel ihr ein ganzer Steinbruch vom Herzen.

Natürlich blieb es nicht aus, dass dem einen oder anderen Lauschaer jene Gerüchte zu Ohren kamen, die Strobel über Johanna in die Welt setzte. Aufgeregt wurde darüber getuschelt, was davon zu halten war. Doch niemand ging so weit, Johanna laut des Diebstahls zu verdächtigen. Die Steinmann-Mädchen waren zwar nicht wie andere Weiber, aber Diebinnen waren sie deshalb noch lange nicht! Viel eher konnte man sich vorstellen, dass es bei den Gerüchten aus der Stadt nur darum ging, einen von ihnen ins schlechte Licht zu rücken.

Auch Thomas Heimer stichelte Ruth gegenüber, doch sie blieb standhaft. Schließlich entschieden sich die meisten dafür, die Steinmannsche Version zu glauben: nämlich, dass Johanna wegen einer schweren Krankheit zurückgekehrt war. Dass sie danach beschloss, in Lauscha zu bleiben, verwunderte niemanden ernsthaft. Die Lauschaer waren ein bodenständiges Völkchen, von dem kaum einer seinem Dorf den Rücken kehrte. Und von der Hand voll, die es taten, kamen die meisten im Laufe ihres Lebens wieder zurück, was sich in Magnus Grüns Heimkehr wieder einmal bewahrheitet hatte.

Dass es Johanna tatsächlich möglich war, nach solch einem einschneidenden, schrecklichen Erlebnis wieder zu einer Art Normalität im Alltag zu finden, hatten zuerst weder Ruth und Marie noch Peter glauben wollen. Doch das Wunder geschah, von Tag zu Tag: wenn Johanna über Ruths Scherze lachte, eine ironische Bemerkung über einen der Nachbarn machte, oder wenn sie das Haus verließ, um wegen frischer Butter in den Laden zu gehen, ging jedes Mal ein Aufatmen durch die anderen. Erst da merkten sie, wie angespannt auch sie gewesen waren. Statt weiterhin auf Zehenspitzen durchs Haus zu huschen, begannen sie, sich wieder den größeren und kleineren Anforderungen des Alltags zu widmen, während Johanna dasselbe mit dem vernachlässigten Steinmann-Haushalt tat. Ruth kam jetzt nur noch ein Mal täglich vorbei und blieb auch nicht mehr stundenlang. Peter machte sich an seinen liegengebliebenen Aufträgen zu schaffen. Und Marie wagte es, sich nach der Arbeit wieder an ihre Zeichnungen zu setzen und Johanna allein zu lassen.

10

»Ich geh' dann!« Ruth streckte ihren Kopf durch die Küchentür.

Thomas, der sich nach der Arbeit auf die Küchenbank gelegt hatte, setzte sich auf.

»Wohin?«

Ruth hievte Wanda auf die andere Hüfte. »Wohin wohl? Zu Johanna natürlich!« Sie bemühte sich um einen leichten Tonfall.

»Hast du vergessen, dass wir noch zu den anderen kommen sollen? Vater will etwas Geschäftliches mit uns besprechen«, sagte er.

»Nein, das habe ich nicht vergessen«, erwiderte Ruth. »Aber der elende Qualm von Wilhelms und Sebastians Pfeifen würde Wandas Husten nur noch verschlimmern. Ich weiß mir so schon nicht mehr zu helfen. Mitten im Sommer solch ein Husten, das ist doch nicht normal! Warum kann Wilhelm nicht während der Arbeit mit euch reden?«

»Du kommst mit«, sagte Thomas so leise, dass Ruth ihn im ersten Moment gar nicht verstand.

Unschlüssig blieb sie im Türrahmen stehen.

»Ich kann doch nachkommen«, bot sie an. Sie wollte nicht schon wieder einen Streit. »Es wird nicht lange dauern, ich möchte nur kurz einen Topf Suppe hinüber …«

»Verdammt noch mal, hörst du schlecht?« Mit zwei Sätzen war Thomas bei ihr. Sein Schlag auf Ruths Hinterkopf war kurz und heftig. Wanda jammerte leise.

Bitte nicht weinen, Kind!

Thomas hasste es, wenn Wanda weinte.

»Dass du dich die ganze Zeit bei deinen Schwestern herumtreibst, passt mir nicht. Eva rennt doch auch nicht dauernd nach Steinach – die weiß, wo sie hingehört. Aber dich muss ich immer wieder daran erinnern, dass du jetzt eine Heimer bist!« Er schrie inzwischen. »Ich möchte mal wissen, was ihr drei dauernd zu schaffen habt!«

Sein Gesicht war nur eine Handbreit von ihrem entfernt. Aus dieser Distanz wirkten seine Augen übergroß, wie die eines Frosches.

»Ich hab dich was gefragt, Weib! Was ist los bei euch? Mit dieser Wichtigtuerin Johanna stimmt doch etwas nicht!«

»Ich weiß nicht, was du meinst«, antwortete Ruth mit gesenktem Blick. »Wenn du sie auch einmal besuchen würdest, dann könntest du dich selbst davon überzeugen, dass alles in Ordnung ist«, erwiderte sie mit gespielter Zivilcourage.

»Das könnte dir so passen!«, entgegnete Thomas. »Und dass du dauernd Essen und wer weiß was zu deinen Schwestern schleppst, damit ist jetzt auch Schluss! Von jetzt an kümmerst du dich wieder um meine Familie.« Er packte sie am Handgelenk und drückte zu.

Ruth jaulte vor Schmerz auf.

»Also, *wo* gehst du heute Abend hin?«

Wie Feuer schoss der Schmerz hoch in ihren Ellenbogen, höher und höher und ... »Zu deiner Familie«, presste sie heraus. Sie hasste sich!

Thomas ließ ihr Handgelenk los.

Kaum waren sie bei den Heimers angekommen, ging der Ärger weiter.

Ohne sich um Ruth zu kümmern, setzte sich Thomas zu den anderen an den Tisch. Sofort stellte Eva ihm einen Krug Bier hin. Ruth nickte sie kurz zu.

»Du kannst mir gleich mit dem Abendbrot helfen! Es ist noch Brot zu schneiden, Butter muss aus dem Keller hoch geholt werden und das Geschirr vom Mittag ist auch noch nicht gewaschen«, zählte sie auf, während sie hingebungsvoll Scheiben von einem Schinken säbelte.

Obwohl es ein warmer Abend war, war das Küchenfenster geschlossen. Aus der Spüle, in der sich schmutziges Geschirr türmte, roch es säuerlich. Seit Edel, die alte Haushälterin, Anfang des Jahres gestorben war, war der Heimersche Haushalt verkommener denn je.

Wunderbar! Nachdem sie den ganzen Tag in der Werkstatt geschuftet und danach Thomas' Abendmahl zubereitet hatte, sollte sie hier gleich weitermachen.

»Und was mache ich in der Zwischenzeit mit Wanda? Soll ich sie vielleicht auf den Boden legen?«, erwiderte Ruth giftig. Während sie sprach, hüpfte der Kater aufs Fensterbrett und machte es sich dort bequem. Mit einem Nicken in seine Richtung fügte Ruth heftig zu: »Hier hat es die Katze doch besser als das Enkelkind! Das Vieh hat wenigstens einen eigenen Platz.«

Schulterzuckend antwortete Eva: »Niemand hält dich davon ab, Wanda in eines der Betten zu legen.«

»Damit sie dann fast herausfällt – so, wie beim letzten Mal?«, giftete Ruth. Sie hatte einen Sturz nur verhindern können, weil sie in dem Moment zufällig nach der Kleinen geschaut hatte.

»Ein Kind braucht ein Bett, wo es geborgen liegt.«

Beschützerisch drückte sie die Kleine an ihre Brust. Wanda hatte zu husten begonnen. Ihr kleiner Leib fühlte sich heiß an.

»Dieser elende Rauch hier ist auch das Letzte, was Wandas Husten gut tut!«

Plötzlich schauten alle Ruth und ihre Tochter an. Genüsslich zog Sebastian an seiner Pfeife, als wollte er ihr damit sagen: Nun erst recht.

»Ein Kinderbett, pah! Als ob's damit für dich getan wäre!«, fauchte Eva. »Für dich und deinesgleichen muss es doch feinste Seide sein. Mit Gänsedaunen. Und eine handgeschnitzte Wiege womöglich obendrein.« Beifallheischend schaute sie in die Runde.

Thomas warf Ruth einen ärgerlichen Blick zu. »Musst du deine Extrawünsche jetzt auch schon hier anmelden?«

Wanda hustete nun so heftig, dass ihr Tränen aus den Augen liefen. Hilflos schaute Ruth auf sie hinab. Wie konnte sie der Kleinen nur helfen?

»Bei diesem Gekotze versteht man ja sein eigenes Wort nicht mehr«, nörgelte Sebastian. »Sag ihr doch einfach, sie soll still sein!«

»Wenn ihr meine Meinung hören wollt: Ein bisschen Strenge hat noch keinem Gör geschadet. Was dabei herauskommt, wenn man die Sprösslinge zu sehr verwöhnt, das sieht man ja …« Wilhelm Heimer schüttelte betrübt den Kopf, als wolle er sein Pech, Ruth zur Schwiegertochter zu haben, einfach nicht glauben.

Ruth schaute zu Thomas, der damit beschäftigt war, eine neue Flasche Bier zu öffnen. Dass sein Vater sie beschimpfte, würde er doch nicht zulassen, oder?

Schwungvoll stellte Eva die Platte mit dem Schinken auf den Tisch.

»Ärger dich nicht, Wilhelm! Niemand kann etwas für seine Herkunft«, säuselte sie.

Die anderen brummten ihre Zustimmung.

»So weit ist es gekommen, dass ich mich schämen soll, Joosts Tochter zu sein?«, schnaubte Ruth fassungslos. »Von Verwöhnen kann ja wohl keine Rede sein, wenn ich mich um mein krankes Kind kümmere. Aber euch wäre ja eh am liebsten, Wanda wäre gar nicht auf der Welt. Wo sie ja nur ein Mädchen ist!« Die letzten Worte spuckte sie förmlich aus.

Am liebsten hätte sie auf der Stelle losgeheult, doch diesen Triumph wollte sie weder Eva noch einem der anderen gönnen. Mit hoch erhobenem Kopf stand sie auf.

»Ich gehe jetzt nach Hause. Das Kind hat Fieber und gehört ins Bett. Und ihr könnt ungestört eure *geschäftlichen* Besprechungen führen«, sagte sie mit einem vielsagenden Blick in Richtung der Bierkrüge.

Als Thomas an diesem Abend nach Hause kam, war es längst nach Mitternacht. Schon an der Art, wie er die Tür aufstieß, hörte Ruth, dass er wieder einmal betrunken war. Sein Fluchen, als er im Hausflur gegen etwas stieß, bestätigte ihre Annahme. Obwohl sie schwitzte, zog sie die Bettdecke übers Kinn und betete, dass sein Lärm nicht wieder die Kleine wecken würde.

Kaum hatte Wanda in ihrem eigenen Bett gelegen, war sie eingeschlafen und ihr Husten wie weggeblasen. Immer wieder hatte Ruth nach ihr geschaut. Wandas Stirn war zwar trotz des kühlenden Lappens, den Ruth aufgelegt hatte, noch warm, doch ihr Atem ging wieder regelmäßig. Konnte es sein, dass ihre Tochter sich in der Heimerschen Umgebung so unwohl gefühlt hatte, fragte sich Ruth unwillkürlich. Wahrscheinlich hatte Wanda gespürt, wie unerwünscht sie dort war!

Das Licht ging an. »Schönen guten Abend!« Thomas trat ans Bettende, dessen Holzlatten knirschten, als er sich schwer dagegen lehnte.

Dummkopf! Ruth kniff die Augen fester zusammen. Warum zog er sich nicht einfach aus und legte sich neben sie? Sie würde bei seinem bierseligen Geschnarche zwar sicher kein Auge zu tun, aber wenigstens kam sie dann um einen Streit herum. Ruth spürte, dass Thomas sie anstarrte und darüber grübelte, ob sie schlief oder nur so tat. Unter der Decke brach ihr der Schweiß aus allen Poren.

Auf unsteten Füßen wankte er durchs Zimmer zu dem Stuhl, auf dem er abends immer seine Kleider ablegte. Vor sich hin summend begann er, sich auszuziehen.

Ruth atmete auf. Kein Krach mehr in dieser Nacht. Doch ausgerechnet da begann Wanda erneut zu husten.

Ruth hielt die Luft an. *Hör auf. Bitte, bitte hör auf.*

Thomas fuhr so schnell herum, als habe er nur auf den kleinsten Schnaufer von Wanda oder Ruth gewartet. »Jetzt fängt das Gebelle schon wieder an! Hast mich heute noch nicht genug geärgert?«, lallte er.

Ruth schoss hoch. Es hatte keinen Sinn mehr, sich schlafend zu stellen.

»Ich kümmere mich um sie. Keine Sorge, sie ist gleich wieder still, nicht wahr, Wanda?« Vor lauter bemühter Zuversicht hörte sich ihre Stimme schrill und fast panisch an. Sie würde die Kleine nehmen und mit ihr in die Küche –

Thomas versperrte ihr den Weg.

»Du und dich kümmern.« Die Streitlust funkelte in seinen Augen. »Dazu bist du doch zu blöd. Nicht einmal das kriegst du hin. Aber mich vor meinem Vater blamieren – das kannst du! Freche Widerworte geben ist ja das *Einzige*, was du kannst!«

»Thomas!« Sie hasste es, wenn ihre Stimme diesen unterwürfigen Ton annahm. Doch manchmal schaffte sie es, ihn damit zu besänftigen.

Die Augen niedergeschlagen, wollte Ruth an Thomas vorbei, als er sie am Arm packte. Der Ruck, mit dem er sie wegschleuderte, kam so unerwartet, dass sie sich im nächsten Moment auf dem Boden wiederfand.

»Ruth Steinmann am Boden.« Kichernd schaute Thomas auf sie hinab. »Vorführen hast du mich wollen! Wie einen Deppen. So, wie du das immer tust. Was, glaubst du, habe ich mir anhören müssen, nachdem du so einfach auf und davon bist, hä? Ich würde mir von dir auf der Nase herumtanzen lassen. Aber da täuschen sie sich, allesamt!« Breitbeinig stellte er sich vor ihr auf, die Wölbung in seiner Hose verriet seine Erregtheit.

Einen Moment lang bekam Ruth es mit der Angst zu tun. Es wäre nicht das erste Mal, dass er sie in diesem Zustand …

Doch Thomas schien mit der Situation, wie sie war, zufrieden zu sein. »Und? Wo ist er jetzt, dein Vorwitz? Und deine Hochnäsigkeit?«

Vielleicht hätte er sich damit begnügt, sie weiter zu beleidigen, wenn Wanda nicht just in dem Moment einen neuen Hustenanfall bekommen hätte. Doch nun erinnerte er sich daran, dass er neben einer eigensinnigen Frau auch noch eine unnütze Tochter hatte.

»Wie die Mutter so die Tochter, heißt es nicht so? Mir auf der Nase herumtanzen – das könnte dir so passen, du kleiner Balg!« Gefährlich langsam wandte er sich dem kleinen Kinderbett zu.

Als Ruth erkannte, was er vorhatte, gellte ihr Schrei durch die Nacht.

11

Schon öfter hatte Marie sich gewünscht, in einer ihrer Glaskugeln leben zu können. Wie viel leichter musste das Leben dort drinnen sein! Keine Ecken und Kanten, an denen man sich stoßen konnte. Kein Anfang und kein Ende. Dafür Glanz und die Farben eines Regenbogens, der von den runden Wänden gespiegelt wurde. Das gläserne Paradies, dachte sie beim Betrachten einer ihrer Kugeln immer wieder.

Noch nie war ihre Sehnsucht größer gewesen als zurzeit, doch ihre Beweggründe dafür waren andere als sonst: Sie wünschte sich in ihr gläsernes Paradies, weil das Leben für sie unerträglich geworden war. Ein Alptraum, dem sie nur selten entrinnen konnte.

Eine Ausnahme waren ihre wöchentlichen Übungsstunden bei Peter, weshalb sie es auch heute kaum hatte erwarten können, bis es endlich acht Uhr abends war.

»Ich weiß, dass ich der gemeinste Mensch der Welt bin, aber ich kann's nicht ändern: Ich fühle mich richtig belästigt!«

Statt Glas zu blasen und über Entwürfe zu diskutieren, schüttete Marie ihm diesmal ihr Herz aus. Ihre Miene zeugte von schlechtem Gewissen und Hilflosigkeit.

»Seit Ruth und Wanda nun auch noch bei uns eingezogen sind, gibt es keinen Winkel mehr, in dem man ungestört sein kann! Ständig wuselt eine um mich herum. Dabei hatte ich mich schon so ans Alleinleben gewöhnt!«

Peter stellte ihr ein Glas Wasser hin. »Noch immer keine Versöhnung in Aussicht?«

Marie winkte ab. »Von wegen! Thomas kommt zwar alle paar Tage angerannt, aber Ruth lässt ihn nicht einmal ins Haus. Sie wechseln ein paar Worte vor der Tür – nie so laut, dass man etwas hören könnte –, dann stapft er wieder davon. Entweder sieht er dann aus, als sei er dem Heulen nahe oder er ist so wütend, dass er sie alles Mögliche schimpft. Soll daraus einer schlau werden? Johanna und ich wissen heute noch nicht, warum Ruth vor drei Wochen mitten in der Nacht bei uns aufgetaucht ist. Kein Ton kommt über ihre Lippen!« Sie seufzte. »Oben bei Heimers vergeht auch kein Tag, an dem Thomas mich nicht ausfragen würde. Was Ruth den ganzen Tag macht. Ob sie über ihn spricht.« Ihr Mund war spöttisch verzogen. »Einmal hat er mich sogar gefragt, ob es Wanda gut geht, stell dir das vor! Ich weiß schon gar nicht mehr, was ich sagen soll. Dabei muss ich mich doch gut stellen mit den Heimers. Wenn der Alte mich jetzt auch noch hinauswirft, dann sind wir alle drei ohne Arbeit! Wie gut, dass Johanna so Einiges zurückgelegt hat …«

»Das ist das Letzte, was du befürchten musst«, entgegnete Peter. »Wilhelm Heimer weiß ganz genau, dass er nie mehr eine schnellere und bessere Bemalerin bekommen wird. Er gibt ja sogar im Wirtshaus mit deiner Geschicklichkeit an!«

»So? Davon merke ich nichts. Er schaut mich nämlich an, als würde er mich lieber heute als morgen los sein. In seinen Augen haben wir Steinmänner ihm doch nichts als Ärger gebracht. Trotzdem …« Sie winkte ab. »Irgendwie komme ich mit dem Alten zurecht. Und Thomas ist auch nicht mein Problem.« Ihr düstrer Blick war in die Ferne gerichtet.

»Und was ist dann *dein* Problem?«, fragte Peter geduldig.

Maries Antwort war ein tiefer Seufzer. »Wenn du's genau wissen willst: Johanna.«

Peter runzelte die Stirn.

Sollte sie es ihm wirklich erklären? Oder würde Peter sowieso nur Johannas Partei ergreifen? Marie beschloss, es auf einen Versuch ankommen zu lassen.

»Das Dilemma ist, dass Johanna im Gegensatz zu Ruth nichts zu tun hat! Ruth ist den ganzen Tag mit Wanda beschäftigt, kämmt sie, badet sie oder häkelt ihr ein neues Kleid – ein bisschen viel Theater, wie ich finde. Aber wenigstens lassen die beiden mich in Ruhe. Wenn Wanda sich nicht gerade an meinen Farben vergreift«, ergänzte sie ironisch. »Aber Johanna? Die läuft im Haus herum wie ein gefangenes Tier. Vor lauter Langeweile hat sie schon meinen Arbeitsplatz umgeräumt, meine Unterlagen sortiert – ich nenne es allerdings durcheinander gebracht –, und kaum sitze ich am Bolg, schaut sie mir über die Schulter. Will dies wissen, fragt mich das. Sie macht mich noch ganz verrückt!« In einer hilflosen Geste warf Marie die Arme hoch.

»Ich verstehe dich ja, aber wie soll ich dir helfen?« Resigniert schaute Peter sie an. »Ich habe Johanna mindestens schon drei Mal angeboten, bei mir zu arbeiten. Gegen Bezahlung versteht sich. Aber davon will sie ja nichts wissen!« Er zeigte auf einen Stapel Kartons, in denen blaue, rote und grüne Glasteile schimmerten.

»Zugegeben, das Verpacken von Glastierchen ist bei weitem nicht so aufregend wie die Arbeit in einem großen Laden. Aber immerhin hätte sie etwas zu tun.« Die Verdrossenheit in seiner Stimme war nicht zu überhören.

»Ach Peter! Da sitze ich und jammere dir die Ohren voll. Dabei hast du ja auch dein Päckchen zu tragen.« Sie gab ihm einen Schubs.

»Erinnerst du dich noch an unser Gespräch zu Beginn des Jahres? Als ich meinte, nur ein Wunder würde Johanna nach Lauscha zurückbringen?« Sein Lachen klang freudlos und bitter. »Jetzt ist sie zwar wieder hier, und dennoch ist sie weiter von mir entfernt als je zuvor. Im besten Fall bin ich der große Bruder für sie. Im schlimmsten Fall ein *Mann*, dem man grundsätzlich nicht trauen kann. Wie sie mich manchmal anschaut! Als ob sie befürchtet, dass auch ich mich an ihr vergreife.« Er schüttelte traurig den Kopf. »Nach dem, was dieses Schwein ihr angetan hat, kann ich ihr Misstrauen sogar verstehen. Ob sie jemals wieder wie eine normale Frau fühlen kann?«

Eine Zeitlang schwiegen sie beide. Dann sagte Marie leise: »Kannst du nicht trotzdem noch einmal mit Johanna reden? Wenn sie nicht bald etwas zu tun hat, raubt sie mir noch den Verstand! Und wer weiß? Wenn ihr erst einmal zusammen arbeitet …« Sie versuchte aufmunternd zu klingen.

Peter lachte. »Ja, ja, und dieses Jahr fällt Weihnachten mit Ostern zusammen!« Dann wurde er wieder ernst.

»Also gut! Ich rede noch mal mit ihr, obwohl ich mir langsam ziemlich dämlich dabei vorkomme. Aber auf eine Abfuhr mehr oder weniger kommt's jetzt auch nicht mehr an.«

*

Peter brauchte nicht lange auf eine Möglichkeit zu warten. Schon am nächsten Tag streckte Johanna ihren Kopf durch seine Tür.

»Ich habe Buttermilch gemacht – soll ich dir ein Glas davon bringen? Sie ist eiskalt und erfrischend«, rief sie ihm über die Flamme seines Bolgs zu.

Obwohl Peter der Sinn eher nach einem Bier gestanden hätte, willigte er ein. Nachdem er den Gashahn abgedreht hatte, machten sie es sich mit einem Glas Milch hinter Peters Haus bequem. Ein paar Minuten lang redeten sie über dies und das, dann ließ sich Johanna zurück ins Gras sinken. Sie zog den Rock ihres ärmellosen Kleides bis zu ihren Knien hoch und seufzte laut.

»Ach, die Sonne tut so gut! Das erste Mal in meinem Leben kann ich die Sonne genießen, so lange ich will. Ruth sagt zwar, davon würde man eine Haut wie eine Bäuerin bekommen, aber sie selbst sitzt auch den halben Tag vor dem Haus auf der Bank und streckt ihr Gesicht der Sonne entgegen.«

Peter hatte Mühe, dem Reflex zu widerstehen, mit dem Zeigefinger ganz vorsichtig ihren Milchbart wegzuwischen. Wenn es überhaupt möglich war, dann war Johanna in diesem Jahr noch schöner geworden. Ihre leicht gebräunten Beine, der Goldglanz in ihrem dunklen Haar, die in sanften Wellen über ihre Schulter fielen …

Er war so in seine Betrachtung vertieft, dass er die Gelegenheit, die ihre Bemerkung ihm bot, fast verpasst hätte.

»Heißt das, dass ihr nun unter die müßigen Sonnenanbeter gegangen seid?«, fragte er grinsend, während er mit seiner rechten Hand eine Biene vertrieb.

Sofort setzte sich Johanna wieder aufrecht hin.

»Du hast Recht. Dieses Lotterleben kann so wirklich nicht weitergehen.«

Peter frohlockte.

»Nur: Ich weiß mir langsam nicht mehr zu helfen!«, fuhr Johanna fort. »Ruth lässt nach wie vor nicht mit sich reden. So stur, wie sie sich anstellt, glaube ich allmählich nicht mehr an eine Versöhnung zwischen ihr und Thomas. Dabei sind sie doch verheiratet!«

»Wenn ich ehrlich bin, habe ich eigentlich keine große Lust, über Ruth zu reden«, sagte Peter leicht verärgert. »Aber wenn wir schon einmal dabei sind – sie ist nicht die Erste, die ihrem Mann wegläuft, und sie wird auch nicht die Letzte bleiben.«

Konsterniert schaute Johanna auf ihn nieder. »Damit machst du es dir ziemlich einfach! Ich dagegen versuche, eine Erklärung für ihr Verhalten zu finden. Und da kommt mir nur eines in den Sinn: Thomas muss die Hand ausgerutscht sein! Und das wahrscheinlich nicht zum ersten Mal. Und Ruth …«

Nun langte es! Peter rappelte sich auf.

»Jetzt hör mir mal genau zu!«, sagte er so eindringlich wie möglich, während er nach ihrer Hand griff. »Es ist nicht nötig, dass du dir tagein, tagaus Ruths Kopf zerbrichst. Auch, wenn du es nicht für möglich hältst: Sie ist eine erwachsene Frau. Sie weiß genau, was sie tut.«

»Da bin ich mir nicht sicher. Sie ist so traurig! Nachts, wenn sie glaubt, dass keiner es hört, weint sie.« Johannas Augen waren wässrig. »Eine Welt muss für sie zusammengebrochen sein. Wo sie doch so in ihn verliebt war!«

»Ich habe nicht gesagt, dass es einfach für sie ist«, erwiderte Peter. »Aber vielleicht ist das, was sie im Augenblick durchmacht, einfacher, als ein Leben an Thomas' Seite. Hast du daran schon einmal gedacht?«

Ein Marienkäfer flog auf Johannas Hand und sie vertiefte sich in seinen Anblick.

»Johanna!«, mahnte Peter. »Lass uns zur Abwechslung einmal über dich reden.«

»Was gibt es da zu reden?«, erwiderte sie gequält. »Du willst mir nur wieder das Angebot machen, dass ich bei dir arbeiten kann.« Sie schüttelte den Marienkäfer von ihrer Hand.

»Ich ... sei mir nicht böse, Peter, aber das wird nicht funktionieren.«

Aber warum, wollte er sie fragen. Wenn du willst, dann funktioniert es!

Stattdessen sagte er: »Du kannst doch nicht ewig zu Hause sitzen. Ganz davon abgesehen, dass deine Ersparnisse irgendwann einmal aufgebraucht sind, ist das einfach nicht deine Art! Dieses Nichtstun passt nicht zu dir, das findet übrigens auch Marie. Wir sorgen uns um dich.«

»Marie –« Johanna legte den Kopf schräg. »Weißt du eigentlich, dass sie eine ziemlich gute Glasbläserin ist? Ich rede jetzt nicht von ihren künstlerischen Einfällen, sondern von ihrer Handarbeit. Die letzte Serie Glaskugeln, die sie in ihre Formen geblasen hat, ist fast fehlerfrei.«

»Das brauchst du mir nicht zu sagen! Aber wie kommst du jetzt ausgerechnet darauf? Erst redest du über Ruth, nun über Marie – lauter Ablenkungsmanöver!«

»Ach was«, erwiderte sie freundlich.

Ein kleines Lächeln umspielte ihren Mund.

»Kaum sitze ich am Bolg, schaut sie mir über die Schulter. Will dies wissen, fragt mich das«, kamen Maries Worte zu Peter zurück. Und plötzlich hatte er eine Ahnung.

»Johanna, was hast du vor?«, fragte er fast drohend.

Sie zog die Beine an und kniete sich ihm gegenüber.

»Ich weiß schon, was ihr alle von mir denkt: Johanna sitzt zu Hause und bläst Trübsal«, sagte sie vorwurfsvoll. »Aber so ist das nicht. Ich denke nämlich schon seit einiger Zeit darüber nach, wie's weitergehen soll. Und mein Plan hat *auch* mit Marie zu tun«, fügte sie gedehnt hinzu.

Peter schaute sie an. Konnte es sein, dass er die Gedanken dieser unmöglichen, wunderbaren, widerspenstigen Frau so gut kannte?

»Maries Christbaumkugeln – du willst sie verkaufen«, stellte er ungläubig fest.

Sie starrte ihn erstaunt an.

Hatte er also Recht!

»Und eigenwillig, wie du bist, willst du sie nicht einfach mir geben, damit ich sie meinem Verleger zeige, sondern du willst selbst einen Verleger finden.«

»Du bist ein echter Spielverderber!«, sagte Johanna mit gespieltem Ärger.

»Weiß Marie schon von deinen Plänen? Immerhin sind es ihre Kugeln.«

»Nein, ich …, solange nicht sicher ist, ob das, was ich vorhabe, auch funktionieren wird, möchte ich ihr lieber nichts sagen. Ich werde ganz allein nach Sonneberg gehen und …«

»O nein, Johanna Steinmann, das wirst du nicht!«, widersprach er heftig. »Zumindest nicht, bevor du mit Marie und Ruth gesprochen hast. Mir ist schon klar, dass du uns allen wieder einmal beweisen willst, wie gut du allein zurechtkommst. Aber das hier geht nicht nur dich etwas an!«

12

Am selben Abend saßen die drei Schwestern zusammen mit Peter an einem Tisch. Auf sein Drängen hin gab Johanna schließlich ihre Pläne zum Besten.

Nachdem die erste Aufregung vorbei war, kamen die Einwände. Obwohl Marie schon lange heimlich davon träumte, ihr geblasenes Glas nicht mehr verstecken zu müssen, fehlte ihr nun das Selbstvertrauen für diesen Schritt.

»Was werden die Leute sagen, wenn sie erfahren, dass *ich* mich an einen Bolg gesetzt habe? Was ist, wenn keiner etwas von einer Glasbläserin kaufen will?«, wollte sie wissen.

Natürlich würden sie mit Anfeindungen rechnen müssen, gab Johanna zu. Viele Glasbläser und Verleger würden es unverzeihlich finden, dass ein Weib es wagte, in eine Männerdomäne einzubrechen. Sie würde deshalb nach einem fortschrittlicher denkenden Verleger Ausschau halten müssen, einem, dem es gleich war, ob ein Mann oder eine Frau die Kugeln geblasen hatte.

Ruths Einwände waren praktischer Art. »Wenn es dir tatsächlich gelingen sollte, einen Verleger für Maries Kugeln zu finden – wann soll sie seine Aufträge fertigen?«

»Nachts natürlich!«, erwiderte Marie. »Das bin ich nicht anders gewöhnt. Oder was sagst du?«, wandte sie sich an Peter. Als dieser ihr nur vieldeutig zunickte, zog sie ihm eine Grimasse.

»Anfänglich mag das schon gehen«, gab Johanna zu. »Aber für den Fall, dass sich die Aufträge mehren – und damit rechne ich eigentlich, wirst du wohl bei Heimer aufhören müssen.«

Zwei entsetzte Augenpaare starrten sie an, während Peter sich nach wie vor als stiller Betrachter im Hintergrund hielt. Johanna schoss ihm einen Blick zu, nicht sicher, ob sie froh darüber war, dass er sich heraushielt oder ob ihr seine Unterstützung lieber gewesen wäre.

Ruth war die erste, die sich wieder fasste.

»Ich könnte beim Bemalen helfen«, bot sie an. »Ich weiß, keine malt so schön wie du«, sagte sie ironisch zu Marie, »aber deine Eiskristalle und Winterlandschaften würde ich schon hin bekommen. Und verpacken könnte ich die Kugeln auch. Wir haben doch noch eine ganze Kiste Kartons von früher übrig! Die Arzneifläschchen und die Kugeln müssten doch eine ähnliche Größe haben, oder?«

»Jetzt mal langsam«, wiegelte Marie ab. »Was Johanna da vorschlägt, würde bedeuten, dass wir unseren eigenen Glasbläserbetrieb aufmachen! Mit mir als Glasbläserin. Ich weiß nicht: ein Betrieb mit drei Frauen? Kann so etwas überhaupt funktionieren?«

»Warum nicht?«, kam es forsch von Ruth. »Das würde bedeuten, dass wir bei uns selbst in Lohn und Arbeit stünden. Wir wären keinem Rechenschaft schuldig außer uns selbst.«

Johanna grinste. »Das wäre dann eine *richtige* Weiberwirtschaft! Wir drei Steinmänner – da hätten die Leute endlich einen echten Grund zu lästern!« In diesem Moment hätte sie die Welt umarmen können, stattdessen warf sie Peter ein strahlendes Lächeln zu. Dass Ruth und Marie so viel von ihrer Idee hielten, hätte sie nicht für möglich gehalten.

In diesem Moment räusperte sich Peter. »Wann hast du eigentlich vor, nach Sonneberg zu gehen?«

Erstaunt schaute Johanna zu ihm hinüber. »Vielleicht nächste Woche? Oder übernächste? Darüber habe ich mir noch gar keine Gedanken gemacht.«

»Das solltest du aber, wenn dein Unternehmen nicht gleich an äußeren Einflüssen scheitern soll. Oder hast du etwa vergessen, dass dieser amerikanische Mr. Woolworth im August nach Sonneberg kommen will? Bis zu seinem Besuch sind es keine zwei Wochen mehr.«

»Woolworth? Was hat der mit meinem Plan zu tun? Der besucht doch nur …«

Peter lachte. »Von wegen! Wie es aussieht, bekommt Strobel dieses Jahr nur ein Stückchen vom amerikanischen Kuchen ab. Fast jeder Sonneberger Verleger hat einen Brief von Woolworth erhalten, mit dem dieser seinen Besuch ankündigt. Schon jetzt gibt es in der Stadt kein anderes Gesprächsthema mehr! Alle grübeln, was sie dem Mann ›Besonderes‹ anbieten können, und alle erhoffen sich dicke Aufträge von seinem Besuch.«

Diese Nachricht musste Johanna erst einmal verdauen.

»Das bedeutet, dass ich so schnell wie möglich nach Sonneberg muss. Wenn dieser Woolworth erst einmal in der Stadt ist, hat für mich keiner mehr ein offenes Ohr! Ich muss dem Amerikaner sozusagen zuvorkommen!« Sie kicherte. »Und außerdem« –, sie grinste in die Runde – »kann unser zukünftiger Verleger dann Maries Stücke gleich dem guten Herrn Woolworth zeigen!«

»Wenn das so ist, wird es das Beste sein, du gehst noch diese Woche. Soll ich mitkommen? Ich könnte dir tragen helfen und mit Wanda auf dich warten, während du die Vertreter besuchst«, warf Ruth ein.

Johannas Grinsen verschwand. Sie musste nur an Sonneberg denken und schon wurde ihr mulmig zumute! Trotzdem sagte sie: »Nein, ich glaube, ich gehe lieber allein. In dieser Hitze würde Wanda sich in der Stadt sicher nicht wohlfühlen.«

»Magnus könnte dich begleiten«, schlug Marie vor. »Er hat Zeit und würde sich sicher freuen, wenn er dir –«

»Magnus! Was geht Magnus das an?«, fuhr Peter stirnrunzelnd dazwischen. »Wenn schon, dann begleite ich Johanna.«

Irritiert schaute Johanna von einem zum anderen.

»Seid ihr jetzt fertig? Ich brauche niemanden, der mit mir geht«, sagte sie heftiger, als sie wollte. »Seit ich siebzehn bin, gehe ich allein nach Sonneberg. Und das werde ich auch weiterhin tun. Einen Aufpasser brauche ich dafür nicht.« Sie schluckte. »Und wenn es Hunde und Katzen regnen sollte – gleich morgen früh gehe ich los. Falls euch dabei wohler ist, kann ich ja mit der Eisenbahn fahren, dann bin ich im Handumdrehen in der Stadt.«

Die drei anderen schauten sich an. Dagegen konnten sie nichts mehr einwenden.

»Aber ich bestimme, welche Kugeln du mitnimmst«, forderte Marie. »Am besten schaue ich gleich einmal nach, welche Stücke präsentabel genug sind.«

»Und ich suche die Kiste mit den Kartons. Dann können wir noch heute Abend die schönsten Stücke verpacken.« Arm in Arm verließen die beiden den Raum. Kurz darauf war aus Joosts altem Schlafzimmer Rumpeln und Möbelrücken zu hören.

Während Johanna für Peter und sich ein Glas Wasser einschenkte, sagte sie leise: »Danke.«

»Wofür?« Peter lachte flüchtig auf.

Johanna war sich selbst nicht sicher, was sie eigentlich sagen wollte. Sie wusste nur, dass es keinen anderen Mann auf der Welt gab, den sie lieber hatte. Vielleicht liebte sie Peter sogar. Auf ihre Art. »Dafür, dass du nicht versucht hast, mir alles gleich auszureden.« Und, weil sie es nicht lassen konnte, fügte sie hinzu: »Wo du es doch viel lieber sehen würdest, wenn ich bei dir anfinge.«

»Tja«, erwiderte er, »das Leben läuft eben nicht immer so, wie man es sich wünscht.« Er seufzte gedankenverloren.

»Wie es aussieht, werde ich mich an den Gedanken gewöhnen müssen, irgendwann eine Geschäftsfrau zu heiraten.« Sein Schulterzucken hatte etwas hilflos Komisches und Resigniertes zugleich.

»Peter!«, schrie Johanna leise. »Ich traue meinen Ohren nicht. Gibst du denn nie auf?« Sie musste lachen.

Er schaute sie nur an. »Nein, was uns betrifft, niemals.«

Am nächsten Morgen bereitete Ruth das Morgenmahl, dann ging sie nach oben, um Johanna zu wecken. Die Erinnerung an alte Zeiten war plötzlich so stark, dass sie einen Moment lang glaubte, gleich würde Joosts Poltern aus dem Waschhaus zu ihr hoch dringen. Was er wohl von ihren Plänen halten würde? Sie blieb einen Moment lang an der Dachluke stehen und schaute in den wolkenfreien Himmel. Sicher würde er sie gut heißen, sagte sie sich, dann ging sie ins Schlafzimmer.

»Es ist gleich sechs Uhr! Aufstehen! Heute ist unser großer Tag!« Mit einem Ruck zog sie den verblichenen Vorhang auf, durch den schon jetzt die Sonne drückte. Johannas »Ich bin längst wach« klang für Ruth nicht sehr überzeugend. Sicherheitshalber rüttelte sie noch am Arm ihrer Schwester.

»In einer halben Stunde fährt der Zug ab. Also wage es nicht, noch einmal einzuschlafen!« Wie hatte das bloß in Sonneberg funktioniert, fragte sie sich nicht zum ersten Mal. Danach warf sie noch einen Blick in die kleine Kammer nebenan, wo Wanda in Maries altem Kinderbett friedlich schlief. Hoffentlich würde das so bleiben, bis sie Johanna auf den Weg gebracht hatte!

Als sie wieder nach unten kam, war Marie schon mit ihrem Kaffee fertig. Sie stand am Spülstein und wusch ihre Tasse aus.

»Ich bin ja so aufgeregt! Wahrscheinlich werde ich heute statt floraler Ranken nur Zickzacklinien hinkriegen!«

»Lass dir ja nichts anmerken! Sonst kommt Thomas wieder an und will mich aushorchen. Dass ich ohne ihn zurechtkomme, passt ihm sowieso nicht«, erwiderte Ruth und schenkte sich nun auch eine Tasse Kaffee ein.

»Der braucht vorerst nicht zu wissen, was wir vorhaben.« *Ruth Heimer am Boden* – sie konnte es nicht erwarten, sein dummes Gesicht zu sehen, wenn sie erst einmal einen Auftrag in der Tasche hatten. Genießerisch nahm sie einen Schluck Lebenselixier.

»Hast ja Recht«, bestätigte Marie. »Wahrscheinlich ist das alles sowieso nicht mehr als eine schöne Idee.« Doch ihr Gesicht war vor Aufregung gerötet und ihre Augen glänzten erwartungsvoll.

Weder für Ruth, die an diesem Tag selbst mit Wanda ungeduldig war, noch für Marie im Heimerschen Betrieb wollten die Stunden vergehen. Unentwegt mussten sie daran denken, wie es Johanna wohl erging. Wie viele Verleger würde sie besuchen müssen, bis sie einen fand, dem Maries Kugeln gefielen? Würde sie tatsächlich einen Auftrag erhalten? Oder würden sie von einer Frau nichts kaufen wollen? Und als der Abend kam und die Sonne als glutrote Kugel nach unten sank, fragten sie sich: Wann konnte man wohl mit Johannas Rückkehr rechnen? War es ein gutes oder ein schlechtes Zeichen, dass sie noch immer nicht da war?

Auch Peter, der sich nach der Arbeit zu ihnen gesellte, war unruhig. Er schlug vor, Johanna am Bahnhof abzuholen, doch Ruth und Marie waren dagegen. Was, wenn einer der Nachbarn sie dabei beobachtete, wie sie zu dritt auf Johanna warteten? Das würde nichts als neugierige Fragen aufwerfen. Schließlich ging Peter immer wieder wie ein Gefängniswärter vor der Tür auf und ab. Ruth und Marie ließen ihn gewähren.

Es war fast acht Uhr abends, als sie sein erlösendes »Sie kommt!« zu hören bekamen. Mit einem Satz waren sie draußen.

Johanna war kreidebleich. Kein Winken, kein Lachen, kein Wedeln: *»Hier unser Vertrag!«* Ihre Miene, ihre Haltung – für alles gab es nur eine Bedeutung.

Alles schiefgegangen.

Keiner wagte es, den anderen anzugucken. So reglos, als wären ihre Füße am Boden fest geklebt, schauten sie zu, wie Johanna die letzten Meter auf sie zu kam. Nachbarn, die in diesem Moment an ihrem Haus vorbeikamen, warfen ihnen verwunderte Blicke zu.

»Johanna, was ist los mit dir? Du siehst aus, als hättest du einen Geist gesehen!«, rief Ruth schließlich.

Mit hängenden Schultern ging Johanna an ihnen vorbei ins Haus. Ihr Kleid klebte dort am Rücken fest, wo der Schweiß zwischen ihren Schulterblättern hinabgelaufen war. Sie setzte sich an den Tisch.

»So ähnlich fühle ich mich auch.« Ihre Stimme war brüchig wie die eines alten Weibes, ihr Blick schwamm verloren durch den Raum.

Die Hitze! Oder hatte Sonneberg die Erinnerung an die Vergewaltigung erneut allzu heftig in ihr wach gerufen? War Johanna einfach alles zu viel geworden?

Ruth und Peter wechselten einen sorgenvollen Blick. Marie stellte ihr ein Glas Wasser hin.

Peter setzte sich zu ihr auf die Bank und legte ihr einen Arm beschützend um die Schulter.

»Jetzt ist ja alles wieder gut. Du bist daheim, bei uns.« Er hielt ihr das Wasserglas hin.

Keiner wusste etwas zu sagen. Es war so still, dass außer dem Gluckern des Wassers in Johannas Kehle nichts zu hören war.

»Ich war bei jedem Verleger. Jeden einzelnen habe ich abgeklappert, jeden einzelnen. Sie haben mich nicht einmal angehört«, begann sie schließlich.

Dicke Tränen liefen ihr übers Gesicht.

»Ich bin mir vor gekommen, als hätte ich die Pest und den Aussatz gleichermaßen. Dabei ist etwas viel Schlimmeres geschehen.«

Die anderen schauten sich an.

In Ruth machte sich ein so dumpfes Gefühl der Enttäuschung bereit, dass ihr davon der Bauch weh tat.

»Wovon redest du, um Gottes willen?« Peter rüttelte sie

sanft. »Ist dieser Woolworth früher gekommen als geplant oder warum hatte sonst keiner Zeit für dich?«

Johanna schüttelte nur den Kopf. »Zuerst habe ich gar nicht verstanden, was los war«, presste sie unter Tränen hervor. »Nachdem der Erste so barsch war, habe ich gedacht: Der hat einen schlechten Tag, versuchst du's halt beim Nächsten! Als mich dann der Zweite so von oben bis unten musterte und behauptete, er habe keine Zeit für mich, habe ich mir auch noch nicht mehr dabei gedacht. Doch dann ...« Sie hielt beide Hände vors Gesicht und heulte los. »Ich habe mich noch nie in meinem Leben so schlecht gefühlt. Ich meine ... außer damals ... aber nun ...« Ihre Worte gingen in einem Heulkrampf unter.

Die anderen warteten hilflos, bis sie sich wieder etwas beruhigt hatte.

»Wenn die Frau ... aus der Parfümerie mich auf mein Drängen hin nicht aufgeklärt hätte – ich wüsste immer noch nicht, was los ist«, sagte Johanna endlich mit tränenerstickter Stimme.

Ruth wurde vor Enttäuschung langsam zornig. »Und was ist los? Hättest du die Freundlichkeit, uns endlich auch *aufzuklären*?«

Sofort bekam sie unter dem Tisch einen Stoß von Marie.

»Strobel hat in der ganzen Stadt herumerzählt, dass ich ihn bestohlen hätte und er mich deshalb hinausgeworfen hat.« Johannas Gesicht war blank.

»Nun hält mich jeder für eine Diebin. *Das* ist los!« Die Hysterie in ihrer Stimme schwoll an. Ihr Lachen durchschnitt das fassungslose Schweigen der anderen.

»Ich bin in Sonneberg erledigt. Ein für allemal. Dort teilen nicht mal mehr die Hunde ihre Knochen mit mir!«

13

Johannas Verstörung war fast größer als nach ihrer Vergewaltigung. Diese hatte sie sich damit erklären können, dass Strobel verrückt, nicht Herr seiner Sinne gewesen war. Er hatte sie vergewaltigt, er hatte ihre Unschuld geraubt, er hatte sie verwundet. Tief drinnen jedoch war sie wie durch ein Wunder heil geblieben. Nun aber hatten seine Verleumdungen ihr Innerstes verletzt: Ihr, Johanna Steinmann, Tochter von Joost, war die Würde genommen worden. Alles, was Joost ihnen an Werten mitgegeben hatte, war mit einem Schlag zunichte gemacht. Es war nur eine Frage der Zeit, bis die Gerüchte nach Lauscha herüberkamen. Vielleicht war dies auch längst geschehen? Vielleicht zerrissen die Leute sich hinter ihrem Rücken längst das Maul?

Tagelang vergrub sie sich in der stickigen Schlafkammer. Während draußen die Luft vor Hitze flimmerte, wollte sie niemanden sehen, mit niemandem sprechen. Es gab keinen Trost, keine guten Ratschläge, die ihr geholfen hätten.

Irgendwann kam ein weiterer schlimmer Verdacht in ihr hoch: Womöglich war sie die Ursache für Ruths Trennung von Thomas. Hatte er sie eine Diebin genannt und Ruth hatte sie verteidigt? Hatte Ruth deshalb den Grund dafür verschwiegen, warum sie mitten in der Nacht geflüchtet war?

Johanna grübelte und sie tobte. Erlebte jede einzelne Demütigung ihres Besuchs in Sonneberg immer wieder. Sank danach in sich zusammen und konnte sich für Stunden nicht regen.

*

»Ich mache das nicht länger mit! Seit Tagen lässt sie sich kaum hier unten blicken. Wenn ich zu ihr reinschaue, dann dreht sie ihren Kopf zur Wand. Und ich kann wie ein Trottel wieder abziehen!« Aufgebracht rannte Ruth in der Küche hin und her.

»Wie lange soll das noch so gehen? Wahrscheinlich ist dieser Woolworth längst in der Stadt, und wir haben immer noch keinen Verleger für deine Kugeln!«

»Wie oft willst du das eigentlich noch sagen? Versetze dich doch einmal in ihre Lage. Johanna macht das doch alles nicht, um dich zu ärgern.« Marie war müde. Sie hatte den ganzen Tag mit Emailmalerei verbracht, nun bekam sie den giftigen Farbgeruch nicht aus der Nase. Außerdem hatte sie Kopfschmerzen.

Sie ging in die Werkstatt und setzte sich an Joosts Bolg. Wie lange war es her, dass sie hier einen ruhigen Abend hatte verbringen können?

Ruth folgte ihr.

»Davon, dass sie sich oben in der Kammer verkriecht, während wir uns Sorgen machen, wird die Sache auch nicht besser. Aber am schlimmsten finde ich, dass sie nicht einmal mit sich reden lässt!«

»Das sagt ja gerade die Richtige! Du schweigst doch auch wie ein Grab, statt uns zu erklären, was zwischen dir und Thomas los ist.«

»Das geht nur ihn und mich etwas an. Aber *das* hier – das geht uns drei etwas an! Unsere Zukunft, unser Leben, unser …« Ruth verstummte.

»Also noch ist es Johanna, die Strobel verleumdet hat! Wenn ich mir das vorstelle: Da steht man jemandem gegenüber und der unterstellt einem die schlimmsten Dinge! Und man kann nichts dagegen tun. Ich möchte jedenfalls nicht in ihrer Haut stecken.«

»Und das tun wir auch nicht. Gott sei Dank!«, stellte Ruth grimmig fest.

»Du kannst ganz schön gemein sein, weißt du das?«, Marie schoss ihrer Schwester einen wütenden Blick zu.

»Und du nimmst von mir auch nur das Schlimmste an! Ich meine das nämlich anders, als du denkst.« Sie zog ihren alten Arbeitsstuhl her und setzte sich neben Marie.

»Du hast doch gehört, was Johanna gesagt hat: In Sonneberg ist sie unten durch. Aber das heißt doch noch lange nicht, dass *wir* auch unten durch sind, oder?«

»Ich weiß nicht. Eigentlich dürfte es das nicht heißen. Aber wer weiß, ob die Verleger uns drei nicht alle in einen Topf werfen, wenn die mitkriegen, dass wir Johannas Schwestern sind«, antwortete Marie, die längst wusste, auf was Ruth hinaus wollte. Es war ja nicht so, als würde sie sich nicht auch den Kopf darüber zerbrechen, wie es weitergehen sollte!

»Meinst du?« Ruth biss sich auf die Lippe. Sie sah aus, als hätte sie gerade diese Antwort nicht erwartet.

»Eigentlich wollte ich vorschlagen, dass ich deine Kugeln nehme und sie den Verlegern anbiete. Wenn sie mich natürlich genau so abweisen wie Johanna ...«

Marie warf ihr einen schrägen Blick zu. So weit war es also mit ihrer Forschheit auch nicht her!

»Ich denke, es wäre das Beste, wenn wir Peter bitten, meine Kugeln seinem Verleger zu zeigen.«

Ruth schaute auf, Erleichterung im Blick. »Wie du willst – immerhin sind es deine Kugeln.«

Wer hatte denn gerade noch etwas von *unserer* Zukunft, *unserm* Leben gefaselt, grummelte Marie im Stillen vor sich hin.

Sie war schon eingeschlafen, als jemand grob ihren Arm rüttelte.

»Wach auf!«, flüsterte Ruth ihr ins Ohr. »Ich muss mit dir reden!«

Um nicht auch noch Johanna zu wecken, torkelte Marie hinter Ruth her in die Küche.

»Bist du wahnsinnig? Warum weckst du mich mitten in der Nacht? Im Gegensatz zu dir kann ich mich tagsüber nicht auf die faule Haut legen, sondern muss arbeiten.« Das Licht der Gaslampe, die Ruth angemacht hatte, war unangenehm grell für ihre müden Augen. Sie drehte die Flamme schwächer.

»Ich habe eine Idee!« Ruth war angespannt wie eine Feder. »Ich habe eine wunderbare Idee!«, wiederholte sie. Mit einem Satz war sie bei Marie und kniete sich vor sie. »Stell dir vor: Es gibt doch einen Weg, wie ich uns allen helfen kann. Wenn das klappt, was ich vorhabe, dann sind wir von niemandem mehr abhängig. Wir –«

»Ruth, bitte!«, mahnte Marie. »Es ist mitten in der Nacht, und ich bin nicht zum Rätselraten aufgelegt. Sag mir, was dir im Kopf herumschwirrt und lass uns dann wieder ins Bett gehen.«

Ruth sah auf einmal wieder dem lebenslustigen Mädchen von früher ähnlich: Ihre Wangen waren gerötet, ihre Augen funkelten vor Begeisterung, sie lachte schelmisch.

»Wenn du erst einmal gehört hast, was ich vorhabe, wird dir der Schlaf sowieso vergehen!«

*

Am nächsten Morgen stand Ruth noch früher auf als sonst. Nachdem sie kurz zu Wanda hineingeschaut hatte, ging sie ins Waschhaus. Bereitwillig überließ Marie ihr dort den Platz vor dem Spiegel und bot sogar an, sich ums Morgenmahl zu kümmern. Als Ruth ihr abwesend zunickte, trafen sich ihre Blicke im Spiegel.

»Und du traust dich das wirklich?« fragte Marie, die Türklinke schon in der Hand.

»Es ist der einzige Weg«, antwortete Ruth.

»Ist es nicht. Wie ich gestern schon sagte, wir können immer noch Peter bitten …«

»Du hast ja Recht. Trotzdem …« Sie nickte Maries angespannter Miene im Spiegel aufmunternd zu. »Weißt du was? Lass es mich doch einfach versuchen! Wenn alle Stricke reißen, bekomme ich halt auch eine Abfuhr. Dadurch hätten wir nicht mehr und nicht weniger als jetzt. Wenn mein Plan jedoch aufgeht …« Eilig klopfte sie an die hölzerne Bretterwand. »Besser nicht davon reden! Sonst fordern wir das Schicksal nur unnötig heraus.«

Nachdem Marie gegangen war, wusch sie sich von oben bis unten. Dann begann sie mit Sorgfalt ihre Haare zu kämmen. Als sie damit fertig war, nahm sie eine dicke Strähne in die Hand und hielt sie in das Sonnenlicht, das durch die schmale Luke in die Bretterbude fiel. Täuschte sie sich oder hatte ihr Haar schon einmal einen schöneren Glanz gehabt? Sie trat an den Spiegel. Und war ihre Haut nicht trotz der vielen Zeit an der frischen Luft ein bisschen fahl? Ihr Blick weniger strahlend? Mutlos ließ sie die Bürste sinken und eine Welle Traurigkeit überfiel sie. Sie kam sich auf einmal so alt vor! Alt und abgegriffen wie ein altes Werkzeug, das durch viele Hände gegangen war. Dabei war *sie* lediglich einem in die Hände gefallen. Ihr Lachen war bitter.

Nur mit Mühe gelang es ihr, sich wieder aus ihrer unfrohen Stimmung zu reißen. Sie gönnte sich weitere fünfzig Bürstenstriche und nutzte die Zeit, um ihrem Spiegelbild zur Probe verschiedene Blicke zuzuwerfen. Es musste ihr gelingen, Zuversicht auszustrahlen. Sie wollte schließlich kein Mitleid von diesem Mister Woolworth, sondern einen Auftrag!

Kaum war sie mit ihrer Hochsteckfrisur fertig, kamen ihr Zweifel: War diese Frisur nicht zu hinterwäldlerisch? Der Amerikaner war doch sicher elegante, vornehme Damen gewöhnt. Vorsichtig, um nicht ihr ganzes Werk zu zerstören, holte sie seitlich ein paar Strähnen wieder nach unten. Skeptisch drehte sie sich nach links und nach rechts. So war es besser. Immerhin hatte das Ganze nun eine verspielte Note.

Sie drehte die losen Strähnen um ihren Zeigefinger, bis diese sich in weichen Kringeln wanden. Noch besser. Sie warf ihrem Spiegelbild einen koketten Blick zu. Eigentlich war sie immer noch ganz hübsch. Es hatte keinen Zweck, mit den Damen von Welt konkurrieren zu wollen, beschloss sie. Vernünftiger war es, sie würde einfach nur das Beste aus sich machen.

Mit geübten Handgriffen zog sie ihr Kleid über den Kopf, ohne dabei ein Härchen zu berühren. Am liebsten hätte sie ihr Hochzeitskleid angezogen, doch in der Augusthitze wäre sie darin umgekommen! Daher hatte sie sich für ihr zweitschönstes Kleid entschieden: Es war zwar in einem recht unscheinbaren Braun gehalten, dafür war am Stoff für den Rock nicht gespart worden, weiche Bahnen umschmeichelten großzügig ihre Beine. Außerdem wirkte ihre Gesichtshaut über dem gedämpften Braun gleich eine Nuance frischer. Sie legte sich eine Kette um, die Marie ihr vor einiger Zeit aus Silberdraht und Glasperlen gemacht hatte. Einer Eingebung folgend rannte sie hinters Haus und schaute sich suchend um, bis ihr Blick auf einige Gänseblümchen fiel. Eilig pflückte sie ein Büschel davon ab. Wieder im Waschhaus zwirbelte sie einige Blüten in ihr Haar, ein kleines Sträußchen steckte sie mit einer Nadel an ihrer Schulter fest. Schließlich war sie mit ihrem Aussehen zufrieden.

Als sie wieder ins Haus ging, war Marie schon fertig für die Arbeit.

»Der Tragekorb mit den Kugeln steht draußen im Gang. Die großen Modelle habe ich obenauf gelegt, du musst nur aufpassen, dass du sie nicht zusammendrückst.«

»Und? Hat sie nichts gemerkt?«

»Johanna?« Marie schüttelte den Kopf. »Entweder hat sie sich schlafend gestellt, als ich ins Zimmer kam, um den Korb zu holen, oder sie war tatsächlich noch nicht wach. Jedenfalls hat sie keinen Muckser von sich gegeben.«

Ruth atmete erleichtert aus. »Gott sei Dank. Ich hätte keine Lust gehabt, ihr alles erklären zu müssen.« Sie wollte in die Küche gehen, um schnell noch eine Tasse Kaffee zu trinken.

Marie hielt sie am Ärmel fest. »Bist du dir sicher, dass du es schaffen wirst? Ich meine – so oft bist du ja noch nicht in Sonneberg gewesen.«

»Warum traust du mir eigentlich so wenig zu?« Allmählich wurde Ruth ungehalten. »Ich bin doch auch nicht dümmer als Johanna, oder? Wenn ich es schaffe, den Griffelmacher abzupassen, bin ich im Handumdrehen in der Stadt. Und wenn nicht …« Sie zuckte mit den Schultern. »Muss ich halt laufen. Den Weg kenne ich ja.«

»Aber dann ist der Amerikaner längst unterwegs bei den Verlegern«, entgegnete Marie aufgeregt. »Wie willst du ihn finden? Und selbst wenn er dir irgendwo über den Weg läuft – du kannst ihn doch schlecht einfach auf der Straße ansprechen.«

Ruth kaute auf ihrer Unterlippe.

»Das ist das Einzige, was mir wirklich Kopfzerbrechen macht«, gab sie zu. »Ich habe mich schon gefragt, ob es nicht das Beste wäre, herauszufinden, in welchem Hotel er wohnt.«

»Und dann?«

»Stell dich doch nicht so an!« Missbilligend schüttelte Ruth den Kopf. »Dann könnte ich dort auf ihn warten.«

»Das wäre eine Möglichkeit«, stimmte Marie ihr zu. »Aber was ist, wenn dieser Amerikaner kein Deutsch versteht?«

»Marie!«, rief Ruth aus. »Darüber haben wir doch schon letzte Nacht lang und breit gesprochen. Er muss Deutsch verstehen! Wie sollte er sich sonst verständigen können? Ich kann mir kaum vorstellen, dass alle Verleger die englische Sprache beherrschen.« Abrupt wandte sie sich ab und ging in die Küche.

»Und jetzt will ich kein Wort mehr über die Sache verlieren. Je länger ich nämlich über alles nachdenke, desto mulmiger wird mir zumute.«

14

Marie war schon weg, als Ruth nach oben ging. Sie holte Wanda aus ihrem Bett, wechselte hastig deren Windeln, dann ging sie mit ihr ins andere Zimmer. Vorsichtig legte sie Wanda neben Johanna ins Bett, woraufhin ihre Tochter sie mit großen Augen anschaute. Ruth hoffte, dass sie nicht sofort zu schreien begann.

»Was soll das?«, kam es ungnädig von Johanna.

»Heute musst du dich um Wanda kümmern. Ich gehe jetzt aus dem Haus, und ich weiß nicht, wann ich wiederkomme. Es könnte sogar sein, dass ich über Nacht wegbleiben werde.« Während sie sprach, fiel Ruth schlagartig auf, dass sie diese Möglichkeit bisher noch gar nicht in Betracht gezogen hatte. Dabei war das gar nicht so abwegig: Wenn sie lange auf diesen Woolworth würde warten müssen …

Johanna setzte sich aufrecht hin. Wanda zog sie zu sich auf ihren Schoß.

»Du gehst aus dem Haus? Vielleicht sogar über Nacht?« Ein Hauch von Interesse klang mit. »Triffst du dich mit Thomas?«

Ruth zuckte unverbindlich mit den Schultern. Von ihr aus konnte Johanna glauben, was sie wollte. Krampfhaft überlegte sie, was eine Übernachtung in einem Hotel kosten würde und was sie dafür einpacken musste. Beim Gedanken daran, dass sie sich womöglich ein Zimmer würde nehmen müssen, überkam sie erneut ein flaues Gefühl. Durfte man das als Frau überhaupt? Und das kostete doch sicher ein Vermögen! Mit vor Aufregung feuchten Händen zog sie ein frisches Nachthemd aus dem Schrank – ihre Bürste und ein paar weitere Utensilien würde sie noch im Waschhaus einpacken. Dann trat sie wieder an Johannas Bett.

»Wie sehe ich aus?« Sie machte eine kleine Pirouette. Als Johanna nicht gleich antwortete, wollte Ruths Selbstbewusstsein schon wieder dahinwelken wie eine Blume, die nicht gegossen wurde. Doch dann sah sie Johannas bewundernden Blick.

»Du siehst hinreißend aus. Jeder Mann muss dich einfach bezaubernd finden, glaube mir!«, antwortete Johanna schließlich. Sie klang ehrlich und überzeugend.

Ruth, die unmerklich die Luft angehalten hatte, stieß diese nun erleichtert aus. Hoffentlich würde Johannas Prophezeiung auch für amerikanische Geschäftsleute gelten!

»Sie hat noch nichts gegessen«, sagte sie mit einem Kopfnicken in Richtung ihrer Tochter.

»Kann ich mich darauf verlassen, dass du dich um sie kümmern wirst? Heute Abend kann dir ja Marie helfen.«

»Selbstverständlich kümmere ich mich um die Kleine! Was für eine Frage«, antwortete Johanna. Sie kitzelte Wanda am Bauch, woraufhin diese zu glucksen anfing.

Ruth hatte Mühe, sich eine bissige Bemerkung zu verkneifen. ›Selbstverständlich kümmere ich mich um die Kleine‹ – als ob in den letzten Tagen irgendetwas bei Johanna selbstverständlich gewesen wäre! Sie räusperte sich.

»Ich frage ja ungern, aber – kannst du mir ein wenig Geld geben?«

Johanna runzelte die Stirn. »Wozu brauchst du Geld, wenn du dich mit Thomas triffst?«

»Ich – habe etwas – vor«, stotterte Ruth. »Also was ist? Gibst du mir das Geld oder nicht?«

»Natürlich. Kein Grund, sich gleich aufzuregen!« Beschwichtigend hob Johanna beide Hände. »Du weißt doch, wo meine Börse liegt. Hol dir einfach, was du brauchst.«

Ein kleines Lächeln umspielte Ruths Lippen. Wenn alles so leicht wäre …

Auf einmal fühlte sie sich wagemutig und furchtlos zugleich. Im Türrahmen hielt sie inne und drehte sich noch einmal um.

»Wünsch mir Glück!« Grinsend warf sie beiden eine Kusshand zu.

Johannas verwunderten Blick konnte sie förmlich im Rücken spüren, als sie die Treppe hinunter lief.

Kaum hatte sie die ersten Häuser von Steinach erreicht, bog der Griffelmacher, der Johanna auch immer mitgenommen hatte, mit seinem alten Gaul und seinem klapprigen Wagen um die Ecke. Er erkannte Ruth sofort, hielt an und ließ sie aufsteigen. Statt den Korb mit Maries Christbaumkugeln nach hinten zu den Kartons mit den Griffeln zu stellen, nahm sie ihn zwischen ihre Beine. Immer wieder kamen sie auf dem Weg an Botenfrauen vorbei. Der Anblick ihrer hoch aufgetürmten Packkörbe erinnerte Ruth an die Ameisen, die sie bei ihren Liebesstunden mit Thomas oben im Wald beobachtet hatte. Im Gegensatz zu den kleinen Waldbewohnern sah man den Frauen ihre Last jedoch an: Mühevoll kamen sie daher, manche mit Schmerz verzerrten Gesichtern und gebeugten Rücken, und mit den Händen wischten sie sich immer wieder den Schweiß und die Fliegen aus der Stirn. Ruth, die wusste, wie schwer solch ein mit Glas gefüllter Korb sein konnte, hätte mit keiner von ihnen tauschen wollen! Sie kam sich neben dem Griffelmacher auf dem Bock auf einmal sehr wichtig vor.

In Sonneberg angekommen, schulterte sie ihren Tragekorb und marschierte los. Keiner kümmerte sich um sie – die Stadt war voll von Frauen wie ihr, die Waren ablieferten. Überhaupt herrschte reges Treiben in den engen Gassen: Postkutschen, Droschken, Fußgänger, alle bemühten sich, schneller voranzukommen als die anderen. Mehr als einmal bekam Ruth einen unsanften Stoß verpasst, der sie zum Stolpern brachte. Aus Angst um ihre zerbrechliche Ware lief sie schließlich nur noch eng an den Hauswänden entlang, während ihr Blick unablässig durch die Gassen streifte. Ein Stimmengemisch aus thüringischen, sächsischen und fremden Zungen hüllte sie ein wie dichter Nebel. Ruth sah ihre Befürchtungen bestätigt: Es würde einem kleinen Wunder gleich kommen, wenn sie in all dem Trubel auf den amerikanischen Großhändler treffen würde! Ihn in seinem Hotel aufzusuchen, war das einzig Sinnvolle.

Obwohl sie nach einem Glas frischer Limonade oder wenigstens nach einem Glas mit kaltem Wasser gierte, ging sie zielstrebig in Richtung des Fotoateliers, wo immer noch Wandas Fotos auf ihre Abholung warteten.

Der Fotograf war längst nicht so freundlich wie beim ersten Mal und Ruth fragte sich, ob auch er von Johannas angeblichem Diebstahl gehört hatte. Ärgerlich vor sich hin murmelnd kramte er eine halbe Ewigkeit in einer Kiste nach dem Umschlag mit den richtigen Fotografien. Ruth stand mit verschlossener Miene daneben und sah ihre Chancen sinken, wertvolle Informationen aus dem Mann herauszubekommen. Doch als sie die Bilder von Wanda sah, konnte sie nicht anders als ihr Entzücken laut kundzutun. Ihre Tochter sah aus wie eine wahrhaftige Prinzessin! Und auch sie selbst gab eine ziemlich attraktive Erscheinung ab.

Ihre Begeisterung schien auch den Fotografen zu erweichen.

»Dass diese Bilder etwas ganz Besonderes werden, habe ich gleich gewusst! Alles *trés, trés chic*!«, bemerkte er mit unverhohlenem Künstlerstolz.

»Sehen Sie hier: diese Beleuchtung! Und hier: die Schärfe der Umrisse!«

Ruth strahlte ihn an. »Das sind die schönsten Fotografien, die ich jemals gesehen habe!«, sagte sie wahrheitsgemäß. Dass es auch die einzigen waren, brauchte er schließlich nicht zu wissen. Sie zählte ihm das vereinbarte Honorar auf die Theke.

»Es war mir eine Freude, Madam!«

Ruth entschloss sich, ihm ein bisschen Honig ums Maul zu schmieren. Vielleicht bekam sie ja dann etwas aus ihm heraus. »Sie sind ein richtiger Künstler! Die Sonneberger können sich glücklich schätzen, einen solchen Fotografen zu haben. Sicherlich können Sie sich vor Aufträgen nicht retten, nicht wahr?«

Die Miene des Mannes verdüsterte sich. »Pfff! Das sollte man meinen!«

»Aber ...?« Ruth zog fragend die Augenbrauen in die Höhe und spielte dabei mit einer Haarlocke.

Er schnaubte. »Puppen, Glas, Holzspielzeug – um mehr geht es in dieser Stadt doch nicht! Alle haben sie nur eines im Sinn: verkaufen!«

Ruth frohlockte innerlich. »Und die Fremden? Seit gestern ist doch wohl dieser Amerikaner in der Stadt, von dem sich alle so große Geschäfte erwarten. Der wüsste doch sicher eine kunstvolle Fotografie von Ihnen zu schätzen?«

Der Mann schnaubte erneut. »Von wegen!«, sagte er, begleitet von einer wegwerfenden Handbewegung. »Der doch nicht. Das soll ein ganz geiziger Zeitgenosse sein.«

Ruths Betroffenheit angesichts dieser Information war nicht gespielt.

»Aber ..., ich habe gedacht ... nach allem, was man über diesen Mister Woolworth so hört ...«

»Ha! Was seine geschäftlichen Einkäufe angeht, mag ihm das Geld ja locker sitzen!« Der Mann war sichtlich glücklich, in Ruth eine Zuhörerin für seine Meinung gefunden zu haben.

»Deshalb tanzen die Verleger auch um ihn herum wie um's goldene Kalb. Erst heute morgen sind die beiden Amerikaner an meinem Atelier vorbeigegangen, während die Verleger wie Fliegen ums Kerzenlicht um ihn herumflatterten! ›Hereinspaziert! Kommen Sie zu mir! Nein, bitte zuerst zu mir!‹«, äffte er die Verleger nach.

»Wir anderen Geschäftsleute jedoch haben das Nachsehen! Zum Beispiel wohnt er im billigsten Hotel der Stadt, und es heißt, er soll dort sogar stets das günstigste Essen auf der Karte bestellen.«

Marie schluckte. So hatte sie sich den Mann weiß Gott nicht vorgestellt. Sie merkte sich zudem, dass Woolworth offenbar nicht allein war.

»Ich habe noch nie einen Amerikaner gesehen«, gestand sie. »Wie sieht dieser Woolworth denn aus?«

»Ach, *chérie*«, der Fotograf tätschelte über die Theke hinweg ihre Hand. »Wie ein Herr mittleren Alters eben aussieht: schlecht sitzender Anzug, ein wenig Bauch, Brille, schütteres Haar.«

Ruth konnte ihre Enttäuschung nun nicht mehr verbergen.

»Was haben Sie denn erwartet?«, fragte der Mann amüsiert. »Wissen Sie, hierher nach Sonneberg kommen Herrschaften aus aller Welt – mich hat es ja einst auch hierher verschlagen –, aber eines habe ich dabei schon vor langer Zeit gelernt: Ob aus Hamburg, Rom oder New York – letztlich kochen sie alle nur mit Wasser!«

Als Ruth das Fotoatelier verließ, wusste sie nicht nur, dass der Mann, dem sie Maries Kugeln verkaufen wollte, im Hotel zur Sonne wohnte. Sie hatte außerdem noch ein Glas Wasser gegen ihren Durst bekommen.

15

Den ganzen Tag hielt Ruth sich in der Nähe des Hotels auf, den Eingang immer im Blick. Doch Woolworth ließ sich weder zum Mittagessen noch am Nachmittag sehen. Ruths Füße brannten und sie hatte fast unerträglichen Durst. Der karge Schatten der Birke, an deren Stamm sie ihren Korb gelehnt hatte, verschwand im Laufe der Stunden ganz und die Hitze wurde immer schlimmer. Ruth musste an Wanda denken und ihr war zum Weinen zumute. Die Gänseblümchen in ihrem Haar waren nur noch armselige, geschrumpfte Blumenleichen. Ruth rupfte eins nach dem anderen heraus und warf es weg. Statt in weichen Kringeln hingen ihre Strähnen nun verschwitzt und glatt von ihrer Hochsteckfrisur herab. Schweiß brach in dunklen Flecken durch den Stoff ihres Kleides und Ruths Panik wurde größer: Wie sollte sie in diesem heruntergekommenen Zustand einen guten Eindruck machen?

In ihrer Verzweiflung und weil sie die neugierigen und misstrauischen Blicke der anderen Passanten nicht mehr ertragen konnte, traute sie sich schließlich, das Hotel zu betreten. Die Kühle der Empfangshalle traf sie nach der Hitze draußen wie ein Schlag. Obwohl sie bereits wusste, dass es das einfachste Haus am Ort war, war sie dennoch von der Kargheit ringsum überrascht: Die Möblierung bestand lediglich aus dem Empfangstresen, vor dem eine ältere Dame auf jemanden zu warten schien, und einer hölzernen Bank. Auf dieser saß Ruth gerade einmal fünf Minuten, als aus einer Tür hinter dem Tresen ein unfreundlich dreinschauender Mann auf sie zu kam.

»Sie wünschen?«

Ruth rutschte nach vorn.

»Ich warte auf einen Gast«, antwortete sie mit so viel Selbstbeherrschung wie möglich.

Der Mann musterte sie von oben bis unten.

»Und sind gnädige Frau auch Gast unseres Hauses?«

»Nein, ich –«

»Dann können Sie hier nicht warten!« Unsanft packte er sie am Ärmel und zog sie hoch. »Hausierer sind bei uns nicht erwünscht!«, zischte er ihr ins Ohr.

Im nächsten Moment fand sich Ruth erneut draußen in der Augusthitze wieder. Sie warf dem Mann einen wütenden Blick nach. So ein Ochse! Es hätte doch weiß Gott niemanden gestört, wenn sie noch ein Weilchen auf der Bank sitzen geblieben wäre!

Nach ihrem Rauswurf traute sie sich nicht mehr, weiterhin vor dem Hotel herumzulungern. Am Ende würde der Mann noch die Gendarmen holen! Den Korb halb ziehend, halb tragend, ging sie ein paar Schritte um die nächste Ecke. Sie spürte, wie sich ein Kloß in ihrem Hals bildete und Tränen ihr in die Augen schossen. Ruth blieb stehen, die Schultern schwer vom Gewicht des Korbes und ihrer Enttäuschung.

»Du dummes Ding!«, schreckte die Stimme des Mannes Ruth erneut auf. »Wie kann man sich nur so dämlich anstellen! Die Decken habe ich gesagt! Die Decken! Und nicht die Daunen!«

Ruth atmete auf. Sie konnte zwar nicht sehen, wen er abkanzelte, doch sie jedenfalls war nicht gemeint! Erst jetzt erkannte sie, dass sie an der Rückseite des Hotels angelangt war. Über einen schmalen Hof waren ein halbes Dutzend Wäscheleinen gespannt, an denen schlaff gefüllte, mit vielen Flecken übersäte Kopfkissen hingen. Dazwischen stand, fast verdeckt von der Statur des Hotelbesitzers, ein Zimmermädchen.

Endlich verschwand der Mann, und die junge Frau begann, die Kissen wieder abzuhängen. Ruth musterte sie über den Lattenzaun. Sie hatte kleine Augen und einen harten Zug um den Mund, der nicht so recht zu ihren geröteten Wangen passte. Ruth räusperte sich.

»Dein Herr scheint ein strenger Mann zu sein.«

Der schmale Kopf fuhr herum. »Und? Was geht dich das an?«, zischte die Junge.

»Eigentlich nichts«, sagte Ruth mit entwaffnender Ehrlichkeit. »Nur habe ich vorhin auch schon seine harte Hand zu spüren bekommen.«

Die andere schaute sie misstrauisch an, fragte jedoch nicht nach. Ohne die Wäscheklammern vorher zu lösen, zog sie die Kissen von der Leine.

Ruth erzählte ihr trotzdem, was vorgefallen war. »Still wie ein Mäuschen habe ich auf der Bank gesessen! Ich wollte nur auf jemanden warten.« Die Erinnerung an ihre vergebliche Mühe ließ erneut Tränen in ihren Augen aufsteigen. Sie nestelte ein Taschentuch aus ihrem Beutel und schnäuzte sich.

»Eine schöne Kette hast du um.« Das Zimmermädchen hatte sich nun offenbar doch dazu entschieden, mit Ruth zu reden.

»Findest du? Die hat meine Schwester gemacht. Sie ist sehr geschickt in solchen Dingen.« Ruth erkannte die Gier in den Augen der anderen.

»Da! Du kannst sie ruhig einmal anlegen.« Flink war der Verschluss gelöst und sie hielt das Schmuckstück über den Zaun.

»Darf ich wirklich?«

Ruths Arm wurde länger. »Hätte ich es dir sonst angeboten? Ich wette, sie wird dir ausgezeichnet stehen.« Sie wedelte mit der Kette.

Endlich langte die andere danach, so vorsichtig, als hätte sie eine kaiserliche Krone in der Hand.

»Ich habe noch nie ein Schmuckstück besessen. Nur eine Spange fürs Haar. Für das wenige Geld, das der Geizkragen mir zahlt, könnte ich mir so etwas Schönes nie kaufen!« Die letzten Worte spuckte sie förmlich aus.

Ruths Herz schlug schneller. »Wenn du willst, kannst du die Kette haben. Du musst mir lediglich einen kleinen Gefallen dafür tun …«

Kurze Zeit später, der Hotelbesitzer war gerade auf dem Weg zur Bank, um die Einnahmen der Woche abzuliefern, betrat Ruth das Hotel durch den Dienstboteneingang. Zwei flinke Fußpaare huschten über abgewetzten Parkettboden eine schmale Treppe hinauf, Schlüssel rasselten, eine Tür ging auf.

»Das hier könnte mich meine Stellung kosten, also lass dich ja nicht erwischen!«, flüsterte das Zimmermädchen, während es über die Schulter in Richtung Treppe schaute.

Bevor Ruth sich bei der jungen Frau bedanken konnte, fiel die Tür schon von außen zu. Und Ruth stand im Zimmer von Frank Winfield Woolworth.

Die nächsten Stunden waren mindestens so quälend wie der ganze Tag in der prallen Sonne. Je länger Ruth mit sich allein war, desto größer wurde ihre Angst vor der eigenen Courage.

Es musste so gegen acht Uhr abends sein, als sie Stimmen auf dem Hotelflur hörte. Ruths Herz begann wie wild zu klopfen. Was, wenn er sie für eine Einbrecherin hielt? Wo sollte sie stehen, wenn der Mann hereinkam? Am Fenster? Direkt hinter der Tür? Neben dem Tisch, auf dem sie erst ein weißes Tuch und darauf Maries Kugeln ausgebreitet hatte? Während die Stimmen näher kamen, huschte sie dort hin. *Lieber Gott mach, dass er mich nicht sofort rauswirft,* flehte sie im Stillen.

»*Actually, I agree with you*«, hörte sie eine honorige Männerstimme sagen. »*but with all the expenses …*« Ein Schlüssel fuhrwerkte im Schloss herum.

Bitte lieber Gott, mach …

Die Tür ging auf. Ein Mann kam herein, blieb wie angewurzelt stehen, überrascht und offenbar auch empört.

»*What the heck are you doing in my room?*«

Ruth brauchte dafür keine Übersetzung.

»Ich … komme aus Lauscha, ich …«

Lieber Gott mach, dass er Deutsch versteht, schickte Ruth, die sonst fast nie betete, ein zweites Stoßgebet gen Himmel. Hilflos fuhrwerkte sie mit der Hand in der Luft herum und schluckte mühsam.

»Ich möchte Ihnen etwas zeigen.« Sie deutete auf den Tisch und bemühte sich um ein Lächeln. »Christbaumkugeln.«

Woolworth schaute sie verständnislos und nicht sehr freundlich an.

Ihre Hände umklammerten die Rückenlehne des Stuhles, als wolle sie so verhindern, im hohen Bogen aus dem Zimmer geworfen zu werden.

Ein zweiter Mann betrat nun ebenfalls den Raum.

Aus einem Augenwinkel warf Ruth ihm einen Blick zu und wurde dadurch vollends aus dem Konzept gebracht: So einen gut aussehenden Mann wie Woolworth's Assistenten hatte sie noch nie gesehen!

Die beiden unterhielten sich kurz, dann traten sie an den Tisch.

Im nächsten Moment hatte der berühmte Mister Woolworth eine mit Eiskristallen übersäte Kugel in der Hand. Obwohl es im Raum recht düster war, fing die Kugel das spärliche Licht ein und gab es vervielfacht wieder. Wieder wandte er sich an seinen Begleiter, und sie wechselten ein paar Worte auf Englisch. Er griff nach einer zweiten Kugel, dann nach einer dritten. Wenn er etwas sagte, hörte sich das an, als hätte er eine heiße Kartoffel verschluckt.

Ruth verstand zwar kein Wort, spürte jedoch das Interesse des Mannes. Ihr Griff um die Stuhllehne wurde etwas lockerer. Ausgerechnet in dem Moment, wo sie es wagte, dem gut aussehenden Assistenten einen zweiten Blick zuzuwerfen, drehte er sich zu ihr um. Ihre Blicke trafen sich über den Lichtreflexen von Maries Kugeln.

»Wie um alles in der Welt sind Sie in dieses Zimmer gekommen?«, fragte er in perfektem Deutsch. »Und was wollen Sie hier?«

Ruth spürte, wie ihr die Röte in die Wangen schoss. »Ihre erste Frage möchte ich nicht beantworten, weil sonst nämlich jemand Ärger bekommt.« Sie hob entschuldigend die Hände und versuchte ein Lächeln.

»Aber was ich will, das sage ich Ihnen gern: Ich komme aus Lauscha, um Ihnen diese Christbaumkugeln zum Kauf anzubieten.« Ruth blies sich eine Haarsträhne aus dem Gesicht.

Der Mann runzelte zwar die Stirn, schien jedoch mit ihrer Antwort zufrieden. Er und Woolworth wechselten abermals ein paar Sätze.

Lieber Gott, danke!

Woolworth stellte seinem Assistenten eine Frage und zeigte dabei auf Ruth. Sie hatte so etwas wie »Looscha« gehört und nickte.

Unaufhörlich langten seine Hände nach neuen Kugeln, zeigten dieses Teil seinem Assistenten, hielten jenes ins schwindende Tageslicht.

Ruth traute sich nicht, nochmals zu dem zweiten Mann hinüber zu schauen. Dafür nutzte sie den Moment, um Woolworth eingehend zu mustern. Nein, sie teilte die Meinung des Fotografen nicht: Woolworth sah nämlich nur auf den ersten Blick aus wie ein ganz normaler älterer Herr. Es war nicht seine Kleidung oder seine Frisur, die ihn von anderen Männern unterschied, sondern seine Art, sich zu bewegen, voller Spannung und agil. Und seine Augen, die nie länger als einen Moment auf etwas haften blieben, sondern den ganzen Raum vereinnahmten. Ruth hatte das Gefühl, dem Mann entginge nicht die kleinste Kleinigkeit.

Sie begann, sich in ihrem verschwitzten Kleid und mit ihrer lädierten Frisur noch unwohler zu fühlen. Unauffällig versuchte sie, ihre vom Schweiß verklebten Haare ein wenig zu lockern. Gegen ihren Willen war ihr Blick gerade wieder zu Woolworth's Begleiter gewandert, als Woolworth – eine versilberte Glasnuss in der Hand – sich ihr zu wandte. Stirnrunzelnd sprach er sie in Englisch an.

»Mister Woolworth möchte wissen, warum Sie nicht von einem der Verleger repräsentiert werden«, übersetzte der Jüngere. »Es ist schließlich nicht üblich, dass Verkäufer sich aufs Hotelzimmer schleichen.« Um seine Lippen spielte ein amüsiertes Lächeln.

»Tja, es ist so …« Sie biss sich auf die Lippen. Plötzlich waren alle zurechtgelegten Erklärungen wie weggeblasen. Ihr blieb nichts anderes übrig, als die Wahrheit zu sagen.

»Wir sind drei Schwestern. Johanna, Marie und ich. Also, ich heiße übrigens Ruth«, fügte sie hinzu.

»Unsere Eltern sind tot und wir müssen für uns allein sorgen. Deshalb hat Marie – das ist die jüngste« – Ruth musste schlucken, weil sie auf einmal zuviel Spucke im Mund hatte – »Marie hat die Kugeln geblasen. Sie ist sehr begabt. Aber es ist nicht üblich, dass Mädchen oder Frauen sich an den Bolg setzen. Das ist der Arbeitsplatz, an dem –«

»Ich weiß inzwischen, was ein Bolg ist«, unterbrach Woolworth's Assistent sie lächelnd.

Ruth spürte, wie ihr erneut die Röte in die Wangen schoss. Machte er sich über sie lustig?

»Noch nie hat eine Frau gewagt, Glas zu blasen. In Lauscha machen das nur die Männer. Und Marie!«, fügte sie trotzig an. »Aber kein Verleger will unsere Glaswaren haben.« Sie zuckte mit den Schultern. »Glas ist Männersache!«

Der Assistent übersetzte und Ruth hielt den Atem an. Was würde Woolworth dazu sagen? Dass ihm die Kugeln gefielen, war nicht zu übersehen. Aber würde er die gleichen Vorurteile gegenüber einer Glasbläserin hegen wie die meisten Männer?

Lautes Lachen schreckte sie aus ihren bangen Überlegungen.

»*This girl has chuzpe!*«, rief Woolworth und klopfte der verdatterten Ruth auf die Schulter. »*This is something I would have done as a young man, too!*«

Hilfesuchend schaute Ruth sich nach dem jüngeren Mann um.

»Mister Woolworth sagt, der Gedanke, dass die Glaskugeln von Frauenhand erschaffen wurden, gefalle ihm außerordentlich!«, übersetzte dieser schmunzelnd. »Und ihm gefällt außerdem, dass Sie sich etwas trauen.«

»Ehrlich?« Ruths Augen waren groß. »Sie … nehmen mich nicht auf den Arm?«

Die beiden Männer lachten.

Ruth stand da und kam sich ziemlich dumm vor. Während die Männer sich unterhielten, begann sie, die Kugeln wieder einzupacken. Und nun?

Der Assistent trat auf sie zu. Wenn er lächelte, wurden die Grübchen neben seinem Mund tiefer, stellte Ruth fest.

»Mister Woolworth ist sehr an diesen Kugeln interessiert. Da er den ganzen Abend über mit anderen Geschäftsdingen beschäftigt sein wird, schlägt er vor, dass wir beide uns zusammensetzen und Einzelheiten wie Preise und Lieferumfang besprechen.«

Ruths Blick wanderte von einem zum anderen, blieb schließlich an Woolworth hängen. Sie atmete einmal tief durch, dann streckte sie ihm die Hand aus.

Woolworth schaute sie an, als wisse er nicht recht, was er mit ihrer Geste anfangen sollte. Doch dann ergriff er schließlich doch ihre Hand.

Und Ruth hörte sich sagen: »Auf gute Geschäfte«, als wären solche Verhandlungen ihr täglich Brot.

Woolworth erwiderte etwas auf Englisch.

Ruth hatte Mühe, ihr Lächeln zu verbergen. Wenn das die anderen zu Hause erfuhren …

»Wenn ich Sie dann nach unten begleiten darf!« Sanft tippte der Assistent an ihren Arm und wies mit der anderen Hand in Richtung Tür.

Ruth strahlte ihn an. Dass Geschäftsverhandlungen so aufregend sein konnten, davon hatte Johanna nie etwas erzählt!

16

Nachdem sie Ruths Korb zur Verwahrung an der Empfangstheke abgegeben hatten – der Hotelbesitzer bekam Augen wie Glasmurmeln, als er sie in Gesellschaft von Woolworth's Assistenten sah –, gingen sie in das Speisezimmer des Hotels.

Mit hoch erhobenem Haupt setzte sich Ruth auf den Stuhl, den Steven Miles ihr zurechtrückte. Ein Abendessen mit solch einem Mann – wer hätte sich das träumen lassen! Ihr etwas lädierter Aufzug war ihr inzwischen gleichgültig, dafür genoss sie viel zu sehr die neugierigen Blicke der anderen Speisegäste.

»Ich glaube, wir haben uns noch gar nicht richtig vorgestellt«, sagte Ruths Begleiter, kaum dass sie saßen.

»Mein Name ist Steven Miles.« Er streckte ihr eine Hand über den Tisch entgegen. Sein Händedruck war warm und fest.

»Ich heiße Ruth … Heimer. Wie kommt es, dass Sie so gut Deutsch sprechen, Herr Miles?«

Er lachte und schob sich eine kurze, schwarze Haarsträhne aus der Stirn.

»Sie sprechen doch auch gut Deutsch! Nein, im Ernst:

Meine Eltern stammen aus Deutschland. Sie sind nach Amerika ausgewandert, kurz bevor ich geboren wurde.«

»Dann sind Sie also doch Amerikaner.«

Er nickte. »Mit Haut und Haar. Und Herz!«

Ein Kellner trat an ihren Tisch. Aus seinem Hosenbund hing ein schmuddeliges Küchentuch, unter den Fingernägeln waren schwarze Ränder.

»Die Herrschaften wünschen zu speisen?« Er legte Steven die Speisekarte vor. Ruth warf er lediglich einen abschätzenden Blick zu.

»Bringen Sie vorab zwei Gläser Sherry. Sie trinken doch ein Glas Sherry?«, fragte er Ruth.

Ruth, die nicht wusste, was Sherry war, antwortete mit einem entschuldigenden Lächeln: »Eine Limonade wäre mir lieber.«

Ohne eine Miene zu verziehen, bestellte Steven Zitronenlimonade für sie.

»Unfreundlicher Bursche«, murmelte er, kaum dass sich der Kellner von ihrem Tisch entfernt hatte. »Was für ein Tag! So voller Überraschungen!«, fuhr er dann fort. Seine Stimme, gerade eben noch kühl und distanziert, als er mit dem Kellner gesprochen hatte, war nun wieder freundlich. Er grinste Ruth jungenhaft an.

»Dass ich diesem Speisesaal einmal etwas abgewinnen könnte, hätte ich nicht für möglich gehalten.«

Ruth hoffte, dass dies eine Art Kompliment sein sollte. Sie lächelte ihm zu. »Bei uns sagt man immer: Man sollte stets mit etwas Erfreulichem rechnen! Die schlechten Überraschungen kommen sowieso von selbst.«

»Ein weises Wort aus einem schönen Mund …« Sein Blick blieb kurz an ihren Lippen hängen, dann schaute er wieder auf. »Weil wir gerade bei bösen Überraschungen sind: Die Küche hier lässt leider etwas zu wünschen übrig. Wenn Sie gestatten, wähle ich für uns beide.«

Ruth nickte stumm. Seit sie das Speisezimmer betreten hatten, verfolgte sie das Gefühl, als würde sie alles durch ein Vergrößerungsglas sehen: den Raum mit den schmalen, hohen Fenstern, die dringend geputzt werden sollten, die anderen Gäste – fünf an der Zahl, die die Tischc an der Wand entlang besetzten.

Und Steven Miles. Vor allem Steven Miles.

Er war von durchschnittlicher Statur: Weder besonders groß noch besonders schmächtig wie manche der Burschen im Dorf, bei denen es nie genug zu essen gab. Er hatte störrische Haare, die ohne Pomade wahrscheinlich in alle Richtungen stieben würden. Wie Woolworth trug er einen Oberlippenbart, doch war dieser weniger ausladend und buschig, sondern bedeckte gerade die feste Oberlippe.

Er hatte dunkle, intelligente Augen, die – obwohl sie etwas eng zusammenstanden – eine Offenheit ausstrahlten, wie sie bei Männern selten war.

»Ihre Augen erinnern mich ein wenig an die von unserem Nachbarn«, hörte Ruth sich zu ihrem eigenen Schrecken sagen.

Steven Miles ließ die Karte sinken und schaute sie fragend an.

»Da ich Ihren Nachbarn nicht kenne, kann ich nicht beurteilen, ob das nun gut oder schlecht ist.«

Ruth musste lachen. »Seien Sie unbesorgt! Peter Maienbaum ist ein wirklich netter Kerl. Er ist Glasbläser und in meine Schwester Johanna verliebt.« Während sie sprach, versuchte sie, die Ursache für das wohlige Gefühl in ihrem Bauch genauer zu bestimmen. Wie konnte es sein, dass man sich in der Gesellschaft eines Fremden so gut aufgehoben fühlte?

Der Kellner kam mit den Getränken und Steven bestellte zwei Portionen Gulasch mit Kartoffelknödeln.

Ruth, die den ganzen Tag nichts gegessen hatte, war sich

nicht sicher, ob sie auch nur einen Bissen hinunterbekommen würde.

Steven Miles schlug vor, das Geschäftliche zu erledigen, bevor das Essen kam.

»Da es in diesem Fall keinen Zwischenhändler gibt, wird es das Beste sein, wir setzen einen Vertrag auf – in Deutsch selbstverständlich –, der sich zwar an dem Formular orientiert, das die Verleger verwenden, der jedoch außerdem berücksichtigt, dass Sie selbst der Produzent sind.« Er nahm seine Aktentasche auf den Schoß und holte einen Block Papier sowie Schreibzeug heraus.

Ruth nickte kühn. Es würde schon alles seine Richtigkeit haben, oder? Was blieb ihr anderes übrig, als diesem wildfremden Menschen zu vertrauen?

»Wen tragen wir als Produzenten ein? Maries Namen oder Sie drei? Also Johanna, Marie und Ruth Heimer?«, fragte er mit gezücktem Federhalter.

Ruth schluckte. Was nun?

»Es ist so, meine Schwestern heißen Steinmann. Nur ich heiße Heimer.«

Er runzelte die Stirn, war jedoch zu höflich, um nachzufragen.

»Steinmann ist mein Mädchenname. Ich bin verheiratet«, flüsterte Ruth heiser. Ihre Hände wurden feucht und klebrig. Sie war verrückt! Wie hatte sie glauben können, das hier vernünftig hinzubekommen!

»Verheiratet? Und Ihr Mann? Was sagt der dazu, dass sie sich zu fremden Männern aufs Hotelzimmer schleichen?« Was wohl amüsiert klingen sollte, hörte sich für Ruth verärgert an.

»Mein Mann weiß nicht, was ich tue. Ich habe mich von ihm getrennt. Ich lebe wieder bei meinen Schwestern. Mit meiner Tochter. Sie heißt Wanda. Sie ist erst acht Monate alt. Ich …«

Lieber Gott, was nun?

Bevor Ruth wusste, wie es ihr geschah, schossen ihr die Tränen in die Augen.

Verwirrt fuhr sich Steven durch seine Harre, die daraufhin in alle Richtungen abstanden. Den Kellner, der sich mit zwei Tellern ihrem Tisch näherte, winkte er davon.

»Bitte nicht weinen. Wir … kriegen das alles hin. Seien Sie unbesorgt. Ich werde alles regeln. So beruhigen Sie sich erst einmal. Ruth, verehrteste Ruth!« Er hielt ihr ein seidenes Taschentuch hin.

Mit zitternden Händen langte sie danach. Es duftete nach Tabak und nach ihm.

»So ist's doch schon besser. Vertragsverhandlungen sind zwar oft eine aufregende Angelegenheit, doch die Aufregung beginnt meist erst, wenn es um die Konditionen geht und nicht schon in der ersten Zeile. Dann aber habe ich auch schon Männer beinahe weinen sehen!« Mit einem Grinsen versuchte er, die Situation zu entspannen.

Ruth hätte im Erdboden versinken können. Da saß sie mit dem Assistenten von Woolworth in einem Hotelrestaurant und ihr fiel nichts Besseres ein, als sich lächerlich zu machen. Der Gedanke war so furchtbar, dass ihr erneut Tränen in die Augen stiegen. Als sie zudem noch Stevens hilflosen Blick auffing, war es vollends um sie geschehen. Mit Tränen erstickter Stimme presste sie hervor: »Entschuldigen Sie mich einen Moment!«, schob dann ihren Stuhl nach hinten und rannte halb blind aus dem Raum.

Da sie nicht wusste, wohin sie hätte gehen können, blieb sie einfach vor dem Speisezimmer stehen. Sie heulte noch ein bisschen und war dankbar, dass in dem Moment weder der schmierige Kellner noch neue Gäste vorbeikamen. Nachdem sie sich mit einem Rockzipfel mehrmals übers Gesicht gefahren war, ging sie schließlich wieder hinein. Mit ausdrucksloser Miene setzte sie sich Steven Miles gegenüber.

»Bitte verzeihen Sie meinen Gefühlsausbruch.« Sie lachte bitter. »Was für ein dummes Weib, werden Sie jetzt sicher denken. Und Recht haben Sie!«

Ruth Heimer am Boden. Sie fuhr mit dem Zeigefinger die Kontur des Besteckes nach, das der Kellner in ihrer Abwesenheit aufgelegt hatte.

»Es ist nur so viel geschehen in der letzten Zeit, dass ich manchmal mein eigenes Leben nicht wieder erkenne!« Als sie zu ihm aufschaute, hatte ihr Blick etwas Panisches.

»Alles steht Kopf, nichts ist mehr, wie es war oder wie es sein sollte –«

»Warum erzählen Sie mir nicht einfach davon?«, fragte Steven leise.

Hätte irgendjemand Ruth vor diesem Tag gesagt, dass sie einmal ihr ganzes Leben vor einem wildfremden Mann ausbreiten würde – sie hätte denjenigen für verrückt erklärt! Doch genau das tat sie nun: Sie begann mit Joosts Tod, erzählte von der Arbeit bei Heimer, von Griseldis und Eva und den anderen. Von ihrem ersten kärglichen Lohn.

Steven Miles hörte die meiste Zeit zu. Nur hin und wieder – wenn Ruth sich verhaspelte – stellte er eine Frage. Ruth hörte sich ihren Mädchentraum gestehen, einen polnischen Prinzen zu finden. Thomas' Brautschau streifte sie nur kurz, dafür ging sie auf die Hochzeitsfeier im letzten Jahr genauer ein. Der Tischschmuck! Die vielen Gäste! Die frohe Stimmung. Das Erzählen tat weh. Die verlorene Unschuld tat sich bei ihrer Schilderung vor ihr auf wie der Abgrund einer Schlucht, in die sie im nächsten Moment hinabstürzen konnte. Doch ein Blick in Stevens konzentriertes Gesicht bewahrte sie im selben Moment vor dem Absturz. Es war wie eine Befreiung, endlich einmal alles loszuwerden! Sie erzählte ihm von Thomas' Verwandlung, nachdem aus dem erwünschten Sohn eine unerwünschte Tochter geworden war. Sie hörte sich sogar von seinen Schlägen erzählen. Unbeteiligt, als handele es sich um die Beschreibung eines Vorhangstoffes, sprach sie von den blauen Flecken. Von den ausgerissenen Haarsträhnen. Von den nach hinten umgebogenen Armen, deren Ellenbogen noch Tage danach schmerzten. Schließlich erzählte sie auch von der Nacht, in der Thomas seine Hand gegen Wanda gehoben hatte.

Miles' Hand langte über den Tisch und strich ihr über den Kopf in einer Art, wie man es bei traurigen Kindern tat.

Ruth musste gegen den Impuls ankämpfen, nach seiner Hand zu greifen und sie festzuhalten. Sie schaute ihn an.

»Ich … verzeihen Sie mir, dass ich Ihnen das alles erzählt habe. Das ist sonst wirklich nicht meine Art. Nicht einmal meine Schwestern wissen, dass Thomas mich geschlagen hat.«

»Aber warum haben Sie Ihr ganzes Elend allein getragen?« Er lehnte sich wieder zurück und schüttelte verständnislos den Kopf. »Wollten Sie Ihren Mann durch Ihr Schweigen schützen?«

Ruth zuckte mit den Schultern.

»Ich habe mich so schrecklich geschämt! Dass der eigene Mann einen haut, ist ja nun wirklich nichts, was man herumerzählt! Andererseits kommt es in vielen Häusern vor. Und dann ist es ja nicht so, als ob Johanna und Marie nur für mich da wären. Die beiden haben genug mit sich und ihrem Leben zu tun. Vor allem Johanna. Der Verleger, bei dem sie bis vor kurzem gearbeitet hat, hat ihr ziemlich übel mitgespielt.« Sie blinzelte ihn an. »Aber das ist eine andere Geschichte. Eine sehr traurige und gemeine übrigens. Aber so weit reicht nicht einmal meine Geschwätzigkeit, als dass ich Ihnen die erzählen würde.«

Er grinste. »Das ist nun schon das zweite Mal, dass sie mir heute eine Auskunft verweigern.«

»Es geht um Vertrauen«, erwiderte Ruth schlicht. »Sie würden an meiner Stelle genauso handeln, glaube ich. Auch Sie würden das Vertrauen, das Ihnen geschenkt wird, nicht missbrauchen.« Während sie sprach, fiel ihr auf, dass sie ebenso gut eine Frage hätte formulieren können.

Steven nickte wortlos. Seine Augen ruhten auf ihrem Gesicht, sein Blick war sanft, wie eine sommerliche Brise.

»Was ist? Warum schauen Sie mich so an?«, fragte Ruth leicht beunruhigt.

Er antwortete nicht gleich. Im nächsten Moment kam der Kellner und servierte lustlos das Gulasch. Von beiden Tellern tropfte seitlich braune Soße auf das verschlissene Tischtuch. In der Mitte des Tisches stellte er eine Platte ab, auf der sechs Kartoffelklöße in milchig trüben Kochwasser dahindümpelten.

Ruths und Stevens Blicke trafen sich über dem Essen. Sie mussten beide lachen.

»Ich schätze, dass Sie schon vergnüglichere Abende verbracht haben!«, sagte Ruth und zog eine entschuldigende Grimasse.

»Wenn Sie sich da nicht täuschen«, erwiderte Steven und pickte mit seiner Gabel einen Knödel auf.

»Lassen wir es uns schmecken! Wissen Sie eigentlich, dass Thüringer Kartoffelklöße auf der ganzen Welt berühmt sind?«

Das wusste Ruth zwar nicht, sie fand es jedoch ausgesprochen nett von ihm, dies zu erwähnen.

17

Obwohl das Essen nach nichts schmeckte, stellte Ruth nach den ersten Bissen fest, wie viel Hunger sie hatte. Ehe sie sich versah, hatte sie den ersten Knödel aufgegessen. Sie angelte nach einem zweiten, als Stevens Blick sie traf.

»Endlich einmal eine Frau, die nicht isst wie ein Spatz!«, sagte er anerkennend. »Bei uns in New York ist das Essen unter den weiblichen Mitgliedern der Gesellschaft leider aus der Mode gekommen.« Er schüttelte den Kopf.

Beschämt starrte Ruth auf ihren Teller, statt sich über seine Worte zu freuen. »Ich bin eine richtige Landpomeranze, nicht wahr?«

»Ganz und gar nicht!« Er beugte sich nach vorn. »Und wegen Ihrer Tränen brauchen Sie sich auch nicht zu schämen. Wenn ich ehrlich bin – ich beneide Sie sogar ein wenig darum, in dieser Art Gefühle zeigen zu können. Von uns Geschäftsmännern wird dagegen die Ausstrahlung eines kalten Fisches erwartet!« Sein verwegenes Grinsen kehrte zurück. »Ich kann mich einfach nicht erinnern, je in so angenehmer Gesellschaft gewesen zu sein!« Seine Augen waren dunkel und warm wie zwei Kohlestücke.

Ruth spürte, wie ihre Wangen unter seinem Blick rot wurden. Wie ein kalter Fisch kam er ihr nun wirklich nicht vor, ganz im Gegenteil.

»Das sagen Sie jetzt nur, damit ich mich besser fühle. Wie sollte ich je mit den Damen in New York mithalten können?«

»Warum wollen Sie das denn überhaupt? Das haben Sie doch gar nicht nötig, wo Sie selbst eine so außergewöhnliche Frau sind.«

Sie lachte. »Das hätten Sie einmal meinem Mann erzählen sollen! ›Ruth und ihre Fürze im Kopf‹«, äffte sie ihn nach, ehe ihr einfiel, dass eine Dame von Welt solche Worte nicht benutzte.

Steven lachte laut heraus. »Wenn Sie gestatten, werde ich diese Redewendung morgen für Frank übersetzen – er schätzt nämlich anschauliche Sprüche sehr!«

»Aber nur, wenn Sie dabei meinen Namen nicht erwähnen«, erwiderte Ruth lächelnd. Gerade eben noch angespannt wie eine Feder, fühlte sie sich nun wieder beschwingt und glücklich. Sie wusste nicht, woher dieses Wechselbad ihrer Gefühle rührte: War es die Tatsache, dass der Auftrag dank Ihres seltsamen Verhaltens immer noch nicht auf Papier festgehalten war? Oder war es wegen Steven Miles, dessen Blick sich immer öfter in ihrem verfing?

Nach dem Essen holte Steven seine Unterlagen wieder hervor. Sie einigten sich darauf, als Produzenten »Familie Steinmann« zu nennen, dann ging es Punkt für Punkt weiter. Als er die Bestellmenge nannte, wurde es Ruth einen Moment lang schwindlig.

»Sie wollen tatsächlich von jeder Musterkugel dreihundert Stück haben?«

Er nickte. »Können Sie diese Mengen liefern? Oder sehen Sie in diesem Umfang ein Problem?«

»Nein!«, erwiderte sie hastig. Ob das ein Problem war, konnte sie nicht sagen, solange ihr Kopf damit beschäftigt war, alle Kugeln aufzuaddieren.

»Also … bei diesen zwanzig Musterkugeln reden wir von einem Auftrag über … sechstausend Kugeln?«

Steven nickte abwesend, während sein Federhalter in einer Spalte nach unten wanderte.

»In der Regel ist es so, dass wir mit den Verlegern eine Lieferung bis Hafen Hamburg vereinbaren. In Ihrem Fall schlage ich jedoch vor, dass unsere Seite den Transport von Sonneberg bis Hamburg veranlasst. Was sich natürlich auf den Preis niederschlagen wird –«

Ruth biss sich auf die Lippe. »Natürlich. Das ist doch selbstverständlich.« Sie wusste noch nicht einmal, wie sie sechstausend Kugeln von Lauscha nach Sonneberg bringen sollten – da würde sie einen Teufel tun und sich auch noch den Weitertransport aufhalsen! Johanna würde Augen machen, wenn sie sah, an was sie, Ruth, alles gedacht hatte!

»Liefertermin wäre der dreißigste September. An diesem Tag müssten alle Kugeln fertig verpackt in Sonneberg zum Weitertransport bereit stehen. Sollte das nicht der Fall sein, wäre die Lieferung für unser Weihnachtsgeschäft wertlos.« Sein Blick war jetzt nur noch geschäftsmäßig, es war, als hätten sie noch kein privates Wort gewechselt. »Das ist Ihnen schon klar, nicht wahr?«

Ruth nickte benommen. Sechs Wochen! War das überhaupt zu schaffen? Wie viele Nächte waren sechs Wochen? Und wie viele Kugeln würde Marie pro Nacht blasen müssen? Während es in Ruths Kopf ratterte, fuhr Steven fort: »Der letztmögliche Verladetermin von Hamburg in Richtung New York ist der zweite Oktober. Wir müssen mit sechs Wochen Überfahrt und Weitertransport in Amerika rechnen, das bedeutet, der Christbaumschmuck würde Mitte November in die Läden kommen.«

Ruth seufzte. »Weihnachten in New York. Und Maries Kugeln mittendrin. Das kann ich mir alles gar nicht so recht vorstellen.« New York – allein der Name klang schon aufregend! Es gab tausend Dinge, die sie ihn fragen wollte. Über New York, über seinen Arbeitgeber, über seine Familie.

Doch Steven ließ sich nicht ablenken. »Das sollten Sie sich aber vorstellen können. Wenn es eines gibt, was Mister Woolworth ganz und gar nicht mag, dann sind es Vertragsbrüche. Deshalb gestatten Sie mir eine letzte eindringliche Frage: Ist dieser Auftrag für euch zu schaffen, Ruth?«

Hatte Steven sie gerade zumindest indirekt mit einem Du angesprochen? Ruth musste sich zusammenreißen, um sich wieder auf seine Frage zu konzentrieren. Ihr Blick war fest, als sie ihm schließlich antwortete.

»Und ob wir das schaffen! Am dreißigsten September stehen unsere Kugeln abfahrbereit in Sonneberg. Und wenn ich mich dafür eigenhändig an den Bolg setzen muss!«

Er lächelte. »Klingt es vermessen, wenn ich sage, dass ich nichts anderes von Ihnen erwartet habe?«

Ruth hatte das Gefühl, unter seinem Blick aufzublühen wie eine Blume, die nach langer Zeit endlich wieder einmal zu trinken bekam.

»Sollte es dennoch Schwierigkeiten geben, dann können Sie immer noch versuchen, mich in unserem Hamburger Büro zu erreichen.«

»Hamburg? Ich dachte, Sie kommen aus New York?« Wie weit war es eigentlich nach Hamburg? fragte sich Ruth im Stillen. Jedenfalls nicht so weit wie nach New York.

»Mister Woolworth will sicher gehen, dass seine Weihnachtsware nicht irgendwo im Hamburger Hafen verloren geht, sondern an Bord des richtigen Schiffes gelangt. Deshalb bleibe ich so lange in Europa, bis die komplette Verschiffung in die Wege geleitet ist«, erklärte ihr Steven bereitwillig.

Die restlichen Fragen klärten sie zügig, bis sie an den Punkt kamen, der Ruth schon im Vorfeld am meisten Kopfzerbrechen bereitet hatte – die Frage der Bezahlung nämlich.

»Bevor wir konkret werden, möchte ich Ihnen folgendes Angebot machen«, eröffnete Steven diese Runde. »Sie bekommen von uns den gleichen Betrag, den wir einem der Sonneberger Verleger für ähnliche Kugeln bezahlen. Abzüglich – sagen wir – zehn Prozent für die Lieferung nach Hamburg, die auf unsere Kosten durchgeführt wird.« Er schaute sie fragend an.

Im ersten Moment wollte Ruth einfach zustimmend nicken. Was er sagte, war einleuchtend. Doch dann fiel ihr etwas ein: Der Verleger, den Steven meinte, musste Friedhelm Strobel sein. Und der verkaufte die Kugeln von Karl dem Schweizer Flein. So hatte Johanna es doch einmal erzählt, oder? Steven hatte den Federhalter schon in der entsprechenden Zeile angesetzt, als Ruth über den Tisch lange und ihn sanft an den Arm tippte.

Erstaunt blickte er in ihr unglückliches Gesicht.

»Ich habe doch noch gar keinen Preis genannt, gegen den Sie Protest einlegen könnten?«

Ruth gelang ein Lächeln. »Ich möchte auch nicht protestieren. Und ganz gewiss möchte ich nicht unverschämt sein. Du lieber Himmel, womöglich rede ich mich hier um Kopf und Kragen! Es ist nur so –« Verlegen strich sie sich ein paar Haarsträhnen aus dem Gesicht. Ein vergessenes Gänseblümchen fiel vor ihr auf den Tisch.

»Was denn?«, fragte Steven mit spöttisch hochgezogenen Augenbrauen.

Ruth rollte den welken Blütenkopf zwischen Daumen und Zeigefinger hin und her. Ach, was sollte es! Sie schaute Steven an. »Maries Kugeln sind viel schöner als alle anderen, die sie kaufen. Maries Kugeln sind bemalt, ganze Winterlandschaften befinden sich darauf! Und manche sind von innen verspiegelt. Eine aufwendige Sache, das kann ich Ihnen sagen. Für manche Kugeln hat sie extra eine Form angefertigt. Für die Nüsse zum Beispiel. Oder für die Tannenzapfen. Und –«

Steven hielt beide Hände abwehrend vor sich. »Halt! Sie haben mich überzeugt. Maries Kugeln sind wirklich aufwendiger in der Gestaltung.«

Schließlich einigten sie sich auch auf einen Preis. Woolworth würde ihnen 1,20 Mark für jedes Dutzend Kugeln bezahlen, was bei 6000 Kugeln ganze 600 Mark ausmachte. 600 Mark! Dafür hätten Johanna, Marie und sie über ein Jahr lang bei Heimer schuften müssen, frohlockte Ruth. Gut, sie würden von dem Geld auch das ganze Arbeitsmaterial und das Gas bezahlen müssen, aber am Ende blieb sicher noch einiges übrig.

Das Speisezimmer hatte sich längst geleert, und der Kellner scharwenzelte so auffällig um ihren Tisch herum, dass Steven eine goldene Uhr aus der Tasche zog.

»Du meine Güte! Schon nach zehn. In Ihrer Gesellschaft habe ich doch tatsächlich die Zeit vergessen!« Besorgt schaute er sie an. »Wie gedankenlos von mir, Sie so lange hier festzuhalten! Fährt denn um diese Zeit überhaupt noch eine Bahn nach Lauscha?«

Ruth lachte. »Haben Sie vergessen, Herr ... Miles, dass wir hier auf dem Land sind?« Der Name gefiel ihr nicht, viel lieber hätte sie ihn Steven genannt.

»Der letzte Zug ist längst weg. So spät am Abend ist man höchstens noch zu Fuß unterwegs.«

»Ich kann aber unmöglich zulassen, dass sie in der Dunkelheit eine solche Strecke zurücklegen! Wir werden Ihnen daher ein Zimmer hier im Hotel besorgen.« Schon winkte er den Kellner herbei. »Wenn es Ihnen recht ist?«

Bevor Ruth etwas sagen konnte, hatte er alles in die Wege geleitet. Hoffentlich war mit Wanda alles in Ordnung, huschte es ihr kurz durch den Kopf, doch da hatte sie längst an dem Gedanken, zum ersten Mal in ihrem Leben in einem Hotel zu übernachten, Gefallen gefunden.

Wenige Minuten später hielt sie eine hölzerne Kugel in der Hand, an der zwei Schlüssel befestigt waren. Steven klärte sie auf, dass einer davon ihr Zimmerschlüssel war und der andere der für den Hoteleingang.

Sie kicherte. »Wenn ich daran denke, dass ich heute Mittag noch über den Dienstboteneingang hineingeschlüpft bin! Ich kann immer noch nicht ganz glauben, dass Mister Woolworth mich nicht hochkant aus dem Zimmer geworfen hat!«

»Dafür wird es immer wahrscheinlicher, dass wir hier hinausgeworfen werden!« Steven wies mit dem Kinn in Richtung Kellner, der eine Wandlampe nach der anderen löschte und dabei demonstrativ zu ihnen herüberschaute.

»Das ist aber schade!«, hörte Ruth sich sagen. »Ich hätte mich so gern noch ein bisschen mit Ihnen unterhalten. Wo Sie nun alles über mich wissen und ich noch gar nichts über Sie ...« Verlegen verstummte sie. Was war nur in sie gefahren?

Steven Miles schien zu zögern. Er schaute von ihr zu dem Kellner, dann wieder zurück. »Verlassen wir erst einmal die Höhle des Löwen, bevor wir aufgefressen werden!« Er hielt ihr eine Hand hin.

Es war das erste Mal, dass ihr ein Mann beim Aufstehen half. Ruth fühlte sich richtig verhätschelt. Leichtfüßig stand sie auf.

Nachdem sie ihren Korb hinter der Empfangstheke vorgeholt hatte, standen sie sich kurz darauf an der Treppe, die zu den Gästezimmern führte, gegenüber. Ein peinlicher Moment entstand.

»Ich –«, begann Ruth zögerlich.

»Ich würde –«, hob im selben Moment auch Steven an.

Sie mussten lachen und der peinliche Moment war vorüber.

»Ich weiß nicht, wie ich es sagen soll, ohne dass Sie ... den falschen Eindruck bekommen.« Steven fuhr sich mit Zeigefinger und Daumen über seinen Bart.

»Ja?«, brachte sie krächzend heraus. Ihre Knie fühlten sich auf einmal wieder schwach an und sie wusste, dass dies nicht von der Anstrengung des Tages rührte.

»Ach, vergessen Sie, dass ich etwas gesagt habe«, hörte sie Steven zu ihrer Enttäuschung sagen. Er winkte ab.

»Ich wollte Sie fragen, ob wir unsere Unterhaltung noch für einen Weile in Ihrem oder meinem Zimmer fortsetzen sollen. Aber so ein Vorschlag gebietet sich weiß Gott nicht für eine Dame – selbst wenn er ganz redlich gemeint ist! Verzeihen Sie, dass ich überhaupt daran gedacht habe.«

Bevor Ruth ihm antworten konnte, schulterte er ihren Korb.

»Aber zu Ihrem Zimmer begleiten darf ich Sie wenigstens!«

Während sie die schmale Treppe hochstiegen, wusste Ruth nicht, ob sie enttäuscht oder glücklich war.

Viel zu schnell waren sie bei ihrem Zimmer angekommen, ohne dass ihr eine Möglichkeit eingefallen war, wie sie das Zusammensein mit Steven verlängern konnte. Mit einem geknickten Lächeln wandte sie sich ihm ein letztes Mal zu. »Vielen Dank – für alles. Und bitte sagen Sie auch Herrn Woolworth nochmals einen herzlichen Dank von mir! Er ahnt ja nicht, was sein Auftrag für mich und meine Schwestern bedeutet.«

»Das werde ich tun!«, versicherte ihr Steven. »Danke für einen wunderschönen Abend!«

Sein Atem fing sich in ihren Haaren.

Ruth schluckte hart. »Außer Ihrem Namen und für wen Sie arbeiten habe ich nun doch nicht mehr von Ihnen erfahren«, flüsterte sie.

Einen aufregenden Moment lang glaubte sie, er würde sie küssen.

Doch Steven strich ihr lediglich übers Haar, so sanft, als hielte er ein neugeborenes Küken in der Hand.

»Das wird sich ändern. Vielleicht eher als Sie denken.« Sein Blick ließ nicht von dem ihren ab. »Mich werden Sie so schnell nicht wieder los. Das ist ein Versprechen.«

Das Zimmer war überraschend kühl, was wohl daran lag, dass durch das winzige Fenster tagsüber kaum Sonne einfallen konnte. Wie belämmert setzte sich Ruth auf das Bett. Ihr Blick fiel auf das Daunenkissen, das am Mittag noch an der Wäscheleine im Hof gehangen hatte. Während das leinene Weiß vor ihren Augen zu verschwimmen begann, umkreiste ein Gedanke sie wie eine hartnäckige Fliege.

Ich habe meinen polnischen Prinzen gefunden.

Er ist Amerikaner.

18

Steven, die Freude über den Auftrag, die Sehnsucht nach Wanda und der fremde Geruch des Zimmers – dies alles ließ Ruth nur unruhig schlafen. Immer wieder wachte sie zwischendurch auf und wurde sofort von vielen wirren Gedanken überfallen. Fragen, auf die sie keine Antwort wusste. Gefühle, die ihr Angst machten.

Deshalb war sie froh, als es endlich hell wurde. Sie öffnete die Tür einen Spalt und lauschte hinaus in den Gang. Draußen war alles still – außer ihr schien noch keiner wach zu sein.

Nachdem sie sich gewaschen hatte, stellte sie sich vor den Spiegel, der über der Wasserschüssel hing, und begann, ihre Zöpfe zu lösen. Wie gut, dass sie an Kamm und Bürste gedacht hatte! Die gewohnte Routine des Haarebürstens tat ihr gut, mit fester Hand nahm sie sich Strähne für Strähne vor, bis sich ihre Haare in einer glänzenden Flut bis zu ihren Hüften ergossen. Nachdem sie einen lockeren Zopf geflochten und diesen in einem Achter hochgesteckt hatte, zog sie sich an. Prüfend drehte sie sich anschließend vor dem Spiegel hin und her und war zufrieden mit dem, was sie sah. Ihr Kleid, das sie zum Auslüften ans offene Fenster gehängt hatte, sah wieder glatt und frisch aus und roch auch so.

Als sie fertig zum Ausgehen war, begannen irgendwo in der Nähe Kirchenglocken zu läuten. Eins, zwei, drei, vier, fünf Mal zählte Ruth. Es sollte erst fünf Uhr morgens sein?! Angestrengt lauschte sie auf das zweite Geläut, doch auch dieses Mal blieb es bei fünf Schlägen.

Ruth runzelte die Stirn. Wenn sie jetzt nach unten ginge, würde sie Steven ganz sicher nicht treffen.

Sie setzte sich aufs Bett und wartete darauf, dass die Zeit verging.

Schlag sieben Uhr schnappte sie sich ihren Korb und ihre Tasche und verließ ihr Zimmer.

Bitte, lieber Gott, mach, dass ich ihn noch einmal sehe!

Ihr Gebet wurde auch diesmal erhört. Schon im nächsten Moment sah sie ihn unten an der Treppe stehen. Ruth erschrak über den Hüpfer, den ihr Herz machte.

Woolworth war an seiner Seite, gemeinsam beugten sie sich über einen Stapel Papiere. Steven war so in die Unterlagen vertieft, dass er nicht einmal das »Guten Morgen«, das der Hotelbesitzer ihm wünschte, zu hören schien.

Umständlich ging Ruth in die Knie und zerrte die Schleife an ihrem Schuh auf, um sie dann betont langsam neu zu binden. Vielleicht … wenn sie einen Moment lang wartete, würde Woolworth in den Speisesaal vorgehen und …

In diesem Moment schaute Steven auf.

Ruth beeilte sich, wieder auf die Füße zu kommen. Unsicher lächelte sie ihn an. Was, wenn er gar keine Zeit mehr für ein paar Worte hatte?

Doch im nächsten Augenblick kam er die Treppe hoch zu ihr.

»Ruth! Wie schön, dass Sie noch da sind! Was für eine glückliche Fügung, dass ich Sie doch noch antreffe. Ich hatte schon befürchtet, Sie verpasst zu haben! Der Portier wusste nicht Bescheid und beim Frühstück waren Sie auch nicht …«, sprudelte es aus ihm heraus.

»Waren *Sie* denn schon frühstücken?«, fragte Ruth.

»Aber sicher. Mister Woolworth ist ein *early bird*, also ein früher Vogel, wie wir Amerikaner sagen.

»Tja dann …«

Steven räusperte sich. »Ich weiß nicht, wie ich es sagen soll … womöglich ist es Ihnen ja gar nicht recht …« Er fuhr sich durch seine Haare, woraufhin ein kleines Hörnchen stehen blieb.

Ruth musste sich ein Kichern verkneifen. »Ja?«

»Es ist so: Mister Woolworth hat heute Vormittag ein paar Termine, die nicht zwingend meine Anwesenheit erfordern. Er war daher so freundlich, mir einen halben Tag frei zu geben. Und da habe ich mir gedacht, wenn Sie möchten, begleite ich Sie nach Hause! Wo Sie doch meinetwegen gestern Nacht hier gestrandet sind.«

Statt in Richtung Bahnhof zu laufen, wählte Ruth die Straße, die zuerst nach Steinach und dann nach Sonneberg führte. Steven folgte ihr mit einer Selbstverständlichkeit, als gäbe es keine Bahnlinie zwischen Sonneberg und Lauscha.

Vier Stunden! Wenn sie etwas langsamer gingen, vielleicht sogar viereinhalb, frohlockte Ruth, während sie die letzten Häuser Sonnbergs hinter sich ließen. Dass Steven sie begleiten würde, hätte sie in ihren kühnsten Träumen nicht zu hoffen gewagt! Sie musste dem Impuls widerstehen, sich in den Arm zu zwicken. Seit sie Lauscha verlassen hatte, schien das Glück ihr hold zu sein.

Der Himmel war an diesem Tag wie frisch gewaschen. Kein einziges Wölkchen war zu sehen, nicht einmal ein weißer Schleier ganz hinten am Horizont. Fast schwarz erhoben sich vor dieser Helligkeit links und rechts ihres Weges an den Hängen die Nadelwälder. In den Wipfeln trällerten die Vögel. Das »kugu kugu« eines Kuckucks klang unermüdlich und sehnsuchtsvoll aus hohen Baumkronen zu ihnen hinab.

Wilder Thymian parfümierte die Luft. Später, wenn sie sich weiter erwärmen und die Sonne auch den Waldrand erfassen würde, würde der Duft der Heckenrosen hinzukommen, betörend und sinnlich.

Selbst das Rauschen der Steinach war an diesem Tag gedämpft, ihr Wasser schien das steinerne Bett eher zu streicheln als blank zu polieren. Wo sonst die Gischt sprudelte und erfrischende Wassertröpfchen in die Luft schleuderte, gurgelte es heute nur leise vor sich hin.

Es würde ein heißer Tag werden, so viel war gewiss.

Ruth strich sich eine erste lose Haarsträhne aus der Stirn. Und wenn sie über glühende Kohlen hätte laufen müssen, es wäre ihr gleich gewesen …

Sie sprachen nicht viel, zumindest anfangs nicht, obwohl Ruth krampfhaft nach Gesprächsstoff suchte. Doch ihr wollte partout nichts einfallen. Warum sagte er nichts? Langweilte er sich in ihrer Gesellschaft? War ihm der Weg zu steil? Oder hätte sie doch nicht zulassen sollen, dass er ihren Korb trug? Er war das sperrige Teil schließlich nicht gewohnt. So, wie er beide Riemen über eine Schulter geschlungen hatte, konnte die Last nicht einfach zu tragen sein. Aus dem Augenwinkel heraus warf sie ihm einen Blick zu und lachte dann befreit auf.

»Was ist los mit Ihnen, Steven? Sie sehen aus wie ein Kater, der unbemerkt an den Sahnetopf kommen konnte!«

»So fühle ich mich auch!«, gab er zurück. »Was kann es Schöneres geben, als an solch einem Tag mit Ihnen durch diese überwältigende Natur zu laufen?« Er grinste jungenhaft. »Wenn ich ehrlich bin – ich könnte die ganze Welt umarmen! Sagen Sie nicht, Ihnen erginge es anders.«

»Wenn Sie die Welt umarmen, was bleibt dann für mich übrig?«, fragte Ruth schelmisch.

Er blieb stehen. »Vielleicht … darf ich Ihnen meine Hand reichen?«, kam es zögerlich. Und als sie nicht gleich reagierte, fuhr er fort: »Der Weg ist doch ziemlich steinig. Am Ende stolpern Sie sonst noch.«

»Das ist sehr nett von Ihnen.« Mit zittriger Hand ergriff sie die seine.

Es war, als ob ihre Hände füreinander geschaffen wären. Wie Glas, das Marie in eine ihrer Formen blies, lag ihre Hand eingebettet in der seinen. Immer wieder streichelte sein Daumen unwillkürlich über ihren Handrücken. Zärtlich und warm.

Sie unterhielten sich eine Weile lang über alles und nichts. Steven wollte wissen, wie sie in dem fremden Hotelbett geschlafen hatte. Ob die kleine Siedlung vor ihnen einen Namen hatte. Und wie die weißen Sterne hießen, die so üppig am Waldrand blühten.

»Das sind ganz schlichte Margariten!« Ruth lachte auf. »Früher, als wir noch Mädchen waren, haben Marie und ich manchmal einen Arm voll davon gepflückt. Wir haben uns auf die Bank hinterm Haus gesetzt und uns Kränze fürs Haar geflochten.« Sie sah ihn an. »Dann haben wir miteinander getanzt. Wir waren sehr glücklich damals. So glücklich wie Kinder nur sein können. In ein paar Jahren schon werde ich solche Kränze für Wanda binden.«

Steven blieb erneut stehen. »Warum höre ich so viel Wehmut in ihren Worten mitklingen?«

Auch Ruth hielt an. »Ist das so?«

Ihre Blicke verhakten sich ineinander wie Kletten.

»Ich möchte, dass du glücklich bist, Ruth!« Seine Stimme war rau.

Kann es sein, dass ich diesen Mann liebe? Die Frage traf Ruth wie ein Blitz aus heiterem Himmel.

»Warum?«, flüsterte sie. »Du kennst mich doch gar nicht.«

»Weil wir Amerikaner unverbesserliche Optimisten sind!« Steven grinste verwegen. In einer aufmunternden Geste hob er ihr Kinn ein wenig an.

»Und weil nichts eine Frau schöner macht als ein Lächeln!«

Der Moment ging vorüber, doch das »du« blieb bei ihnen.

Hand in Hand gingen sie weiter. Als die ersten Häuser von Steinach ins Blickfeld kamen, glaubte Steven, bereits Lauscha vor sich zu haben. Lachend klärte Ruth ihn darüber auf, dass ihr Weg von da an noch einmal so lang sein würde. Dass er außerdem noch steiler werden würde, behielt sie für sich – das würde er von selbst merken!

Während er sich den Schweiß von der Stirn wischte, wunderte sich Steven über die schwarze Schmutzschicht, die über dem Dorf und seinen winzigen Häuschen lag. Ruth erzählte ihm von dem Schiefergestein, das die Steinacher Tag und Nacht aus der Erde brachen und von dem sie mehr schlecht als recht lebten.

»Der Schieferstaub setzt sich nicht nur in jeder Häuserritze und in den Kleidern der Leute ab, sondern auch in ihren Körpern! Vor allem in der Lunge.« Sie erzählte ihm von Eva, in deren Familie Jahr für Jahr ein kleineres Geschwisterkind starb.

»Ich bin jedenfalls dankbar, in Lauscha geboren zu sein. Marie nennt es das gläserne Paradies. Aber meiner Ansicht nach hat es damit ziemlich wenig zu tun!«

»Wenn ich mich so umschaue, könnte ich mich fast der Meinung deiner Schwester anschließen«, antwortete Steven und deutete den Berg hinauf. »Einen solchen Reichtum der Natur habe ich auf dem ganzen Weg von Hamburg bis hierher nirgendwo gesehen. Allein diese Wälder! Die Tannen stehen hier so dicht wie das Fell eines Schwarzbären auf dessen Kruppe!«

»Ja, und wenn die Sonne nicht scheint, ist es hier so düster, als säße man in dessen Pelz! Dass dem aber nicht so ist, merkt man spätestens im Winter, wenn die Kälte einem die Hände abfriert und die Straße so zugeschneit ist, dass man nicht mehr aus dem Dorf fortkommt! Was den Reichtum an Schnee angeht, wären wir alle gern ein wenig ärmer!«

Steven lachte laut auf.

»Weißt du eigentlich, dass du etwas ganz Besonderes bist?«

Ruth runzelte die Stirn.

»Du bist nicht nur schön und klug, sondern außerdem noch lustig!«, erklärte er in einem Ton, als könne er es selbst nicht fassen.

Auf ihr Drängen hin erzählte er ihr kurz darauf von seiner Familie. Seine Eltern waren vor vielen Jahren ausgewandert, nachdem sein Vater und dessen Bruder beschlossen hatten, eine Zweigniederlassung des familieneigenen Handelsunternehmens in Amerika zu eröffnen. Steven und seine Schwestern – drei an der Zahl – wurden allesamt in Amerika geboren. Ruth war verblüfft zu erfahren, dass sowohl Sophie als auch Edna und die Jüngste – Jean – bei »Miles Enterprises« arbeiteten. Wo seine Familie doch anscheinend so wohlhabend war …

Er lachte angesichts ihrer Verwirrung. »Das eine muss doch das andere nicht ausschließen! Dass Frauen ihr eigenes Geld verdienen, ist bei uns in Amerika längst Alltag geworden! Sophie würde sich das von Paul, ihrem Mann, nie verbieten lassen. Nicht, dass sie das Geld brauchen würde – Paul ist nicht gerade arm.« Sophie war die Einzige seiner Schwestern, die schon verheiratet war.

»Und wer kümmert sich dann um den Haushalt? Und um ihre beiden Kinder?« Steven hatte zuvor erzählt, dass er stolzer Onkel eines Zwillingspärchens war.

»Die Angestellten«, erwiderte er. »Sophie hätte dafür auch gar keine Zeit – sie verbringt viele Stunden pro Woche damit, sich um die Kinder von armen Einwanderern zu kümmern.«

Das waren vielleicht Sitten in Amerika! Ruth schüttelte den Kopf.

»Wie kommt es dann, dass du als Sohn bei einem Fremden arbeitest?«

»Ganz einfach!« Er drehte sich ihr zu. »Weil ich nirgendwo mehr lerne als unter Woolworth's Fittichen! Natürlich erwartet Vater, dass ich über kurz oder lang bei ihm einsteige. Aber zurzeit habe ich das große Glück, gleich zwei Meister ihres Faches beim Agieren beobachten zu können, was in mir die Hoffnung hegt, dass auch aus mir eines Tages ein guter Geschäftsmann wird.«

Ruth seufzte. »Das hört sich alles so aufregend an! Wenn ich da an mein kleines Dorf denke …«

»Was sind das für Töne von einer Unternehmerin?« Seine Augen funkelten. »Du und deine Schwestern seid doch regelrechte Pioniere!«

Sie warf ihm einen skeptischen Blick zu.

»Schau dich doch an!« beharrte er. »Ihr habt einen Vertrag mit einer der größten amerikanischen Handelsketten. Ihr seid euer eigener Herr, arbeitet auf einem Gebiet, das bisher nur Männern vorbehalten war – das nenne ich weiß Gott Unternehmergeist! Glaube mir, damit bereitet ihr den Weg für eine viel versprechende Zukunft vor.«

Ruths Gedanken wanderten nach Hause, wo Johanna gedemütigt und ihrer Ehre beraubt in ihrem Bett lag. Wo Marie darauf hoffte, auch nur eine einzige Kugel verkaufen zu können. Wo ihre Tochter ohne Vater und ohne Geschwister, allein auf sie angewiesen, aufwachsen würde. Sie ergriff wieder Stevens Hand, an dessen Fingern er ihre »fortschrittlichen« Leistungen abgezählt hatte. Ruth lächelte wehmütig.

»Wenn ich deine Sicht nur teilen könnte! Aber was du Unternehmergeist nennst, ist bei uns lediglich aus purer Not geboren worden.«

Im Vorbeigehen rupfte sie von einem der vielen Rosenbüsche eine gerade geöffnete Blüte ab. Sehnsüchtig sog sie ihren fast nicht wahrnehmbaren Duft ein. Dann schaute sie wieder auf.

»Früher – als junges Mädchen – habe ich auch jeden neuen Tag verheißungsvoll begrüßt. Was wird er mir bringen, habe ich mich gefragt, kaum, dass ich die Augen geöffnet hatte. Ich war jeden Morgen aufs Neue davon überzeugt, dass es für mich nur schöne Überraschungen geben würde. Dass das Leben auch dunkle Seiten hat, davon habe ich nie etwas wissen wollen. Und Vater hat mich in dem Glauben sogar noch bestärkt. Er wollte nur das Beste für mich. Für die beiden anderen natürlich auch.« Sie zuckte resignierend mit den Schultern.

»Wie sehr würde ich mir diesen Glauben wieder zurückwünschen!«

19

»Du hast *was?*« Johannas Augen drohten aus ihren Höhlen zu fallen. Entgeistert starrte sie auf den Bogen Papier, den Ruth ihr entgegenhielt.

»Ich war in Sonneberg und habe Mister Woolworth Maries Kugeln gezeigt«, wiederholte Ruth. Wanda gurgelte glücklich auf ihrem Arm.

Maries Lachen war noch breiter als das von Ruth. Sie hüpfte auf und ab wie ein kleines Kind.

»Hast du immer noch nicht verstanden, was los ist? Dieser Amerikaner will sechstausend Kugeln von uns kaufen. Sechstausend!« Sie kicherte. »Ich kann's selbst noch nicht glauben!« Sie riss Johanna den Vertrag aus der Hand. »Aber hier steht's geschrieben, schwarz auf weiß!«

Auf einmal fühlte sich Johanna sehr beschämt. Da lag sie tagein, tagaus hier oben in der Kammer in ihrem Bett, als litte sie an einer schrecklichen Krankheit. Suhlte sich in ihrem eigenen Leid wie eine Heulsuse. Und draußen drehte sich das Leben wie ein wild gewordener Kreisel!

Ruth bei Woolworth? *Dem* Woolworth?

Ein Vertrag über sechstausend Kugeln?

»Und ich Huhn habe geglaubt, du triffst dich mit Thomas!« Bei dem Gedanken kam sie sich noch ein bisschen dümmer vor.

»Deshalb bist du heute auch nicht zur Arbeit gegangen!«,

sagte sie zu Marie. »Du hast auf Ruth und ihre Neuigkeiten warten wollen.«

Ruth und Marie tauschen einen vielsagenden Blick. Beide schienen vor Wichtigkeit fast zu platzen.

Johanna schaute Ruth an, als sehe sie ihre Schwester heute zum ersten Mal.

»Dass du dich das getraut hast!« Sie schwang beide Füße aus dem Bett. Sofort wurde ihr von der ruckartigen Bewegung schwindlig. »Ehrlich gesagt, ich weiß nicht, ob ich das gewagt hätte!«

»Dabei bist ja eigentlich *du* die Geschäftsfrau von uns dreien!« Ruth sah sie mit unübersehbarem Stolz an.

Einmal auf den Beinen, wusste Johanna nicht, ob ihr nach Lachen oder nach Weinen zumute war. Ruth und Marie lehnten an der Tür und sahen aus, als rechneten sie damit, dass sie sich doch noch einmal in ihrem Bett verkriechen würde.

Ihre Schwestern! Die Steinmänner.

»Keine Angst – ich leg mich nicht mehr hin«, versicherte Johanna den beiden, während sie nach ihren Kleidern angelte. »Wenn unsere Weiberwirtschaft ins Rollen kommen soll, dann muss das Faulenzerleben ein Ende haben!«

Ruths und Maries Aufatmen war noch einige Häuser weiter zu hören.

Kurze Zeit später kam auch Peter herüber – Marie hatte ihn schon am Abend zuvor in alles eingeweiht. Als er Johanna unten in der Küche sah, wusste er, dass Ruth Erfolg gehabt hatte.

Während sich Johanna wie selbstverständlich daran machte, das Abendessen herzurichten, musste Ruth in aller Ausführlichkeit erzählen, wie sie von dem geschwätzigen Fotografen erfahren hatte, in welchem Hotel der Amerikaner wohnte. Staunend und mit offenen Mündern lauschten sie dann Ruths Erzählung, wie es ihr mit Hilfe des Zimmermädchens gelungen war, zu Woolworth vorzudringen. Das Brot und der Käse blieben unberührt, wer konnte jetzt schon ans Essen denken! Als Ruth ausführte, wie Woolworth eine Kugel nach der anderen in die Hand genommen und begutachtet hatte, hing Marie gebannt an ihren Lippen.

»Richtig begeistert ist er gewesen! Das kannst du mir glauben!«, sagte Ruth zu ihrer Schwester.

Johanna langte nach dem Vertrag. Nachdem sie ihn mehrmals gelesen hatte, schaute sie stirnrunzelnd auf. Den anderen entging ihr kritischer Blick natürlich nicht.

»Siehst du, es dauert nie lange, bis sie das erste Haar in der Suppe entdeckt«, sagte Ruth spitz zu Marie. Und an Johanna gewandt fuhr sie fort: »Darf man erfahren, was dir nicht passt?«

»Nichts, nichts! Alles ist bestens!« Abwehrend hielt Johanna beide Hände hoch. »Der Liefertermin ist zwar knapp, aber daran ist nichts zu ändern. Auch der Preis ist in Ordnung. Und dass du dafür gesorgt hast, dass wir die Lieferung lediglich bis Sonnberg übernehmen müssen, war ebenfalls sehr klug.«

Ruth schien sich ein wenig zu entspannen. »Aber?«, fragte sie trotzdem misstrauisch nach.

Johanna lächelte hilflos. »Ich frage mich nur, wo wir ohne Vorschuss das Geld für sechstausend Rohlinge, Verpackungsmaterial und das Gas hernehmen sollen.«

An diesem Abend gab es tausend und eine Frage zu erörtern. Auf einige davon hatten sie selbst eine Antwort, auf andere Peter. Was danach noch offen war, schoben sie erst einmal zur Seite.

Es war schon Nacht und draußen polterte ein heftiges Gewitter, als sie ihren Plan endlich fertig hatten.

Dankend nahmen die drei Schwestern Peters Angebot an, ihnen das Geld zu leihen, das sie für das Rohmaterial benötigten. Sie staunten allerdings nicht schlecht darüber, dass er so viel Erspartes hatte.

Peter bot ihnen außerdem an, nach und nach die Glasrohlinge aus der Hütte zu besorgen. Nur sein Vorschlag, auch beim Glasblasen zu helfen, schlug Marie heftig aus. Für sie war es eine Frage der Ehre, dass sie dies allein fertig brachte. Sie war es gewohnt, bis spät in die Nacht hinein am Bolg zu sitzen, und traute sich den Auftrag ohne weiteres zu. Dass eine anstrengende Zeit auf sie zukommen würde, war ihr gleichgültig. Ruth und Johanna würden die Kugeln dann tagsüber anhand von Maries Vorlagen bemalen und verpacken. Ihre Arbeit bei Wilhelm Heimer wollte Marie nicht aufgeben – sicher war schließlich sicher!

Während die drei Frauen dafür plädierten, ihr Vorhaben erst einmal geheim zu halten, hielt Peter dagegen, dass dies wahrscheinlich gar nicht möglich sei. Die in der Glashütte würden sicher fragen, warum er als Augenmacher auf einmal Hunderte von Rohlingen benötigte. Dieselbe Frage würde der Schachtelmacher Fritz an Johanna stellen, wenn sie bei ihm das Verpackungsmaterial orderte.

Peter schaute von einer zur anderen. »Warum wollt ihr euch noch länger verstecken? Ihr könnt doch stolz auf diesen Auftrag sein.«

Gequält schaute Marie ihn an.

»Ja, schon. Aber was glaubst du, was die Männer sagen, wenn sie erfahren …« Sie brach ab und verzog den Mund. Im nächsten Moment lächelte sie in die Runde. »Eigentlich hat Peter recht: Jetzt ist es zu spät, um kalte Füße zu kriegen!«

Johanna nickte. »Lauscha wird sich an unsere Weiberwirtschaft gewöhnen müssen. Sicher, Neider wird es geben. Und einige werden uns das, was wir vorhaben, wahrscheinlich ziemlich übel nehmen. Davon dürfen wir uns aber nicht einschüchtern lassen«, sagte Johanna in Ruths Richtung. »He, hörst du nicht zu?«

Ruth fuhr zusammen. »Ich – entschuldige, was hast du gesagt?«

Johanna schüttelte lächelnd den Kopf.

»Ich glaube, du bist mit deinen Gedanken noch in Sonneberg!«

Versonnen schaute Ruth aus dem Fenster, gegen das der Wind den Regen peitschte.

»Du weißt gar nicht, wie Recht du hast.«

20

Nun, nachdem Johanna aus ihrer Erstarrung erwacht war, nahm sie die Fäden wieder in die Hand. Weder Marie noch Ruth hatten etwas dagegen einzuwenden, dass sie es war, die mit dem Schachtelmacher Fritz über den Preis für ihr Verpackungsmaterial verhandelte. Sie ließ es sich auch nicht nehmen, nach Sonneberg zu fahren, um weiße Emailfarbe, Draht und weiteres Material für die Fertigstellung von Maries Kugeln zu besorgen. Und als es ans Glasblasen ging, wollte sie selbst das organisieren.

»Warum beginnst du nicht mit den Kugeln, die am meisten Malaufwand benötigen?«, schlug sie Marie vor. »Während Ruth und ich diese bemalen, kannst du für weiteren Nachschub sorgen.«

Die meiste Zeit ließen Ruth und Marie Johanna bestimmen – die alte Johanna war ihnen lieber als eine, die wie gelähmt in ihrem Bett lag. Nur wenn sie sich zu sehr gegängelt fühlten, legten sie Widerspruch ein. Und Johanna schaffte es dann tatsächlich, für eine Weile ihren Mund zu halten und die beiden in Ruhe arbeiten zu lassen.

Dass sich im Haus der Steinmann-Mädchen etwas Außergewöhnliches tat, blieb den Lauschaern nicht lange verborgen: Bis spät in die Nacht brannte dort Licht und man fragte sich, ob die Schwestern gar nicht mehr schliefen. Und war durch die Fensterläden nicht auch das verräterische Flackern einer Gasflamme zu sehen? Es dauerte nicht lange, da standen die ersten Nachbarn vor der Tür und versuchten, unter den verschiedensten Vorwänden ins Haus zu kommen: Die eine wollte sich Mehl leihen, eine andere Ruths Hilfe beim Nähen einer Winterjacke, dem nächsten fiel ein, dass er einen Blick auf Joosts alte Werkzeuge werfen wollte, weil er vielleicht etwas davon brauchen konnte. Als die Leute dann mit eigenen Augen sahen, was in Joosts Werkstatt vor sich ging, konnten es manche einfach nicht glauben.

Marie, die kleine Steinmann, am Bolg?!

Die Reaktionen reichten von ungläubigem Staunen bis hin zu feindseliger Missbilligung. Manche sprachen von dunklen Machenschaften und einige gar von Teufelswerk. Wochenlang war Maries Einbruch in die Männerwelt Gesprächsthema in vielen Häusern und im Schwarzen Adler. Teils lachend, teils aber auch bestürzt lauschten die Steinmann-Schwestern Peters Schilderungen über die Stammtischrunden. Dort führte meist Thomas Heimer das Wort. Dass mit den dreien etwas nicht stimmte, habe er von Anfang an gewusst. Bockige, rechthaberische Luder seien sie, alle drei! Verwöhnt, versponnen und frech. Als einer ihn fragte, warum er dann eine von denen geheiratet habe und die anderen daraufhin schallend lachten, langte Thomas über den Tisch.

»Ich lass mich nicht zum Affen machen! Von keiner und niemandem«, schrie er den Mann an und schüttelte ihn fast besinnungslos. Danach traute sich keiner mehr, ihn zu fragen, warum sein Vater denn eins der Luder weiterhin bei sich arbeiten ließ – und das trotz ihres Teufelswerks.

Von da an tauchte Thomas regelmäßig nachts bei ihnen auf. Nach zehn, wenn der Schwarze Adler hinter den letzten

Gästen die Tür schloss, wankte er mehr oder minder betrunken zu ihrem Haus. Seine Rufe nach Ruth waren in der ganzen Nachbarschaft zu hören. Manchmal rüttelte er auch an ihrer Tür und drohte ihnen wer weiß was an. Die ersten paar Mal versuchte Ruth, ihn zu besänftigen. Doch kaum zeigte sie sich am Fenster, wurden seine Beschimpfungen nur umso ausfälliger. Von Hexen war die Rede, von Huren und Beutelabschneiderinnen. Erschüttert und mit Schamesröte im Gesicht hielt sich Ruth die Ohren zu. Einmal, als Thomas wieder besonders ausfällig wurde, saßen die beiden anderen betreten mit ihr am Tisch. Doch dann langte Johanna zu ihr hinüber und löste mit sanfter Gewalt Ruths Hände.

»Lass ihn doch schreien! Er blamiert nur sich selbst, aber nicht uns!«

Von da an versuchten die drei Frauen, den Betrunkenen vor ihrer Tür zu ignorieren, und meist schaffte es Peter mit Drohungen seinerseits, Thomas loszuwerden. Bis zur nächsten Nacht.

Als ob die Ablehnung der Glasbläser nicht gereicht hätte, wurden Marie und ihre Schwestern außerdem von manchen Frauen geschmäht: Gespräche verstummten, wenn Ruth oder Johanna den Krämerladen betraten, oder es wurde leise weitergetuschelt. Manchmal war es blanker Neid, manchmal Unverständnis, vor allem jedoch Angst, was die Frauen den Steinmannschen Lebensstil verdammen ließ. Was, wenn so eine Weiberwirtschaft Schule machte? Am Ende würden die Männer noch glauben, die Frauen könnten selbst für den Unterhalt der Familie aufkommen!

Nur eine Einzige, die Frau vom Karl dem Schweizer Flein, nahm Ruth in einem unbeobachteten Moment zur Seite, um ihr etwas ins Ohr zu flüstern.

»Damals, in den fünfziger Jahren, als der Vater seine Lungenentzündung hatte, da hab ich mich auch heimlich an den Bolg gesetzt und Glasperlen geblasen.« Sophie Schweizer

Fleins Wangen röteten sich, als schämte sie sich noch heute für ihr damaliges Tun. »Das Gaswerk gab es damals ja noch nicht, und die Flamme war noch nicht so heiß wie heute, aber die Perlen sind trotzdem was geworden. Hätte ich sie nicht geblasen – wir wären verhungert, allesamt! Sag deiner Marie, dass es nicht Unrecht ist, was sie tut.« Sie klopfte Ruth auf die Schulter und huschte im nächsten Moment davon, als wollte sie nicht zusammen mit ihr gesehen werden.

Es gab jedoch noch mehr zaghafte Bewunderer. Und zu denen gehörte – Wilhelm Heimer.

»Glaub nicht, dass ich solchen Unfug bei Weibern gut heiße!«, hatte er so laut gedonnert, dass die ganze Mannschaft zu ihm und Marie herüberstarrte. »Aber dass du eine ganz Kunstfertige bist, das weiß ich schon lange!«, hatte er dann augenzwinkernd und so leise hinzugefügt, dass es nur noch die Umstehenden verstanden. »Solange deine Arbeit bei mir nicht leidet, will ich ein Auge zudrücken, was deine anderen Aktivitäten angeht.«

»Du brauchst dir nicht einbilden, dass du so bei Wilhelm Eindruck schindest!«, hatte Eva ihr daraufhin zugezischt und sich wie eine eifersüchtige Ehefrau angehört.

Außer Peter kamen auch Griseldis und ihr Sohn regelmäßig vorbei, um die Fortschritte des Woolworth-Auftrags zu begutachten. Griseldis' anfängliche Skepsis verlor sich, nachdem sie sah, wie wohl durchdacht die drei jungen Frauen ihren Auftrag bewerkstelligten. Manchmal setzte sie sich mit an den Tisch und half beim Bemalen, während Magnus Kugeln verpackte und Kartons aufeinander stapelte.

Von Woche zu Woche wuchsen die Kartonstapel höher der Decke entgegen. Bald standen im ganzen Haus Kartons mit Glaskugeln, und man musste bei jedem Schritt höllisch aufpassen, wollte man nicht ständig irgendwo anstoßen.

Trotz der Anfeindungen von außen, trotz der vielen Arbeit

und den Beschwerlichkeiten war es eine gute Zeit für die drei Schwestern. Dass Joosts alte Werkstatt wieder mit Leben erfüllt war, dass sie wie früher wieder Hand in Hand arbeiteten, erfüllte jede mit unaussprechlichem Stolz.

Marie, auf deren Schultern die Hauptlast ruhte, beklagte sich kein einziges Mal über ihre Zwanzig-Stunden-Tage, sondern bediente die Flamme an Joosts Bolg mit einer Selbstverständlichkeit, als hätte sie ihr Leben lang nichts anderes getan. Die Vorstellung, dass ihre Kugeln schon in wenigen Wochen an amerikanischen Christbäumen hängen würden, beflügelte sie über alle Maßen. Johanna fragte sich allerdings manchmal, ob nicht auch eine Spur Besessenheit in Maries Begeisterung lag, woraufhin Peter ihr in seiner trockenen Art antwortete: »Kann es echte Begeisterung ohne Besessenheit überhaupt geben?«

Auch für Johanna war die Arbeit nach dem Sommer des Nichtstuns wie eine Befreiung: Bemalen, Fertigmachen, Artikelnummern und Preise anheften, Verpacken, Listen führen – endlich konnte sie allen zeigen, was in ihr steckte! Wenn sie tief in sich hinein hörte, musste sie zugeben, dass auch in ihr ein paar Samenkörnchen Besessenheit aufgegangen waren.

Ruth lief die ganze Zeit mit einem seligen Lächeln auf dem Gesicht herum. Und dieses hatte vor allem mit dem Postboten zu tun, der immer öfter an ihrer Tür klopfte.

21

Verehrte Ruth, *Hamburg, den 30. August 1892*

ich hoffe, mein Schreiben findet Sie wohlauf und gesund? Sicherlich sind Ihre Tage mit sehr viel Arbeit gefüllt, daher bereitet es mir fast ein schlechtes Gewissen, Ihnen mit meinen Zeilen Ihre kostbare Zeit zu rauben.

Liebe Ruth, Sie können sich gar nicht vorstellen, wie erfreut Franklin (Mister Woolworth) ist, Ihre Christbaumkugeln in sein Sortiment aufnehmen zu können! Während der ganzen Fahrt nach Hamburg hat er immer wieder gesagt, er könne kaum erwarten, die glänzenden Kugeln in seinen Geschäften ausgebreitet zu sehen. Sie müssen wissen, verehrte Ruth, dass Woolworth-Läden nicht wie andere Geschäfte sind: Bei uns wird Ware nicht in unerreichbare Regale gestapelt, sondern liegt für alle Kunden greifbar aus. So kann sich jeder alles ganz genau anschauen und sich das aussuchen, was sein Herz begehrt! Der Kunde soll König sein, betont Franklin immer wieder. Wie mein Arbeitgeber so bin auch ich mir sicher, dass Ihre Christbaumkugeln genau den Geschmack unserer Kundschaft treffen wird.

Mit Schrecken muss ich feststellen, dass ich schon im ersten Abschnitt meines Briefes meinem Vorsatz, Ihnen nicht zu viel Zeit zu rauben, untreu geworden bin. Verehrte Ruth, diesen Mitteilungsdrang haben Sie in mir ausgelöst! Es gibt tausend Dinge, von denen ich Ihnen gern erzählen möchte. Aber wo soll ich anfangen? Wo aufhören? Und doch stelle ich fest, dass die Briefform ein schlechter Ersatz dafür ist, Ihnen in die Augen zu sehen, Ihren lebhaften Schilderungen zu lauschen. Gestatten Sie mir die Offenheit, zu sagen, dass ich seit unserem Zusammentreffen fortwährend an Sie denken muss. Der Abend mit Ihnen und unsere gemeinsame Wanderung durch diese unvergleichliche Natur – haben mich verzaubert. Sie, liebe Ruth, haben mich verzaubert!

Ich – als Mann der Zahlen, als nüchterner Rechenmeister – ertappe mich dabei, das Schicksal zu fragen, was es zu bedeuten hat, dass wir uns begegnet sind. Ich wage es kaum zu hoffen, dass auch Sie unserem Zusammentreffen mehr Bedeutung beimessen als der einer rein geschäftlichen Verhandlung. Obwohl diese durchaus auch ihren Reiz hatte: Es kommt selten genug vor, dass man einem derart charmanten Verhandlungspartner gegenüber-

sitzt. Mister Woolworth sagte übrigens, er hätte ihre Art, Geschäfte zu machen, für sehr »amerikanisch« gehalten. Aus seinem Mund dürfen Sie dies sehr wohl als Kompliment annehmen.

Während ich in meinem Büro sitze und aus dem Fenster schaue, sehe ich täglich Dampfer in Richtung Neue Welt ausfahren. An manchen Tagen habe ich das Gefühl, der Hamburger Hafen gleiche einem Taubenschlag! Es sind nur noch wenige Wochen, dann werde auch ich einen dieser Ozeanriesen betreten, um Ihre Christbaumkugeln und die vielen anderen Glaswaren aus Ihrer Heimat nach Amerika zu begleiten. Doch bevor es dazu an der Zeit ist, möchte ich Ihnen mitteilen, dass ich erwäge, zuvor noch einmal nach Sonneberg zu kommen, und zwar am 29. September. Angesichts der Mengen an Ware, die es am 30. September nach Hamburg zu transportieren gilt, könnte es sicherlich nicht schaden, dass ich das Verladen und sachgemäße Verpacken selbst überwache. Verehrte Ruth, könnten Sie sich Ihrerseits entschließen, Ihre Lieferung der Christbaumkugeln von Lauscha nach Sonneberg zu begleiten, so könnten wir ganz sicher gehen, dass die Ware mit größter Sorgfalt behandelt wird. Glas ist schließlich sehr zerbrechlich, nicht wahr?

Über ein paar Zeilen mit Ihrer Antwort würde ich mich sehr freuen. Meine Hamburger Adresse habe ich Ihnen ja schon gegeben. Sie finden Sie außerdem auf der Rückseite des Briefkuverts. In froher Hoffnung auf Ihre Zusage verbleibe ich

Ihr ergebener Steven Miles

*

Lauscha, den 9. September 1892

Lieber Steven,

vielen Dank für Ihre freundlichen Zeilen. Ihr Brief ist wunderschön! (Wenn man so etwas über einen Brief sagen darf.) Ich würde mich sehr freuen, wenn wir uns am 29. September in

Sonneberg treffen könnten. Selbstverständlich werde ich unsere Christbaumkugeln begleiten! Ich muss doch sicher gehen, dass sie nicht irgendwo zwischen Lauscha und Sonneberg im Straßengraben landen! Sehen Sie, was Sie in mir *ausgelöst haben? Kaum habe ich mit Ihnen zu tun, benehme ich mich wie ein dummes Ding. Oder schreibe Sachen, die sich ziemlich dämlich anhören. Bitte schreiben Sie dies der Tatsache zu, dass ich im Briefe verfassen so wenig Erfahrung habe wie bei geschäftlichen Verhandlungen!*

Auch ich muss jeden Tag an unser Treffen zurückdenken, nur fehlen mir die Worte, meine Gedanken so schön auszudrücken, wie Sie es können.

Vielleicht sollte ich Ihnen mitteilen, dass wir sehr gut mit der Arbeit vorankommen. Marie kann es täglich kaum erwarten, sich an den Bolg zu setzen. Ich glaube, das Ganze ist mehr Vergnügen denn Arbeit für sie. Johanna und mir macht dafür das Bemalen und Fertigmachen sehr viel Freude. Es ist doch etwas anderes, wenn man Waren für sich selbst herstellt, als wenn man sie für jemand anderen anfertigt. Es ist ein sehr schönes Gefühl, auf etwas stolz sein zu können. Vor allem, da mein Mann alles versucht, mich zu demütigen und zu kränken. Fast jede Nacht taucht er betrunken vor unserem Haus auf und verlangt, dass ich herauskomme. Einmal hat er mir auf dem Weg zum Krämerladen aufgelauert und mich grob am Ärmel gepackt. Ich würde meine Rechnung noch präsentiert bekommen, hat er gesagt. Gott sei Dank sind ein paar Leute aus dem Dorf vorbeigekommen! Mir war ehrlich gesagt schon ein wenig Bange. Was, wenn er eines Tages Wanda etwas antut, nur um mich zu quälen? Wenn ich in seine Augen sehe, erkenne ich dort nur Wut. Ohnmächtige Wut. Erst kürzlich hat er mich allen Ernstes gefragt, warum ich ihn eigentlich verlassen habe – können Sie sich das vorstellen? Ich glaube, solange er selbst nicht kapiert, was geschehen ist, wird er mich nicht in Ruhe lassen. Aus! Schluss! Vorbei!

Keine Angst, lieber Steven, ich werde nicht wieder in Tränen ausbrechen und Ihnen etwas vorjammern! Noch heute wird mir ganz anders, wenn ich mir vorstelle, wie ich mich an jenem Abend benommen habe. Für Ihr Verständnis bin ich Ihnen immer noch sehr dankbar. Ich kann mir meine Offenheit nur so erklären, dass ich von Anfang an das Gefühl hatte, Ihnen voll und ganz vertrauen zu können. Wenn man bedenkt, dass meine Erfahrungen mit Männern sehr beschränkt und nicht gerade gut zu nennen sind, ist das eigentlich verwunderlich. Aber tief drinnen weiß ich, dass Sie ganz anders sind. Und deshalb freue ich mich schon heute, Sie wieder zu sehen. Übrigens: Wenn Sie aus dem Fenster schauen, dann grüßen Sie die Ozeandampfer von mir. Es muss ein schönes Gefühl sein, so nah bei der »großen, weiten Welt« zu sein!

Herzliche Grüße aus dem Gläsernen Paradies sendet Ihnen

Ruth

*

Hamburg, den 15. September 1892

Liebe Ruth,

Dein Brief hat mich zum glücklichsten Mann Hamburgs gemacht!

Ich muss Dir heftigst widersprechen: Du bist eine begnadete Briefeschreiberin. Deinen Zeilen wohnt dieselbe Lebendigkeit inne, die Du in Natura ausstrahlst. Beim Lesen habe ich fast das Gefühl, ich säße mit in der Werkstatt, während Du und Deine Schwestern mit geübter Hand die Glaskugeln herstellen. Wie gern wäre ich bei Euch im »Gläsernen Paradies« – was für eine schöne Bezeichnung! Stattdessen drohe ich in einem Berg von Lieferpapieren zu versinken. Je größer der Teil der ausländischen Waren in Mister Woolworth's Läden wird, desto größer wird leider auch der Aufwand. Doch ich möchte mich nicht be-

klagen. Es ist täglich aufs Neue aufregend, mitzuerleben, wie durch seine klugen Schachzüge ein großes Geschäftsimperium entsteht. Ja, ich fühle mich geehrt, für einen so großen Mann wie Franklin Winfield Woolworth arbeiten zu dürfen. Und doch gibt es Zeiten, so wie jetzt, wo ich mich danach sehne, einfach meinen Koffer packen und reisen zu können, wohin ich will. Aber so einfach ist das Leben nun einmal nicht. Wenn ich allerdings höre, in welcher Form Du, liebe Ruth, von Deinem Mann belästigt wirst, dann möchte ich am liebsten mit der nächsten Kutsche losfahren und diesem Kerl meine Meinung sagen! Was ist das für ein Leben, in dem Du täglich Angst haben musst! Das hast Du nicht verdient. Das hat niemand verdient.

Wenn Du diese Zeilen liest, sind es nur noch ein paar Tage bis zu unserem Wiedersehen. Daher darf ich kaum davon ausgehen, zuvor noch einmal einen Brief von Dir zu bekommen. Ich kann es kaum erwarten, Dir wieder gegenüber zu sitzen, Deinen Blick aus samtbraunen Augen einzufangen und nicht mehr loszulassen. Darf ich mir vorstellen, dass Du hin und wieder an mich denkst? Du, die Prinzessin aus dem Gläsernen Paradies?

In freudiger Erwartung verbleibe ich

Dein ergebener Steven Miles

*

Lauscha, den 21. September

Lieber Steven,

wie ein Kind die Tage bis zum Weihnachtsfest zählt, so zähle ich die Tage bis zu unserem Wiedersehen!

Ihre Ruth

22

Es war der Sonntagabend der fünften Woche. Wie jeden Sonntag waren die Steinmann-Schwestern morgens in die Kirche gegangen. Zum ersten Mal seit Wochen hatte Marie das Gefühl, als ob die ihnen zugeworfenen Blicke weniger feindselig waren. Vielleicht gewöhnten sich die Lauschaer ja langsam daran, eine Glasbläserin in ihren Reihen zu haben, frohlockte sie. Als sie zusammen mit den anderen einen Choral anstimmte, war ihre Kehle seit langer Zeit wieder einmal offen und frei. Beim Hinausgehen lauerte Thomas ihnen wie üblich auf und versuchte, Ruth zur Seite zu nehmen. Doch sie musterte ihn nur von oben bis unten und ließ ihn dann stehen. Mit Peter an ihrer Seite und den ganzen Leuten um sie herum traute sich Thomas nicht, Ruth am Arm wegzuziehen oder ausfällig zu werden, und so ging der peinliche Moment vorbei.

Zu Hause angekommen hatten sie keine freie Minute mehr. Die Stimmung war angespannt, wie so oft in letzter Zeit: Die langen Arbeitsstunden und das ewige Aufeinanderhocken zehrten allmählich an ihrer Geduld und ihrem Frohmut. Es verging kein Tag mehr, ohne dass es zu irgendwelchen Reibereien zwischen ihnen kam. Dass Wanda just in diesen Wochen zu zahnen begann und ausgiebig vor sich hinjammerte, half nicht gerade, die Situation zu entspannen. An diesem Sonntag war es besonders schlimm. Wanda weinte, jammerte oder schrie lauthals, während Ruth ihr mit einem seligen Lächeln Salbeitee eingeflößte. Sie schien wieder einmal über allem zu stehen.

Immer öfter warf Marie den beiden von ihrem Bolg aus einen schrägen Blick zu. Sie spürte, wie sich ihre Wangenknochen verkrampften. Ruhe! Sie wollte doch nichts anderes als ihre Ruhe haben.

Nachdem weder der Tee noch gute Worte das Kind beruhigen konnten, sagte Ruth: »Wahrscheinlich stört sie der Geruch der Bittersalzlösung.« Ihr Blick war dabei so vorwurfsvoll, als hätte Marie die neue Verschönerungstechnik nur erfunden, um Wanda damit zu ärgern. Ein Teil der Christbaumkugeln wurde in ein Gemisch aus Dextrin und Bittersalz getaucht und musste dann an einem kühlen Ort trocknen. Der Effekt war verblüffend: Die Kristalle, die sich aus dem Salz entwickelten, wirkten wie eine feine Eisschicht. Mister Woolworth hatten es diese Kugeln besonders angetan.

»Dann stell die Wanne doch zur Seite! Es zwingt dich keiner, mit Wanda direkt neben der Lösung zu sitzen«, erwiderte Marie unwillig.

Als Ruth das Kind zu seinem Mittagschlaf nach oben in die Kammer trug, atmeten Marie und Johanna erleichtert auf.

»Lange hätte ich das nicht mehr ausgehalten. Wie soll sich ein Mensch bei diesem Geschrei auf seine Arbeit konzentrieren!« Marie griff nach einem Rohling und begann, ihn über der Flamme zu erhitzen.

»So ist das halt mit einem Säugling. Glaub nicht, dass du weniger geschrieen hast. Und Vater ist trotzdem seiner Arbeit nachgegangen«, erwiderte Johanna altklug.

»Vater! Ich bin nicht Vater!« Der Rohling begann orangerot zu glühen und Marie nahm ihn aus der Flamme. Vorsichtig setzte sie das kühle Ende an die Lippen und hauchte ihm Leben ein. Obwohl sie nun schon Hunderte von Kugeln geblasen hatte, war der Moment, in dem sich der Rohling zu blähen und Form anzunehmen begann, jedes Mal ein Ereignis für sie. Einen Augenblick lang vergaß sie Wandas Geschrei und konzentrierte sich nur auf das Blasen und die Drehbewegung, die sie im selben Moment mit der Kugel ausführte. Erst, als diese exakt dieselbe Größe hatte wie alle anderen, die darauf warteten, von Johanna versilbert zu werden, setzte Marie sie von ihren Lippen ab. Mit einem gekonnten Kniff schloss sie den Spieß mittels der Zange zu einem kleinen Haken, an dem man die Kugel später aufhängen konnte. Nach einem letzten prüfenden Blick legte sie das fertige Teil zur Seite. Sie lächelte.

»Es tanzt ein kleines Männchen, hier am seidnen Bändchen, macht einen großen Purzelbaum …«, klang Ruths Singsang von oben zu ihnen herunter.

Marie verdrehte die Augen.

»Jetzt ist die Kleine einmal still, nun fängt Ruth an, Lärm zu machen! Ihre gute Laune ist ja fast schon krankhaft. In diesen Briefen, die sie ständig mit sich herumträgt und bei jeder unpassenden Gelegenheit liest, müssen ja wahrhaft tolle Dinge stehen! Oder wie sollte man sich sonst ihr ewiges Lächeln erklären?«

»Du bist vielleicht empfindlich!« Johannas schüttelte tadelnd den Kopf. »Freu dich doch, dass es ihr gut geht. Nach allem, was sie hat durchmachen müssen.«

»Ich kann's nicht mehr hören!«, brach es da aus Marie heraus. »Ich habe es allmählich satt, immer Rücksicht auf sie oder sonst jemanden nehmen zu müssen. In diesem Haus gilt jeder mehr als ich! Dass ich die Hauptlast bei diesem Auftrag zu leisten habe, interessiert euch nicht. Seit Wochen bekomme ich täglich nicht mehr als vier Stunden Schlaf! Aber auf mich braucht man ja keine Rücksicht zu nehmen! *Ich* habe ja schließlich *nichts Schlimmes* durchgemacht.« Ihre Stimme triefte vor Ironie. Marie wusste, dass sie ein wenig ungerecht war, aber sie konnte gegen die Flut ihrer Worte nicht ankämpfen.

Unbemerkt hatte Ruth den Raum wieder betreten.

»Was meckerst du schon wieder herum wie eine alte Ziege?« Sie ging zu Marie an den Bolg und wollte ihre Hand auf deren Arm legen. Unwirsch fegte Marie sie weg.

»Am besten setzt du dich zu mir«, winkte Johanna Ruth zu sich. »Und verhalte dich ja still! Unsere ›Künstlerin‹ fühlt sich nämlich durch unser Geplapper gestört.«

Giftig schaute Marie beide an. Das sah Johanna ähnlich, Ruths Partei zu ergreifen!

»Ich wäre euch wirklich sehr dankbar, wenn ich wenigstens für kurze Zeit ungestört arbeiten könnte. Es reicht ja wohl, dass mir Eva tagein, tagaus die Ohren voll plappert.«

»Du wirst mich ja wohl nicht mit dieser dummen Kuh vergleichen wollen!«, erwiderte Ruth scharf.

»Alte Ziege, dumme Kuh – falls du es noch nicht gemerkt hast: Wir sind hier in einer Künstlerwerkstatt und nicht auf einem Bauernhof!« Marie zitterte vor Wut. Dass sie so heftig reagierte, war eigentlich nicht ihre Art. Sie war immer die Stillste von ihnen gewesen, diejenige, die bei jeder Auseinandersetzung schnell den Kürzeren gezogen hatte. Vielleicht war es der Mangel an Schlaf, der sie dazu trieb, diesen Streit vom Zaun zu brechen.

Ruth schien einen Moment lang sprachlos zu sein. Ein kleiner Teufel trieb Marie in diesem Moment dazu, noch einen drauf zu setzen.

»Oder ist es vielleicht so, dass deine ›geheimnisvollen‹ Briefe dich zu solchen Vergleichen anleiten? Hat die womöglich ein blöder Esel geschrieben?« Feixend legte sie beide Hände an ihren Kopf und imitierte damit Eselsohren.

Ruth war so schnell um den Tisch herum gerannt, dass er zu wackeln begann.

»Du …«

Das Klirren von aneinander schlagendem Glas hätte sie eigentlich warnen sollen. Doch Marie war gereizt und Ruth in Rage. Mit einem Satz war sie bei ihrer Schwester und packte diese am Arm.

»Das nimmst du zurück. Auf der Stelle!«, spie sie Marie entgegen.

»Ich denke nicht daran«, schrie Marie zurück und riss ihren Arm ruckartig zurück. Reflexartig achtete sie dabei zwar noch darauf, nicht an die Gasleitung zu kommen, doch an die

Wanne mit der Dextrin-Bittersalzlösung, die Ruth zuvor hinter ihr abgestellt hatte, dachte sie nicht.

»Achtung!«, schrie Johanna.

Marie hörte hinter sich ein schepperndes Geräusch. Im selben Moment kippte die Blechwanne um.

Sprachlos vor Schreck schauten die drei Frauen zu, wie sich die ganze Flüssigkeit über einen Stapel Kartons ergoss, der neben der Wanne stand.

Johanna fasste sich als Erste wieder, rannte in die Küche und kam mit zwei Wischlappen zurück. Vergeblich versuchte sie, die Flüssigkeit aufzunehmen, denn diese hatte längst die dünnwandigen Kartons durchdrängt und ungefähr dreihundert fertig verpackte Christbaumkugeln mit einer Schicht aus Eiskristallen überzogen.

*

»Mir ist kalt.« Ruth rieb sich die Hände und schob sie unter ihre Rockfalten. Ihre Augen waren verheult, ihre ganze Miene ein einziger Vorwurf.

Auch Johannas Augen waren rot gerändert. Schwerfällig raffte sie sich von ihrem Stuhl auf.

»Mir auch. Ich mache die Fenster jetzt wieder zu! Die ganze Lüfterei nutzt ja eh nichts. Erstunken ist noch keiner, erfroren dafür schon viele!«

Nach dem Unfall hatten sie die Fenster sperrangelweit aufgerissenen. Doch statt dass sich die stinkenden Dämpfe verflüchtigt hatten, war der kalte Herbstnebel ins Haus gekommen. Johanna rieb sich die Stirn und stöhnte.

»Mir platzt immer noch fast der Schädel von dem Gestank! Und die Knochen tun mir auch weh.«

»Und jetzt?« Ruths Frage war nicht mehr als ein Flüstern.

»Ich weiß es nicht!«, gab Johanna ratlos zu. »Zweihundertzehn Kugeln völlig unbrauchbar, über hundert weitere befleckt, die ganze Wanne mit dem teuren Salzbad ausgelaufen, der Fußboden durchtränkt. Dazu der Gestank …« Sie schüttelte den Kopf. »Wenn's nicht so schrecklich wäre, würde ich die ganze Sache glatt komisch finden!« Sie schluckte hart. Am liebsten wäre sie wie Marie einfach nach oben gerannt und hätte sich in einer Ecke vergraben. Aber wäre damit jemandem geholfen?

»Über dreihundert Kugeln für die Katz'! Und das alles so kurz vor Abschluss unseres Auftrags. Ich weiß nicht, ob ich heulen will oder lieber mit den Zähnen knirschen! Wie sollen wir jemals diesen Arbeitsrückstand einholen? Wo wir sowieso schon unter unserem Soll lagen!«, rief sie verzweifelt aus.

Ruths Blick war ebenfalls ratlos. »Wenn wir den Auftrag nicht schaffen …, dann sind wir verloren. Wir bekommen nie mehr einen neuen Auftrag!«

»So weit ist es ja noch nicht«, antwortete Johanna mit mehr Überzeugung, als sie in diesem Moment fühlte.

»Im schlimmsten Falle liefern wir halt keine sechstausend Kugeln, sondern fünfhundert Stück weniger. Ruth!« Sie griff nach Ruths Arm. »Jetzt heul doch nicht!« Doch auch hinter ihren Augen drückte es verdächtig.

»Ich werde vor Steven Miles dastehen wie eine Schwätzerin, auf deren Wort man nichts geben kann! Und Mister Woolworth wird es bereuen, je mit uns einen Vertrag geschlossen zu haben! Ich habe Stevens Worte noch so deutlich im Ohr: *Wenn Mister Woolworth etwas hasst, dann sind es Vertragsbrüche!*« Ruth hielt sich beide Hände vor das Gesicht und schluchzte laut.

Johanna rutschte hilflos auf ihrem Stuhl nach vorn.

»Jetzt beruhige dich doch wieder! Noch ist nichts verloren.«

Ruth warf einen hasserfüllten Blick zur Tür.

»Und alles wegen ihr! Sie ist schließlich schuld an der ganzen Misere! Wenn sie die Wanne nicht umgeworfen hätte …«

»Jetzt mach aber halblang! Wenn ich mich richtig erinnere, warst du auch nicht ganz unbeteiligt an dem Unfall!«, giftete Johanna zurück. »So einen Aufstand zu machen wegen dem bisschen Neckerei. Du bist doch sonst nicht so empfindlich! Und dann deine ewige Geheimnistuerei wegen dieser Briefe! Warum dürfen wir die nicht lesen, wenn dieser Steven – wie du behauptest – nur über unseren Auftrag schreibt? So wie du dich aufführst, könnte man meinen, zwischen dir und diesem Mister Miles hätte sich mehr abgespielt.« Der Gedanke kam Johanna nicht zum ersten Mal, nur hatte sie ihn bisher für zu abwegig gehalten, als dass es sich gelohnt hätte, ihn auszusprechen. Doch als sie nun bemerkte, wie Ruth trotzig zur Seite blickte, kam ihr plötzlich gar nichts mehr abwegig vor.

»O nein!« Johanna stöhnte auf. »Du hast dich in diesen Amerikaner verliebt – Ruth, bitte sag, dass das nicht wahr ist!« Der Drang, aufzustehen und so zu tun, als hätte dieses Gespräch gar nicht stattgefunden, wurde fast übermächtig. Nicht noch mehr Komplikationen!

»Ich weiß nicht, ob ich in Steven verliebt bin.« Ruth schaute ihre Schwester plötzlich verlegen an. »Manchmal denke ich, ich bin es«, sagte sie dann mit einer Selbstverständlichkeit, als würden sie sich regelmäßig über dieses Thema unterhalten.

»Aber dann wieder denke ich, dass das gar nicht sein kann! Wo ich den Mann doch nur ein einziges Mal gesehen habe.«

Einen Moment lang schöpfte Johanna Hoffnung. Liebe auf den ersten Blick – das gab es doch nur im Märchen. Das wusste jedes Kind!

»Damals, als ich in Thomas verliebt war, hatte ich das Gefühl, als wanderten tausend Ameisen durch meinen Bauch. Er musste mich nur anschauen und mir wurde heiß und kalt. Ha! Wenn ich daran denke, dass es eine Zeit gegeben hat, in der ich es nicht erwarten konnte, von ihm geküsst zu werden! Das hat sich allerdings schnell geändert.« Ruth lachte bitter.

»Bei Steven ist das anders.« Ihre Stimme wurde weich. »Ich fühle mich ihm verbunden, auch ohne dass er mich berührt. Dabei ist er so höflich und zuvorkommend, dass ich manchmal das Gefühl habe, er könne Gedanken lesen! Zum Beispiel hat er den Kellner angewiesen, das Fenster weiter aufzumachen, bevor ich überhaupt sagen konnte, dass mir die Luft zu stickig war. Und dann hat er mir nach dem Essen einen Kaffee bestellt. Dabei konnte er doch gar nicht wissen, was für eine Kaffeetante ich bin!« Ruths Augen glänzten. »Und seine Briefe! Er kann so schön erzählen, dass ich das Gefühl habe, ihn schon richtig gut zu kennen. Ich kann nur hoffen, dass ich mich mit meiner Kritzelei nicht lächerlich mache. Du weißt doch – Lesen und Schreiben waren noch nie meine Stärken.«

Mit jedem ihrer Sätze rutschte Johannas Herz ein Stück tiefer. Ihre Schwester hatte es schlimmer erwischt, als sie selbst es ahnte. Sie hatte das Gefühl, irgendetwas sagen zu müssen, was die ganze Angelegenheit wieder ins rechte Licht rücken würde. Aber ihr wollte nichts einfallen. *Ohne dass er mich berührt* – wenigstens war es nicht bis zum Schlimmsten gekommen!

Unvermittelt langte Ruth über den Tisch nach Johannas Hand.

»Ich bin so froh, endlich über alles reden zu können! Vielleicht hätte ich das schon längst tun sollen. Aber …« Sie zuckte mit den Schultern. »Irgendwie ist das alles so persönlich.« Sie lächelte wieder ihr seliges Lächeln. »Vielleicht würde Steven gar nicht wollen, dass ich so über ihn rede. Vertrauen gegen Vertrauen, weißt du?«

Johanna nickte stumm, und Ruth war zufrieden damit.

»Er selbst ist ja so ein guter Zuhörer! Dass man sich mit einem Mann so gut unterhalten kann, hätte ich nie gedacht.

Ein bisschen ist er sogar wie Peter, nur nicht so … alltäglich. Er …« Sie brach ab. »Ach, ich kann das nicht erklären. Jedenfalls habe ich mich noch nie bei einem anderen Menschen so geborgen gefühlt.« Sie seufzte.

»Bei Thomas war ich mir manchmal nicht sicher, ob seine Komplimente ehrlich gemeint waren, denn eigentlich liefen sie immer auf das Eine hinaus. Steven hingegen glaube ich jedes Wort. Obwohl …« Ruth lachte verlegen. Eine zarte Röte huschte über ihre Wangen.

»Ich frage mich schon, was er als Geschäftsmann von Welt an mir findet.«

Johanna konnte nicht länger still zuhören.

»Du und deine Schwärmerei!«, unterbrach sie ihre Schwester barsch. »Es ist noch gar nicht lange her, da hast du für Thomas so geschwärmt! Und schau, was daraus geworden ist! Denk doch einmal für einen Moment nach! Du bist verheiratet und hast ein Kind. Du lebst hier im Thüringer Wald, während dieser Miles in New York zu Hause ist. Dazwischen liegen doch Welten! Selbst wenn er etwas für dich empfinden würde – was sollte jemals daraus werden?« Johannas Wunsch, Ruth an den Schultern zu packen und zu schütteln, wurde immer größer.

»Das weiß ich auch nicht!«, rief Ruth verzweifelt. »Und daran will ich auch gar nicht denken! Ich weiß nur, dass ich es kaum erwarten kann, ihn wieder zu sehen, wenn er unsere Ware in Sonneberg abholt. Deshalb darf mit unserem Auftrag ja auch nichts schief gehen! Der Gedanke ist mir unerträglich.«

»Dann haben wir zumindest das gemeinsam«, sagte Johanna trocken.

Ruths Blick verlor sich in dem halbdunklen Raum.

»Wenn Steven nicht nach Sonneberg kommen würde – würde ich zu ihm nach Hamburg reisen!«

»Du und Hamburg – dass ich nicht lache! Wo du dich doch kaum traust, nach Sonneberg zu fahren!«, spottete Johanna.

»Du bist gemein! Genau wie Marie, die mir mein Glück auch nicht gönnt.« Einen Moment lang sah es so aus, als ob Ruth erneut anfangen würde, zu weinen. Doch dann schüttelte sie den Kopf.

»Aber vielleicht könnt ihr gar nicht anders reden. Weil ihr nämlich die wahre Liebe nicht kennt.« Sie schloss die Augen. »Die wahre Liebe ist viel stärker als wir Menschen. Sie nimmt uns die Angst vor dem Morgen.«

Romantisches Geschwätz! Ruth hatte anscheinend zu viel in der *Gartenlaube* gelesen. Plötzlich hatte Johanna keine Lust mehr, das Gespräch fortzusetzen. Mit einem Ruck schob sie ihren Stuhl weg und stand auf. Es war schon spät in der Nacht.

In der Küche war es kalt, und das ganze Haus stank immer noch nach der ausgelaufenen Salzbrühe. Morgen würde sie zu Peter gehen müssen und ihm eröffnen, dass sie ohne seine Hilfe den Auftrag nicht fertig brächten. Womöglich würde sie außerdem der Künstlerin gut zureden müssen, damit diese sich überhaupt wieder an den Bolg setzte! Nein, das Letzte, was Johanna jetzt brauchte, waren Ruths schmachtende Blicke und verliebte Reden!

Obwohl Johanna todmüde war, wusste sie schon jetzt, dass sie nicht würde schlafen können. Nicht nach diesen Neuigkeiten.

23

Pünktlich um acht Uhr am Morgen des 29. September hielten zwei Kaltblüter unter vielem Schnauben und Mähneschütteln vor dem Steinmann-Haus. Sie und das Fuhrwerk, das sie zogen, gehörten einem Bauern aus dem Nachbardorf, der seine Kasse mit Fuhren für die Lauschaer Glasmacher aufbesserte. Zweifelnd schaute er sich um, während er die hintere Transportklappe öffnete. Hier hatte er noch nie etwas abgeholt. Doch die Frage, ob er hier überhaupt richtig war, wurde ihm schon im nächsten Moment beantwortet: Die drei Schwestern traten aus dem Haus und jede balancierte einen Stapel Kartons vor sich her. Weder Peter noch Magnus ließen es sich nehmen, beim Beladen zu helfen, so dass der Bauer nur daneben stehen musste und sogar Zeit zum Pfeife stopfen hatte.

Immer mehr Kartons verschwanden in dem bauchigen Inneren des Fuhrwerks. Am Ende türmte sich die Fracht fast zwei Meter hoch über den hölzernen Rand. Mit Argusaugen beobachteten die jungen Frauen, wie der Bauer und Magnus die Kartons mit Stricken fest zurrten. Schließlich war alles sicher vertäut.

»Geschafft!« Johanna stieß laut Luft aus. »Jetzt können wir uns wenigstens wieder im Haus bewegen, ohne dass bei jedem Schritt Glas klirrt.«

»Sieht aus wie jede x-beliebige Fuhre Glaswaren, oder?« Irgendwie konnte Marie immer noch nicht glauben, dass dieser riesige Berg beigefarbener Kartons in ihrem Haus gefüllt worden war.

»Stimmt! Von außen deutet wirklich nichts auf den ganzen Glitzer und Glimmer hin«, antwortete Johanna.

Ruth, die ins staubige Küchenfenster gestarrt hatte, drehte sich um.

»Sei doch froh darüber! Es braucht doch niemand zu wissen, was wir hier transportieren. Am Ende werde ich noch überfallen«, murmelte sie vor sich hin, dann widmete sie sich wieder ihrem trüben Spiegelbild. Begleitet von missbilligenden Seufzern zupfte sie hier eine Locke zurecht, schob da eine Haarsträhne hinters Ohr, oder strich sich mit angefeuchtetem Zeigefinger über ihre Brauen.

Johanna und Marie tauschten vielsagende Blicke. Seit sie

aufgestanden war, hatte Ruth mehr Zeit vor dem Spiegel als anderswo verbracht. Selbst Wanda erhielt nicht die gewohnte Aufmerksamkeit. Die Kleine lag in ihrem Wagen und nörgelte vor sich hin.

»Pass nur ja gut auf die Papiere auf«, beschwor Johanna Ruth nicht zum ersten Mal an diesem Tag. »Auf den Listen ist fein säuberlich aufgeführt, wie viele Teile von welcher Art Baumschmuck geliefert werden. Ohne diese Informationen können die in Hamburg keine Ausfuhrpapiere erstellen. Einmal bei Strobel, da hatten wir ...«

»Johanna, das weiß ich doch längst alles! Pass du lieber gut auf Wanda auf.« Ruths Augen glänzten wie polierter Schiefer. »Sei unbesorgt. Ich weiß schon, was ich zu tun habe.«

Johanna schnaubte. »Da bin ich mir nicht so sicher«, sagte sie und fügte leiser hinzu: »Dass du mir ja keine Dummheiten machst, wenn du diesen Steven ...«

»Johanna, bitte, fang nicht wieder damit an!«, murmelte Ruth. Abrupt wandte sie sich ab und warf ihrer Tochter, die den ganzen Trubel mit einem skeptischem Blick verfolgte, eine letzte Kusshand zu.

»Bis heute Abend, kleine Wanda! Wenn du lieb warst, bringt Mama dir ein Geschenk mit.«

Sie war schon halb auf dem Kutschbock, als sie es sich noch einmal anders überlegte und abstieg.

»Wo hängt's denn nun schon wieder? Weibsbilder!«, brummte der Bauer, auf den nach seiner Rückkehr aus Sonneberg noch ein ganzes Tagwerk wartete.

Ruth drückte Marie an sich. »Siehst du, jetzt haben's wir doch geschafft. Wir drei Steinmänner lassen uns halt nicht unterkriegen, nicht wahr?«

Marie erwiderte ihre Umarmung. »Mach's gut in Sonneberg!«

Mit quietschenden Rädern setzte sich das Gefährt schließlich in Bewegung. Wanda begann zu weinen. Johanna schaukelte den Kinderwagen auf und ab, ohne ihre Augen von dem Fuhrwerk zu nehmen. Peter gesellte sich zu ihr, und sie ließ es zu, dass er seinen Arm um ihre Schulter legte.

Marie stand ein wenig abseits. Nun war es so weit. Tausende von versilberten Tannenzapfen, Nüssen, bemalten und verspiegelten Kugeln traten den weiten Weg nach Amerika an. All das, was in den letzten Monaten ihr Dasein ausgemacht hatte, verschwand für immer aus ihrem Leben. Am liebsten wäre sie mit nach Sonneberg gefahren! Als sie die Sprache darauf gebracht hatte, war zumindest Johanna nicht abgeneigt gewesen und hatte ihrerseits vorgeschlagen, dass sie dann auch Peter mitnehmen könnten. Doch Ruth hatte von all dem nichts hören wollen, sondern vehement darauf bestanden, ohne Begleitung nach Sonneberg zu fahren. Fast hätten sie sich deswegen erneut gestritten. Doch dann hatte Johanna Marie zur Seite genommen und ihr in knappen Worten Ruths Beweggründe erklärt.

»Lass sie diesen Steven noch einmal treffen. Vielleicht erkennt sie dann, dass sie wilden Träumen hinterherrennt. Dafür machen wir uns mit Peter einen schönen, freien Tag«, hatte sie noch angefügt. Doch Marie hatte abgewunken. Wenn sie schon nicht nach Sonneberg fahren konnte, wollte sie einfach nur ihre Ruhe haben.

»Ein komisches Gefühl ist das schon – zu wissen, dass die ganze Hektik mit einem Schlag vorbei ist«, sagte Johanna lächelnd.

Peter seufzte. »Das sieht dir wieder einmal ähnlich. Statt froh zu sein, wirst du hier draußen trübsinnig!« Er grinste tadelnd. »Ich glaube, es ist das Beste, du kommst gleich mit zu mir. Oder hast du vergessen, dass du versprochen hast, heute zur Abwechslung einmal mir zu helfen?«

Ehe Johanna etwas einwenden konnte, hatte er sich Wanda samt Kinderwagen geschnappt und schob diesen in Richtung seines Hauses. »Was ist, willst du hier draußen Wurzeln schlagen?«, rief er Johanna über die Schulter zu, ohne sich nochmals umzudrehen.

Johanna schaute zu Marie.

Die beeilte sich, ihrer Schwester aufmunternd zuzunicken. Und dann waren nur noch sie und Magnus übrig. Verloren scharrte dieser mit seiner rechten Fußspitze im harten Boden.

Plötzlich fröstelte es Marie. In der ganzen Aufregung hatte sie es am Morgen versäumt, sich eine Jacke überzuziehen, dabei war der erste Frost schon vor ein paar Tagen gekommen. Nun würde es nicht mehr lange dauern bis die Bäume ihr buntes Blätterkleid ablegten. Im Gegensatz zu den meisten Menschen freute sich Marie auf die Nacktheit der Bäume. Wenn sich deren scharfe Umrisse dunkel vor dem Hintergrund des farblosen Winterlichts abhoben, lenkte nichts mehr ihren Blick von den filigranen Verästelungen ab.

Sie schlang die Arme um ihren Leib. »Was meinst du – könnte man nicht auch die Jahreszeiten auf Christbaumkugeln bannen?«

»Die Jahreszeiten auf Kugeln?« Magnus stutzte.

»Ja, das würde einen Vierersatz Kugeln ergeben, von denen jede für eine Jahreszeit stünde.« Noch während sie sprach, begannen die Kugeln bereits vor Maries innerem Auge Gestalt anzunehmen: Die Frühjahrskugel würde sie über und über mit gelben Schlüsselblumen bemalen. Die Sommerkugel – vielleicht mit einer Sonne darauf? Nein, dann hätten zwei Kugeln als Hauptfarbe Gelb. Also die Frühjahrskugel mit büscheligen Maiglöckchen. Die Herbstkugel würde auf alle Fälle bunte Blätter in allen Schattierungen tragen. Und die für den Winter – das war ja sowieso klar.

»Warum ist mir diese Idee nicht vorher gekommen!« Wütend stapfte sie mit ihrem Fuß auf.

»Wo liegt das Problem?«, fragte Magnus. »Dann malst du solche Kugeln halt für euren nächsten Auftrag.«

»Wenn überhaupt einer kommt! Noch wissen wir ja gar nicht, ob irgendjemand in Amerika die Dinger haben will.«

»Du bist fast so eine schlimme Unke wie meine Mutter! Das hätte ich von dir Künstlerin gar nicht angenommen.«

Marie errötete. Um vom Thema abzulenken, fragte sie: »Wo ist Griseldis eigentlich? Ich hätte gedacht, dass sie es sich nicht nehmen lässt, heute morgen mit uns hier draußen zu stehen – wo ihr beide uns in den letzten Wochen doch Abend für Abend geholfen habt.«

Magnus verzog den Mund. »Der alte Heimer hat mal wieder Arbeit für sie. Er besteht darauf, dass sie heute noch das Lager putzt, weil Montag früh neue Ware hinein soll.«

»Heute? Am Samstag?«

Er nickte missmutig. »Wenn sie wenigstens eine Mark Lohn für ihre ständigen Extraarbeiten sehen würde! Aber der Alte nutzt sie nur nach Strich und Faden aus.«

»Du meinst, sie bekommt die vielen Stunden gar nicht bezahlt?« Marie runzelte die Stirn. Griseldis war immer die Letzte, die abends die Heimersche Werkstatt verließ. Seit die Haushälterin Edeltraud gestorben war, verging kaum ein Tag, an dem sie von Wilhelm Heimer nicht zusätzliche Arbeit aufgetragen bekam. Seltsamerweise machte er das weder mit Marie noch mit Sarah, der Schnecke.

Magnus lachte bitter. »Genau das meine ich. Und trotzdem würde meine Mutter dem Kerl am liebsten jeden Tag auf Knien dafür danken, dass sie bei ihm arbeiten darf!«

Marie hatte das Gefühl, etwas zu Griseldis' Verteidigung sagen zu müssen.

»Deine Mutter ist halt eine gute Seele und immer hilfsbereit, auch uns gegenüber. Wenn ich daran zurückdenke, wie sie uns nach dem Tod unseres Vaters zur Seite gestanden hat … Von den letzten Wochen ganz zu schweigen!«

»Das war doch Ehrensache! Deshalb war meine Mutter auch so überrascht, als Johanna darauf bestand, uns für die paar Stunden Arbeit zu bezahlen. Davon abgesehen, dass wir das Geld gut brauchen können, hätten wir euch auch ohne Bezahlung geholfen.«

Magnus war mindestens ebenso gutmütig wie seine Mutter, dachte Marie gerührt.

»Ohne eure paar Stunden – wie du es nennst – hätten wir die ganze Lieferung nie und nimmer bis heute fertig bekommen!«

Er winkte ab. »Verdammt kalt für Ende September. Es wird mal wieder einen harten Winter geben. Was ist – hast du Lust auf einen heißen Tee? Ich könnte welchen kochen. Mutter hat außerdem gestern Apfelkuchen gebacken.«

Marie zögerte kurz. »Warum eigentlich nicht!« Seufzend zuckte sie mit den Schultern. »Vielleicht gewöhne ich mich dann besser daran, dass ich ab heute nichts Zusätzliches mehr zu tun habe.«

Sie waren schon auf halbem Weg zu Griseldis' Haus, als Marie plötzlich stehen blieb.

»Was ist? Hast du's dir anders überlegt?«

Marie biss sich auf die Lippen.

»Eigentlich ärgere ich mich schon ein bisschen darüber, dass ich nicht mit nach Sonneberg gefahren bin. Das wäre eine seltene Gelegenheit für einen Stadtbummel gewesen.«

»Ein Stadtbummel, bei dem du gleich einen Teil eures Verdienstes unter die Sonneberger Händler hättest bringen können?«, grinste Magnus.

Marie schüttelte den Kopf. »Für den Auftrag haben wir doch noch gar nichts bekommen. Aber für das, was mir im Kopf herumschwirrt, hätte ich meinen ganzen mühsam gefüllten Sparstrumpf hergegeben! Nun ja, ein anderes Mal vielleicht …« Ihre Stimme verriet nichts von der Sehnsucht, die sie in sich trug.

Verlegen trat Magnus von einem Bein aufs andere. Ohne Marie dabei anzuschauen, fragte er schließlich: »Wenn du so gern nach Sonneberg willst – warum gehen wir beide dann nicht? Wenn dich das Geld für die Bahn reut, können wir auch laufen. Und wer weiß? Womöglich haben wir Glück und es nimmt uns jemand ein Stück mit.« Mit jedem Wort wuchs Magnus' Begeisterung.

Maries Empfindungen waren eher zwiespältig. Ob Magnus der richtige Begleiter für ihr Unternehmen war?

»Ich weiß nicht so recht – ich müsste erst Johanna Bescheid sagen. Eigentlich war ausgemacht, dass ich auch einen halben Tag auf Wanda acht gebe.«

»Wenn du willst, rede ich mit Johanna. Ich bin mir sicher, dass sie dir einen Ausflug gönnen wird«, bot Magnus ihr an. »Soll ich?«

Marie hielt ihn am Ärmel fest. »Warte! Da ist noch was: Was ist, wenn wir Ruth über den Weg laufen? Am Ende denkt sie noch, ich würde es ihr nicht zutrauen, die Ware sicher zu übergeben! Das wäre mir wirklich sehr unangenehm.«

»So klein ist Sonneberg auch nicht, dass man ständig übereinander stolpert«, erwiderte Magnus. Seine Stimme klang enttäuscht.

»Wenn du keine Lust hast, mit mir zu gehen, lassen wir es einfach, in Ordnung?«

»Das ist es nicht«, beeilte sich Marie zu sagen. Sie lachte verlegen. »Aber es gibt noch etwas … Schau mich doch an – so kann ich unmöglich in die Stadt gehen!« Sie zeigte auf ihre Beinkleider.

Eines Tages hatte sie angefangen, zu Hause Joosts alte Hosen zu tragen, weil diese sich nicht wie ein Rock in der Gasleitung verhedderten. Schon bald hatte sie festgestellt, dass Hosen grundsätzlich praktischer waren als Frauenkleider, man war in Windeseile angezogen und hatte mehr Zeit für wichtigere Dinge. Johanna und Ruth schrieen zwar jeden Tag Zeter und Mordio angesichts der alten Lumpen, dennoch hatte Marie ihre neue Angewohnheit beibehalten.

»Wenn ich's mir recht überlege, habe ich gar nichts Gutes zum Anziehen«, fügte sie noch hinzu.

Magnus verschränkte seine Arme vor der Brust. Seine Mundwinkel verzogen sich zu einem spöttischen Grinsen.

»Marie Steinmann – kann es sein, dass du ein wenig Angst vor deiner eigenen Courage hast?«

24

Sie waren noch keine halbe Stunde gelaufen, als ein Fuhrwerk neben ihnen hielt und sie für ein paar Kreuzer Fahrgeld mitnahm. Als sie in Sonneberg ankamen, war es noch nicht einmal elf Uhr. Während der Fahrt hatte Magnus alles Mögliche vorgeschlagen, was sie unternehmen konnten. Schließlich war Marie mit ihrem Wunsch herausgerückt. Magnus hatte dabei nicht einmal mit der Wimper gezuckt.

Und so marschierten sie zielstrebig vom Marktplatz aus in eine schmale Nebengasse. Schon von weitem sah Marie das Schild: »Alte und neue Bücher«, und darunter in kleineren Lettern: »An- und Verkauf, Alois Sawatzky«. Ihr Herz klopfte.

»Was ist, wenn er nichts von der Art hat?«, flüsterte sie.

»Das werden wir gleich herausfinden.« Schwungvoll drückte Magnus die Türklinke nach unten. Eine schrille Ladenglocke ließ Marie zusammenschrecken. Zögerlich betrat sie hinter Magnus den Laden.

Drinnen war es nicht sonderlich hell. Maries Auge musste sich erst an die veränderten Lichtverhältnisse gewöhnen. Auch der Geruch war gewöhnungsbedürftig: alt und muffig, vielleicht auch ein wenig säuerlich. Dass Bücher so unangenehm riechen konnten, hätte sie nicht gedacht.

»Ist jemand da? Herr … Sawatzky? Hallo!«, rief Magnus.

Marie staunte. Wohin sie schaute, sah sie hoch aufgetürmte Stapel von Büchern. Selbst die Fenster waren voll gestellt, so dass das Tageslicht nur noch durch schmale Ritzen eindringen konnte.

»Und wir haben uns über die paar Kartons im Haus beklagt«, murmelte sie vor sich hin.

»Guten Tag, die Herrschaften. Womit kann ich dienen?«

Marie entdeckte im Halbdunkeln einen Mann, der zwischen den Bücherstapeln stand.

»Wir sind auf der Suche nach einigen Büchern«, antwortete Magnus. »Meine Begleiterin kann Ihnen dazu mehr sagen.« Er zeigte auf Marie.

Alois Sawatzky war viel jünger, als sie sich einen Buchhändler vorgestellt hatte. Einem alten Mann mit grauem Bart gegenüber wäre sie sich mit ihrer Bitte weniger albern vorgekommen.

»Ich bin auf der Suche nach Büchern über die Kunst.«

»Über die Kunst ...« Der Mann zwirbelte seinen Bart. »Und was im Besonderen?« Sein Blick wanderte an seiner lange Nase entlang und hielt irgendwo über Maries Kopf inne.

Marie atmete langsam aus. »Im Besonderen? Tja – was haben Sie denn so im Angebot?«

»Verehrtes Fräulein, mein Angebot ist so umfangreich, dass dafür Buchliebhaber aus der ganzen Umgebung, manche sogar den weiten Weg von Weimar bis hierher kommen. Sie sollten mir schon ein paar Anhaltspunkte geben. Sonst stehen wir morgen früh noch hier.« Er hüstelte.

»Es ist so ...«, wollte schon Magnus einspringen, als ihm ein Blick auf Marie klarmachte, dass sie mit diesem arroganten Kerl auch allein fertig wurde. Sie holte Luft und schob ihr Kinn nach oben.

»Was mich vor allem interessieren würde, wäre eine Abhandlung über die modernen Kunststile. Sozusagen alles, was *en mode* ist.« Sie warf ihm einen Blick zu, auf den Johanna stolz gewesen wäre. *En mode* – was der eingebildete Affe konnte, das konnte sie auch!

»Daneben wäre ich jedoch durchaus auch an Werken über das Althergebrachte interessiert. Die alten Meister und so.« Sie machte eine wegwerfende Handbewegung. »Und wenn Sie etwas über die Geschichte der Glasbläserei hätten – auch gut. Und dann – ich weiß natürlich nicht, ob so ein Buch je geschrieben wurde, aber etwas über die Technik des Zeichnens – eine Zeichenschule sozusagen – vor allem für Kohlezeichnungen, wäre mir ebenfalls von Nutzen. Falls es das Gleiche für die Verwendung von Farben gibt, umso besser! Davon abgesehen hätte ich auch Interesse an … Was ist?« Stirnrunzelnd hielt sie inne.

Die Augen des Mannes waren im Laufe ihrer Aufzählung immer größer geworden.

»Kann es sein, dass Ihr Angebot vielleicht doch nicht so umfangreich ist?« fragte sie mit einem leicht spöttischem Ton.

»Ganz im Gegenteil, verehrtes Fräulein.« Es hätte nicht viel gefehlt und er hätte sich vor ihr verbeugt.

»Ich bin mir sicher, dass sich einige Schätze in meinem Bestand finden lassen. Wenn Sie mir bitte folgen würden? Sie gestatten, dass ich vorausgehe?« Mit einladender Geste wies er in einen hinteren Teil des Ladens.

Marie warf ihm einen gnädigen Blick zu. Als er ihnen den Rücken zugewandt hatte, zwinkerte sie Magnus zu. Gemeinsam bahnten sie sich dann einen Weg durch die Bücherberge. Kurz darauf blieb der Mann stehen.

»So, da wären wir! Wenn das gnädige Fräulein einen unverbindlichen Blick auf das eine oder andere Werk werfen möchte?«

Er zeigte hinter sich. Maries gespielte Weltgewandtheit war dahin.

»Das alles sollen Kunstbücher sein?!«

Das Lächeln des Buchhändlers wurde breiter.

»Aber sicher doch! Oder kennen Sie ein Thema – die Liebe einmal ausgenommen –, über das mehr geschrieben wurde als über die Kunst?«

Als sie den Laden zwei Stunden später wieder verließen, glühten Maries Wangen. Auch sonst war ihr so heiß, als hätte sie Fieber, was nicht nur an der Tatsache lag, dass sie ihre gesamten Ersparnisse ausgegeben hatte. Am liebsten hätte sie Magnus' Einladung zu einem Glas Bier abgelehnt. Zum einen konnte sie es kaum erwarten, nach Hause zu kommen und die Schnüre der in dickes Papier verpackten Buchpakete aufzuschneiden. Zum anderen wusste sie nicht, ob Magnus sich solch einen Wirtshausbesuch überhaupt leisten konnte. Trotzdem willigte sie ein.

»Aber nur, wenn wir in dem Gasthaus nicht ausgerechnet Ruth über den Weg laufen!«, war ihre einzige Bedingung.

Während sie durch Sonneberg gingen, deutete Magnus eifrig auf dieses oder jenes Geschäft, und wusste zu allem und jedem etwas zu erzählen.

»Dafür, dass du erst seit so kurzer Zeit als Bote zwischen Lauscha und Sonneberg arbeitest, kennst du dich ziemlich gut aus«, wunderte sich Marie. »Wahrscheinlich hätte ich ohne dich nicht einmal zum Marktplatz zurückgefunden.«

Zielstrebig steuerte Magnus auf einen etwas abseits gelegenen Gasthof zu. Er lächelte. »Dann bin ich ja wenigstens zu etwas zu gebrauchen, oder?« Beim Hineingehen bestellte er zwei Gläser Bier und zwei Käsebrote.

Zuerst wollte Marie protestieren, doch dann spürte sie, dass die Suche nach der Kunst sie ziemlich hungrig gemacht hatte. Kaum stand der Teller mit dem Brot vor ihr – die Wirtin hatte noch eine Salzgurke dazu gelegt –, biss sie herzhaft von der Scheibe ab.

»Als Bote bekommt man viel mit, das stimmt schon«, setzte Magnus ihr Gespräch von zuvor fort. »Doch die Arbeit selbst ist weiß Gott nichts, worauf man stolz sein könnte. Du und dein handwerkliches Geschick, deine Fantasie und deine Kunst – das ist etwas! Weißt du, dass ich dich darum fast ein bisschen beneide?«

Marie lachte. »Ideen haben doch viele«, murmelte sie dann beinahe verlegen.

»Aber nicht so gute wie du! Viele Glasbläser haben noch gar keine Christbaumkugeln im Sortiment. Und die, die sie herstellen ... Du müsstest mal sehen, welch simple Kugeln sie machen. Ohne besondere Verzierungen, höchstens einmal innen verspiegelt, mehr nicht. Richtig langweilig sind die gegenüber deinen Kunstwerken!«

»Also, ich weiß nicht, ob ich dir das glauben soll!« Obwohl ihr Magnus' Worte wie Öl hinuntergingen, war ihr seine Bewunderung gleichzeitig peinlich.

»Kannst mir schon glauben! Ich trage schließlich die ganzen Musterstücke von hier nach da und wieder zurück. Aber lass uns nicht von den anderen reden!« Er beugte sich zu ihr über den Tisch.

»Willst du wissen, was ich noch an dir bewundere?« Ohne ihre Antwort abzuwarten, fuhr er fort: »Deine Zielstrebigkeit! Du bist dir in allem, was du machst, so sicher. Wenn du etwas ...«

»Ich und sicher?«, unterbrach Marie ihn. »Da täuscht du dich aber gewaltig. Sobald ich am Zeichenblock oder am Bolg sitze, überfallen mich Zweifel. Wird mir diese Form gelingen? Oder: Lässt sich mein Entwurf überhaupt in Glas umsetzen? frage ich mich dann.« Sie schüttelte den Kopf. »Die meiste Zeit leide ich richtiggehend unter meinen Zweifeln! Dann bin ich davon überzeugt, dass mein Können einfach nicht ausreicht. Wie sollte es das auch? Wo ich mir das bisschen, was ich kann, allein beigebracht habe.« Sie seufzte.

»Hast du dir denn nie überlegt, die Glasbläserschule in Lauscha zu besuchen?«

Sie stutzte. »Du meinst die Zeichen- und Modellierschule? Die ist doch nur für die Söhne der Glasbläser da! Nicht für deren Töchter!«

»Vielleicht würden sie dich trotzdem nehmen. Es heißt, die Schule wäre nicht gerade überlaufen …«

»Das ist ja das Gemeine!«, stimmte Marie ihm zu. »Entweder wollen die Burschen nichts dazu lernen, oder ihre Väter treiben sie gleich an den Bolg, kaum, dass sie mit der normalen Schule fertig sind!« Sie zuckte mit den Schultern.

»So oder so – für mich ist diese Schule nicht gedacht. Und was meine Zweifel angeht: Im Grunde genommen glaube ich sowieso, dass es in der Kunst gar keine Sicherheiten geben kann. Ach, ich weiß nicht …« Schon darüber zu reden, rief erneut die ganze Hilflosigkeit und Einsamkeit der vielen am Bolg verbrachten Nächte in ihr hoch.

Nicht einmal gegenüber Peter war sie je so offen gewesen. Schließlich war sie nur ein Weib, das sich einbildete, es den Herren der Schöpfung gleichtun zu können. Das den schwierigsten aller Werkstoffe verstehen, ja, ihn sogar beherrschen wollte.

»Deshalb die ganzen Bücher, nicht wahr?«

Marie lachte verlegen. »Über Christbaumkugeln wird zwar nichts darin stehen, aber ein paar brauchbare Informationen werden sich schon finden. Einen Versuch ist es wert, oder?«

Magnus dachte kurz nach.

»Mehr als das!«, antwortete er dann im Brustton der Überzeugung. »Vielleicht solltest du von nun an täglich eine gewisse Zeit mit deinen Büchern verbringen. Eine Art Eigenstudium sozusagen.«

Marie schaute ihn verblüfft an. »Genau das habe ich vor! Kannst du Gedanken lesen?«

Magnus grinste. »Vielleicht kann ich mich einfach nur gut in eine Künstlerseele hineindenken. Aber Spaß beiseite« – er griff nach ihrer Hand. »Wenn du meine ehrliche Meinung hören willst: Dafür, dass dir deine Kunst so wichtig ist, widmest du ihr einfach nicht genug Zeit.«

»Also, das kann man nun wirklich nicht behaupten!«, protestierte Marie, während sie ihm seine Hand entzog.

»Wer hat denn in den letzten Wochen Nacht für Nacht am Bolg gesessen und Glas geblasen? Das war doch wohl ich, oder?«

Magnus lächelte. »Genau das meine ich.« Und auf ihr Stirnrunzeln hin fügte er hinzu: »Du hast gearbeitet – zum Broterwerb. Nun solltest du dir Zeit gönnen, deine künstlerischen Fähigkeiten weiterzuentwickeln. Ich kann mir nicht vorstellen, dass die alten Meister wie Rembrandt oder Rubens zu solch berühmten Malern geworden wären, hätten sie Tag und Nacht mit Malen ihr Geld verdienen müssen.«

»Du vergisst zu erwähnen, dass es heißt, viele der alten Meister seien verhungert«, sagte Marie trocken. »Du vergisst außerdem, dass weder Ruth noch Johanna Arbeit haben ...«

Magnus nickte. »Ich weiß – auf deinen Schultern lastet viel. Dennoch – wann immer du nach der Arbeit bei Heimer ein bisschen Ruhe findest, solltest du dich in Entwürfen üben, in deinen Büchern lesen, die Bilder darin anschauen – ach, ich beneide dich um das, was vor dir liegt!«

Marie spürte, wie auch ihre Aufregung wuchs. Magnus hatte Recht! Er hatte ja so Recht! Sie konnte es kaum erwarten, ihre Studien wieder aufzunehmen, die brachlagen, seit Johanna und Ruth eingezogen waren. Trotzdem legte sie den Kopf schräg und schaute ihn kritisch an.

»So, wie du redest, könnte man meinen, dass du jeden Tag irgendwelche so genannten Künstler berätst. Woher willst du so genau wissen, was richtig für mich ist?«

Er zwinkerte ihr zu. »Hast du nicht vorhin gesagt, es gäbe keine Sicherheit in der Kunst? Ich weiß nur eines ganz bestimmt: In dir steckt viel mehr als dir bisher bewusst ist – du musst es nur herauslassen.«

Auf einmal brannten Tränen unter Maries Lidern und sie musste hart schlucken. »Das ist das erste Mal, dass jemand so viel Vertrauen in mich setzt«, flüsterte sie. »Du hast ja mitbekommen, wie die andern im Dorf über eine Glasbläserin denken.«

»Dass sich die Leute an etwas Neues erst gewöhnen müssen, ist doch verständlich«, erwiderte Magnus. »Du und deine Schwestern – ihr seid unserer Zeit halt ein gutes Stück voraus. Aber ich sage es dir: In ein paar Jahren wird es außer dir noch mehr Glasbläserinnen geben. Und wer weiß – vielleicht dürfen die dann auch auf die Glasbläserschule gehen.«

Marie seufzte. Magnus' Worte waren eine Wohltat. »Das wäre schön! Dann hätte endlich jemanden, mit dem ich über … all diese Dinge reden könnte.«

»Wieso? Du hast doch mich!«, erwiderte er kühn.

Sie schaute Magnus an, als sehe sie ihn zum ersten Mal: Das ebenmäßige Gesicht, in dem die dunkelbraunen Augen ein wenig verloren wirkten. Die dunklen Brauen, die eine Nuance zu eng beieinander standen. Die Haare, lang und etwas ungepflegt. Rein äußerlich war nichts Besonderes an Griseldis' Sohn. Kein verwegener Blick, kein übermäßiges Strahlen in den Augen, auch keine vollen Lippen, die aussahen, als ob sie gern küssten.

Und doch war Magnus ein außergewöhnlicher Mensch: Wie er sich um Johanna gekümmert hatte nach … ihrem Unglück. Dass man ihm vertrauen konnte, hatte er damals bewiesen. Dazu seine Hilfsbereitschaft, seine Fähigkeit, sich in einen anderen hinein denken zu können …

Marie schenkte ihm ein Lächeln. »Ich glaube zwar immer noch, dass die meisten deiner Komplimente nichts als

Schmeicheleien sind – aber gut getan haben sie mir trotzdem. Danke!« fügte sie leise hinzu. »Weißt du ... nach diesen ersten mühseligen Versuchen in der Glasbläserkunst will ich fliegen lernen! Ich möchte die schönsten Christbaumkugeln entwerfen, die man sich vorstellen kann! Kinderaugen sollen vor Freude leuchten, wenn sie meine Weihnachtsmänner darauf entdecken. Meine Kugeln sollen die ärmlichste Stube zum Strahlen bringen, sie sollen jedes Licht tausendfach einfangen und glitzern wie die Sterne an einem klaren Himmel. Jeder Mensch, ob alt oder jung, ob Mann oder Frau, soll in meinen Kugeln sein eigenes, kleines Paradies entdecken!«

25

Vergeblich versuchte der Bauer mehrmals, ein Gespräch mit seiner hübschen, jungen Mitfahrerin anzuzetteln. Doch zu mehr als einem abwesenden Lächeln war Ruth nicht in der Lage. Ihr Mund war ausgetrocknet, nirgendwo in ihrer Kehle war ein bisschen Spucke aufzutreiben. Vor lauter Aufregung vergaß sie immer wieder das Atmen. In ihrem Bauch rumpelte es so heftig, dass sie schließlich ihre ganze Aufmerksamkeit darauf verwandte, ihre aufgeregten Innereien zu besänftigen. Vergeblich: Auf halber Strecke musste sie zu ihrer großen Scham den Kutscher bitten, anzuhalten. Ihre Panik wuchs, als sie in dem blätterlosen Wald nirgendwo einen Schlupfwinkel entdeckte. In ihrer Not rannte sie schließlich hinter eine abseits stehende Gruppe von Tannen, doch kaum war sie dort angekommen, waren die Rumpler in ihrem Bauch plötzlich wieder weg.

Als die ersten Häuser von Sonneberg in Sicht kamen, war Ruth nur noch ein einziges Nervenbündel.

Gleich, gleich würde es soweit sein! Endlich würde sie Steven wiedersehen!

Als der Bauer fragte, wohin er sein Gespann steuern sollte, hatte sie Mühe, sich zu konzentrieren. Unter heftigem Schlucken bat sie den Mann schließlich, zum Sonneberger Bahnhof zu fahren. Er schüttelte den Kopf und sah sie merkwürdig an.

Schon auf dem Weg zum Bahnhof suchte Ruth mit ihrem Blick die Straße nach Steven ab, doch nirgendwo war der Kopf mit dem störrischen dunklen Haar auszumachen.

Am Bahnhof angekommen, lenkte der Bauer seine Pferde bis an den Bahnsteig heran. Statt abzusteigen, blieb Ruth auf dem Bock sitzen.

Wie sollten sie sich hier je finden?!

Einen schlechteren Treffpunkt als dieses Tollhaus hätte sie sich nicht vorstellen können: Wo man ging und stand türmten sich Warenberge auf, wechselten Gelder und Ladungen ihren Besitzer. Der Ton war rau, im Gedränge des völlig überfüllten Bahngleises war Geduld das rarste aller Güter. Fuhrwerke drängelten sich im Kampf um die beste Entladestelle. Mehr als einmal wackelte die Ladung gefährlich und Ruth befürchtete, die Pferde des Bauern würden wegen der lauten Schreie und des Peitschenknallens um sie herum im nächsten Moment durchgehen. Doch sie behaupteten gleichmütig ihren Platz.

Ruths Panik und Enttäuschung wuchs. Abermals machte ihr Bauch Probleme. Während der Bauer begann, die Stricke, mit denen die Kartons festgebunden waren, zu lösen, entdeckte Ruth links vom Haupteingang ein Hinweisschild auf eine öffentliche Toilette. Sie überlegte kurz. Dann nuschelte sie etwas von einem verdorbenen Magen, zeigte vage in die Richtung des Haupteinganges und rannte davon.

»Ich bin gleich zurück. Fünf Minuten!«, schrie sie dem Bauern über die Schulter noch zu.

Diesmal gelang es Ruth, ihre Notdurft zu verrichten. Als sie danach in den fleckigen Spiegel schaute, der über dem Waschbecken hing, erschrak sie: Ihre Miene war schrecklich angespannt! Sie streckte sich die Zunge heraus.

»Was bist du für eine dumme Kuh!«, schalt sie sich. »Kein Mann auf dieser Welt würde sich je so aufregen.« Als sie die Toilette wieder verließ, hatte sie sich ein wenig beruhigt.

Und dann sah sie ihn.

Steven!

Mit einem schwarzen Notizbuch in der Hand stand er da und schien die Kartons durchzuzählen, die der Bauer zu mehreren Stapeln auftürmte. Einen Moment lang fragte sich Ruth, wie er inmitten des ganzen Durcheinanders das richtige Fuhrwerk hatte finden können.

Ihr Herz klopfte bis zu ihrem Hals. Wie sollte sie ihn begrüßen? Hoffentlich brachte sie überhaupt einen Ton heraus.

Bevor sie etwas sagen konnte, schaute Steven auf. »Ruth!« Ein Strahlen breitete sich auf seinem Gesicht aus. Er ließ seine Unterlagen sinken und kam auf sie zu.

»Wie geht es dir? Der Fahrer erzählte, Du hättest einen verdorbenen Magen. Es ist doch hoffentlich nichts Schlimmes?«

Ausgerechnet aus der Toilette musste er sie kommen sehen! Ruth spürte, wie ihr die Hitze in die Wangen schoss. »Nein, nein, nur eine Art Erkältung«, murmelte sie verlegen.

»Ein wenig blass um die Nase bist du allerdings schon, wenn ich das sagen darf.«

Dieser Blick. So voller Sorge um sie, so … Ruth musste sich zusammenreißen, dass sie sich ihm nicht an den Hals warf.

»Das kann schon sein. Auf so viel Aufregung bin ich nicht gefasst gewesen.« Sie machte eine Handbewegung, die den gesamten Bahnhof einschloss.

»Deswegen bin ich ja hier!« Steven ergriff ihre Hand und drückte sie kurz. »Ich werde mich um alles kümmern. Maries

Christbaumkugeln werden Sonneberg unversehrt verlassen und ebenso unversehrt in New York ankommen.«

Sein Lächeln und die Sicherheit, die er ausstrahlte, hätten eine durchgehende Pferdeherde beruhigt. Ruth hatte Mühe, ihre Freude im Zaum zu halten.

»Hier sind die Stücklisten. Wie gewünscht, haben wir jede Sorte Kugeln einzeln aufgeführt. Die Markierung der Kartons sind hier vermerkt.« Sie zeigte auf den oberen Abschnitt des ersten Blattes.

Wie gut er roch. Sein Gesicht war nur wenige Handbreit von ihrem entfernt, während er sich mit ihr über die Papiere beugte. Bläuliche Schatten hingen unter seinen Augen.

»Du siehst müde aus«, hörte Ruth sich flüstern. Sie musste dem Impuls widerstehen, die Zeichen der Erschöpfung auf seinen Wangen wegzustreicheln.

Steven schaute auf. »Der Gedanke, dich wieder zu sehen, hat mir den Schlaf geraubt«, flüsterte er zurück und ließ sie dabei nicht aus den Augen. Als müsse er sich selbst zur Besinnung rufen, nahm er ihr dann die Listen aus der Hand.

»So! Nun wollen wir schauen, dass dieses Baby auf den Weg kommt! Ich würde sagen: Je eher, desto besser. Wenn wir hier fertig sind, würde ich dich gern zu einer Tasse heißem Kakao einladen. Einverstanden?«

Ruth nickte. Und ob.

Von da an musste sie sich um nichts mehr kümmern. Auf Stevens Zeichen hin kamen drei Arbeiter näher. Einem davon übergab Steven einen Teil der Papiere, woraufhin die Männer begannen, die Kartons in mehrere riesige hölzerne Kisten zu stapeln. Auf einer Art Schubkarren wurden die Kisten dann weggefahren. Steven drückte dem Mann, dem er die Frachtpapiere übergeben hatte, noch ein paar Münzen in der Hand und alles war erledigt. Es hatte keine Viertelstunde gedauert.

Als Steven zu ihr zurückkam, bedauerte Ruth fast, dass alles so schnell gegangen war. Sie wäre damit zufrieden gewesen, ihm noch eine Weile zuzuschauen.

Steven bestand darauf, zuerst das Geschäftliche zu erledigen. Kaum waren sie im Kaffeehaus angelangt, begann Steven – halb der Wand zugewandt, halb unter dem Tisch, Ruth die sechshundert Mark in die Hand zu zählen. Am Ende hatte sie einen beträchtlichen Stapel Geldscheine in der Hand, den sie mit zitternden Fingern in ihre Tasche steckte. Sechshundert Mark – der Lohn für sechs Wochen harte Arbeit, wenig Schlaf, Streit und Tränen. Soviel Geld hatte sie noch nie besessen.

Der Geruch heißer Schokolade hing über ihrem Tisch, während sich ihre Ängste, dass sie sich vielleicht nichts zu sagen hätten, längst in Luft aufgelöst hatten.

Die Stunden vergingen an diesem Tag schneller als an jedem anderen. Aus einer Tasse Kakao wurden zwei und schließlich drei. Hätte Ruth im Nachhinein jemand gefragt, worüber sie sich unterhalten hatten – sie hätte nicht mehr viel davon gewusst. Und doch war es fast, als wäre seit ihrem letzten Treffen kein Tag vergangen, so leicht nahmen sie die Fäden ihrer Unterhaltung wieder auf. Neben ihrem lebhaften Gespräch gab es jedoch noch eine andere Art der Verständigung, zum Beispiel, wenn Steven ein Tuch aus seiner Brusttasche holte, kaum dass Ruth zum Niesen ansetzte. Sein wütender Blick, als sie ihm von Thomas und seinen nächtlichen Auftritten vor ihrem Haus erzählte. Ruths glänzende Augen, als Steven von den bevorstehenden Weihnachtsdekorationen in den Woolworth-Läden erzählte. Ihre Begeisterung für das Thanksgiving-Fest, das er ihr in jedem Detail schilderte.

»Mir läuft schon das Wasser im Mund zusammen!«, sagte sie lachend. »Ich kann den gefüllten Truthahn auf eurer Tafel geradezu riechen.«

»Hast du eigentlich schon einmal darüber nachgedacht, wie es wäre, Lauscha zu verlassen?«

Stevens Frage traf Ruth wie ein Schlag.

»Lauscha verlassen?« Sie griff sich an den Hals, der sich plötzlich eng anfühlte.

Den ganzen Nachmittag über war es ihr gelungen, die Umstände ihres Zusammentreffens zu vergessen, seine Einmaligkeit, die Uhr, die mit jedem Lachen, jedem Blick weiter für sie ablief. Nun, mit seiner Frage, kam alles zurück. Und als hätte es einer weiteren Erinnerung bedurft, schlug die eichene Standuhr an der Kopfseite des Raumes sechs Uhr. Um sieben würde das Kaffeehaus schließen.

»Wie könnte ich je Lauscha verlassen?«

»Ich frage mich viel eher, wie du hier bleiben kannst. Welche Zukunft hast du hier?«, fragte Steven leise. »Nach allem, was du mir über Thomas Heimer erzählt hast, mache ich mir wirklich Sorgen um dich. Der Mann wird dich nicht in Ruhe lassen. Was, wenn er dir oder deiner Tochter eines Tages irgendwo auflauert, wenn niemand dabei ist?«

»Von Wanda will er nichts wissen«, winkte Ruth ab.

Stevens Blick blieb mehr als skeptisch. »Es ist schon mehr als ein Unglück geschehen, weil jemand dachte: Was ich nicht haben kann, das soll auch niemand anderes haben …«

Verzweifelt hob Ruth die Hände. »Warum machst du mir Angst? Ich bin mit ihm verheiratet. Ich weiß, dass Thomas mich nie und nimmer freigeben würde. Das erlaubt sein Stolz nicht. Aber umbringen wird er mich deswegen auch nicht.« Tränen schossen ihr in die Augen. Für sie würde es nirgendwo eine Zukunft geben, die hatte sie längst verspielt.

»Ruth, Ruth …«, flüsterte Steven. Sanft strich er ihr über den Kopf. »Nicht weinen. Ich bin doch bei dir. Ich passe auf dich auf.«

Wie konnte das sein? Steven hatte seinen Platz im Leben und sie hatte den ihren. Schniefend sagte sie ihm das.

»Hast du vergessen, dass ich Amerikaner bin?«, antwortete er ihr mit einem verwegenen Grinsen, das nicht so recht zu ihrer Stimmung passte. »Wir Amerikaner geben uns nicht so einfach mit Umständen ab, die uns nicht behagen. Wir ändern sie. Und ich habe das Gefühl, dass du auch dazu imstande bist.« Er hob ihr Kinn an.

Ruth beeilte sich, über ihre verheulten Augen zu wischen.

»Wie viele Frauen hätten lieber ein Leben an der Seite eines schlagenden Ehemannes verbracht, statt deinen mutigen Schritt zu wagen, ihn zu verlassen?«, fragte Steven. Und als sie nicht gleich antwortete, fügte er hinzu: »Kennst du noch eine Frau, die sich trauen würde, Mister Woolworth in seinem Zimmer aufzusuchen? Du hast doch längst begonnen, dein Schicksal in die eigene Hand zu nehmen.«

»So gesehen stimmt das schon«, gab sie mit einem kleinen Lächeln zu. »Jammern allein nutzt nichts, man muss auch etwas tun, hat mein Vater früher immer gesagt!«

Sie wusste nicht so recht, worüber sie eigentlich sprachen. Was wollte er von ihr hören? Worauf wollte er hinaus?

»Ach, Steven«, seufzte sie. »Vielleicht hätte dieses Gespräch einen Sinn, wenn die Karten anders verteilt wären. Doch so, wie es aussieht, kann mir kein noch so gütiges Schicksal meinen sehnlichen Wunsch erfüllen: nämlich, die Zeit *vor* meine Heirat zurückzudrehen.«

»Das willst du in Wirklichkeit gar nicht«, behauptete er. »Sonst hättest du zum einen deine zauberhafte Tochter nicht« – er nickte auf das Foto von Wanda, das Ruth ihm kurz zuvor gezeigt hatte – »und zum anderen hätten wir beide uns nicht getroffen.«

»Das stimmt nun auch wieder!« Ruth lachte. »Du hast wirklich die Gabe, im düstersten Schatten noch einen Funken Licht zu finden.«

Er stimmte in ihr Lachen ein.

»Warte, ich habe etwas für dich.« Er beugte sich unter den

Tisch zu seiner Aktentasche. Gleich darauf legte er ein herzförmiges Glasteil vor Ruth.

»Ein Herz aus Glas?« Vorsichtig nahm sie es in die Hand, wo es sich wie eine Perle in eine Muschel anschmiegte. Kühl und weich zugleich. Sie hielt es ins Licht.

»Wie schön.« Ihr eigenes Herz wurde plötzlich nur noch schwerer.

»Glas kann sehr schnell brechen …«

»Ich wusste, dass du diese Doppeldeutigkeit erkennen würdest! Mister Woolworth hat das Herz vor einiger Zeit in einem englischen Kaufhaus entdeckt. Schon bei unserem letzten Besuch in Lauscha wollte er einen Glasbläser finden, der diese Art für uns herstellen kann. Doch leider – oder sollte ich sagen: Gott sei Dank – hatten wir das Musterstück in unserem Hamburger Büro vergessen. Was glaubst du – wäre der Auftrag etwas für euch?«

Ein Muster, kein Geschenk. Ruth legte das Herz wieder auf den Tisch. Sie zuckte mit den Schultern.

»Marie bekommt das sicher hin. Welche Größe hätte der Auftrag denn?« Wenn sie schon an gebrochenem Herzen sterben musste, dann wollte sie dabei wenigstens nicht auch noch verhungern, dachte sie mit einem Hauch von Galgenhumor.

»Eintausend Stück.«

Ruth stieß einen kleinen Pfiff aus. »Das ist eine Menge! Bis wann müssten die Herzen fertig sein?« Sie hielt die Luft an. Würde er diese Lieferung auch persönlich in Sonneberg abholen?

»Bis Ende November. Wir müssen damit rechnen, eines der langsameren Frachtschiffe zu erwischen, und dann dauert die Überfahrt ganze vier Wochen. So kommen die Herzen frühestens Anfang Januar in New York an.«

»Das sind ja wieder nur knapp sieben Wochen!« Ruth biss sich auf die Unterlippe. Bedeutete das, dass Steven so lange in Hamburg blieb?

»Leider kann ich dir nichts anderes anbieten. Die Herzen sollen pünktlich zum 14. Februar in allen amerikanischen Woolworth-Läden zum Kauf bereit liegen. An diesem Tag wird bei uns in Amerika der heilige Valentin, der Schutzpatron der Liebenden gefeiert. Alle Verliebten machen sich dann gegenseitig kleine Präsente, so wie zum Beispiel dieses Herz hier. In allen Woolworth-Läden werden für diesen Tag spezielle Warentische hergerichtet.«

»Was für ein schöner Brauch! Die Frauen, die solch ein Glasherz bekommen, können es an einem Samtband um den Hals tragen. Oder auch an einer dünnen Schnur ins Fenster hängen, damit sie bei jedem Blick nach draußen an ihren Liebsten denken.« Wie gern wäre Ruth eine dieser Frauen gewesen! Bevor sie erneut in eine unfrohe Stimmung fallen konnte, begann sie zu rechnen.

»Wenn wir die Rohlinge gleich zu Anfang besorgen und dann pro Woche 150 Stück fertigen …« Was rechnete sie überhaupt herum, wo ihr sowieso keine andere Wahl blieb, als den Vertrag anzunehmen? Sie schaute auf und hielt Steven ihre Hand hin.

»Abgemacht! Mister Woolworth bekommt seine Herzen bis Ende November geliefert.«

Steven ergriff ihre Hand. Doch statt mit einem Handschlag ihr Geschäft zu besiegeln, küsste er sie.

»Ruth!«

Ihr Name war wie eine Liebkosung, so dunkel und weich. Tausend Ameisen krabbelten über ihre Finger. Seine Lippen lagen so warm auf ihrem Fleisch, sein Bart kitzelte …

»Wenn du es zulässt, schenke ich dir nicht nur ein Herz aus Glas, sondern eines, das heftig pocht, wenn es an dich denkt.«

»Steven – bitte sag so etwas nicht«, flüsterte Ruth gequält und entzog ihm sanft ihre Hand. »Jeden Tag habe ich an dich gedacht, jede Nacht von dir geträumt«, gestand sie ihm verzweifelt. »Du kannst ja nicht wissen, wie sehr ich mir gewünscht habe, so etwas von dir zu hören, obwohl es Unrecht ist. Zu wissen, dass du so fühlst wie ich, dass unsere Begegnung auch für dich mehr als eine geschäftliche war …« Unsicher hielt sie inne. Machte sie sich mit ihrer Offenbarung lächerlich?

»Doch nun ist alles anders.« Sie schlug die Augen zu Boden. Sie konnte ihn nicht anschauen und gleichzeitig das sagen, was sie sagen musste.

»Die Worte, die ich mir so sehr zu hören gewünscht habe, schmerzen wie glühende Nadeln. Weil sie mir etwas vormachen, was nie sein kann.« Sie stand auf, bevor Steven ihr dabei helfen konnte. Ach, es tat so weh!

»Ich muss jetzt gehen. Wenn ich mich nicht beeile, verpasse ich den letzten Zug nach Hause.«

26

Hastig bezahlte Steven für ihre Getränke und eilte Ruth nach. Vor dem Kaffeehaus holte er sie ein. Er bestand darauf, sie bis zum Bahnhof zu begleiten.

Am liebsten hätte Ruth sich irgendwo hingesetzt und losgeheult. Die Tasche mit dem Geld hing über ihrem rechten Arm, daran, dass jemand sie berauben könnte, verschwendete sie keinen Gedanken. Weg, nur weg von dem Schmerz, den ihr Treffen mit Steven verursacht hat. Was hatte sie sich eigentlich von dem heutigen Tag erhofft? Sie war zu erschöpft, um sich darauf eine Antwort zu geben.

»Bleib stehen, Ruth! Ich flehe dich an!«

Seine Verzweiflung war nicht geringer als die ihre, erkannte sie. Seine Zuversicht schien ihn verlassen zu haben. Die Schmerzen in ihrer Brust wurden beim Anblick seiner hängenden Schultern noch heftiger. Kein Licht mehr, das er im Dunkeln sehen konnte. Ruth ging weiter und Steven marschierte stumm neben ihr her. Immer wieder berührten sich ihre Hände. Es war schrecklich und schön zugleich.

Nur noch zwei Straßen, dann würde der Bahnhof in Sicht kommen. Ruth atmete tief durch. Sie musste sich innerlich wappnen, irgendwie.

Nur noch eine Straße, dann die letzten zwei Kurven. Ruths Herz schlug so laut, dass es in ihren Ohren pochte.

Hilf mir, lieber Gott, das Richtige zu tun.

Sie liefen auf das große, schmiedeeiserne Bahnhofsportal zu. Ruth blieb stehen.

»Es geht nicht.«

Sie drehte sich ihm zu. »Ich kann dich nicht so einfach verlassen.«

Im nächsten Moment presste sie sich an seine Brust.

»Steven!«

»Ruth!«, erwiderte er rau und umschlang sie mit seinen Armen.

Kurz darauf rannten sie unter den verwunderten Blicken der Sonneberger Hand in Hand durch die Straßen, als würden sie vom Teufel verfolgt. Ruth verdrängte jedes Aufwallen von Scham, Zweifel und schlechtem Gewissen. Auch den wissenden Blick des Portiers im Hotel Goldener Adler, Stevens Quartier, missachtete sie. Die Entscheidung war gefallen: Sie würde mit Steven zusammen sein.

Wie von einer schweren Last befreit, konnte es ihr nicht schnell genug gehen, sich auch von den Fesseln ihrer Kleidung zu befreien. Ohne Scham zog sie sich aus. Ihre Bewegungen waren sicher. Sie musste nicht hinschauen, um die Haken ihres Mieders zu öffnen. Sie hätte es auch nicht gekonnt – sie hatte nur Augen für Steven.

Wie zwei Blüten, die einander in einem duftenden Garten gegenüberstehen, entfalteten sie sich. Es war nicht nötig, den anderen dabei zu berühren, das unsichtbare Band, das sie vereinte, war enger als jeder körperliche Kontakt.

Als sie sich schließlich völlig nackt gegenüberstanden, zog Ruth die Nadeln aus ihrer Hochsteckfrisur. Ihre Haare fielen herab und legten sich wie ein seidener Schleier über ihre Schulter. Stolz schüttelte Ruth die Pracht nach hinten.

Sie gingen aufeinander zu.

Ruth nahm jedes Detail von Stevens Körper in sich auf. Wie gebannt starrte sie auf seine Männlichkeit, ein lustvolles Zittern fuhr durch ihren Leib. Er war so schön wie die griechischen Statuen in dem Kunstbuch, das Marie von Peter bekommen hatte. Damals – in einem anderen Leben.

»Ich habe noch nie einen Mann nackt gesehen«, flüsterte sie.

Steven lachte. »Wie kann das sein?« Ohne Hast streckte er seine Hand nach ihr aus, mit den Fingerspitzen fuhr er das Tal zwischen ihren Brüsten nach.

Ruth lächelte verlegen. »Es war immer dunkel.« Und es ging immer sehr schnell, schoss es ihr durch den Kopf. Ihre Hand wischte durch die Luft, als wolle sie eine lästige Mücke vertreiben. Nicht mehr davon reden. Nicht mehr daran denken.

Stevens Augen wärmten sie wie zwei Kohlefeuer, als er sie zum Bett führte.

»Komm zu mir!«

Als ihr nacktes Fleisch sich berührte, erwachte die Gier in ihnen. Seine Lippen waren fest, seine Küsse fordernd und Ruth glaubte, einen Hauch Kakao auf seiner Zunge zu schmecken. Hungrig öffnete sie ihren Mund. Mehr. Mehr davon.

Das dicke Daunenkissen bauschte sich störend um ihren Kopf herum auf. Mit einem Handgriff warf sie es aus dem Bett. Sie wollte sich Steven weiter entgegendrängen, doch er hielt sie zurück.

Andächtig streichelte er über ihre Brüste, dann senkte er seinen Mund. Ruth hörte sich stöhnen, als seine Zunge spielerisch ihre rechte Brustwarze umkreiste. Fragend hob er seinen Kopf, aber ihre Finger gruben sich fester in seinen Arm.

Während seine Lippen ihre linke Brust liebkosten, wanderten seine Hände an ihrem Körper auf und ab. Ruth spürte, wie ihre Haut unter seinen Berührungen zu brennen begann. Erneut drängte sie sich an ihn heran.

Doch abermals schob Steven sie mit sanfter Gewalt von sich weg

»*Easy does it*«, flüsterte er. »*Easy and slowly.*«

Er küsste sie. Federleichte Küsse auf ihren Mund, ihre Augen. In die Mitte ihrer Stirn, an ihren Haaransatz – seine Berührungen waren so zart, seine Küsse überall …

Plötzlich lag seine rechte Hand auf ihrem haarigen Dreieck. Er hörte nicht auf, sie zu streicheln, nun war er an der weichen Haut ihrer Innenschenkel. Nur zu gern öffnete Ruth ihre Beine. Sein Streicheln war wunderschön. Wie unabsichtlich strich sein Finger über ihre Schamlippen und Ruth zuckte wie ein bockendes Pferdchen. Sie hörte sich stöhnen. Ein kehliger und fremder Laut.

Nun machte Stevens Hand plötzlich kreisende Bewegungen. Heiße Wellen, eine heftiger als die andere, erfassten Ruth. Sie schrie leise auf. Seine Finger wurden fordernder, gruben sich in ihr Fleisch, während seine Lippen nach wie vor ihren Mund bedeckten.

Ruth drängte sich ihm entgegen. Sie wollte nichts verpassen von dieser Glückseligkeit, von der sie bisher nicht einmal hatte träumen können. Das hier hatte nichts mit dem zu tun, was Thomas ihr oftmals gegen ihren Willen angetan hatte.

Und doch war sie nicht gefasst auf die Bereitwilligkeit ihres Körpers, als Steven endlich in sie eindrang. Weil sein Streicheln nicht nachließ, sondern seine kräftigen Stöße wie leise Musik begleitete, schossen ihr Tränen in die Augen. Heiße Tränen der Freude, die sie gern vergoss.

»*I love you*«, flüsterte Steven ihr heiser ins Ohr und Ruth brauchte kein Englisch, um ihn zu verstehen.

»Ich liebe dich auch«, gab sie zurück, während ihre Beine die seinen umklammerten.

Zum ersten Mal in ihrem Leben durchschritt Ruth das Tor zur wahren Liebe. Sie war mit Steven in Geist und Körper vereint.

Ruth blieb die ganze Nacht bei ihm. Sie wusste, dass Johanna und Marie sich Sorgen machen würden. Und dass Wanda sie vermissen würde. Aber das alles war ihr gleichgültig.

Sie hatten nur diese eine Nacht.

Wenn sie sich nicht liebten, schlummerten sie eine Weile, ihr Kopf an seiner Brust, sein Arm schützend über ihr. Es war nur ein leichter Schlaf, zu stark war die Präsenz des anderen, als dass die Nacht sie hätte vergessen lassen können.

Aneinander geklammert beobachteten sie, wie es draußen dämmerte. Ruth lauschte Stevens Herzschlag und wünschte sich, für immer in dieser Stunde zwischen Nacht und Tag verweilen zu können.

»Ich liebe dich.« Seine Stimme war rau.

Eine heiße Woge Glück überrollte sie.

»Ich liebe dich auch«, flüsterte sie zurück.

»Könntest du dir vorstellen, mit mir nach New York zu kommen?«

Seine Frage traf sie wie ein Blitz aus heiterem Himmel. Sofort verkrampfte sich ihr Bauch.

»Der Gedanke, dich in wenigen Stunden verlassen zu müssen, ist mir unerträglich. Noch nie habe ich solche Gefühle für einen anderen Menschen empfunden! Im Grunde war es schon um mich geschehen, als ich dich zum ersten Mal in Franklins Zimmer sah.«

Umständlich rappelte Steven sich auf, bis er im Bett kniete. Er griff nach ihrer Hand.

»Ruth! Du bist die Frau meines Lebens. Ich möchte immer für dich da sein. Schon morgens will ich dein Lächeln sehen. Nacht für Nacht möchte ich dir die Sterne vom Himmel holen.«

Ruth versuchte, sich nur auf eines zu konzentrieren und alles andere in seinen Worten zu ignorieren.

»Und würdest du auch das Kind eines anderen Mannes annehmen?«

»Hat er denn jemals etwas von ihm wissen wollen? Wanda ist *deine* Tochter. Dein Engel. Nur das zählt für mich. Ich möchte euch beiden ein Zuhause bieten, in dem es weder an Liebe noch an etwas anderem fehlen soll.«

»Ein schöner Traum.« Ruth schluckte hart.

»Nein, kein Traum!« Stevens Augen leuchteten. »Wenn du es willst, kann das alles – und noch viel mehr – Wirklichkeit werden! Liebe versetzt Berge, weißt du das nicht? Natürlich will so etwas gut überlegt und geplant sein. Vor allem müsste ich dir und Wanda Papiere besorgen.«

»Papiere?«, fragte sie, als ob alles andere längst geklärt wäre.

»Für die Überfahrt und die Einreise nach Amerika. Ich habe schon Informationen eingeholt. Dass du verheiratet bist, verkompliziert die Angelegenheit ein wenig. Wenn meine Auskünfte die hiesigen Gesetze betreffend richtig sind, brauchst du nämlich die Einwilligung deines Ehemannes, um auswandern zu dürfen.«

Ruth setzte sich so ruckartig auf, dass ihr Kopf gegen die hölzerne Bettlehne stieß.

»Die gibt er mir nie! Wenn er wüsste, dass ich einen anderen Mann liebe …« Ihre Augen waren vor Angst geweitet.

»Das darf er nie erfahren. Niemals, verstehst du?«, rief sie. Der Gedanke, dass Steven durch Thomas' Hand etwas zustoßen könnte, war einfach schrecklich.

»Beruhige dich, Liebes! Niemand braucht etwas zu erfahren, wenn du es nicht willst.« Steven angelte sein Hemd vom Boden und legte es Ruth über die zitternden Schultern.

»Es gäbe auch ohne Heimers Unterschrift eine Möglichkeit zur Ausreise«, sagte er gedehnt.

Das Durcheinander in Ruths Kopf wurde mit jedem seiner Sätze größer.

»Wovon redest du?«, hörte sie sich gegen ihren Willen fragen. Lauter Hirngespinste, sie durfte nicht anfangen zu träumen!

»Ich kenne jemanden in New York, der für dich und Wanda Papiere auf einen anderen Namen anfertigen könnte. Du hättest sozusagen während der Ausreise eine andere Identität, verstehst du? Keiner würde dich nach einem Ehemann fragen – du wärst frei! Frei für ein Leben an meiner Seite. Frei für New York, wo wir ...«

»Und meine Schwestern?«, unterbrach Ruth ihn leise.

Das Strahlen in Stevens Blick erlosch.

»So schwer es dir fiele – du dürftest ihnen nichts sagen. Die Gefahr, dass vor allem Marie sich in der Werkstatt verplappert, wäre einfach zu groß.«

»Marie würde nichts sagen – sie kann Thomas nicht ausstehen.«

»Vielleicht nicht absichtlich – aber schon eine unachtsame Bemerkung könnte ausreichen, um unseren Plan in Gefahr zu bringen. Es wäre daher wirklich am besten, die Zurückbleibenden vor vollendete Tatsachen zu stellen.«

Tränen brannten in Ruths Augen, als sie sich aus seiner Umklammerung befreite.

»Die *Zurückbleibenden* – das sind meine Schwestern! Und Peter. Meine Familie, verstehst du? Steven, ich liebe dich so sehr, dass es weh tut. Aber was du von mir verlangst – ich weiß nicht, ob ich das kann!« Sie hielt sich die Stirn.

»Ich soll fliehen wie eine Diebin. Meine Familie für immer zu verlassen – der Gedanke ist mir unerträglich. Aber ebenso unerträglich ist der Gedanke, auch nur einen Tag ohne dich sein zu müssen!« Ihre Verzweiflung wuchs mit jedem hoffnungslosen Satz. »Sag mir, was soll ich nur tun?«

Steven nahm sie wieder in den Arm und wiegte sie hin und her.

»Ich weiß, dass ich viel von dir verlange. Du sollst dich ja auch nicht gleich heute entscheiden. Aber es würde mir schon sehr viel bedeuten, wenn ich wüsste, dass du in meiner Abwesenheit über meinen Vorschlag nachdenkst.«

»Wann sehen wir uns denn wieder?«, presste sie mit tränenerstickter Stimme heraus und klammerte sich an ihn. »Musst du denn überhaupt weg?«, fragte sie wider besseres Wissen.

Mit sanfter Gewalt löste Steven ihre verkrampften Finger von seinem Arm. Er nahm ihre Hand und küsste die Innenfläche.

»Mitte Mai werde ich wieder nach Thüringen kommen. Bis dahin können wir uns jede Woche schreiben, ach was, jeden Tag! Ich verspreche dir, dass ich in dem Moment, in dem ich einen Brief mit deiner Entscheidung in der Hand halte, alle nötigen Vorkehrungen treffen werde! Wenn ich im Frühjahr wieder nach Europa komme, könnte ich alle Papiere für Wanda und dich mitbringen. Du wirst sehen, der Winter wird wie im Flug vergehen. Und ehe wir uns umschauen, ist das Frühjahr gekommen. Und damit unsere gemeinsame Zukunft.«

»Ich habe noch nicht ja gesagt«, stellte Ruth stirnrunzelnd fest.

»Ich weiß.« Er küsste sie auf den Mund, dann zog er sie zu sich heran. »Aber ich werde jeden Tag dafür beten, dass du es tust.«

27

»Bist du verrückt geworden? Wie kannst du dem Amerikaner zusagen, ohne mich vorher zu fragen?«

Barsch drückte Marie Ruth den Auftrag über die Valentinsgeschenke wieder in die Hand. Demonstrativ begann sie in einem ihrer neuen Bücher zu blättern, als ginge sie Ruth und alles andere nichts an.

»Mich beschimpfen – das sieht dir mal wieder ähnlich!«, entgegnete Ruth ebenso heftig.

»Du bist doch diejenige, die ständig mit ihren Glasbläserkünsten angibt. Statt dankbar für einen zweiten Auftrag zu sein, fällst du mir in den Rücken! Dieser Auftrag ist unsere Chance, verstehst du das nicht?« Sie wedelte Marie mit dem Blatt Papier vor dem Gesicht herum.

»Unsere Chance auf was? Darauf, dass wir uns von vorn bis hinten blamieren?«, entgegnete Marie, ohne von ihrem Buch aufzuschauen.

Wie ein Schiedsmann trat Johanna zwischen ihre Schwestern.

»Jetzt beruhigt euch wieder! Beide! Was immer wir uns zu sagen haben, schreien müssen wir dabei nicht, oder?«

»Du hast gut reden!«, spottete Marie. »Von dir wird ja nicht verlangt, innerhalb der nächsten sieben Wochen eintausend gläserne Herzen zu fertigen!«

Mit einem Rums klappte sie ihr Buch zu und knallte es auf den Tisch.

»Frei kann so ein Herz gar nicht geblasen werden. Das heißt, ich müsste zuerst eine Form dafür anfertigen. Ach, was heißt hier eine! Ein Dutzend Formen bräuchte ich, um tausend Herzen zu blasen. Falls es euch noch nicht aufgefallen ist: Meine Gipsformen halten nun einmal nicht so lange wie die vom Strupp.« Anklagend schaute sie von Johanna zu Ruth. »Oder hat eine von euch ein Spezialrezept?«

Als Antwort erhielt sie betretenes Schweigen.

»Wenn wir eine Form vom Strupp hätten, sähe die Sache anders aus. Aber so kurzfristig kann der uns sicher keine liefern!«, fügte Marie noch hinzu.

Auch Johanna wusste nicht weiter. Sie fühlte sich von der neuen Entwicklung völlig überrumpelt. Die halbe Nacht waren sie und Marie wach gewesen, hatten sich Sorgen um Ruth gemacht und das Schlimmste ausgemalt. Nun, da ihre Schwester endlich wieder daheim war, bekamen sie statt einer Erklärung für ihr Wegbleiben einen Fetzen Papier entgegengehalten. Mit allem hatte Johanna gerechnet, nur nicht mit einem neuen Auftrag von Steven Miles!

Im Stillen war sie auf Ruths verheulte Augen und unglücklich verliebtes Lamentieren eingestellt gewesen. Johanna hatte sich den Kopf darüber zerbrochen, wie sie ihre Schwester am besten würde trösten können. Doch allem Anschein nach brauchte Ruth gar keinen Trost. Sie wirkte gefasst und schien zudem nicht einmal ein schlechtes Gewissen wegen ihres nächtlichen Wegbleibens zu haben. Über Steven und darüber, wie das Treffen mit ihm verlaufen war, sagte sie kein Wort. Das einzige Anzeichen dafür, dass sie ihn überhaupt getroffen hatte, war das goldene Herz, das an einer feinen Kette in ihrem Ausschnitt baumelte. Ein Abschiedsgeschenk? fragte sich Johanna.

»Dass der Auftrag an der Form scheitern kann, habe ich ehrlich gesagt nicht bedacht. Ich habe nur das Herz gesehen und das sieht ja wesentlich schlichter aus als viele deiner aufwendigen Kugeln«, sagte Ruth schließlich.

»Wir können Emanuel Strupp wenigstens fragen, ob er uns eine Form fertigt. Mehr als nein sagen kann er schließlich nicht. Was ist – hörst du überhaupt zu?« Ruth gab Johanna einen Schubs. »Warum sagst du nicht auch einmal etwas? Du bist doch sonst nicht um schlaue Ratschläge verlegen. Und hier geht es immerhin um unseren Broterwerb!«

Johanna schaute auf.

»Es ist doch seltsam – da haben wir uns nichts sehnlicher gewünscht, als auf eigenen Füßen stehen zu können. Von niemandem abhängig zu sein. Von keinem Wilhelm und keinem Thomas Heimer. Und von den Verlegern in Sonneberg erst recht nicht!« Ihr Blick fing zuerst Ruth, dann Marie ein.

»Doch nun, da es den Anschein hat, dass uns dies gelingen könnte, bekommen wir es mit der Angst zu tun. Statt uns zu überlegen, wie wir den Auftrag erledigen können, streiten wir uns. Haben vielleicht doch die andern Recht, die behaupten, dass eine Weiberwirtschaft nicht funktionieren kann?«

Trotzig starrten die beiden anderen auf den Küchentisch, in dessen Mitte der Gegenstand ihres Streites lag: das Herz aus Glas.

Widerstrebend griff Marie schließlich danach und drehte das Teil in der Hand hin und her.

»*Wer* behauptet, eine Weiberwirtschaft könne nicht funktionieren?«, fragte sie.

Johanna zuckte mit den Schultern.

»Ich weiß es nicht. Es soll aber gewisse Leute geben, die so etwas sagen.«

»Dann haben sie Unrecht!« Maries Miene war grimmig.

»Und wenn ich wirklich ein Dutzend Formen herstellen muss – wir werden den Auftrag annehmen. Wir Steinmänner lassen uns nämlich nicht unterkriegen!«

Sie legte das Herz auf den Tisch, um Johanna und Ruth die Hände zu reichen.

Doch statt die beiden Schwestern an den Händen zu fassen, wie sie das als Zeichen ihrer Verbundenheit in der Vergangenheit immer getan hatten, sprang Ruth auf und rannte aus dem Zimmer.

Stirnrunzelnd schaute Marie ihr nach.

»Was ist denn mit der los? Warum weint sie, wo doch alles wieder gut ist?«

Die nächsten Wochen vergingen in einem ähnlichen Arbeitsrhythmus wie die vorangegangenen: Tagsüber ging Marie nach wie vor zu Heimer, abends setzte sie sich an den Bolg – oft nahm sie sich nicht einmal Zeit für ein Abendessen. Johannas und Ruths Aufgabe war es, je acht Herzformen in einen Karton zu verpacken. Obwohl es sich stets um ein und dieselbe Form handelte, war die Arbeit für Marie sehr anstrengend. Wenn sie gegen zwölf Uhr nachts endlich den Gashahn zudrehte, zitterte sie vor Erschöpfung. Mit Sorge beobachtete Johanna, wie Maries Gesichtszüge spitzer wurden, die Beine von Joosts alten Hosen nur noch um ihren Körper schlotterten. Von da an brachte sie Marie häufiger eine Kleinigkeit zu essen an den Bolg, doch meistens wimmelte Marie sie ab. »Mir geht es gut«, behauptete sie und verdrehte angesichts Johannas sorgenvollem Blick nur die Augen.

Auch Ruth teilte Johannas Bedenken nicht.

»Marie war schon immer die dünnste von uns dreien. Ich finde, es steht ihr«, sagte sie schulterzuckend.

»Andere Frauen malen sich mit viel Mühe ihre Wangen an, um so eine außergewöhnlich zarte Ausstrahlung zu erzielen, wie Marie sie hat.«

Im Stillen musste Johanna Ruth Recht geben: Ohne dass es ihr bisher aufgefallen war, war Marie im letzten Jahr zu einer Schönheit herangewachsen und daran änderte selbst ihr sonderlicher Aufzug in Hosen und einem schwarzen Arbeitskittel nichts. Ganz im Gegenteil – er verlieh ihr ein geradezu exotisches Aussehen.

Und dann war es zum zweiten Mal so weit: Ende November fuhren Ruth und Johanna gemeinsam nach Sonneberg, um die Ware am Bahnhof abzuliefern – Marie konnte nicht mit, da es sich um einen Arbeitstag handelte und sie zu Heimer musste. Ruth war die ganze Zeit über ungewöhnlich still, ihr Blick verhangen.

Es war Johanna, die den richtigen Zug ausfindig machte und Hilfe zum Umladen organisierte. Am Ende suchten sie die Sonneberger Sparkasse auf, wohin Steven die Bezahlung der Ware avisiert hatte. Ein gleichgültig dreinblickender Schalterbeamter zahlte ihnen einen stattlichen Betrag aus, den Johanna entgegennahm, als wäre es das Selbstverständlichste von der Welt. Ihr Geld, verdient mit ihrer Hände Arbeit.

Plötzlich stand wieder einmal Weihnachten vor der Tür, ohne dass eine der drei Schwestern sonderlich darauf geachtet hätte. Am 18. Dezember kam für Ruth nicht nur einer jener Briefe, die in letzter Zeit noch häufiger ins Haus geflattert waren, sondern ein Paket aus New York an, das sie – unter dem Vorwand, es könne sich etwas Verderbliches darin befinden – schon drei Tage vor dem Heiligen Abend öffnete. Stolz wie eine Königin präsentierte sie sich danach in einem nachtblauen Kostüm mit einer Bluse aus lilafarbener Seide. Dunkellila Lederstiefeletten vervollkommneten das Ensemble, von dem weder Johanna noch Marie glauben konnten, dass ein Mann es ausgesucht hatte. So viel modischer Geschmack, so viel Treffsicherheit, was die Größe betraf! Stevens Paket gab noch mehr Anlass zum Wundern: Für Johanna und Marie hatte er je einen farbenprächtigen, seidenen Schal geschickt, für Wanda ein Kleid in rosafarbener Spitze, das ihr allerdings erst frühestens im nächsten Sommer passen würde. Während die anderen sich über ihre Geschenke freuten und Stevens Großzügigkeit lobten, lächelte Ruth in sich hinein.

Das einzig weitere Nennenswerte an dem Fest war Maries prächtig geschmückter Christbaum: Angesichts der vielen neuen Kugeln war Johanna und Ruth auf einmal klar, was Marie nach Beendigung des Valentinsauftrags Abend für Abend hinter der verschlossenen Werkstatttür getrieben hatte! Ihre begeisterten Rufe angesichts des Sternenglimmers, der venezianischen Tautropfen auf silberverspiegelten Zapfen und der cremefarbenen Christrosengirlanden waren Musik in Maries Ohren. Zum ersten Mal seit langem war sie einigermaßen zufrieden mit sich und ihrem Schaffen. Die neuen Formen hatten sich wie von selbst in ihrem Kopf entwickelt, ohne mühselige zeichnerische Vorarbeit. Ebenso leicht hatten sie sich in Formen umsetzen lassen. Trug ihr Studium der Kunstbücher womöglich schon erste Früchte? frohlockte sie.

Als am ersten Januar der Postbote erneut vor ihrem Haus hielt, war Ruth schon halb zur Tür draußen, bevor der Mann anklopfen konnte.

»Post am Neujahrstag? Dass dieser Steven kurz nachdem er das Paket losgeschickt hat, gleich wieder einen Brief geschrieben hat!«, wunderte sich Johanna laut. »Hat Ruth nicht gesagt, dass ein Brief gute zwei Wochen dauert?«

Marie schaute aus dem Fenster. »Jetzt übergibt Ruth dem Postboten einen ganzen Stapel Briefe von ihr«, flüsterte sie. »Befürchtet sie, dass die Hälfte davon nicht ankommen wird oder warum schreibt sie ihm gleich mehrere Briefe auf einmal?«

»Du weißt doch – Ruth hat das Briefeschreiben inzwischen zu einer Art Religion erhoben«, erwiderte Johanna.

Marie huschte vom Fenster weg, bevor Ruth sie dort sehen konnte.

»Mich würde wirklich interessieren, was sie ihm dauernd zu schreiben hat. So viel passiert doch bei uns gar nicht, oder?«

Johanna zuckte mit den Schultern. »Für Ruth anscheinend schon. Ich könnte auch sagen: Warum steckst du deine Nase die ganze Zeit in diese verstaubten Bücher? Die sind doch gar nicht so spannend.«

»Für mich schon!«

»Siehst du!« Seufzend stand Johanna auf.

»Ich schätze, dass Ruth während der nächsten Stunde nicht ansprechbar sein wird. Daher werde ich mich ans Kaffeekochen machen.«

Sie war gerade dabei, Wasser aufzusetzen, als Ruth hereinkam und einen Schwall eiskalte Schneeluft mitbrachte.

»Der Brief ist an uns drei gerichtet!«, sagte sie stirnrunzelnd und hielt dabei einen dicken braunen Umschlag in die Höhe. Die Enttäuschung war ihr ins Gesicht geschrieben.

»An die Geschwister Steinmann. Hoffentlich ist mit unserer Sendung alles in Ordnung gewesen. Was, wenn die Hälfte der Kugeln in der Verpackung zerbrochen ist?«

»Mal den Teufel nicht an die Wand!« Mit einem Schritt war Johanna bei ihr und nahm ihr den Brief aus der Hand. Mit dem Fingernagel ritzte sie ihn der Länge nach auf. Zwei kleinere Kuverts fielen ihr entgegen.

»Der hier ist für dich!« Sie übergab Ruth einen cremefarbenen Umschlag, den diese so behutsam, als handele es sich um ein rohes Ei, in ihre Schürzentasche steckte.

Mit einem Rascheln faltete Johanna einige dünne Bögen Papier auseinander, in die allesamt der grüne Woolworth-Diamant eingraviert war. Hastig überflog sie die ersten Zeilen.

»Das darf doch nicht wahr sein!« Sie ließ den Brief sinken und schaute konsterniert von einer zur andern. »Eine neue Bestellung – jetzt schon? Wie soll das gehen? Das muss ein Versehen sein!« Sie begann, wie wild die anderen Bögen durchzublättern.

Ruth zeigte indessen auf den unteren Teil der ersten Seite. »Das ist doch Stevens Schrift! Johanna, ich warne dich: Wenn du nicht gleich vorliest, was er geschrieben hat, passiert etwas!«

Johanna war jedoch dabei, den Poststempel zu entziffern.

»Er hat den Brief am 13. Dezember geschrieben und wohl auch gleich weggeschickt«, erwiderte sie stirnrunzelnd.

Ehe sie sich versah, riss Ruth ihr den Brief aus der Hand und begann, Stevens handschriftliche Notiz vorzulesen.

Verehrte Ruth, verehrte Johanna und Marie! Sicher erstaunt es Sie, schon heute wieder on mir zu hören. Ich muss Ihnen leider mit teilen, dass wir uns mit Ihren Christbaumkugeln völlig verkalkuliert haben.

»Um Gottes willen – heißt das, niemand will meine Kugeln haben?«, fuhr Marie mit Angst geweiteten Augen dazwischen. »Oder sind sie den Amerikanern zu teuer?«

Ruth verdrehte die Augen. »Ihr macht mich beide wahnsinnig!«, rief sie und nahm den Brief wieder auf.

Was ich damit sagen möchte:

Sie sind ausverkauft. Alle! Bis auf die letzte Winterlandschaft!

28

Hastig warf Ruth noch eine zusätzliche Decke über Wandas Kinderwagen, bevor sie das Gefährt nach draußen schob. Ohne Abschiedsgruß schlug sie die Tür hinter sich zu. Sie tastete ein letztes Mal nach Stevens Brief. Als sie diesen sicher in ihrer Manteltasche spürte, zog sie ihre Fäustlinge über. Dick in Strickjacke, Mantel und Schal eingemummelt lief sie los. Wenn es nach ihr ging, würde sie so bald nicht wieder kommen.

Raus, nur raus! Niemanden sehen, niemanden hören. Ruhe haben, um Stevens Brief zu lesen.

Bei jedem Schritt spritzte der matschige Schnee an Ruths Rock hoch. Sie musste kräftig schieben, damit sich die Räder von Wandas Kinderwagen überhaupt bergaufwärts bewegten. Dort, wo die Sonne zwischen den Häusern durchkam, spürte sie ihre Wärme in Genick und Rücken. Tauwetter.

Als sie in die Nähe des Heimerschen Hauses kam, beschleunigte sie ihren Schritt nochmals. Thomas über den Weg zu laufen, wäre das Letzte, was ihr jetzt noch fehlte! Es reichte, das neue Jahr mit *einem* Streit zu beginnen!

Erst, als sie Lauscha hinter sich gelassen hatte, blieb sie stehen und ruhte sich aus. Sie hob einen kleinen Ast auf und gab ihn Wanda zum Spielen. Während diese glücklich vor sich hinbrabbelte, ging Ruth weiter hinauf in den Wald. Die Last des Schnees war so schwer, dass sich die Tannen wie bucklige alte Weiber darunter krümmten. Im Sonnenschein glitzerte ihr Weiß fast silbern, und es war so gleißend hell, dass Ruth ihre Augen zukneifen musste. Sie hätte sowieso keinen Blick für die Schönheit des Wintertages übrig gehabt.

»Dreißigtausend Christbaumkugeln bis Mitte August – ohne mich!«

Noch immer tönten ihr Maries Worte im Ohr.

Wie vom Donner gerührt hatten Johanna und sie ihren Freudentanz eingestellt.

»Ich will keine Massen produzieren, versteht ihr das nicht?«, hatte sie ihnen entgegengeschleudert. »Da kann ich gleich bei Heimer bleiben. Bei ihm habe ich wenigstens nach zehn Stunden Feierabend und kann mir dann neue Entwürfe ausdenken.«

»Aber das könntest du doch erst recht, wenn du die Arbeit bei Heimer aufgibst!«, hatte Johanna ihr entgegnet und auf Stevens Anmerkungen gezeigt.

»Hier steht doch Schwarz auf Weiß, dass du in der Gestaltung der Kugeln völlig freie Hand hast! Sie dürfen lediglich nicht wesentlich teurer sein als die der letzten Lieferung.«

»Siehst du – schon die erste Einschränkung«, hatte Marie patzig zurückgegeben.

»Außerdem: Wann sollte ich mir denn neue Formen ausdenken, wenn ich Tag und Nacht am Bolg sitze? Magnus sieht das übrigens genau so wie ich«, hatte sie noch hinzugefügt. Als ob Griseldis' Sohn irgendetwas mit ihnen zu tun hatte!

Ruth schluckte hart. Noch immer stand sie Maries Haltung völlig verständnislos gegenüber. Statt sich zu freuen, einen Abnehmer für ihre neuen Entwürfe gefunden zu haben, statt sich zu freuen, ihre Arbeit in der Heimerschen Werkstatt endlich aufgeben und dafür in die eigene Tasche wirtschaften zu können, hatte Marie nur lamentiert. Allmählich konnte sie das Künstler-Gefasel nicht mehr hören! Dass sie dabei nur an sich dachte, merkte Marie gar nicht. Johanna und sie konnten nun einmal nicht Glas blasen, in dieser Hinsicht waren sie auf Marie angewiesen. Wenn sie also auf ihre »künstlerische Entfaltung« pochte, gefährdete sie Johannas und ihre Zukunft. Aber das schien Marie gleich zu sein! Von wegen: »Wir Steinmänner halten zusammen!«

Ruth blieb abrupt stehen. Vielleicht war es ein Fehler gewesen, mitten im Streit so einfach aus dem Haus zu rennen. Aber mit Stevens Brief in der Hand hatte sie das Gezeter einfach nicht mehr ertragen. Sie hatte das Glücksgefühl in ihrem Bauch behüten wollen wie ein nestjunges Küken. Vorsichtig tastete sie durch den Mantelstoff nach dem Brief. Er war noch da. Gut.

Je steiler es wurde, desto heftiger brannte Ruths Lunge durch das rasche Laufen, doch gleichzeitig wurde ihr Kopf einigermaßen klar. Oben an der Aussichtsbank angekommen, hatte sie sich wieder etwas beruhigt. Und das war gut so – sie wollte Stevens Brief lesen, ohne durch den lächerlichen Streit beeinträchtigt zu sein.

Sie deckte Wanda, die inzwischen eingeschlafen war, bis zur Nasenspitze zu und schob ihren Wagen an eine besonders sonnige Stelle. Dann setzte sie sich auf die Bank, deren Holz sich warm und trocken anfühlte. Es war das erste Mal, dass sie seit der Trennung von Thomas hier oben war. Halbwegs hatte sie erwartet, von Erinnerungen gepeinigt zu werden, doch nichts. Nicht einmal die Tatsache, dass sie hier, an diesem Platz, ihre Unschuld verloren hatte, bedeutete ihr noch etwas. Fast kam es ihr vor, als hätte das alles in einem anderen Leben stattgefunden. Unwirsch scheuchte sie auch noch den letzten Gedanken daran weg und machte Platz für Steven.

Steven. Ihre große, ferne Liebe.

Seit seiner Abreise hatte sie sich jeden Morgen beim Aufwachen gefragt, ob sie ihn noch liebte. Und jedes Mal war die Antwort ein eindeutiges »Ja« gewesen.

Und dennoch: Ihre Entscheidung stand nach wie vor offen. Sie war sich zwar ihrer Gefühle sicher, aber tief drinnen verspürte sie ein hartnäckiges Quentchen Angst, ob wohl auch Stevens Gefühle noch dieselben waren. Ein Strohfeuer? Eine Liebe, die sich in Schall und Rauch auflöste, während einer seiner Briefe über den Ozean schaukelte? Es wäre nicht das erste Mal gewesen, dass so etwas geschah. Sie, Ruth, konnte davon ein Liedchen singen.

Bedächtig nahm sie nun Stevens Brief aus der Manteltasche, ebenso bedächtig öffnete sie ihn.

Geliebte Ruth!
Wie gern wäre ich jetzt bei Dir, wo immer Du auch bist! Doch das Einzige, was ich tun kann, um Dir nahe zu sein, ist, Dir meine Gedanken zu schicken. Und diesen Brief.
Bitte wundere Dich nicht, dass Du heute nicht mehr Briefe von mir bekommst – wie immer gab es in den letzten Wochen des Jahres unendlich viel Arbeit, so dass mir kaum Zeit für andere Dinge blieb. Trotzdem habe ich fast nichts anderes getan habe, als an Dich zu denken. Liebeskranke, lächerliche, glücklich-unglückliche Gedanken. Glücklich deshalb, weil es Dich gibt.

Und unglücklich, weil Du nicht bei mir sein kannst. Noch nicht.
Bisher ist kein Tag vergangen, an dem ich mich nicht morgens, mittags und abends nach Dir gesehnt habe. Manchmal wache ich sogar nachts auf und habe Dein engelsgleiches Gesicht vor mir. Höre Deine Stimme, die so wunderbar erzählen kann. Sehe Deine dunklen Augen, in denen so viel Gefühl liegt. Manchmal ist mein Sehnen so groß, dass es weh tut. Ist es für einen Mann gebührlich, seine Gefühle derart zu offenbaren? Ich weiß es nicht. Ich weiß nur, dass ich es tun muss.
Vor zwei Tagen konnte ich endlich Kontakt zu meinem Bekannten aufnehmen und ihm mein Anliegen vortragen. Er wäre bereit, uns zu helfen und die entsprechenden Unterlagen für Dich und Wanda zu besorgen. Nun warte ich nur noch auf Deine Nachricht. Ohne Dich in irgendeiner Weise zu bedrängen, möchte ich darauf hinweisen, dass mein Bekannter spätestens Anfang März *mit seinen Vorkehrungen beginnen müsste, um bis zum 15. April – an diesem Tag legt mein Schiff, die MS Boston, in Richtung Europa ab – alles fertig zu haben.*

»Anfang März!«, sagte Ruth laut vor sich hin. Das würde ja bedeuten, dass sie Steven spätestens in zwei Wochen einen Brief mit ihrer Entscheidung schicken müsste …

Was sagt Ihr zu dem Auftrag – ist es nicht grandios? Der Erfolg Eurer Christbaumkugeln hat wirklich all unsere Erwartungen übertroffen. Nun kann Mister Woolworth es kaum erwarten, auch die Valentine-Hearts zu erhalten – Glaskunst aus dem Thüringer Wald scheinen die Amerikaner wirklich sehr zu lieben! Meiner Einschätzung nach wird es Euch zukünftig an Arbeit nicht mehr mangeln! Selbstverständlich würden solche Aufträge künftig auch unter veränderten Umständen *an die Geschwister Steinmann vergeben werden. Es gibt Dinge, die man von Amerika aus sogar noch viel besser organisieren kann – wenn Du verstehst, was ich damit meine. Wie gesagt: Es ist alles eine Frage der Planung und Organisation. Aber darüber hinaus ist es vor allem eine Frage des Herzens.*

Deines Herzens.

Und deshalb erwarte ich mit sehnsüchtigem Bangen baldmöglichst Deine Antwort.

Dein Dich liebender Steven.

Ruth ließ den Brief sinken. Ihr Herz tat so weh, dass sie beide Hände gegen ihre Brust drücken musste. Es war ein Wunder, dass man einem Menschen, den man kaum kannte, so tiefe Gefühle entgegen bringen konnte.

»Ich liebe Dich auch«, flüsterte sie und schaute zu, wie die vier kleinen Wölkchen kalter Atemluft sich verflüchtigten. Vielleicht würden sie ja irgendwie auf der anderen Seite des Atlantiks ankommen?

Bergab war es mit Kinderwagen noch anstrengender als aufwärts. Bei jedem Schritt musste Ruth sich konzentrieren, wollte sie nicht ausrutschen. Ihre dünnen Stiefel waren völlig durchnässt und boten ihr keinen Halt. Mit aller Macht klammerte sie sich am Griff des Wagens fest. Was immer geschehen würde – ob sie stolperte, ausrutschte oder fiel, niemals würde sie den Wagen mit Wanda darin loslassen. Bald zitterten ihre Oberarme, und sie begann, unter ihren dicken Kleidern zu schwitzen.

Als sich ein Wolkenberg vor die Sonne schob, atmete Ruth erst einmal auf. Doch schon im nächsten Moment machte sich eine seltsame Beklemmung in ihr breit: So grell und warm zuvor alles gewesen war, so düster und kühl war es nun. Und mit jedem Schritt weiter hinab ins Tal wurde es noch dunkler. Plötzlich hatte sie das Gefühl, als würden die Berghänge auf sie herabstürzen.

Sie sah ihn erst, als es zu spät war, um auszuweichen –

gleich bei den ersten Häusern des Dorfes. Augenblicklich wurde ihr Blick unruhig. Wie ein Tier, das in die Enge getrieben wurde, schaute sie sich nach einem Schlupfloch um. Vergebens. Thomas stand mitten auf der Straße, als hätte er auf sie gewartet.

»Frohes neues Jahr!« Unbeholfen zog er seine Kappe.

»Frohes neues Jahr«, murmelte auch Ruth. Ohne ihn anzuschauen, wollte sie an ihm vorbei. Unwillkürlich zog sie dabei ihr Genick ein. Vielleicht würde er sie in Ruhe lassen …

Doch als sie mit ihm auf einer Höhe war, packte er sie plötzlich am Handgelenk.

»Ruth! Bitte bleib stehen und lass uns reden.«

Thomas sah nicht gut aus. Alte Bartstoppeln ließen sein Kinn fast schwarz aussehen, bläuliche Schatten lagen unter seinen Augen. Die Bierfahne, die ihn umgab, war so stark, dass Ruth das Gefühl hatte, sie sehen zu können.

Ihr Ehemann.

Auf einmal war sie unsäglich traurig.

»Was haben wir beide noch zu bereden?«, sagte sie müde und entwand ihre Hand aus seiner Umklammerung.

»Neues Jahr, neues Glück – heißt es nicht so?« Er bemühte sich um ein Lächeln. »Ruth, komm zurück zu mir!« beschwor er sie. »Ich … vielleicht war ich nicht immer ein guter Ehemann. Aber das wird sich ändern, das verspreche ich dir. Ich werde mich anstrengen. Nicht mehr so viel trinken, wenn dich das stört. Du und ich, das war doch mal was! Denk doch an unsere Hochzeit …« Er brach ab, als sei er seiner Sache unsicher.

Ruth schwieg weiterhin – was hätte sie auch sagen sollen? Dass alles ein Fehler gewesen war, nichts als ein Fehler?

»Wenn du willst, fahren wir gleich am nächsten Samstag zusammen nach Sonneberg und kaufen etwas Hübsches zum Anziehen für dich. Oder für Wanda.« Er warf seiner Tochter einen flüchtigen Blick zu.

»Das letzte halbe Jahr ohne dich, allein in der Wohnung …« Er schüttelte den Kopf. »Das ist doch kein Leben! Und du bei deinen Schwestern – so kann es doch nicht ewig weitergehen.«

Krampfhaft suchte Ruth nach einer passenden Erwiderung – vergeblich. Sie hatte sich mit Thomas Heimer nichts mehr zu sagen. So einfach war das. Das Einzige, was sie in diesem Moment für ihn aufbrachte, war eine Art Mitleid: Und wenn er sich noch so sehr bemühte – Thomas würde nie ihre Sehnsucht stillen können. Und sie nicht die seine.

… bisher ist kein Tag vergangen, an dem ich mich nicht morgens, mittags und abends nach Dir gesehnt habe. Manchmal ist mein Sehnen so groß, dass es weh tut …

Durch ihr Schweigen ermutigt, fuhr Thomas mit seinen Beschwörungen fort. »Wir sind doch noch jung. Und haben das Leben noch vor uns. Wer weiß? Vielleicht wird unser nächstes Kind ein Sohn? Und wenn nicht, dann ist es auch egal. Irgendwann wird es mit einem Nachfolger klappen. Wir müssen nur Geduld haben! Das sagt auch mein Vater. Alles andere sei gar nicht möglich. Wo wir selbst doch auch drei Buben waren.«

Ruth glaubte, nicht recht zu hören. Wie weggeblasen war ihr Mitleid. »Du redest von mir wie von einer Zuchtkuh! Wie kannst du nach allem, was passiert ist, von einem Sohn faseln? In dem Moment, wo du die Hand gegen Wanda erhoben hast, hast du jedes Recht als mein Ehemann verspielt.« Nie würde sie jene Nacht vergessen. Wie er betrunken ins Schlafzimmer getorkelt war. *Ruth Heimer am Boden.* Hilflos hatte sie mit ansehen müssen, wie er sich über die Wiege gebeugt hatte und …

»Auf dem Papier sind wir vielleicht noch Eheleute, aber für mich sind wir längst geschieden! Lass mich durch, Thomas Heimer.«

»Nein, warte! Ruth, ich flehe dich an. In guten wie in schlechten Zeiten, heißt es nicht so?« Er lachte unbeholfen.

»Wenn wir es nur wollen, sind die schlechten Zeiten bald vorüber.« Er hielt sie am Ärmel fest.

»Die schlechte Zeit ist für mich tatsächlich vorüber. Weil ich mit dir nichts mehr zu schaffen habe«, erwiderte sie eisig. »Und jetzt lass mich endlich durch, sonst schrei ich die ganze Straße zusammen.«

»Ach, so ist das! Hat dein Hochmut immer noch kein Ende gefunden?« Wie bei einer Maschine, bei der ein Hebel umgelegt worden war, hatte seine Stimme ihren flehentlichen Ton verloren. Nun schrie er sie an.

»Da bettele ich gutmütiger Trottel dich an, zu mir zurückzukehren und du hältst mich zum Affen! Wenn du glaubst, das geht so weiter, dann hast du dich geschnitten, Ruth *Heimer*! Ich kann nämlich auch anders. Von wegen ›geschiedene Leute‹! Wenn du denkst …«

Sein Geschrei weckte Wanda. Ihre Kinderaugen waren vorwurfsvoll auf Ruth gerichtet, ihre Hände hilfesuchend nach ihr ausgestreckt.

In diesem Moment packte Ruth eine kalte Wut.

»Was ich denke, geht dich gar nichts an«, unterbrach sie ihn. »Und drohen lasse ich mir von dir auch nicht mehr!« Sie bemühte sich nicht, leise zu sein. Sollte doch jeder hören, was sie zu sagen hatte! Sollten doch alle Nachbarn ihre Köpfe aus den Fenstern strecken, es war ihr egal.

»Geh mir aus dem Weg«, wiederholte sie, dieses Mal mit mehr Bestimmtheit als zuvor. Als er tatsächlich zur Seite trat, war sie dennoch verblüfft. Sie hatte sich auf einen weiteren Wortwechsel eingestellt. Nun war sie es, die einen Schritt auf ihn zumachte.

»Wenn ich dir einen guten Rat geben darf: Ein Bad würde dir nicht schaden. Du stinkst, als hättest du einen Brauereiwagen leer gesoffen. Aber wie ich dich und deine Sippe kenne, kann das in der Silvesternacht sogar gut der Fall gewesen sein.«

Sie warf ihm einen letzten abschätzigen Blick zu, dann ging sie weiter, ohne sich noch einmal umzudrehen.

29

»Ich bin mir nicht sicher, ob ich das alles verstanden habe.« Marie runzelte die Stirn und wandte sich Peter zu, der neben ihr auf seiner Küchenbank saß.

»Lass mich noch einmal alles zusammenfassen: Du schlägst vor, dass wir die Wand zwischen unserem und deinem Haus durchbrechen, um dadurch eine größere Werkstatt zu bekommen.«

Johanna verdrehte die Augen. »Das haben wir doch schon längst erklärt! Es gäbe dann nur noch eine große Werkstatt, in der wir alle gemeinsam arbeiten.«

Ohne sich um Johanna zu kümmern, fuhr Marie fort: »In dieser Werkstatt würde es zwei Bolge, aber drei Glasbläser geben: dich, mich und Magnus.«

Krampfhaft suchte sie im Stillen nach dem Haken an der Sache, doch es wollte ihr keiner einfallen. Peters Plan schien wirklich Hand und Fuß zu haben! Sie wollte sich dennoch nicht zu früh freuen. Hatten die anderen wirklich verstanden, dass es sich bei ihren Forderungen nach etwas Zeit für sich nicht um Spinnerei handelte – was Ruth ihr vorgeworfen hatte –, sondern um etwas für sie Lebenswichtiges?

Peter nickte. »Natürlich müssten wir erst mit Magnus reden, ob er überhaupt Interesse hat, die Glasbläserei zu erlernen. Und selbst wenn dem so wäre, müsste man abwarten, ob er das Zeug dazu hat. Das Glasblasen liegt ihm schließlich nicht im Blut so wie uns.«

So wie uns – Maries Brust schwellte stolz an.

»Bei aller Freundschaft zu Magnus – ich frage mich, *was*

ihm überhaupt im Blut liegt. Was macht er denn schon, seit er aus der Fremde zurück ist? Die paar Botengänge kann man ja kaum eine sinnvolle Aufgabe nennen, oder?«, bemerkte Johanna. Sie schüttelte den Kopf.

»Magnus ein Glasbläser – ich weiß nicht. Er ist ein netter Kerl, aber ob auf ihn Verlass ist? Wahrscheinlich haben wir ihn gerade angelernt und er geht wieder auf und davon! Dieser Teil deines Plans gefällt mir ehrlich gesagt am wenigsten.«

»Und mir gefällt nicht, wie du von ihm sprichst!« Maries Wangen glühten. »Magnus kann schließlich nichts dafür, dass sein Vater kein Glasbläser, sondern ein versoffenes Ekel war. Was glaubst du, warum er damals einfach weggerannt ist? Weil er das alles nicht mehr ausgehalten hat! Wenn Joost so jemand gewesen wäre, hätten wir vielleicht genauso gehandelt! Dass er nochmals in die Fremde will, glaube ich nicht. Im Gegenteil, er ist froh, endlich wieder in Lauscha zu sein. Und für die Glasbläserei interessiert er sich wie kein anderer! Aber du …«

»Jetzt reg dich nicht so auf! Man wird ja wohl noch seine Zweifel äußern dürfen«, unterbrach Johanna sie eingeschnappt.

Marie erwiderte: »Du brauchst gar nicht so schnippisch zu sein. Ich wäre froh, wenn Magnus bei uns mitmachen würde! Ein dritter Glasbläser wäre eine große Hilfe. Ohne ihn …«

»Ach, willst du uns jetzt etwa erpressen?«, fuhr Johanna auf. »Wenn dein *allerbester Freund* Magnus …«

»Jetzt langt's!«

Mit einem Donnern ließ Peter seine Faust auf den Tisch knallen. Er stand auf und ging zum Fenster. Düster starrte er auf die beiden Frauen hinab.

»Allmählich habe ich die Nase voll von dem ganzen Theater! Die eine rennt auf und davon, als ginge sie das Ganze hier nichts an. Ihr beiden kommt zu mir, um meinen Rat zu hören. Doch statt gemeinsam nachzudenken, streitet ihr euch wie zwei alte Hennen. Vielleicht war ich ein wenig voreilig mit meinem Vorschlag. Wenn ich mir vorstelle, künftig solche Streitereien täglich um mich zu haben, nein danke! Meine Arbeit ist zu kompliziert, als dass ich mich ständig davon ablenken lassen kann.«

Marie schluckte. Das hatten sie nun davon.

»So war das alles nicht gemeint«, kam es kleinlaut von Johanna. »Wir sind nur ein wenig aufgeregt. Wegen dem Auftrag und weil Ruth einfach so davon ist. Und – ach, ich weiß auch nicht!« Hilflos ließ sie die Arme sinken.

»Johanna hat Recht«, sagte nun auch Marie zähneknirschend. »Und du hast auch Recht! Wenn wir wirklich den großen Auftrag fertig stellen wollen, kann das nur so funktionieren, wie du es vorschlägst.«

Seufzend setzte sich Peter wieder an den Tisch. »Warum nicht gleich so?« Dann wandte er sich an Johanna.

»Die Arbeit am Bolg muss sich auf drei Schultern verteilen! Marie braucht nämlich dringend Zeit, sich an neuen Entwürfen zu versuchen. Oder hört sich dieser Woolworth an wie jemand, der Jahr für Jahr dasselbe kaufen will? Na also! Wenn Marie ihm jedoch immer wieder neue Ideen und Entwürfe liefert, ist das doch die Garantie für weitere Aufträge.«

Maries Miene hellte sich wieder auf. Ideen hatte sie genügend. So wollte sie beispielsweise versuchen, für die Eiszapfen, die ihr anfänglich so missraten waren, eine Form anzufertigen und …

»Und wenn wir schon dabei sind, Arbeit zu verteilen, dann schlage ich vor, dass wir außerdem Griseldis einstellen. Die paar Mark, die Heimer ihr zahlt, bringen wir auch noch auf. Dafür bekommen wir die beste Silberbadmischerin, die es in Lauscha gibt.«

»Hinter dir verbirgt sich ja ein richtiger Geschäftsmann.« Johanna schaute Peter verwundert an, als sehe sie ihn zum ersten Mal. Im nächsten Moment umarmte sie ihn.

»Wenn wir dich nicht hätten! Ehrlich gesagt, ging es mir anfänglich wie Marie: Ich habe nur den großen Berg an Fragen und Probleme gesehen. Mit solch einem Riesenauftrag hat doch kein Mensch rechnen können!«

»Tja, Johanna Steinmann, manchmal kann es nicht schaden, auf mich zu hören. Auch wenn dir das schwer fällt.« Peter grinste. »Lasst uns weitermachen, bevor wir wieder aus dem Konzept kommen.« Er kratzte sich an der Stirn.

»Bei aller Liebe zu euch – meine Patienten lasse ich nicht im Stich! Und während der Hitze muss ich mich zumindest für ein paar Stunden auch in der Glashütte blicken lassen. Deshalb werde ich von vorn herein nur einen halben Tag für den Christbaumschmuck einplanen und mir die andere Hälfte vor allem für die Augenmacherei frei halten. Was mit meinen Glastierchen passiert, wird man sehen. Die sind zwar ein gutes Zubrot, aber an ihnen hängt mein Herz nicht so sehr, als dass ich sie nicht aufgeben könnte.«

Johanna runzelte die Stirn. »Eine Frage hätte ich noch …«, sagte sie fast schüchtern.

Peter lachte. »Jetzt tu nicht so, als würde ich beißen! Es ist nur so, dass man euch Steinmännern ab und an den Kopf waschen muss! Ihr habt nämlich alle drei einen gewaltigen Dickschädel. Also, was ist?«

»Wenn es nur noch eine Werkstatt gibt, wo willst du dann deine Augenpatienten empfangen? Denen würde es sicher nicht gefallen, zwischen blauen und silbernen Christbaumkugeln ein Auge angepasst zu bekommen.«

»Wir trennen einfach eine Ecke der Werkstatt ab!«, schlug Marie vor, ehe Peter antworten konnte. Nun, da alles schon so weit durchdacht war, wollte sie nichts mehr von neuen Problemen hören. Sie wollte zeichnen, sich neue Motive für Kugeln ausdenken, eine neue Silberbadmischung testen …

»Und wenn wir schon dabei sind, trennen wir gleich eine zweite Nische für mich ab. Manchmal muss ich mich einfach ein wenig zurückziehen können.« Im Stillen erwartete Marie neue Einwände von Johanna, doch es kamen keine.

»Das wäre eine Möglichkeit.« Peter griff in die Schublade unter der Tischplatte und holte Bleistift und Papier heraus. Mit wenigen Strichen skizzierte er die Umrisse der neuen Werkstatt.

»Die beiden Gasanschlüsse müssten im vorderen Teil bleiben, wo sie jetzt schon sind. Das bedeutet, dass wir die Arbeitstische nur dahinter in die Mitte stellen können. Das bietet sich auch an, denn dort ist am meisten Platz zum Bemalen, Versilbern und Einpacken.«

»Und zum Verzieren!«, warf Marie ein. »Ich habe Kugeln im Kopf, die mit leonischen Drähten umwickelt werden und andere, auf die bunte Glasperlen aufgeklebt werden und …«

»Das tut doch jetzt nichts zur Sache. Im Augenblick geht es lediglich um die Platzaufteilung«, unterbrach Johanna sie ungeduldig.

Peter warf beiden einen warnenden Blick zu.

»Hierher könnte man jeweils einen Tisch für Marie und mich stellen.«

Er malte an den entsprechenden Stellen zwei Vierecke ein. »Hier könntest du in aller Ruhe studieren und arbeiten.«

In aller Ruhe studieren – das wurde ja immer besser! Maries Augen glänzten.

»Ein Regal für meine Bücher und anderen Unterlagen bräuchte ich auch!«, warf sie mutig ein.

»Das ist ja nun wirklich kein Problem!« Johannas Augen blitzten. »Wenn wir als Abtrennung für deine Ecke den Schrank nehmen, der oben in Vaters Zimmer steht, könntest du darin deine ganzen Utensilien aufbewahren. Ein weiterer Vorteil wäre, dass es oben mehr Lagerraum geben würde.«

»Lagerraum!« Marie schlug eine Hand vor den Mund.

»Daran haben wir ja noch gar nicht gedacht! Wo um alles in der Welt sollen wir zehntausend verpackte Kugeln lagern?«

Stundenlang überdachten sie ihre Ideen und verwarfen sie wieder. Die Luft in Peters Hütte war geschwängert mit Aufregung, Freude und auch ein wenig Angst vor der Zukunft. Ans Mittagessen dachte an diesem Tag keiner. Erst am Nachmittag stellte Peter Brot und Käse auf den Tisch. Während Marie ins Nebenhaus rannte, um einen Ring Wurst beizusteuern, war von Ruth immer noch nichts zu sehen. Wie konnte man nur so kindisch sein!

Keiner schenkte dem Essen große Beachtung, stattdessen griff immer wieder jemand mit fettigen Fingern zu Papier und Bleistift, um einen Gedanken zu notieren. Die Liste mit Punkten, die baldmöglichst zu erledigen waren, wurde länger und das Unternehmen nahm Gestalt an.

Sie war bei ihrer zweiten Scheibe Brot, als Johanna ihr Messer aus der Hand legte und sich die Hände an ihrer Schürze abwischte.

»Eigentlich fehlt uns nur noch eines …«

»Und das wäre?«, fragte Peter.

Der Blick, den er ihr zuwarf, war so voller Verlangen, dass es Marie einen Stich versetzte. Oh, wie gut kannte sie das Gefühl, sich seinem Ziel so nah und gleichzeitig so fern zu wissen!

»Einen Namen. Unser Unternehmen braucht einen neuen Namen! Darf ich?« Sie zeigte auf den Stift in Peters Hand.

Er gab ihr den Stift. »Du tust doch sowieso, was du willst.« Sein Schulterzucken sollte gleichgültig wirken, doch Marie hatte plötzlich das Gefühl, als ob es um viel mehr als nur einen Namen ginge.

»Hier steckt ihr alle!«

Drei Köpfe fuhren herum, als Ruth in der Tür stand.

»Da kann ich mir drüben lange die Kehle aus dem Hals rufen!«

Mit geübtem Schwung hievte sie Wanda auf eine Hüfte, während sie mit der anderen die Tür hinter sich zustieß.

»Ich bin so hungrig, dass ich ein halbes Schwein essen könnte! Bis ganz oben im Wald bin ich gewesen, könnt ihr euch das vorstellen?« Noch halb im Stehen angelte sie sich ein Stück Brot aus dem Korb und biss davon ab.

»Was macht ihr denn da?«, fragte sie kauend und zeigte auf die Liste in Johannas Hand.

Sprachlos starrte Marie ihre Schwester an. »Eingebildete Künstlerziege« hatte Ruth sie beschimpft – und nun tat sie so, als hätte es den Streit am Vormittag gar nicht gegeben.

»Wenn du glaubst, dass wir dir jetzt nochmals alles vorkauen, dann hast du dich getäuscht«, erwiderte Johanna eisig. Demonstrativ drehte sie den Block um, so dass Ruth nicht einmal einen Blick darauf werfen konnte.

»Bitte schön! Ich werde schon noch früh genug erfahren, wie sich meine lieben Schwestern wegen des Auftrags entschieden haben.«

Hingebungsvoll schnitt Ruth ein paar dünne Scheiben Käse ab und belegte ihr Brot damit. Statt selbst zu essen, schob sie Wanda Stückchen für Stückchen in den Mund. Ihre Bewegungen waren hektisch.

»Ich habe Thomas getroffen.«

Die andern schauten auf. Das also war die Ursache für Ruths aufgekratzten Zustand.

»Und? Hat er wieder Ärger gemacht?«, fragte Peter stirnrunzelnd.

Ruth schüttelte den Kopf.

Während sie Ruths ausführlicher Schilderung der Begegnung folgten, zog Peter beiläufig Johannas Block zu sich her. Als handele es sich um die alles entscheidende Karte in einem Kartenspiel, drehte er ihn erst nach einigem Zögern um.

Mit gestrecktem Hals linste Marie ihm dabei über die Schulter – und hätte am liebsten laut gejubelt.

Peter ließ den Block sinken und grinste.

»Das ist zwar noch nicht ganz das, was ich mir vorstelle,

aber es ist immerhin schon einmal ein Anfang«, flüsterte er Johanna zu.

Irritiert schaute Ruth von einem zum andern.

»Hört mir überhaupt jemand zu? Was hast du da eigentlich?« Ehe Peter es verhindern konnte, schnappte sie ihm den Block aus der Hand.

»*Glasbläserei Steinmann-Maienbaum.*« Verwundert schaute sie auf.

»Was soll denn das bedeuten?«

30

Von diesem Tag an änderte sich das Leben im Steinmann-Haus grundlegend – und wieder einmal wurden die Geschehnisse um die drei Schwestern zum Dorfgespräch.

Marie und Griseldis kündigten am selben Tag ihre Arbeit. Wilhelm Heimer stand mit offenem Mund da und musste zuschauen, wie seine begabteste Malerin und seine beste Silberbadmischerin die Werkstatt verließen, ohne sich noch einmal umzudrehen.

Unter lautem Hämmern wurde die Mauer zwischen dem Steinmann-Haus und dem von Peter herausgeschlagen und neue Stützbalken eingezogen. Der Raum, der dadurch entstand, war zwar immer noch nicht so groß wie die Heimersche Werkstatt, aber er war wesentlich großzügiger als die zwei kleinen Kammern zuvor. Möbel wurden gerückt und die Männer vom Gaswerk kamen, um die Leitung, die sich doch als ein Stück zu kurz herausstellte, um drei Ellen zu verlängern.

Das Schild mit der Aufschrift »Glasbläserei Steinmann-Maienbaum«, das Peter und Magnus demonstrativ zwischen den beiden Häusern anbrachten, wurde zum bestaunten Objekt aller, die daran vorüber gingen: Umrahmt von roten und dunkelblauen Christbaumkugeln hatte Marie die Buchstaben in der Art von Tannenzweigen gestrichelt – die Wirkung war verblüffend und nahm das Auge des Betrachters unwillkürlich gefangen. Neben der Kunstfertigkeit war natürlich auch die Aussage des Schildes selbst von größtem Interesse: Dass Peter und die Steinmann-Schwestern gemeinsame Sache machten, ohne dass eine mit ihm verheiratet war, schien nur ein weiteres Anzeichen dafür zu sein, dass es in der Weiberwirtschaft nicht mit rechten Dingen zuging!

Während Johanna und Marie in der Glashütte waren, um Rohlinge zu ordern, fuhr Ruth zusammen mit Wanda nach Sonneberg, um die Auftragsbestätigung an Woolworth loszuschicken. Mit zittrigen Fingern und klopfendem Herzen gab sie an diesem Tag einen weiteren Brief auf.

Das neue Jahr war noch keine zwei Wochen alt, als die Produktion in der neuen Werkstatt anlief. Obwohl sie nicht aneinander gewöhnt waren, glich der tägliche Arbeitsrhythmus bald dem einer eingespielten Gruppe. Vormittags saßen Peter und Marie am Bolg und bliesen auf. Die fertigen Kugeln wanderten dann einen Tisch weiter zu Ruth und Griseldis, wo sie verspiegelt wurden. Dank Griseldis' Spezialrezept besaßen die Kugeln von Anfang an den begehrten rein silbernen Glanz, ohne von grauen Schlieren oder matten Flecken getrübt zu werden. Mehr als einmal gratulierte sich Johanna zu ihrem Entschluss, Griseldis einzustellen, und vergaß dabei geflissendlich, dass es eigentlich Peter gewesen war, der den Vorschlag zuerst geäußert hatte.

Johanna kümmerte sich in den Vormittagstunden meist um schriftliche Belange: Sie arbeitete ein Artikelnummernsystem aus, nach dem sie dann nachmittags Etiketten und Kartons beschriftete. Sobald sie damit auf dem Laufenden war, wollte sie mit dem Erstellen eines Kataloges beginnen – man musste schließlich für die Zukunft denken!

Gegen Mittag setzte sich stets Magnus an Maries Bolg und übte sich im Kugelblasen. Dabei schauten ihm abwechselnd Peter oder Marie über die Schulter, gaben Ratschläge oder verbesserten seine Haltung. Man konnte zwar nicht behaupten, dass er sich über Nacht als begnadeter Glasbläser entpuppte, aber er machte seine Sache ordentlich und nach einiger Zeit brachte er immerhin schon einfache Kugeln zustande, auch wenn dabei zehn Kugeln zehn verschiedene Größen statt einer einheitlichen aufwiesen.

Während die verspiegelten Kugeln auf den Nagelbrettern trockneten, setzten sich alle an den Mittagstisch und aßen, was Griseldis schon am frühen Morgen gekocht hatte. Von Anfang an hatte sie darauf bestanden, diese Aufgabe zu übernehmen.

»Wenn ihr schon so ein altes Weib wie mich einstellt, dann will ich auch von Nutzen sein. Sonst wärt ihr mit einer Jungen aus dem Dorf besser bedient!«, hatte sie zu Johanna gesagt und gleichzeitig mit feuchten Händen aus Kartoffelteig Klöße geformt. Weder Johanna noch Ruth waren böse, das lästige Kochen loszusein und genossen den Luxus, sich mittags an einen gedeckten Tisch setzen zu können. Dass es bei ihnen für jedermann einen Teller gab, darauf legten sie größten Wert.

Nach dem Mittagessen waren die verspiegelten Kugeln ausgetrocknet und die Frauen machten sich nach Maries Anweisung ans Dekorieren: Die weiße Emailfarbe, die sie für ihre allerersten Winterlandschaften verwendet hatte, wurde nun durch eine breite Palette von Rot-, Blau- und Grüntönen ergänzt. Zu dem eigenhändig zerbröselten Glasstaub, den Marie anfänglich zum Bepudern der Eiskristalle verwendet hatte, gesellten sich weitere Dekorationszutaten wie gläserne Perlen und hauchdünn gesponnene Drähte. Wann immer Maries Blick auf den ganzen Glanz und Glimmer fiel, machte ihr Herz einen Hüpfer. Die prächtigen Farben, die Silberflüssigkeit und all die anderen glänzenden Zutaten – bald sah die Werkstatt aus wie die einer Waldfee, die Sternschnuppen an den Himmel zauberte! Und wie eine solche fühlte sich Marie manchmal auch. Nun, da sie endlich Zeit hatte, sich an neuen Formen und Mustern zu versuchen, kannte ihre Fantasie keine Grenzen mehr. Aus einem Dutzend verschiedener Kugeln wurden bald drei Dutzend und mehr. Die anderen unkten, dass Johanna – sollte sie überhaupt je mit ihrem Christbaumschmuck-Katalog beginnen – dank Maries Erfindungsgabe wahrscheinlich nie damit fertig werden würde.

Dass Maries Kugeln die schönsten von allen waren, sprach sich auch unter den anderen Glasbläsern herum. Immer wieder versuchte einer, unter einem Vorwand in die neue Werkstatt zu gelangen und dabei einen Blick auf Maries Entwürfe zu erhaschen. Doch in dieser Hinsicht blieb Johanna hart: Außer Peters Patienten durfte niemand in die Werkstatt. Sie wollte nicht, dass es Marie wie Karl dem Schweizer Flein mit seinen Glasrosen erging.

Während Marie sich wie ausgemacht nachmittags neuen Entwürfen widmete, ließ auch Peter die Christbaumkugeln liegen und kümmerte sich stattdessen um die schriftlichen Bestellungen von Glasaugen, die nach wie vor in großer Zahl bei ihm eingingen. Oder er empfing Patienten.

Seine Befürchtungen, diese würden sich von dem Geplauder, dem Singen und Lachen in der Werkstatt gestört fühlen, wurden bald zerstreut. Seine Patienten, die durch einen Schicksalsschlag ein Auge verloren hatten, waren vielmehr von der fröhlichen und arbeitsamen Atmosphäre angetan. Manch einer wollte gar nicht mehr gehen, sondern setzte sich nach seinem Besuch bei Peter zu den Frauen an den Tisch und schaute ihnen beim Bemalen und Verzieren zu.

Obwohl Weihnachten noch eine halbe Ewigkeit entfernt war, dauerte es nicht lange, bis der erste Gast fragte, ob er nicht ein paar dieser prachtvollen Kugeln kaufen könnte. Im ersten Moment wollte Johanna ablehnen – sie hatten schließlich einen Auftrag für Amerika zu fertigen –, doch dann überlegte sie es sich anders. Sie ließ den Mann, der mit seiner Tochter aus Nürnberg angereist war, zwölf Kugeln aussuchen und verpackte diese in einen Karton. Dann verlangte sie pro Kugel den doppelten Betrag, den Woolworth ihnen zahlte. Ohne Murren reichte der Nürnberger ihr das Geld und bedankte sich vielmals für Johannas Entgegenkommen. Als sie sich unter langem Händeschütteln von ihm verabschiedeten, ahnten weder Peter noch Johanna, dass sie aufgrund dieser Begebenheit einen weiteren großen Kunden gewinnen sollten.

Als wenige Wochen später die Anfrage eines großen Nürnberger Kaufhauses ins Haus flatterte, stellten sie nicht gleich einen Zusammenhang her. Erst beim zweiten Durchlesen dämmerte es Peter, dass einer der »Gebrüder Hoffmann & Söhne« der Vater der kleinen Siegrun war, die durch einen Reitunfall ein Auge verloren hatte. Dass der Mann außerdem Besitzer eines der größten Kaufhäuser in Nürnberg war, hatte Peter bis dahin nicht gewusst. Ein Briefwechsel folgte, weitere Musterkugeln wurden nach Nürnberg geschickt und Anfang März bekam die Glasbläserei Steinmann-Maienbaum einen weiteren Auftrag ins Haus.

Als Ende Februar der Postbote mit einer telegraphischen Nachricht an die Tür stand, wunderte sich inmitten des ganzen Trubels keiner mehr darüber.

Ein Telegramm aus Amerika? Warum nicht!

Dennoch waren alle gespannt, welche Nachrichten so wichtig waren, um auf diesem ungewöhnlichen und teuren Weg gesendet zu werden.

Wie immer war es Ruth, die die Post entgegennahm. Noch halb auf der Straße faltete sie das Blatt Papier auseinander.

»Hoffentlich ist die Sendung mit den Valentinsherzen gut angekommen«, murmelte Johanna. Obwohl in der Werkstatt alles bestens verlief, bekam sie es von Zeit zu Zeit mit der Angst zu tun. Die Demütigung, die sie durch die Sonneberger Verleger hatte erfahren müssen, saß ihr immer noch wie ein eingewachsener Spreißel im Fleisch, der immer dann zu piksen begann, wenn sie es wagen wollte, an ihr neues Glück zu glauben.

Alle Blicke waren auf Ruth gerichtet, die wie angewurzelt in der Tür stand und auf das Blatt Papier starrte.

»Wie lange willst du uns denn noch auf die Folter spannen!«, fuhr Johanna nervös auf. »Peter, interessiert es dich denn gar nicht, was es für Neuigkeiten aus Amerika gibt?«

Peter, der gerade dabei war, einem Kriegsveteranen ein neues Auge anzupassen, legte mit einem Seufzer die Karte mit den Augenfarben zur Seite. Er schätzte es gar nicht, in diesem kritischen Moment gestört zu werden.

Mit einer Hand am Hals, als müsse sie um Luft ringen, krächzte Ruth: »Das Telegramm ist von Steven. Er schreibt: *Valentine-Hearts angekommen. Alles i. O.*« Sie schaute auf.

»Gott sei Dank!«, entfuhr es Johanna. »Für einen Moment habe ich schon das Schlimmste befürchtet!«

»Schreibt er etwas darüber, wie sich die Herzen verkaufen?«, wollte Marie wissen.

Ruth verneinte. »Er kommt im Mai nach Sonneberg. Er will sich bei seinem Besuch deine neue Kugeln anschauen. Das bedeutet wohl ...«

»Ruth! Warum liest du nicht einfach vor, was er geschrieben hat?«, fauchte Johanna. »Das Telegramm ist schließlich an uns alle gerichtet!«

Peters Patient verfolgte gespannt das Geschehen – so interessant hatte er sich die lästige Prozedur nicht vorgestellt!

Als hacke sie Anzündholz klein, las Ruth schließlich Wort für Wort vor: »*Valentine-Hearts – angekommen – alles i. O. –*

komme 14. Mai – nach Sonneberg – Treffpunkt Hotel Schwanen – Erbitte je eine Musterkugel – aus neuer Kollektion – an Ruth Heimer – alle Vorkehrungen getroffen – Zeitplan knapp – Ende.« Sie schaute auf.

»Das war's. Bist du jetzt zufrieden?« Ruth zog Johanna eine Grimasse.

»Alle Vorkehrungen getroffen – was meint er damit?«, fragte Marie stirnrunzelnd.

»Es scheint, als ob Mister Woolworth Ruth auf keinen Fall verpassen will«, sagte Peter und fuhr an Ruth gewandt fort: »Du hast ja wirklich einen bleibenden Eindruck auf den Mann gemacht.«

»Die Nachricht ist doch gar nicht von Woolworth, sondern von seinem Assistenten Steven Miles!«, erwiderte Johanna und warf ihm einen vielsagenden Blick zu.

Marie schüttelte den Kopf. »Komisch hört sich das Ganze trotzdem an!«, beharrte sie. »Was interessiert es uns, ob sein Zeitplan knapp ist? Da müsste er einmal unseren sehen!«

Die anderen lachten.

Ruth schaute einher, als ginge sie das alles nichts an.

Marie jedoch wollte noch nicht von dem Thema lassen.

»Sie wollen neue Kugeln sehen, ist das nicht wunderbar? Was für ein Glück, dass ich schon einige auf Lager habe! Von nun an werde ich meinen Neuentwürfen noch mehr Zeit widmen.« Triumphierend schaute sie dabei in die Runde, doch außer von Magnus, der ihr beinahe stolz zunickte, kam keine Resonanz.

Kurz darauf machten sich alle wieder an ihre Arbeit und niemand kümmerte sich weiter um Ruth. Wie eine Schlafwandlerin ging sie durch den Raum und kniete sich zu Wanda nieder, die auf einer Decke saß und sich mit Holzklötzchen langweilte. Froh über jede Art von Abwechslung streckte sie Ruth ihre Kinderarme entgegen.

»Mein Engel. Mein süßes Mädchen!«

»Mama …«

Ruth strich Wanda die blonden Locken aus der Stirn, dann drückte sie sie fest an ihre Wange.

»Bald ist es soweit. Bald.«

Außer Wanda hörte niemand ihr Flüstern.

31

Die nächsten Wochen waren nicht leicht für Ruth.

An manchen Tagen drohte ihr Geheimnis ihr die Luft zu nehmen – so schlecht kam sie sich dabei vor. Wie sehr drängte es sie danach, sich Johanna und Marie zu offenbaren, die beiden vorzubereiten auf das, was kommen sollte! Sie wollte mit ihnen über die lange Reise reden, die vor ihr lag. Ihren Rat darüber einholen, was sie mitnehmen und was sie da lassen sollte. Stattdessen musste sie allein darüber grübeln, ob Wanda für die Zeit auf dem Dampfer ihren Wintermantel brauchen oder ob eine Jacke reichen würde – sie konnte schließlich nicht den ganzen Inhalt des Kleiderschranks in ihre Tasche stecken.

Was wäre es für eine Erleichterung gewesen, sich gemeinsam mit ihren Schwestern über ihr neues, bevorstehendes Glück zu freuen! Und mit ihnen zu weinen. Doch nichts davon konnte sie tun – Ruth war klar, dass ihre Ausreise mit gefälschten Papieren mehr oder weniger strafbar war. Doch je größer ihre Einsamkeit wurde, desto bitterer bereute sie das Versprechen, das sie Steven bezüglich ihres Stillschweigens gegeben hatte. Gleichwohl hätte sie sich lieber die Zunge abgebissen, als es zu brechen. Wenn ihre Not zu groß wurde, ging sie aus dem Raum, bevor sie sich verplappern konnte.

Mit jedem Tag, den sie in ihrem heimlich geführten Kalender abstrich, wuchs auch das Gefühl von Endgültigkeit in ihr: Plötzlich war jeder noch so alltägliche Handgriff bedeutungsvoll, ständig schossen ihr Gedanken durch den Kopf wie: *Das ist der letzte Sack Mehl, den ich auf dem Leiterwagen vom Krämerladen nach Hause karren werde.* Oder: *Das war das letzte Mal, dass ich für Wanda ein paar neue Schuhe bei Frau Huber gekauft habe.* Wehmütig stellte sie an Ostern einen Strauß Narzissen ins Fenster und fragte sich, ob es diese Blumen auch in New York geben würde. Und überhaupt: New York! Instinktiv versagte es sich Ruth, an die so ferne, so unbekannte Stadt und das Leben dort zu denken. Hätte sie das getan, wäre ihre Angst vor der Zukunft unermesslich geworden.

Als die Schwalben anfingen, unter der Dachluke des Badehauses ihr Nest zu bauen, wusste Ruth, dass sie schon fort sein würde, wenn die Jungvögel zu fiepen begannen.

Ganz schlimm war es, wenn jemand sie für zukünftige Vorhaben gewinnen wollte. Als Johanna sie fragte, was sie zu Pfingsten von einer Bahnreise nach Coburg halten würde, hatte Ruth Mühe, ihre Tränen zurückzuhalten. Schließlich kratzte sie von irgendwo her ein bisschen Enthusiasmus zusammen und murmelte: »Was für eine gute Idee!« Als sie einmal beim Mittagstisch Griseldis' sauer eingelegte Gurken lobte und die gute Seele versprach, zur Gurkenzeit im kommenden Juli ein paar Gläser mehr für die Steinmann-Schwestern zu machen, kam sich Ruth vor wie ein Schuft. All diese lieben Menschen würde sie für immer heimlich verlassen!

Nur wenn sie mit den anderen in der Werkstatt war, hatte die Wehmut keine Chance. Statt zu denken: *Das ist die letzte Eiskristall-Kollektion, die ich zusammen mit meinen Schwestern fertig machen werde,* fand sie den Gedanken, dass der Christbaumschmuck wie sie die lange Reise nach Übersee antreten würde, ungemein tröstlich. Wahrscheinlich würde sie die Entstehung von Maries neuester Idee einer Glockenserie nicht mehr erleben, dafür würde sie jedoch später die fertigen Glocken in New York in den Händen halten. Und vielleicht sogar ihren nächsten Weihnachtsbaum damit schmücken! Und so war jeder Griff nach einer Kugel, jedes Öffnen der Silberflasche und jeder Pinselstrich Balsam für ihre vom bevorstehenden Abschied geplagte Seele: Was auch immer passieren mochte – durch das Glas würde sie für ewig mit ihren Schwestern und mit Lauscha verbunden sein!

So verging ein Tag um den anderen, und Woche reihte sich an Woche.

»Also, ich geh noch hinüber zu Magnus!« Mit einer Strickjacke über der Schulter und ihrem Zeichenblock unter dem Arm war Marie schon halb zur Tür draußen, als Johanna sie noch einmal zurückrief.

»Musst du denn jeden Abend mit ihm verbringen? Ich weiß wirklich nicht, was du in ihm siehst«, sagte sie irritiert. »Sicher, Magnus ist ein netter Kerl, aber …«

»Was aber? Kein Aber, er ist ein netter Kerl und das reicht mir«, erwiderte Marie heftig. »Vielleicht ist es sogar genau das, was mich an ihm reizt: dass er nicht ständig etwas von mir will, mich nicht ständig fordert, so wie ihr es tut. Er nimmt mich, wie ich bin, einfach so. Und ich mache dasselbe bei ihm!«

Ruth tat, als hätte sie Johannas fordernden Blick nicht bemerkt, und fuhr fort, Wandas blonden Schopf mit einer weichen Bürste zu kämmen. Ihr war zwar auch nicht ganz klar, was Marie an Magnus fand – in ihren Augen war er ziemlich langweilig –, aber sie würde sich hüten, sich wie Johanna einzumischen!

»Ich weiß gar nicht, warum du dauernd so auf Magnus herumhackst. Wo er es war, der dich damals von der Straße aufgelesen und nach Hause gebracht hat. Aber das scheinst du ja vergessen zu haben!«, fuhr Marie Johanna an. »Und was seine Arbeit angeht, kannst du dich weiß Gott auch nicht beklagen! Er bläst inzwischen schon fast so viele Kugeln auf wie Peter oder ich. Außerdem ist er pünktlich und zuverlässig!«, fügte sie beinahe trotzig hinzu.

»Du hast ja Recht«, wehrte Johanna ab. »Ich meine ja auch nur …, er ist immer so still. Und lacht so wenig.«

»Ich bin mir sicher, dass er in der Fremde Schreckliches erlebt hat«, sagte Marie, und in ihrer Stimme lag plötzlich Mitleid. »Trotzdem bohre ich nicht ständig nach wie Griseldis und versuche, ihm Geheimnisse zu entlocken! Ich lasse ihm seine Traurigkeit, ja, mehr noch: Ich finde sie inspirierend!« Und mit einem Rums schlug sie die Tür zu.

Johanna starrte ihr kopfschüttelnd nach.

»Das höre sich einer an: Sie findet seine Traurigkeit inspirierend!«

»Dann lass sie doch«, erwiderte Ruth grinsend – Johanna plusterte sich wieder einmal auf wie eine Henne, die beim Eierausbrüten gestört wurde!

Ruth legte Wanda, die während des Bürstens eingeschlafen war, sanft auf der Eckbank ab. Sie runzelte die Stirn.

»Glaubst du denn, die beiden … haben etwas miteinander? Marie und ein Mann – ehrlich gesagt ist mir dieser Gedanke noch gar nicht gekommen.«

Johanna seufzte. »Tja, sie ist halt immer noch unsere kleine Schwester. Aber wir sollten uns daran gewöhnen, dass auch sie inzwischen erwachsen ist.«

Diese Worte kamen ja gerade von der Richtigen! Wer wollte Marie denn ständig bevormunden? ging es Ruth durch den Kopf.

Laut sagte sie: »Das meine ich damit gar nicht. Vielmehr … nun, du musst doch zugeben, dass sie in ihren Hosen und mit den streng zurückgekämmten Haaren wenig Weibliches an sich hat. Und für das andere Geschlecht hat sie sich bisher doch noch nie interessiert.«

Johanna nickte, sagte aber nichts.

Ruth stand auf, um Wanda nach oben in ihr Bett zu bringen. Als sie zurückkam, saß Johanna noch genau so da wie zuvor.

»Wenn ich es mir so recht überlege, haben wir Steinmänner mit dem anderen Geschlecht, wie du es nennst, kein besonderes Glück, oder?« Ihre Augenbrauen hoben sich ironisch.

Ich schon! schoss es Ruth durch den Kopf. Sie zuckte betont beiläufig mit den Schultern.

»Das ist Ansichtsache. Heißt es nicht: *Jeder ist seines Glückes Schmied*?«

Johanna schaute auf. »Und so etwas kommt von dir?«

»Warum nicht?«, erwiderte Ruth. »Wenn du auf meine Ehe mit Thomas anspielst – es hat mich doch niemand gezwungen, mit ihm zu schlafen und ihn zu heiraten! Dass aus unserer Beziehung nichts geworden ist, daran sind nur er und ich schuld. Wir haben von Anfang an nicht zusammen gepasst, nur habe ich das zu spät erkannt oder besser gesagt: Ich war zu blind, um es zu erkennen.«

»Wie ruhig du das sagen kannst!«, wunderte sich Johanna. »Als würdest du über das Wetter reden, und dabei geht es doch um dein Leben.«

»Die Sache mit Thomas ist für mich vorbei, ganz egal, was auf unseren Traupapieren steht. Da gibt es nichts mehr, was mich noch aufregen könnte. Manchmal ist es ganz hilfreich, den Tatsachen ins Auge zu schauen ... Vielleicht solltest du das auch einmal tun!« Zu ihrem Schreck betraten sie mit dieser Unterhaltung allmählich viel zu tiefe Gewässer. Noch ein, zwei Sätze – und sie würde anfangen, über Steven zu reden!

»Den Tatsachen ins Auge schauen – so ein Spruch hätte auch von Peter kommen können ...« Ein tiefer Seufzer folgte.

Stirnrunzelnd schaute Ruth ihre Schwester an. »Was ist

denn nun mit euch beiden? Wird daraus noch etwas oder nicht?«

Als hätte sie genau diese Frage erwartet, schaute Johanna auf.

»Ich weiß es nicht! Ich glaube nicht. Ach, es ist verrückt.« Sie fuhr sich durch die Haare. »Jahrelang hat er mir erzählt, dass wir füreinander bestimmt seien und dass er nur darauf warten würde, dass ich das auch erkenne.«

»Und jetzt?« Ruth war nicht aufgefallen, dass sich Peter Johanna gegenüber anders verhielt. Eine besonders aufmerksame Betrachterin war sie in den letzten Wochen allerdings auch nicht gewesen, musste sie im selben Moment zugeben. Sie stutzte.

»Heißt das, du hast inzwischen deine Liebe zu Peter entdeckt, aber er will nicht mehr?«

Als Antwort bekam sie erneut einen tiefen Seufzer. »Ich weiß nicht, ob man das so sagen kann. Aber ich ertappe mich immer öfter dabei, dass ich mir wünsche, von ihm in den Arm genommen zu werden«, gestand Johanna. »Manchmal möchte ich auch dasselbe mit ihm tun …«, fügte sie errötend hinzu.

Die Beichte fiel ihr sichtlich schwer, daher verkniff Ruth sich eine spöttische Bemerkung. Ganz konnte sie die Ironie dennoch nicht aus ihrer Stimme verbannen.

»Und woher kommt dein plötzlicher Stimmungsumschwung nach all den Jahren?«

»Er kam gar nicht so plötzlich. Dass Peter für mich doch mehr als nur ein Bruder ist, habe ich eigentlich schon während des letzten halben Jahres gemerkt. So seltsam es klingt: Der Grund dafür ist die Sache mit Strobel. Damals habe ich nämlich begonnen, Peter genau zu beobachten. Ehrlich gesagt, habe ich eine Zeitlang nur darauf gelauert, auch in ihm etwas Böses zu finden – er ist ja schließlich auch ein Mann! Aber das ist mir nicht gelungen, Gott sei Dank!« Verwunderung klang in ihren Worten mit. »Peter steht so über vielen Dingen, er ist so selbstsicher, seine ganze Ausstrahlung so … einnehmend! Wenn ich heutzutage bei der Arbeit zu ihm hinübergucke, denke ich mir immer wieder: Bei ihm kann man sich als Frau wirklich geborgen fühlen! Ich kann mir vorstellen, von ihm umarmt und geküsst zu werden, weil ich weiß, dass das Ganze nichts, nicht das Geringste mit dem zu tun habt, was Strobel damals …« Sie wandte ihren Blick ab.

»Warum sagst du eigentlich nicht *ihm* einmal all die Sachen, die du mir gerade erzählt hast?«, fragte Ruth. Johanna konnte manchmal wirklich schwer von Begriff sein.

Ihre Schwester winkte ab. »Dabei würde ich mir nur dumm vorkommen. Nach all den Jahren … Und wer weiß, ob er überhaupt noch etwas von mir wissen will. Wo er doch gar keine Annäherungsversuche mehr unternimmt!« Traurig schaute sie auf. »Wenn er mich noch liebt, warum macht oder sagt er dann nichts?«

Ruth konnte sich ein Grinsen nicht länger verkneifen. »Er ist ein ziemlich schlauer Mann, falls du das immer noch nicht weißt!« Wenn Peter ihre Schwester weiterhin ständig bedrängt hätte, würde Johanna gewiss nicht solche Reden schwingen. Ruth seufzte. Die ganze Angelegenheit war doch so einfach! Es galt nur noch, Johanna auf die Sprünge zu helfen …

»Hast du eigentlich noch den Atlas, den Peter dir vorletztes Jahr zu Weihnachten geschenkt hat?«

Johanna nickte dumpf. »Der ist oben. Warum?«

»Wenn du meine Meinung hören willst: Peter hat dir damit viel mehr als nur ein Buch geschenkt.« Ruth lachte. »Obwohl ich an jenem Weihnachtsabend nur Augen für meine neue Bürste hatte, klingen mir seine Worte wie gestern in den Ohren: *Du musst schon selbst herausfinden, wo dein Zuhause ist!* hat er damals zu dir gesagt.«

Ein kleines Lächeln huschte über Johannas Gesicht. »Dass du das noch weißt!«

»Manchmal kann man etwas Gesagtem erst im Nachhinein die richtige Deutung geben«, bemerkte Ruth nachdenklich.

»Da glaubt man, zu wissen, was für einen im Leben richtig ist, und am Ende stellt es sich als das völlig Verkehrte heraus! Schau mich an: Ich habe geglaubt, die große Erfüllung als Frau Heimer zu finden, was sich jedoch nichts als eine große Enttäuschung war. Du dagegen hast geglaubt, deine Erfüllung in der ›großen‹ Geschäftswelt zu finden. Dass diese einmal in Lauscha Einzug halten würde, hättest du nicht für möglich gehalten, nicht wahr? Das bedeutet, dass man sein Glück nicht immer da findet, wo man es anfänglich vermutet! Manchmal muss man erst einen Umweg gehen ...« Sie brach ab. »Und manchmal liegt das Glück auch ganz woanders.«

Skeptisch schaute Johanna sie an. »Das sind ja ungewohnt weise Töne von dir. Ich frage mich nur, was das alles mit Peter zu tun hat?«

Das Glück woanders finden – wenn ich so weitermache, rede ich mich noch um Kopf und Kragen, ging es Ruth durch den Kopf. Hätte sie den Namen des Ozeandampfers gewusst, den sie in der kommenden Woche besteigen würde, hätte sie diesen Johanna in ihrer Redseligkeit wahrscheinlich auch noch mitgeteilt!

»Mit seinem Geschenk hat Peter dir damals sagen wollen, dass er bereit ist, auf dich zu warten«, beeilte sie sich zu sagen. »Und ich wüsste keinen Grund, warum das nicht mehr gelten sollte. Wenn du allerdings glaubst, dass er dir noch ein dutzend Mal seine Liebe gesteht, liegst du vermutlich falsch. Er hat ja schließlich auch seinen Stolz. Ob's dir passt oder nicht: Nun bist du an der Reihe!«

»Meinst du wirklich?«, fragte Johanna verzagt.

Ruth nickte heftig. »Er kann ja schließlich nicht in dich hineingucken, also musst du ihm sagen oder zeigen, wie's in dir aussieht.«

Johanna schaute immer noch unglücklich drein.

»Ich weiß nicht, ob ich das kann! So etwas … liegt mir gar nicht, das weißt du ganz genau.«

Ruth lächelte. Da hatte Johanna wahrlich Recht. Trotzdem nickte sie ihr aufmunternd zu.

»So schwierig ist das gar nicht, glaub mir. Du musst nur eine gute Gelegenheit abpassen und dann dein Glück mit beiden Händen packen und nicht mehr loslassen!«

32

Es war Samstagmorgen gegen neun Uhr.

Eigentlich hätte Peter längst auf sein und an seinem Bolg sitzen sollen. Nachdem Wanda letzte Woche seine Musterkarte mit den Augenfarben vom Tisch geworfen hatte, musste er dringend eine neue anfertigen – er konnte seinen Patienten schließlich keine Glasscherben zur Farbanpassung hin halten. Aber fünf Minuten würden sein Vorhaben nicht gefährden, beschloss er und legte sich noch einmal zurück. Er hatte schließlich den ganzen Tag Zeit. Und hoffentlich auch Ruhe.

Aus dem Nebenhaus drang Töpfeklappern und das Plätschern von Wasser zu ihm hoch – wahrscheinlich Marie, die Kaffeewasser aufsetzte. Seit die Wand im Erdgeschoss zwischen den beiden Werkstätten nicht mehr stand, war sein Haus ziemlich hellhörig geworden: Ob Wanda krähte oder die Frauen sich stritten, ob jemand an der Tür war oder Marie bei ihren Zeichnungen vor sich hin fluchte wie ein Kutscher – wenn er seine Ohren nicht auf Durchzug stellte, bekam er alles mit. Auch Ruths Aufbruch am frühen Morgen – ach was, mitten in der Nacht war es gewesen! Jedenfalls hatten die Vögel noch nicht einmal zu Singen begonnen. Es hätte nicht viel gefehlt und er wäre hinübergewankt und hätte ein Donnerwetter vom Stapel gelassen! Statt dass sie ihren Huckelkorb und Wanda gepackt und leise das Haus verlassen hätte, war sie unzählige Male die Treppe hoch- und wieder hinuntergestiegen. Hatte jede Tür auf- und wieder zugestoßen, so dass man hätte meinen können, eine halbe Armee sei im Haus unterwegs! Wenn er sich nicht täuschte, hatte sie sogar kurz bei ihm hereingeschaut. Was um alles in der Welt hatte sie hier verloren, hatte er sich gefragt und die Decke so gut es ging über seine Ohren gezogen.

Er schob sich sein Kissen im Nacken zurecht. Frauen!

Aber war Ruths unruhiger Aufbruch nicht typisch für die ganze letzte Woche? So ein Geflatter Tag für Tag würde er jedenfalls nicht immer um sich haben wollen! Sogar Marie hatte sich davon anstecken lassen. Alle halbe Stunde war sie zu ihm gekommen. »Soll ich Ruth diese oder jene Kugel mitgeben?« Und: »Glaubst du, ich soll auch ein paar meiner Papierentwürfe dazu legen?« Nicht, dass sie sich mit seinen Antworten zufrieden gegeben hätte! Jedes Mal war sie danach noch zu Magnus gerannt und hatte ihn dasselbe gefragt.

Und alles nur wegen des heutigen Treffens mit dem Woolworth-Vertreter. Dabei hatten sie den Großauftrag doch längst in der Tasche, es sollte lediglich noch um Details gehen! Wenn überhaupt … Vielleicht wollten sich Ruth und ihr amerikanischer Schwarm einfach nur wieder sehen. Er, Peter, hatte nicht schlecht gestaunt, als Johanna ihm davon erzählt hatte. Ruth und Briefe schreiben? Andererseits: Was hatte sie sonst zu tun?

Nebenan fiel mit einem lauten Knall die Tür ins Schloss. Peter erinnerte sich daran, dass Marie mit Magnus in den Wald hoch wollte. Schneckenhäuser wollte sie suchen gehen, als Vorlage für eine neue Form. Er verzog sein Gesicht. Noch etwas auf seinem Stapel unerledigter Aufgaben! In einem schwachen Moment hatte er Marie versprochen, zu versuchen, bei einem Glas Bier oder zweien aus dem Formenmacher Strupp etwas über dessen spezielle Zutatenmischung herauszukitzeln. Dabei wusste er schon jetzt, dass dieses Unterfangen zum Scheitern verurteilt war. So betrunken konnte Emanuel Strupp gar nicht sein, dass er seine geheime Rezeptur preisgab! Und solange sie diese nicht hatten, mussten sie wohl damit leben, dass ihre Formen nach einer gewissen Zeit der Hitze der Flamme nicht mehr standhielten und platzten.

Schneckenhäuser! Am Tannenbaum. Peter musste grinsen. Ob das den Geschmack der Amerikaner traf? Es hätte ihn einmal interessiert, woher sie immer ihre Ideen nahm.

Nun hörte er nebenan ein paar Füße die Treppe hinunterpatschen. Johanna, barfüßig. Seit es mit der Werkstatt so bergauf ging, war ihr Tatendrang und ihr unternehmerischer Eifer kaum mehr zu bremsen. Manchmal wäre allen eher geholfen gewesen, wenn sie sich und den anderen ein bisschen Ruhe gegönnt hätte. Jetzt zum Beispiel. Wenn sie erst einmal mit der Hausarbeit loslegte, würde es mit seiner morgendlichen Ruhe vollends aus und vorbei sein!

Prompt drang im nächsten Moment das Klirren von zerbrochenem Glas zu ihm hoch, danach Johannas Aufschrei.

Mit einem Seufzen schwang er seine Beine auf den Boden – scheinbar war ihm heute Morgen keine Ruhe vergönnt. Er beschloss, auf einen Sprung bei Johanna vorbeizuschauen. Nachdem die Steinmann-Schwestern ihn um seine verdiente Wochenendruhe gebracht hatten, waren sie ihm mindestens eine Tasse Kaffee schuldig!

Schon vom Treppenhaus aus sah Peter in der Mitte des Küchenfußbodens die zerbrochene Glasschale liegen. Seltsam, dass Johanna den Scherbenhaufen nicht sofort aufgekehrt hatte!

Sie saß mit dem Rücken zur Tür am Tisch, ihr Oberkörper so aufrecht, als hätte sie einen Stock verschluckt.

Noch halb in der Tür, rief er: »Guten Morgen!«, um sie nicht zu erschrecken.

Sie drehte sich nicht zu ihm um. Keine Begrüßung, keine Erklärung für ihr Malheur.

Peter hob die Brauen. Eine von ihren berühmten Morgenlaunen?

»Hast du schon aus dem Fenster in Richtung der Wiesen geschaut? Heute haben auch noch die letzten Bäume zu blühen begonnen. Wohin man schaut, weiße Blüten! Fast könnte man meinen, es hätte geschneit!«

Mit dem festen Vorsatz, die Laus zu ignorieren, die Johanna scheinbar über die Leber gelaufen war, setzte er sich ihr gegenüber. Doch ein Blick in ihr kreideweißes Gesicht reichte, um diesen Vorsatz augenblicklich fallen zu lassen. Bevor er sie fragen konnte, was los war, hielt sie ihm mit zittrigen Händen ein Blatt Papier vor die Nase.

Ein Brief. Von Ruth. Er erkannte ihre Schrift.

»Ich glaube es einfach nicht«, sagte Johanna mit blecherner Stimme. »Das ist ein Scherz, oder?« Sie nickte in Richtung des Briefes.

Er las ihn ganze drei Mal, erst dann legte er ihn aus der Hand. Einen Moment lang war er sprachlos.

»Das kann sie nicht ernst meinen. Sie will uns erschrecken, mehr ist es nicht.« Johanna blinzelte, als wäre ihr eine Fliege ins Auge gekommen. »Ein dummer Streich. Natürlich kommt sie heute Abend wieder!«

Wen wollte sie überzeugen? Sich selbst? Als ob Ruth eine Frau wäre, die solche dummen Scherze machte! Gerade deshalb war die Nachricht ungeheuerlich.

Er nahm Johannas Hand. »Ich glaube, wir werden uns an den Gedanken gewöhnen müssen, dass Ruth nicht mehr zurückkommt.«

»Warum sagst du das?« Vorwurfsvoll zog Johanna ihre Hand zurück.

»Weil es so ist«, antwortete er rau.

»Aber sie kennt diesen Steven doch gar nicht!«, rief sie verzweifelt. »Wie kann sie einem wildfremden Menschen auf die andere Seite der Welt folgen? In eine völlig ungewisse Zukunft? Was, wenn er schon morgen genug von ihr hat? Und ein Kind hat sie auch noch. Und verheiratet ist sie. Das ist doch alles Wahnsinn!«

»Nun, ich weiß nicht ..., ist es das wirklich? Was hat sie denn zu verlieren? Versetze dich doch einmal in ihre Lage!«

Unwirsch schaute Johanna ihn an. »So verrückt kann ich gar nicht sein.«

Peter ignorierte ihre Worte. »Was für eine Zukunft hätte sie in Lauscha gehabt? Zu Thomas wollte sie auf keinen Fall zurück, das hat sie immer wieder betont. Hätte sie also für immer hier in diesem Haus leben sollen?«

»Was wäre daran so schlecht gewesen? Wir sind schließlich auch noch da. Wir hätten uns schon um sie und Wanda gekümmert.«

»Mach dir doch nichts vor! Das wäre nichts für Ruth gewesen. Ich glaube, dass sie etwas anderes braucht. Mehr ... wie soll ich es ausdrücken? Mehr *Glanz* in ihrem Leben. Und dazu einen Man, der ihr sagt, wie schön er sie findet, und in dessen Liebe sie baden kann.« Ganz wohl fühlte sich Peter bei diesem ungewohnt tiefschürfenden Gespräch nicht. Doch immerhin hatte sich Johannas Miene ein wenig aufgehellt.

»Und du denkst, dieser Steven ist derjenige? Glaubst du nicht, dass er es ... auf etwas ganz anderes abgesehen hat?« Noch war die Skepsis nicht aus ihrer Stimme gewichen.

»*Dafür* müsste er doch nicht diesen Aufwand betreiben!«, sagte Peter überzeugt. Er zeigte auf den Brief.

»Kein Wort hat sie gesagt, bis zum Schluss! Hat sie geglaubt, sie kann uns nicht vertrauen?« Johannas Oberlippe zitterte verdächtig. »Wenn sie mit uns gesprochen hätte, uns das mit Steven erklärt hätte – wir hätten ihr doch keine Steine in den Weg gelegt.«

»Jetzt weine doch nicht. Das würde Ruth nicht wollen.« Peter rüttelte sanft an ihrem Arm.

Heiße Tränen liefen nun über Johannas Gesicht. »Sie wird mir so fehlen …«, schluchzte sie.

»Jetzt komm mal her!« Er hielt seine Arme auf und sie drängte sich an ihn wie ein Küken, das Nestwärme suchte.

Eine Zeitlang saßen sie nur da, ihr Kopf an seiner Brust, seine Arme fest um sie geschlungen. Er konnte ihren Herzschlag spüren und jeden ihrer Atemzüge. Ihr Haar war im Nacken verschwitzt. Sanft blies er seinen Atem hinein, woraufhin sich ein paar Strähnen aufplusterten.

Plötzlich hatte auch Peter einen Kloß im Hals. Er schluckte hart.

Verdammt, und wenn das Weib bis ans Ende ihrer Tage störrisch bliebe – er würde sie immer lieben!

Im nächsten Moment befreite sich Johanna aus seiner Umarmung. Umständlich kramte sie in ihrer Schürzentasche nach einem Taschentuch und schneuzte sich lautstark. Als sie das Tuch wieder weggepackt hatte, schaute sie Peter mit blanken Augen an.

»Ruth beginnt ein neues Leben in Amerika, Marie hat ihre Kunst …« Eine Hand angelte nach der seinen.

Ihre Finger waren noch nass vom Naseputzen und Weinen, als er sie fest umschloss.

»Jetzt haben wir nur noch uns beide«, flüsterte sie und ihre tränenbenetzten Lider flatterten dabei wie die Flügel eines Schmetterlings. »Oder willst du auch nichts mehr von mir wissen?«

Außer einem Kopfschütteln brachte Peter nichts zustande. Sein Herz lief vor lauter Liebe fast über. Wie lange hatte er darauf gewartet, so etwas aus ihrem Mund zu hören! Warum mussten Glück und Leid stets so nah beieinander liegen!

Johanna schaute ihn immer noch an. Abwartend, unsicher.

»Mich wirst du nicht los, das weißt du doch!«, sagte er

schließlich und es gelang ihm dabei schon wieder ein Lächeln.

Noch während er sprach, sah er in ihren Augen etwas aufblitzen, das er bis zu diesem Zeitpunkt vergeblich dort gesucht hatte – die Liebe einer Frau.

Sie rückte näher an ihn heran.

33

Mit nur 500 Passagieren im Oberdeck und 1800 Auswanderern im Mitteldeck galt die »MS Walküre« als einer der kleineren Ozeankreuzer, hatte Steven ihr erklärt. Doch als ihre Kutsche gestern bei der Besichtigungsfahrt durch den Hamburger Hafen vor der »MS Walküre« angehalten hatte, war Ruth das Schiff alles andere als klein vorgekommen. Eher wie ein Riese. Ein Riese aus grau glänzendem Metall!

Als sie nun mit Wanda auf dem Arm, die vor Staunen ganz stumm war, hinter Steven die Gangway hoch ging, verstärkte sich ihr Eindruck noch. Die Menschen, die unten am Kai standen, sahen plötzlich so klein aus! Das Heck des Schiffes konnte sie von ihrer Warte aus gar nicht sehen, sein silber glänzender Körper schien sich endlos zu strecken. In einer der Zeitschriften, die Johanna ihr aus Sonneberg mitgebracht hatte, hatte Ruth einst einen Bericht über Ozeandampfer gelesen, in denen diese als »schwimmende Städte« beschrieben worden waren. Von eleganten Restaurants und Ballsälen an Bord war darin die Rede gewesen und davon, dass man sich in den endlosen spiegelgefassten Gängen und Treppenaufgängen verirren konnte. Damals, beim Lesen hatte Ruth den Schreiber dieses Artikels für einen grenzenlosen Übertreiber gehalten.

Sie kamen nur im Schneckentempo voran, mussten nach fast jedem Schritt anhalten, weil die Passagiere vor ihnen nicht weiter gingen. Steven hatte ihr erklärt, dass es Abend werden würde, bis dem letzten seine Kabine zugeteilt worden war. Da die Schlange der Erster-Klasse-Reisenden jedoch wesentlich kürzer war als die der zweiten und dritten, rechnete er damit, dass sie ihre Kabinen schon am frühen Vormittag würden beziehen können.

Abgesehen davon, dass Wanda ihr allmählich etwas schwer wurde, machte Ruth das Warten nicht das Geringste aus, ganz im Gegenteil: Ihre Augen wussten nicht, wohin sie zuerst schauen sollten. Das hektische Treiben unten am Kai, die Abschiedsszenen, die vielen eleganten Herren und noch eleganteren Damen um sie herum – wie ein Schwamm, der durch zu langes Liegen brüchig geworden war, saugte Ruth jedes Detail in sich auf. Hüte schienen der allerletzte Schrei zu sein, es gab fast kein Frauenhaupt, das nicht in fantasievoller Weise bedeckt gewesen wäre. Befangen rückte Ruth ihre eigene Kopfbedeckung, ein aufregendes Gebilde aus Samt, das seitlich von einem dicken Büschel lila glänzender Federn geziert wurde, ein wenig tiefer in die Stirn. Als Steven darauf bestanden hatte, ihr zu dem dunkelbraunen Kostüm und den anderen Kleidern auch noch die jeweils passenden Hüte zu schenken, war ihr seine Großzügigkeit fast schon zu viel gewesen. Doch nun war sie froh, genau so auszusehen wie alle anderen Damen, die vor oder hinter ihr an Bord gingen.

Steven drehte sich zu ihr um.

»Bist du dir sicher, dass ich dir Wanda nicht abnehmen soll?«

Ruth schüttelte den Kopf. »Es geht schon, danke! Außerdem musst du doch die Papiere halten.« Sie wies auf die Unterlagen, die er fächerförmig in seiner rechten Hand hatte.

»Alles wird gut gehen, du wirst es sehen«, raunte er ihr zu, dann drehte er sich wieder nach vorn.

Je öfter Steven ihr dies gegenüber beteuerte, desto aufgeregter wurde Ruth.

Während der Fahrt nach Hamburg und auch während der letzten zwei Tage in der Hansestadt war ihr gar keine Zeit geblieben, sich wegen der Papiere zu sorgen. Überall hatte es zu viele Dinge zu sehen, zu kaufen, zu probieren gegeben. Und immer war ein glücklich lachender Steven neben ihr, zu jeder Schandtat bereit. Kaffee und Kuchen in einem englischen Teehaus? Warum nicht. Ein mit echtem Fell bezogenes Schaukelpferdchen für Wanda? So viel Platz würde in den Gepäckkisten immer sein! Als Ruth nach ihrem ausgiebigen Einkaufsbummel über schmerzende Füße klagte, schnipste Steven im Handumdrehen eine Droschke herbei. Dankbar dafür, den weiten Weg bis zu ihrem Hotel an der Innenalster nicht zu Fuß zurücklegen zu müssen, stieg Ruth ein – und war umso erstaunter, als die Kutsche nicht am Hotel hielt, sondern vor einem eleganten Schönheitssalon. Ehe sie sich versah, hatte Steven sie bei einer puppenhaft aussehenden Dame für eine Pediküre angemeldet! Während weiche Hände ihre Füße mit duftenden Ölen verwöhnten, war Steven mit Wanda in einem angrenzenden Park spazieren gegangen. Als sie später wieder zu ihnen stieß, hatte der Anblick der beiden, so vertieft in die Fütterung der Tauben, Ruths Herz überlaufen lassen.

Sie liebte diesen Mann so sehr, dass es weh tat!

Ein kleines Lächeln entspannte Ruths Miene jetzt für einen Moment. Die Tage in Hamburg waren wie der Blick in ein Kaleidoskop gewesen, das mit jeder Drehung neue großstädtische Freuden aufwarf. Ihre Ängste waren inmitten der vielen Eindrücke einfach untergegangen. Und was am Ende eines Tages dennoch davon übrig blieb, hatte Steven in der folgenden Nacht fortgestreichelt.

Doch nun, auf der Gangway gab es keine Ablenkung mehr von der Frage: was, wenn ihre Papiere als Fälschung aufflogen?

Vor ihnen war jetzt nur noch ein älterer Herr, der abgefertigt werden musste.

Links und rechts von der Gangwaypforte standen Schiffsoffiziere in dunkelblauen Uniformen, um jeden Passagier mit einem »Willkommen an Bord« zu begrüßen. Hinter ihnen erkannte Ruth eine ganze Armee von weiteren Uniformen – dunkelblaue und weiße. Wenn sie nur schon bei diesen dienstbaren Geistern angelangt wären! Denn das hieße, sie hätten die beiden Vertreter der Auswanderungsbehörde passiert, die wie zwei Wachhunde mit strengen Mienen vor den Uniformierten standen.

»Ihre Papiere bitte!«

Mit einem charmanten Lächeln reichte Steven dem Herrn auf der linken Seite die geforderten Unterlagen.

Nach einem kurzen Blick in beide Pässe begann der Mann heftig in seiner dicken Liste zu blättern, um dort ihre Namen zu finden.

Ruth wollte schon aufatmen, als er kurz darauf Steven seinen Pass mit den vielen Stempeln zurückgab. Doch als er den ihren aufklappte, schien dieser ihn wesentlich mehr zu interessieren. Seine Augenbrauen hoben sich, und er warf ihr einen von Neugier erfüllten Blick zu.

Angestrengt schaute Ruth auf die schmiedeeiserne Verzierung der Flügeltüren, die weit nach hinten aufgestoßen waren, um den Fluss der Passagiere nicht aufzuhalten. Wie lange würde der Mann noch in die Papiere stieren?

Sie spürte wieder seinen Blick auf sich ruhen. Sollte sie versuchen, ihn mit einem arroganten Blick niederzustarren?

Mit dem Kindern ureigenen Gespür für die Unaufmerksamkeit der Mutter nutzte Wanda den Moment, um endlich die Federn genauer zu inspizieren, die so verführerisch vor ihrem Gesicht auf und ab wippten. Ein schnelles Händchen schnappte nach dem Rand von Ruths Hut und im nächsten Moment flog dieser im hohen Bogen von der Gangway.

»Mein Hut!«

»Der Hut!«, riefen auch Steven und der Beamte.

Wanda lachte beglückt in die Runde.

»Herzlich willkommen an Bord, Frau von Lausche.«

Mit einem angedeuteten Diener hielt der Mann ihr den Pass entgegen. Wo zuvor gerunzelte Stirnfalten und streng gespitzte Lippen zu sehen gewesen waren, zeichnete sich nun fast so etwas wie ein kleines Lächeln ab.

»Und passen Sie auf, dass die kleine Dame nicht noch mehr von Bord wirft!«

Der Pass fühlte sich so gut in ihrer Hand an! Ruth schenkte dem Mann ihr strahlendstes Lächeln.

»Ich werde mich bemühen!«

Steven hatte zwei nebeneinander liegende Kabinen der ersten Klasse bestellt, zu denen ein junger Steward – er konnte kaum älter sein als sie – sie nun führte. Nachdem er beide aufgeschlossen hatte, versprach er, dafür zu sorgen, dass ihr Gepäck in der nächsten halben Stunde gebracht werden würde. Steven steckte ihm einen Geldschein zu, den der Mann mit einer Verbeugung annahm. Dann eilte er davon und seine Schritte wurden von dem dunkelblauen Teppich mit dem gelben Lilienmuster verschluckt.

Kaum in der Kabine, ließ Ruth eine strampelnde Wanda von ihrem Arm auf den Boden gleiten.

»Steven!« Sie schlug eine Hand vor den Mund. »Diese Kabine ist noch größer als unser Zimmer im Hotel Savarin! Und wunderschön. Schau dir das an: Die Fenster sind ja wirklich rund!« Sie lief zu einem der drei Bullaugen und fuhr mit dem Zeigefinger über das gewölbte Glas. Ihr Blick fiel auf die daneben liegende Wand.

»Die haben sogar ein Ölgemälde aufgehängt. Haben die keine Angst, dass wir es klauen?« Sie kicherte.

Mit glänzenden Augen inspizierte sie weiter den Raum: Gegenüber dem Bett stand ein kleines Sofa mit zwei zierlichen Sesseln um einen runden Tisch – Salonmöbel nannte man solche Möbelstücke, das wusste Ruth aus ihren Damenzeitschriften. Die ganze Wand dahinter wurde von einem eingebauten Schrank eingenommen. Obwohl Steven sie mit Kleidern mehr als großzügig beschenkt hatte, würde ihre gesamte Garderobe in ein einziges Schrankabteil passen.

»Einen solchen Luxus hätte ich mir nicht erträumen lassen! Ich weiß gar nicht, was ich sagen soll.« Verdattert setzte Ruth sich auf das Bett, dessen hellbeigefarbene Seidendecke im großzügigen Faltenwurf weit über den Boden fiel, während Wanda versuchte, mit ihren kurzen Beinen das Sofa zu erklettern. Inzwischen plapperte sie wieder munter vor sich hin.

Steven setzte sich neben Ruth und nahm ihre Hand.

»Ich freue mich, dass es dir gefällt. Wenn ich mit Mister Woolworth reise, komme ich nur selten in den Genuss erster Klasse zu fahren.« Er lachte. »Franklin legt weniger Wert auf die gepflegte Ausstattung seiner Unterkünfte als auf deren niedrige Übernachtungskosten.«

Wenn nicht einmal Woolworth in diesem Stil reiste ... Plötzlich wurde es Ruth bange angesichts des ganzen Prunkes. Konnte sich Steven das hier überhaupt alles leisten?

Sie gab sich einen Ruck. »Steven, ich möchte nicht, dass du dich wegen mir so in Unkosten stürzt! Vielleicht sind irgendwo auf dem Schiff noch günstigere Kabinen zu haben – sollten wir nicht danach fragen? Solange das Schiff nicht untergeht und solange du an meiner Seite bist, wäre es mir egal, wo wir schlafen.« Aus dem Augenwinkel heraus beobachtete sie Wanda, die inzwischen auf dem Sofa angekommen war.

Sanft hob Steven mit seiner rechten Hand ihr Kinn an. Als ihre Augen auf einer Höhe waren, sagte er lächelnd, aber bestimmt: »Liebes, ich möchte, dass du dir von nun an keine Sorgen mehr machst. Weder über Geld noch über sonst irgendetwas. Du sollst einfach nur glücklich sein und das genießen, was das Leben dir bietet. Weißt du noch, was ich dir in unserer ersten Nacht versprochen habe? Ich möchte dir den Himmel auf Erden bereiten. Bitte, lass mir die Freude!«

Sie wollte ihm etwas erwidern, als eine Bewegung am Rand ihres Blickfeldes sie ablenkte. Unwillkürlich verzog sich ihr Mund zu einem Lächeln.

Sensibel für jede ihrer Stimmungsschwankungen folgte Steven ihrem Blick und lachte laut heraus.

Unbemerkt von den Erwachsenen hatte Wanda sich Ruths Hut aufgesetzt. Ruths Handtasche auf dem Schoß haltend, thronte sie nun einer Prinzessin gleich in der Mitte des Sofas.

»Schau dir deine Tochter an: Wanda scheint sich schon jetzt in ihrem neuen Leben wohl zu fühlen wie ein Goldfisch im Wasser!« Er winkte Wanda zu. »Aber ist es denn ein Wunder? Bei ihrem Namen?«

Ruth stöhnte. »Erinnere mich bloß nicht daran! Warum musste dein Fälscher ausgerechnet auf so etwas kommen?!« Freifrau Ruthwicka von Lausche – sie fand nicht nur ihren Namen unmöglich, sondern auch die Tatsache, dass der Mann sie geadelt hatte.

Doch Steven lachte nur. »Ich finde den Einfall mit Ruthwicka äußerst geistreich. Was, wenn er eine Amanda aus dir gemacht hätte? Oder eine Otilie? Entweder wärst du jedes Mal zusammengezuckt, wenn ich dich so gerufen hätte. Oder du hättest gar nicht reagiert, weil dir der Name fremd ist. Und die Freifrau steht dir auch außerordentlich gut.«

»Meinst du?«, fragte sie, schon halb wieder versöhnt. Einen gewissen Klang hatte der Namen schon, das musste sie zugeben. Und dass er sie nach dem kleinen Fluss genannt hatte, der sich durch die heimischen Wälder schlängelte, war auch irgendwie tröstlich.

»Und ob ich das meine. Du wirst die Sensation des ganzen Schiffes werden! So!« Er stand auf und reichte Ruth eine Hand. »Ich schlage vor, wir gehen gleich auf einen ersten Erkundungsgang.«

Sie hatten den ersten Salon kaum betreten, als sie schon von anderen Passagieren in ein Gespräch verwickelt wurden. Wohin sie auch gingen, überall gab es jemanden, der sich vorstellen und ein paar Worte mit ihnen wechseln wollte – die Tatsache, dass sie die nächsten zwei Wochen miteinander verbringen würden, schien die Menschen redselig und gesellig zu machen.

Das Ablegen aus dem Hamburger Hafen – eine tränenreiche und gefühlvolle Angelegenheit – war gerade vorbei, als zum ersten Abendessen an Bord geläutet wurde. Als sie von einem der Stewards an ihren Tisch geführt wurden, erschrak Ruth im ersten Moment: Statt einer riesigen runden Tafel für acht Personen hatte sie einen Tisch nur für Steven, Wanda und sie erwartet. Doch schon im nächsten Moment spürte sie Stevens Hand im Rücken, mit der er ihr Zuversicht und Selbstvertrauen signalisierte.

Zu Beginn der Tischrunde war Ruth noch ein wenig unsicher, lächelte lieber anstatt sich am Gespräch zu beteiligen. Doch die Reaktion der Leute, nachdem Steven ihnen ihren Namen genannt hatte, ließ längere Unsicherheiten gar nicht zu. Im Übrigen war es Wandas liebenswertes Wesen, dass die Situation entspannte: Ob es ein Kellner war, der ihr eine kleine Leckerei zusteckte, ein älterer Herr, der aus seinem Taschentuch Tiere für sie knotete, oder eine der Damen, die sie auf dem Arm ein Stück herumtrug – allein durch ihr seliges Kinderlächeln gelang es Ruths Tochter, die »MS Walküre« zu erobern. Mit stolz geschwellter Brust beobachtete Ruth, wie ihre Tochter von fremden Menschen vergöttert wurde.

Das Abendessen war vorüber, als sie zum ersten Mal wieder für sich allein waren. Steven machte den Vorschlag, vor dem Schlafengehen noch einen Spaziergang an Deck zu machen. Ruth stimmte zu – ihr wäre an diesem Tag alles recht gewesen!

Das Sonnendeck, auf dem sie schließlich Halt machten, lag einsam, schon von zwei Gaslampen beleuchtet, in der Mitte des Schiffes. Ruth legte Wanda auf einem der Deck-chairs ab, die in Reih und Glied die sonnenhungrigen Gäste des nächsten Tages erwarteten. Steven deckte sie mit seiner Jacke zu.

Arm in Arm standen sie an der Reling und hielten ihre Gesichter in den Fahrtwind.

»So ein Abendrot habe ich noch nie gesehen!« Mit glänzenden Augen deutete Ruth in Richtung Westen.

»Das kommt davon, weil die Sonne hier von nichts abgelenkt wird. Sie hat Platz, sich zu entfalten. Dort, wo sie am wärmsten glüht, liegt dein neues Zuhause«, raunte Steven in Ruths Haar, während der rote Ball vor ihnen langsam, aber unaufhaltsam in der Unendlichkeit des Meeres ertrank.

»Ich bin so glücklich, dass ich weinen könnte«, flüsterte Ruth und schon kullerten ihr ein paar Tränen übers Gesicht.

Stevens Arm legte sich umso fester um ihre Schulter.

»Du sollst nicht weinen, sondern nur glücklich sein. Nimm dir ein Beispiel an deiner Tochter!«

»Was ist mit ihr?«, schniefte Ruth leise.

»Sie scheint ihr neues Leben in vollen Zügen zu genießen. Für ein Kind eine ungewöhnliche Gabe, aber eine, die unbedingt nachahmenswert ist.« Steven lachte leise. »Wer Wanda heute beobachtet hat, könnte wirklich meinen, sie wäre mit einem goldenen Löffel im Mund geboren worden!«

Ruths Blick wanderte liebevoll über die kleine Gestalt, deren blonde Locken sich von Stevens schwarzem Jackett umso heller abhoben. Nein, einen goldenen Löffel hatte es dort, wo sie herkam, wirklich nicht gegeben. Ruth sah zurück zu Steven, ein stolzes Funkeln in ihren Augen.

»Wenn schon, dann ist es ein *gläserner* Löffel gewesen!«

Wer wissen möchte, wie die Geschichte um die drei Steinmann-Schwestern weitergeht, der darf sich jetzt schon auf die Fortsetzung dieses Romans freuen.

ANMERKUNGEN ZUM BUCH:

Alle Namen und Personen – und somit auch meine Geschichte – sind frei erfunden. Die Lauschaer Tradition, männliche Familienmitglieder durch einen typischen Beinamen voneinander abzugrenzen, findet sich jedoch auch in meiner Geschichte (beispielsweise dem Fratzen-Paul oder Karl dem Schweizer Flein) wieder.

Wahr ist, dass in Lauscha der gläserne Christbaumschmuck erfunden wurde, wobei nicht nachzuvollziehen ist, welche Familie damit begonnen hat. Vielmehr steht heute fest, dass es nicht »einen Erfinder« gab, sondern verschiedene Glasbläser parallel an der Entwicklung arbeiteten. Man geht außerdem davon aus, dass schon in der Mitte des 19. Jahrhunderts – also etwas früher als in meinem Buch beschrieben – an den ersten gläsernen Christbaumornamenten gearbeitet wurde. Mit Sicherheit war allerdings der Arbeitsalltag in dem einen oder anderen Fall noch weitaus härter, als in diesem Buch beschrieben.

Wahr ist weiterhin, dass Franklin Woolworth den Lauschaer Christbaumschmuck nach Amerika exportierte und dass dieser sich in seinen Geschäften äußerst gut verkaufte.

Lauscha ist noch heute »Glasbläserhauptstadt Deutschlands«.

Danksagungen

Herzlichen Dank möchte ich allen sagen, die zum Entstehen meiner Geschichte beigetragen haben, vor allem aber Herrn Michael Haberland und seiner Familie. In seiner Glasbläserei in Lauscha wird Christbaumschmuck in alter Tradition hergestellt.

Mein Dank gilt auch Frau Dr. Helena Horn vom Museum für Glaskunst in Lauscha, deren Tipps bezüglich weiterführender Literatur sowie auch ihr Buchkatalog »400 Jahre Glas aus Thüringen« mir wertvolle Informationen zum Thema Glas geliefert haben.